GREGOR EISENHAUER

FÜHRERIN

GREGOR EISENHAUER

FÜHRERIN

THRILLER

mitteldeutscher verlag

www.mitteldeutscherverlag.de

Originalausgabe

Gesamtherstellung: Mitteldeutscher Verlag, Halle (Saale)

ISBN 978-3-95462-243-6

Printed in the EU

**Der größte Sieg des Dämonen ist,
glauben zu machen, dass es ihn nicht gibt.**

Gabriele Amorth, Exorzist

Als wären ihr die Lippen zugenäht worden. So konzentriert saß sie da und zeichnete. Sie zeichnete aus dem Gedächtnis, das konnte sie am besten. Dann verwirrte die Gegenwart sie nicht. Die vielen fremden Eindrücke, die sie beim Alleinsein störten. Sie zeichnete eine schwarze Rose, die in einem labyrinthischen Garten wuchs, ein Irrgarten, in dem sie niemand finden konnte. Nicht einmal ihre Mutter. Sie seufzte entnervt.
Was sie am meisten an ihrer Mutter hasste? Dass sie nie die Frage nach dem Sinn des Lebens gestellt hatte. Sie tat immer nur so, als wäre das Leben ein Kinderspiel. Aber ihr Leben war kein Kinderspiel. Schon lange nicht mehr. Sie war nicht wie ihre Mutter, die sich die Karten einfach neu legte, wenn sie ihr nicht passten. Sie glaubte an das Schicksal, weil sie wusste, das Schicksal glaubte an sie.
Lotta hatte sich mit ihrem Zeichenblock an einen Nachbartisch gesetzt, mit dem Rücken zu ihrer Mutter, stützte ihr Kinn in die Hand und tat so, als müsste sie sich schrecklich konzentrieren. Sie wollte allein sein. Die beiden redeten einfach zu viel. Nach drei Wochen das erste Mal wieder unter Menschen! Becky benahm sich ganz und gar kindisch, wie immer, wenn sie sich über etwas sehr freute. Martina hingegen wirkte eher noch verschlossener, als würde ihr die neue Umgebung ein wenig Angst machen. Dabei war der Marktplatz am frühen Morgen noch fast menschenleer. Kleine Transporter rollten knatternd über das mittelalterliche Pflaster und brachten frische Panini in alle Häuser. Zumindest stellte sich Lotta das so vor. Pizzabäcker wärmten ihre Öfen. Kellner bügelten die Servietten, die sie sich dann akkurat über den Arm warfen. Es war wie im Film. Einer dieser alten Kitschfilme mit Sophia Loren und Gina Lollobrigida, die Becky sich so gern ansah. Bella Italia! «Wenn nur die Italiener nicht wären», hatte Martina geseufzt, als ihnen ein Mopedfahrer hinterhergehupt hatte, kaum dass sie aus dem Auto gestiegen waren.
«Ach, der meint das doch nur nett», hatte Becky sofort abgewiegelt, um nur kein ungutes Gefühl aufkommen zu lassen. Sie war fest entschlossen, die Zeit in Italien zu genießen. Martina hinge-

Prolog

gen schien ein wenig Heimweh nach Berlin zu haben. Nicht dass sie darüber gesprochen hätte, aber es war ihr anzusehen. Urlaub war nichts für sie. Schon gar nicht so ein langer Urlaub. Auch wenn sie es Arbeitsurlaub nannte. Aber woran genau sie arbeitete, hatte sie nicht verraten. Dauernd sah sie sich um, als erhoffte sie, ein bekanntes Gesicht zu entdecken. Lotta mochte die neue Freundin ihrer Mutter, obwohl sie fand, dass sie immer ein wenig zu ernst war und ein wenig zu forschend. «Sie hat viel durchgemacht, wir müssen ganz lieb zu ihr sein», hatte Becky sie gebeten. Komisch war nur, dass all ihre Freundinnen immer viel durchgemacht hatten und sie zu allen ganz lieb sein musste. «Ich muss nicht zu allen lieb sein», hatte sie entgegnet, und es im nächsten Moment schon wieder bereut, weil ihre Mutter prompt so traurig dreinsah. Becky war immer so weich, deswegen war sie auch so dick. Die Diäten, die sie machte, waren albern, weil total sinnlos, und die Diät-Cola auf dem Tisch auch. Sie war nicht dick, weil sie zu viel aß oder trank, sie war zu dick, weil sie zu weich war und zu nachgiebig.

«Schwache Menschen sind immer dick», hatte die Oberin geschrieben. «Sie geben der Seele ein schlechtes Zuhause. Sie sind nur Biomasse in der Welt, reine Biomasse.» So ganz hatte Lotta das mit der Biomasse nicht begriffen, aber dicke Menschen fand sie eklig. Martina war sehr schlank. Sie hatte sehr kurze Haare, was von ihrer Krankheit kam. «Eine ganz schlimme Krankheit», hatte Becky geflüstert. Sie flüsterte immer, wenn sie Geheimnisse verriet, die keine waren. «Sie hatte eine Chemo», präzisierte Lotta. So wie die eine Frau von dem Fußballspieler, die hatte vorher auch Locken und danach einen Kurzhaarschnitt.» – «Ich weiß nicht, wen du meinst, aber du hast recht, wie immer», setzte Becky noch seufzend hinzu. Dann mussten sie beide lachen.

Becky benahm sich immer noch so, als wäre sie ein kleines Kind. ‹Sie mag mich einfach nicht hergeben.› Lotta wusste gar nicht, wann ihr das zum ersten Mal aufgefallen war, aber als sie begriffen hatte, wie sehr ihre Mutter klammert, hatte sie noch mehr auf körperlichen Abstand geachtet.

Sie beugte sich wieder über ihren Zeichenblock. Sie malte die Rose, so wie sie auf der Homepage des Ordens zu sehen war, tiefschwarz und sehr stachelig.
Darunter schrieb sie ihren neuen Namen, den die Oberin ihr beim Eintritt in den höheren Kreis gegeben hatte: Ninja, die Verborgene. So hießen die tapfersten Kämpfer im alten Japan.
Sie hatte ihr noch eine Losung dazugegeben, einen Bannspruch gegen alles Böse; «aber die Worte darfst du nie laut aussprechen», hatte die Oberin sie ermahnt. Auf der nächsten Stufe würde sie ein Bild der Oberin selbst sehen und nicht mehr nur einen Schattenriss, und vielleicht, in nicht allzu langer Zeit, würde sie sie selbst treffen. Vielleicht noch hier in Italien!
«Denk immer daran: Du bist zur Führerin geboren. Und denk immer daran: Du bist nicht auf dich allein gestellt! Unsere Guardian Angels bewachen dich, du musst dir keine Sorgen machen ... Wo auch immer du bist, einer von uns ist ganz in deiner Nähe.»
Lotta sah sich um. War er vielleicht einer von ihren Schutzengeln? Sie musste kichern, was den jungen Mann am Nachbartisch gar nicht freute, denn er bezog es zu Recht auf sich. Er wirkte ein wenig linkisch, wie ein junger Lehrer, der zum ersten Mal vor seiner neuen Klasse stand. Irgendetwas in seiner Art kam ihr sehr vertraut vor, aber vielleicht war es nur diese Schüchternheit, unter der sie selbst so lange gelitten hatte, bevor sie in den Orden eingetreten war.
Sie konzentrierte sich wieder ganz auf ihre Zeichnung.
Sie mochte es hier in Italien, sie war neugierig auf ihre Schule, die sie morgen zum ersten Mal besuchen sollte. Sie mochte das kleine Haus in den Weinbergen und die anderen Häuser drum herum. Es war wie ein kleines Dorf, jeder kannte jeden, jeder grüßte jeden. Es war ganz anders als in Berlin, sie fühlte sich auf einmal gar nicht mehr einsam.
«Sehr hübsch.» Der junge Mann hatte sich herübergebeugt, argwöhnisch beäugt von Martina und Becky. Aber Lotta hatte keine Angst. Vor niemandem. Sie besaß den Zauber, das schien er zu spüren, denn er kam nicht näher als bis zu der unsichtbaren

Grenze, die sie um sich gezogen hatte. Sein Kopf reckte sich ein klein wenig vor, als er ihre Zeichnung musterte. Seine Haut war schrecklich verpickelt. Er musste sehr darunter leiden. Und sehr gierig nach Schönheit sein. Sein Blick war voll ehrlicher Bewunderung, aber Lotta war sich nicht sicher, ob dieser Blick ihrer Zeichnung oder ihr selbst galt. Das war ihr unangenehm. Denn sie war nicht eitel. Sie hasste alle Äußerungen, die sich auf ihre Schönheit bezogen. «Schönheit ist ein Makel des Geistes», hatte die Oberin gesagt. «Eine Freude nur für Schwache.»

«Ein sehr schönes Bild.» Der junge Mann nickte, als wäre damit alles gesagt.

«Ein Labyrinth», erklärte Lotta.

«Ein Labyrinth lässt sich denken als die Summe sehr vieler Swastiken», dozierte er. «Du weißt, was das Symbol bedeutet?»

«Die Swastika? Natürlich!» Lotta sah ihn erbost an. Sie hasste es, wenn man sie für dumm hielt, nur weil sie ein Mädchen war.

«Das altindische Symbol für ewiges Leben. Manche verwechseln es mit dem Hakenkreuz, aber das ist Unfug», fügte sie altklug hinzu, «die Swastika ist schon sehr viel älter.»

«Das stimmt», pflichtete ihr der junge Mann bei. «Es gibt sehr viele dumme Menschen, die hinter dem Guten immer das Böse vermuten.»

Er wischte sich über den Ärmel seines Jacketts, als hätte ein Vogel ihn beschmutzt. Streng sah er in den Himmel, als könnte er da oben irgendwo den Übeltäter entdecken.

‹Komisch, dass er an einem so warmen Tag ein Jackett trägt›, dachte Lotta. Er wirkte überhaupt viel zu fein für diese kleine Stadt. Und ein wenig traurig. Wie ein Bräutigam, dem die Frau weggelaufen war. Fast empfand sie so etwas wie Mitleid. Sie spürte, dass er kein rechtes Wort des Abschieds fand. Erwachsenen musste man immer beistehen.

«Ich muss weitermalen!» Sie war sich ihres kindlichen Tonfalls bewusst.

«Je kindlicher du dich gibst», hatte die Oberin sie ermahnt, «desto leichter wirst du unterschätzt und desto größer wird deine Macht über sie sein.»

«Wir sehen uns bald wieder», flüsterte er ihr zu.

‹Er hinkt ein wenig›, dachte sie, als er langsam davonging. Komisch, irgendetwas an ihm war komisch, ohne dass man darüber lachen konnte. Die Welt da draußen war voller Wahnsinniger.

Mittwoch, 7. März, 10 Uhr
Dorint Plaza Hotel, Konferenzraum

«Meine Damen und Herren, wir glauben die Welt zu kennen, in der wir leben. Unsinn! Wir leben längst in einer anderen Welt. Wir werden längst von anderen Mächten regiert. Fakten! Nehmen Sie die Fakten zur Kenntnis! Der amerikanische Geheimdienst verfügt mit Facebook über das effektivste Spionage-Tool, das je existierte. Eine Milliarde Zuträger und täglich werden es mehr. Die Agents lesen unseren Twitter-Verkehr, kennen unsere E-Mails, sie wissen, was wir denken, was wir fühlen, essen, trinken und verdauen! Sie haben unsere medizinischen Daten und unsere Arbeitsakten gescannt. Alles, was je elektronisch erfasst wurde, ist in den Archiven der Geheimdienste. Ein zweites Ego von uns existiert längst als Daten-Klon. Warum wir uns nicht empören? Weil wir davon nichts wissen wollen! Die Welt ist uns zu kompliziert geworden! Der Clou an der Sache: Die Agents sind nicht die Schlimmsten. NSA und CIA hinkten schon immer ein wenig hinterher. Alles, was die CIA kann, kann die Mafia besser. Sie haben die besseren EDV-Spezialisten und sie haben die größere kriminelle Energie. Die italienische Mafia, die russische Mafia, die chinesische Mafia, die Triaden Hongkongs. Die kriminellen Geheimbünde haben die Welt unter sich aufgeteilt. Nicht alle sind noch so mächtig, wie sie es einmal waren. Die Katholiken schwächeln. Das Opus Dei ist nur noch ein Schatten seiner selbst. Die Freimaurer schwächeln. Die Illuminaten sind im Altersheim. Stark, sehr stark hingegen und sehr jung ist eine Bewegung, die von einer ungemein faszinierenden Frau geführt wird, ich habe sie bereits im Publikum entdeckt. Willkommen, Ayn Goldhouse! Wie war noch der Tarnname ihres Amazonenbundes? Nymphomania? Bleibt nur zu hoffen, dass ihre weiblichen Führungskräfte dem Stress irgendwann nicht mehr gewachsen sind und der Kinderwunsch siegt!»

Charles Klimt kicherte in sich hinein, als würde er seinem Publikum keinen einzigen vernünftigen Gedanken zutrauen. Die Zuhörer wiederum schüttelten den Kopf über diesen Wahnsinnigen, dessen Weltruhm in einem so krassen Missverhältnis zu seiner Erscheinung stand. Ein kleiner dicker Mann mit hochrotem Kopf, der jeden Augenblick zu explodieren drohte. Sein Bluthochdruck schien nicht weniger lebensbedrohlich für ihn als sein cholerisches Temperament. Er trug einen schlecht sitzenden grauen Anzug, den er offensichtlich achtlos im Reisekoffer verstaut hatte, und stützte sich auf einen schwarzen Gehstock mit silbernem Knauf, den er im Laufe des Vortrages zornig auf den einen oder anderen unruhigen Zuhörer richtete. Seine Krawatte hatte er schon vor Beginn der Rede gelockert, und je länger er sprach, desto weiter zog er den Knoten nach unten, als wollte er seinen Kopf aus einer Schlinge befreien. Ein Wahnsinniger, so dachten die meisten, was ihr Vergnügen an seinem Auftritt keineswegs schmälerte. Im Gegenteil: Sie erhofften einen Eklat, deswegen waren sie schließlich gekommen.

Der Vortragssaal im hoch gesicherten Dorint Plaza Hotel war voll besetzt. Ein handverlesenes Publikum aus Historikern, Publizisten und Verlegern, von denen nicht wenige noch immer ihre Einladungskarte verteidigungsbereit in den Händen hielten, denn die zehnfache Zahl an Interessierten hatte sich vergeblich um Einlass bemüht.

Charles Klimt hatte die Anwesenden eine halbe Stunde warten lassen, entsprechend groß war anfangs die Unruhe im Raum gewesen. Jeder fühlte, dass etwas Besonderes geschehen würde, etwas Unerhörtes, Skandalöses, und keiner konnte sich eines unguten Gefühls der Nervosität erwehren, obwohl klar war, dass sie, die Zuhörer, nur Statisten in einem Drama sein würden, das Klimt zu seinem alleinigen Vergnügen zu inszenieren gedachte.

Die Ausgänge des Vortragssaals waren durch Bodyguards gleich mehrfach gesichert, die Leibesvisitation bei der Einlasskontrolle war von ungewohnter Strenge gewesen, das Gerücht eines möglichen Anschlags hatte sich im Flüsterton verbreitet und sorgte für zusätzliche Unruhe – und für ein seltsames Gefühl gefährlicher Exklusivität.

Vor dem Hotel hatte sich, wie immer wenn Charles Klimt irgendwo auf der Welt zu einem seiner seltenen Vorträge erschien, ein Trupp fanatisierter Gegner eingefunden, die drohend ihre Transparente schwangen. «Tod dem Antichrist!» – «Auf den Scheiterhaufen mit dem Gottesleugner!» Oder einfach nur: «Satan! Hebe dich hinweg!» Eine Bezeichnung, die abwegig schien, wenn man den kleinen kurzatmigen Mann so bemüht stramm und aufrecht hinter seinem Rednerpult stehen sah.

Nach seiner Eingangsfrage, die ihm einen ersten verhaltenen Applaus eingebracht hatte, hielt er einen Moment inne. Von der Aufregung draußen war im Hotel selbst nichts zu spüren. Diskret hinter Klimt postiert wachten zwei weitere Muskelpakete über den ruhigen Ablauf des Abends. Schräg, im Halbschatten des Vortragenden, kontrollierte Klimts Sekretär die Szenerie.

«Meine Damen und Herren, es gibt tausend gute Gründe, an die Existenz des Teufels zu glauben, aber keinen einzigen, der uns von der Existenz Gottes überzeugen könnte. Ersparen Sie mir im Folgenden die Tortur, die Weltgeschichte des letzten Jahrhunderts zu rekapitulieren oder gar die Zahlen der Opfer zu listen, die im Krieg, in den Konzentrationslagern, in den Gulags, auf den Killing Fields abgeschlachtet wurden. Ersparen Sie mir, die Folterkeller aufzuzählen, in denen die Bestie Mensch ihrem Namen alle Ehre machte, ersparen Sie mir, an all das Unrecht zu erinnern, von dem wenige profitieren und an dem viele, viel zu viele, zugrunde gehen, ohne Gehör zu finden. Schenken Sie mir stattdessen Vergessen, bin ich zuweilen geneigt zu bitten, leihen Sie mir Ihren stumpfen Sinn, Ihre tauben Ohren, Ihren blinden Blick, Ihren ruhigen Schlaf. Aber, meine Damen und Herren, wenn ich mich so umsehe und die serielle Ausdruckslosigkeit Ihrer Gesichter mit der Leere Ihrer Herzen verrechne, dann empfinde ich Naivität keineswegs mehr als ein Geschenk, sondern als einen Fluch, weit ärger noch als Krankheit, Siechtum und Tod. Offen gesagt, meine eigene Schlaflosigkeit erscheint mir da plötzlich als Geschenk!»

Die ersten Buhrufe wurden laut. «Unverschämt!» – «Wir sind doch nicht hier, um uns beleidigen zu lassen!» Selbst die gelasseneren

Zuhörer raunten einander zu: «Alberne Publikumsbeschimpfung! Mal wieder sehr emotional der Herr! Dient wohl der Show!»
Die Ordner blickten grimmiger. Aber die Aufregung legte sich schnell, schließlich war allen Anwesenden klar, dass sie genau deswegen gekommen waren. Entsprechend süffisant war das Lächeln Klimts, der ein wenig vom Rednerpult zurückgetreten war, aber nun seinen Mund wieder ganz nah ans Mikrofon brachte, weil so sein zorniges Flüstern umso vernehmlicher durch den Saal drang.
«Lassen Sie mich sprechen vom Antichristen, in dreifacher Gestalt. Dem Menschen, der das schlimmste Unheil über die Welt bringen wird. Die Olympiade der Teufel, wenn Sie so wollen. Es gibt nicht wenige Südstaatler, der Gesinnung oder der Geografie nach, die den amerikanischen Präsidenten schon aufgrund seiner Hautfarbe für den Antichristen halten, einen Antichristen mit marxistischem Glaubensbekenntnis. Das ist natürlich Unsinn. Nähern wir uns der Sache objektiv. Fakten! Warum handelt es sich bei Barack Obama um den Antichristen? Zählen Sie die Buchstaben seines Namens: Barack Hussein Obama – sechs Buchstaben plus sieben plus fünf –, achtzehn, dreimal die Sechs. Six hundred and sixty six is the number of the beast. Sie zweifeln? Der missglückte Eid, erinnern Sie sich. Er ist Linkshänder. Hexen grüßen den Teufel stets mit der Linken. Das Fahrzeug, die gepanzerte Limousine, in der er nach der Vereidigung davonfuhr, trägt den Spitznamen: das Biest! Der Segen, gesprochen von einem Evangelisten, von einem der falschen Heiligen der letzten Tage mit Namen Rick Warren, rechnen Sie die Fakten zusammen: Wahrlich, er ist der Antichrist! Er ist das Werkzeug falscher, weil auf das Unmögliche gerichteter Hoffnungen. Es war kein Akt waghalsiger Prophetie, ihm eine unglückliche Regierungszeit vorherzusagen – der Beiname Hussein sagt alles, meine Damen und Herren! Kein Mann, der Hussein hieß, war je wirklich vom Glück gesegnet. Salem aleikum, Saddam!
Wir leben in satanischen Tagen. Der Antichrist ist unter uns, in vielfacher Gestalt.» Klimts Tonfall wurde höhnisch. Sein Blick mus-

terte die Zuhörer so voller Hass, dass nicht wenige den Blick senkten. Ertappt bei einer Sünde, von der sie keine Ahnung hatten.
Der Papst taugt nicht mehr als der Antichrist. Denken Sie an die Quote. Denken Sie politisch korrekt. Zumindest eine Frau muss im Vorstand sein! Der Antichrist in weiblicher Gestalt. Ich bin kein Feminist, wie Sie wissen. Ich weiß nicht, wer die Zahl aufgebracht hat, aber es steht wohl außer Frage, dass der Feminismus und die Ideologie der weiblichen Selbstbestimmung mehr Menschenleben gekostet haben als alle Kriege der Menschheit. Wer ein ungeborenes Kind ermordet, zerstört eine werdende Familie. Wer kinderlos bleibt, beraubt sich selbst der Macht über die Familie. Wer herrschen will, braucht die Macht über die Kinder. Nichts ist lächerlicher als eine kinderlose Frau, die über die Zukunft aller redet! Einige Frauen haben das inzwischen kapiert. Das neue Matriarchat ist im Werden. So viel darf ich Ihnen schon jetzt verraten, das wird kein Spaß für uns Männer. Die zukünftige Herrin der Welt? Sie sitzt im Publikum. Und der Dritte im Bunde, der schlimmste aller Antichristen? Ohne mir schmeicheln zu wollen, das bin ich selbst! Sie lachen. Lachen Sie! Erheitern Sie mein Herz. Denn wissen Sie, was das Schöne an diesen Thesen ist? Sie können sie nicht widerlegen. Was ich bislang vorgetragen habe, sind Fakten: Fakten, die in einem verschwörungstheoretischen Erklärungsmodell der Welt sehr überzeugend sind, von unwiderlegbarer Evidenz geradezu. In einem nichtreligiösen Erklärungsmodell sind sie von indiskutabler Nichtigkeit. Das Gerede eines Wahnsinnigen. Wer wollte sich die Mühe machen, einen Wahnsinnigen zu widerlegen – vor allem, mit welchen Argumenten? Nun, der Wahnsinnige behält recht, wenn die Katastrophe tatsächlich eintritt. Die Apokalypse. Die Machtübernahme Satans.
So weit, so gut. Ich weiß, dass ich mich in diesen Dingen gern wiederhole … und einen gewissen Hang zum Pathos mögen Sie einem alten Mann verzeihen!»
Klimts Kichern ließ die Anwesenden frösteln. ‹Dieser Mann ist komplett wahnsinnig›, schienen einige zu denken, aber kaum, dass sein

Blick auf ihnen ruhte, sei es durch Zufall oder weil ihr unwillkürliches Kopfschütteln auf sie aufmerksam machte, verabschiedeten sie den Gedanken schon wieder. In diesem alten, teigigen Gesicht glühten Augen, die an alles denken ließen, nur nicht an Irrsinn.
«Sie werden sagen, nichts Neues, was er vorbringt! Hirngespinste eines alten Mannes! Meine Damen und Herren, ich bitte Sie nur um eins, schärfen Sie den Blick für die Spur des Bösen in der Gegenwart. Das Böse kann sich stets nur wiederholen, weil die vermeintlich Guten sich seiner Wirkungsweisen nicht erinnern. Das frohe Blöken der Schafe ist Musik in den Ohren des Wolfs!»

«Krank, oder?!» – «Der kotzt sich ja mal wieder ganz schön aus!» – «Und täglich gib uns unseren Weltuntergang!» – «Geschwätz!»
Zwei Dutzend Journalisten waren in einem Nebensaal versammelt worden, damit sie dort ungestört per Videoübertragung dem Vortrag folgen konnten. Im Hauptsaal waren sie unerwünscht, denn Klimt hegte eine tiefe Abneigung gegen die «nuttige Journaille», so sein Lieblingsausdruck, für den er etliche Varianten hatte, die alle gleichermaßen vulgär im Ton waren.
«Ein durch und durch unsympathischer Zeitgenosse, wenn Sie mich fragen. Ein Spinner, aber nicht ohne Charisma!» Martina Claasen schien es bei diesem Urteil belassen zu wollen.
Der Chefredakteur des Internetmagazins *NewsOnline* klopfte noch einmal bekräftigend mit seinem Füllfederhalter auf den Tisch, denn er applaudierte sich zuweilen gern selbst.
«Ja, ja, schön und gut, aber was halten Sie von seinen Thesen?» Er wandte sich an seine Mitarbeiterin, die gelangweilt die Beine übereinandergeschlagen hatte. Sehr lange Beine, wie er nicht umhin kam festzustellen. Zumindest da hatte sie keinen Schaden genommen. Sie wirkte grazil wie immer. Umso mehr überraschte ihr rüder Tonfall.
«Ich kann dieses Endzeitgequatsche nicht mehr hören, egal von welcher Seite es kommt. Die Welt ist schlecht, tolle Neuigkeit, was geht es mich an!?»

«Stopp! Ich schätze Ihre flapsige Art, aber nur im Umgang mit Ihren Interviewpartnern! Also bitte ... konzentrieren Sie sich und teilen Sie mir Ihre vorurteilsfreie Meinung über Herrn Klimt mit! Etwas mehr Substanz könnte dabei nicht schaden!»

Martina Claasen, fünfunddreißig, Kurzhaarfrisur, ein wenig zu blass für ihre sehr durchtrainiert wirkende Figur, musterte mit kaum verhaltenem Spott ihren Chef. Wäre ihr seine blasierte Neugier nicht seit Jahren vertraut gewesen, sie hätte ihm offen ins Gesicht gegähnt. Stattdessen schien sie hoch konzentriert nach den passenden Worten für ihren Unmut zu suchen, was Schauspielerei war, denn ihre Einschätzung von Klimt stand fest. Er erinnerte sie in zu vielem an ihren eigenen Vater, als dass sie sein cholerisches Gepolter hätte ernst nehmen können.

An den anderen Tischen im Videokonferenzraum herrschte aufgeregtes Getuschel, jeder schien mit dem Auftritt Klimts beschäftigt zu sein, aber Martina spürte sehr wohl, dass viele neugierige Blicke, die absichtslos durch den Raum zu schweifen schienen, ihr und ihrem Chef galten. Seit über einem halben Jahr waren sie nicht mehr gemeinsam zu sehen gewesen, und vieles war gemunkelt worden, darunter das Absurdeste, was sie sich überhaupt nur vorstellen konnte, dass sie beide nun endgültig ein Paar geworden seien und sie sich deshalb von der vordersten Reporterfront zurückgezogen hatte.

Äußerlich betrachtet sprach nichts gegen die Kupplerfantasien der Kollegen, das musste Martina zugeben, als sie ihren so geduldig wartenden Chef mit geradezu sentimentaler Neugier musterte – denn acht Monate waren eine lange Zeit in ihrem Milieu und die Wiederbegegnung wenige Stunden zuvor im Redaktionsbüro war nur kurz gewesen.

Ludger Kehrtmann wirkte so smart, dass es fast schon schmerzte. Dabei war er keineswegs eitel, seine Vorliebe für teure Schreibgeräte und Hightech-Rennräder ausgenommen. Er trug gute, aber nicht zu teuer wirkende Anzüge, solides Schuhwerk, in Handarbeit gefertigt, eine Uhr, die er von seinem Vater geerbt hatte und

der wiederum von seinem, bis zurück zu Ururgroßvaters babylonischen Tagen. Überhaupt die familiäre Tradition! Sein Großvater war Leiter eines bedeutenden Verlages gewesen, sein Vater Herausgeber einer bedeutenden Tageszeitung, und Kehrtmann war sich seines guten gesellschaftlichen Umgangs von Kindesbeinen an bis in den letzten Nerv seiner Wahrnehmung derart bewusst, dass es schon eines Frankensteins als Gegenüber bedurft hätte, um ihn zu einem irritierten Blinzeln zu bewegen. Martina gegenüber empfand er allenfalls Mitleid, so schien es ihr in diesem Moment. Als Frau hatte er sie noch nie wahrgenommen, warum auch, eine Heirat wäre ohnehin nie infrage gekommen, und als Geliebte ließ sie all das vermissen, was er sich unter einer zahmen, dekorativen und in Maßen temperamentvollen Mitfahrerin so vorstellte. Wobei sie nicht einmal wusste, ob er überhaupt ein Auto hatte. Aber wenn, saß er garantiert immer selbst am Steuer.
Rein körperlich verband die beiden eine herzliche Abneigung schon seit den Tagen, als sie noch im Printjournal zusammengearbeitet hatten. Für sie war Ludger Kehrtmann immer der Strichjunge der Anzeigenkunden gewesen; für ihn verkörperte sie die altmodische Form investigativen Zeitvertuns.
Martina konnte sich noch gut daran erinnern, als sie ihm das erste Mal begegnet war. Ihr Vater hatte sie damals in sein Büro geschleift. Sie selbst hätte lieber im *Buxtehuder Stadtanzeiger* volontiert, aber ihr Vater hatte sie bekniet, diese Chance ihres Lebens, wie er es immer nannte, doch nicht so leichtfertig aufs Spiel zu setzen.
Was das Schlimme war: Er hatte natürlich recht. Die Chance auszuschlagen, bei einem der besten Nachrichtenmagazine Europas anzuheuern, nur weil der eigene Vater den Fürsprecher gab, wäre selten dämlich gewesen. Aber peinlich war die Situation dennoch.
Ihr Vater vegetierte damals im letzten Stadium seiner Trunksucht. Er hielt sich noch einigermaßen gerade, aber wer genauer hinsah, bemerkte die Verfallserscheinungen nur allzu deutlich. Sein Äußeres wies all die Spuren der Vernachlässigung auf, die ein alleinstehender Mann, der jeden Sonnenaufgang mit einem Wasserglas

Wodka begrüßte, nicht mehr vertuschen konnte, weil er den Blick in den Spiegel erst gar nicht mehr wagte. Schlecht rasiert, im nicht mehr waschbaren Cordsakko, das Hemd leicht fleckig, die Schuhe seit Monaten nicht geputzt – sie konnte alle Einzelheiten lebhaft erinnern, denn dieses Bild seines Abschieds vom Berufsleben hatte sich ihr eingebrannt. Und dann war da noch dieser Geruch gewesen, eine unsägliche Mischung aus Schweiß, Alkohol, billigem Waschmittel – und Angst. Ja, er hatte Angst gehabt damals, dass seine Stellung und sein Ruf nicht mehr genügen würden, ihr das Entree zu verschaffen. Das war das Schlimmste gewesen, das war das, was sie Ludger Kehrtmann niemals verzeihen würde, dass er ihren Vater ängstlich erlebt hatte.

Kehrtmann wäre allerdings nicht Kehrtmann gewesen, wenn er diesen Auftritt ihres Vaters nicht taktvoll ignoriert hätte.

Er wusste schon lange, wie es um ihren Vater stand, er hatte ihm unerwartet viel Freiraum gegeben, aus welchen Gründen auch immer, vielleicht einfach nur, weil in Monatsabständen noch immer ein akzeptabler Artikel von ihm erschien, aber der Blick, mit dem er ihn musterte, als sie in sein Büro traten, war von einer solchen Kälte gewesen, dass sie am liebsten sofort wieder gegangen wäre.

Kehrtmann hatte die Mappe vor sich liegen gehabt, in der einige ihrer Reportagen versammelt waren, die sie für diverse Berliner Zeitungen geschrieben hatte. Er schlug sie auf, ohne hineinzusehen, schlug sie wieder zu.

«Sie haben Talent. Ohne Zweifel!» Im gleichen Tonfall hätte er auch sagen können: «Sie haben Neurodermitis.»

«Wir wollen es mit Ihnen versuchen. Zudem: Ihr Vater hat Sie wärmstens empfohlen, und wir in der Redaktion wissen alle, was wir an Ihrem Vater haben» – in Gedanken setzte er hinzu: ‹Vor langer Zeit hatten.›

Der Deal war klar. Das wusste sie, das wusste ihr Vater. Kehrtmann verfügte über die Gabe, andere seine Gedanken lesen zu lassen – wenn er es wollte. Ihr Vater würde sich dezent aus der Redaktion verabschieden, ohne auf eine unanständig hohe Abfindung zu

bestehen, und sie würde seine Stelle einnehmen. «Unser ganz privater Generationenvertrag», witzelte ihr Vater nach dem Gespräch, das er als seinen Erfolg verbuchte – und sofort zum Anlass nahm, sich ins nächste Koma zu saufen. Er hatte es sich ja verdient!
Ihr Vater hatte seinen Vertrag auslaufen lassen, ohne noch groß einen Finger zu rühren. Sie selbst zerriss sich in den folgenden Monaten, um den Verdacht zu ersticken, dass sie ihre Stelle nur seiner Protektion zu verdanken hatte. Und eins musste sie zugeben: Auf professioneller Ebene verstand sie sich gut mit Kehrtmann.
«Die Arbeit der Redaktion wird sich in den nächsten Jahren ein wenig anders gestalten», hatte er ihr im Folgegespräch verkündet. «Wir werden gar nicht umhinkommen, uns von den bürgerlichen Journallesern zu verabschieden und uns intensiver den Onlineanalphabeten zu widmen.» Seinen Sinn für Ironie konnte sie nie teilen, aber sein strategisches Denken konnte sie nachvollziehen.
Er hatte den richtigen Riecher in diesen Dingen. Die Onlineredaktion wurde ausgelagert, das Team radikal verjüngt, die Themenauswahl modisch frisiert.
«Wir wollen, dass die Leute für diese Themen zahlen, also müssen wir ihnen auch Themen bieten, für die sie bezahlen wollen. Die Zeiten der feuilletonistischen Bevormundung sind vorbei. Also bitte, keine Premierenbesprechung aus Bottrop, keine Rezension eines jungen hochbegabten georgischen Naturlyrikers und erst recht keine Gesinnungsprosa. Personality sells. Denn das fehlt unseren Lesern: ein Ego. Also bitte: ganz schlicht. Geschichten von Menschen über Menschen. Egal ob Politik, Wissenschaft oder Kultur. Es muss menscheln!»
Der Erfolg hatte ihm recht gegeben, ihn aber auch mit der Aura einer unendlichen Langeweile umgeben, die er selbst wohl als Unangreifbarkeit definiert hätte. Die Folge war, dass in der Redaktion die schlimmsten Gerüchte über sein Privatleben kursierten. Das Gerede endete, als er seine Verlobte vorstellte. Das heißt, sie stellte sich selbst vor, so als wollte sie allen weiblichen Redaktionsangestellten mitteilen, dass Ludger Kehrtmann von nun an verge-

ben war. Martina hatte sie nur einmal gesehen vor ihrem Tod. Als das Unglück geschah, war sie auf einer dreimonatigen Rechercheeise in Afrika.
Als sie wiederkam, lief alles wie gewohnt. Kehrtmann ließ sich nicht anmerken, wie stark ihn diese Tragödie mitgenommen hatte. Er trug nach wie vor die besten Anzüge, gab sich kollegial, aber nie anbiedernd, und steuerte die Geschicke seiner Redaktion mit ruhiger Hand, als wäre er schon im Kindergarten zum Kapitänsanwärter berufen worden. Es war zum Kotzen. Alles, was sie sich gewünscht hätte, war, ihn einmal dabei zu ertappen, wie er heimlich an seinen Nägeln kaute. Oder sich mit den Fingern die Nase schnäuzte. Oder sich die Brusthaare unterm Hemd kraulte. Ein unsinniger Wunsch. Ein Wunsch, für den sie sich inzwischen sogar schämte. Denn er hatte sie trotz ihrer Erkrankung nicht fallen gelassen – was ein Leichtes für ihn gewesen wäre.

«Also, was halten Sie davon? So Sie denn geneigt sind, sich wieder mehr auf die Arbeit zu konzentrieren und weniger auf meine Person.»
«Das wird von dem abhängen, was er noch bringt. Bis jetzt hat er ja nur seine dreifach verdauten Besserwissersprüche wiedergekäut! Alles ein wenig vorgestrig! Um nicht zu sagen senil!»
«Senil, meinen Sie?» Kehrtmann musterte sie nachdenklich. Irgendwie wirkte er nicht ganz bei der Sache. Das konnte aber auch Ablenkung sein. Er irritierte seine Gegner gern durch eine gewisse blasierte Gleichgültigkeit. Und seine Mitarbeiter waren Gegner für ihn. «Apropos: Die Locken standen Ihnen übrigens besser! Nur so nebenbei.»
Kehrtmann hatte, das musste sie auch jetzt wieder zugeben, einen unfehlbaren Instinkt für die Schwachstellen seines Gegenübers, im Guten wie im Bösen. Genau das wollte er mit seiner Bemerkung über ihre Frisur unter Beweis stellen.
Ihre Chemotherapie lag sieben Monate zurück, und obwohl ihre Haare langsam wieder wuchsen, sie würde sie niemals wieder

lang und lockig wachsen lassen! Denn das Bild, das hatte sie sich geschworen, wollte sie nie wieder vor Augen haben: Wie all ihre Haare auf dem Boden gelegen hatten, an dem Tag, als sie die Perücke kaufen ging, zwei Wochen nachdem sie die Diagnose erhalten hatte. Sie wollte damals den Tag nicht abwarten, bis sie sich die Haare büschelweise vom Kopf reißen konnte.

«Sie können mich mal ... an ihren Figaro verweisen! Aber mein Problem ist im Augenblick ehrlich gesagt ein ganz anderes: Warum bin ausgerechnet ich hier und keiner unserer Geschichtsnerds fürs Angegilbte?»

«Das werden Sie gleich erfahren, aber lassen wir ihn erst mal wieder zu Wort kommen.»

Beide hatten mit halben Ohr auf Klimts Vortrag gehört. Sie waren professionell genug, um den rhetorischen Ballast von den Kernaussagen trennen zu können. An seinem Tonfall merkten sie, dass er langsam zur Sache kam.

«Warum ich nach Berlin gekommen bin, in die ehemalige Reichshauptstadt, Hitlers ‹Germania›, in die Höhle des Löwen sozusagen, ich, ein sterbenskranker alter Jude, meine Damen und Herren, weil ich mich Ihnen zum Fraß vorwerfen will! Denn hier in Berlin hat der Teufel seinen Hauptwohnsitz. Was denken Sie denn, warum ich sonst hier bin?!» Klimt lachte höhnisch und fuchtelte wild mit seinem Gehstock ins Publikum. Übergangslos verfiel er wieder in einen dozierenden Tonfall. «Wenn wir das Böse verstehen wollen, müssen wir unsere Aufmerksamkeit seinen hervorragendsten Vertretern schenken, und das ist keiner dieser Serienkiller in Nadelstreifen, an denen sich unsere Krimidamen, sei es lesend oder schreibend, so zartfühlend delektieren. Das Böse ist im letzten Jahrhundert in vielfacher menschlicher Gestalt auf die Bühne der Weltgeschichte getreten: Stalin, Hitler, Mao, Pol Pot – die unheilige Quadriga des Schreckens. Nun, Mao ist tot, und er hat keinen Nachfolger gefunden. Stalin ist tot, und niemand ist gewillt, sein Erbe anzutreten, Pol Pot desgleichen. Der Kommunismus hat sich selbst erledigt. Der Rassismus nicht, der Antisemitismus schon gar nicht. Gut, das wissen Sie natürlich. Was wissen Sie nicht? In welcher Gestalt der Teufel tatsächlich überlebt hat! Obama ist es nicht, das war nur ein Scherz auf Ihre Kosten. Sie sind doch politisch korrekt, oder?» Er lachte kurz auf. «Der Papst ist es nicht, und ich bin es auch nicht, obwohl ich mich noch recht fit fühle!»

Klimt legte eine Pause ein und stützte sich affektiert auf seinen Gehstock. Das Publikum wurde unruhig. Keiner im Saal hatte die geringste Ahnung, worauf er eigentlich hinauswollte, und nicht wenige bereuten inzwischen, überhaupt erschienen zu sein. Das war zu spüren, aber Klimt fuhr in bewusst ruhigem Ton fort.

«Hitler ist tot, aber Hitler war nur der ranghöchste, schauspielerisch begabteste Repräsentant des Nationalsozialismus. Nicht sein Ideologe. Hitler wollte Deutschland untergehen sehen, weil er sich selbst untergehen sah, aber das sagt nur etwas über seine Eitelkeit aus und nichts, gar nichts über das Wollen der nationalsozialistischen Elite, die sich ja – bis auf die wenigen Nürnberger Sündenböcke – unbeschadet ins neue Deutschland hinüberretten konnte. Oder nach Argentinien weiterzog, nach Chile, nach Paraguay, in den Nahen Osten.»

Er schnaufte kurzatmig, als wäre er selbst auf der Flucht.

«Wissen Sie, zuweilen kommt mir ein Bild in den Kopf. Adolf Eichmann, Sie kennen ihn, den Verantwortlichen für die Judentransporte in die Gasöfen, Eichmann, der eine neue Heimat in Argentinien gefunden hatte, wurde, lange vor seinem Prozess, von einem Interviewer gefragt, ob er etwas bedauere. ‹Ja, natürlich bedauere ich etwas›, antwortete Eichmann. ‹Ich bedauere, dass wir nur sechs und nicht zehn Millionen Juden vergast haben.›»

Klimt legte erneut eine kurze Pause ein, ohne den Blick vom Pult zu heben. Ein Raunen ging durchs Publikum, als er mit einem kleinen Kichern in der Rede fortfuhr.

«Wissen Sie, was an diesem Bedauern auffällig ist? Nicht das Ungeheuerliche der Tatsache, dass er weitermorden wollte. Das versteht sich, Eichmann war ein böser, böser Mensch, da werden Sie mir alle zustimmen. Auffällig, im moralischen Sinn, ist vielmehr dieses

Bedauern Adolf Eichmanns. Dieses Bedauern war aufrichtig! Wie kann ein böser Mensch aufrichtig sein?!»
Klimt stützte beide Hände breit aufs Pult und fixierte sein Publikum mit einem abschätzigen Blick, als traute er den hier Versammelten gar nicht zu, seine Worte in ihrer wirklichen Bedeutung zu verstehen.
«Meine Damen und Herren, es gibt nichts Lebendigeres als unversöhnlichen Hass! Nichts Wahreres! Nichts Ehrlicheres! Glauben Sie mir, ich weiß das aus eigener Erfahrung. Was daraus folgt? Ganz einfach: Dieser Hass erledigt sich nicht einfach mit der Hinrichtung Eichmanns. Diese Bande von Verbrechern, die sich Nationalsozialisten nannten, hat Europa in den Abgrund gestürzt, Russland an den Rand der Niederlage gebracht, die Alliierten zur Aufbietung all ihrer Kräfte gezwungen und nebenbei sechs Millionen Menschen vernichtet, weil sie Juden waren. In nur zwölf Jahren! Was für eine logistische Meisterleistung! Das meine ich gänzlich ohne Ironie. In der Technologiegeschichte des Bösen nehmen die Deutschen den Spitzenrang ein, mit weitem Abstand. Maos Kulturrevolution, Stalins Liquidation der Kulaken, die Massaker der Roten Khmer, der Völkermord in Ruanda ... all das erscheint dagegen wie das Werk von Amateuren. Und die Historiker wollen uns glauben machen, dass diese Elite des Bösen keinen Gedanken an eine Fortexistenz verschwendet hat?! Ich bitte Sie, das ist lächerlich!»
Klimt schnaufte empört, als wäre er persönlich beleidigt worden.
«Ungeheuerlicher noch als diese Verbrechen ist die Dummheit all derer, die glauben, mit der Kapitulation des Deutschen Reiches sei der Nationalsozialismus erledigt gewesen! Die Fluchtwege waren längst ausgekundschaftet, riesige Summen Geldes außer Landes geschafft, Scheinfirmen gegründet, und wozu das alles? Weil diese Funktionäre des Schreckens in sonnigeren Ländern beschaulich als Privatiers und Rentner ihr Leben zu fristen gedachten? Was für ein Unsinn, meine Damen und Herren, was für ein lächerlicher, was für ein gefährlicher Unsinn!»
Klimt schüttelte müde den Kopf. Er zog ein Taschentuch aus seiner

zerbeulten Jacketttasche und wischte sich wiederholt die schweißnasse Stirn, dann steckte er es achtlos wieder weg und holte tief Luft.

«Lächerlich.»

Das Publikum verharrte in angespannter Stille. Klimt wusste, dass er nun die Zuhörer in seinen Bann gezogen hatte – und er genoss es, indem er sich Zeit ließ mit dem Fortgang seiner Rede.

«Meine zentrale Überlegung ist: Die Historiker haben bislang zwar zur Kenntnis genommen, dass die Nazielite früh die Niederlage ahnte, früh Asylmöglichkeiten suchte und fand – aber, so mein Einwand, doch nicht nur, um ihr Leben zu retten! Unsinn. Sie wollten den Fortbestand der nationalsozialistischen Ideologie sichern! Ihr vordringliches Ziel war nach wie vor … die Macht! Beweise? Beweise werde ich zuhauf bringen! Zuhauf, meine Damen und Herren, zuhauf! Aber lassen Sie mich zunächst einen Witz erzählen, damit Ihnen das alles nicht so verbissen erscheint, was ich Ihnen vortrage, einen jüdischen Witz selbstredend: Ein frommer Mann kommt verzweifelt zum Rabbi. ‹Rabbi, ich habe nur einen Sohn und der ist jetzt Christ geworden, was soll ich tun?› Der Rabbi bittet sich Bedenkzeit aus, er muss mit Gott darüber reden. Eine Woche später kommt der fromme Mann wieder: ‹Rabbi, was haben Sie erfahren?› Der Rabbi sagt: ‹Schau, mein Lieber, Gott hat gesagt, er hatte auch nur einen Sohn, und der ist auch Christ geworden!› – ‹Und was hat Gott gemacht?›, will der Mann wissen. ‹Ein neues Testament.›»

Klimt lachte scheppernd.

«Ein neues Testament! Das ‹Neue Testament›! Was für eine geniale Pointe. Vor allem – wie leicht zu übertragen. Hitler, meine Damen und Herren, hat kein politisches Testament hinterlassen. Er begnügte sich mit der Ordnung seiner privaten Hinterlassenschaft und dem Nerobefehl: ‹Möge Deutschland mit mir untergehen!› Wie gesagt, er war ein eitler Mann, der sich in seinem Tun erschöpft hatte. Er selbst war der größte Volksschädling. Ganz anders die ihm nachgeordneten Funktionäre, allen voran: Alfred Rosenberg. Der

Name sagt Ihnen nichts oder nur wenig? Der ‹Mythus des zwanzigsten Jahrhunderts› – sein Hauptwerk. Alfred Rosenberg war Hitlers Chefideologe und Ideengeber. Darüber hinaus war er ein williger und sehr geschickter Handlanger. Im Zweiten Weltkrieg ging er mit seinem Einsatzstab ‹Reichsleiter Rosenberg› auf Raubzug durch ganz Europa, als Leiter des Reichsministeriums für die besetzten Ostgebiete trieb er deren Germanisierung voran, soll heißen, er war einer der Organisatoren der systematischen Judenvernichtung. Im Nürnberger Prozess wurde Rosenberg als Hauptschuldiger der NS-Kriegsverbrechen angeklagt, in allen vier Anklagepunkten für schuldig befunden und zum Tode verurteilt. So viel zu den Fakten, die viele kennen. Nun zu den Fakten, die nur wenigen bekannt sind. Rosenberg führte zeitlebens Tagebuch, ein politisches Tagebuch, wie es sich bei seinem Charakter von selbst versteht. Diese Tagebücher, die zeitlich bis zum Ende des Krieges reichten, lagen dem alliierten Gericht, namentlich dem Ankläger Robert Kempner, in Auszügen vor. Aufgrund ihrer Brisanz wurden sie allerdings unter Verschluss gehalten – und verschwanden. Böse Zungen behaupteten, Kempner habe sie unterschlagen, was Blödsinn ist, er hat mehrfach darauf hingewiesen, dass er selbst zeitlebens auf der Suche nach diesem Tagebuch war. Im Übrigen» – Klimt kicherte – «alle, die glauben, hier würde ein Märchen ähnlich wie das von Hitlers Tagebüchern erzählt, mögen in die nächste Bibliothek gehen und sich kundig machen. Ich sehe ja an Ihrer Unruhe, dass Sie geneigt sind, meinen Ausführungen mit Misstrauen zu begegnen, Ihr gutes Recht. Mein Recht ist es, Ihnen und dieser Heerschar verblödeter Historiker die Kompetenz abzusprechen, die Fakten vorurteilsfrei zu deuten.»

Klimts Sekretär trat an das Stehpult und schenkte Wasser in das halb volle Glas. Sein Chef winkte ihn unwirsch beiseite, aber die kleine Geste der Beruhigung, sei sie verabredet gewesen oder auf eigenen Einfall des Sekretärs hin erfolgt, brachte ihn wieder ein wenig zur Besinnung.

«Zu den Fakten: Rosenbergs Aufzeichnungen galten und gelten

als verschollen. Am dreißigsten Jahrestag der Machtergreifung erschien in einem deutschen Nachrichtenmagazin die Meldung, dass im sowjetischen Außenministerium geplant sei, zwei Bände der Rosenberg-Tagebücher zu veröffentlichen. Die Meldung war einfach von der sowjetischen Presse übernommen worden und erwies sich als falsch. Jede Nachfrage bei den russischen Behörden blieb ohne Antwort. Jede weitere Nachforschung schien aussichtslos.»

Klimt klopfte wiederholt mit seinem Gehstock auf den Boden.

«Vollkommen aussichtslos. So auch der Befund meiner lieben historischen Kollegen, die ich um Rat fragte. Von welcher Seite kam Hilfe? Meine Damen und Herren, zuweilen kann man die Ironie des Schicksals gar nicht genug belächeln! Eine Nachricht, die auch vielen Laien nicht entgangen sein dürfte: Die Verliese des vatikanischen Archivs öffneten sich vor einiger Zeit. Ahnen Sie, was das für einen Historiker bedeutet, meine Damen und Herren?! Stellen Sie sich vor, die Mafia hätte über Jahrzehnte hinweg penibel Buch geführt über all ihre Untaten, über all die Politiker, die von ihr geschmiert wurden, über all die Komplotte, die je mit den Mächtigen der Wirtschaft geschmiedet wurden, Band um Band eine Chronik des Grauens! Und nun erst die katholische Kirche! Nein, nein, ich weiß, Sie erwarten, dass mir Schaum vor den Mund tritt und ich nun eine meiner gewöhnlichen Brandreden gegen diese schlimmste aller spirituellen Verbrecherorganisationen halten werde. Keinesfalls. Ich bewundere die katholische Kirche für die organisatorische Effizienz ihrer Machtausübung. Ich bewundere sie für ihre vatikanische Bibliothek und ihr Archiv. Das Gedächtnis der Menschheit! Gut, ein wenig einseitig sortiert, aber was für ein Schatz an Geheimwissen! Annähernd zwei Jahrtausende spionierten Priester und Laien im Namen des Allmächtigen alles und jeden aus, der in den Ruch kam, der Kirche schaden zu können!»

Klimt schien kurz vor einem Herzinfarkt, so heftig schnaufte er.

«Ahnen Sie etwas? Ahnen Sie, wie umfangreich die Dossiers über all die Mächtigen der nationalsozialistischen Bewegung sind? Nein,

Sie können es nicht ahnen, denn es übersteigt Ihre Vorstellungskraft. Ja, ich gebe es gern zu, selbst meine Erwartungen wurden übertroffen! Jeder weiß, dass der Vatikan sich mit Hitler einließ, weil er um die Zukunft der Kirche in einem Reich völkischen Glaubens bangte. Jeder weiß, wie wenig die Antisemiten in Soutane getan haben, um die Judenverfolgung zu verhindern. Alles bekannt, alles bekannt, wenn auch ungern gehört. Aber in welchem Ausmaß die vatikanischen Spitzel die Führungskräfte der NSDAP observiert haben, hat selbst mich überrascht. Allen voran – ja, Sie werden es nicht glauben, allen voran Alfred Rosenberg. Er, der Chefdenker der Nazis, war der ärgste Feind, die gefährlichste Bedrohung der vatikanischen Kamarilla. Er hielt nichts vom Christentum, nichts vom Papst, er wollte eine germanische Religion und war deshalb von Beginn an im Fadenkreuz der Inquisitoren. Jede Schrift von ihm, jedes Buch, jede wichtige Akte in Abschrift, findet sich im Vatikan, natürlich auch das Manuskript seiner Erinnerungen, kurz vor Kriegsende verfasst – und sein Tagebuch!»

Im Saal wurde es mit einem Schlag dunkel. Auf der Leinwand hinter dem Stehpult wurde es blendend hell. Ein Raunen ging durch den Saal. Einzelne standen auf, Stühle fielen. Aber der Schock über das Bild, das auf die Leinwand projiziert wurde, bannte die Leute an ihre Plätze.

Klimt blickte mit sichtlicher Genugtuung auf die erschrockenen Gesichter vor ihm. Er wies mit seinem Gehstock in die große Runde der Zuhörer.

«Ich sehe, dieser Mann hinter mir ist Ihnen allen noch ein Begriff. Aber ich sehe an Ihren erstaunten Gesichtern auch, dass Sie den Zusammenhang mit dem bisher Gesagten noch nicht ganz nachvollziehen können?! Keine Sorge, das wird bald der Fall sein. Dieser hässliche und sehr böse Mensch hinter mir ist Charles Manson. Richtig, jener Charles Manson, der durch das Tate-LaBianca-Massaker seinen luziferischen Ruhm erlangte. Noch immer sitzt er in Haft, seine Gnadengesuche wurden selbstredend abgelehnt. Sein Mythos, die Verkörperung des Bösen schlechthin zu sein, der ist allerdings überlebensgroß. Nun, meine Damen und Herren, darf ich Sie bitten, Ihre Aufmerksamkeit auf ein Detail dieses fotografischen Porträts zu richten. Sehen Sie es, Sie sehen es! Zwischen den Augenbrauen: ein Hakenkreuz! Nein, keiner der Mithäftlinge hat es ihm eingeritzt. Das würde keiner wagen. Seine Herrschaft dort ist unbestritten. Also, woher kommt dieses Tattoo? Er hat es sich selbst tätowieren lassen. Charles Manson ließ sich ein Hakenkreuz auf die Stirn tätowieren?! Warum wohl? Ein Spinner, sagen Sie, ein Spinner. Sicher, ein Spinner! Das erklärt ja alles hierzulande.»

Klimt verkostete die Worte mühsam mit den Kiefern mahlend, als wollte er bewusst ihren bitteren Nachgeschmack spüren. Müde stützte er sich auf seinen Gehstock. Sein herrischer Seitenblick wies den Sekretär an, das Licht im Saal wieder anzustellen. Mit einem kleinen, bösen Lächeln beobachtete er, wie einige sich die Hände vor die geblendeten Augen schlugen.

«Keine Sorge, meine Damen und Herren, wir kommen zum Ende. Ich fasse mich kurz. In den Tagebuchaufzeichnung von Alfred Rosenberg finden sich detaillierte Angaben zum Unternehmen ‹Barabbas›, jenes Unterfangen, das den Fortbestand der nationalsozialistischen Ideologie und den Endsieg über das Judentum sichern sollte. Ein Dokument des Fanatismus, aber ein Geniestreich der Strategie. Geld war ausreichend außer Landes geschafft worden. Die Elite der SS konnte entweder im eigenen Land untertauchen oder fand – dank tätiger Mithilfe des Vatikans wie des italienischen Roten Kreuzes – eine neue Identität im Nahen Osten oder in Südamerika. Dieser lose Verbund alter Kameraden trug über Jahre, über Jahrzehnte hinweg. Historiker haben das immer bestritten, weil die Zeitzeugen es bestritten haben. Aber die Zeitzeugen waren mehrheitlich Komplizen der Nazis!»

Klimts Stimme überschlug sich vor Empörung.

«Ja, glauben Sie denn, ein Adolf Eichmann gibt offen und ehrlich Auskunft über die Pläne und Ziele der untergetauchten Nazis! Lachhaft! Wie naiv muss man sein? Wie gutgläubig? Halt, werden Sie einwenden, gut und schön, der Wahn lebte fort, die materiellen

Mittel waren gegeben, aber ausrichten konnten diese Altnazis doch nichts mehr, waffen- und machtlos wie sie waren. Meine Damen und Herren, das ist leider ein Irrtum. Die Macht›, Klimt tippte sich demonstrativ an den Kopf, «die Macht sitzt hier! Hier ist der Ursprung des Bösen. Die überlebenden Nazis wussten sehr genau, was sie wollten, und sie wussten sehr genau, wie sie es umsetzen mussten. Die Organisation ‹Barabbas› ist strukturiert wie ein Orden, Schweigepflicht, Eintrittsgelübde, sorgsame Selektion der Novizen. Rosenberg hatte die Fluchtwege so aufgefächert, dass nahezu weltweit in jedem Land eine kleine schlagkräftige Einheit operieren konnte. Ihr Ziel? Fanatiker heranzuziehen. Herrenmenschen, Instrukteure des Grauens. Glauben Sie mir eins: Krebszellen vermehrten sich schon immer schneller als gesunde Zellen!»

Klimt musterte mit einem bösen Rundumblick all jene, die zweifelnd den Kopf schüttelten, und das waren nicht wenige.

«Ich weiß, in der verkürzenden Überschau klingt das verwegen, wenn nicht gar ein wenig romanhaft: Instrukteure des Grauens. Nun ja, aus eigener Kraft, meine Damen und Herren, wird keiner zum Fanatiker. Es braucht immer einen Geburtshelfer des Wahnsinns. Wer, glauben Sie wohl, hat Charles Manson auf die Idee gebracht, Sharon Tate mitsamt ihrem ungeborenen Kind abschlachten zu lassen, diesen blonden Engel an der Seite des Juden Roman Polanski, dessen Mutter, im sechsten Monat schwanger, nach Auschwitz deportiert worden war. History repeats!»

Bei den letzten Worten Klimts erlosch erneut das Licht. Auf der Leinwand hinter ihm wuchsen aus einem nebeligen Grau die Türme des World Trade Centers, bis sie im überscharfen Kontrast den Raum zu dominieren drohten. Klimt schien es gar nicht zu bemerken, sondern fuhr ungerührt in seinem Text fort.

«Die einzig verlässliche Macht, das einzig Berechenbare und somit Beherrschbare im Menschen ist das Böse. Es geht um das Neue Testament, um das Neue Testament des Schreckens. Sie glauben mir nicht? Nur weil ich paranoid bin, heißt das nicht, dass mich keiner verfolgt.»

Klimts Kichern blieb ohne Echo beim Publikum, aber darauf hatte er auch nicht gehofft. Er nahm einen Schluck Wasser, räusperte sich und fuhr in ruhigem Tonfall fort.
«Die Zerstörung des World Trade Centers. Die Schleifung des Turms zu Babel. Meine Damen und Herren, was glauben Sie, wie viele Verschwörungstheorien sind derzeit im Umlauf? Unzählige, versteht sich, Unzählige. Eine abstruser als die andere, und doch haben sie eins gemein: den Zweifel an der Fähigkeit einer kleinen islamischen Terrorgruppe, einen solch genialen Anschlag zu planen und durchzuführen. Dieser Zweifel ist begründet! Die Terrorgruppe des Herrn Mohammed Atta hätte, auf sich allein gestellt, nicht einmal einen Supermarkt in Brand setzen können. Was mich so sicher macht? Sehen Sie in die Gesichter dieser Männer, studieren Sie ihre Lebensläufe, das waren Befehlsempfänger! Fragt sich zwangsläufig: Wer waren ihre Instrukteure? Das Pentagon, das Weiße Haus, das World Trade Center, die Trias der amerikanischen Macht, das politische, das wirtschaftliche, das militärische Haupt mit einem Schlag geköpft! Wir sind uns über die Schändlichkeit dieses Anschlags einig, sicher, aber was für ein genialer Plan. Ausgeheckt von kamelreitenden Islamisten – lächerlich!
Das Böse ist vor Ort, sei es in Gestalt eines scheinbar geistig verwirrten Handlangers wie Charles Manson oder einer hocheffizienten Hamburger Terrororganisation, die eben nicht den Namen Osama Bin Ladens trägt. Ich kann verstehen, wenn Sie Beweise fordern – Sie werden mich verstehen, wenn ich im Interesse meiner ganz persönlichen Dramaturgie diese Beweise erst im nächsten Vortrag vorlege. Die finale Demütigung der Siegermacht Amerika, das war ein Ziel der ‹Operation Barabbas› – und es wäre ihnen beinah gelungen. Nun ja, den Rest erledigt die Gier der Wall Street, was Rosenberg übrigens schon in den Zwanzigerjahren vorhergesagt hat. Das zweite Ziel der ‹Operation Barabbas›: die Vernichtung des Staates Israel. Da stehen die Chancen schon besser. Ersparen Sie mir ihre Unmutsäußerungen, ich weiß, es klingt zynisch, was ich vorzutragen habe, aber Sie können mir nicht den Zynismus der Fakten anlasten.

Fakt ist: Die Gründung des Staates Israel wurde von den Juden weltweit als Emanzipationsakt gefeiert. Man glaubte sich sicher im eigenen, im gelobten Land. Das ist die eine Sehweise. Nun die andere: Werfen Sie einen Blick auf die Landkarte des Nahen Ostens, vergegenwärtigen Sie sich die Größe des Staates Israel, seine Grenzziehungen, eingeschlossen vom Meer, von der Wüste, von feindlichen Nachbarn. Dieser Staat Israel ist ein ziviles Konzentrationslager, geleitet in eigener Regie, immerhin, aber nichtsdestotrotz ein großes, komfortables Gefängnis mit erschwertem Freigang.»

Das feindselige Flüstern im Publikum wurde zum Raunen, empörte Zwischenrufe, einige drängten zum Ausgang, andere machten Anstalten, das Podium zu stürmen. Klimt, dem die Anstrengung des Vortrags inzwischen deutlich anzusehen war, richtete sich auf und schrie ins Mikrofon.

«Stopp. Schluss mit Ihrem dummen Gezeter! Hören Sie mich zu Ende an! Fakten! Erster Fakt: Israel ist ein One-Bomb-Country, so die militärische Ausdrucksweise, die nichts anderes besagen will, als dass eine Atombombe genügt, den Staat der Juden vom Erdboden verschwinden zu lassen. Zweiter Fakt: Der Iran, da sind sich alle Geheimdienste dieser Welt einig, wird in spätestens fünf Jahren über die Bombe verfügen, und das nicht zuletzt dank der Beihilfe deutscher Wirtschaftsunternehmen, die jahrzehntelang enge Verbindungen zum Iran pflegten! Es versteht sich, dass die ‹Operation Barabbas› ihren Teil, den entscheidenden Teil, dazu beigetragen hat. Die Bombe, meine Damen und Herren, wird fallen! Israel wird vernichtet werden.»

Klimt wischte sich mit einem Taschentuch die schweißnasse Stirn und fuhr mit erschöpfter Stimme fort.

«In meinem nächsten Vortrag werden Sie erfahren, wer genau die Drahtzieher sind! Aber ich fürchte, dazu wird es leider nicht kommen … Denn meine Ermordung steht unmittelbar bevor!»

Klimts letzte Worte gingen im allgemeinen Tumult fast unter. Die Ordner öffneten eilends die Türen. Der Sekretär zog Klimt zu einem der hinteren Ausgänge, seine Bodyguards stellten sich drohend davor.

«Irrsinn, das ist der totale Irrsinn!» Die Stimmen im Journalistenraum gingen wild durcheinander. «Der Mann ist durchgeknallt.» – «Ganz Israel ein KZ – das ist immerhin eine hammergeile Schlagzeile.» – «Der hat sich um Kopf und Kragen geredet!»
Es war keine Empörung zu spüren, eher Genugtuung, dass sich hier einer selbst hingerichtet hatte und die Story nun genüsslich ausgeschlachtet werden konnte.
Kehrtmann hatte sich mit Martina Claasen in eine stillere Ecke des Raums zurückgezogen. Vor ihnen ein Monitor, auf dem das Standbild von Klimts Abgang eingefroren schien.
«So was Irrsinniges hab ich lange nicht gehört!» Martina schüttelte verständnislos den Kopf.
«Nun ja, diesen Vorwurf musste sich Kopernikus auch gefallen lassen.»
«Sie wollen doch nicht andeuten, dass Sie auch nur ein Wort von diesem Merchandising-Gequatsche ernst nehmen! Der will sein Buch verkaufen, mehr nicht!»
«Ich stelle zunächst einmal fest, dass Sie viel zu emotional reagieren, wie übrigens die meisten im Publikum. Ich stelle weiter fest, dass Klimt eine interessante Perspektivenverschiebung gelungen ist, er sieht die Dinge aus einem anderen Blickwinkel, was drittens, wenn ich Sie erinnern darf, genau unser Job ist. Fragen stellen, interessante Fragen stellen, die die Dinge durchaus auch mal auf den Kopf stellen dürfen.»
Martina sah ihren Chef an, als wäre er ihr geradewegs vom Planet der Unwissenden direkt vor die Füße gefallen. Er seinerseits wirkte hingegen einfach nur amüsiert.
«Klimt ist ein Unsympath der Sonderklasse, das gestehe ich Ihnen sofort zu, aber was sagt das über die Qualität seiner Argumente?»
«Das kann ich Ihnen sagen.» Martina äffte Kehrtmanns Tonfall nach. «Weil ich Ihnen zuliebe den doch sehr vagen Begriff Unsympath präzisieren kann: Er ist ein egomanisches, hypercholerisches Superarschloch! Was sagt das über seine Argumentation? Ganz einfach, wenn er die Wahl hat, wird er immer das spektakulärere Fak-

tum, das schillerndere Argument, den irrsinnigeren Beweis wählen, weil er sich selbst damit besser ins Scheinwerferlicht rücken kann. Er ist kein Wissenschaftler, sondern ein profitgeiler Hochstapler!»
Martina Claasen fuhr sich gewohnheitsmäßig durch die Haare, Kehrtmann lächelte ein wenig seltsam. Sie hoffte für ihn, dass sich dieses Lächeln auf ihre Worte und nicht auf ihre Frisur bezog. Sie fand ihre kurzen Haare schrecklich hässlich, und obwohl sie selbst wusste, dass es völliger Unsinn war, glaubte sie, dass es allen anderen genauso ging.
«Sie haben vollkommen recht. Aber was sagt das über die Qualität seiner Argumente?»
«Haben Sie mir überhaupt zugehört?» Martina blinzelte ihn böse an. «Dieser absurde Verschwörungsquatsch über eine Bande seniler Altnazis bedient nur die Empörungslust und die Skandalgeilheit unserer lieben Kollegen. Sehen Sie sich doch um in diesem Irrenhaus hier!»
Kehrtmann schlug die Beine übereinander und blickte gelangweilt auf die noch immer aufgeregt debattierende Schar der ihm altbekannten Hauptstadtjournalisten.
«Liebe Kollegin, was ich sehe, gibt ihm recht! Punkt eins, sein Marketing-Coup, so er denn als solcher geplant war, ist gelungen. Dieses Buch wird sich millionenfach verkaufen. Punkt zwei, wo er recht hat, hat er recht, oder? Der weiblich harmonisierende Blick auf die Welt hat sich doch als ein wenig trügerisch erwiesen. Das Böse regiert. Weniger metaphysisch gesprochen: Das US-Verteidigungsministerium geht davon aus, dass der Iran in wenigen Jahren über Atomwaffen verfügt. Wir stehen kurz vor dem Abgrund, ein nuklearer Konflikt ungeahnten Ausmaßes droht, Israel plant bereits den Präventivschlag …»
«Und Klein Adolf kehrt aus dem Kyffhäuser zurück und rüstet zum ultimativen Endsieg?! Tut mir leid, ich konnte mit Weltuntergangsszenarien noch nie etwas anfangen. Alles heiße Luft.»
Kehrtmanns Blick ruhte ruhig auf ihrem Gesicht. Er schätzte ihre Intelligenz, daran hatte er nie einen Zweifel gelassen, aber er ver-

misste zuweilen bei ihr den Mut, die Gesetze der beruflichen Logik außer Kraft zu setzen und das ganz andere zu denken. Martina wiederum spürte sehr genau, was er von ihr erwartete, aber sie hätte sich eher eine Pappnase aufgesetzt als zuzugeben, dass die Atombombendrohungen des Iran und die «Operation Barabbas» sie einen Dreck interessierten, solange sie die Ergebnisse ihrer ersten Nachuntersuchung noch nicht erhalten hatte. Ihr privater Krieg gegen den Krebs war das Einzige, was im Augenblick zählte. Vielleicht ahnte er das ja sogar, denn er wirkte für seine Art ungewohnt umgänglich.

«Die Aktion Barabbas ein Fake?!»

«Genau, ein Riesen-Fake!»

«Gut, lassen wir vorläufig den Wahrheitsgehalt außer Acht und konzentrieren wir uns auf den Propagandawert und auf die Schlusspointe: Immerhin stellt Klimt uns ja seine Ermordung in Aussicht.»

«Das glauben Sie doch selbst nicht!»

«In sieben Tagen werden wir es wissen», entgegnete Kehrtmann lakonisch. «Aber um auf Ihre anfängliche Frage zurückzukommen, warum *Sie* eigentlich hier sind und nicht einer Ihrer historisch gebildeten Kollegen … *Seinetwegen* sind Sie hier.»

Er ließ die Aufnahme der Rede ein wenig zurücklaufen, bis der Sekretär im Bild erschien.

«Er ist unser Mann!»

Ein schmaler Kopf, der habichtartig aus dem dunklen Anzug ragte. Schlanke Gestalt, durchtrainiert, Langstreckenläufer, vermutete Martina. Ein sehr agiler, ein sehr selbstbewusster Mann, der älter wirkte als er war und im Unterschied zu ihrem Chef trotz seiner arroganten Ausstrahlung etwas Anziehendes hatte, was genau, das konnte sie in ihrem Kurzscan seiner Person nicht herausfinden.

«Klimt will sich umbringen lassen», fuhr Kehrtmann fort. «Gut für sein Buch, die Presse und das Boulevardfernsehen. Nur – er gibt keine Interviews vorab. Dieser Wilson schon. Er will uns ein Exklusivinterview geben. Jetzt fragen Sie mich nicht warum?! Alle anderen Blätter und Blogs sind jedenfalls außen vor. Und ich darf Ihnen versichern, diese Exklusivität hat uns keinen Cent gekostet. Die Pointe an der Sache», er setzte sein spöttischstes Grinsen auf, «hab ich Ihnen allerdings noch gar nicht verraten!»

«Die wäre?» Martina rieb sich müde die Augen.

«Er will dieses Interview nur mit Ihnen führen. Weiß der Teufel, warum.»

«Mit mir?» Sie blickte Kehrtmann ungläubig an. «Er kennt mich doch gar nicht?!»

«Fragen Sie nicht mich, fragen Sie ihn! Morgen haben Sie die Gelegenheit. Der Termin ist bereits vereinbart.»

Martina wusste, dass es sinnlos war, so zu tun, als würde sie sich über dieses Arrangement ohne ihr Zutun aufregen. Dieses Interview war ihre Mega-Chance, wieder ins Geschäft zurückzukommen, und zwar mit großem Tusch, das war beiden klar.

«Gut.» Sie nickte.

«Hier, ein Dossier über ihn, lesen Sie es sich in Ruhe durch. Allzu viel konnten wir nicht herausfinden. Er ist Vollwaise.» Für den Familienmenschen Kehrtmann schien damit über Wilson alles gesagt, was sich sagen ließ.

«Nun zu den Menschen, vor denen Sie sich hüten sollten!»

Martinas fragender Blick ließ ihn dozierend die Hände verschränken. Seine Lieblingsgeste, vermutete sie, weil er so seine manikürten Hände ins rechte Licht rücken konnte. Was für eine Welt, dachte sie unwillkürlich, in der Männer mehr Geld für Maniküre ausgaben als Frauen.

«Klimts Feinde sind auch Ihre Feinde. Denn jede publizistische Schützenhilfe, sei sie negativ oder positiv, wird unweigerlich als Waffenbrüderschaft ausgelegt werden. Also seien Sie auf der Hut. Vor allem vor *den* beiden!»

Kehrtmann spulte die Aufnahme zurück. Martina goss sich Wasser ein, ihr Mund war plötzlich sehr trocken und die Luft erschien ihr viel zu stickig, obwohl die meisten Kollegen inzwischen den Raum verlassen hatten.

«Hier, unser Glück will es, dass wir beide recht gut gemeinsam im Bild haben!»
Martina musterte die vorderen Reihen.
«Ist das nicht ein alter Bekannter?» Sie tippte mit ihrem Kugelschreiber auf ein Gesicht in der zweiten Reihe.
«Ludwig Müller von Hausen!»
«Ah ja, unser dünnbeiniger Bluter!» Martina rief die Daten ab. Ihr Gedächtnis funktionierte noch immer perfekt, trotz Chemo und Strahlentherapie, wie sie sich selbst widerwillig zugestand.
«Kunstmäzen und Führer der Humanistischen Liga, Anhänger Stefan Georges, Liebhaber von Knabenchören, Familienvater aus Diskretionsgründen, nicht wegzudenken vom alten Westberliner Parkett, einer der ganz großen Strippenzieher in town ...»
Kehrtmann nickte anerkennend.
«Das war eine Ihrer letzten wirklich guten Reportagen. Schade, dass sie ein anderer zu Ende schreiben musste ...»
Martina war sich gar nicht sicher, ob sie die Arbeit damals gern zu Ende gebracht hätte. Es ging um die Mafia-Investionen in Ostdeutschland, um die Milliardensummen, die dort sauber gewaschen worden waren, dank der Hilfe skrupelloser Juristen, die als Aufkäufer und Mittelsmänner agierten. Ludwig Müller von Hausen war einer der erfolgreichsten, mit Sicherheit der skrupelloseste. In Gestalt der «D'Annunzio-Gesellschaft», deren Vorsitzender er war, hatte er eine wunderbare Tarnorganisation, um seine italienischen Kontakte zu pflegen, die bis in höchste Regierungskreise reichten – noch dazu konnte er seine Transaktionen so sehr elegant steuerlich absetzen. Es ging das Gerücht, dass sich allerdings nie hatte erhärten lassen, dass er Mitglied der P1-Loge war, jener erzkonservativen Geheimorganisation, die Italien seit Jahrzehnten regierte und die dank der Globalisierung der Drogen- und Devisengeschäfte nun auch europaweit ihre dreckigen Geschäfte machen konnte.
«Ein aalglatter Hund, mit dem ich mich ungern noch einmal anlegen würde. Die zwei, drei Gespräche in seinem literarischen Salon

waren unangenehm genug. Er droht nicht, er macht Komplimente. Das heißt, er hat es nicht nötig zu drohen.»
«So sehe ich es auch», stimmte Kehrtmann zu, «ein sehr gefährlicher Gegner für Klimt – so es denn zur Konfrontation kommt. Immerhin wissen wir, dass von Hausen Klimt seit geraumer Zeit observieren lässt, warum auch immer! Na ja, Sie werden es herausfinden! Hier, in diesem Fall wird es mit Sicherheit zur Konfrontation kommen. Erkennen Sie die Frau?»
Er tippte in geradezu freudiger Erregung auf den Bildschirm, was bei ihm selten vorkam.
Das Gesicht einer etwa fünfzigjährigen, sehr gepflegten Dame, die ihr bekannt vorkam, ohne dass sie sie im Moment verorten konnte.
«Ich kenne das Gesicht …!»
«Sicher, kennen Sie diese Frau, die halbe Welt kennt sie mittlerweile, zumindest in Amerika!»
Kehrtmann schwang sich einmal im Stuhl herum und wandte dann Martina sein ein wenig hektisch geflecktes Gesicht zu. Er glaubte, an einer wirklich großen Story dran zu sein, das sah man ihm an. Einen Augenblick lang wirkte er geradezu sympathisch in seiner jugendlichen Aufgeregtheit.
«Lady Dolorosa, so ihr Spitzname in den einschlägigen Kreisen, oder auch Lady Macbeth, wie ihre politischen Gegner sie betiteln. Mit richtigem Namen: Ayn Goldhouse, Führerin der New-Virgins-Bewegung, eine wiedergeborene Ayn Rand, wie ihre Anhänger glauben, eine seltsame Mischung aus Sandra Palin und Lady Gaga, wie ich finde. Wieder andere nennen sie die Heidi Klum der Esoterik, allerdings ist sie ungleich geschäftstüchtiger. Als Hohepriesterin der ‹Neuen Unschuld› führt sie eine unüberschaubare Schar von extrem fanatischen Anhängerinnen an. Ihr Erkennungszeichen ist übrigens eine eintätowierte schwarze Rose, unauffällig, aber aussagekräftig: Schönheit bereitet Schmerzen, sie ist der Dorn im Herzen der Ungläubigen!»
«Klingt ein wenig bizarr», wandte Martina geistesabwesend ein, was Kehrtmann allerdings nicht zu bemerken schien.

«Das ist bizarr! Aber mich dürfen Sie nicht für den ganz normalen Wahnsinn dieser Welt verantwortlich machen … Hier ein kleines Dossier, in dem alles Wichtige über sie zusammengefasst ist. Die Informationslage ist ziemlich gut. Sie hasst Klimt wie die Pest, verfolgt ihn seit Jahren. Eine hochintelligente Stalkerin. Für sie verkörpert er seit seinem Gottesleugnerbuch schlichtweg alles, was sie verabscheut. Antiquierte Männlichkeit, intellektuelle Arroganz und – ein unsportliches Äußeres. In ihren Augen ist er der Antichrist – und gehört liquidiert, das sagt sie ganz offen.»
Martina hatte ihn reden lassen, obwohl sie vieles von dem, was er erzählte, schon wusste. Aber sie war fasziniert von den Augen dieser Frau, die in unverwandtem Hass Richtung Klimt starrten. Was ihr bislang allerdings noch nie aufgefallen war: Da war noch etwas anderes im Blick, etwas das sie selbst sehr gut kannte, weil sie schlechte Erfahrungen damit gemacht hatte.
Dieser Kick Grausamkeit. Eiseskälte. Sie kannte dieses satanische Glänzen von ihren Ex-Kokser-Freunden. Eine seelische Unberührbarkeit, die viele mit Macht verwechseln, mit der Macht jener, die von sich glauben, durch die Hölle gegangen zu sein und nun auf alle Ewigkeit zu den Unberührbaren zu gehören.
«Hatte sie je mit Drogen zu tun?», fragte Martina Kehrtmann. Der nickte.
«Ein guter Riecher! Das hab ich Ihnen ja immer attestiert! Als sie sechzehn war, brach sie mit einer Gouvernante zu einer Europareise auf. In Paris büxte sie aus, es dauerte Monate, bis die Eltern sie wiederfanden, gefangen im totalen Drogendelirium. Sie kam in ein amerikanisches Sanatorium – und im Jahr darauf war sie geläutert. Sie selbst hat übrigens nie einen Hehl daraus gemacht, die Junkie-Ausreißer-Story ist Bestandteil der Legende ihrer wundersamen Erweckung …»
«Was hat sie mit Klimt vor?»
«Sie will ihn nicht sofort liquidieren, sie will ihn langsam grillen. Noch lieber als seinen Tod hätte sie es wohl, würde er der Lächerlichkeit preisgegeben. Ihre Kunst, fürchte ich, besteht darin, beides möglich zu machen!»

«Wird ein schwieriger Job mit den beiden!»

«Der Job ist gefährlich, ohne Frage!»

«Aber ich hab ja ohnehin nichts mehr zu verlieren bei meiner reduzierten Lebenserwartung, denken Sie sich wohl.»

«Unsinn! Kokettieren Sie nicht immer mit Ihrer Krankheit, das hilft Ihnen nicht weiter und überfordert nur Ihre Freunde, zu denen Sie mich im Übrigen zählen dürfen, auch wenn Ihnen das ein wenig peinlich sein mag.» Er lächelte maliziös. «Wie auch immer: Sehen Sie es positiv! Das ist die Story Ihres Lebens. So oder so!»

Drei Männer umstanden ihr Bett. Sie schloss die Augen. Horchte auf ihren Atem. Horchte auf den Atem der Männer. Aber sie hörte nur sich selbst immer heftiger ein- und ausatmen. Ihre Brust hob und senkte sich, ihr ganzer Körper wollte aufbegehren, aber Füße und Hände waren fixiert. Ausatmen, einatmen. Sie öffnete die Augen. Der Mann am Fußende des Bettes fasste beruhigend ihre Füße, dann gab er den beiden anderen das Zeichen. Sie konnte kein Gesicht erkennen. Die Männer waren ganz in Weiß gekleidet, trugen weiße Handschuhe, weiße Atemmasken, weiße Kopfhauben. Farbig waren nur die hölzernen Mikadostäbe in den Händen der Männer, die rechts und links von ihrem Bett standen. Sie konnte ihren Kopf nur leicht hin und her bewegen, ein Stirnband aus weichen Mullbinden presste ihn auf die Liege. Ihre Arme waren fest an den Körper gebunden, ihre Finger flatterten ängstlich, und wieder strich ihr der Mann am Fußende des Bettes beruhigend über die nackten Zehen. Der Mann links von dem Bett beugte sich über sie, zog das Bettlaken beiseite und legte ihre linke Brust frei. Er tat es ruhig und nahezu ohne sie zu berühren. Seine Hand zitterte nicht, und als die Brust frei lag, die Warze klein und hart, weil sich ihr ganzer Körper in Angst versteifte, trat er wieder zurück und wartete auf das Zeichen des anderen. Der nickte dem Mann rechts von ihrem Bett zu. Sie wollte schreien. Sie öffnete den Mund, riss ihn auf, und biss sich gleich darauf auf die Zunge. Sie hatte geschworen, tapfer zu sein. Der Blutgeschmack beruhigte sie ein wenig. Sie hatte geschworen, tapfer zu sein, das alles zu ertragen, den Schmerz hinzunehmen, für welche Schuld auch immer. Sie glaubte, ein Lächeln auf dem Gesicht des Mannes am Fußende des Bettes zu sehen. Dankbar blickte sie ihm direkt in die Augen. Er würde sie vom Schmerz erlösen, losbinden, nach Hause schicken … Er hob den Arm, in der Hand den pfeilspitzen Mikadostab. Sie musste unwillkürlich lächeln. Er hatte das Spiel gewonnen. Sie brauchte keine Angst zu haben. Er konnte zufrieden sein. Er hatte gewonnen. Der Mann rechts an ihrem Bett trat vor, nahm einen der Stäbe, die nicht aus Holz waren, das sah sie jetzt mit Schrecken,

Donnerstag, 8. März, 6 Uhr
Martinas Wohnung

das waren nicht die Holzstäbe ihrer Kindheit, das Mikadospiel, das ihren Vater immer zur Verzweiflung gebracht hatte, weil er mit seinen zitternden Händen nie einen Stab wegbewegen konnte, ohne einen anderen zu berühren. Ihre Mutter war gut darin. Sehr gut. Sie rollte die Stäbe weg, nahm sie aus der Luft, wie ein Raubvogel unhörbar seine Beute, sie konnte die Stäbe anheben, ganz leicht, indem sie einfach fest auf die Spitze drückte, sie hin- und herschwang ganz nach Belieben. Sie lernte das Spiel von ihrer Mutter, sie spielte es gern, es war ein Geschicklichkeitsspiel und ein Orakel zugleich. Chien Tung, so hieß die buddhistische Wahrsagemethode, in der es auch einen Mikado gab, den Herrscherstab, benannt nach dem japanischen Kaiser, mit dessen Hilfe alle anderen Stäbe, die Mandarin, die Bonzen, die Samurai und die Kulis bewegt werden durften. Ihre Mutter war sehr gut darin, mit dem Mikado die anderen Stäbe auseinanderzudividieren, wegzurollen, hochzuwerfen. Ihr Lachen war dann immer so froh, selten hörte sie ihre Mutter so froh lachen wie beim Mikadospiel.
Der Schmerz kam so überraschend, dass sie gar nicht wusste, woher er eigentlich rührte. Sie riss die Augen auf. Der Mann hatte sich nur leicht über ihr Bett gebeugt und den lanzenartigen, zugespitzten Mikadostab kurz oberhalb ihres Brustansatzes in ihr Fleisch gebohrt, tief genug, um brutal zu schmerzen, aber es würde sie nicht töten. Das spürte sie. Ein einzelner Mikadostab würde sie nicht töten. Sie musste lächeln bei dem Gedanken. Tränen schossen in ihre Augen, als der zweite Stab sich neben den ersten bohrte. Der Mann links von ihrem Bett war vorgetreten und hatte die zweite Lanze direkt neben die erste gesetzt. Noch ehe sie begriff, bohrte sich der dritte Stab neben den zweiten. Die Männer ließen sich exakt so viel Zeit, dass sie den Schmerz unterscheiden konnte, jeder neue Stab ein neuer Schmerz.
Sie blickte erstaunt auf den Mann am Fußende. Er hatte ihr doch geschworen, es würde alles gut werden. Sie kannte ihn, sie wusste, warum sie zum ihm gekommen war. Er sollte sie gesund machen. Er hatte versprochen, sie zu heilen. Der Tenno, der Herrscher, der

weiße Magier. Aber jetzt spießten seine Helfer Stab um Stab in ihren Brustkorb.
Sie begann mitzuzählen. Zehn eiserne Stäbe staken schon in ihrer Brust. Sie konnte nur ihre spitzen Enden sehen, die leicht zitterten. Ihr ganzer Körper zitterte leicht. Weil der elfte Stab noch einmal Schmerz brachte, mehr Schmerz, und sie verwundert fühlte, wie sich ihr ganzer Körper in einen einzigen Schmerz verwandelte, in einen einzigen Schrei, der nur als leises Wimmern nach außen drang. Sie biss sich wieder und wieder auf die Zunge, das war erträglicher als der Schmerz von Stab Nummer zwanzig, und einundzwanzig, und Stab Nummer dreiundzwanzig würde die Ohnmacht bringen. Aber sie konnte noch zählen bei Stab Nummer fünfunddreißig und sechsunddreißig und siebenunddreißig, bis ihre Brust umrundet war von Schmerz. Ein Ring von Schmerz und Feuer, und eine Angst schlich sich ein, ein Bild, eine verkohlte Brust, ein Stückchen Kohle nur noch auf einem verbrannt flachen Brustkorb. Der Strahlenkranz um ihre Brust, er hatte alles verbrannt. Sie würde einfach abfallen. Totes verkohltes Fleisch. Ihre Brust würde einfach abfallen.
Der Mann löste ihre Fesseln. Winkte ihr zu, sich vorzubeugen. Die beiden Helfer links und rechts boten ihr an, sie aufzurichten. Sie schüttelte den Kopf, heftiger und heftiger. Sie würde sich nicht aufrichten. Ihre Brust, sie wollte ihre Brust nicht verlieren. Sie würde sich nicht aufrichten. Sie würde niemals mehr die Augen öffnen. Sie war zufrieden mit dem nachlassenden Schmerz. Sie wollte schlafen. Sie würde schlafen. Schlafen, bis alles wieder gut war.
Aber ihre Hände waren frei. Ihre Hände waren neugieriger als sie selbst. Ihre Hände wollten sehen und fühlen. Wo die Stäbe geblieben waren, wo der Schmerz saß, wo das Blut rann. Ihre Hände schlichen sich an ihrem Körper hoch, langsam über den Bauch, sie spürte ihre Rippen immer noch zittern, die Hände streichelten sich höher, beruhigend, kamen näher an ihre Brüste, kein Einstich war zu spüren, die Zeigefinger strichen seitwärts, fühlten, verglichen, die Haut war glatt, ohne Einstiche, alles verheilt, im Nu, nie war etwas

geschehen, die Hände strichen höher, fühlten ihre Brüste, glitten über sie hinweg, blieben ruhig liegen. Sie atmete ruhig. Nichts war geschehen, nichts.
Aber da stand immer noch er. Am Fußende des Bettes. Er zog den Mundschutz ein wenig nach unten.
«Sehr tapfer!» Sie vermutete ein spöttisches Lächeln in seinen Augen, aber sie konnte es nicht sehen. «Unangenehm so eine Strahlentherapie, aber ich verspreche Ihnen, Sie sind geheilt!»
Sie hielt ihre beiden Brüste fest, starrte ihm in die Augen, glaubte ihm kein Wort.
«Sie sind geheilt, nach diesem letzten kleinen Schmerz.»
Der Stahl rammte sich in ihren Unterleib, durchstieß die Gebärmutter, riss die Lungenflügel auf, zermalmte ihr Kiefer und Kopf und ließ sie zurück, gepfählt und wund und immer noch am Leben.
Sie schlug die Augen auf. In den ersten Wochen, als sie diesen Traum immer wieder träumte, waren die Augen noch tränennass gewesen. Anfangs erwachte sie mit einem Schrei auf den Lippen oder mit Blutgeschmack auf der Zunge, weil sie sich im Traum darauf gebissen hatte. In den letzten Wochen wachte sie ungerührt auf, ohne Tränen, ohne Blut, ohne Schrecken, sie wusste, sie würde diesen Traum ihr Leben lang träumen.
Ihr Anrufbeantworter blinkte. Am Abend zuvor war sie zu müde gewesen. Sie wollte einfach ihre Ruhe haben. An diesem Morgen war es nicht anders. Lebenslänglich Schlaf. Einen Augenblick war sie versucht, die Nachrichten einfach zu löschen. Dann drückte sie pflichtschuldig die Abfragetaste.
Ihr Vater bat um einen Rückruf. Wie immer versuchte er selbst bei einer so einfachen Sache, dem Ganzen eine witzige Wendung zu geben. Aber es war sinnlos, ihn darauf hinzuweisen, dass er zu alt war für seine Scherze. «Das Leben ist doch schon ernst genug», würde er entgegnen, «da hilft doch ein Lachen über vieles hinweg!» Wie sollte sie ihm erklären, dass sie sich seit Kindertagen nur eins wünschte, dass ihm dieses Lachen irgendwann im Hals stecken bleiben würde. Nicht weil sie das Lachen störte, sondern sein Selbstmit-

leid, das ihn zum Lachen brachte – er tat es nicht aus freien Stücken, niemals. Für Außenstehende war das kaum herauszuhören, aber sie trieb es in den Wahnsinn.

Der zweite Anruf kam von Wilson. Er wollte sich mit ihr treffen, und zwar möglichst bald, was zu erwarten gewesen war. Was sie überraschte, seine Stimme klang nicht unsympathisch, jetzt, da sie körperlos war. Ihr Widerwille gegen seine Arroganz bezog sich wohl mehr auf sein Äußeres, weniger auf seinen Charakter. Das machte sie nachdenklich und ein wenig neugieriger auf ihn als Menschen. Eine so unbefangene Stimme, die eine Bitte um ein Zusammentreffen so ruhig und sachlich vortrug, obwohl sie beide sich nicht kannten, hatte sie lange nicht gehört. Sie musste lauthals lachen. Dieses Kompliment würde sie ihn garantiert nie hören lassen. Da konnte seine Stimme noch so verführerisch sein.

Die dritte Nachricht kam von Ralf. Das hatte sie befürchtet.

«Ich muss dich wiedersehen!»

Mr. Teflon. Die Begegnung war kurz gewesen und zufällig. Im Soho House hatte er an der Bar gelehnt. Sie war monatelang nicht mehr dort gewesen. Ihm zuliebe. Sie konnte ihm nicht seine zweite Heimat rauben. Als er sie hereinkommen sah, war er zusammengezuckt. Das schlechte Gewissen hatte sich in seinem kindlichen Gesicht so deutlich abgezeichnet, dass er ihr fast leidgetan hatte. Das war seine Masche. Die eigene Schuld bei anderen abladen. Die Masche wirkte immer.

«Wie geht es dir, mein Herz?!» Er hatte sie am Arm gefasst, als wäre da immer noch ein Eigentumsanspruch, obwohl er sie knapp ein Jahr zuvor offiziell zum Umtausch freigegeben hatte. «Gut», hatte sie entgegnet, «gut geht es mir», und war davongeeilt. Sie ertrug seine Naivität nicht. Sie konnte sie ihm aber auch nicht zum Vorwurf machen, denn genau dafür hatte sie ihn geliebt.

Sie erinnerte sich noch gut an seinen Blick, als sie ihm damals die Diagnose mitteilen wollte. Geradewegs vom Arzt war sie zum ihm geeilt.

«Süße, wenig Zeit jetzt, wir reden heute Abend, ja?!»

Er war in seinem Drehstuhl einmal rundherum gewirbelt und exakt vor dem Bildschirm seines Laptops wieder zum Halten gekommen.
«Doch, du hast Zeit, jetzt!»
Sie legte ihm die Hand auf die Schulter, und er sah erstaunt auf. Er war es nicht gewohnt, Widerworte zu hören. Schon gar nicht in seinem Büro.
Ralf Marquardt war der erfolgreichste Infotainer der Republik. News-Dealer, wie er sich selbst nannte, Schlagzeilenfabrikant der besseren Art. Seine Filmreportagen waren Publikumsbringer, weil er genau den Stoff lieferte, den die Leute liebten:
24-Stunden-Zuhälter, 30-Tage-Milliardär, Lebenslänglich-Looser. Es war der immer gleiche Mix aus Sex, Crime und Voyeurismus, der nur wirkte, weil nichts daran gefälscht war. Das Material war echt, seine Kontakte waren erstklassig und seine Konkurrenten hilflos.
Ralf war in vielen Milieus zu Hause, aber nichts blieb an ihm haften. Als sie ihn das erste Mal traf, hatte sie so erstaunt die Augen aufgerissen, dass er aus dem Lachen gar nicht mehr herausgekommen war.
«Wen haben Sie erwartet? Al Pacino im Frack?»
«Das nicht. Aber auch nicht Leonardo DiCaprio in Turnhosen!»
Er hatte sie damals tatsächlich im Trainingsanzug empfangen. Das Haar verwuschelt, unrasiert. Vor sich ein großes Glas Orangensaft. ‹Was für ein Junge!›, dachte sie und war verliebt vom ersten Augenblick an. Endlich das, wonach sie sich von Kindesbeinen an gesehnt hatte: Ein unbeschwerter Mensch.
Nach und nach begriff sie, dass genau das das Geheimnis seines Erfolgs war, seine unbekümmerte Art. Er war der Typ, den jeder zum Freund haben wollte, dem keiner etwas neidete, der Männern wie Frauen gleichermaßen gefiel. Mehr als ein Sonnyboy, ein Liebling der Götter. Das hatte sie damals wirklich geglaubt, und auch wenn ihr von Anfang an Zweifel gekommen waren, sie wollte es nicht anders. Sie wollte ihn genau so, wie alle anderen ihn auch wollten, wie man selbst nie gewesen war: unbekümmert, glücklich. Rekord für ihn und für sie: Fast ein Jahr lang waren sie ein Paar.

Ihr Vater hatte sie dafür verachtet. Absurd für einen, der morgens nicht wusste, aus welcher Kneipe er abends geflogen war. Als ihr Vater Ralf das erste Mal begegnete, verharrte er geradezu in einer Höflichkeitsstarre, so erstaunt war er über diese genetische Variante ‹Mann›. Natürlich verabscheute er Ralf vom ersten Augenblick an und selbstverständlich ließ er keine Gelegenheit aus, ihn schlechtzumachen. Eine Zeit lang hatte sie ihn sogar in Verdacht, dass er einen Privatdetektiv auf ihn angesetzt hatte, nur um ihr zu beweisen, was sie ohnehin schon wusste: Dass er ein mieser Karrierist war, der über Leichen ging, ach was, ging, er sprintete darüber hinweg.
Dass Ralf alles andere war als harmlos, begriff sie leider erst viel zu spät. Sie fühlte sich bei ihm an die Geschichte von Dorian Gray erinnert, ein so schöner Mensch, der es aber nie wagen durfte, einen Blick auf sein wirkliches Spiegelbild, das Spiegelbild seiner Seele zu werfen. «Da hab ich auch kein Interesse dran!», hätte er entgegnet.
Sie war sich in den Wochen und Monaten ihres Zusammenseins nie klar darüber geworden, ob er tatsächlich ein so eiskalter Hund war oder ob er sein Herz nur mit Stahlplatten gepanzert hatte, weil er jede enge Beziehung aus Selbstschutz mied. Die klassische Liebesfalle. Auf die einfache Erklärung, dass er von der Nasenspitze bis zu den Fußsohlen zugekokst war, wäre sie damals nie gekommen. Sie hielt seine kranke Euphorie für Liebe. Natürlich hatte das ihren Ehrgeiz geweckt, endlich Herrin ihres Glücks zu sein, und alles hätte auch gut so weiterlaufen können, ein Wettbewerb um das bebende Herz, ausgetragen von zwei gleichstarken Konkurrenten, denn sie selbst hatte auch nie einen anderen Menschen nahe an sich herangelassen – wäre da nicht die Katastrophe eingetreten. Ihre ganz persönliche Katastrophe, die ihn völlig kaltließ.
«Doch, du hast Zeit, jetzt!»
Sie hatte ihn in den Sessel gedrückt. Da war er wieder, sein ängstlicher Blick, der Blick eines kleinen Jungen, der sich sorgt, dass ihm zu viele Hausaufgaben zugemutet werden, obwohl er doch nur eins will: spielen. Fast hätte sie lachen müssen.
«Ich war beim Arzt!»

«Bei welchem Arzt …?», fragte er erstaunt, als wäre ein Arztbesuch in ihrem Alter etwas völlig Abwegiges. Er legte die Stirn in Falten.
«Du bist doch nicht etwa …»
«Schwanger? Nein, keine Sorge …»
«Das ist schön. Ich meine, das ist gut, dass nichts Ernstes …» Er geriet ins Stottern.
«Krebs. Brustkrebs. Bösartig.»
Er schüttelte sich.
«Was heißt das?»
Sie hatte es ihm sehr sachlich erklärt. Wann die OP stattfinden würde, die Chemo, die Strahlentherapie.
Er hatte sie in den Arm genommen, ganz eng an sich gedrückt und dann erklärt: «Tut mit leid, aber damit möchte ich nichts zu tun haben.»
Es war ein Satz ohne Ausrufezeichen, völlig emotionslos gesprochen. Was gut war, so konnte sie nicht einmal in Tränen ausbrechen. Er blieb einfach stehen und wartete, bis sie sein Büro verließ. In den Tagen und Wochen darauf ließ er nichts mehr von sich hören. Einfach so. Er hatte sich einfach so davongemacht.
Sie konnte es ihm nicht einmal übel nehmen. Er tat das, was sie auch am liebsten getan hätte. Wegrennen bis ans Ende der Welt und noch ein Stück weiter.
Jetzt plötzlich war er wieder da. Und sie würde mit ihm schlafen … Würde sie? Ja, das hatte sie fest vor, aus einem ganz einfachen Grund.

«Was hältst du davon?»

Richard Claasen rührte nachdenklich in seinem grünen Tee. Es hatte Tage gegeben, da hätte er mit einer solchen Brühe nicht mal die Blumen gegossen, dachte Martina mit bitterer Belustigung, denn sie war froh, dass diese Tage lange zurücklagen. Fünf Jahre hatte er schon nichts mehr getrunken – aber eine gewisse Fahrigkeit in den Bewegungen war geblieben.

Sie saßen im Café der Kunstwerke in der Auguststraße. Sein Stammcafé, der vielen Zeitungen und Zeitschriften wegen. Sie vermutete eher der Touristinnen wegen, die in Scharen das nebenan gelegene Museum für moderne Kunst stürmten, hyperinteressiert die Treppen hoch- und runtertrippelten und dann erschöpft ihren Latte macchiato orderten.

«Klingt so verrückt, dass was dran sein könnte!»

Er musterte sie eindringlich.

«Aber wichtiger ist doch: Wie geht es dir? So allgemein und im Besonderen? Warum lässt du so wenig von dir hören?!» Da war es wieder, dieses Selbstmitleidige, Vorwurfsvolle. Sie sah angestrengt hinaus auf den Hof, weil sie ihn nicht ihren Unmut spüren lassen wollte.

«Ich bin nicht hier, Paps, um dir aus meiner Krankenakte vorzulesen!»

Sie sah, dass er versucht war, ihre Hand zu tätscheln, aber ihr böser Blick brachte ihn schnell zurück zum eigentlichen Thema.

«Schon gut, mein Schatz. Schon gut. Reg dich nicht auf. Okay, der Typ will sich umbringen, du bekommst das Exklusivinterview mit seinem Todesengel, was gibt es da groß zu überlegen?»

«Die Sache stinkt!»

«Stimmt! Sagt das Trüffelschwein und freut sich über den Fund. Ist nun mal unser Job.»

Richard Claasen hatte seit Jahren keinen Artikel mehr geschrieben, dennoch redete er noch immer in der Wir-Form, wenn er seine Tochter traf. Sie hatte ihm einige kleinere Rechercheaufträge zukommen lassen, und er hatte sich alle Mühe gegeben, das nicht als Akt des Mitleids zu begreifen.

Donnerstag, 8. März, 11 Uhr
Auguststraße

«Machen wir einen Deal wie in den guten alten Zeiten: Gib mir vierundzwanzig Stunden, um diesen Klimt zu durchleuchten …»
«Deal abgemacht. Aber bleib diskret!» Martina wusste, dass sie genauso gut einen Pinguin hätte bitten können, seinen Frack auszuziehen.
Sie stand auf und sah mit einem kindlichen Lächeln auf sein graues Haar. Es nahm ihr immer noch den Atem, wenn sie daran dachte, dass er sie überleben könnte. Der Gedanke verstörte sie nicht, er machte sie nur tieftraurig, denn sie war sich sicher, dass er es allein nicht schaffen würde.
Claasen wollte sich erheben, aber sie ahnte, dass eine Umarmung drohte, und drückte ihn wieder zurück auf den Stuhl.
«Ist schon gut, Paps! Versprochen ist versprochen! Du hängst nichts an die große Glocke!»
«Pfadfinderehrenwort!», grinste er, aber da war sie schon auf dem Weg zum Tresen, um die Rechnung zu zahlen. Im Innenhof wandte sie sich noch einmal um und winkte ihm zu. Er winkte mit beiden Händen zurück.

«Noch einen doppelten Espresso!»
Vermutlich hatte sie auch den schon bezahlt, dachte er verbittert, denn sie kannte ihn ja in- und auswendig.
Richard Claasen liebte seine Tochter über alles. Er liebte sie mit diesem völlig reinen und guten Gefühl, einem besonderen Menschen das Leben geschenkt zu haben. Tag für Tag hatte er dafür dem lieben Gott gedankt, auch wenn er eigentlich den Teufel für den Drahtzieher seines Lebens hielt. In seinen verlorensten Jahren war es immer der Gedanke an seine Tochter gewesen, der ihn vom letzten Schritt abgehalten hatte, aber in den letzten Monaten ging sie ihm gewaltig auf die Nerven.
Er hasste den Gedanken, dass die Krankheit noch einmal ausbrechen könnte, er verfluchte den Tag, da er das erste Mal davon gehört hatte. Ihr blasses durchscheinendes Gesicht nach dem Ende der Chemotherapie trieb ihn nachts um, immer wieder erschien sie

ihm, ein Todesengel, der an sein Bett trat, seine Hand nahm und zart flüsterte: «Mach dir keine Sorgen!»

Verdammt noch mal, er machte sich Sorgen, verdammt große Sorgen, denn das Mädchen, das er kannte und liebte, war ihm abhandengekommen und stattdessen war eine gepanzerte Jeanne d'Arc erschienen, die glaubte, ihren Krieg gegen Gott und die Welt alleine führen zu können. Das konnte sie nicht.

«Lass dir doch einfach mal helfen, verdammt!», hatte er sie angeherrscht, als sie wieder mal sein Angebot ausgeschlagen hatte, ihr ein wenig mehr Arbeit abzunehmen. Aber sie hatte nur kühl abgelehnt. Genau diese beherrschte Kühle brachte ihn zur Verzweiflung. Er wusste auch genau warum. Ihre Mutter war genauso gewesen. Als sie ihn verabschiedet hatte, damals, vor ziemlich genau zwanzig Jahren, hatte sie keine Miene verzogen. Er wurde einfach entlassen. Aber selbst bei seiner Entlassung hatte sich der Chefredakteur um ein paar freundliche Worte bemüht, auch wenn sie beide wussten, dass die Redaktion heilfroh war, ihn loszuwerden.

Das hatte er gut verstehen können. Es war nicht schwer, sich vorzustellen, wie unbeliebt ein cholerischer Alkoholiker war, der glaubte, alles besser zu wissen, weil er in der Steinzeit für gewaltige Schlagzeilen gesorgt hatte. Seine Kollegen waren froh, ihn losgeworden zu sein, und er war froh, diese Karriereschnösel nicht mehr sehen zu müssen.

Aber dass Alina ihn einfach so von einem Tag auf den anderen auf die Straße gesetzt hatte, das hatte er nicht so einfach weggesteckt. Obwohl er natürlich wusste, dass es ihr gutes Recht war, endlich ein eigenes Leben zu führen. Eins, in dem es nicht um Suff und Geld und Ruhm ging.

Fünf Jahre war er jetzt trocken. Nicht ein Mal hatte sie angerufen. Nicht ein Mal hatte er gewagt, sich bei ihr zu melden. Martina traf sie regelmäßig, aber mehr als ein «Geht ihr gut» war ihr nicht zu entlocken. Als ob die beiden ein Schweigegelübde abgelegt hätten. Aber kein Mensch ist so beschissen schlecht, als dass man ihn einfach für den Rest seines Lebens totschweigen durfte.

«Lass die verdammte Flucherei», ermahnte er sich selbst und dankte der Kellnerin mit einem schiefen Lächeln für den Espresso.
«Ein frisches Glas Wasser bitte noch!»
Er wusste, wo Alina wohnte, weit draußen im Westteil der Stadt, wo ihn der Zufall nicht hinführen konnte. Einfach so in die Gegend zu fahren, sich in ein Café zu setzen und auf ihr Erscheinen zu hoffen, das traute er sich nicht. Das traute er auch dem Schicksal nicht zu, dass noch ein Happy End für ihn vorgesehen war.
Die Frau am Nebentisch trank einen Prosecco. Sie war nicht sonderlich schön. Eine dieser alternden Vernissagegängerinnen, die sonst nicht mehr viel im Leben zu tun hatten. Sie wirkte nicht grade sympathisch in ihrer verkrampften Art, aus dem Museumsspaziergang das Letzte an Genuss für diesen Tag, ihren freien Tag, herauszuholen. Aber ihren Prosecco, den neidete er ihr. Seit Monaten das erste Mal. Der Wunsch, sich irrsinnig zu betrinken. Auf der Stelle. Er faltete die Hände, unentwirrbar, sodass er weder ein Glas noch eine Tasse heben konnte, und betete das Versprechen vor sich hin, das er Martina gegeben hatte, sich nie mehr, nie mehr so gehen zu lassen. Nie mehr, nie mehr sollte sie ihn so sehen. Total besoffen. Dümmer als ein Tier. Regungsloser als ein Stein.
Aber sie war ihm im Gegenzug auch etwas schuldig, dachte er verbittert. Ein wenig mehr Liebe, ein bisschen weniger Mitleid. Sie unterschätzte ihn, hielt ihn für alt und abgekämpft, aber das war er nicht, noch lange nicht. Im Fall Klimt würde er ihr das beweisen.

«Was für ein Scheißpublikum …»

Klimt suhlte sich in seiner Vulgarität wie eine Wildsau im Schlamm, dachte Wilson und musterte seinen Chef leicht angeekelt. Der hätte diesen Vergleich nicht einmal übel genommen, das war sein Verständnis von Männlichkeit – raumgreifende Rüpeleien, körperlich und verbal. ‹Zu viel Hemingway in der Jugend bringt jeden Mann um seine Tugend.› Wilson ertappte sich wieder einmal dabei, dass er absurd alberne Dinge denken musste, um seinen Chef überhaupt noch zu ertragen. ‹Smile or die, rhyme or cry.›

«Diese Idioten kapieren nichts, die könnten ihre eigenen Eier gerührt auf dem Silbertablett serviert bekommen und würden auch noch Danke sagen!»

Was Wilson noch mehr abstieß als diese sinnlosen Pöbeleien, war der Applaus heischende Blick von Klimt. Der saß in seinem schmalen französischen Hotelsessel, die dicken Schenkel eng zusammengepresst, die Fäuste auf den Armlehnen geballt, und spuckte mit hochrotem Kopf Obszönität um Obszönität auf den Teppich. In Kriegszeiten wäre es vermutlich Kautabak gewesen oder Zigarrenreste. Ein wenig wirkte er wie Churchill, nur ohne Amt und Würden.

Sie hatten im Schnelldurchlauf die Videoaufzeichnung des Vortrags studiert. Nach kaum drei Minuten kam die Frage, die Wilson eigentlich gleich vorab erwartet hätte: «Wie fanden Sie mich?»

Die Frage klang beiläufig, aber Robert Wilson arbeitete schon zu lange für seinen Chef, als dass er sich davon hätte täuschen lassen.

«Sensationell! Wie immer. Wir haben mehr Presse als der König der Löwen Flöhe!»

«Die Scheißkerle von der Presse interessieren mich nicht! Die würden jedem für diese Story den Hintern wischen. Was sagt das Publikum? Der einfache Mann auf der Straße? Ist die Botschaft angekommen?»

«Die Lawine kommt langsam ins Rollen. Die wichtigsten Boulevardblätter widmen sich dem Thema, etwas zaghaft noch, zugege-

Donnerstag, 8. März, 12 Uhr
Grandhotel, Klimts Suite

ben, aber das wird sich rasch ändern. Hier: ‹Hitlers Erben unter uns.› Nice try, oder? ‹Hitlers Testament und sein Vollstrecker!› Alles noch etwas ungelenk, die Deutschen können immer noch nicht so gut mit ihrer Geschichte. Aber der hier ist gut: ‹Mord auf Abruf!› Sie trauen der Sache alle noch nicht so recht. Dazu kommt ein durchaus vertretbares Misstrauen bei so sensationellen Enthüllungen wie der unseren. Hitlers Tagebücher wurden ja auch recht schnell wieder aus dem Regal genommen. Aber wenn Sie nach meiner ganz privaten Einschätzung fragen, insbesondere wie Ihre Person wahrgenommen wird? Ja, die Leute wollen Sie unbedingt sterben sehen! Das kann man ihnen nicht mal übel nehmen, oder? Die Ankündigung, auch wenn sie etwas vernehmlicher hätte sein können, kam gut an! Gerade bei den Zuhörern im Saal.»

Charles Klimt kannte Wilson viel zu gut, als dass er sich von seiner zynisch willfährigen Art hätte beeindrucken lassen. Dennoch machte er sich einen Spaß daraus, ihm immer wieder Komplimente abzunötigen.

«Na immerhin haben wir schon ganz schön Schlamm aufgewirbelt, oder? Aber gut, zurück zum illustren Kreis der möglichen Attentäter …»

«Sie waren alle da.» Wilson wies auf einen kleinen hageren Herrn mit seidenem Schal, der während des Vortrages hektisch Notizen machte und kaum den Kopf hob.

«Ihr Freund Richard junior, der offenbar nie genug von ihren Ausführungen bekommen kann!»

Klimt hüstelte belustigt. Richard junior verfolgte ihn schon seit langer Zeit mit Morddrohungen. Er sah sich als Werkzeug des wiedergeborenen Herrn und vermutete in Klimt den leibhaftigen Antichristen, womit er nicht alleine stand. Allerdings bereitete die Beharrlichkeit seines Hasses inzwischen selbst Klimt ein wenig Sorge.

«Ich will nicht, dass mein Plan durch die Panikattacke eines Wirrkopfes durchkreuzt wird! Verstehen wir uns da?! Von wessen Hand ich sterbe, entscheide immer noch ich! Lassen Sie ihn verprügeln. Vielleicht kommt er dann zur Besinnung!»

Wilson hatte über jeden gefährlich scheinenden Gegner ein Dossier angelegt. Bei Richard junior musste er allerdings noch nicht mal seinen Laptop aufklappen, um alle relevanten Daten abzurufen. Richard war ein Gegner der ersten Stunde. Ein kleiner, hagerer, ein wenig bucklig wirkender Mann, ein Eindruck, der aber nur daher rührte, dass der Hass auf Klimt ihn geradezu niederzudrücken schien. Umso wahrscheinlicher war es, dass er diese Last irgendwann abzuschütteln gedachte. Es schien, als gönnte er seinem Erzfeind nicht einen einzigen weiteren Tag auf diesem sündigen Planeten.

«Hier, wie immer am äußersten Rand, seinen langen Beinen zuliebe, Signore Othello. Und wie immer ganz in Schwarz gekleidet! Ein Held der unveräußerlichen Gewohnheiten!»

Klimt hüstelte, als hätte er sich an einer Fischgräte verschluckt.

«Wilson, Ihre Witze bringen mich noch mal ins Grab!»

«Ich fürchte, das steht nicht in der Macht meines Humors! Signore Othello bereitet im Übrigen die Publikation einer neuen Kampfschrift gegen Sie vor, Auszüge kursieren bereits im Internet, eine Lektüre erübrigt sich, er verharrt auf dem Niveau seiner untalentiertesten Studenten.»

Martin Moses war wegen wiederholter sexueller Belästigung von Studentinnen wie Studenten unehrenhaft entlassen worden, und zwar ausgerechnet in jenem Monat, als Klimt drei Gastvorträge in Berkeley hielt. Moses vermutete einen Zusammenhang, welcher genau, war ihm selbst unergründlich, und so bezichtigte er Klimt zunächst einmal des Ideenklaus. Eine absurde Unterstellung, die auch nie ernsthafte Diskussionen ausgelöst hatte. Was ihn, den universitären Stalker dennoch so gefährlich machte, war, dass er die Treibjagd der Presse gegen ihn seit geraumer Zeit schon in eine Hexenjagd gegen Klimt wenden wollte, indem er immer neue Enthüllungen über dessen Sexualgewohnheiten ins Netz stellte, gern auch mit gefälschtem Bildmaterial oder gekauften Zeugenaussagen, was zuweilen schon sehr ernsthafte Auseinandersetzungen mit den uneinsichtigen Ermittlungsbehörden diverser Gastländer ausgelöst hatte.

«Es ist kein Spaß, in jedem neuen Land mit einem anderen Sexualdelikt konfrontiert zu werden. Seine Fantasie scheint da keine Grenzen zu kennen. Nur weil er sich als Täter vergessen machen will … Was für ein Waschweib! Sorgen Sie für seine Ausweisung! Gerne auch mit pikantem Bildmaterial. Das wird doch hier in Berlin nicht so schwer sein!»

Klimt verzog angewidert den Mund. Er empfand es geradezu als persönliche Beleidigung, dass ihm Martin Moses noch immer eine sexuelle Regsamkeit zutraute.

«Wir sollten den deutschen Behörden zudem einen Tipp geben, was seinen Drogenkonsum anbelangt. Vielleicht beschleunigt das Othellos Heimreise!»

Wilson hatte es sich angewöhnt, den Intimfeinden seines Chefs Namen aus Shakespeares Dramen zu geben. Klimt fand das nicht sonderlich witzig, aber er musste zugeben, es nahm den Figuren ein wenig von ihrer Bedrohlichkeit. Mit einem abschätzigen Lächeln musterte er das Standbild. Verstreut im Zuhörerraum saß ein weiteres Dutzend «Gewohnheitsspinner», die ihn mit Hass-Mails rund um den Globus verfolgten.

«Fast schon ein Familientreffen. Kein neues Gesicht dabei, schade, aber das war ja auch nicht zu erwarten!»

«Unser eigentlicher Gegner», Wilson ignorierte Klimts kokettes Aufseufzen und zeigte auf einen leger am Rand sitzenden älteren Herrn mit Fliege, «hält sich wie immer diskret im Hintergrund. Shylock, alias Ludwig Müller von Hausen, Generalssekretär der ‹Humanistischen Liga›. Ich vermute, er wird in den nächsten Tagen an Sie herantreten und Sie sehr höflich bitten, auf den zweiten Teil des Vortrages zu verzichten.

«Was wissen wir über von Hausen exakt?»

Wilson klappte sein Notebook auf und tänzelte mit den Fingern über die Tastatur. Er bildete sich viel darauf ein, das nahezu geräuschlos tun zu können, was Klimt nur ein verächtliches Schnaufen abnötigte.

«Warum ist von Hausen gefährlich? Er hat über alle Mächtigen die-

ser Stadt ein Dossier angelegt. Politiker, Wirtschaftsbosse und Kriminelle. Wer in Berlin etwas zu sagen hat, ist in seiner Datenbank.»
«Wir auch? Haben wir auch Zugriff auf diese Datenbank?»
«Selbstredend!» Wilson hüstelte selbstzufrieden. «Aber das ist nebensächlich, insofern dieses provinzielle Surrounding hier in Berlin für uns nicht weiter von Interesse ist. Wichtiger, brisanter sind von Hausens internationale Kontakte. Er ist, dank der von ihm gegründeten D'Annunzio-Gesellschaft, bestens vernetzt mit der italienischen Mafia. Er unterhält rege Kontakte zu der White-Nation-Bewegung in den Staaten, und er kennt dank seiner juristischen Beratertätigkeit für die Stasi-Waffenverkäufer die einflussreichsten Politiker, soll heißen Kriminellen im Nahen Osten. Von Hause aus ist er ein Enkel des berüchtigten SS-Oberführers Hilmar von Hausen, der für seine eigenhändigen Erschießungen von Dutzenden Partisanen den Ehrennamen Bluthund von Batschka erhielt. Hilmar von Hausen gelang seinerzeit die Flucht auf der «Rattenlinie», soll heißen, dank der tätigen Mithilfe des Roten Kreuzes und des Vatikans konnte er nach Paraguay entkommen. Dort verlor sich seine Spur. Vermutlich kehrte er unter anderem Namen zu seiner Familie in die Bundesrepublik zurück. Auffällig ist jedenfalls, dass die keineswegs reichen von Hausens seit Beginn der Fünfzigerjahre einen Chauffeur beschäftigten, der Hilmar von Hausen auffällig ähnlich sah. Die Kriminalpolizei hier in Berlin ging entsprechenden Hinweisen allerdings nie nach. Es bestand kein Fahndungsbedarf.»
Klimt schnaufte verächtlich, was Wilson nicht aus der Ruhe brachte. «Hilmars Sohn starb früh. Es hieß, er sei geistig umnachtet gewesen, was man von Ludwig Müller von Hausen nicht behaupten kann – er geriet ganz nach seinem Großvater. Eine eiskalte Intelligenz und ein unbezähmbarer Machtwille. Der Mann ist ein Gegner von Format.»
«Nationalsozialist noch immer?» Klimt schien nicht sonderlich beeindruckt, aber seine Augen verengten sich hoch konzentriert.
«Schlimmer. Ein Nationalsozialist der Zukunft. Was ihn treibt? Schwer zu sagen! Ich fürchte, es ist ein sehr antiquiertes Gefühl von

Stolz. Er hasst die Gegenwart, die Moderne schlechthin. Er verachtet die Generation seines Großvaters, weil sie Deutschland in den Abgrund führte. Er nimmt es Hitler persönlich übel, dass Berlin bombardiert wurde. Er möchte nur eins, Rache dafür nehmen, dass ihm persönlich in dieser Zeit nicht die große Bühne bereitet wurde. Ein Achill ohne die trojanische Bühne und ohne Homer!»
«Dieses Gefühl werden die wenigsten nachvollziehen können!»
«Das macht ihn so unberechenbar. Jeder vermutet etwas anderes hinter seinem Tun. Geldgier, Geltungssucht, Fanatismus, nichts von alldem. Er unterstützt die Bewegung nur aus einem Grund: Vernichtungswille. Zwei Kinder, eine Frau, die keinen Hehl daraus macht, dass sie ihn gern und häufig betrügt, was wiederum ihm völlig gleichgültig ist. Dieser Mann ist faktisch unangreifbar ... Ihm ist nichts lieb und teuer, sein Ego ausgenommen.»
«Was plant er?»
«Nun ja, Ihre Auslöschung, das versteht sich. Sie sind ihm schon rein körperlich zutiefst zuwider. Die Frage ist nur, wie er es bewerkstelligen will. Ich fürchte, sein Talent zur Grausamkeit steht seiner Fantasie, was den Tathergang betreffen wird, in nichts nach.»
«Wollen Sie mir Angst machen?!»
«Aber sicher! Das lässt Sie hoffentlich ein wenig vorsichtiger agieren! Allzu einfach wollen wir es den anderen ja auch nicht machen!»
«Was tun?»
«Nun, wir haben noch etwas Zeit. Er wird sich mit uns, mit Ihnen treffen wollen. Er wird zu erfahren suchen, was genau Sie alles wissen. Er wird Ihnen drohen, sie zu bestechen versuchen, kurzum ein wenig Katz und Maus mit ihnen spielen, und dann wird er sie töten. Eigenhändig, könnte ich mir vorstellen.»
«Und wir? Was können wir gegen ihn tun?» Klimt wurde ungeduldig, was Wilson noch bedächtiger sprechen ließ.
«Wir können dafür sorgen, dass die Allianz seiner Opfer tätig wird. Die Frage ist nur, ob uns das rechtzeitig gelingt.»
«Die Allianz seiner Opfer?! Geht es ein wenig konkreter?!»
«Nun ja, kein Bürgermeister wird sich gern nachsagen lassen, dass

sein liebster Zeitvertreib Nutten und Koks sind, in wechselnder Reihenfolge, kein Gewerkschaftler gibt gern Schwarzgeldkonten zu, kein Vorsitzender der deutschen Industriellenvereinigung will seine Nacktbilder aus den Knabenpuffs in Phuket im Internet veröffentlicht sehen. Von Hausen hat sehr eifrig recherchiert. Das kommt uns zugute. Wir werden uns im präventiven Ermahnen üben.»

«Wie oft hab ich Ihnen schon gesagt, dass mir Ihre affektierte Ausdrucksweise grässlich auf die Nerven geht?!»

«Häufig, sehr häufig. Es ist mir geradezu ein Ansporn! Aber auch wenn Ihnen die Formulierung ‹präventives Ermahnen › nicht zusagt, so sind Sie doch mit dem Vorgehen an sich einverstanden, hoffe ich?»

«Wer soll als Erster auffliegen?»

«Aus politischem Kalkül wie aus persönlichem Empfinden heraus würde ich vorschlagen, dass wir zuallererst das Dossier über den Bürgermeister in Auszügen der Presse zuspielen. Mit einem sorgfältig kaschierten Adressvermerk sozusagen, der die Meute direkt auf die Spur von Hausens bringt. Das wird ihn nicht unschädlich machen, aber doch beschäftigen!»

«Gut, einverstanden.»

«Und nun, zuguterletzt …»

«Mein Liebling, wo ist sie? Ah ja, was für ein entzückendes Audrey-Hepburn-Hütchen! Die Lady hat einfach Geschmack!»

Er zoomte ihr Gesicht heran.

«Ayn, mein Schatz! Très chic wie immer, eine aparte Person. Schade, dass uns das Schicksal zu so unerbittlichen Feinden erklärt hat. Schade, schade!»

Klimt kicherte in sich hinein, was Wilson etwas unruhig auf seinem Sitz hin und her rutschen ließ. Er durchblickte die Beziehung zwischen Ayn Goldhouse und Klimt einfach nicht. Ein Außenstehender hätte denken können, sie wären vor langer Zeit tatsächlich einmal ein Paar gewesen, aber Ayn war gerade einmal Anfang fünfzig, während Klimt seinen siebzigsten Geburtstag nicht mehr erleben würde. Nicht zuletzt, weil Ayn Goldhouse es ihm nicht gönnte. Wilson erschrak ein wenig über die harmlose Formulierung. «Nicht gönnte» war eine lächerliche Verharmlosung. Diese Frau hasste Klimt mit einer Unbedingtheit, mit einer Tiefe des Gefühls, die unweigerlich an das Gegenteil denken ließ. Es war Liebe, nur auf teuflische Art.

Wilson erinnerte sich Wort für Wort an Klimts Erzählung über die erste gemeinsame Begegnung auf einem Charity-Dinner in Boston. Klimt stand in einer Traube aufmerksam lauschender Professoren und monologisierte wie immer über Gottes Tod und das nahende Ende der Welt, da erschien – kurz bevor zu Tisch gebeten wurde – eine Frau in Begleitung zweier mächtiger Leibwächter, die wie fallsüchtige Erzengel hinter ihr dreinstolperten, denn sie eilte mit kleinen festen Schrittchen direkt auf Klimt zu, blieb empört vor ihm stehen, ballte die Fäuste in ihre Hüften und zischte ihn an: «Feigling!»

Klimt blinzelte verwirrt. Er war Beleidigungen gewohnt, aber die waren meist von handfester Art, vor allem hatten sie meist einen guten Grund, aber als Feigling war er sich noch nie vorgekommen und anderen wohl auch nicht.

Die kleine schlanke Frau in dem dunkelroten Designerkostüm lächelte maliziös angesichts seiner Verwirrtheit, genoss sie einen ausgiebigen Augenblick lang, warf einen abschätzigen, aber keineswegs ungnädigen Blick auf Klimts jungen Sekretär und verschwand dann in der Obhut ihrer muskulösen Leibeigenen an den Tisch. Im Lauf des weiteren Abends würdigte sie Klimt keines weiteren Blicks mehr.

Der blieb, nachdem er so abgekanzelt worden war, einige Momente verwirrt stehen, dann fragte er bemüht ironisch: «Wer war das denn? Dschingis Khan in Frauenkleidern?»

«Keineswegs schlecht geraten!», applaudierte ein mageres Männchen mit schwerer Hornbrille, das sich als Soziologieprofessor zu erkennen gab. «Gestatten, mein Name ist Baumann, Norbert Baumann, und Schwerpunkt meines wissenschaftlichen Bemühens ist die neue Religiosität der verarmenden amerikanischen Mittelschicht.»

Klimts Blick gab ihm zu verstehen, dass er bitte schnell auf den Punkt kommen möge, weil er ihm sonst umstandslos den Rücken zudrehen würde. «Und Ayn Goldhouse ist ihr Prophet», setzte der aufgeschreckte kleine Professor eilends hinzu.

«Die Armee der Engel!» Klimts unfehlbares Gedächtnis lieferte ihm die passenden Stichworte, die er schnell zu einer ersten Personenbeschreibung zusammenfassen konnte. «Adoptivkind reicher Eltern, gab sich selbst ihren Vornamen in Bewunderung der Kapitalismuspriesterin Ayn Rand, schart seit Jahren eine Armee fanatisierter Feministinnen und Genderhysterikerinnen um sich, weil sie Gott für eine Frau und die Welt für ihren Fußabstreifer Richtung Himmelsthron hält ...»

Klimt schnaufte, während Professor Baumann Hilfe suchend auf die anderen Anwesenden blickte, denn er hätte so gerne differenzierend eingegriffen, aber die warteten nur auf weitere polemische Kommentare – welche jedoch unterblieben.

Klimt schwieg, er schwieg für den Rest des Abends, dann, nach der Heimkehr in ihr gemeinsames Hotel, befahl er seinem damaligen Sekretär, alles, aber auch alles über diese Frau in Erfahrung zu bringen.

«Ich denke, dass ist der Beginn einer sehr intensiven ... ja, warum nicht, nennen wir es Freundschaft!»

Wilson hatte den Report über sie sorgfältig studiert. Und er zermarterte sich seitdem das Hirn, was Ayn Goldhouse mit dem Vorwurf «Feigling» gemeint haben konnte. Aber es fiel ihm nichts ein, er konnte sich nicht einmal ruhig auf die Fragestellung konzentrieren, denn was ihn so fesselte, war das außergewöhnlich Anziehende ihrer Erscheinung. Ayn Goldhouse verzauberte ihr Gegenüber sofort, körperlich, weil sie einen mit einem so hellen durchdringenden Blick ansah, als könnte sie noch die dunkelsten Abgründe der Seele in einem neuen Licht erstrahlen lassen. Eine Menschenfängerin, das war sie!

Vor ziemlich genau drei Jahren hatte Wilson alles an Material gesammelt, was der Markt und die Detekteien an Informationen über Ayn Goldhouse hergaben. Es war viel, aber nicht genug, um das Rätsel um diese Frau zu klären. Das ging wohl auch Klimt so, denn er starrte noch immer wie gebannt auf die Leinwand, als befände er sich in einem stillen Dialog mit seiner Erzfeindin.
«Was mag sie wohl vorhaben?», flüsterte er, also könnte sie ihn und Wilson belauschen. «Was glauben Sie?»
«Sie wird alles tun, um Sie baldmöglichst zu eliminieren! Nicht eigenhändig, versteht sich, nicht auf körperliche Weise, vermute ich, das wäre zu billig. Sie will Sie lächerlich machen, so lächerlich, dass nie wieder ein Hahn nach Ihnen kräht, geschweige denn ein Journalist sich meldet!»
«Da vermuten Sie wohl richtig! Aber wie sollte es ihr gelingen, einen Menschen, der nichts mehr zu verlieren hat, vollends und für immer der Lächerlichkeit preiszugeben?»
«Sie animiert ihn, nackt durchs Brandenburger Tor zu spazieren?»
«Ihrer Fantasie sind in jeglicher Hinsicht sehr pubertäre Grenzen gesetzt!»
«Sie enttarnt seine wissenschaftlichen Arbeiten als Plagiate?»
«Wie originell! Wer könnte sich heutzutage noch wissenschaftlich blamieren, vor welchem Publikum denn, ich bitte Sie?!»
«Tut mir leid, dann muss ich die Waffen strecken ...»
Klimt sah ihn mit einem gleichermaßen herablassenden wie ermutigenden Blick an, als hätte er die Hoffnung noch nicht ganz aufgegeben, dass Wilson eines Tages doch den ersten Schritt in seinen Fußstapfen würde tun können.
«Bescheidenheit ist aller Neugier Anfang! Denken Sie nach, wann waren die Helden in der Geschichte unserer Menschheit am verletzlichsten? Hmm? Seit den Tagen Homers gilt für alle Helden eine eiserne Maxime: Verliebe dich nicht, niemals, nie! Sonst verlierst du den Halt und dein Königreich und die Macht über Gott und die Frauen.»
«Sie meinen, Ayn Goldhouse will eine ihrer jungen Novizinnen auf

Sie ansetzen, auf dass Sie gleichsam die Hosen herunterlassen und äh …»
«Nackt durchs Brandenburger Tor spazieren? Wilson! Sie gelangen auf den seltsamsten Umwegen immer wieder auf das kleine Eiland ihrer Naivität! Überlegen Sie doch, würde Ayn Goldhouse einer Schülerin diese heikle Aufgabe anvertrauen?»
«Nein, wahrscheinlich nicht. Sie meinen …»
Er sah seinen Chef ein wenig verwundert an, denn diese Überlegung schien ihm so absurd, dass sogar in der verrückten Welt Klimts kein Platz dafür war.
«Sie meinen doch nicht etwa …»
«Doch, sehr wohl, dass meine ich. Ich vermute, dass mir in den nächsten vierundzwanzig Stunden eine sehr geschmackvoll gestaltete Einladungskarte zugestellt wird …»
«In der Ayn Goldhouse Sie …»
«In der sie mich zum romantischen Dinner bittet, sehr wohl. Es wird ein wunderbarer Abend werden, davon bin ich überzeugt. Aber ich muss gestehen, ich weiß noch nicht genau, wie sich Odysseus vor dem Gesang der Sirene wirklich in Schutz bringen kann. Es ist also, deswegen sehen Sie mich so vergnügt, ein Wettstreit auf Augenhöhe! Und ich schließe eine persönliche Niederlage zum Wohle aller keineswegs aus!»
«Also alles nach Plan!»
«Alles nach Plan, Wilson! Auf nach Golgatha!» Klimt erhob sich. Wilson bot ihm die Hand, was Klimt mit einem höhnischen Lachen kommentierte.
«Sosehr mir Ihr Mut imponiert, so gesundheitsschädigend scheint er mir. Ich würde Ihnen dringend raten, auch wenn Sie wie gewohnt meine Ratschläge nicht zur Kenntnis nehmen, auf keinen Fall ohne Begleitung außer Haus zu gehen!»
«Wollen Sie mir Befehle erteilen?»
«Bitten, ich formuliere Bitten, zu Ihrem eigenen Wohl.»
«Danke! Abgelehnt.»
Wilson hatte nichts anderes erwartet.

«Eine letzte Kleinigkeit noch, Herr Klimt: Der Verlag hat angerufen, soll heißen Ihre Lektorin Fräulein Austen. Sie lässt fragen, wann endlich das Manuskript Ihres Buches eintrifft?»

Beide mussten lachen. Sie hatten dieses Fragespiel schon zu oft gespielt.

«Niemals, wie Sie sehr gut wissen. Aber drücken Sie es höflicher aus.»

Ludwig Müller von Hausen war es gewohnt, pünktlich zum Mittagessen daheim zu erscheinen. Von seinem Büro auf dem Kurfürstendamm bis zu seiner kleinen Villa im Grunewald waren es zwanzig Minuten Fahrzeit, die er – ganz gleich wie die Verkehrslage auch war – meist exakt einhielt, denn er kannte alle Schleichwege. Das war seine Art von Zuverlässigkeit. Seine Frau liebte seine festen Angewohnheiten, denn sie gaben ihr die Möglichkeit, ihn zielbewusst zu verletzen, wann immer ihr danach zumute war, und in letzter Zeit war ihr häufig danach zumute.

Als sie von Hausen kennenlernte, siebzehn Jahre war das nun her, da glaubte sie, das große Los gezogen zu haben. Als ob er sie je im Unklaren darüber gelassen hätte, wie er sie und ihresgleichen hasste. Aber sie fand das männlich, damals, diese ostentative Verachtung, die er ihr und ihrem Lebensstil entgegenbrachte. Ihr selbst ging es ja nicht anders. Sie stammte aus einer alten Westberliner Schauspielerfamilie und musste schon mit sechzehn ihre Abende in der Paris Bar verbringen. Ihre Mutter nutzte sie wie einen billigen Köder, um an die Regisseure und Produzenten heranzukommen. «Mein kleine süße Romy», so wurde sie angepriesen von ihr; «Ramona», korrigierte sie dann, «meine Name ist Ramona», aber den Fluch konnte sie damit nicht brechen. Sie hatte Romy Schneiders Lächeln – und eine ähnlich skrupellose Mutter, aber damit endeten auch schon die Gemeinsamkeiten. Sie wollte keine Karriere. Von der ersten Stunde an hasste sie die Film- und Fernsehleute, mit denen ihre Mutter sie bekannt machte. Sie hasste die Kokserei, sie hasste das hohle Lachen, die schlechten Manieren, den auftrumpfenden Narzissmus all dieser Ego-Darsteller. Nur – sie sah keinen Ausweg. Ihr Vater, Boulevardschauspieler der Art, die nicht mehr gebraucht wurde, deklamierte daheim vor dem Spiegel besoffen Monologe aus seiner Glanzzeit in den Achtzigern. Geld hatte er schon lange keins mehr verdient, und die wenigen Rollen der Mutter brachten gerade so viel ein, dass sie die Miete bezahlen konnten, meist jedenfalls. Für die Ernährung der Familie war seit dem sechzehnten Lebensjahr ganz allein sie zuständig. Was anfangs nicht schwerfiel. Die Rollen in den alla-

Donnerstag, 8. März, 13 Uhr
von Hausens Villa im Grunewald

bendlichen Soaps spielte sie mit einer Routine, die die Regisseure verblüffte, die aber für sie ganz selbstverständlich war. Sie hatte seit ihrer Kindheit eine Rolle gespielt, dagegen war der seifige Quatsch im Fernsehen ein Kinderspiel.
Mit siebzehn drehte sie den ersten abendfüllenden Spielfilm und wurde von einem der Hauptstadtredakteure zum Filmstar erklärt. Aus Dankbarkeit schlief sie mit ihm.
Das war ein Fehler, denn sie machte danach aus dem Abscheu vor seiner Person keinen Hehl. Er war nicht nur ein lausiger Liebhaber gewesen, er erwies sich vor allem als unglaublicher Dummkopf, und das nahm sie ihm persönlich übel, denn es entwertete jedes seiner Komplimente.
Ramona war sich ihrer Talente als Schauspielerin völlig sicher, nur wer sie als Mensch war, das wusste sie nicht. Nun kam dieser Zeitungsschreiber daher, erklärte sie zum Star und redete mit ihr, als wäre sie ein Kunstgeschöpf der Babelsberger Filmstudios.
Er wollte sie als Trophäe, nicht als Gegenüber. Er spürte ihre Verachtung und ließ fortan kein gutes Haar an ihr. Wer einmal zum Opfer der Regenbogenpresse gemacht wurde, erholte sich davon nur sehr schwer. Ihr war es gleichgültig, was die Blätter der Hauptstadt über sie titelten, sie wusste, er hatte die Gerüchte eingespeist in diesen Malstrom der Verleumdungen, in den sie nun geriet. Drogenkonsum war noch das Harmloseste, ein verleugnetes Kind, eine nicht zu therapierende Neigung zur Schizophrenie, pyromanische Attacken; dass sie nicht als Hauptverdächtige für die Autobrände in der Hauptstadt in Gewahrsam genommen wurde, erstaunte sie zuweilen selbst.
«Du musst aus der Schusslinie», befahl ihre Agentin und schickte sie damals vier Wochen nach Amerika, was ihr guttat. Das Elend dort machte sie zur Europäerin. Sie war plötzlich stolz auf ihre alten Heimat, auf das alte Europa. Sie empfand tatsächlich so etwas wie Patriotismus.
«So, und damit diese Journalistenkläffer dir nicht noch mal ans Bein pinkeln, besorgen wir dir einen guten Anwalt.»

So war sie mit Ludwig von Hausen bekannt geworden. Er brachte sie vom Koksen ab, das sie sich in Stresszeiten angewöhnt hatte, ohne dem verfallen zu sein, empfahl ihr eine Therapie, um das schlechte Gewissen ihren Eltern gegenüber zu lindern, und sprach mit ihr von Mensch zu Mensch. Ja, so altmodisch drückte er sich aus: «Mit Ihnen muss man von Mensch zu Mensch reden. Das hat vorher wohl noch niemand getan.» Sie diskutierten über Politik, ganz ernst und frei von Zynismus, er ging mit ihr spazieren, sie segelten auf dem Wannsee, spielten Tennis. Er war so bürgerlich, so erwachsen, sie hätte heulen können vor Glück. Er bot ihr seine Hand, lebenslang, sprach von den drei Kindern, die er sich von ihr wünschte, möglichst bald, und hielt bei ihrem Vater um ihre Hand an.

Es war ganz großes Theater, von allen Beteiligten. Sie glaubte, endlich im Leben angekommen zu sein. Sie wollte es glauben. Jetzt, im Nachhinein, war ihr klar, sie hatte sich vorsätzlich belogen, von Anfang an. Dennoch, dieser Aufbruch damals war so schön gewesen, selbst die Erinnerung daran hatte unter dem Alltag nicht gelitten.

Mit einer Energie, die durchaus mit Leidenschaft zu verwechseln war, wenn man von Menschen keine Ahnung hatte, entwarf von Hausen damals ihr gemeinsames Leben. Sie heirateten kirchlich, im Kloster Chorin, ein ganz kleiner Kreis von Menschen, die ihnen von Herzen alles Gute wünschten. So schien es ihr damals. Die Hochzeitsreise führte nach Siena, und er, der kühle Jurist, machte sie auf so leidenschaftliche Weise mit der Kunst der Toskana vertraut, mit den Bauwerken, den Plastiken, den Gemälden, dass ihr das Herz überging vor Gefühl.

Sie fühlte sich wie eine Prinzessin, die ihr neues Schloss bezog. Nie wäre sie auf den Gedanken gekommen, dass er sie bewusst weich stimmte, auf dass sie schneller für Kinder bereit war. Er wollte ihre Liebe nicht für sich, es ging ihm um Kinder, drei an der Zahl, rasch geboren, deswegen tat er alles, sie romantisch zu stimmen, weich, aufnahmebereit. Er war berechnend auf eine Art, die sie nie für möglich gehalten hatte.

‹Du spinnst›, dachte sie, als ihr das erste Mal der Verdacht kam, dass er gar nicht sie meinte. ‹Du spinnst, er liebt dich, unglaublich aufrichtig altmodisch liebt er dich!›
Aber so war es nicht. Im ersten Jahr konnte sie es verdrängen. Sie wurde schwanger und die Freude über die Schwangerschaft verdrängte die Erinnerung an das körperliche Zusammensein mit ihm. Die zweite und dritte Schwangerschaft folgten rasch darauf. In den ersten fünf Jahren ihres Zusammenseins kam sie kaum einmal zum ruhigen Nachdenken.
Nach dem dritten Kind schlief er nicht mehr mit ihr. Es fiel ihr erst gar nicht auf, dann, als sie nachrechnete, wie lange er nicht mehr in ihr Schlafzimmer gekommen war, hielt sie es für normal. Väter sind zuerst Väter, dann Liebhaber. Aber er sah seine Kinder kaum an, und er sah sie nicht mehr an. Zugegeben, sie hatte keine sonderliche Freude daran gehabt, mit ihm zu schlafen. Es war nicht widerlich gewesen, wie mit dem Journalisten, es war seltsam, mit ihm intim zu sein.
Mit siebzehn war sie noch Jungfrau gewesen, dann entschloss sie sich, dem rasch ein Ende zu machen, und so war es auch gekommen. Es war die Umsetzung eines Entschlusses, mehr nicht. Ihr Freund damals war auch Schauspieler, sie selbst hatte gerade ihren ersten Auftritt in einer Daily Soap, es fiel ihnen beiden nicht schwer, eine glückliche Beziehung zu schauspielern. Aber der Sex war es nicht, er war nicht schön, er war nicht unschön, es war Gymnastik mit Wohlfühlgarantie. Er hatte Affären, sie hatte Affären, das war so verabredet und sicherte den Marktwert, aber keinen Mann hatte sie je mit Liebe berührt, und nie hatte ein Mann ihr Herz zum Beben gebracht. So wünschte sie es sich, ein wenig kitschig. Und auch wieder nicht. Eigentlich hatte sie absolut keine Vorstellung davon, was sie wirklich wollte. Als dann von Hausen in ihr Leben trat, wusste sie, sie wollte ihn. Mit ihm würde sich alles andere von selbst ergeben. Anfangs dachte sie auch wirklich, dieses Verliebtsein im Kopf würde automatisch irgendwann auch ihr Herz erreichen und ihren Körper erwärmen. Das war ein Irrtum. Mit ihm schlafen hieß intim

werden. So drückte er sich aus. So gab er sich. Fehlte nur, dass er sich davor und danach in ihrer Gegenwart die Hände wusch. Anfangs schien es ihr nur eine Eigenart, dass er immer mit geschlossenen Augen dalag. Immer schien er an etwas anderes zu denken. An eine andere? Er dachte nichts, wenn er die Augen schloss. Schon gar nicht an eine andere Frau, oder an Männer, Knaben, Mädchen, was auch immer. Er dachte gar nichts. Es war ihm einfach nur zuwider. Aber das wurde ihr erst viel später klar.
Ihre Neugier wich langsam einem immer größer werdenden Groll, nicht gegen ihn, gegen die Liebe im Allgemeinen. Ihr Wille, alles gut machen zu wollen, machte sie blind für seine Reserviertheit. Sie gab sich selbst wie immer die Schuld an allem. Dank ihrer Mutter.

Er hatte von Anfang an Wert auf getrennte Schlafzimmer gelegt, die zwei Kindermädchen taten alles, um die Kinder von ihm fernzuhalten – das war sein ausdrücklicher Bescheid bei ihrer Einstellung gewesen. Und sie selbst – sie war nicht mehr da für ihn, einfach nicht existent. Anfangs tat sie das, was ihre Mutter sie gelehrt hatte. Sie zog sich hübsch an, elegant, verwegen, verrucht, streng – keine Rolle, die sie erprobte, verlockte ihn zum Applaus. Sie schmollte, zog sich zurück, begann ihm Szenen zu machen – nichts. Erst dann, nach Monaten, suchte sie das Gespräch.
«Warum ...», sie hatte sich die Worte vorher sehr sorgfältig zurechtgelegt und die einfachsten gewählt, um sich nicht selbst zu verwirren, «warum lieben wir uns nicht mehr?»
Er stand mit dem Rücken zu ihr, am Schreibtisch, in seinem Arbeitszimmer, das einen so schönen Blick auf den Garten bot. Er drehte sich langsam um, elegant gekleidet, wie immer im dunklen Anzug, selbst an einem Samstag, da er nur zur Hause arbeiten musste.
«Was ist, mein Schatz», fragte er sie in sehr freundlichem Ton und sah sie eindringlich an. Es war klar, er hatte ihre Frage gehört, er hatte sie verstanden, er hatte sie sehr gut verstanden, aber er machte nicht die geringsten Anstalten, sie zu beantworten, er machte gute Miene zum bösen Spiel.

Sie war Schauspielerin genug, um ihn vollends zu durchschauen. Er hatte eine Rolle gespielt, er hatte sie gut gespielt, und sie war darauf hereingefallen. Sie hatte ihm vertraut, und sein Blick sagte nicht mehr und nicht weniger als: Spiel weiter! Keine Drohung, die Drohung lag nicht in seinem Blick oder seiner Gebärde, die Drohung stand im Raum, das Haus war die Drohung, alles um sie herum war Drohung, selbst ihre Kinder schienen jetzt zur Bedrohung zu werden, denn sie fesselten sie an diesen Mann, der ihr Unglück wollte. Sie spürte das erste Mal, was sie anfangs für Leidenschaft gehalten hatte, nun in seiner absoluten Reinheit: Sie spürte nur Hass in diesem Mann. Jede Faser war erfüllt davon, er war böse, so böse, dass er jeden anderen täuschen konnte, denn das war unmöglich, dass ein Mensch so ganz und gar böse war.
«Was ist, mein Schatz?» Das war die einzige Perfidie, die er sich erlaubte, ihre Frage zu wiederholen.
«Ach nichts», erwiderte sie, als hätte sie gerade nach seinen Wünschen fürs Abendessen gefragt, «nichts ist.»
Sie ging aus dem Zimmer, ohne die Tür hinter sich zu schließen, eilte in den Garten, umschlang einen Baum und rieb ihre Wange an der Rinde, bis sie Schmerz empfand.

Sie nahm den Kampf an. Mit ihrer Mutter konnte sie über ihre Gefühle nicht reden. Ihr Vater war ein Jammerlappen, was man von Ludwig wirklich nicht sagen konnte. Das war die Falle, in die ihr Stolz sie führte. Ludwig von Hausen war ein schlechter Mensch, der Teufel in Menschengestalt, so schien ihr, aber warum hatte er dann sie gewählt? Ausgerechnet sie? Die verzogene Tochter eines drittklassigen Schauspielerehepaars? Er war ein ganz besonderer Mann, anders als alle anderen, also musste sie eine ganz besondere Frau sein, anders als alle anderen Frauen. Das erfüllte sie zunehmend mit Stolz, je länger sie darüber nachdachte. Ihr Tatendrang regte sich. Sie wollte es ihm gleichtun. Anfangs nur in ihren Träumen.
Sie fragte sich zu keiner Zeit, worin denn nun seine Schuld genau

bestand. Ob er Steuern hinterzog, Verbrecher deckte, in Drogen- oder Waffenkartellen tätig war, interessierte sie nicht. Sie wollte es einfach nicht wissen. Seine Schuld war in ihren Augen allein die, sie hintergangen zu haben.
Das würde sie ihm heimzahlen. Aber sie schwor sich, es – anders als ihre Mutter – nicht auf dem Rücken ihrer Kinder auszutragen. Sie tat alles, um ihren zwei Söhnen und der Tochter ein Heim zu geben. Klaus, dem Erstgeborenen, den es schon als Kleinkind zum Computer zog; Helmar, dem Introvertierten, der malte und musizierte, und Lisa, die ihr persönlich als Mädchen so fremd war, weil sie sich völlig normal entwickelte und so uneitel war. Gute Kinder, aber ein herzliches Gefühl empfand sie für keines von ihnen. Am ehesten vielleicht noch für Helmar, er war viel femininer als Lisa, aber er gab ihr auch deutlich zu verstehen, wie sehr er sie dafür verachtete, dass sie ausgerechnet diesen Mann geheiratet hatte. Seinen Vater, den er so abgrundtief hasste, dass er Akne davon bekam. Helmar begriff gar nicht, dass sie Komplizen waren. Noch nicht. Aber er würde es schon noch begreifen.
Fünfzehn Jahre hatte sie damit verbracht, die Kinder vergessen zu lassen, dass ihr Vater nicht für sie da war. Nicht weil er so viel arbeitete, sondern weil er als Vater gar nicht existierte. Es war ihr gelungen. Jetzt war es an der Zeit, an sich selbst zu denken.

Ludwig Müller von Hausen schloss die Haustür auf. Er stand still im Atrium und lauschte. Die Kinder waren noch in der Schule. Sie besuchten ein Tagesinternat in der Nähe von Potsdam und kehrten erst spätnachmittags heim. Wenn es nach ihm gegangen wäre, hätten sie dort auch wohnen können – aber das wäre ihnen und seiner Frau nur schwer zu vermitteln gewesen.
Die Haushälterin kam erst gegen vier wieder, wenn es das Abendessen zu richten galt. Er stellte seine Aktentasche ab, zog den leichten Sommermantel aus und hängte ihn in die Garderobe.
Er war sich sicher, dass seine Frau zu Hause war und mit einer Überraschung aufwartete. Sie überraschte ihn gern, und er kam

nicht umhin, sie für ihre Ausdauer zu bewundern. Sie schien sich immer noch als seine Partnerin zu fühlen, als Komplizin, obwohl er ihr dazu nie Anlass gegeben hatte. ‹Ein eigenwilliges Ding›, dachte er spöttisch. Er war sich gar nicht mehr sicher, ob er sie selbst töten würde, eigenhändig, das wäre ein fast zu intimer Abschied.
Er schritt langsam die Treppe hoch. Links lagen die Zimmer der Kinder. Helmars Tür stand wie immer offen. Ihm Ordnung beizubringen war völlig sinnlos. Eine Künstlernatur ohne jeden Funken von Disziplin, in einem so heruntergekommen Körper, dass es ihn jedes Mal anwiderte, seinen Sohn sehen zu müssen. Lisa war anders, sie war stolz auf ihre sportliche Gestalt, zu Recht. Sie machte immer eine gute Figur. Beim Tennis, beim Hockey, beim Reiten. Für seine Tochter empfand er so etwas wie Stolz, sie schien neben ihm der einzige Mann im Haus. Über Klaus und was aus ihm werden würde, geworden wäre, mochte er erst gar nicht nachdenken.
Rechts lagen die zwei Schlafzimmer, getrennt durch das Ankleidezimmer. Ihre Tür stand offen. Das leise Lachen war nicht mehr zu überhören. Es stammte von einem Mann.
Ludwig von Hausen ging langsam auf die leicht geöffnete Tür zu. Er war sich ziemlich sicher über das, was ihn erwarten würde. Diese Situation hatte er in den letzten Jahren schon einige Male erlebt. Sie schlief mit ihren jeweiligen Favoriten gern im Schlafzimmer, sofern die Tür offen stand. Sie tat es aber auch im Wohnzimmer, im Garten, in der Küche. Das erste Mal, als er sie ertappen sollte, hatte sie sich von einem in Berlin nicht unbekannten Preisboxer in der Garage penetrieren lassen. Er fand kein anderes Wort dafür. Denn genau so sah es auch aus, nach einem gewalttätigen Eingriff.
Er sah das gutmütig erstaunte Gesicht des Mannes noch vor sich, der Sekunden zuvor voll Stolz die Gattin des bekanntesten Anwaltes der Stadt gegen die sorgsam aufgestapelten Winterreifen gepresst hatte, den Rock gehoben, ihre langen Beine in den schwarzfelligen Pumps mit den Knien auseinandergedrückt, die eine Hand fest in ihrem Nacken, die andere auf ihrem hochgestellten Hintern.
Der Mann trug Jeans, daran erinnerte er sich noch genau, und blaue

Shorts, die ihm zwischen den Beinen hingen. Er ruckelte sich mit der Besessenheit eines Spitzensportlers in sie hinein, und von Hausen war damals fast versucht gewesen zu applaudieren, so sportlich schien ihm diese Veranstaltung. Wäre da nicht der Blick seiner Frau gewesen, die ihn von unten her unverwandt anstarrte. Er erkannte in ihren Augen etwas, was er so nur von sich zu kennen glaubte, Hass, reinen Hass.

Der keineswegs ihm galt, das begriff er in der Folge, er galt dem Schicksal, das sie beide zusammengeführt hatte.

Nun drückte sie doch die Klingel des kleinen Musikladens. Sie wollte Lotta vom Musikunterricht abholen, obwohl ihre Tochter das streng verboten hatte.
«Ich bin fünfzehn!»
Das klang sehr komisch aus dem Mund ihrer Tochter, ihres Kindes, das immer noch so zerbrechlich schien, aber sich sehr energisch jeden Erziehungsversuch verbat.
Lotta! Sie hatte so gar nichts mit dem Namen gemein. Damals hatte Becky gehofft, sie könnte ihrem Kind mit dem Namen die Stärke, die Kraft und die Unbekümmertheit einer Pippi Langstrumpf geben. Aber sie war alles andere als unbekümmert, sie machte sich über alles Gedanken, sie vernarrte sich so in Bücher, wie sie selbst es nie getan hatte. Lotta las nicht. Sie verschlang Bücher. Lebte darin. Die wirkliche Welt existierte gar nicht. Sie selbst schien für sie zuweilen nicht zu existieren. Lotta konnte minutenlang den Blick in die Ferne richten, so in sich konzentriert, dass sie keinen Zuruf wahrnahm, nicht einmal den nassen Waschlappen, den sie ihr aus schierer Verzweiflung einmal in den Nacken gepresst hatte, nur um sie aus dieser Trance zu wecken.
Becky machte das Angst.
«Du musst dir keine Sorgen machen!», ermahnte Lotta sie dann immer. Ihre Tochter war sehr streng mit ihr in letzter Zeit. Körperkontakt war verboten, dazu zählte nicht nur jede Form von Zärtlichkeit, sondern auch unabsichtliches Anfassen. Fleisch war verboten, schon lange, inzwischen auch Fisch, und jegliche Nahrung, die nicht aus ökologisch zertifizierten Ursprungsländern stammte. Schlechte Filme waren verboten, amerikanische Serien, deutsche Quizshows … Die Pubertät war eine schwierige Zeit, aber dass sie in Tyrannei ausarten würde, hätte sie nicht vermutet. Anfangs hatte sie das alles noch von der komischen Seite nehmen können, aber inzwischen machte ihr der heilige Ernst ihrer Tochter Sorgen. Zudem wirkte sie zunehmend blasser und vergeistigter in einer Art, die sie an fanatische Klosterschülerinnen erinnerte.
«Wie steht es mit den Jungs?»

Donnerstag, 8. März, 16 Uhr
Invalidenstraße

Lotta hatte sie völlig entgeistert angestarrt.
«Mama, was für dumme Fragen stellst du mir immer!»
Sie hatte sich empört abgewendet und war in ihr Zimmer gerauscht. Becky sah ihr nur verdutzt hinterher. Mit fünfzehn hatte sie anderes im Kopf gehabt als Bücher. Ihr erster richtiger Kuss. Zungenkuss! Holger, sie hatte ihn fast zwingen müssen. Was für ein Dummkopf! Schade, dass sie so lange bei ihm geblieben war. Der erste Kuss hätte sie eigentlich eines Besseren belehren müssen. Das erste Mal?! Sie musste laut lachen und hielt sich erschrocken die Hand vor den Mund. Aber es waren nicht viele Passanten unterwegs. Sie sah zur Tramhaltestelle hinüber. Da saß immer noch dieser dicke Mann, völlig in sich gekehrt, ein Buddha in Jogginghosen, der schon die zweite Straßenbahn hatte passieren lassen. Er schien nicht betrunken zu sein, nur völlig teilnahmslos. Irgendwie kam ihr das Gesicht bekannt vor. Aber dicke beschäftigungslose Männer in Jogginghosen gab es in Berlin jede Menge, sie war schon froh, dass er sich nicht eingepinkelt hatte. Sie schüttelte den Kopf.
Es gab immer mehr Verrückte in der Stadt. Auch der Gedanke machte ihr Sorgen. Anfangs hatte sie darüber gelächelt. «Ich werd wohl spießig im Alter», hatte sie sich selbst ermahnt. Aber es fiel ihr immer schwerer, U-Bahn zu fahren oder S-Bahn. Sie mochte die Menschen nicht mehr, sie mochte den Dreck nicht mehr, die Gerüche, die Schmierereien an den Wänden. Am schlimmsten fand sie die falsche Toleranz alldem gegenüber. Sie konnte nicht einsehen, was hip daran war, mit einer Bierflasche durch die Gegend zu laufen und sie irgendwo abzustellen, wo Kinder gut rankamen, oder sie einfach auf den Boden zu werfen. Das war nicht mehr ihre Welt. Anfangs hatte sie noch versucht, den einen oder anderen zur Rede zu stellen. Es waren ja keine Penner. Es waren Jugendliche, chic aussehende, teuer ausgebildete, behütet aufgewachsene Jugendliche, die sie einfach nur auslachten. Sie wollte ihre Tochter hier nicht großwerden sehen. Dabei war das noch der gute Teil der Stadt, die alte Mitte, wo jetzt die jungen Erfolgreichen wohnten, young urban cannibals.

All ihre Freunde schimpften auf die jungen Reichen, die hier ihre Geländewagen auf dem Fußgängerweg parkten, Gourmettüten durch die Gegend wuchteten und spätnachmittags ihre viersprachig parlierenden Kinder von den Privatschulen in die Penthouse-Wohnungen heimführten.
«Eigentlich will ich nur noch weg!»
Es hatte sie verdammt viel Anstrengung gekostet, diesen einfachen Gedanken offen auszusprechen. Zu viel hing daran. Eigentlich ihre ganze Vergangenheit.
«Ich habe nicht versagt!» Das Mantra ihres neuen Selbstvertrauens. «Ich habe nicht versagt!»
So ganz glaubte sie sich noch nicht. Aber sie war auf einem guten Weg. Gut, sie hatte keine Beziehung, sie hatte ein altkluges Kind, das kaum noch Respekt zeigte, sie hasste ihren Job als Altenpflegerin, sie hatte kein Geld für ein neues Leben, den Mut auch nicht, und keinen Mann. Aber anderen ging es verdammt viel schlechter. Ihrer Freundin Inge zum Beispiel, mit dem kranken Vater, oder Heinz, der sich noch einmal zu einem Kind hatte überreden lassen, vermutlich weil er einen altmodischen Namen trug und immer stärker seinem Vater ähnelte.
Sie sah auf die Uhr. Zehn nach vier. Sie hätte längst draußen sein müssen. Lotta war nicht unpünktlich. Lotta war nie unpünktlich. Lotta war so ganggenau wie eine Schweizer Uhr. Morgens stand sie eine halbe Stunde früher auf als nötig, um nochmals ihre Hausaufgaben durchzugehen. Nie hatte sie auch nur eine Schulstunde geschwänzt, noch nicht einmal den Wunsch geäußert. Lotta war ihr unheimlich zuweilen. Sie hatte die Sorge, dass sich das Kind zu viel abverlangte. Vermutlich weil sie sich selbst die Schuld an der Scheidung gab. Das hatte die Analytikerin damals gesagt. Lehrbuchratschläge. Die Kinder geben sich die Schuld an der Trennung! Unsinn. Sie wollte die Trennung und Lotta hätte sie auch gewollt. Weil Thomas ein Idiot war. Weil sie wieder einmal auf einen Dummkopf hereingefallen war, dessen einziges Wollen im Leben sich darauf richtete, immer auf der Sonnenseite zu stehen, egal auf wessen Kos-

ten. «Ichichich», das war die einzige Melodie gewesen, die er pfiff, weil, singen konnte er schon gar nicht. Sex erst recht nicht. Hätte sie damals nur ihr Augenmerk ein wenig mehr auf das gerichtet, was ihr heute als Erstes einfiel, wenn sie an ihn dachte. Seine Eitelkeit, seine penible Ordnungsliebe und – das Schlimmste von allem – sein Geiz.

Wie viele unglaublich peinliche Situationen hatte sie mit ihm durchleben müssen! Wenn er keine zehn Cent Trinkgeld gab, wenn er mit ihr im Restaurant darüber stritt, wer die gemeinsame Flasche Mineralwasser zahlen sollte, wenn er am Kindergeld so lange herumrechnete, bis er drei Euro einsparen konnte. Diesen Mann hatte sie geliebt. Vermutlich weil sie gehofft hatte, dass er verlässlich wäre. Verlässlicher als ihr eigener Vater, der sich erst gekümmert hatte, als das Enkelkind da war.

«Wie dumm bin ich eigentlich?» Sosehr sie über sich selbst lachen konnte – bei dieser Frage blieb ihr manchmal das Lachen im Halse stecken.

Ich klingele jetzt! Sie ermahnte sich noch einmal zur Zurückhaltung. Bis siebzehn zählen. Fünf Passanten freundlich zunicken. Drei Fahrradfahrern auf dem Gehweg streng hinterhersehen. Sie wurde ihrer Mutter immer ähnlicher. Anfangs hatte sie dieser Gedanke noch erschreckt. Das war es genau, was sie immer gehasst hatte, diese selbstgerechte Art. Anderen Fehler vorzuwerfen und die eigenen partout nicht sehen zu wollen. Aber verdammt, so viele Fehler machte sie auch wieder nicht. Zumindest fuhr sie nicht auf dem Gehweg und nervte harmlose Fußgänger. Sie zahlte Steuern, obwohl sie kaum etwas verdiente. Versuchte ihr Kind gut zu erziehen, obwohl es störrischer war als ein alter Esel, und sie mühte sich, auch sonst ein guter Mensch zu sein. Auch wenn es schwerfiel. Gerade wenn sie an ihren Vater dachte. Da war noch dieser Brief, der seit Tagen auf ihrem Schreibtisch lag, und den sie nicht öffnen wollte, weil sie genau wusste, von wem er kam. Sie kannte diese herrischen Schriftzüge nur allzu gut, Hunderte Briefe hatte sie von ihm bekommen, ein Dutzend hatte sie gelesen, dann war sie es leid

geworden, seine Vorwürfe und Versprechungen, die sich so durchschaubar abwechselten, nein, sie konnte es nicht mehr ertragen. Sie mochte nicht einmal daran denken.
‹Warum geht diese verdammte Tür nicht auf?!› Sie klingelte.
Wo blieb Lotta?
Sie klingelte und klingelte.
Nichts tat sich. Sie ließ den Daumen auf der Klingel. Hörte das helle Bim-Bim-Bim im hinteren Raum. Endlich Schritte.
Der Gitarrenlehrer trat an die Tür. Ein junger Mann von so schlaksiger Art, dass man wirklich Angst hatte, er könnte jeden Moment zusammenknicken und in seine Einzelteile zerfallen.
«Frau Blumich! Hallo!»
Er war immer so freundlich und fröhlich. Ohne Drogen eigentlich nicht machbar.
«Hi, Sven!» Sie duzte ihn konsequent. Beim Siezen hätte sie lachen müssen.
«Ich wollte eigentlich Lotta abholen!»
«Die ist doch schon seit zehn Minuten weg! Die Stunde geht doch nur bis vier!»
Er sah sie sehr altklug an. Als ob schon der Verdacht auf Alzheimer bestünde.
«Das weiß ich, Sven!» Sie wusste auch, dass Lotta zuweilen den Hinterausgang benutzte, nur hatte sie diesmal nicht daran gedacht.
«Lotta ist …» Sie nickte in Richtung Hof.
«Yoh! Sie wollte noch ’ne Kleinigkeit einkaufen und dann direkt nach Hause. Da ist sie jetzt auch bestimmt, im Supermarkt!»
Dieser kleine Kifferaffe dachte tatsächlich, er könnte sie beruhigen. Eine wahnsinnige Wut stieg plötzlich in ihr auf, und irgendwie spürte er das, denn er trat einen Schritt zurück.
«Na, dann bis zum nächsten Mal», presste sie mühsam hervor und drehte ihm den Rücken zu. Die Tür fiel verdammt schnell ins Schloss.
‹Du leidest schon unter Verfolgungswahn›, flüsterte sie sich zu. ‹Ruhig jetzt und schimpf sie nicht aus, da gibt es keinen Grund zu.›

Sie überlegte noch kurz in den Supermarkt zu gehen, um Kleinigkeiten für das Abendessen zu kaufen, aber sie traute Sven nicht so ganz. Sie wollte sicher sein, dass ihre Tochter zu Hause war. Jetzt, sofort. Lotta würde nie ohne sie in den Supermarkt gehen. Warum auch?
Beim Überqueren der Straße fiel ihr auf, dass der dicke Mann gar nicht mehr im Wartehäuschen saß. Seltsam, dachte sie, er wirkte so, als gehörte er da für immer hin.
Solche Menschen musste es auch geben, die immer wissen, wo sie hingehören.
‹Mensch, Mensch›, dachte sie, ‹Mensch, Mensch, du grübelst zu viel, das führt zu nix Gutem! Selbstgespräche auch nicht!›

«Hallo, Süße!»
Lotta saß am Tisch und studierte ihren Stundenplan.
«Morgen hab ich fünf Stunden und Sport. Sport nervt. Frau Rüdiger nervt. Ich versteh nicht, warum sie mich immer anmeckert. Das ist so ungerecht. Ich will da nicht mehr hin. In der Zeit könnte ich genauso gut was anderes machen. Mathe, oder Ethik, oder Physik.»
«Hallo!»
Jetzt endlich hob Lotta den Kopf und sah ihre Mutter einen Moment verdutzt an, weil sie das zweite Hallo für nicht sehr logisch hielt.
«Ich hab doch schon Hallo gesagt!»
«Aber hast du mich dabei auch angesehen?»
«Muss ich das? Gibt's was Neues zu sehen?»
«Werd nicht frech, Süße!»
Lotta hatte schon wieder abgeschaltet und den Kopf über ihren Stundenplan gebeugt, als gäbe es nicht Wichtigeres auf der Welt. Becky sah auf den dünnen Nacken ihrer Tochter und eine Welle mütterlicher Fürsorge durchflutete ihren Körper. Sie schien manchmal so zerbrechlich, so blass, so ganz aus Porzellan. Dann wieder dieser Sturkopf. Diese Art, sich ganz und gar einzumauern und keinen an sich heranzulassen.
Keine Ahnung, wie das weitergehen sollte.

«Hast du schon gegessen?»

Keine Regung. Sie schien die Frage einfach nicht gehört zu haben.

«Süße, hast du schon gegessen?!»

«Mannoh, jetzt nerv doch nicht dauernd!»

Lotta blickte entrüstet auf. Ihr schmales Gesicht hatte sich zu einer wütenden Grimasse verzogen. Das konnte sie gut. In null Sekunden auf hundertachtzig. Genau wie ihr Vater. ‹Was hat meine kleine süße Tochter eigentlich von mir geerbt›, fragte Becky sich, als sie in die kindliche Fratze vor ihr sah. In diesen Momenten war ihr ihre eigene Tochter fremder als jedes andere Kind auf dieser Welt. ‹Irgendwas muss sie doch von mir haben!›

«Essen! Es geht nur ums Essen. Und dass du groß und stark wirst. Also: Tofu oder Fisch?»

Lotta sah schon wieder auf ihren Stundenplan. Die Arme hatte sie weit abgewinkelt, als könnte sie so die Woche in die Länge ziehen. ‹Was für dünne Arme!›, dachte Becky und stutzte plötzlich.

Sie trat näher an den Tisch und fasste die rechte Hand ihrer Tochter. Lotta sah erbost auf und versuchte sich aus dem Griff ihrer Mutter zu lösen.

«Lass meine Hand los!»

Becky hielt die Hand ihrer Tochter fest. Zog sie ein wenig näher an sich heran.

«Seit wann hast du ein Tattoo?»

Martina war sich klar, worauf das Ganze hinauslief. Wenn Ralf sie zum Essen in den Grill Royal lud, dann deshalb, weil es von da nur zehn Minuten zu ihm nach Hause waren. Er war in seinen Avancen nie sonderlich kompliziert gewesen, das hatte ihn auf Anhieb so sympathisch gemacht. Ralf war ein gradliniger Egoist. In dieser Beziehung konnte man sich absolut auf ihn verlassen. Wenn er sagte: «Blas mir bitte einen», dann meinte er das auch ernst. Das war viel Wert in der Hauptstadt der Heuchler. Zudem war er pünktlich, auch das eine Tugend, die sie sehr schätzte. Und er stellte sich beim Sex nicht allzu dumm an. Das war sie von Männern sonst nicht gewohnt gewesen.

«Wie geht es dir?»

«Gut!»

«Das sieht man! Du siehst blendend aus!»

‹Heuchler›, dachte sie, ‹bei dieser Beleuchtung hier könntest du Rotkäppchen nicht vom bösen Wolf unterscheiden.› Aber ein Kompliment war ein Kompliment und allzu viele hatte sie davon in letzter Zeit nicht bekommen. So schien es ihr in dem Moment zumindest.

Ralf hatte den besten Tisch am Fenster gewählt, saß bereits da, als sie mit fünfminütiger Verspätung eintraf, half ihr aus dem Mantel, rückte den Stuhl zurecht.

Er war perfekt.

Sein Anzug saß gut wie immer, die Fingernägel waren frisch manikürt und ein kaum wahrnehmbarer Duft nach Herrenseife ließ sie insgeheim wohlig aufseufzen. Er war auf eine sehr altmodische Weise männlich, zumindest was sein Äußeres betraf. Vermutlich hätte er sogar eine Krawatte getragen, wenn dieses Date ihr erstes gewesen wäre.

«Wie waren die letzten Monate so?», fragte er verlegen.

«Super! Ich weiß nicht, was ich mehr vermisse, Strahlentherapie oder Chemo, beides shocking amusing! Von den feinfühligen Ärzten ganz zu schweigen.»

Sie konnte es sich nicht verkneifen, ihm ein wenig sein Versagen vorzurechnen. Zwölf Monate hatte er sich nicht gemeldet. Exakt

Donnerstag, 8. März, 20 Uhr
Grill Royal

zwölf Monate. Gerade mal ein Jahr. Kein Mensch hatte je behauptet, dass man ewig in der Hölle schmoren muss, wenn man erfahren will, was Verdammnis ist. Zwölf Monate reichen, ein Tag hätte gereicht.

«Ich musste oft an dich denken.»

Sie schluckte, denn wenn dieser Blick geschauspielert war, dann war er ein verdammt guter Schauspieler. So viel treuherziges Bedauern hätte sie in seiner Fitness-First-Brust nie vermutet.

«Martina, du weißt, ich bin kein sonderlich mutiger Mensch … Ich, ich wäre dir keine große Hilfe gewesen.»

«Das weiß ich!»

Fast war sie versucht, tröstend seine Hand zu tätscheln. Sie blickte sich Hilfe suchend um. Was, wenn er ohnmächtig wurde. Ihr schossen noch eine Reihe anderer dummer Gedanken durch den Kopf. Mentaler Selbstschutz. Wann immer die Rührung oder das Selbstmitleid oder die Verzweiflung von ihrem Denken Besitz ergreifen wollten, suchte sie nach Scherzen. Die billigsten waren die besten. Da blieb ihr das Lachen wenigstens nicht im Halse stecken.

Sie hielt seinem mitleidigen Blick tapfer stand. Was nicht leicht war. Sie wusste noch gut, wie er sie das erste Mal angesehen hatte. Gierig. Davon war nicht mehr viel zu spüren. Er wirkte verkrampft, fast ein wenig ängstlich. Das musste er nicht sein.

Er ahnte gar nicht, wie gut sie seine Feigheit nachvollziehen konnte. Er hatte Angst vor dieser Krankheit. Genau wie sie. Sie hatte immer noch eine furchtbare Angst. Anders als alle anderen, die so taten, als wäre das alles nur eine Frage der Zeit, der Therapie, der Einstellung. Das war es nicht. Wer einmal vom Blitz getroffen wurde, vertraut keinem Regenschirm mehr. Sie grinste bemüht burschikos.

«Das weiß ich, Ralf, das weiß ich nur zu gut.»

Hätte sie damals fliehen können, sie wäre bis ans Ende der Welt geflohen und hätte die Krankheit einfach daheim gelassen. Wie einen zu schweren Koffer, den man nicht braucht. Sollte sich doch ein anderer damit abschleppen! Was ging sie das an? Aber nein, es war ihre Krankheit. Ihr verdammter Krebs. Ihr ganz persönli-

cher. Danke sehr auch! Ihr Krebs! Vor dem sie höllische Angst hatte. Immer noch. Genau wie er. Dafür liebte sie ihn. Nein, dafür liebte sie ihn nicht. Dafür respektierte sie ihn. Er schien ihr ehrlicher als alle anderen, die so taten, als wäre sie gesund, geheilt, auf dem besten Weg zurück ins alte Leben, das es nicht mehr gab. Dafür war er der beste Zeuge. Wann immer er sie ansah, war ein Vorbehalt in seinem Blick zu spüren. Als hätte die hübsche Porzellanpuppe einen Riss. Den Riss gab es. Aber er konnte ihn unmöglich sehen. Das wollte sie ihm beweisen. Es gab nichts mehr zu sehen, was an ihre Krankheit erinnerte. Deswegen würde sie mit ihm schlafen. Vielleicht verschwand dieses verdammte Mitleid dann. Wenn auch nur für einen Moment.
«Und jetzt lass uns bitte nicht mehr darüber reden! Vorbei und vergessen! Wie ist es dir denn so ergangen? Erstickst du nicht langsam am eigenen Erfolg?!»
«Du wirst lachen», er wand sich kokett, «die Geschäfte gehen selbst für einen wie mich nicht mehr so gut. Kosten senken, Kosten senken, Kosten senken. Dass selbst Trash Geld kostet und guter Trash gutes Geld kostet, will den Controllern nicht in ihr kleines Buchhalterhirn.»
Ralf war ein Genie des Billigformats. Mit Gerichtsserien hatte er angefangen, dann Nannys auf Erziehungsreise durch Unterklasse-Gettos geschickt, dann war er in den Zoo gewechselt, Tierpflegerfilmchen drehen, Löwe, Fledermaus und Co., das alles war billig und traf den Nerv der Zuschauer. Ohne Geld auf Ibiza, Kochen mit Promis, das Modell und der Freak. So war sie sich auch immer vorgekommen an seiner Seite. Als Freak. Denn noch harmloser als er konnte man nicht auf andere wirken. Er sah nicht aus wie ein Nerd, im Gegenteil, aber von seinem Charakter her war er ein kleiner Junge, der immer nur das tat, was ihm Spaß machte. Natürlich musste auch was dabei herausspringen. Aber den eiskalten Geschäftsmann ließ er sich nicht anmerken. Das war eindeutig seine Stärke: perfekt inszenierte Naivität.
Die Steaks kamen. Sie mochten sie beide blutig. Das war ihr schon

beim ersten Mal aufgefallen, damals waren sie auch hier im Grill Royal gewesen. Freunde hatten ihn dazugeladen, damals, sie wusste gar nicht mehr, warum, irgendein Termin wegen der Berlinale, und sie beide waren die Einzigen gewesen, auf deren Tellern Blutspuren zu sehen waren. «Blue rare! Klingt wie ein Jazzstandard», hatte er gescherzt, als er die angewiderten Blicke der anderen am Tisch sah. Fleisch war schon okay, aber es musste durchgebraten sein.

«Ich versteh nicht, wie man so etwas runterkriegt. Das ist rohes Fleisch von einem lebenden Tier», hatte sich seine damalige Begleitung mokiert. Eine Nachrichtensprecherin aus dem Vormittagsprogramm, die vor allem durch ihr feuchtes Lispeln auffiel. Martina hatte sie danach noch einige Male zufällig im Nachmittagsfernsehen gesehen und sich jedes Mal aufs Neue gewundert, wieso die Sender bevorzugt Nachrichtensprecherinnen mit Sprachfehlern einstellten.

Ansonsten war sie nett und hübsch – und strohdoof.

«Süße, jede Form von Kalorienverbrauch ist Kannibalismus», hatte er nur trocken entgegnet und Martina komplizenhaft zugeblinzelt. «Aber verrate das nicht deinen Zuschauern!»

Natürlich war eine Riesendiskussion über Trennkost, Schonkost, Fleischvermeidungskost entbrannt, eins dieser kommunikativen Strohfeuer, die nur dazu dienten, den Beteiligten kurzzeitig so etwas wie wärmende Aufgeregtheit zu verschaffen. Ernsthaft interessiert war keiner.

Auch Mrs. Daisy, so hatte sie die Nachrichtensprecherin insgeheim getauft, ging es nicht um die armen Tiere, sondern um ihren schönen Teint, den sie auf rein pflanzlicher Basis besser erhalten zu können glaubte. Ab und an ein wenig Koks schien auch nicht zu schaden, dachte sie wohl, denn sie verschwand einige Male, um ihr designerdesigntes Näschen zu pudern.

Martina verkniff sich die Frage, was aus ihr geworden war. Ralf wärmte keine alten Liebschaften auf, das war nicht seine Art. Außerdem, Mrs. Daisys gab es im Fernsehen und beim Film Hun-

derte, und jede von ihnen hätte ihm liebend gern dabei assistiert, wenn er sein T-Bone-Steak sezierte. Vegetarierin hin oder her.
Das Dessert kam. Er schwieg eine Weile, sah ruhig aus dem Fenster, hinaus auf die Spree, die so dunkel wirkte und ihr immer ein wenig Angst machte, als trieben Selbstmörder darin. Jetzt würde er sie gleich fragen, ob er ihr nach dem Nachtisch noch einen Espresso bei sich zu Hause anbieten könne. Damit wollte er ihr Zeit geben, sich innerlich aufzuwärmen. Kommunikatives Vorspiel. Was gar nicht nötig war. Sie wollte raus hier. Sie wollte zu ihm.
Ralf räusperte sich ein wenig verlegen. So schüchtern kannte sie ihn gar nicht.
«Ich hab gehört, du und dein Vater, ihr seid an dem Klimt-Fall dran?!»

Die Tage begannen immer gleich. Er wachte auf, starrte an die Decke und wünschte sich einen Hund. Einen kleinen, niedrig gewachsenen Collie, der pflegeleicht war und intelligent, und ihm einen Grund gab, aufzustehen und vor die Tür zu gehen.

Es gab keinen. Es gab keinen Hund. Und es gab keinen Grund aufzustehen. Absolut keinen einzigen verdammten Grund.

Seine Hand ging instinktiv zur Seite. Klopfte auf die Bettdecke neben ihm. Er wollte sich vergewissern, dass da niemand lag. Natürlich wusste er absolut sicher, dass da niemand lag. Seit Jahren schon nicht.

An einem Freitag dem Dreizehnten hatten sie sich getrennt. Das waren so die Scherze, die das Schicksal für ihn parat hielt. Heute war Freitag, heute war nicht der Dreizehnte. Aber er fühlte sich so. Folglich hatte er das gute Recht, sich einfach auf die Seite zu drehen und den Tag zu verschlafen. Obwohl er nicht müde war. Im Gegenteil. Er war hellwach. Wie immer, wenn er an Alina dachte. An die sieben guten Jahre, an die sieben schlechten und an die sieben, von denen er nicht mehr allzu viel erinnerte. Er hatte sich wie ein Vollidiot benommen, damals, aber das war nicht das Problem. Das wussten alle und er selbst wusste es am besten. Das war nicht das Problem. Das Problem war, er wusste nicht warum. Kein Therapeut, kein Freund hatte ihm das je erklären können. Alina hatte ihn oft ganz aufrichtig verwirrt angesehen, weil sie einfach nicht damit klarkam, dass er so leicht von Dr. Jekyll zu Mr. Hyde wechseln konnte, ohne Vorwarnung, einfach so, schnipp.

Das waren die schlimmsten Momente gewesen. Wenn sie ihm ganz still, ohne Vorwurf, in die Augen sah und sich im Geheimen fragte, warum er ihr beider Leben zur Hölle gemacht hatte. Er wusste es nicht.

Hans im Glück. Alles war gut. Never ending success! Er war einer der besten Reporter des Landes, mehrfach ausgezeichnet, Großverdiener, auch dank einiger Bücher, die er so nebenher geschrieben hatte. Er liebte die schönste Frau der Welt, zählte jeden Morgen ihre

Freitag, 9. März, 7 Uhr
Claasens Wohnung

Sommersprossen und dankte ihr für die kluge Tochter, die sie ihm geschenkt hatte. Zu klug vielleicht, aber in den ersten Jahren gab es nichts Schöneres, als sich seltsame Antworten auf ihre seltsamen Fragen auszudenken.

Sie wohnten in einer wunderschönen Altbauwohnung in Mitte, dritter Stock, Sonnenseite, in einem Haus, in dem sich die Nachbarn noch kannten. Sie hatten Freunde, gute Freunde, sie besaßen ein Haus auf dem Land, ein kleines, sie hatten alles, aber es war nicht genug.

Es war nicht genug gewesen für sie, es war nicht genug gewesen für ihn. Sie schliefen regelmäßig miteinander, es war keine Pflicht, es war Spaß. Den Spaß, den man hatte, wenn man sich «Manche mögen's heiß» zum zwanzigsten Mal ansah. Dass sie ihn betrog, merkte er erst spät. Zu spät, dachte er immer, aber das war gar nicht das Problem gewesen.

«Mach da kein Drama draus», hatte sie gesagt.

«Mach da kein Drama draus!»

Er hatte sie geliebt vom ersten Moment an. Sie war die Morgensonne auf dem Friedhof seines Herzens, genau so hatte er sich ausgedrückt, als er sie im Brecht-Keller zutextete mit seiner Liebe, die er sich durch Worte begreiflich machen musste. Unzählige Worte. Er hatte es nicht für möglich gehalten, dass so ein Glück auf der Welt für ihn zu finden war. Und so ein Unglück, wie er später lernen musste. Dass sie damals nicht davongerannt war, hatte ihn im Nachhinein ziemlich erstaunt.

«Ich hab mich wahnsinnig amüsiert», entgegnete sie immer, wenn er sie darauf ansprach, «und wahnsinnig geschmeichelt gefühlt. Du warst Mr. Big und ich Mrs. Doolittle, aber die Sprechrollen waren genau andersrum an dem Abend. Ich hätte nie gedacht, dass ein Mann sich schon beim ersten Mal so lächerlich machen kann. Aber ehrlich gesagt, anders hättest du mich auch nie rumgekriegt!»

Er war fünfzehn Jahre älter als sie, zwei Wochen nach seinem einundvierzigsten Geburtstag hatte er sie kennengelernt. Ein Seminar für computergestützte Recherche, wie es damals so schön hieß,

einer dieser Nebenbei-Jobs, die er besonders gern mitnahm, weil meist noch eine Bettgeschichte mit raussprang. Sein einundvierzigster Geburtstag und er hatte bis dahin keine Beziehung gehabt, die ein Erinnern wert gewesen wäre. Nicht einmal das Scheitern all der Affären war erinnernswert. Nichts, nada, nothing.
Plötzlich stand sie da und er wusste, er wollte ein Kind, ein Zuhause, eine Zukunft. Und als er all das hatte, trat er es mit Füssen.
Es war Größenwahn. Er war einfach größenwahnsinnig geworden. Das schöne Gefühl, geliebt zu werden, das ihn anfangs so sacht gewärmt hatte, weil seine Kleingläubigkeit die Flamme nur leicht züngeln ließ, war zum verzehrenden Feuer geworden.
Er wollte ihr die Welt zu Füssen legen, fremde Länder erobern, Ruhm und Reichtum anhäufen, Troja besiegen. Er war durchgeknallt. Die ersten Jahre war das wunderschön. Sie lebten wie im Rausch. Dann war da irgendwann nur noch der Rausch. Sie fand zurück in den Alltag. Er nicht.
Sie bekam ein Kind, ihr Kind, das war von Anfang an klar, es war ihr Kind, nicht ihr gemeinsames, sondern ihr Kind. So empfand er es. Er war plötzlich außen vor. Gerade noch waren sie König und Königin in ihrem ganz eigenen Reich gewesen und plötzlich war da die Prinzessin, die Anspruch auf alles und jeden erhob.
«Was für ein süßes Kind», sagte jeder, «was für eine wunderschöne Mutter», lobten selbst Frauen – und was für ein überflüssiger Vater, dachte er sich, wenn er dem Schauspiel Mutterschaft mal wieder als untätiger Zuschauer beiwohnte.
Er hatte keine Chance. Alinas Verbundenheit mit Martina war Liebe von einer Art, die er nie gekannt hatte, nie kennen würde. Die beiden waren eins. Es war nicht einmal Böswilligkeit, dass er außen vor blieb, es war selbstverständlich. Das sah er genauso.
Er stürzte sich in die Arbeit, schrieb einen Roman, ging auf Lesereise, fing sein altes Leben wieder an, das er so gar nicht vermisst hatte. Er schlief mit Frauen, verabschiedete sie ohne Bedauern, trank gelegentlich zu viel, einfach so aus Spaß, trank täglich zu viel. Niemand sprach ihn darauf an.

«Mach da kein Drama draus», hatte sie gesagt. Es war an einem Dreizehnten gewesen, als sie ihm ihr Geständnis machte, billige Ironie des Schicksals. Ein Arbeitskollege aus ihrer Redaktion, er kannte ihn, ein smarter Vollblutsportler, der jährlich zum Tiroltriathlon antrat und den Rest seiner Freizeit mit seinem I-Pad verbrachte. Einer dieser Idioten, den er ohne Zögern zum Abschuss freigegeben hätte und den er sich jetzt beim Sex mit seiner Frau vorstellen musste. Im Büro, bei ihm zu Hause.
«Auch hier, in unserem Schlafzimmer?»
Ihr Blick verbot ihm, sich weiter in seinem Schmerz zu suhlen. Aber was sonst sollte er tun?
«Er oder ich!» Die Forderung lag ihm damals auf der Zunge, aber er konnte sie nicht ernsthaft stellen. Er hatte Angst. Er oder ich. Das bedeutete: Einer von beiden würde alles verlieren, einer würde alles gewinnen. Der Fifty-fifty-Joker. Die Fratze des Teufels. Er hatte Angst. Er hatte Angst, alles zu verlieren. Martinas Lachen beim Frühstück, wenn er mal wieder eine ihrer Hausaufgaben nicht verstand, Alinas sanftes Streicheln über seinen Hinterkopf, wenn er das Haus verließ, die Wärme des Zusammenseins an Sonntagen, die jeder ganz für sich verbrachte. Er wollte sie nicht verlieren.
«Das war genau das Falsche damals. Dass du so feige warst. Dann dieses Gesaufe, das Rumvögeln. Ich habe mich vor dir geekelt.»
Das spürte er selbst, dass er falsch reagiert hatte. Er hätte schreien können, sie vor die Wahl stellen sollen, er hätte ein, zwei Monate das Haus verlassen müssen und dann den Neubeginn wagen können, stattdessen war er geblieben und ihr gemeinsames Leben zerbröselte einfach so.
Martina zuliebe waren sie zusammengeblieben, Gewohnheit war ein Band, Hass, Lust an der Zerstörung. Es war Rosenkrieg. Es war schlimmer als Krieg, denn selbst ein Waffenstillstand war nicht mehr denkbar. Einer von beiden musste dran glauben. So groß die Liebe gewesen war, so groß die Schuld desjenigen, der sie aufs Spiel gesetzt hatte. Das war eindeutig er gewesen. Martina war ganz klar aufseiten Alinas. Seine Freunde waren ganz klar aufseiten Alinas.

Gott und die Welt waren aufseiten Alinas. Nur Jack Daniels war auf seiner Seite. Aber auch nur, solange er genug Kohle hatte.

«Dein verdammtes Selbstmitleid!» Er zog sich die Bettdecke über den Kopf und warf sie dann mit einem Schwung beiseite.

Kalte Dusche, bis einundfünfzig zählen, Liegestütze, bis einundfünfzig zählen, Kniebeugen. Er hielt das Sportprogramm aus der Entzugsklinik eisern bei. Er wusste nicht wozu, aber er wusste, er durfte nicht lockerlassen.

Eine Kanne grünen Tee zum Frühstück, dann wahlweise fünf Kilometer im Tiergarten joggen oder eine halbe Stunde Schwimmen. Zeitungslektüre in seinem Stammcafé. Früher wäre das für ihn der ideale Beginn eines Tages gewesen. War es ja auch. Andere beneideten ihn darum. Er beneidete sich auch, für die Zeit damals, die ersten Jahre mit Alina.

Sie verweigerte jeden Kontakt. Das konnte er gut verstehen, aber als er noch soff, hielt er sich natürlich nicht daran. Es fehlte wenig und er hätte vor ihrer Wohnung campiert. Sie lebte allein, das wusste er, sie hatte eine Beziehung, auch das wusste er, nicht den Tiroler Triathleten, das war schon lange aus, nein, irgendeinen Langweiler aus der Rechtsabteilung des Senders, für den sie seit einigen Jahren arbeitete.

Sie war eine gute Redakteurin, sie sah besser aus denn je, sie hatte Erfolg, Freunde, warum sollte sie ihn sehen wollen?

«Warum sollte Mum dich sehen wollen», das hatte Martina auch immer gefragt und natürlich wusste sie, welche Antwort die richtige Antwort gewesen wäre.

«Glaubst du, sie würde dir je glauben, dass du ein anderer geworden bist. Das wird sie dir niemals glauben, Paps. Das wird dir niemand glauben, nie. Ich auch nicht.»

Das meinte sie nicht böse. Das meinte sie einfach nur ehrlich. Martina hatte diesen Willen zur absoluten Ehrlichkeit. Deshalb war sie auch Reporterin geworden, was er ihr immer hatte ausreden wollen.

«Das ist ein Scheißjob, wenn du ihn ernst nimmst, und es ist erst recht ein Scheißjob, wenn du ihn nicht ernst nimmst. Niemand liebt dich dafür, aber alle werden dich hassen!»

Sie hatte nicht auf ihn gehört. Sie hatte es sich geradezu zum Prinzip gemacht, niemals auf ihn zu hören. Sie war eine treue, liebende, perfekte Tochter gewesen in all den Jahren, als er unzurechnungsfähig gewesen war, und auch in der Zeit danach, hatte sie sich regelmäßig um ihn gekümmert. Obwohl kein Anlass mehr zum Mitleid gegeben war. Aus Liebe tat sie es nicht. Sie tat es aus Pflichtgefühl. Sie sah in ihm den Vater, den es zu umsorgen galt, weil er ihr Vater war. Ein Pflicht der Natur, keine Sache des Herzens.

Was seine Arbeit anbelangte – da hielt sie sich ganz und gar fern. «Du machst dein Ding, ich mach meins.»

Immer wieder hatte er ihr vorgeschlagen zusammenzuarbeiten, ein gemeinsames Buch zu schreiben, gemeinsam Reportagen zu recherchieren, was auch immer, Hauptsache gemeinsam. Aber sie wollte es allein schaffen. Zwei Jahre ging sie nach Amerika, dann kam sie zu «Online». Er hatte längst keine Aussicht mehr auf einen neuen Vertrag, aber einfach so ignorieren konnte man seine Empfehlung auch nicht. Es war kein Liebesdienst, sie zu empfehlen, er hätte sie jederzeit angestellt, auch wenn sie die Tochter des Tiroler Triathleten gewesen wäre.

Das sah sein Chef auch so. Kehrtmann war gar nicht so verkehrt. Er hüstelte verlegen über seinen schlechten Kalauer. Jedenfalls hatte er ihrer Einstellung sofort zugestimmt.

Ihre Art zu schreiben war einzigartig. Truman Capote hatte das anfangs gekonnt, als ihn der Suff und der Größenwahn noch nicht in die Knie gezwungen hatten. Fakt und Fiktion verschmelzen. Poesie denken, aber Prosa schreiben. Nüchtern, sachlich näherte sie sich den Themen, aber mit einem so großen Einfühlungsvermögen, dass selbst ein Serienmörder menschliche Züge bekam – wenn sie es nur wollte.

Aber dafür hatte sie einen hohen Preis zahlen müssen. Er war sich sicher, dass ihre Krankheit die Folge ihres Hangs zu kranken Themen war. Bosnische Vergewaltiger, albanische Mädchenhändler, deutsch-italienische Mafiosi, sie ließ ja nichts aus. Kein noch so krankes Thema. Aus Ekel war sie krank geworden. Aber wer wollte ihr das sagen, jetzt, da sie es schon wieder sich und ihm und Gott und der Welt beweisen musste, dass sie die Beste war. Es gab nur eine Chance, sie vor sich selbst zu retten, er musste ihr zuvorkommen. Und diesmal hatte er ein paar mehr Trümpfe in der Hand als gewöhnlich.

Lotta hasste ihre Lehrer. Sie hasste ihre Mitschüler, sie hasste Berlin, sie hasste ihre Mutter, immer dann, wenn sie Fleisch aß. Sie hasste ihre Sportlehrerin, weil sie eine verdammte Sklaventreiberin war und nicht einsah, dass sie keine Lust auf Schwitzen hatte. Das war eklig. Sie hasste ihre Freundin Rena, weil sie immer dicker wurde und nur von Jungs erzählte. Sie hasste Vampire, sie hasste Amy Winehouse, weil sie sich so zugrunde gerichtet hatte. Sie hasste Drogen, Alkohol, Zigaretten, Hundescheiße auf der Straße, Fahrradfahrer auf dem Gehweg, bettelnde Penner und alle Politiker, weil sie nichts unternahmen gegen die Geldgier der Reichen.

Sie hatte sich eine kleine Kladde angelegt, «Mein Hassbuch», in das sie alles eintrug, was sie verabscheute. Das war eine Menge, stellte sie befriedigt fest, nachdem sie über fünfzig Einträge gezählt hatte.

«Du kannst stolz sein auf jeden Feind, denn nur die Starken suchen sich Gegner, nur die Schwachen Freunde!»

Sie hatte lange über den Satz nachdenken müssen, und über die Menschen, die sie kannte, die alle viel zu feige waren und keinen einzigen Gegner hatten, nur Freunde.

Ihre Freundin Rena wollte sich überall nur beliebt machen, und genau das Gegenteil war der Fall und aus Kummer wurde sie immer fetter und fetter.

Ihre Mutter war auch nicht sehr stark, obwohl sie immer so tat. Klar, sie wusste, dass sie eine Menge am Hut hatte und dass es nicht einfach war für eine alleinerziehende Mutter, aber es hatte sie ja keiner dazu gezwungen.

«Warum hast du mich denn damals bekommen, obwohl du ihn gar nicht mehr geliebt hast?»

Becky war total baff gewesen, als sie ihr die Frage gestellt hatte. Das hätte sie nicht erwartet, dass ihre Tochter so plötzlich erwachsen wurde. Viel zu schnell erwachsen.

«Was für eine Frage!», wich sie aus.

«Warum denn, warum denn?», blaffte Lotta böse zurück. Sie wusste, sie hatte das Recht auf eine Antwort.

Freitag, 9. März, 8 Uhr
Lottas Schulweg

Ohne den Orden hätte sie sich das allerdings nie getraut, ihrer Mutter so zuzusetzen. «I've got the power!», summte sie. Ein ziemlich gutes Gefühl, das sie bis dahin nicht gekannt hatte. Als sie das erste Mal in die Community kam, dachte sie, was für ein abgedrehter Film: «New Virgins.»

Den Link hatte ihr eine Veganerin zugeschickt. «Wenn du wirklich ernst machen willst mit dem Kampf gegen die Fleischfresser, Kannibalen und Blutsaufer, geh da mal hin.»

Erst war es gar nicht so leicht, Zutritt zu bekommen. Sie brauchte eine Patin und nachdem die sie empfohlen hatte, musste sie eine lange Liste mit ziemlich direkten Fragen beantworten.

Worüber sie gern nachdachte, was sie gern las, was ihre Eltern gern lasen, wann sie das erste Mal gelacht hatte, wann sie das erste Mal geweint hatte. Da waren schwierige Fragen darunter und ganz einfache und es war total spannend gewesen, darüber nachzudenken.

Sie wusste noch genau, wann sie das erste Mal gelacht hatte, aus vollem Hals und so laut, dass ihre Mutter schon Angst bekam, sie würde an dem Lachen ersticken.

Fast auf den Tag genau vor zwei Jahren war Becky mit einem kleinen süßen Kater angekommen, Karl-Heinz hatte sie ihn getauft, was natürlich total süß war, weil kein Kater hieß Karl-Heinz, der aber schon, denn er sah aus wie Karl-Heinz. Ein rot gestreifter kleiner Tiger, gar nicht so billig eingekauft bei einer ziemlich armen Frau in Hellersdorf, die sich das Katzenfutter nicht mehr leisten konnte.

Sie hatte ihre Mutter damals mitleidig angesehen. Becky fiel immer auf solche Geschichten rein. Sie gab jedem Penner einen Euro, jedem Musikanten zwei und jeder alten Frau, die nach Alkohol stank, einen lieben Blick. Sie war schwach. Sie fand für alles und jeden eine Entschuldigung.

«Entschuldige dich niemals!», war eine Ordensregel, die ihr sofort eingeleuchtet hatte, weil sie an ihre Mutter denken musste. Die entschuldigte sich für alles und jeden.

«Was sollen wir denn mit einer Katze?», hatte sie damals gefragt.

«Na, was wohl? Wir wollen sie knuddeln und lieben und in Ehren aufwachsen sehen. Ist er nicht total süß!» Genau in dem Moment, als sie das sagte, hatte sich Karl-Heinz seltsam breitbeinig auf Beckys Lesesessel gesetzt, war einmal mit dem Hintern hin und her geschrubbt und hatte dann gepieselt und gepieselt. Becky war schockstarr und Lotta hatte lauthals lachen müssen, sie konnte gar kein Ende mehr finden. Das war so typisch für ihre Mutter, so was von typisch. Sie hatte einfach immer Pech. Aber das konnte sie keinem anderen ankreiden als sich selbst. Sie war einfach zu schwach. Die Schwester Oberin hatte es ganz einfach und klar formuliert: «Versager versagen nicht weil die anderen es wollen, sondern weil sie es selbst wollen. Sie wollen versagen, sie wollen ihr Versagen eintauschen gegen Mitleid.» So wie ihre Mutter ihren Kummer eintauschen wollte gegen Zärtlichkeiten. Aber Lotta hatte ihr jeden Körperkontakt untersagt. Sie war ansteckend. Die Schwäche ihrer Mutter war ansteckend. Das hatte auch die obere Schwester gesagt und die Schlussfolgerung war ganz klar und einfach: Halte dich fern von denen, die nicht so sind wie du.
Nachdem sie damals den Fragebogen ausgefüllt hatte, dauerte es fast einen ganzen Monat, bis sie Zutritt zum ersten Kreis der Novizen erhielt. Ihr Passwort war «Strength», was sie anfangs ein wenig albern fand, eher etwas für Jungs und «World of Warcraft», und sie hatte schon Angst, dass sie in ein komisches Spiel geraten war, in dem sich Avatare um irgendwelche geheimen Schätze balgten, aber es war ganz ernst. Jeder konnte sich einen Namen geben oder unter seinem eigenen mitarbeiten. Lotta nannte sich Lilith, der Name hatte ihr schon immer gefallen, das wäre ein viel schönerer Name für sie gewesen, irgendwie geheimnisvoller.
Lilith war eine Göttin, die einem Baum entsprungen war, das passte gut zu ihr. Sie kam sich auch vor wie aus einem Baum entsprungen. Sie liebte Bäume und manchmal, wenn kein Mensch in der Nähe war, umarmte sie Bäume. Es war ein gutes Gefühl. Es gab ihr viel mehr Kraft, als wenn sie einen Menschen umarmte.
Das hatte sie noch nie jemand gesagt, aber mit den anderen Novi-

zinnen konnte sie über alles reden. Es ging vielen so wie ihr. Sie liebten die Pflanzen und die Blumen. Sie mochten kein Fleisch. Keine lauten Menschen. Keine Sonne, die zu hell brannte.
Lotta trug immer eine Sonnencreme mit hohem Lichtschutzfaktor. «Ich will nicht schmutzig werden.»
Ihre Mutter hatte das für einen dummen Scherz gehalten. «Du wirst doch nicht schmutzig, wenn du braun wirst. Was ist das denn für ein Unsinn?!»
«Das ist kein Unsinn», hatte sie wütend entgegnet, «sieh dir doch diese braunen Menschen an. Wie schmutzig das aussieht!»
Ihre Haut blieb blass wie Porzellan, das fand sie schön. Ihre Mutter hingegen starrte sie zuweilen an, als fürchtete sie um ihre Gesundheit und ihren Verstand.
Aber das ist normal, hatte die Schwester Oberin geschrieben, die anderen verstehen das nicht. «Sie verstehen dich nicht! Rede mit ihnen wie mit Kindern, denn sie verstehen es nicht und werden es nie verstehen, was gelebte Reinheit ist!»
Gelebte Reinheit, das war das Wort, auf das sie gewartet hatte, gelebte Reinheit, das hatte sie immer gewollt, auch als sie es noch nicht so hatte sagen können.
«Danke, obere Schwester», hatte sie damals nur geschrieben, «danke.»
In der Woche darauf war sie in den nächsten Kreis aufgenommen worden, den Kreis der tätigen Engel, und als Zeichen ihres Fortschritts war ihr ein Brief zugestellt worden, mit einem Rosentattoo, das sich sanft auftragen ließ und zur Not auch wieder abbürsten, aber sie wollte es nie mehr abbürsten, sie wollte es für immer tragen. Denn von nun an war sie nie mehr allein, ganz gleich, was ihre Mutter darüber denken mochte. Die war ihr egal. Und vielleicht, vielleicht konnte sie ja bald ohne sie leben! Die Schwester Oberin hatte so etwas angedeutet. Dann könnte sie endlich zu Heloise ziehen!

Der Sekretär hatte Martina in die Gendarmerie zum späten Frühstück gebeten. Sie mochte das Lokal nicht sonderlich. Es stand für den neuen Protz in Mitte. Für den neuen Ehrgeiz der Gastronomie, der sich in Nichts von dem alten Ehrgeiz unterschied, den Leuten möglichst rasch das Geld aus der Tasche zu ziehen. Der Trick funktionierte nicht über das gute Essen, sondern über das Ambiente und das Wirgefühl. Deswegen mied sie seit Monaten das Borchardt nebenan, dort, wo sie alle saßen, die glaubten, dazu zu gehören. Aber wenn sie ihren Friseur sehen wollte, dann ging sie in seine Frisierstube und nicht ins Restaurant.

Der Gastraum in der Gendarmerie war riesig und um diese Uhrzeit fast vollkommen leer. Ein ältliches Touristenehepaar kuschelte in einer der Nischen, den aufgeschlagenen Stadtplan vor sich. Seniorenstädtereisen, das würde ihr wahrscheinlich erspart bleiben bei ihrer Lebenserwartung. Die beiden sahen ab und an verstohlen auf das riesige Wandgemälde, Bacchanal, von Jean-Yves Klein, sie war seinerzeit bei der Einweihung dabei gewesen. Die Vorstellung, dass die beiden Alten sich gern und umstandslos dieser Orgie anschließen würden, reizte sie zu einem Lächeln. Das ihr sofort missriet, als sie sich auf ihr Gegenüber konzentrierte. So viel blasierter Hochmut war ihr selten untergekommen.

«Was reizt Sie eigentlich an diesem Handlanger-Job für einen senilen Choleriker?»

Wie immer in letzter Zeit hatte sie sich sprachlich nicht im Griff, wenn sie wütend war, aber das war ihr gleichgültig.

Wilson setzte sich ein wenig aufrechter. Er schien die feste Absicht zu haben, ihr genau so viel Angriffsfläche zu bieten, wie sie brauchte, um eine passabel gute Laune zu entwickeln.

«Das Geld. Ich bin käuflich, und das aus Überzeugung. Hinzu kommt natürlich das öffentliche Aufsehen! Ich stehe gern im Mittelpunkt, wie Sie wohl schon bemerkt haben.»

«Publicitygeil!»

«Was ich bei hübschen Frauen Ihrer Generation nie verstehen werde, ist dieser gewisse undefinierbare Hang zur Vulgarität! Als

Freitag, 9. März, 11 Uhr
Restaurant Gendamerie

befänden sie sich dauernd in der Defensive, aber ich darf Ihnen versichern: Sie sind nicht in der Defensive. Ich will Ihnen nichts Böses. Im Gegenteil.»

«Na, dann reden wir doch noch ein wenig über Sie. Sie haben meine Frage nicht beantwortet, sondern sich in kulturkritische Phrasen gerettet. Dagegen bin ich schwer allergisch. Also bitte, was veranlasst Sie, Ihre Zeit für Klimt zu opfern?»

«Nun ja, ich will ehrlich sein: Ich habe einen Vaterkomplex. Ich bin in Internaten aufgewachsen, habe meine Eltern nie kennengelernt, trotz aufwendiger Recherche weiß ich bis heute nicht, wer sie sind, wer sie waren, warum sie zusammen waren, wieso sie mich zeugten ... die üblichen Fragen. Klimt nahm mich an wie einen Sohn. Er öffnete mir alle Türen. Ich kam frisch von der Universität und stand wohl schon da unter Beobachtung einiger Verlage, weil ich in Sachen Marketing und Ego-Commerce einiges publiziert hatte. Ich wollte mich aber nicht einem dieser Großkonzerne andienen, also nahm ich vor drei Jahren sein Angebot als persönlicher PR-Assistent an. Was auch für mich eine grandiose Werbung war – von nun an standen wir immer gemeinsam vor der Kamera. Und ich darf Ihnen versichern, er stand in letzter Zeit verdammt oft vor der Kamera.»

Er tupfte sich den Mund mit der Serviette, als könnte er so das ‹verdammt› ungeschehen machen.

«Sie müssen entschuldigen, es gibt hier kein Frühstück in dem Sinne, wie Sie es vielleicht gewohnt sind, aber ich denke, ein Croissant und ein Kaffee genügen?»

Sie nickte, und er orderte unauffällig. Er war einer dieser Männer, die in einem Restaurant nie laut rufen oder auffällig gestikulieren mussten. Die Kellner lauerten geradezu auf seine Bestellung, mochte sie auch noch so bescheiden ausfallen.

«Wo war ich?» Er sah sie mit koketter Neugier an, als wollte er ihren Kenntnisstand überprüfen.

«Ego-Commerce?»

«Nun, ich darf mir schmeicheln, diesen Begriff geprägt zu haben, in Analogie zu Social Commerce, Sie verstehen ...»

«Natürlich!»
Martina war versucht, ihn an seiner Krawatte einmal im Raum rotieren zu lassen, bis auch noch das letzte Kleingeld aus seinen Hosentaschen geklimpert war.
«In aller Kürze: Social Commerce bindet den Kunden ins Verkaufsgeschehen ein.»
«Sollte man meinen, er kauft ja schließlich. Deswegen heißt er wohl Kunde.»
«Die Bindung ist eine emotionale», fuhr Wilson ungerührt fort. «Er soll das Produkt im Netz kommentieren, bewerben, durchaus auch kritisieren. Der Kunde wird auf gewisse Weise zum Koproduzenten. Ego-Commerce bedeutet folglich: Wir kreieren Prominenz mithilfe spezifisch designter User-Kampagnen, was den Vorteil hat, es kostet wenig, bringt aber viel, schlicht gesprochen.»
«Und der Vorteil der User?»
«Sie können jederzeit selbst prominent werden!»
«Versteh ich nicht.»
«Nine-Eleven, Sie erinnern sich, der Einsturz der Zwillingstürme.»
«Sehr witzig!»
«In der Folge gab es eine Flut von Publikationen. Nun, wie bewerben Sie Bücher über Nine-Eleven? Indem Sie Anzeigen schalten? Das ist Verlagsdenken von gestern. Es ist ein Dreischritt. Sie schlagen dem Autor das Thema vor: Verschwörungstheorie. Zweiter Schritt: Sie richten Nutzerforen zu diesem Thema im Internet ein. Ermuntern andere Verschwörungstheoretiker, ihre Vermutungen ins Netz zu stellen, über Mittelsmänner versteht sich, und heizen so eine Debatte im Netz an, die wiederum, im dritten Schritt, den Erfolg des Buchs garantiert.»
«Und in der Folge andere animiert, zum gleichen Thema ein ähnliches Buch zu schreiben, das wiederum heftig diskutiert wird und sich wahnsinnig gut verkauft, was wiederum …»
«Genau, das Perpetuum mobile des Verlagswesens. Von mir erfunden. Erste Nutznießerin war übrigens Jane Rowling.»
«Sehr witzig.»

Sie sah ihn mit leicht schräg gelegtem Kopf an, was bei ihr immer ein Zeichen war, dass sie eine Idee faszinierend fand. Das hatte er sofort wahrgenommen und ruckte geschmeichelt auf seinem Platz hin und her. Er war wie ein kleiner Junge. Vermutlich war was dran an seiner Waisen-Biografie. So etwas konnte man unmöglich schauspielern.
«Einen ähnlichen Hype sollen Sie jetzt bei Klimt auslösen?»
«Auch das, und ein wenig mehr! Klimt geht es ja nicht nur um den Verkauf seiner Bücher, Geld hat er nicht mehr nötig, wird er auch vermutlich nicht mehr ausgeben können, ihm geht es um Publicity für seine Ideen.»
«Aus reiner Sorge um die Welt und ihren Fortbestand?»
«So in etwa ...»
«Warum wechselte Klimt dann als Wissenschaftler ins Romanfach?»
Sie unterbrach ihn aus Angst, er könnte dieses ‹etwa› ausformulieren zu einem brillanten Vortrag über Gott und die Welt und Klimts Rolle als alternder Messias. Wilson holte tief Luft, es passierte ihm nicht oft, dass er einfach so unterbrochen wurde. Es machte ihn nicht ärgerlich, eher neugierig. Er hatte in Martina eine ebenbürtige Gegnerin, das gefiel ihm, das gefiel ihm sogar außerordentlich.
«Weil man ihm als Wissenschaftler kaum Gehör schenken würde. Zudem: Er ist eitel. Er braucht Publikum, das große Publikum!»
‹Da habt ihr etwas gemeinsam›, dachte sie. ‹Du hörst dich auch gern reden, wie alle Männer deiner Generation.› Martina schätzte Wilson auf Mitte dreißig. Er trug einen dezent gestreiften Anzug, eine sehr teure Armbanduhr, zumindest dem Anschein nach, und ließ seine Hände sehr dekorativ auf dem Tisch ruhen, wohl wissend, dass sie das Anziehendste an ihm waren. Denn während sein Blick immer ein wenig zu musternd wirkte, strahlten seine Hände die Ruhe eines Menschen aus, der sich selbst und seiner Talente absolut gewiss war.
«Darüber hinaus gibt es durchaus persönliche Motive, mit ihm zusammenzuarbeiten ...»
«Wann wird das Buch erscheinen?»

«In absehbarer Zeit, aber ich will auf etwas anderes hinaus …»
Allmählich fand sie Gefallen daran, ihn barsch zu unterbrechen.
«Wie ist der Betreuungs-, oder besser gefragt, der Überwachungsplan?»
«Löchrig, da Klimt sich beharrlich weigert, unter meinem persönlichen Arrest zu stehen, wie er das nennt.»
«Er will sterben?»
«Er inszeniert seinen Tod. Die vierzehn Stationen des Kreuzweges … sagt Ihnen das etwas? Wenn nicht, lesen Sie es nach. Die Bibel, ein sehr interessantes Buch. Denn mich müssen Sie jetzt entschuldigen, sosehr ich Ihre inquisitorische Art auch schätze, es wird eine Protestaktion vor Klimts Hotel erwartet. Ein kleiner Marketingspaß unseres Verlags, über den wir bitte beide Stillschweigen bewahren. Aber wollen wir unser Gespräch nicht heute Abend fortsetzen … Ein kleiner Bummel entlang der Spree? Dann können wir ein wenig ausführlicher über die Privatperson Klimt sprechen. Das kam mir doch gerade ein wenig zu kurz. Überlegen Sie in Ruhe, welche Fragen Sie wirklich stellen wollen, welche Fragen wirklich wichtig sind!»
Er lächelte auf eine so bedeutsame Art, dass sie versucht war, ihm den Zuckerstreuer an den Kopf zu werfen. Er sah ihre verhaltene Wut und lächelte noch eine Spur maliziöser.
«Dann könnten wir auch ein wenig über Sie reden! Ich hoffe, Sie haben die Therapien gut überstanden und fühlen sich fit für die anstehenden Aufgaben?! Also abgemacht? Neunzehn Uhr vor dem Bode-Museum? Ach ja, eine kleine Bitte noch. Kontaktieren Sie morgen diese Frau hier, Klimts Tochter. Er legt großen Wert darauf. Und es wird, wie es so schön heißt, Ihr Schaden nicht sein. Die Kontaktdaten finden Sie auf der Rückseite des Fotos. Ein schönen Tag noch!»
Martina war so überwältigt von einem Gefühl der tiefen Abneigung gegen Wilson, dass sie instinktiv den Kopf schüttelte – und zustimmte. Wilson nickte ihr höflich zu und ging, natürlich nicht ohne vorher dezent die Rechnung beglichen zu haben. Ein Heranwinken, ein diskretes Hinüberreichen eines viel zu großen Scheins,

ganz schlechtes Hollywood. Fehlte nur noch, dass der Kellner an ihren Tisch trat und nach weiteren Wünschen fragte.
«Nein, danke, keinen Appetit!»
Er war tatsächlich gekommen und hatte ihr die Speisekarte vorlegen wollen. Was für eine gute Show, schade nur, dass sie wirklich nicht ihre beste Leistung abgerufen hatte. Wilson war ihr überlegen, noch. Mit dem Hinweis auf Klimt als Privatmann hatte er ihr den Kopf ganz schön zurechtgestutzt. Es war klar, dass es hier nicht nur um eine Marketingkampagne für ein neues Buch ging. Klimt hatte ein Anliegen, etwas, was ihm sehr wichtig war, eine Herzenssache. Um das Wohl der Menschheit sorgte der sich nicht, aber auch nicht um Geld oder Ruhm. Es musste irgendetwas anderes sein, aber was? Sie hatte einfach zu wenig Infos. Sie zog das Dossier aus ihrer Tasche, das ihr Kehrtmann in die Hand gedrückt hatte. Zwanzig magere Seiten über Klimts Karriere als Wissenschaftler und gefeierter Buchautor. Kaum drei Zeilen über ihn als Privatmann. Verheiratet, geschieden, ein Kind. ‹Das arme Kind›, dachte sie unwillkürlich. Seine Frau war bereits vor zehn Jahren gestorben, kein Wort über die Todesursache. Wahrscheinlich beschäftigte Klimt eine Heerschar von Anwälten, um sein Privatleben zu schützen – aber warum dann die Anfrage an sie?!
Martina rieb sich die Fäuste gegen die Stirn. Da war sie wieder, die Angst, dass sie ihr Talent einfach so verloren hatte. Mit dem Krebs war auch ihre Intuition verschwunden, verstrahlt, vergiftet durch die Chemo, sie fühlte sich krank und schwach.
«Verdammt, ich brauch einen guten Kaffee!»
Die Kellner drehten sich zu ihr um, als hätten sie den stummen Aufschrei tatsächlich gehört. Eigentlich wollten sie ihr nur in den Mantel helfen, zu dritt. Sie wehrte lachend ab und machte sich auf den Weg in Andrews Café.
Das Café war in den letzten Monaten so etwas wie ihr ganz privater Schutzraum geworden. Andrew war Australier. Sie hatte keine Ahnung, wie er es schaffte, aber wann immer er sie anlächelte, fühlte sie sich wie ein Bondi-Beach-Girl.

Mit zwanzig war sie dort gewesen. Damals hatte sie die Australier überhaupt nicht gemocht. Sie erinnerte sich an jede Menge tote Kängurus, die in unterschiedlichen Verwesungsgraden die Fernstraßen säumten. An schrecklich heiße Tage, an feuchte Regenwälder, träge Koalas und natürlich an die Wasserwunder des Great-Barrier-Riffs. Aber sie war kein Fan geworden. Seit Andrew sein kleines Café direkt an der Spree aufgemacht hatte, war alles anderes. Sie mochte seinen Akzent, seine beharrliche Weigerung, deutsch zu sprechen, und seinen Espresso. Den anderen Gästen erging es ähnlich. Es war immer viel zu eng, aber die Leute drängten sich gern herein, auch wenn selten ein Platz auf den kleinen harten Stühlen frei war. An dem kleineren der zwei Tische saß wie immer Tom und starrte angestrengt auf den Bildschirm seines Laptops.
«Hey, Babe!» Er sah kaum hoch, sondern tänzelte weiter über die Tastatur. Eigentlich hatte er Musiker werden wollen, aber der eklatante Mangel an Talent war selbst ihm nicht entgangen. Das wenige Geld, das er brauchte, verdiente er durch Kellnern, ansonsten multiplizierte er seine Existenz in Dutzenden Chatrooms und seinem privaten Blog.
Das Erfreulichste an Tom war seine absolute Asexualität. Das machte den Umgang mit ihm so entspannt. Zudem hatte Martina in den Monaten ihrer Krankheit selbst eine Art multiple Persönlichkeit entwickelt, sodass sie sich an Toms beharrlichen Schizophrenien nicht weiter störte. Für ihn gab es keine feste Zeit mehr, keinen festen Raum, er surfte im Universum wie ein Zeitreisender ohne Kilometerlimit.
«Master of the Universe, ich hab ein Problem!»
«Süße, erzähl mir was Neues!»
«Blick mich an, wenn ich mit dir rede!»
«Aber subito, meine Schönheit, einen kleinen Augenblick noch!»
Sie wusste genau, dass ein kleiner Augenblick bei Tom ganz schön lange sein konnte, und schlürfte bedächtig ihren Espresso.
«So!» Er blickte konzentriert auf. «Jetzt bin ich ganz für dich da!»
«Schön, mein Lieber, ich hab nämlich eine dringende Bitte!»

«Eine, die honoriert wird?»

«Bei Erfolg, sehr gut honoriert sogar!»

Das Schöne bei diesen kreativ Freischaffenden in Berlin war, dass sie alle ständig Geld brauchten, das machte sie so verfügbar. ‹Irgendwie seid ihr doch alle Stricher›, dachte sie ein wenig amüsiert, als sie in Toms aufmerksames Gesicht sah.

«Hier», sie schrieb Klimts und Wilsons Namen auf einen herumliegenden Kellnerblock.

«Alles, was ich wissen will, ist das, was nicht in Wikipedia oder sonstigen offiziellen Lebensläufen steht. Ich will den Klatsch, den Tratsch, die Essenz des Chats!»

«Die Essenz des Chats», er schüttelte den Kopf, «irgendwie bist du nicht von dieser Welt, meine blasse Schönheit.» Er wedelte wie wild mit dem Zettel vor ihren Augen, um ihr Frischluft zuzuführen.

«Bis heute Abend bitte. Honorierung morgen um die gleich Zeit hier!»

«D'accord, Mademoiselle!»

Er hatte den Kopf schon wieder über die Tasten gebeugt. Seine Finger waren so unglaublich flink. Das war das Letzte, was sie von ihm im Gedächtnis behalten sollte.

Diese unglaublich flinken Finger.

Ihm war nicht wohl bei der Sache. Vor ihm lag das Dossier «Klimt», das vollständige Dossier, nicht nur die Auszüge, die er Martina überlassen hatte.
Er hatte den Fall nicht ablehnen können, aber je länger er darüber nachdachte, desto lieber wäre es ihm gewesen, die Konkurrenz hätte sich darum gekümmert.
Das Risiko stand in keinem Verhältnis zum Ertrag. Klimt mochte noch so spektakulär liquidiert werden, drei Tage später würde kein Hahn mehr danach krähen. Ein toter Wissenschaftler – wen interessierte das?! Und ob er wirklich das Opfer einer Naziverschwörung war oder nur Zielscheibe eines paranoiden Amokläufers – kein Leser würde sich die Zeit nehmen, darüber groß nachzudenken. Das war nicht Thema. Jedenfalls kein Thema, mit dem er seine Zielgruppe locken konnte.
Ludger Kehrtmann stand auf und trat an den Wandschrank. Er griff sich den Putter, legte den Golfball ans Ende des langen Grünstreifens, den er in seinem Büro hatte auslegen lassen, und spielte den Ball ruhig in Richtung Loch. Wieder und wieder. Er erinnerte sich an Martinas Gesicht, als sie diese Putting Mat das erste Mal gesehen hatte.
«Sie spielen Golf?!»
Als ob sie das nicht gewusst hätte! Sie hatte ihn oft genug spöttisch gemustert, wenn er mit seinem Golfbag direkt vom Büro auf den Platz fuhr.
«Sie spielen Golf jetzt auch im Büro?!», verbesserte sie sich.
«Ja, ich übe, und sparen Sie sich jede weitere Bemerkung, insbesondere was die Wechselbeziehung Golf und Libido anbelangt!»
«Wechselbeziehung Golf – Libido! Was für eine Schlagzeile! Woran hatten Sie gedacht, ans Apothekerblatt?!»
«Raus!», hatte er damals gebrüllt, und sie war lachend geflohen. Das war vor ihrer Krankheit, als sie oft und gern gelacht hatte.
Auch deswegen hatte er sie auf den Fall angesetzt. Nicht dass es da wirklich etwas zu lachen gab, aber er wollte ihre Leidenschaft wieder wecken. Wenn er sie so in ihrem Büro sitzen sah, ganz in sich

Freitag, 9. März, 12 Uhr
Kehrtmanns Büro

gekehrt, nur auf eins fokussiert, auf die Krankheit, und auf den Sieg über ihre Krankheit, dann überkam ihn ein so grausames Mitleid, dass er fast glaubte, dieses Mitleid würde seine Liebe gänzlich ersticken.

Wenn sie ihn dabei ertappte, wie er sie beobachtete, drohte sie immer mit dem Zeigefinger und lächelte spöttisch. Aber dieses spöttische Lächeln war nur noch ein schwacher Reflex jener unbändigen Abneigung, die sie ihm anfangs entgegengebracht hatte.

Als sie damals in sein Büro getreten war, hatte er sich auf der Stelle in sie verliebt. «Das ist die Frau deines Lebens, die Mutter deiner Kinder, die Herrin deines Heims.» Kein Lovesong, der ihm nicht durch den Kopf gegangen wäre. Fünf Jahre war das her. Keine Minute hatte es damals gedauert, seine Träume in der alleruntersten Schublade zu verschließen. Er hatte sie einfach nur noch angestarrt. So war es ihm zumindest vorgekommen. Sie war schlank, schön, vorlaut und unglaublich ehrgeizig. Das Erste, was ihm auffiel, waren ihre Hände, unmerklich gepflegt, kein aufdringlicher Nagellack, keine überlangen Fingernägel, aber ein ganz feiner Geruch nach einer ziemlich teuren Handcreme, die sie sich als kleinen Luxus gönnte.

Er liebte diesen Geruch. Wenn man ihr fest die Hand schüttelte, blieb ein wenig davon in der eigenen Hand. Brigitte hatte die gleiche Creme benutzt, jeden Morgen, selbst an dem Morgen, als sie gestorben war. Brigitte, seine Verlobte. Die er genau in dem Moment vergaß, als Martina in sein Büro trat. Eine schreckliche Minute lang. Mehr brauchte es nicht, um ein Leben auf den Kopf zu stellen. Danach nährte sich seine Liebe zu ihr nur noch von Schuldgefühlen. Brigitte. Das klang nach einem anderen Leben. Das war ein anderes Leben. Ihre Hand hatte einen kurzen Moment an seiner Wange gelegen, wie sie es immer tat zum Abschied. «Dreizehn Uhr, Lutter und Wegner», hatte sie beim Hinausgehen gerufen, obwohl sie genau wusste, dass er lieber zum Italiener gegenüber gegangen wäre. Lächeln musste er trotzdem. Lächeln musste er auch, als er das seltsame Bild sah, das sich ihm wenige Stunden später bot. Er hatte die Eingangstür seines Bürogebäudes geöffnet, trat vorsichtig auf den Gehweg, aus Angst vor einem der wahnsinnigen Fahrradkuriere, die gelegentlich hier langrasten, und starrte geradeswegs auf den Unfallort. Dieser riesige Audi quattro Q6, umringt von Polizisten und Sanitätern. Dennoch erhaschte er einen Blick auf das Opfer. Auf die Hand des Opfers. Sie war wohl, ohne sich umzusehen, auf die Straße gerannt. Weil sie nicht zu spät kommen wollte. Sie wusste, er hasste Unpünktlichkeit. Er hatte auf die Uhr gesehen damals, 13 Uhr, sie wäre nicht zu spät gekommen.

Das war zwei Jahre her. Nur zwei Jahre. Eine Ewigkeit. Und noch immer hatte er ein schlechtes Gewissen. Die eine Minute des Verrats. Als wäre seine plötzliche Liebe für Martina der Grund für Brigittes Tod gewesen. Als hätte er ihr den Tod gewünscht.

Er hätte es nie für möglich gehalten, dass ein Mensch von einem Tag auf den anderen so erkalten kann. Wenn er morgens vor den Spiegel trat, glaubte er, einem schlechten Darsteller seiner selbst gegenüberzustehen. Anfangs hatte er daran gedacht, alles hinzuschmeißen, aber er führte sein altes Leben weiter, einfach so aus Gewohnheit. Seine Eltern lebten auf Mallorca, und wenn er ehrlich war, fand er diese Lösung brillant. Er sah sie im Frühjahr zur Mandelblüte und im Winter an den Weihnachtsfeiertagen. Mehr Familie musste nicht sein. Er hatte keine Freunde, was er nicht weiter bedauerte, denn in diesem Geschäft gab es nur News-Junkies oder Narzissten. Er hatte sich an diesen Typus gewöhnt, alle anderen Menschen fand er langweilig. Altmodisch. Schallplatten, die zu langsam abgespielt wurden. Er mochte Tempo. Deswegen hatte er mit Golf angefangen. Es war die perfekte Mischung zwischen Beschleunigung und Verlangsamung. Anfangs hatte er geflucht über die weiten Wege zwischen Abschlagpunkt und Loch, und er hatte sich zum Spott der guten Golfer einen Elektrocart gemietet, um schneller von A nach B zu kommen. Aber das hatte die Vorfreude geraubt. Nach einer Weile verstand er – Heranpirschen gehört zur Jagd.

Er hatte Brigitte allmählich vergessen, so wie man seinen ersten

Kuss vergisst, und irgendwann stellt man erstaunt fest, dass es große Mühe kostet, sich zu erinnern, wann und wo es geschehen war.
Eins wusste er allerdings ganz sicher, er wollte endlich wieder ein Zusammenleben. Er wusste auch mit wem. Es gab nur ein Problem, Martina ahnte nichts von seinen Plänen. Und vermutlich wäre sie in Ohnmacht gefallen, hätte er ihr davon erzählt. Sie würde ihn lieben, dessen war er sich sicher, Martina würde ihn eines Tages lieben. Sonst wäre das alles ohne Sinn. Der Tod Brigittes. Seine Einsamkeit. Dieser idiotische Job.
Er packte das Dossier in seine Aktentasche. Ohne einen wirklichen Risiko-Job wie diesen würde sie nie wieder zu ihrer alten Stärke zurückfinden, sondern einfach nur Dienst nach Vorschrift leisten. Allerdings gab es im Fall Klimt so viele Risiken, dass er es fast schon wieder bereute, ihr den Fall übertragen zu haben.
Er kannte von Hausen, den Mafia-Anwalt, er war ihm mehrfach persönlich begegnet, und er hatte noch seine Ankündigung im Ohr, dass er ihn in nicht allzu ferner Zeit mit brisantem Material über einige Prominente der A-Liga versorgen würde. Von Hausen war ein rationaler Mensch. Ein Mord war ihm ohne Weiteres zuzutrauen, er hätte wie Abraham seinen eigenen Sohn geopfert, wenn die Organisation es verlangt hätte. Er nannte den Verein dieser Nazispinner immer nur die «Organisation», weil er einen professionellen Abstand wahren wollte. Aber diese Organisation hatte seit jeher ein oberstes Gesetz: im Hintergrund agieren. Sie würden niemals in den Verdacht kommen wollen, für den Mord an einer Unschuldigen verantwortlich zu sein.
Dennoch wusste er seit genau drei Stunden, dass Martina bereits observiert wurde. Das musste kein schlechtes Zeichen sein, es konnte auch eine Schutzwache sein. Was ihn nervös machte, war, dass diese Schutzwache nicht auf seiner Gehaltsliste stand. Er hatte keine Ahnung, wer dahintersteckte. Es konnte Klimt sein. Es konnte aber auch diese hochgradig verrückte Ayn Goldhouse sein. Die ging ihm allmählich wirklich auf die Nerven.
Das oberste Gesetz ihres Ordens war es von Anfang an gewesen,

für Öffentlichkeit zu sorgen. Skandale zu initialisieren, wo immer es ging. Das war bislang ohne Blutvergießen vonstattengegangen – aber wie lange noch? Ayn Goldhouse hatte ein halbes Dutzend amerikanischer Politiker kaltgestellt, indem sie die Kerle mit herabgelassenen Hosen bloßstellte. Sie bediente die Presse mit Skandalgeschichten in Serie. Sein Verdacht war, sie produzierte die Skandale in eigener Regie. Das war für die Betroffenen peinlich, aber nicht tödlich. Zumindest hatte keiner den Mut gehabt, sich nach diesen Enthüllungsstorys selbst die Kugel zu geben. Klimt war da von einem anderen Format. Ihm traute er durchaus so einen Ehrentod von eigener Hand zu. Fragte sich nur, welche Leiche er im Keller liegen hatte. Dass da eine lag, dessen war er sich sicher.
Ayn Goldhouse wollte Klimt mit aller Gewalt zur Strecke bringen. Den Grund kannte er nicht. Aber ihr Jagdinstinkt hatte sie bislang noch nie in die Irre geführt. Das musste er anerkennen, auch wenn ihm diese Art von Fanatismus fremd war. Er spürte, dass sie es absolut ernst meinte. Und dass sie jeden liquidieren würde, der sich ihr bei diesem Vorhaben in den Weg stellte.
Kehrtmann kannte Martina, wenn sie einmal einen Fall übernahm, dann tat sie alles, um ihren Mandanten zu schützen, und zwar genau so lange, bis die Geschichte unter Dach und Fach war. Das konnte in diesem Fall verdammt viel zu lange sein. So jedenfalls würde sie sich ausdrücken. Und stur an der Sache weiterarbeiten.
Und er? Er würde alles tun, sie zu schützen. Das musste sie doch spüren: Dass all seine Bemühungen einen ganz einfachen Grund hatten. Ihr das Fluchen abzugewöhnen. Denn so konnte er sie doch nicht vor den Traualtar führen, fluchend. Er musste lächeln. Wie oft hatte er sich schon ihr Gesicht vorgestellt, wenn er vor ihr auf die Knie gehen würde: «Willst du meine Frau werden?» Sie mochte diese altmodische Art, dessen war er sich sicher. Er war sich nur unsicher, ob sie lachen oder weinen würde. Seinetwegen konnte sie auch beides tun, Hauptsache, sie nahm seinen Antrag an.
Er nahm den dünnen Sommermantel vom Hacken, warf ihn über den Arm und eilte zum Aufzug. Er hatte es plötzlich sehr eilig, an

die frische Luft zu kommen. Sein Appetit war verschwunden, aber er verspürte plötzlich einen so heftigen Bewegungsdrang, dass er fast in den Laufschritt verfiel, als er die Friedrichstraße Richtung Checkpoint Charlie hinuntereilte. Sein Verfolger, ein dicker, asthmatisch schnaufender Mann, hatte Mühe, unauffällig nachzukommen.

Er hasste seinen Vater. Er hasste seinen Vater auf eine so leidenschaftliche Weise, dass er manchmal selbst davor erschrak. Wenn er zurückdachte, war da nie ein anderes Gefühl gewesen. Seine früheste Erinnerung war, wie sein Vater ihm das Gesicht mit Schnee wusch. Er hatte geweint, weil ihm so kalt auf dem Schlitten war. Jahr für Jahr fuhren sie im Winter in den Schwarzwald. Sie wohnten in einem muffigen Holzhaus in einem finsteren Tal mit endlosen Tannenwäldern, durch die sie stundenlang wandern mussten. Sein Vater zog den Schlitten und abwechselnd durften sich er, seine Schwester oder sein Bruder darauf setzen. Das tat er allerdings nicht ihnen zuliebe. Das tat er der Kräftigung seines Organismus wegen. So drückte er sich aus. Kräftigung des Organismus. Stärkung des Lebenswillens. Unangreifbarkeit der Psyche. Hörte man ihm zu, befand man sich automatisch im Kriegszustand mit Gott und der Welt. Wobei, Gott gab es im Universum seines Vaters nicht, wie er schon bald herausfand. Er wäre nämlich gern in den Religionsunterricht gegangen. Aber er war nicht getauft.

«Warum bin ich nicht getauft?», hatte er seine Mutter gefragt.

«Wende dich an deinen Vater!», hatte sie nur entgegnet.

«Wende dich an deinen Vater», hatte er höhnisch ihre Worte wiederholt, wieder und wieder, «wende dich an deinen Vater!»

Er hatte tatsächlich all seinen Mut zusammengenommen, war – nachdem er pflichtschuldigst angeklopft hatte – ins Arbeitszimmer seines Vaters getreten und hatte ihn gefragt: «Warum bin ich nicht getauft?»

Sein Vater thronte hinter dem Schreibtisch und musterte ihn kalt. Er trug einen dunklen Anzug, wie immer, eine dunkle Krawatte und schnippte sich eine imaginäre Fluse vom Jackettärmel.

Im Laufe der Jahre verstand Helmar, was diese Geste wirklich bedeutete. Dieser Reinigungsimpuls galt ihm. Wann immer sein Vater ihn sah, wischte er irgendeinen unsichtbaren Partikel von seinem Anzug. Als wollte er ihn zum Verschwinden bringen.

Anfangs war er über die Frage fast verzweifelt, was genau sein

Freitag, 9. März, 12 Uhr
von Hausens Villa im Grunewald

Vater nicht an ihm mochte. Er tat alles, was ein kleiner Junge tun konnte, um seinem Vater zu imponieren.

Er trug eine ernste Miene zur Schau, benahm sich schon im Kindergarten wie ein Erwachsener, lachte so gut wie nie, redete altklug daher, erwog ein Jurastudium – und hörte doch nie ein gutes Wort. Seine Mutter war ihm gleichgültig. Sie war einfach eine Unperson. Vielleicht äffte er auch da schon seit Kindheitstagen seinen Vater nach. Bewusst war es ihm nicht. Seine Mutter zu verachten, schien ihm ein so natürliches, ein so zwingendes Gefühl, dass er nicht weiter darüber nachdachte.

Als er dann mitbekam, wie absichtsvoll und publikumsgeil sie seinen Vater betrog, war sie vollends für ihn gestorben. Seinen Geschwistern erging es ähnlich. Es war verrückt. Anstatt auf sie als Beistand zu hoffen, verfluchten sie gemeinsam ihre Anwesenheit in diesem Haus. Obwohl sie immer gut zu ihnen gewesen war. Sie umsorgt hatte. Sich um ihre Liebe bemühte. Die sie nie bekam. Weil sie ihr alle diesen Vater verübelten.

Was für ein Elternhaus! Außenstehende konnten nicht ahnen, welche Hölle ihr Leben war. Eine kalte Hölle.

Er hatte angefangen, täglich in der Bibel zu lesen. Das einzige Buch, in dem er eine Antwort finden konnte. Er wusste nicht, warum er sich da so sicher war. Vielleicht weil er jede Nacht gebetet hatte, dass da einer sein möge, der mächtiger war als sein Vater. Mächtiger und ein wenig gütiger.

«Gott ist gütig», hatte ihm ein Zeuge Jehovas vor dem Bahnhof Zoo anvertraut, «Gott ist gütig.»

Er hielt diese Broschüre wie eine Mahntafel weit von sich gestreckt und murmelte immer nur den gleichen Satz: «Gott ist gütig.»

Helmar hatte lachen müssen über diesen seltsamen Mann mit seiner schlichten Botschaft, aber die Botschaft blieb in seinem Hirn, mehr noch, es war die einzige Botschaft, die je bis zu seinem Herzen vorgedrungen war.

«Gott ist gütig!»

Mit fünfzehn Jahren hatte er die Bibel von der ersten bis zur letzten

Zeile durchgelesen. Er verstand nicht alles, aber er war sich sicher, es irgendwann verstehen zu können.

Was er sehr genau verstand war, dass sein Vater ins Alte Testament gehörte. Für ihn war Jesus nicht gestorben. Für ihn war er nicht geboren worden.

«Warum bin ich nicht getauft worden?»

Es war selten, dass sein Vater Erstaunen zeigte. Als er ihm damals diese Frage gestellt hatte, war mehr als Erstaunen in seinem Gesicht zu lesen gewesen, es war Erstaunen gepaart mit einer abgrundtiefen Verachtung.

«Warum du nicht getauft worden bist?» Sein Vater musste die Frage offensichtlich wiederholen, um sich ihren Sinn verständlich zu machen.

Helmar stand und wartete. Es war klar, dass sein Vater ihm keinen Stuhl anbot. Die beiden Stühle, die da vor dem Schreibtisch standen, waren nur für Klienten. Es war auch absehbar, dass er ihn wie einen rückfälligen Straftäter einige Minuten stumm vor dem Schreibtisch stehen lassen wollte, damit er sich seiner Schuld bewusst wurde.

Der Schuld, seinen Vater gestört zu haben, der Schuld, sich eine unaussprechlich dumme Frage ausgedacht zu haben, der niemals zu tilgenden Schuld, diese Frage auch noch laut gestellt zu haben. Vor allem aber: der Schuld der Anwesenheit.

Er blickte sich Hilfe suchend im Zimmer um, während sein Vater ihn kalt fixierte. Er war selten in diesem Raum. Sein Vater schloss ihn nie ab, aber es verstand sich von selbst, dass die Kinder darin nichts verloren hatten.

Es war ein gewaltiger Schreibtisch, hinter dem er thronte, ein Erbstück des Großvaters, von dem Helmar nur wusste, dass er ein Nazi gewesen war. Geredet wurde nie darüber, aber es gab diesen kurzen Artikel in Wikipedia, der wenig mehr als seinen damaligen Rang mitteilte. Auf dem Schreibtisch standen eine massive gusseiserne Lampe und ein Briefbeschwerer aus Marmor, wohl auch ein Erbstück, denn er wirkte sehr klobig und sehr bedrohlich. Helmar mochte diesen Briefbeschwerer aus einem ganz einfachen Grund,

er hatte sich schon oft vorgestellt, seinem Vater damit den Schädel einzuschlagen, und es war jedes Mal ein gutes Gefühl gewesen, dass es da etwas Härteres gab als den Dickkopf seines Vaters.
Sein Vater klappte den Laptop zu, er hatte immer das neueste Modell, immer einen Toshiba, die Marke der Samurais!, und dennoch hatte man das Gefühl, dass er sich bei jedem Auf- und Zuklappen darüber ärgerte, dass es keinen deutschen Computerhersteller gab.
Von sich aus wäre Helmar nie auf die Idee gekommen, heimlich in dieses Arbeitszimmer einzutreten, obwohl es der einzige Raum im Haus war, in dem Bücher standen. Seine Schwester las nicht, sein Bruder blickte nie von seinem Laptop hoch, so kam es ihm zumindest vor. Und er selbst las nur in der Bibel, die er in seinem Sportrucksack verbarg. Aber er wollte wissen, was sein Vater las, was er dachte, was er fühlte. «Unser Vater?» – sein Bruder hatte ihn bei der Frage angesehen, als wäre er irrsinnig. «Was unser Vater denkt oder fühlt oder macht oder kackt, ist mir scheißegal. Wenn du es unbedingt wissen willst, dann würde ich nicht auf seine Bücherwand starren, sondern seinen Laptop klauen!»
Als sein Vater auf einer seiner Auslandsreisen war, hatte er systematisch das Arbeitszimmer untersucht. Er wusste, es gab einen Safe hinter dem absurd kitschigen Heidebild links an der Wand, aber da war kein Rankommen. Er nahm alle Bände der Bücherwand rechts einzeln aus dem Regal, aber da war nichts, kein Kuvert, keine versteckten Zeitungsausschnitte, keine heimlichen Andenken. Nichts. Sauber aufgereiht standen die deutschen Klassiker in einer edlen blauen Leinenausgabe, unberührt. Er hätte schwören können, dass sein Vater nie einen Band davon in der Hand gehabt hatte. Das Gleiche galt für die Lexika. Ein deutsches, ein englisches und ein französisches. Wunderbar schwere Bände, nie angefasst. Dann hatte er sich den Schreibtisch vorgenommen. Sein Vater hatte nichts abgeschlossen. Er war sich wohl sicher, dass seine Kinder es nie wagen würden, seine privaten Sachen zu durchstöbern. Als Helmar alles durchgesehen hatte, war er sich auch klar darüber, warum sein Vater sich so sicher sein konnte. Es gab nichts Privates. Kein Bild,

kein privater Brief, keine Pistole, nichts. In der einen Schublade Briefumschläge, in der anderen diverse Schreibutensilien, mehr nicht. Dieser Mann legte es darauf an, keine Spuren zu hinterlassen, aber warum hatte er dann Kinder gezeugt?
«Gott ist eine Ausrede. Eine Ausrede der Schwachen für ihre Schwäche.»
Sie hatten sich eine Weile unverwandt angestarrt. Sein Vater mit der gelangweilten Gelassenheit eines Richters, der sein Urteil längst gefällt hatte, weil er den Delinquenten in- und auswendig kannte. Er selbst mit dem ängstlichen Willen, ihm einmal, nur ein einziges Mal standhalten zu können.
Er hatte den Blick senken müssen. Als er nach einer Weile wieder aufsah, mühsam die Tränen unterdrückend, sah er den höhnischen Gesichtsausdruck seines Vaters. ‹Schwächling!› Dieser Gesichtsausdruck war nicht schwer zu übersetzen. «Mein Sohn ist ein pickliger Schwächling!»
In diesem Moment schwor sich Helmar, seinem Vater zu schaden, wo und wann immer er konnte.

Ayn Goldhouse ging nervös in ihrem Hotelzimmer auf und ab. Sie hasste es, nicht rauchen zu dürfen. Einen Moment überlegte sie, sich im Bad eine Zigarette anzuzünden, heimlich, wie damals bei ihren Zieheltern, aber das erschien ihr schwach und kindlich. Außerdem waren die Feuermelder im Bad vermutlich noch empfindlicher als die im Living Room.

Sie trat ans Fenster und zog den Vorhang beiseite. Sie könnte aus dem Fenster rauchen, aber auch das hieße, vor einem Verbot kuschen. Aber das würde sie nie wieder tun, vor irgendwem, vor irgendetwas kuschen. Sie presste die geballten Fäuste fest auf das Fensterbrett. Vor ihr lag der Gendarmenmarkt, der schönste Platz der Stadt, mit dem Deutschen Dom, dem Französischen Dom, dazwischen das ehemalige Theater, jetzt Konzerthaus. Nicht dass sie etwas für die bürgerliche Kultur übriggehabt hätte, aber die machtvolle Bebauung des Platzes imponierte ihr. Faszinierend, sich vorzustellen, wie die Größen des Dritten Reiches die Stufen des Theaters hochgeschritten waren, in ihrem Schlepptau all die Kriecher und Speichellecker.

Sie hatte das Four Seasons gewählt, weil sie hier einen guten Blick auf das Hotel hatte, in dem Klimt untergebracht war, schräg gegenüber von ihr, ebenfalls fünfte Etage, sie konnte ihm direkt ins Zimmer sehen. Leider öffnete er niemals die Vorhänge.

Er hielt sich ebenfalls gerade in seiner Suite auf, hatte ihre persönliche Assistentin gerade gesimst; sie und eine weitere Mitarbeiterin teilten sich seine Überwachung, rund um die Uhr. Sie war über alles informiert, was er tat.

Seit drei Jahren überwachte sie ihn, seit dem Tag, als sie seinen Tod beschlossen hatte. Sie hatte es ihm damals persönlich mitgeteilt, und seine Gelassenheit war erstaunlich gewesen. Er hatte auf seinen Todesengel schon gewartet. Dass sie es war, schien ihn nicht sonderlich zu entsetzen. Im Gegenteil, sie spürte, dass er sie körperlich anziehend fand. Das war keine Neuigkeit für sie. Alte Männer mochten ihre kindliche Art, denn dafür hielten sie ihre zur Schau gestellte Naivität, für Kindlichkeit. Diese Kindlichkeit war schon

Freitag, 9. März, 12 Uhr
Hotel Four Seasons, Ayn Goldhouses Appartement

immer ihr einziger Schutz gewesen, und ihre beste Waffe. Selbst mit einundfünfzig wirkte sie noch wie eine frühreife Ballerina, die arglos durchs Leben tanzt und ansonsten Schutz und Sicherheit in der Achselhöhle des Maestros sucht. Ihr war noch kein Mann begegnet, der diese Empfindung, sie schützend in die Arme nehmen zu müssen, nicht gehabt hatte. Bei Klimt war sie besonders deutlich zu spüren. Auch das verübelte sie ihm. Sie hätte ihn für klüger gehalten.

Was tat dieser Mann, wenn er allein im Hotelzimmer war? Sie konnte es sich vorstellen, sie konnte es sich nur allzu gut vorstellen. Er übte sich schon einmal im Spiel «Toter Mann». Nein, dazu brauchte sie keine Spitzelberichte, um sich in ihn hineinzudenken. Zuweilen sah sie Bilder, von denen sie überzeugt war, sie nicht zu halluzinieren. Sie richtete einfach ihr inneres Auge wie eine ferngesteuerte Kamera in andere Räume, auf andere Menschen.

Sie sah Klimt, wie er auf dem Bett lag. Er war gerade aus der Dusche gekommen, hatte sich frottiert, bis seine speckige Haut rosa glänzte. Er trug nur ein Unterhemd, eine Unterhose, in Weiß selbstredend, und warme Strümpfe, denn seine Füße waren schlecht durchblutet. Durch die Socken stachen seine Fußnägel, er legte keinen Wert auf Pediküre. Er legte überhaupt keinen Wert mehr auf seinen Körper. Schnaufend ließ er sich aufs Bett fallen, faltete die Hände über seinem Bauch und starrte an die Decke. In seinen Zimmern war es immer überhitzt. Er war zu alt, zu unsportlich, um seinen Körper selbst auf Betriebstemperatur zu bringen. Das mussten andere für ihn tun.

Wie oft hatte sie Männer wie ihn so daliegen sehen?! Es war ihr lieb gewesen, wenn sie das Unterhemd anbehielten, denn sie mochte diese haarigen Brustkörbe nicht, an die sie danach immer gepresst worden war. Dieses Schnaufen, das den Körper hob und senkte, so panisch manchmal, dass sie dachte, diese alten Säcke überlebten es nicht.

Sie hatten es alle überlebt, leider. Keiner war je gestorben, nachdem sie Sex mit ihm gehabt hatte.

Den ersten hatte sie mit fünfzehn vor sich liegen sehen, er war Klimt zum Verwechseln ähnlich gewesen, aber das war nicht der Grund, warum sie ihn so hasste. Damals war sie sogar froh gewesen, diesen Fettwanst aufgetan zu haben, denn er war so schüchtern und verklemmt, dass sie ihm nur einen blasen musste, um an das Geld zu kommen. Es hatte kaum fünf Minuten gedauert. Sie zog ihm die Unterhose runter, er roch nach Seife, hatte sich nicht richtig abgetrocknet, sie massierte ihm ein wenig die Eier. Er stöhnte auf. Was für ein Dummkopf, hatte sie damals gedacht. Warum verlangt er nicht mehr für sein Geld. Sie hatte ihm die Eier ein wenig fester zusammengepresst, was ihm gefiel.
«So einfach geht das mit euch.» Den Satz hatte sie in den Minuten danach wie ein Mantra vor sich hingemurmelt, damit der Ekel sie nicht überkam. Sie wollte das alles vom Kopf her begreifen, nicht vom Körper. Es war Kopfsache. Es war eine Machtfrage. Sie nahm seinen kleinen, halb erigierten Schwanz fester in die Hand, beugte sich ganz langsam über ihn, öffnete die Lippen und begann zu saugen. Lutschersaugen nannte sie das. «Ich saug deinen Lutscher!» – «Oh ja!» Mehr kam meist nicht als ein gepresstes: «Oh ja!»
Sie wusste, je langsamer sie saugen würde, desto schneller würde er kommen. Sie lauschte auf sein Schnaufen, das lenkte sie ab, und ließ sie ahnen, wann er kam. Er würde den Unterschied nicht merken, wenn er es ihr in die Hand spritzte. Im Mund wollte sie es nicht haben. In der Hand fühlte es sich an wie eine sehr wässrige Feuchtigkeitscreme, die sie ihm auf den zitternden Schenkeln verrieb.
Es war so einfach gewesen, an Geld zu kommen. Mit der Zeit fiel es ihr so leicht wie das Händewaschen danach. Hatte sie sich damals zumindest eingebildet. Die Drogen hatten damals ihr Hirn im Griff. Jeder Tag ein anderes Feuerwerk, bis nichts mehr zündete. Was blieb, waren die Erinnerungen an all die Kerle, die sie nach und nach auslöschte, Bilddatei für Bilddatei, Erase!
Sie war sich sicher, dass Klimt ab und an davon träumte. Wie sie ihm einen blies. Das hatte sie in seinem Blick gesehen. Dafür hasste sie ihn nicht. Warum nicht, warum sollte sie ihm nicht vor seinem

Tod noch einen blasen. Wenn er es so leidenschaftlich wollte. Sie war gern bei der Erfüllung von Wünschen behilflich.
Gier war gut. Gier war ein gutes Gefühl. Gier hatte die Menschheit siegen gelehrt über die Natur. Gier hatte Helden gemacht. Mut zeigte jeder hin und wieder im Leben, aber die Gier, anderen voraus zu sein, die machte Helden. Nein, die Gier nahm sie ihm nicht übel. Seinen Körper nahm sie ihm übel. Sie hasste seine niedrige Statur, die Fettleibigkeit, die von dem lebenslangen Mangel an Bewegung herrührte. Sie hasste es, daran denken zu müssen, wie er aus allen Poren schwitzte, wenn er seine Vorträge hielt. Wie er nach den Lesungen mit schweißiger Hand Autogramme schrieb. Wie er dalag, jetzt auf dem Bett, ein widerliches Stück Fleisch, das sich anmaßte, Gottes Schöpfung zu leugnen, nur weil er sich selbst und Gottes Auftrag vergessen hatte, ein besserer Mensch zu werden, ein schöner Mensch. In die Hölle gehörte er, gar gekocht, in des Teufels Großmutter riesigen Kessel. Sie musste lauthals lachen bei dem Gedanken.
Aber sie würde ihm Gelegenheit geben, sich ihr zu nähern. Das wollte sie auskosten, das Restzittern eines lebendigen Toten. In seinen eigenen Räumen würde sie ihn empfangen zu einem Diner à deux. Von ihr ging die Initiative aus. Das mochte er, dessen war sie sich sicher. Die Einladungskarte hatte sie schon geschickt, morgen acht Uhr würde alles gerichtet sein für das letzte Abendmahl. Sie empfand den Gedanken nicht als Blasphemie. Wenn ihr eins immer zweifelsfrei gewesen war, dann, dass sie die rechtmäßige Nachfolgerin Jesu Christi war. Sie hatte gelitten wie er, sie hatte ein so schweres Kreuz getragen wie er, war dafür verlacht und verhöhnt worden, und viel hatte nicht gefehlt, so wäre sie für immer verstummt. Aber sie hatte über ihre Feinde triumphiert. Sie, Ayn Goldhouse, von den Eltern ausgesetzt, von Pflegeeltern großgezogen, versunken im Sumpf der Drogen und der Prostitution, wiederauferstanden im siebten Jahr, reiner und schöner denn je, und jetzt Herrscherin über den Orden der New Virgins.
Ja, es war Größenwahn, was sie zuweilen umtrieb. Aber sie

beherrschte ihn, sie konnte damit umgehen, sie war kein Mann, sie war nicht wie Klimt, der seinen eigenen Allmachtsfantasien erlag. Sie wusste, was es hieß, schwach zu sein, zu schwach für das Leben, zu schwach selbst für den Tod.

Sie würde ihn spüren lassen, was es heißt, wirklich schwach zu sein, mit ansehen zu müssen, wie ein anderer leidet, ein geliebter Mensch. Sie war sich nur noch nicht sicher, ob seine Tochter oder seine Enkelin für seine Sünden büßen musste.

«Frau Blumich, Becky Blumich? Martina Claasen am Apparat. Herr Klimt hat mich gebeten, mit Ihnen Kontakt aufzunehmen!»
Martina hörte nicht einmal ein lautes Atem.
«Frau Blumich, hören Sie mich? Es geht um eine recht komplizierte Sache, die ich ungern mit Ihnen am Telefon verhandeln würde. Es ist wichtig für Sie und Ihre Tochter. Es geht, wenn ich das hinzufügen darf, um Geld, um viel Geld. Was Ihren Vater angeht, wie bedrohlich die Situation für ihn aktuell ist, wissen Sie wohl selbst? Oder ahnen es zumindest?»
Schweigen.
Martina hasste solche Situationen. ‹Schmeiß den Hörer hin, brüll mich an, tu irgendwas, aber nerv mich nicht mit diesem Stillschweigen›, dachte sie.
«Frau Blumich wir haben nicht mehr sehr viel Zeit. Wenn es Ihnen nur irgend möglich ist, bitte ich Sie um ein schnelles Zusammentreffen.»
«Morgen elf Uhr in der Strandbar Mitte, Auguststraße.»
Die Stimme klang energischer, als sie vermutet hätte. Noch ehe sie etwas entgegnen konnte, hatte ihr Gegenüber aufgelegt. ‹Sie scheint doch einiges mit ihrem Vater gemeinsam zu haben›, dachte Martina amüsiert.
Becky starrte auf den Hörer. Sie wusste, irgendwann würde sie sich der Vergangenheit stellen müssen. Warum nicht jetzt, wo sie ohnehin kurz vor einem Nervenzusammenbruch stand. Sie lauschte auf ihr Lachen. Das Letzte, was sie jetzt gebrauchen konnte, war ein hysterischer Anfall.
‹Meine Tochter dreht durch, mein Job hängt mir zum Hals raus, die letzte Beziehung, die den Namen verdiente, war die zu meiner Therapeutin.›
«Scheiße!», schrie sie laut und trat gegen den Papierkorb. Da konnte sie keinen Schaden anrichten, das wusste sie aus Erfahrung.
Sie wollte keinen Kontakt zu ihrem Vater. Sie wusste von ihrer Mutter, was für ein cholerischer Rechthaber er gewesen war. Selbst

Freitag, 9. März, 14 Uhr
Beckys Wohnung

wenn sie da übertrieb, er hatte sie von der Geburt an allein gelassen, kein Geld geschickt, keine Zeile. Als ihre Mutter im Sterben lag, hatte er sich nicht einmal nach ihr erkundigt.

Erst als sie selbst Mutter wurde, da hatte er sich gemeldet. Sie hatte lange gezögert, ihm die Geburt einer Enkelin überhaupt anzuzeigen, aber ihre Mutter hatte immer viel Wert auf bürgerliche Umgangsformen gelegt und das hatte sie geerbt. Sehr zu ihrem eigenen Ärger. Sie hatte ihm damals eine Geburtsanzeige geschickt, über den Verlag. Wochen danach war ein langer Brief von ihm gekommen, in dem er auf ziemlich gewundene Art und Weise sein Bedauern über die Entfremdung ausdrückte.

«Das war keine Entfremdung, du Idiot, das war gar nichts. All die Jahre war da nichts.» Sie hatte den Brief entrüstet in den Papiermüll geworfen und dann doch wieder herausgeholt. Es ging nicht um sie, es ging um Lotta. Sie hatte ihren Vater verloren, da musste sie nicht auch noch ihren Großvater verlieren. Thomas, Lottas Vater, hatte sich davongeschlichen, einfach so, einliefern lassen. Burn-out. Er hatte sich verschlissen, das war schon richtig, jahrelang versucht, ein Engagement als Schauspieler zu finden, da eine kleine Rolle, dort eine Lesung, einen Soloauftritt. Es war ein ständiges Betteln und Klinkenputzen.

Nebenbei der Job im Café, dann wieder Bühne, immer zu schlecht bezahlt, und eine Kundschaft, die zunehmend weniger über seine Witze lachen konnte, sie wurden ja auch immer anzüglicher, aggressiver. Selbst ihr gegenüber wurde er immer ausfallender. Das Kind, ja klar freute er sich über das Kind, über die gemeinsame Tochter, aber er hatte ja schon eine Tochter, für die er Unterhalt bezahlen musste, den er nicht aufbrachte, nicht aufbringen konnte. Dann eines Tages hatte er sich selbst eingeliefert, psychiatrische Station, sechs Wochen zunächst, ein Probelauf in den Wahnsinn. Er war sehr überzeugend in seiner Argumentation gewesen, als sie ihn besucht hatte, «das wird wieder, ich nehme mir jetzt einfach mal die Auszeit». Sie hatte mit dem behandelnden Arzt gesprochen, der hatte es auf die fehlerhafte Medikation geschoben. «Antidepressiva tun nicht selten das Gegenteil dessen, was sie bewirken sollten: Sie lösen Depressionen aus, anstatt sie zu lindern. Das war bei ihrem Freund der Fall.» Aus den sechs Wochen wurden sechs Monate. Nach einiger Zeit hatte sie keine Kraft mehr, ihn zu besuchen, seinen Monologen zu lauschen. Er beklagte sich in der Folge nicht darüber, dass sie fernblieb. Er fragte nicht nach seiner Tochter. Er verstummte einfach. Ein halbes Jahr nach seiner Entlassung erfuhr sie, dass er zur Mutter seines ersten Kindes zurückgekehrt war, immer noch in labiler Verfassung sei und für den Unterhalt leider nicht aufkommen könne. Mit den herzlichsten Grüßen auch an Lotta.

Es war genau in jenen Wochen gewesen, als Klimt ihr ein Treffen vorgeschlagen hatte, in Berlin. Sie hatte lange überlegt, hatte seine Briefe ein Dutzend Mal gelesen, Argumente hin und her gewendet, und sich dann entschieden, ihn nicht zu sehen.

Es gab schon genug Probleme. Seine Schecks allerdings nahm sie an. Das tat sie für Lotta. Sie sollte unter diesem Familienfluch nicht auch noch leiden.

Lotta! Wie hatte sie ihre Tochter geliebt, die ersten Jahre, als sie ein kleines Mädchen gewesen war. Immer ein wenig kränklich, immer gab es etwas zu umsorgen. Das war schön. Das hatte sie sich immer von ihrer Mutter gewünscht. Sie hatte ihren Job auf eine halbe Stelle reduziert, sich viel Zeit für ihre Tochter genommen, ab und an eine Affäre gehabt, aber keinen festen Freund mehr, doch irgendwann merkte sie, es wurde ihr nicht gedankt. Schlimmer, sie merkte, ihr Erziehungsmodell war falsch. Sie klammerte so stark, dass Lotta schon früh begann sich zu lösen. Schon mit sieben, acht Jahren scheute sie ihre Berührungen. Sie wollte sich ihre Liebe kaufen, verwöhnte sie, wo immer es ging, aber Lotta war nicht käuflich. Sie ging immer mehr auf Abstand. Zog sich in die Welt ihrer Bücher zurück, kaum da sie lesen konnte. War nur noch ganz schwer für sie erreichbar. An ihrem elften Geburtstag wusste sie, ihr Kind war für sie verloren. Sie hatte ihr Kinderbücher geschenkt, Bücher, die sie früher gern gelesen hatte, von Michael Ende und James Krüss, ja, auch von Enid Blyton, obwohl Lotta auf einer Liste genau vermerkt hatte, dass sie gern die «Twilight»-Reihe haben wollte. «Sonst bitte nichts!» Warum so früh erwachsen werden, warum seine Zeit mit Vampiren verbringen. Sie wollte sich noch einmal durchsetzen als Mutter. Als Lotta die Bücher ausgepackt hatte, mit wachsender Verachtung Buch um Buch beiseitelegte und dann böse auf ihre Mutter sah, wusste sie, dass sie ihr Kind verloren hatte. «Du verstehst mich einfach nicht», hatte Lotta zischend bilanziert und war in ihr Zimmer gegangen. Seitdem war die Regelung einfach, sie tat alles, was ihre Tochter wollte, und wurde gelegentlich mit einer halbherzigen Umarmung oder einem genuschelten «Danke» dafür entschädigt. Immerhin. Andere gingen in dem Alter schon auf den Strich.

Sie sah aus dem Fenster. Es wurde langsam Zeit, dass sie von der Schule kam. Sie ging immer allein.

Da kam sie. Bepackt, als wollte sie auf Reise gehen. Diese Schultaschen waren viel zu schwer für die Kinder. Keine Ahnung, was diese Pädagogen sich dabei dachten, den Kindern so viele Bücher zuzumuten. Sie hatten damals drei, vier Bücher gehabt, mehr nicht. Lotta schien gute Laune zu haben, sie ahnte wohl noch nicht, dass es Fisch zu Mittag gab. Jede Woche einmal unternahm sie den Versuch, auch auf die Gefahr hin zu streiten. Wann Leben beginnt und Bewusstsein, wann ein Tier eine Seele hat und Gräten und Schmerz fühlt. Diese altkluge Art ihrer Tochter ging ihr ziemlich auf die Nerven. Sie war stolz darauf, dass Lotta sich so viele Gedanken machte, gut, aber sie sorgte sich auch um ihre Gesundheit. Sie war so blass, so dünn.

Das konnte man von dem dicken Kerl hinter ihr nicht gerade behaupten. Er stampfte wie ein überladenes Schiff auf dem Gehweg und bog ebenfalls in ihre Straße ab. Kurzes borstiges Haar, Cordhosen so weit wie die Segel einer Jolle und eine dunkelblaue Seemannsjacke, zumindest erinnerte sie die doppelte Knopfreihe an irgendeine Vorabendserie, die an der Küste spielte. Er wirkte nicht einmal unsympathisch. Ein Seebär ohne Bart. Irgendwie kam er ihr bekannt vor.

Sie winkte Lotta zu, aber die nahm wie üblich nichts zur Kenntnis. Der Dicke schon. Er sah hoch, und lächelte. Er war zwanzig Meter hinter Lotta. Als sie klingelte, spazierte er an ihr vorbei, ohne sie zu bemerken. Dennoch hatte sie ein ungutes Gefühl. Dieser Mann war nicht zufällig hier.

Lotta schloss die Tür auf. «Warum muss ich klingeln, wenn ich doch eh einen Schlüssel hab!»

«Damit ich weiß, dass du kommst. Schließlich hab ich auch ein Privatleben!»

Ihre Tochter sah sie zweifelnd an und stellte die Schultasche auf der Couch ab.

«Was gibt's zu essen?»

«Kartoffeln, Möhren und ganz, ganz leckeren Fisch …»

«Du nimmst mich nicht ernst, oder?!» Ihrer Tochter schossen die Tränen in die Augen. «Du nimmst mich einfach nicht ernst?!!»

Lotta lief in ihr Zimmer und knallte die Tür hinter sich zu.

Becky setzte sich müde an den Tisch. Sie nahm sich ein paar Kartoffeln, Möhren, ein wenig Fisch und aß mechanisch. Dann wechselte sie das Besteck, häufte Kartoffeln und Möhren auf einen Teller, klopfte an Lottas Tür, öffnete, ohne auf Antwort zu warten, und stellte den Teller einfach ab. Dann schloss sie ruhig die Tür hinter sich.

Sie ging hoch ins Bad, klappte den Toilettendeckel runter, setzte sich und begann zu weinen.

Er bemerkte den Mann. Was ihm auffiel: Der schlechte sitzende Anzug. Dann natürlich die Krawatte. Kein Mensch trug mehr Krawatte. Beerdigungsunternehmer ausgenommen. Ja, das war genau die Branche, in der dieser Typ auch hätte arbeiten können. Vielleicht war es ja sogar seine Branche.

Ludger Kehrtmann saß an seinem Lieblingstisch beim TAZ-Italiener. Im Redaktionsgebäude der linken Tageszeitung hatte sich im Erdgeschoss ein erstaunlich teures italienisches Restaurant eingemietet. Beste Lage. Drei Minuten zum Checkpoint Charlie, zehn Minuten zum Springerhochhaus, dem Monument der konservativen Presse in der Hauptstadt. Ringsum war in den letzten Jahren ein Geschäftsviertel entstanden, in dem sich Lobbyisten, Angestellte und Studenten der umliegenden Fakultäten durchmengten. Entsprechend gestuft waren die Mittagstische. Die Mensen und Kasinos für die Angestellten, die Billig-Vietnamesen, Pauschal-Inder und Discount-Thais für die Praktikanten, Verkäufer und Sekretärinnen, dann zwei, drei hochklassige Restaurants. Ein Franzose ums Eck, den er mied, weil das Personal sich so vergeblich um französisches Flair mühte, und der Toskana-Italiener, in dem sich die linke Schickeria traf.

Er mochte den Platz am Fenster, weil er so das rege Geschehen auf der Straße sehen konnte, den Strom der Touristen, die langsam an den Dokumentationstafeln vorbeiwandelten, das Wachhäuschen aus allen unmöglichen Winkeln fotografierten oder sich am ehemaligen Grenzübergang mit soldatischen Schauspielern fotografieren ließen, wahlweise böser Russe oder lieber Amerikaner.

Das Restaurant bot eine Menge Plätze, die sich weit nach hinten staffelten, kleine Tische, an denen Journalisten mit ihren Informanten die Köpfe zusammensteckten, Politiker der zweiten Liga darauf warteten, erkannt und gegrüßt zu werden, müde Referenten den Fortgang der Tagungswoche im Parlament aushandelten.

Eine angenehme Mischung, fand er, die ihn immer wieder daran erinnerte, dass er doch eigentlich den besseren Job hatte, so überdrüssig er seiner auch manchmal war. Lieber über Politik berichten als Politik machen. Sicher, sein Vater hätte mahnend den Zeigefinger gehoben, man kann nicht immer nur Zuschauer sein. Nein, das kann man sicherlich nicht. Aber er, er konnte nichts anderes. Ihn ging das alles nichts mehr an. Diese Menschen zu betrachten, war das eine, sie ab und an zu interviewen, gut, das war sein Beruf, aber ansonsten wollte er seine Ruhe. Toskana-Urlaub, das wär's! Er schmunzelte in sich hinein, weil Carlo ihm in der gewohnten Mischung aus devoter Aufsässigkeit und widerspenstiger Servilität die Karte reichte.

«Nein, keine Flasche Wasser! Ein Glas, medium.»

Carlo hätte nicht eigens fragen müssen, aber es kränkte ihn wohl in seiner Ehre, dass ein so mächtiger Journalist eine so bescheidene Bestellung aufgab. Luigi war seit zehn Jahren Kellner im Florentina, von Beginn an hatte er Zeit gehabt, sich seine Meinung über jeden Stammgast zu bilden, und die Art, wie die Hereinkommenden Ludger Kehrtmann grüßten, so sie denn seine Aufmerksamkeit erregen konnten, ließ ihn vermuten, dass er eine echte Größe in der Presselandschaft war. Also nahm Carlo ihn unter seinen Schutz und sorgte dafür, dass er stets die richtige Wahl traf.

Aber an diesem Tag achtete Ludger nicht auf die anderen Gäste, er nahm sich auch nicht wie sonst eine Zeitung, einfach so, um anzuzeigen, dass er beschäftigt war und keine Ansprache wünschte, er sah einfach nur aus dem Fenster und beobachtete den Mann im schlechten Anzug, der ihn so auffällig observierte.

Er war schon oft bedroht worden. Wann immer sie über eine dieser kriminellen Vereinigungen berichtet hatten. Die Hells Angels hatten sein Auto mit Baseballschlägern demoliert, die örtliche Immobilien-Mafia hatte ihm diverse Erpresserschreiben geschickt, alle in sehr höflichem Ton, Politiker hatten ihn am Telefon bedroht, Dealer Koks in den Briefkasten geworfen und die Polizei darauf aufmerksam gemacht, es war in den letzten knapp zwanzig Jahren keine Woche vergangen, in der nicht irgendwer sein Mütchen an ihm hatte kühlen wollen. Das war auch gut so. Das bestärkte ihn nur in seinem Tun. Er war verantwortlich für das, was er schrieb.

Das war anfangs auch sein ganzer Stolz gewesen. Er ganz allein war dafür verantwortlich, was er tat.
Nur, er wusste nicht mehr so genau, wofür er es eigentlich tat und für wen. Wenn er sich hier so umsah, dann blieb eigentlich nur noch die Resignation.
Der Redakteur zwei Tische weiter, der so aufgeregt in sein Handy tippte, mit dieser typischen Geste des Spätgeborenen, der sich zwar das teuerste Handy leisten kann, aber viel zu unbeholfen seine Finger bewegt, weil er der Zukunft motorisch nicht gewachsen war, dieser Redakteur hatte ihm vor Kurzem auf einem dieser langweiligen Stehempfänge geraten, visueller zu werden.
Er hatte ihn erstaunt angesehen. «Was meinen Sie damit, visueller zu werden?» – «Na, ich bewundere Ihr Magazin, aber Sie sind so textlastig.»
Das war sein Ernst gewesen. Dieser Mann, Mitte vierzig, keineswegs einer der Dümmsten, hatte ihm geraten, es den anderen medialen Analphabeten nachzutun und die letzten Texte auch noch durch Bilder zu ersetzen. Als er das auf der Redaktionskonferenz zur Sprache gebracht hatte, im sicheren Glauben, damit den einen oder anderen Lacher zu ernten, war eine ernsthafte Diskussion darüber entbrannt.
«Ja, die Idee ist gar nicht schlecht. Visueller werden … More Teasing!» So der Tenor der Diskussion.
Es war nicht der offene Widerstand, der einen in diesem Job zermürbte, es waren die scheinheiligen Allianzen. Auch das war das falsche Wort. Es war der falsche Beifall, die Unaufrichtigkeit des Anspruchs. Darüber zu reden, war unmöglich, es hätte ihn älter gemacht, als er war. Ein offenes Geheimnis, dass ihn viele für nicht windschnittig genug hielten. So what? Noch würde er nicht hinschmeißen. Und als Frührentner auf Mallorca sah er sich auch nicht. Das würden sich seine Eltern verbieten. Er grinste sein Spiegelbild an.
Der Mann dort draußen hatte sich keinen Schritt bewegt. Er sah zuweilen herüber, zuweilen blickte er in offensichtlicher Langeweile den Passanten hinterher.

Was wollte dieser Typ?
Mit der Stasi hatten sie nie zu tun gehabt, dieser eine arbeitslose Hilfsagent ausgenommen, den sie mal als Leibwächter für Martinas Vater eingestellt hatten. Er wusste gar nicht mehr, worum es damals gegangen war, wahrscheinlich sollte er ihn einfach nur vom Saufen abhalten.
Claasen war kein unrechter Kerl. Das war ihm in letzter Zeit häufiger durch den Kopf gegangen. Klar, er war einer dieser Journalisten der Steinzeitfraktion, die Saufen und Rauchen zur primären Arbeitsleistung rechneten, weil sie ihr Schreibhandwerk bei Chandler gelernt hatten und Humphrey Bogart für ihren besten Kumpel hielten, aber abgesehen davon, dass sie testosteronbesoffen waren, konnte man sich in gewisser Weise auf sie verlassen. Sie hatten diesen altmodischen Ehrbegriff. Das Wort Ehre in den Mund zu nehmen, würde schon genügen, ihn vor den jüngeren Kollegen vollends lächerlich zu machen. Natürlich würden sie ihm das nie offen sagen. Sie würden es durch kein noch so dezentes Mienenspiel verraten, für wie vorgestrig sie ihn hielten. Sie würden einfach nicken, wie sie es immer taten, und ihn bei der nächsten Gelegenheit verraten. Oder noch einfacher, sie würden Dienst nach Vorschrift tun. Sie sind zwar unser Chef, aber wir wissen nicht mehr so genau, warum Sie das eigentlich sind. Etwa um der Ehre willen?
Er fragte sich, ob Martina das ähnlich sah. Sie hatte bei ihrem Vater gelernt, sie war Journalistin von Geburt an, mit einem Fragezeichen auf der Stirn geboren worden, aber sie hatte auch allen Grund, ihren Vater zu hassen.
Er hatte ihr kein gutes Leben geboten. Das, was er in den letzten Jahren vor seinem Entzug mitbekommen hatte, war Drama pur. Als der Alte soff, war er ein Widerling. Bösartig. Als hätte ihn der Alkohol hellsichtig gemacht, sah er bei jedem das Ungeschützte, die Schwäche, den Punkt, wo er mit seinen bösartigen Bemerkungen den größten Schaden anrichten konnte. Selbst lallend hatte er noch sein Gegenüber zum Weinen gebracht. Das Schlimmste daran, er war auch noch stolz darauf gewesen.

«Schämst du dich für deinen Vater», so hatte er Martina angeherrscht, wenn er mittags schwer angetrunken in die Redaktion gekommen war. «Schämst du dich etwa für deinen Vater, dem du dein bisschen Talent verdankst und den beschissenen Job hier!»
Es war kein leichtes Ding gewesen, sie in der Redaktion zu halten und den Alten ehrenhalber zu verabschieden. Aber er hatte sie unbedingt halten wollen. Denn sie hatte das Talent des Vaters, die Spürnase, aber sie hatte noch mehr, sie hatte diese kalte Intelligenz, dieses absolut seltene Vermögen, einen Sachverhalt emotionsfrei zu analysieren. Wenn sie nur wollte. In letzter Zeit tappte sie allzu oft in die Gefühlsfalle.
Das war ihr bei ihrer Krankheit zum Verhängnis geworden. Sie sah sich selbst als lebenslangen Patienten. Das war gut, wenn es darum ging, den richtigen Arzt zu suchen, die passende Klinik, die beste Therapie, aber sie war sich selbst dabei zum Objekt geworden. «Es fehlt dir ein wenig an Liebe zu dir selbst», das hatte er ihr zuweilen sagen wollen. Aber wie lächerlich hätte er sich damit gemacht?! Er wagte es gar nicht, sich ihr Gesicht vorzustellen, wenn er sie darauf angesprochen hätte, den Spott, der im Nu all sein Pathos pulverisiert hätte. Aber es war kein Pathos, warum sollte sie sich retten, warum all diese Mühen der Heilung auf sich nehmen, wenn sie selbst es sich nicht wert war?
Vielleicht, vielleicht, würde er sie in den nächsten Tagen doch um ein Gespräch bitten. Vielleicht, sollte sie diesen Fall aufgeben.
Es drohte einfach zu viel Gefahr. Unwillkürlich sah er auf den Mann im billigen Anzug. Der sah nach links, nach rechts, ging über die Straße und geradewegs auf den Eingang des Restaurants zu.
Ludger Kehrtmann überlegte sich, ob er sich nicht besser im hinteren Teil des Restaurants verstecken sollte. Es war keine Angst, die ihn zu dieser Überlegung trieb, eher ein diffuses Unbehagen. Er wusste, es kam nichts Gutes von diesem Menschen. Er würde ihm keine Gewalt antun, nein, schlimmer, er würde ihm das Leben unschön werden lassen. Was für ein dummer Gedanke. Das Leben unschön werden lassen.

Die Tür ging auf. Der Mann trat an seinen Tisch. Er wirkte nicht einmal unsympathisch. Ein Befehlsempfänger, der niemals selbst Gewalt anwenden würde.
«Das soll ich Ihnen überreichen. Mit den besten Grüßen.»
Er verschwand, noch ehe Ludger hatte nachfragen können, von wem denn diese Grüße kamen.
Der Umschlag lag vor ihm. Einen Moment war er versucht, einfach aufzustehen und zu gehen. Das Unglück hinter sich zu lassen. Denn das war das Unglück. Das sah er diesem Umschlag an.
Es war eine Mappe mit Fotos. Ausschließlich Fotos. Fotos, die den Unfall seiner Verlobten zeigten. Aus allen Perspektiven.
Sie hatten ihm damals empfohlen, nicht in der Gerichtsmedizin zu erscheinen. Standardfloskel: «Kein schöner Anblick.» Er hatte erst darauf bestanden, nicht aus Liebe zu ihr, die war gestorben, in dem Moment, als sie gestorben war, aus Pietät. Er war es ihr schuldig, einen letzten Blick auf sie zu werfen. Es kam nicht dazu. Er wusste gar nicht mehr genau warum. Wahrscheinlich hatte er einfach klein beigegeben, aus Müdigkeit, aus Trauer, er wusste es nicht mehr. Er wusste nicht mehr viel von der Beerdigung und den Wochen danach.
Jetzt sah er auf die Pfützen von Blut und Hirn, ausgewalzt von den breiten Autoreifen. Es würgte ihn. Was sollte er da erkennen? Er hielt die Fotografien abwechselnd ganz nah vor seine Augen. Nichts, da war gar nichts zu sehen von ihr. Zu riechen schon gar nicht. Er deckte mit den Fotografien seine Augen. Es gab kein anderes Bild. Nur ihre Hand, die Hilfe suchend unter dem Auto hervorkam. Sonst nichts.
Er versuchte sich zu konzentrieren. Warum waren ihm diese Bilder zugespielt worden? Gerade jetzt? Wer hatte sie aufgenommen? Es waren damals jede Menge Paparazzi vor Ort gewesen, weil ihm nahe gelegenen Best Western Hotel irgendwelche Jungschauspieler abgestiegen waren. Die nahmen so einen Unfall einfach mal mit und verdienten sich mit den blutigen Schnappschüssen ein paar Euro bei der lokalen Presse. Aber es waren damals keine Bil-

der erschienen. Den Kollegen waren auch keine angeboten worden. In den Zeitungen war ein Polizeifoto zu sehen, mehr nicht. Kein Mensch macht solche Bilder, um sie irgendwann später zu verkaufen. Kein Mensch vergisst solche Bilder. Wenn es ein Auftragsjob war, dann war auch der Unfall ein Auftragsjob. Dann war es Mord. Aber warum? Warum, warum? Wer sollte ein Interesse daran gehabt haben, Brigitte umzubringen? Wer verdammt noch mal? Er presste seine Fäuste gegen die Schläfen, aber der Schmerz ließ nicht nach.

«Hey, deaf, dumb and blind boy!»

Tom reagierte nicht. Seine Begleiterin schon. Sie warf Martina einen giftigen Blick zu.

Was wollte Tom mit einer Frau? Martina war viel zu verblüfft, als dass sie die feindselige Reaktion dieser Person gestört hätte. Sie nannte sie insgeheim «diese Person», weil es ein schöner altmodischer Ausdruck dafür war, dass sie mit dieser Sorte Frau nichts, aber auch gar nichts anfangen konnte. Ein verwöhntes Party-Biest, so schien es auf den ersten Blick, wenn man ihren kurzen, schottisch gemusterten Flanellrock gegen die unglaubliche Länge ihrer Beine verrechnete, die sie dekorativ übereinandergeschlagen hatte. Aber ihre Lippen waren nicht schmollig oder tussig, sondern schmal, energisch, wie überhaupt ihre ganze Haltung eine unglaubliche Energie ausstrahlte. Chefsekretärin mit Vamp-Qualitäten. Sie flüsterte Tom ein paar knappe Sätze ins Ohr, was der mit einem beständigen Nicken quittierte, dann schraubte sie sich in die Höhe, klappte ihre Tasche auf, versenkte das Magnum-Mega-Display-Handy und zückte die Geldbörse. All das, ohne einen Blick zur Seite zu werfen, obwohl sie nur drei Armlängen von Martina entfernt stand.

Mrs. Catwoman nahm das Wechselgeld entgegen, versenkte zwei Euro im Trinkgeldtopf und nickte Andrew zum Abschied freundlich zu. Der schien unter Hypnose zu stehen, denn sein Lächeln überstrahlte die heimatliche australische Sonne um etliche Kilowatt.

«Wow», entfuhr es ihm, als er ihr hinterhersah. Dann bemerkte er Martina und schlug sich die Hand vor den Mund.

«Kein schlechtes Modelljahr die Kleine, oder? Aber Äußerlichkeiten lassen mich kalt. Zwei klitzekleine Kleinigkeiten vielleicht ausgenommen!»

«Kann mir gar nicht vorstellen, was du meinst, du alter Heuchler!»

Aber anstelle einer Antwort verdrehte er nur die Augen und gab mit seinen in der Luft modellierenden Händen unmissverständlich zu verstehen, was er an seinem Gast so unglaublich beeindruckend gefunden hatte.

Freitag, 9. März, 16 Uhr
Bondi Café

Martina blieb am Tresen stehen und rührte energisch in ihrem Milchkaffee. Sie wartete, bis Tom den Kopf hob. Aber nach einer Weile gab sie auf. Er schien ihre Ankunft völlig vergessen zu haben. Gegen diesen Selbstversenkungskünstler war Rain Man ein ADHS-Junkie.

Aufgeregt spielte er auf den Tasten, denn bei der Geschwindigkeit war es eigentlich unmöglich, sinnvoll Worte formulieren zu können. Sie fühlte sich immer an einen wahnsinnigen Dirigenten erinnert, wenn sie ihn so tippen sah. Ein leerer Konzertsaal, der Orchestergraben ohne Musiker, nur ein einsamer Dirigent am Pult, der mit seinem Kindertaktstock in einem irren Rhythmus die Luft peitscht. Oder Tommy am Flipperautomaten. Den Film hatte sie mit ihrem Vater immer sehen müssen. «Pinball Wizard» Der Flipperkönig des Wahnsinns.

Tom sah auf, ohne irgendwen zu sehen. Die Zungenspitze zwischen den Lippen hervorschlängelnd, wahrscheinlich weil sich sein Computerhirn so Kühlung verschaffte, die Fußspitzen unentwegt wippend, im ungleichen Takt, als würde er gleich mehrere Aufgaben gleichzeitig lösen. Immerhin war sein Hemd heute ohne Kaffeeflecken. Er hatte ein Dutzend Hemden von der gleichen blassblauen Farbe, um sich morgens den mühsamen Prozess des Auswählens ersparen zu können. Dabei war er eigentlich kein hässlicher Bursche. Die Anwesenheit einer anderen Frau hatte vermutlich ihr Eifersuchtsmodul aktiviert, wie er das nennen würde, obwohl er garantiert keine blasse Ahnung davon hatte, was Eifersucht war und wozu sie im Schöpfungsplan eigentlich diente. ‹Tom mit einer anderen›, dachte sie belustigt und war doch erstaunt, dass sie so etwas wie Befremden über sein Fremdgehen empfand. Das Schrillen der Alarmglocken war echt. Er betrog sie auf seine aseptische, geschlechtslose Weise. Noch dazu mit einem echten Showgirl. Sie hatte die Frau noch einmal eingehend gemustert, als diese bezahlte und dann ohne einen Blick zurück lautlos durch die Tür verschwand, als wäre das Leben Zauberei. So geschmeidig konnte sich nur bewegen, wer seit Mahatmas Tagen Power-Yoga praktizierte.

«Da läuft doch hoffentlich nichts mit einer anderen Frau?»
Sie trat näher zu Tom, setzte sich an den Tisch, stellte ihren Milchkaffee gefährlich dicht neben seinen Laptop und grinste anzüglich. Zumindest hoffte sie, dass es so wirkte. Tat es augenscheinlich aber nicht. Er blickte verständnislos hoch und aktivierte mit Mühe seinen Gesichtsscanner.
«Martina!», brachte er nur hervor und sah ein, dass das einfach zu wenig war als Begrüßung. «Martina», wiederholte er noch einmal, um Zeit zu gewinnen, und setzte dann seine ultimative Höflichkeitsformel hinzu: «Hallo!»
«Hat sie dich angebaggert?»
«Was bitte?»
Der Tonfall der Frage ließ Martina frösteln. Sie kam sich plötzlich uralt vor. Gerade deshalb konnte sie nicht lockerlassen. Es konnte doch nicht sein, dass ein Mensch so völlig ohne Regung war.
«Die Kleine von eben, war das deine neue Freundin?»
«Unsinn.» Er gab sich nicht einmal die Mühe, seine Abfuhr weiter zu begründen. Schlimmer, er gab sich nicht einmal die Mühe eines Lächelns, was er ihr zuliebe wirklich einmal hätte wagen können. Aber Charme war für ihn etwas so Überflüssiges wie Rasierwasser. Tom war blass. Das lag nicht an dem fahlen Licht im Café oder seinem transsilvanischen Stammbaum. Er schien so versunken in seiner digitalen Welt, dass alles Blut aus ihm gewichen war. Oder er machte sich um irgendetwas Sorgen. Wahrscheinlich um die Erhöhung der Strompreise.
«Aber schön, dass du da bist!» Das war geradezu eloquent für seine Verhältnisse, auch wenn er es nicht so meinte. Die Anwesenheit einer anderen Person empfand er immer als störend, aber zumindest schien er sie erwartet zu haben.
Mein Gott, wenn das die Zukunft war, dachte Martina, als sie sein hageres Gesicht studierte. Ihr missfiel eigentlich alles an ihm, wenn sie übellaunig war und ihre mütterlichen Instinkte versagten. Das war im Moment gerade der Fall. Am schlimmsten fand sie seine Fingernägel. Sie waren nicht schmutzig. Sie waren so

strebermäßig kurz geschnitten, dass er in Bestzeit über die Tasten huschen konnte. Unmöglich sich vorzustellen, dass diese Hände in einem Blumentopf gruben. Oder sich in den Locken einer Frau verfingen.

«Ich und du, wir hätten uns noch mit Johann Wolfgang von Goethe unterhalten können ... Wein Weib und Gesang ... Was auch immer. Gesprächsstoff hätte sich gefunden. Aber diese Typen hier können doch nur noch von eins bis null zählen, vorwärts und rückwärts, immer nur von eins bis null.»

Sie hatte vor Wochen den Fehler begangen, ihren Vater mit hierherzunehmen. Auf einen Kaffee, mehr nicht. Es war ihr völlig klar gewesen, dass er mit Tom nicht ins Gespräch kommen würde. Das Dumme war damals gewesen, dass Tom mit seinen Jungs von der Stopp-Acta-Gruppe im Bondi tagte, und ihr Vater einiges aufschnappen musste, was da verhandelt wurde. Anti-Counterfeiting Trade Agreement, hatte sie ihn aufgeklärt.

«Bitte was», hatte er zurückgeschnappt, natürlich ohne eine Antwort zu erwarten. «Sehe ich das richtig, die Welt geht vor die Hunde, und die haben Angst, nicht mehr gratis ihre Pornos aus dem Netz laden zu können?!»

Insgeheim musste sie ihm recht geben. «Das geht gar nicht», korrigierte sie sich damals. «Du denkst wie dein Vater ... das geht absolut gar nicht.» Inzwischen war sie anderer Meinung. Der Cyberspace sei ein Campingplatz für Deserteure, hatte er damals noch angemerkt. «Schreib dir den Satz ins Tagebuch, wenn du so was noch hast. Meinetwegen füg politisch hinzu, politische Deserteure. Diese ganze unbegriffene Infoflut: Shitstorm!» Er war damals einfach so davonstolziert. Natürlich ohne zu bezahlen. Das war er seinem revolutionären Gestus schuldig. Die Tochter strafen und die anderen durch Nichtachtung bloßstellen. Scheiße nur, dass das keinem aufgefallen war.

«Lass das Fluchen», ermahnte sie sich und wandte sich an Tom, der schon ungeduldig mit seinen Fingern auf dem Tisch klimperte.

«Sorry, war einen Moment geistesabwesend! In der Cloud!»

Tom hatte noch nie über einen ihrer Witze gelacht. Aber das war kein Grund, die Hoffnung aufzugeben.
«Ich hab Neuigkeiten», konstatierte er ruhig.
«Warum hast du mich nicht angerufen?»
«Sehr witzig!»
Leibhaftig mit einem Menschen in Kontakt treten zu müssen, und sei es auch nur am Telefon, schien für ihn eine ähnliche Zumutung zu sein wie einen Frosch zu küssen.
«Ich hab dir gemailt!»
«Sorry, ich kann nicht den ganzen Tag meine Mails checken.»
Er sah sie misstrauisch an. Als hätte sie den Kontakt zur Realität verloren.
«Also, was hast du herausgefunden über Klimt, über Wilson und über Mrs. Ayn Goldhouse.» Sie zerkaute die Silben regelrecht.
«Eine ganze Menge», bilanzierte Tom stolz, «die Lady ist eine Krake. Die Organisation ist riesig. New Virgins. Klingt irgendwie nach Plattenlabel. Aber das musst du ja besser wissen, ist ja deine Zeit, die Swinging nineties.»
«Sehr witzig!», giftete Martina, aber Tom fuhr ungerührt fort.
«Es sind ultraviele Junge und ultraviele Alte. Neunzig Prozent Frauen, versteht sich eigentlich. Wundert mich eher, dass sich da zehn Prozent Männer reintrauen. Vorwiegend Amerika und Europa, aber Zuwachsraten in der ganzen Welt. Woher ich das weiß? No secret! Ihre Foren sind ganz gut gesichert, aber wie all diese hypertrophen Communities gehen sie ein wenig lässig mit ihren Kundendaten um. Was die so wollen und machen und tun, kapier ich noch nicht ganz, aber dass die ihre Kundschaft ganz schön zahlen lassen, liegt auf der Hand. So 'ne Art Facebook für Esoteriker, schätz ich. Nur lukrativer …»
«Was heißt …»
«Na, ich geh mal nicht davon aus, dass die Kiddies das selbst finanzieren, also zahlt Großmutti vermutlich für die Enkelin, an der Mutter vorbei … 'ne verdammt surreale Veranstaltung das Ganze … Ich war in einem der Care-Rooms für Novizen, Einsteigerpro-

gramm, war Spaß. Das komplette Girlie-Programm, Yoga, Ayurveda, Flow-Therapie. Ganz nett animiert. Verdammt guter persönlicher Service. Prima Horoskop!»

«Da schlägt dein Cyberpuls schneller, was?» Martina schubste ihn burschikos mit dem Ellbogen. Er sah sie streng an.

«Tu mir einen Gefallen, Martina, und red nicht so, äh, jugendlich. Da krieg ich Pickel von!»

«Das wär doch mal 'ne menschliche Regung», konterte sie, was ihn aber nicht aus seinem Text brachte.

«Schräg an der Sache ist, dass sie schon einige Klagen am Hals hatten!»

«Wie, was für Klagen? Veruntreuung? Kindesentführung? Volksverblödung?»

«Nein, komischerweise nicht das, was man denken könnte. Die waren wegen einer Sache in der Presse, die so schräg ist, dass den Opfern keiner glauben wollte. Selbst den Anklägern war das alles nicht ganz geheuer, also einigte man sich in allen Fällen auf einen Vergleich und das Ganze wurde nicht weiter breitgetreten in der Presse. Zumal diese Virgins-Cooperation bekannt ist dafür, selbst einen unliebsamen shity Wetterbericht mit 'ner Unterlassungsklage blocken zu können.»

«Na, was denn nun? Um was ging's denn?»

«Vergewaltigung.»

«Was für ein exotischer Tatbestand», höhnte Martina.

«Bei Männern schon.»

«Willst du damit sagen …?»

«Precisely precious, genau das will ich damit sagen. Etwa ein halbes Dutzend Männer ist in den letzten Monaten bei der Polizei aufmarschiert. Gemeinsamer Tenor: Sie haben alle eine Anzeige wegen sexueller Nötigung erstattet. Immer das gleiche Schema, 'ne hübsche Frau, ein netter Abend an der Bar und eine vergessene Nacht. Na ja, fast vergessen. Das Besondere bei den paar Jungs, die sich zur Polizei getraut haben, war, dass die Tropfen nicht so ganz gewirkt haben. Ich vermute jedenfalls mal, dass die Girlies K.-o.-Tropfen benutzen, schon aus Rachemotiven. Anyway, ich bin nicht Freud, jedenfalls konnten sich die Jungs vage an ein ziemlich stranges Szenario erinnern. Sie wurden in eine Art Tempelraum entführt, aufgebahrt, gefesselt …»

«Und?»

Tom hielt noch ein wenig theatralisch die Luft an.

«Na, wie soll ich sagen, sie wurden … erleichtert.»

«Was?»

«Na, sie wurden erleichtert.»

«Um ihr Geld, ihre Wertsachen, ihr Haupthaar …»

«Fast! Nicht schlecht geraten, Fräulein Salome …»

«Ihren …?» Sie tippte sich angewidert an die Schläfe.

Tom schüttelte den Kopf und wies nach unten. Martina ahnte, was er meinte, aber sie wollte sichergehen. Die Sache war ihr doch ein wenig zu unheimlich.

«Ihnen wurde ihr bestes Teil abgeschnitten?»

Tom schüttelte erneut den Kopf und wies auf ihren Latte machiatto, den ihr Andrew unaufgefordert hingestellt hatte.

«Sie haben ihn in Kaffee getaucht?»

«Sehr witzig.» Tom verlor die Geduld.

«Sie haben das … an sich genommen …»

«Mann, deine Pausen machen mich verrückt. Du willst doch nicht sagen …»

«Doch! Die Jungs wurden gemolken wie Zuchtbullen!»

«Wow! Das ist strange! Was hast du dir denn da wieder ausgedacht? Du willst mich doch nicht verarschen, oder?» Martina drohte ihm mit ihrem Zeigefinger.

«Böser Junge!»

«Ey, dieser Wahnsinn ist nicht meine Craziness. Lies es nach … Hab dir ’n paar Links geschickt. Die filtrieren, destillieren, dehydrieren das Zeug, was weiß ich, und cremen sich damit ein, gurglen, drehen Pillen daraus … was auch immer. Die Jungs, die zur Polizei gingen, hatten natürlich Angst, dass sie zu anonymen Fortpflanzungszwecken missbraucht wurden. Schieben zwei Lesben ’nen Kinderwagen und dein Erbprinz liegt drin. Wer will das schon …?»

«Gibt Schlimmeres», gab Martina zu bedenken. Tom nickte verständnisvoll, denn er konnte sich noch gut an den Auftritt ihres Vaters erinnern.
«Sie nennen es Arkanum und hoffen auf Unsterblichkeit. Kein Gag. Ist im Übrigen nicht ihr Patent, sondern kommt aus Indien. Da blasen die Gurus ihren Schülern einen, damit sie 'ne kleine Vorahnung vom Nirwana kriegen!»
Martina blickte ihn entgeistert an.
«Bitte was?»
«Blasen, pusten, saugen, suck it! Simple as that: Alchemie der Libido. Schüre das sexuelle Feuer, allgemein gesprochen, und stell dir den Körper als Kochtopf vor. Das Öl zum Kochen ist eine Destillation der männlichen Flüssigkeit, genannt Sperma. Körperstärke und Geisteskraft gründen beide darin, im Virja, das Wort steht für Energie und Samenflüssigkeit. Virja wird entweder unten ausgeschüttet oder ausgeschieden, wie du willst, oder es gelangt durch die Wirbelsäule ins Gehirn, vergeistigt sich sozusagen und heißt fortan: Ojas. Den heiligen Texten des Ayurveda zufolge ist der Samen nicht mehr und nicht weniger als die materielle Form der individuellen Seele. Deswegen werden da auch Kinder draus, vermute ich mal. Wie auch immer, die asketischen Heiligen halten die Ausschüttung, soll heißen Sex, für Verschwendung von Energie, Sex bedeutet Entkräftung. Der Körper wird ins Chaos gestürzt, jede Umarmung zerstört Millionen von roten Blutkörperchen. Wer kann sich das schon leisten? Der große Ayurveda lehrt zudem, dass sich unsere Nahrung in einer Zeitspanne von dreißig Tagen in Samen verwandelt. Eine Kette von Transformationen und Verfeinerungen. Vierzig Tropfen Blut für einen Tropfen Samen. Jede Ejakulation kostet mich mehr als vierzehn Gramm Sperma, was dreißig Kilogramm an Lebensmitteln entspricht. Jeder Geschlechtsverkehr kostet mich folglich so viel Energie wie vierundzwanzig Stunden konzentrierter Kopfarbeit oder drei Tage Arbeit auf dem Bau. Das kann ich mir organisch einfach nicht leisten. Kapiert?! Kein Yogi kann das. Wenn ich aber meinen Samen behalte und

nach oben leite», er tippte sich an den Kopf, «dann schenkt er mir ein langes Leben, ewige Freude und Inspiration. Deswegen schlucken die Yogis es auch so gern. Fällt noch unter Askese. Ist ja kaum was zu verdauen!»

Martina sah ihn zweifelnd an, was Tom zu einer letzten Klarstellung provozierte.

«Auf klar Deutsch: Die Jungs im Tempel kriegen nicht selten einen geblasen! Soll ich buchstabieren für unser Berliner Mauerblümchen? B-l-o-w-j-o-b! Natürlich einer guten Sache zuliebe. Spirituelle Erhebung. Erektiler Höhenflug nebst ejakulativem Erleuchtungsschub …»

«Ich wusste gar nicht, dass du …»

«Von allem menschlich Allzumenschlichem doch 'ne gewisse Ahnung hab? Na keine Sorge, das war's schon! Der Kopulationsakt an sich ist auch mir zu unheimlich, zu körperbetont und zu schweißtreibend. War ein Joke», betonte er, «ein Joke!» Aber ihr Stirnrunzeln wollte kein Ende nehmen.

«Ich hab auch … menschliche Kontakte, sexuelle sogar. Ich geb damit nur nicht so an wie gewisse heterosexuelle Hungerleider …»

Tom sah sie mitleidig an. Martina schüttelte sich, als wäre sie gerade einem mittelschweren Konfettiregen auf der Love Parade entkommen.

«Okay, alles gut, aber wo hast du das her? Ich meine die Infos über dieses eiweißhaltige Regenerationsmittelchen männlichen Ursprungs …»

Er starrte sie mit offenem Mund an. So einen Rückfall ins Naive hatte er nicht erwartet.

«Die Info-Samenbank, wo ist sie lokalisiert?»

Keine Antwort.

«Mann, die Spermien-Spam, woher weißt du das alles?»

Toms Züge entspannten sich etwas. Aber ihre Frage verstand er dennoch nicht so ganz.

«Wo ich das herhabe?»

«Exakt, Mister Sherlock!»

«Was vermutest du denn?» Er mühte sich augenscheinlich um Ironie.
«Geheimdienstakten von Miss Moneypenny mit der Minox kopiert?»
«Okay, okay, ich hab kapiert. Aus dem Netz. Entschuldige, wie dumm von mir. Die Frage, mein ich. Aber hätte ja sein können, dass du gern beim Inder isst oder deine Mutti eine heiße Affäre mit Bhagwan dem Zweiten hatte. Mein kleiner Tamagotchi, tut mir leid, dass ich dich kurzzeitig für real existierendes Lebewesen fern des Cyberspaces gehalten habe.»
«Du plapperst aber ganz schön einen Stuss zusammen heute. Droht Land unter, oder was? Emotionaler Börsencrash? Sorry, du fängst jetzt nicht an zu flennen, ja? Das schadet meinem Image hier!»
Die Vermutung war gar nicht so falsch. Martina fühlte sich am Rande eines Nervenzusammenbruchs. Sie wusste noch nicht einmal warum. Das überkam sie in letzter Zeit häufiger – dass Panikattacken sich abwechselten mit Momenten totaler emotionaler Verwirrtheit. «Die verdammten Tabletten», vermutete sie. Was es genau war – keine Ahnung. «Aber reiß dich jetzt zusammen», ermahnte sie sich. «Verdammt noch mal, reiß dich zusammen.»
«Da kannst du recht haben! Alles ein bisschen viel gerade. Wie auch immer, ich glaub, ich bin dir echt was schuldig.»
«Da könntest du recht haben, Baby!»
Er grinste so breit, wie es sein Froschgesicht nur eben zuließ.
«Und das mein ich nicht nur finanziell!»
«Sondern?»
«Meinen ganz persönlichen Rat bekommst du umsonst, gratis, for free.» Tom schien an seiner eigenen Großzügigkeit schier zu ersticken.
«Nun sag schon!»
«Zieh 'ne schusssichere Weste über. Das mein ich ernst. Du musst verdammt gut auf dich aufpassen! Mein Instinkt sagt mir, dass dieser paranoide Melkerinnenverein eine echte Bedrohung für die Menschheit darstellt … Ich kenn viele von diesen Spinner-Communities, aber ich hab noch nie gesehen, dass eine Organisation so rasant wuchert …»

«Wie ein Krebsgeschwür ...», ergänzte sie nachdenklich.
«Exakt», bekräftigte Tom und tat dann so, als hätte er sich verschluckt. Den Vergleich mit dem Wuchern hätte er sich sparen können, aber das wurde ihm exakt eine Sekunde zu spät bewusst.
«Das muss dir nicht peinlich sein, ich denk ohnehin jede Stunde dran. Ans Wuchern!» Sie verzog das Gesicht zu einer Grimasse, die lustig wirken sollte. Tom ging ihr zuliebe darauf ein und grinste breit zurück.
«Also, hüte dich vor der Bienenkönigin! Mrs. Ayn Goldhouse hat durchaus das Zeug, die neue Königin Pandora zu werden und 'ne Menge Unheil über die Welt zu kübeln.»
«Ist das Ironie?», fragte Martina im angespannten Ton zurück. «Dafür hab ich nämlich grade gar keinen Radar.»
Tom wurde ernst. «Ich bin mir ehrlich gesagt selbst nicht so sicher. Er schüttelte bekümmert den Kopf. «Ich hoffe, das alles ist so lächerlich, wie es sich anhört, aber ich fürchte ...» Er ließ offen, was er genau an Unheil erwartete.
«Danke für den Tipp auch! Morgen mehr über Klimt und Wilson, ja! Für heute hab ich genug!»
Sie drückte ihm drei Fünfzigeuroscheine in die Hand und bestellte sich noch einen Cappuccino für den Nachhauseweg.
«Tschau, Andrew!»
Sie hatte schon den Türgriff in der Hand, da wandte sie sich betont beiläufig noch einmal an Tom, dessen Kopf bereits wieder schwer über seinem Laptop hing.
«Was wollte der Feger da grade eigentlich von dir?»
Er sah sie fragend an, ohne den Kopf groß zu heben.
«Na, die Hübsche, die dich da vorhin belagert hat. Was wollte die von dir?»
«Ein neuer Job. Absolutely private», grinste er nahezu anzüglich. «Sorry, kann ich mich nicht weiter zu äußern.»
Martina war im ersten Moment versucht, ihm den Kaffee an den Kopf zu werfen, aber er strahlte so unverschämt jungenhaft, dass sie einfach nur in Lachen ausbrach.

«Tschau, tschau, Peter Pan! Pass gut auf dich auf! Mrs. Hook hat dich schon am Haken!»

Sie sah im Briefkasten nach. Keine Post, jede Menge Werbung. Der Brief hätte heute da sein müssen. Sie blätterte hektisch die Prospekte durch in der Hoffnung, dass er irgendwie dazwischengerutscht war. Wie beliebt der Stadtteil geworden war, konnte man leicht an der Menge Werbung ablesen, die einem Tag für Tag in den Briefkasten gestopft wurde. Keine Discounter-Wurfsendungen mehr von wegen ein Dutzend Schweinenackensteaks für umsonst. Stattdessen: Designer-News. Pediküre-postkärtchen, Verwöhngutscheine. Und der Speiseplan der absolut freshesten Vegidelikatessenantiallergikerdelikette.

Martina schloss die Tür auf. Früher war ihr die Katze entgegengekommen. Willi, der taubstumme Kater. Sie hatte ihn Katze genannt, weil es sexuell unaufdringlicher klang als Kater, außerdem war es ihm nach seiner OP völlig gleichgültig, ob er als Katze oder Kater galt. Er war weder das eine noch das andere. Aber fressen konnte er für zwei. Komisch, Katzen waren da nicht anders als Menschen, sie futterten ihren Kummer einfach weg. Willi und sie waren ganz gute Freunde geworden über die Jahre hinweg, obwohl sie zuvor noch nie mit einem Mann zusammengewohnt hatte. Bei ihm war ihr auch klar geworden, warum sie das wahrscheinlich niemals würde tun können. Klar, Willi war stubenrein, aber dennoch störte sie sein Geruch. Wenn sie morgens ins Bad kam, wo sein Katzenklo stand, hielt sie sich die Nase zu. Er hielt es sauber, sie hielt es sauber, so gut es ging, er stank dennoch. Nicht allzu aufdringlich, aber er stank nach Kater. Nachts ließ er sie nicht durchschlafen, weil er sich einfach auf ihre Hüfte legte. Eine Zutraulichkeit, die sie anfangs sehr genossen hatte, bis ihr irgendwann auffiel, dass er ganz schön wärmte, sommers wie winters, und sie sich nicht mehr zu rühren wagte, aus Sorge ihn aufzuwecken. Seitdem dachte sie immer, sie würde verglühen im Bett, selbst als sie ihn schon längst aus dem Schlafzimmer geschmissen hatte. Im Winter war es eigentlich ganz angenehm, das Problem war nur, er war Frühaufsteher und sie Langschläferin. Wenn Willi seine Morgengymnastik im Bett absolvierte, angefangen mit leichten Sprüngen vom Fenster-

Freitag, 9. März, 17 Uhr
Martinas Wohnung

brett zielgenau in ihre Kniekehlen bis hin zu gefährlichen Gratwanderungen auf ihrem Rücken, nebst Schnurrarie direkt in ihr Mittelohr, war sie noch schlafwarm und wollte es eigentlich auch noch ein paar Stunden bleiben. No chance. Willi war der Mann im Haus, und so führte er sich auch auf, trotz seiner Behinderung. Es ging nicht. Sie konnte mit keinem Menschen zusammenleben, nicht einmal mit einer Katze, die eigentlich ein Kater war, der eigentlich ein geschlechtliches Neutrum sein sollte.

Sie hatte ihn ihrer Freundin Esra geschenkt, die mit ihrem taubstummen Bildhauer aufs Land gezogen war. Nach Himmelpfort. Martina hatte das erst für einen blöden Scherz gehalten. Aber den Ort gab es wirklich. Hunderttausende kleine Kinder schickten ihre Weihnachtsbestellungen da hin, Grußkarten, Wunschkarten, Dankesbriefchen, alles Mögliche. Sie hatte sich selbst schon mal die Nase platt gedrückt an dem Büro, in dem ein halbes Dutzend ehrenamtlicher Helfer die Wunschbriefe öffnete, las und beantwortete. Keine schlechte Idee eigentlich! Sie würde bei Gelegenheit selbst einen schicken. Die Kopie ihres damaligen Befundes, nebst Rechnung. Klares Medizinerdeutsch. Da würde es selbst dem Christkind die Sprache verschlagen. Himmelpfort! Es war eine so friedliche Stimmung in dem Raum gewesen! Sie hatte in der Nähe gewohnt, in einem Haus direkt am See, mit Heizung. Ein großer Luxus! Esra hatte nur einen alten gusseisernen Ofen in ihrem Bauernhof. Kohleofen immerhin. Drei kalte Räume, ein alter Stall voll mit Steinen, in dem Konstantin seine Werkstatt einrichten wollte. Wenn jemals wieder der Frühling kam, was damals gar nicht so wahrscheinlich schien in jenem Winter, dem letzten Winter vor ihrer Krankheit. Esra hatte es ihr genau vorgerechnet, ihre kleine Erbschaft würde ziemlich genau zehn Jahre reichen. Zehn Jahre ruhiges Leben auf dem Land mit Hühnern, Hunden und einer Katze, die eigentlich ein Kater war. Willi fühlte sich sofort wohl dort, insofern hatte sie kein schlechtes Gewissen. Sie war einfach zu oft unterwegs, als dass sie sich guten Gewissens ein Haustier hätte halten können. Oder einen Mann, oder eine Familie. Sie zupfte sich am Ohr. Das einzige

Mittel gegen Selbstmitleid das wirklich half. Verdammt, sie hatte mal ganz andere Träume gehabt!

Das Telefon klingelte. Es war Ralf. Sie erkannte seine Nummer auf dem Display. Die Nummer mit den meisten Dreien, so konnte sie es sich merken. Seine Lieblingszahl: die Drei, die Gotteszahl. Ihm hätte sie es sogar zugetraut, eigens Geld für die Nummer ausgegeben zu haben. «Ey, Baby Vodafone, ich hätte gern 'ne Nummer mit 'ner Menge Dreier. Ha, ha, ha.» So dumm der Spruch war, er hätte sie bekommen. Es gab einfach so Typen, die immer alles bekamen, was sie wollten. Nicht mit ihr. Sie ließ es sieben Mal klingeln. Er würde schon nicht aufgeben. Dieser Deal war ihm zu wichtig. Zum ersten Mal hatte sie wirklich was gegen ihn in der Hand. Sie würde es ausnutzen, das war einfach prickelnd. Mr. Lucky als Bettelprinz. «Honey, honey, how he thrills me … ahaaa!», summte sie halblaut und wagte ein paar Tanzschritte. Abba hatte ihr Leben gerettet, definitiv. Sie reckte die Hände gegen die Zimmerdecke und befahl sich, lauter zu singen. «Waterloo – I was defeated, you won the war, Waterloo – promise to love you for ever more.» Okay, siebtes Klingeln. Hände nach unten ausschütteln. Sie musste rangehen.

«Ralf, was für eine Überraschung. Stalkst du mich?»

Martina grimassierte in den Flurspiegel. Zum Glück gab es noch keine Videotelefonie. Er hätte sich in die Hosen gemacht, wenn er ihr Grinsen gesehen hätte.

«Lass den Quatsch. Du musst mich für einen Fehler nicht ewig büßen lassen. Ich hätte dir da einen Vorschlag zu machen, über den sollten wir in Ruhe reden …»

‹Nein, nicht ewig, ewig und drei Tage›, dachte sie. Ihr Lächeln verlor sich so plötzlich, wie es gekommen war. Sie wandte sich vom Spiegel ab. Ihre Stimme wurde geschäftsmäßig.

«Ich dir auch, ich hab dir auch was zu sagen …» Sie ließ ihn erst gar nicht ausreden.

«Morgen Abend bei mir. Zwanzig Uhr. Du darfst Champagner mitbringen. Dann reden wir über den Deal – in Ruhe. Ende der Durchsage!»

Der Businesston tat ihr gut. Außerdem war sie wirklich neugierig, wie weit er für diese Story gehen würde. So wie sie Ralf kannte, ganz schön weit. Sie freute sich schon darauf: der erste öffentlich gemachte Fall von männlicher Prostitution in der Fernsehbranche. Seine Kollegen würden sich prächtig amüsieren. Stricher-Ralf!
«Es wird mir ein Vergnügen sein, Sie zu vernaschen, Mr. Body-Billie-Boy»!
Sie prostete sich mit einem imaginären Glas zu. Ihr Spiegelbild lächelte zurück. Ein wenig kühl der Blick, aber aufrichtig amüsiert.
«Okay, zeigt der Kühlschrank sich heute von seiner netten Seite? Surprise, surprise?! Na, na ... Oh no! Wieder die kalte Schulter von Dr. Antonio Martins!»
Sie riss die Tür auf, als erwartete sie tatsächlich eine Überraschung. Zehn Tetrapacks Kokossaft mit Acerola. Coco juice with pineapple und ... klar doch: Acerola. Die Droge des ewigen Lebens. Das ultimative Stimulans für ihre Immunabwehr. Das biologische Laserschwert gegen Mamas Karzinom, schlicht der beste biologische Kampfstoff, der je seinen Weg in einen Pappkarton gefunden hatte. Sie trank einen Tetrapak am Tag.
«Hier sind drin für dich: eine Kokosnuss, eine Viertel Ananas und vier Beeren!» Wow! Das alles für die ganz Dummen aufgemalt. Kleine grüne Kokosnuss, halbe Ananas, ja, und dann der augenscheinliche Betrug: Nur zwei Beeren auf der Packung, aber angeblich vier drin. Fehlten zwei. Sie hatte sich vorgenommen, das zu recherchieren. Aber ihr gesunder Menschenverstand sagte ihr, dass sie Dr. Antonio Martins da Cunha nicht im Berliner Telefonbuch finden würde. Vermutlich auch nicht im Nürnberger Telefonbuch, obwohl die Firma da ihren Stammsitz hatte. Ihr war auch nicht klar, ob die Kokosnüsse unversehrt nach Deutschland kamen oder ob sie doch schon in Südamerika geköpft beziehungsweise aufgebohrt wurden. Letzteres hätte sie als schonender empfunden.
Sie nahm einen Schluck direkt aus der Packung. Das Zeug schmeckte nach ausgekochten Pantoffeln, eiskalt serviert natürlich. Ihre Freundin Esra schwor auf die Brühe. Sie musste es wissen, sie

sah mit vierzig immer noch aus wie neunundreißig. Das und Pilates, Madonna und Barbara Becker. Es gibt schlimmere Schutzheilige, hatte sie sich damals gedacht und auf Emis Rat gehört. Jeden Tag ein Tetrapack. Ewige Jugend garantiert. Was ja auch heißen konnte, dass sie jung starb und alterslos auf der Wolke schwebte.
Gemüse, Gemüse, Gemüse, sie hatte keine Lust auf Gemüse. Gesunde Ernährung war was Feines, aber das, was sie an Jahren gewann, verlor sie eindeutig an Spaß. Sie hatte Lust auf eine Salami-Pizza, mit fett Käse und Olivenöl extra, plus fett Knoblauch, nicht weil er gesund war, sondern so schön stank.
«Na Paps, warum muss ich da direkt an dich denken!» Sie gab dem Spiegel im Flur einen Kuss, so viel Eigenliebe war sie sich schuldig. Die Putzfrau musste glauben, dass sie völlig durchgedreht war. Ein Spiegel voller Küsse.

Sie griff zum Hörer, schlenderte ins Wohnzimmer, warf sich auf die Couch und wählte die Nummer ihres Vaters. Mit der anderen Hand griff sie nach der Fernbedienung und schaltete das zweite Programm ein. «Hallo Deutschland». Sie mochte diese Boulevardsendungen. Die Komplettverblödung der Moderatoren nahm jeglichen Konkurrenzdruck von ihr, zudem war die Auswahl der Themen beruhigend übersichtlich und abwechslungslos. Verkehrsunfälle, Kindermorde, wahlweise Kinderschändungen und natürlich der aktuelle Promiklatsch. Alles mit dem gleichen öligen Lächeln präsentiert. Dieses scheinheilige Lächeln kannte sie gut, von ihren Ärzten. Wer wollte ihnen das übel nehmen. Kein Arzt kann für seine Patienten immer ein anderes Gesicht aufsetzen. Selbst wenn er es könnte, es war Zeitverschwendung, folglich unrentabel.
Martina stellte den Ton des Fernsehapparates auf stumm. Den Text brauchte sie nicht, den konnte sie sich selbst soufflieren. Sie brauchte die Bilder, die beruhigten sie. Vor allem, wenn sie mit ihrem Vater telefonierte und jeden Moment versucht war, den Hörer in die hinterste Ecke des Zimmers zu schmeißen.

Es fiel ihr immer schwerer, mit ihm zu telefonieren. Jedes Mal hatte sie Angst, er würde mit einer neuen Katastrophenmeldung aufwarten, oder wieder über sein Alter jammern, oder einfach nur in den Hörer lallen, oder noch schlimmer: gar nicht rangehen. Co-Abhängigkeit nannte sich das, oder?! Sie zupfte sich am Ohr. Achtung, das wird eine nervöse Geste!

«Hi, Dad, hast du was Neues?»

«Nenn mich nicht Dad, du weißt genau, wie mich das aufregt …»

‹Wie du dich erst aufregen würdest, wenn du gerade mein Gespräch mit Ralf belauscht hättest›, dachte sie belustigt. Ihr Vater hatte sie damals vollkommen entgeistert angestarrt, als sie ihm von dieser Affäre erzählt hatte. Karl Liebknecht hätte nicht entsetzter schauen können, wenn Rosa Luxemburg mit Kaiser Wilhelm in die Kiste gegangen wäre. Der Klassenfeind in Person. Irgendwie mochte sie ja seine altmodische Art, andere zutiefst hassen zu können.

«Und ja, ich hab was Neues!», fuhr er aufgeregt fort. «Etwas, was dich ziemlich freuen dürfte, glaub mir. Aber am Telefon kann ich schlecht drüber reden. Außerdem muss ich noch ein paar Fakten verifizieren. Lass uns morgen am frühen Nachmittag zum Kaffee treffen … ja?»

Sie überlegte kurz, ob sie ihn nicht doch lieber gleich zur Rede stellen sollte. Er hatte immer brandheiße Infos. In neunundneunzig Fällen stellte sich heraus, dass er ihr News von vorgestern verkaufen wollte. Meist ließ sie sich auf das Spiel ein.

«Wenn du meinst, Paps! Verifizier mal! Sonst alles okey-dokey?!»

«Du hast es mir versprochen!», bellte er ins Telefon. «Du hast es mir versprochen!»

«Okay, Daddy! Nie wieder okey-dokey! Aber sonst geht es gut, ja?»

Er räusperte sich, als wollte er zu einem langen Vortrag ansetzen, warum es ihm in seiner Situation unmöglich gut gehen konnte und warum sie daran einen nicht geringen Anteil hatte. Aber er ließ es sein.

«Alles bestens, mein Kind, wir sprechen uns morgen!»

«Gut, Paps!» Sie legte auf. Keine Ahnung, was er sich dabei dachte, sich immer noch als ihr Vater zu fühlen. Das konnte sie schon fast wieder wütend machen. Sie nahm einen kühlenden Schluck Kokoswasser.

Es blieb ihr noch gut eine Stunde Zeit bis zur Verabredung mit dem Sekretär. Zeit, sich hübsch zu machen für Mr. Nobody. Zeit, die sie genauso gut in der Badewanne verbringen konnte. Abtauchen mit Yellow Submarine. Auftauchen – und abtauchen für immer.

«Wieso haben Sie ausgerechnet die Brücke als Treffpunkt gewählt?» Martina schritt mit ausgestreckter Hand auf ihn zu. Er wich unwillkürlich einen Schritt zur Seite, so forsch kam sie heran.

«Der Blick aufs Bode-Museum zum einen. Und um Ihre Pünktlichkeit zu testen zum anderen. Wobei es mir natürlich nichts ausgemacht hätte, auf Sie zu warten. Allerdings war ich mir sicher, dass Sie pünktlich sind!»

Robert Wilson gab ihr sehr förmlich die Hand. Sie musterte ihn amüsiert. Er wirkte, als säße sein Anzug immer ein wenig zu knapp, mochte er auch noch so teuer sein. Der ewige Musterschüler. Und der einzige Mann in dieser Stadt, der noch eine Krawatte trug. Vermutlich damit er verlegen an ihr rumspielen konnte. Fürs Bett war dieser Kerl wirklich nicht gemacht. Sie schüttelte seine Hand so lange, bis er irritiert losließ. Kleines Einmaleins der Imponiertechnik. Funktionierte eigentlich immer. Sie sah ihm fordernd in die Augen.

«Haben Sie sich eigentlich jemals geirrt in der Einschätzung ihres Gegenübers?»

«Natürlich habe ich das, aber selten, zugegeben!» Er grinste bübisch und machte die Arroganz seiner Äußerung, wenn nicht ungeschehen, so doch erträglich.

«Aber zurück zu Ihrer Frage, warum gerade hier. Diese Frage hat ja durchaus mehrere Aspekte. Ein nicht ganz unwichtiger: Ich mag Brücken. Diese Brücke hier ist ein selten schönes Exemplar, finden Sie nicht?»

Martina sah sich pflichtschuldig um, als wäre sie eben in diesem Moment von ihrem Reisebus hier abgesetzt worden.

«Ja, nett hier. Ich mag den Blick aufs Bode-Museum auch, das ist das da, mit der Kuppel, falls Sie noch keine Gelegenheit hatten, sich umzusehen. Und weiter?»

Wilson sah sie amüsiert an. «Ihre Kraftanstrengungen, jegliches romantische Gefühl in Ihnen zu unterdrücken, sind enorm und stehen in keinem gesunden Verhältnis zu Ihren vorhandenen Kraftreserven!»

Freitag, 9. März, 20 Uhr
Friedrichstraße, Weidendammerbrücke

‹Was weiß Lord Gucci von Cheshire schon über meine verdammten Kraftreserven›, war sie versucht gegenzufragen, aber sie wollte den Abend nicht schon vor der finalen Katastrophe ruinieren, denn darauf schien es hinauszulaufen: Auf die totale Katastrophe. Andererseits, der schwarze Anzug stand ihm ziemlich gut, rein farblich betrachtet. Sie mochte Männer in Anzügen, zumindest wenn sie schüchtern getragen wurden, und er wirkte fast schon zu schüchtern in diesem engen Anzug. Zumal seine Schuhe glänzten, als hätte sein Butler sich die Seele aus dem Leib gewienert. Sie musste lachen. Ihr Ehrgeiz, ihn herunterzuputzen, war schon ziemlich groß. Postmoderne Dandys wie er, die immer wirkten, als hätte sie nur sehr, sehr ungern die ganz große Bühne der Zwanzigerjahre verlassen, reizten sie extrem zum Spott. Gegeltes Haar. Die müde Attitüde der Besserwisserei. Tristesse royale als Praline auf dem Junggesellennachttisch. Nicht sehr sexy.

«Schön, dass ich Sie amüsiere!»

Er lächelte sie freundlich an. Sie schämte sich fast ein wenig dafür, dass sie sich so wenig Mühe gegeben hatte für ihr Äußeres. Jeans und Lederjacke. Ihre Nahkampfausrüstung. Praktisch und sinnvoll, denn es war ziemlich kühl. Der Frühling ließ mal wieder auf sich warten, wie immer in Berlin. Sie blickte verlegen auf ihre abgenutzten Cowboystiefel und wuschelte sich mit einer verstohlenen Handbewegung in den Haaren herum. Immerhin roch sie gut. Er sah sie aufmerksam an, als mühte er sich wirklich, ihre Gedanken Wort für Wort zu lesen, Komma und Punkt eingerechnet.

«Wissen Sie, Sie erinnern mich an Pünktchen, das kleine Mädchen aus reichem Haus, das hier auf der Weidendammer Brücke Streichhölzer an hartherzige Passanten verkaufen wollte. Ihrem Freund zuliebe. Auf der anderen Straßenseite verkaufte der seine Schnürsenkel, um die kranke Mutter vor dem Hungertod zu retten. Mitten im Amüsierviertel der Stadt zwei verlorene Kinder! Pünktchen und Anton. Eine wunderbare Liebesgeschichte. Sehr unschuldig. Unglaublich kitschig. Sie erinnern sich? Erich Kästner? Weimarer Republik? Inflationszeit? Weltuntergang?»

Sie erinnerte sich plötzlich sehr gut. Die Geschichte hatte ihr Vater ihr immer zum Einschlafen vorgelesen.
«An das Amüsierviertel nicht so recht, nicht mein Stil», versuchte sie zu scherzen, «aber an das Buch natürlich. Wieso kennen Sie sich als analphabetischer Ami so gut in deutscher Literatur aus?»
«Die deutsche Literatur», dozierte er, «war das Einzige, was vielen Emigranten blieb als Erinnerung an das Land, das sie so ohne Bedauern hinausschmiss ...»
«Ich vermute mal, Sie meinen die Nazis und all das ...?!»
«Ganz recht. Meine Pflegeeltern waren Juden, ohne sonderlichen Wert auf religiöse Bräuche zu legen. Nur die Mutter meines Ziehvaters war überzeugte Jüdin, eine deutsche Jüdin. Sie hat mir alle Bücher vorgelesen, die sie als Mutter ihren Kindern vorgelesen hat»
«Rührende Geschichte.» Martina meinte es ernst, wusste aber ganz genau, dass sie die absolut falsche Tonart gewählt hatte. Den Ironieverdacht wurde sie seit ihren Tanzkurstagen einfach nicht los. Kein Mann traute ihr Rührung oder gar Romantik zu.
Eine Weile gingen sie schweigend nebeneinander her. Wie ein zerstrittenes Ehepaar, dachte sie. Exakt eine Armlänge voneinander entfernt.
Vor dem Friedrichstadtpalast drängelten sich die Touristen um den Einlass in den größten Tanzpalast Europas. Eines der Revuegirls, großformatig an der sozialistischen Fassade plakatiert, lächelte von oben herab. Reisebusse versperrten die Fahrbahn. Ungeduldige Taxifahrer, die Hand mit der Kippe lässig aus dem Fenster hängend, hupten unablässig. Genervte Passanten wiesen ihnen den Vogel. Ein ruhiger Frühlingsabend in Berlin.
«Sie wohnen ganz in der Nähe?!» Er mühte sich um aufwärmende Konversation.
«Exakt. Genau besehen laufe ich gerade einen Umweg. Aber woher wissen Sie, wo ich wohne.»
«Das tut mir leid», erwiderte er, ohne auf ihre Frage einzugehen, und verfiel wieder in nachdenkliches Schweigen. Martina ver-

schränkte die Arme trotzig vor ihrer Brust, was ihrem Gang etwas leicht Torkliges verlieh. Woher wusste dieser Mensch eigentlich alles über sie?! Oder warum tat er so! Was wusste er noch alles, wovon sie selbst vielleicht gar keine Ahnung hatte, und wer hatte es ihm verraten?

Sie sah ihn neugierig von der Seite an, was er offenbar völlig falsch verstand.

«Oh, Entschuldigung. Ich fürchte, mein Schweigen wirkt unhöflich.»

Martina verkniff sich die Bemerkung, dass sein Schweigen im Gegenteil etwas sehr Beruhigendes hatte.

«Aber», fuhr er mit leiser Stimme fort, als gelte es, ein Geheimnis zu bewahren, «Sie sehn so sorgenvoll drein?!»

«Ich hab mir sagen lassen, das wirkt souverän und zugleich verführerisch.»

«Falsche Informantin!», entgegnete er lachend und bot ihr mit übertrieben höflicher Geste seinen Arm, was sie einigermaßen amüsant fand. Sie konnte nicht widerstehen. Eine kleine Zeitreise tat gut. Ralf wäre nie auf die Idee gekommen, ihr seinen Arm anzubieten. Ihr Chef hatte es einmal gewagt, aber sie hatte die Zudringlichkeit mit einer spöttischen Bemerkung abwehren können. Das letzte Mal, dass sie wirklich vergnügt an dem Arm eines Mannes hing, war bei ihrem Vater gewesen, als sie durch den Zoo schlenderten. Da war sie acht oder neun, und die Welt noch in Ordnung. Das war schon eine ganz schöne Weile her, dachte sie belustigt, und schmiegte sich unwillkürlich ein wenig fester an Wilson, was der gar nicht zu bemerken schien. Unvermittelt ließ sie seinen Arm wieder los und schwang die Arme links und rechts wie ein kleines Kind.

«Ich mag ja Kavaliere der alten Schule …»

«So?!» Seine Neugier hielt sich in Grenzen, denn er ahnte, sie wollte ihre kleine Schwäche mit einer Frotzelei vergessen machen.

«Ja, die haben alle so etwas angenehm Impotentes! Finden Sie nicht, unverbindliche Männlichkeit ist doch ein Widerspruch in sich selbst?!»

Wilson schwieg höflich. Er fühlte sich unterfordert von ihrem

Humor, und das war ein Gefühl, das er ganz und gar nicht mochte.
«Sie haben bereits seine Tochter kontaktiert?» Es war weniger eine Frage als vielmehr eine Feststellung. Eine sehr selbstzufriedene Feststellung, wie sie fand.
«Geschieht hier irgendetwas in der Stadt, von dem Sie nichts wissen?»
«Zu charmant. Aber ich darf Sie beruhigen, der Fokus meiner Aufmerksamkeit ist derzeit ausschließlich auf Sie gerichtet!»
«Der Fokus Ihrer Aufmerksamkeit …», äffte sie ihn nach.
«Ja, genau, der Fokus meiner Aufmerksamkeit. Hier bitte», er öffnete die Tür zum Brecht-Keller. «Vorsicht, Stufen!»
Natürlich stolperte sie. Fing sich aber gleich wieder, denn flink war der Kellner herangetreten.
«Haben Sie reserviert?»
Sie sah sich fragend nach Wilson um.
«Der Tisch dort!»
Er wies auf einen Vierertisch rechts in der Ecke, der ein wenig Abstand zu den anderen Sitzgelegenheiten bot.
«Wenig los hier! Na ja, ich war seit Ewigkeiten nicht mehr da. Ist die Küche schlechter geworden?»
Wilson lächelte maliziös. Sie traute ihm zu, dass er auch darauf eine Antwort hatte. Sie traute ihm sogar zu, das ganze Lokal angemietet zu haben, nur damit er seine Ruhe hatte. Das Lächeln des Kellners schien ihr ohnehin übertrieben höflich.
Sie sahen beide nur kurz in die Speisekarte, die ihnen im Business-Lunch-Tempo gereicht wurde.
«Zwei Mal gekochtes Rindfleisch … Na, wie heißt es wieder …»
«Tafelspitz! Auf Schwäbisch: Hochzeitsessen!», assistierte sie willig.
«Danke. Und eine Flasche Spätburgunder bitte.»
Sie hatte erwartet, dass er erst ein wenig Small Talk über diesen ganz besonderen Ort hier machen würde, Brecht und das epische Theater und Helene Weigels berühmte Küche, nichts dergleichen, er kam direkt auf sein Thema zu sprechen.
«Klimt macht sich große Sorgen um seine Tochter! Und um seine

Enkelin», fügte er pflichtschuldig hinzu, als würde er Kinder nicht ganz so ernst nehmen wie Erwachsene.
«Warum?»
«Er will nicht, dass sie für sein … nennen wir es unverbindlich Tun, er will nicht, dass sie für sein Tun büßen müssen.»
«Wer sagt Ihnen, dass das der Fall sein wird?»
«Wir haben diverse Hinweise, sehr konkrete Hinweise, dass eine Entführung der Enkelin droht.»
«Dann übergeben Sie den Fall doch der Polizei!»
Er lachte und sie musste unwillkürlich mit einstimmen. In dieser Stadt konnte jeder seinen kriminellen Geschäften nachgehen, solange er nicht unangenehm auffiel und den öffentlichen Frieden störte. Klimt war für die Polizei nicht von Interesse. Im Gegenteil, wahrscheinlich hatten sie ohnehin schon die Schnauze voll, täglich ein Dutzend Beamte als Personenschutz für einen durchgeknallten Professor abstellen zu müssen.
«Ganz recht! Wir gehen denen eh schon auf die Nerven. Mit einer Entführung, die keine ist, muss ich der Polizei erst gar nicht kommen.» Es schien, als könnte er wirklich Gedanken lesen. Sie legte den Kopf ein wenig schräg.
«Vielleicht ist ja alles gar nicht so dramatisch, wie …»
«Vielleicht. Vielleicht aber auch nicht», unterbrach er sie.
«Und warum, wenn ich fragen darf, machen Sie sich Sorgen, wenn er sich Sorgen macht? Sie müssen entweder eine Menge Kohle bei ihm verdienen oder ihn sehr gern haben?»
«Weder noch.» Er prostete ihr zu, nachdem er umständlich den Wein verkostet hatte. «Er macht es mir einfach, gut von den Menschen zu denken, unangenehm wie er selbst ist. Zudem, er öffnet mir alle Türen …»
«Und?» Sie drängte ihn fortzufahren, aber seine Stimmung schien plötzlich gewechselt zu haben.
«Soll ich Ihnen eine sehr traurige Geschichte erzählen?»
«Nur zu! Schließlich zahlen Sie für das Essen! Da nehme ich einiges in Kauf!»

«Die Geschichte meiner Kindheit ... nein, nein, die erspar ich Ihnen! Sie war keineswegs unglücklich. Schwierigkeiten bekam ich erst in der Pubertät.»

«Wie ungewöhnlich ...»

«Aber jetzt nicht traurig werden, ja?!»

Er fuhr ungerührt fort.

«Wir wohnten damals in der Wohnsiedlung des Milliardärs Monaghan, Ave Maria genannt, kein Scherz, meine Eltern, ich korrigiere, Pflegeeltern, waren wie erwähnt nicht sonderlich religiös, aber sie schätzten die ruhige Umgebung und die Sicherheit. Ich war dreizehn, ging auf ein Internat, kam gern und regelmäßig nach Hause, liebte meine Pflegeeltern, mehr noch meine Großmutter, da eröffnete mir mein Vater an einem dreizehnten März, dass er nicht mein Vater sei. Meine Mutter nicht meine Mutter und meine Großmutter folglich nicht meine Großmutter. Aber die starb ohnehin einige Wochen später.»

«Sie verstehen es wirklich, eine Geschichte spannend zu erzählen.»

«Von Spannung hatte ich nichts erwähnt. Ehrlich gesagt, wusste ich im ersten Augenblick gar nicht, warum er mir das erzählte. Ich war zufrieden mit meinem Leben, und mehr noch mit der Zukunft, die mich erwartete. Ich solle mir keine Sorgen machen, meinte er abschließend, ich sei und bliebe ihr einzig geliebter Sohn. Davon ging ich ehrlich gesagt auch aus. Für mich war die Sache damit vorerst erledigt.»

Robert Wilson machte eine bedeutungsvolle Pause. Martina schob unruhig den Salzstreuer hin und her. Sie hatte eine Ahnung, worauf das alles hinauslief, wollte aber nicht unhöflich sein. Schließlich hielt sie sein Schweigen nicht mehr aus. Sie legte in gespielter Nachdenklichkeit den Zeigefinger an die Stirn.

«Lassen Sie mich raten?! Ihre Eltern, korrigiere, Pflegeeltern, waren todkrank und starben bald darauf.»

«Schlimmer. Sie hatten ihr Vermögen bei einem gewissen Herrn Madoff angelegt und standen ohne einen Penny da. Nun ja, um präzise zu sein, es reichte für ein schäbiges Altersheim in Brooklyn. Sie wollten mich fortan nicht mehr sehen ...»

«Warum das denn?»
«Sie schämten sich.»
«Sie haben nie wieder ...»
«So ist es. Ich habe nie wieder den Kontakt zu ihnen gesucht. Was Sie mir vielleicht als Herzlosigkeit ankreiden mögen, aber ich denke, es war meine Pflicht, ihren Wunsch zu respektieren.»
«So weit, so traurig.» Martina faltete erwartungsvoll die Hände.
«Nun, ich bin Waise. Allein auf dieser weiten Welt. Auf der Suche nach Vater und Mutter. Auf der Suche nach meiner Herkunft.»
«Und ...?»
«Und was?»
«Warum erzählen Sie mir das alles?»
«Ich will nur andeuten, dass ich nicht weniger verletzlich bin als Sie.»
Martina legte ihren Kopf schräg und sah ihn verblüfft an. Er wollte offensichtlich ihr Vertrauen gewinnen, und sie musste zugeben, er stellte sich gar nicht dumm dabei an. Wahrscheinlich hatte sie doch den Helferkomplex ihrer Mutter geerbt. Und das Trinkergen ihres Vaters. Sie goss sich kräftig Wein ins Glas nach, was er nicht zur Kenntnis zu nehmen schien.
«Die Welt ist ein Meer», dozierte sie. «Fische sind darin, Haifische und Wale ...»
«Letztere verenden ... in Ermangelung natürlicher Feinde.»
«Oder werden harpuniert!» Sie seufzte. «Ich mag Moby Dick. Ich mag Kapitän Ahab, besser gesagt, Gregory Peck ... Ein aussterbender Typus Mann!», seufzte sie kokett. «Ich kann sogar der Sinnlosigkeit des Seins einen gewissen Sinn abgewinnen! Nur nicht Ihrem Vortrag.»
«Ich hingegen schätze Brecht. Sehr sogar», entgegnete er ungerührt.
«Waren Sie je oben in seinen Arbeitsräumen?»
Er schüttelte den Kopf.
«Sollten sie tun! Gibt ein Gefühl von Klarheit und Sparsamkeit, was Ihnen ein wenig abzugehen scheint. Also, was wollen Sie von mir?»

Der Kellner brachte den Tafelspitz, schenkte Wein nach und zog sich wieder still zurück.
«Haben Sie eigentlich das ganze Lokal gemietet?»
Er nickte, während er sorgfältig Kartoffeln auf den Teller lud.
«Keine Sorge. Geht auf Spesen!»
«Die zweite Portion Kartoffeln auch? Ich liebe Kartoffeln!»
Martina schnupperte am frisch gehobelten Meerrettich. Sofort traten ihr Tränen in die Augen.
«Wow! Verdammt frisch!»
«Und sehr gesund!»
Sie musterte ihn misstrauisch, während er ungerührt kaute.
«Gut. Kommen wir zur Sache!» Sie legte ihr Besteck beiseite, ohne auch nur etwas angerührt zu haben.
«Essen Sie! Sie werden all Ihre Kraft noch brauchen! Und folgen Sie mir noch ein wenig auf meinem Gedankengang, auch wenn es Ihnen ein Umweg zu sein scheint. Warum glauben Sie, hat Klimt gerade mich unter Tausenden von Bewerbern ausgewählt …? Warum gerade mich, hmm?» Versonnen sah er sie an.
«Sie sind ein Streber! Kultiviert. Europäischer Hintergrund. Sexuell kein ernst zu nehmender Wettbewerber! Was weiß ich!»
Sie kaute die Kartoffeln mit einstudierter Langsamkeit und zerfaserte währenddessen das Fleisch in immer kleinere Portionen.
«Je länger man kaut, desto besser verdaut man die Wirkstoffe», erklärte sie entschuldigend.
«Soll ich Ihnen das Fleisch pürieren lassen?»
«Sehr witzig!»
«Also, warum gerade Sie?»
«Ich weiß es nicht. Glauben Sie mir, ich habe Monate gegrübelt. Drei, vier Dutzend Bewerber kamen infrage. Er hat ohne großes Zögern mich gewählt. Nun gut, ich war drei Semester in München, um meine Kenntnisse der deutschen Sprache zu perfektionieren, komme aus einem seriösen Elternhaus, habe bereits einiges im Consultinggeschäft geleistet. Einiges Beträchtliches, aber da können andere mithalten. Warum fiel die Wahl auf mich?! Eine Ahnung

der Antwort bekam ich, als er Sie als Aufpasserin für seine Tochter wählte. Er plant von langer Hand, glauben Sie mir ... da sind wir immer einen Schritt hinterher ...»

«Na ja, sehr lange ist sein Weg ja nicht mehr, wenn er damit ernst machen will mit seinem Selbstmord, oder bestellten Mord, oder was auch immer ...»

Sie stocherte lustlos im Fleisch herum. Auf seinen strengen Blick hin nahm sie ein paar Bissen und spülte mit einem großen Schluck Wein nach.

«So denkt er nicht ... Er ist erst am Ziel, wenn seine Tochter in Sicherheit ist, und seine Enkelin! Sein persönliches Schicksal kümmert ihn herzlich wenig. Er hat das Leben unglaublich satt. ... Er ist einfach müde. Das Gefühl wird Ihnen nicht ganz fremd sein.»

Er sah sie mit einem freundlichen Blick an, dessen fürsorglicher Glanz ihr allerdings ganz und gar nicht gefiel. Dennoch fühlte sie sich geschmeichelt von dem Aufwand, den er trieb. Ihre anfängliche Aversion wich einer angenehm temperierten Neugier auf das, was noch kommen würde. Aber vielleicht war es auch nur der Wein, schränkte sie in Gedanken belustigt ein.

«Na dann, spucken Sie es aus! Warum gerade Sie, und warum brachte ich Sie auf die Spur ...»

«Wir beide haben eine Gemeinsamkeit!» Wilson legte Messer und Gabel beiseite. Sein Blick verzog sich zur Grimasse. Es war ihm sichtlich unangenehm weiterzusprechen.

«Wir sind beide Waisen!»

Sie schwieg einen Moment. Ihr Blick war geradewegs auf ihn gerichtet, verriet aber keine Gefühlsregung.

«Waisen?», fragte sie nach, in einem Ton, als wollte sie eine Rechnung kontrollieren. «Wie kommen Sie denn darauf?»

«Wir stehen allein. Ganz allein. Ich zum Beispiel wüsste gern, wer meine Eltern sind, meine leiblichen Eltern. Aus ganz praktischen Gründen. Mich interessieren genetische Abfolgen, ich bin ernstlich darum besorgt, welches biologische Verhängnis mir und meinen Kindern droht. Was immer die Leute über die Macht sozialer Umstände reden, wie pflichtbewusst meine Pflegeeltern auch immer waren und wie gut meine Schulen, ich wüsste einfach gern, wer mein Vater ist, ob er Linkshänder war oder Rechtshänder, Nobelpreisträger oder Basketballer. Ich hätte auch gern Gewissheit darüber, wer meine Mutter war, und wie sich ihre Talente bei mir zeigen, wenn sie sich denn zeigen! Sie erinnern: Vom Vater hab ich die Statur, des Lebens ernstes Führen. Vom Mütterchen die Frohnatur und Lust zu fabulieren.»

«Der späte Brecht?», riet Martina.

«Nicht ganz», bedauerte Wilson mit einem ironischen Schulterzucken. Sein Blick jedoch blieb ernst.

«Was nun meine Mutter angeht, möchte ich hoffen, dass es zu keiner Begegnung mehr kommen wird! Ich würde ihr ungern die Frage stellen müssen, warum sie mich weggegeben hat. Im Übrigen gehe ich davon aus, dass sie längst tot ist, weil sie ihre Schande nicht überlebt hat.» Er verzog keine Miene. Unmöglich zu erkennen, ob er diese Äußerung ernst meinte oder nicht.

Martina wurde unbehaglich. Ein psychopathischer Muttermörder hätte kaum anders argumentiert. Nur saß der bereits in der geschlossenen Anstalt, während sie hier mit diesem verbitterten Muttersöhnchen in einem leeren Kellerrestaurant eingeschlossen war. Sie blickte sich Hilfe suchend nach dem Kellner um, aber der ließ sich nicht blicken.

«Sie sind ein Spinner, oder?» Immer in die Offensive gehen, hatte ihr Vater sie gelehrt, das entwaffnet.

«Ist es versponnen, sich nach einem Zuhause zu sehnen?», brachte Wilson sehr gepresst hervor. «Meine Pflegeeltern hatten nicht mehr allzu viel Vertrauen in Amerika. Das hat ihren Umzug ins Altersheim sicherlich erleichtert. Sie würden nie ein abfälliges Wort über Obama äußern, aber die Tatsache, dass ein Schwarzer ihr Land regiert, hat ihren Glauben an den nahenden Weltuntergang doch deutlich bestärkt und die Angst vor dem Tod erheblich gemildert.»

«Drücken sich alle Harvard-Absolventen so scheiße geschwollen aus?»

Er starrte sie fragend an.
«Du brauchen viele große Worte für wenig Sinn! Eltern unbekannt, Pflegeeltern Rassisten. That's it!»
Er schwieg. Was sie als Eingeständnis auslegte. Oder als Atemholen kurz vor dem finalen Ausrasten.
«War ein Scherz ...», fügte sie begütigend hinzu und sah sich erneut und mit auffälliger Dringlichkeit nach dem Kellner um.
«Keine Ursache ...», murmelte Robert Wilson und fiel noch ein wenig mehr in sich selbst zusammen. Sie war versucht, ihm tröstend die Hand zu tätscheln, zog sie aber im letzten Moment wieder zurück. Es war nie genau auszumachen, was bei ihm Show war und was Ernst.
«Sie haben einen Wunsch», der Kellner trat an den Tisch. ‹Die Rocky Horror Picture Show reloaded›, dachte sie unwillkürlich, ‹ich mittendrin.› Fast hätte sie laut aufgelacht. Der Kellner war ein groß gewachsener Mann, der sich beim Durchschreiten des niedrigen Raums immer ein wenig bücken musste. Seine Gesichtshaut war sehr hell, das fiel ihr erst jetzt auf, da er sein Gesicht sehr nah an die Tischleuchte hielt. Sie hoffte, diese Blässe rührte von seiner Gesichtscreme her und nicht von einem jahrelangen Aufenthalt in einer drittklassigen Vampirherberge.
«Sie wünschen?» Er grinste sie mit einem sardonischen Lächeln an, als wäre Wilson bereits ohnmächtig und sie nackt auf einem silbernen Tablett serviert worden.
«Eine Flasche Wasser, medium, wenn es dem jungen Herrn nicht zu viele Umstände macht.» Der Witz war nicht gut, aber er nahm die Spannung. ‹Immer in die Offensive, mit allem, was du hast. Danke, Paps!› Ihr Stoßseufzer blieb ungehört.
Wilson schien ganz allmählich aus der Tiefsee seiner Erinnerungen wieder aufzutauchen.
«Aber jetzt lassen Sie uns endlich über Sie reden! Sie sind krank ...»
«Bitte was?»
«Nun ja, Sie werden sterben, dachten Sie vor nicht allzu langer Zeit. Sie suchten sogar einen Therapeuten auf. Der Ihnen natürlich nicht

helfen konnte, dafür sind Sie viel zu widerspenstig. Hatten Sie denn Träume vom nahenden Ende? Was hatten Sie denn für Träume allgemein? Und Schuldgefühle …»
Sie starrte ihn mit offenem Mund an. Es hatte ihr die Sprache verschlagen, was nicht allzu oft geschah. Ihr unbeteiligtes Ich registrierte das mit befremdeten Vergnügen. Ihr aktives Ego hingegen befahl Gegenfeuer. Aber er ließ sie nicht zu Wort kommen.
«Was ging Ihnen so alles durch den Kopf? Dass Sie erblich belastet sind? Verflucht bis ins siebte Glied?»
«Reden Sie keinen Unsinn!», fauchte Martina. Er schenkte beiden Wasser nach. Sie nahm einen Schluck Wein.
«Sehr gut übrigens!» Sie hob das Glas zum Prosten. «Ich mag so eine süße Brühe! Bin eben auch nur ein Mädchen.»
Er ließ sich nicht ablenken.
«Haben Sie sich seit Ausbruch Ihrer Krankheit nicht dabei ertappt, dass Sie vermehrt zum Aberglauben neigen? Oder zur Ahnenforschung? Seien Sie ehrlich, ich verwende ihre Geständnisse nicht gegen Sie. Vorläufig zumindest nicht!»
Sie sah ihn gequält an. Er hatte sie in die Falle manövriert. Sie konnte keine gute Miene zum bösen Spiel mehr machen. Da hatte sie bei diesem Thema ihre Gesichtszüge einfach zu wenig im Griff. Sie griff nach dem Glas Wasser und trank es leer.
«Ist der Krebs vererbt? Kann es sein, dass Ihre Mutter noch daran erkranken wird, oder Ihr Vater? Fürchten Sie, dass Ihr Kind kein Gesegnetes sein wird, oder haben Sie sich schon ganz und gar dagegen entschieden? Gegen das Weiterleben, gegen Kinder. Karzinogen, wie Sie sind?»
Er sah sie ruhig und freundlich an, aber das nahm seinen Worten nichts von ihrer Grausamkeit. Das wusste er auch.
«Was wollen Sie? Worauf wollen Sie hinaus? Und verdammt noch mal, woher wissen Sie es überhaupt?» Sie nahm all ihre Kraft zusammen, um ihre Tränen zu unterdrücken. Das gab ihrer Stimme etwas Gepresstes, etwas sehr Gefährliches.
«Woher wissen Sie eigentlich …»

Wilson rückte seinen Stuhl ein wenig zurück, beugte sich dann aber verschwörerisch über den Tisch und tätschelte ihr beruhigend die Hand. Sie zuckte zurück wie unter einem elektrischen Schlag.

«Nun ja, die Büroräume und Computer der Ärzte und Kliniken sind nicht gerade digitale Hochsicherheitstrakte, wenn Sie verstehen, was ich meine?»

«Ich verstehe nicht! Ich verstehe ganz und gar nicht!» Sie lief rot an vor Zorn. Ihr Atem ging stoßweise. «Wollen Sie damit sagen, dass Sie und ihre Toy Boys sich in ärztliche Computersysteme eingehackt haben, nur um meine sämtlichen Patientendaten auszuspähen?!»

Er nickte sacht, aus Sorge sie noch mehr zu erbosen.

«Keine Angst, es geht nicht nur um Sie. Außerdem handelt es sich nicht um unsere persönlichen Angestellten. Sie müssen sich das etwas anonymer vorstellen. Eine Art Schufa für Menschen, die im Verdacht stehen, Krankheiten zu verheimlichen. So wie andere Schulden verheimlichen. Sie verstehen?»

«Sie und ihre verdammte Bande …»

«Nein, nein! Sie müssen zuhören! Wir als zukünftige Arbeitgeber wenden uns an eine Organisation, die anonym bleiben will, das versteht sich, und erlangen gegen ein erkleckliches Honorar Informationen über den Gesundheitszustand unseres zukünftigen Mitarbeiters. Letztlich gut für beide Seiten, also für Sie und für uns. Es erspart böse Überraschungen beziehungsweise kreiert neue Chancen, je nach Betrachtungsweise. Krankheit macht erpressbar. Aber in Ihrem Fall stehen die Chancen auf endgültige Genesung ja sehr gut … Eine klassische Win-win-Situation also!»

Eine ohnmächtige Wut kochte in ihr auf. Sie nahm Messer und Gabel in die Hand und starrte ihn böse an. Er sah ungerührt zurück, was ihre Wut ins Unsinnige steigerte. Sie beugte ihren Kopf vor, Messer und Gabel hielt sie ganz nah am Körper. Er wich nicht zurück. ‹Fehler›, dachte sie, ‹Fehler, ganz böser Fehler, ich stech dich ab, du Drecksack!›

Da spürte sie, wie sich zwei kräftige Hände auf ihre Schultern legten.

«Ruhig. Ganz ruhig!»
Sie schüttelte die Hände ab und atmete tief durch.
«Nehmen Sie gefälligst Ihre Patschhände von meinen Schultern!»
Sie drehte sich erbost um. Er lächelte blass auf sie herab.
«Ganz ruhig.» Die Hände hielten ihre Schultern eisern fest.
Sie versuchte sie abzuschütteln, aber er rückte mit seinen Pranken nur näher an ihren Hals heran.
Riff Raff hatte seinen Exekutionsbefehl bekommen. Sie fühlte ihren Hals trocken werden. Ihr Körper versteifte. Wilson sah all dem ungerührt zu. Der Richter und sein Henker. Sie starrte ihn böse an. So böse, dass sie eine Reaktion zu sehen glaubte. Er zwinkerte! Er hatte die Dreistigkeit, ihr zuzuzwinkern, diese perverse Ratte. Plötzlich begriff sie.
«Sie beide sind Komplizen, oder?!», fauchte Martina. Dann begann sie zu lachen. Ein wenig zu laut.
«Ein wunderbares Arrangement … ganz im Sinne des Dichters, vermute ich? Eventgastronomie … Dreigroschenoper entre deux! Mackie Messer im Kellner Kostüm! Ganz großes Kino, Kompliment!»
Sie hielt sich die Seiten, als käme sie gar nicht mehr heraus aus ihrem Lachen, das sie wie ein epileptischer Anfall heimsuchte.
«Bevor sie ganz durchdreht, amüsieren wir sie ein wenig, oder was haben Sie sich dabei gedacht … Haben Sie ihn dafür bezahlt, dass er so unheimlich auftritt, Mr. Riff Raff?»
«Ja.»
Er schenkte ihr Wein nach.
«Was bitte?»
«Ja, ich habe ihn dafür bezahlt, dass er so unheimlich auftritt.»
Er winkte den Kellner, der gerade dabei war, sich dezent zu entfernen, wieder an den Tisch.
«Darf ich vorstellen: Erwin Kurz. Ein Name, der nicht gerade eine internationale Karriere verspricht, aber ich darf Ihnen versichern, er ist einer der talentiertesten Schauspielschüler, der je die hiesige Hochschule für Schauspielkunst Ernst Busch absolvierte.»

Martina reichte ihm verlegen lächelnd die Hand. Sie schämte sich für ihre Naivität. Sie hatte sich bluffen lassen wie ein Rookie. Wie oft hatte ihr Vater ihr mehr Coolness angeraten. Coolness! Sie hasste das Wort. Eins seiner Lieblingswörter. Er kam sich dann immer vor wie Dustin Hoffmann in die «Unbestechlichen».
Ernst Kurz schlug die Hacken zusammen und beugte sich tief über ihre Hand.
«Wenn ich je wieder zu Diensten sein kann, bin ich es gern!», flüsterte er. Es war klar, dass er damit keine gastronomische Dienstleistung im klassischen Sinn meinte.
‹Du narzisstischer Clown›, dachte Martina, und fühlte sich dennoch geschmeichelt. Es sei denn, sie sah misstrauisch auf Wilson, es sei denn, er hatte auch diese Schlusspointe arrangiert. Aber Wilson tat so, als hätte er nichts bemerkt. Selbstversunken faltete er die Hände und blickte sie dann streng an.
«Hat Ihre Mutter Ihnen nie eingebläut, nicht mit fremden Männern auszugehen?»
«Sie hätte ihre eigenen Fehler kaum ihrem Kind ankreiden wollen», murmelte Martina verbittert. Von der Seite drohte ihr sicher kein Tadel. Eher von der ihres Vaters. Seine Strafpredigt wagte sie sich gar nicht auszudenken. Rookie! Plötzlich kam sie sich wieder vor wie ein kleinlauter Teenager.
«Natürlich nicht. Meine Eltern machten mir keine Vorschriften! Dazu war ich schon viel zu erwachsen seit Kindertagen!»
«Eben. Die schlimmste Falle, in die unser Ego je trampeln kann: Selbstüberschätzung! Wahrscheinlich tragen Sie voller Stolz irgendeinen gelbgrünen Gürtel in kleinasiatischen Selbstverteidigungstechniken, aber das hilft Ihnen recht wenig, wenn Sie sich immer wieder in Situationen begeben, die Sie nicht überschauen können. Auf dem Kampfplatz selbst mögen Sie vielleicht eine ganz gute Chance haben, in Ihrer Altersgruppe, aber wer sagt Ihnen, dass Sie sich immer wieder auf Kampfplätze begeben müssen?! Focus it, before you fight it!»
«Was hätte ich Ihrer Meinung nach in dieser sehr konkreten Situa-

tion tun sollen?» Martina mühte sich um Sachlichkeit, was Robert Wilson sichtlich amüsierte.
«Sie hätten mich auffordern müssen, ich betone, müssen, umgehend das Lokal zu wechseln! Wie kommen Sie auf die Idee, mir trauen zu können?»
Martina griff nach ihrer sportiven Umhängetasche, so hatte sie seinerzeit das Prada-Teil getauft, das ihr Ralf zum Abschied geschenkt hatte, ‹meine sportive Umhängetasche›. Wahrscheinlich hatte er damals geglaubt, sie würde sie mit feuchtgeweinten Taschentüchern füllen.
«Sie suchen jetzt nicht nach Ihrem Revolver?» Sein spöttisches Lächeln trieb ihr die Zornesröte ins Gesicht. Ein Wort jetzt noch über ihren Teint und sie würde ihn tatsächlich killen. Einfach so. Sie starrte ihn hoffnungsfroh an, aber er blieb still. Sie dankte es ihm mit einem giftigen Lächeln.
«Revolver? Nein, besser Mr. Allwissend, viel besser!»
Sie kramte in der Tasche herum, bis sie den schwarzen Füllfederhalter fand. Sie zog die Kappe ab und hielt ihn Wilson unter die Nase.
«Mein Papa geht mir ziemlich auf die Nerven, aber in solchen Situation ist er sehr hilfreich!»
«Aus der Asservatenkammer von James Bond?»
«Er funktioniert!», bemerkte Martina trocken. «Ein Funkmikro, wie Sie sehen! Das entsprechende Codewort von mir, und Sie haben meinen Vater am Hals! Was kein Vergnügen ist, wie Sie sich unschwer vorstellen können. Auch wenn er nicht nach Alkohol riecht.»
«Sie bluffen!»
«Sie werden es niemals herausfinden!»
«Wie auch immer, Sie haben sich einen Nachtisch verdient!»
Er schob ihr die Karte hin, die sie langsam vor ihre Augen hob. Sie hätte gern für einige Minuten ihr Gesicht hinter dieser Karte verborgen. Sie war müde, todmüde.
Wilson studierte seine Karte in aller Ruhe. Er spürte, dass sie keine Ansprache wollte. Nach einer Weile winkte er den Kellner heran.

«Sie machen doch diese leckeren Marillenknödel nach dem Geheimrezept von Helene Weigel. Wie wäre es mit einer Kostprobe?!»
«Sehr gern!» Der Kellner dienerte mit übertriebener Servilität.
«Die Dame auch!» Martina legte die Karte beiseite, ohne den Kellner auch nur eines Seitenblicks zu würdigen.
«Heimatlosigkeit ist wie eine Krankheit. Ich will Sie nicht mit Details belästigen, aber ich darf Ihnen versichern, dass sich Waisenkinder fühlen wie Aussätzige.»
«Sie brechen mir das Herz ...»
«Dann darf ich noch allgemeiner formulieren, um Ihr empathisches Vermögen nicht gleich zur Gänze zu überanstrengen. Wahrheit generell macht jene, die ihrer habhaft werden können, zu Aussätzigen, teilen lässt sich nur der Wahnsinn. Sie blicken mich fragend an? Dann lassen Sie mich wieder persönlich werden: In den Augen von Menschen wie Klimt ist Krankheit ein Betriebskapital, ein Zins, mit dem er wuchern kann. Die Menschen sind verwundbar, jeder Mensch ist verwundbar. Das Wissen darum macht nicht gerade beliebt, aber mächtig. Dass mit der Ohnmacht der anderen viel Geld zu machen ist, bedarf im Übrigen keiner großen kriminellen Energie. Ich darf Ihnen versichern, Geheimnisverrat kostet nicht die Welt, schon gar nicht in der Medizinbranche, wo so sorgsam darauf geachtet wird, dass die einen viel und die anderen wenig verdienen ...»
«Bevor Sie mit Ihrem Medizinmänner-Bashing weiter fortfahren, verraten Sie mir eins: Sie kennen meine Akte in allen Details?»
«Korrekt. Allgemeiner formuliert, Sie, ich, wir alle haben jederzeit Zugriff auf alle Patientenakten weltweit, wenn wir uns das eine Kleinigkeit kosten lassen ...»
Er zuckte mit den Schultern.
«Eine Klitzekleinigkeit, glauben Sie mir!»
Sie tippte sich an die Stirn, was ihm nur ein müdes Lächeln abrang.
«Mein Gedankengang ist nicht so versponnen, wie er Ihnen augenblicklich erscheinen mag. Beispiel: Wenn in den Staaten eine gut ausgebildete, sich dem Klimakterium nähernde geburtswillige Top-

karrieristin einen Mann daten will, vom Heiraten reden wir erst mal gar nicht, wird sie doch nicht so dumm sein, durch eine Spontanentscheidung, die sich nur auf sein Äußeres, nicht aber auf seine Fertilität bezieht, eine Erbkrankheit zu riskieren, oder eine Missgeburt, oder auch nur einen spaßfreien Abend. Also lässt sie ihn durch eine der vielen Agenturen wie ‹Privatsca› oder ‹Mr. Augur›, nennen wir es zurückhaltend, vorurteilsfrei in Augenschein nehmen.»

«Das ist doch krank!»

«Exakt. Die meisten verheimlichen ihre Krankheit, weil sie sich dafür schämen. Persönliches Versagen … Das Gefühl dürfte Ihnen nicht ganz fremd sein. Und ganz ehrlich, würden Sie in der Erstbegegnung mit einem Mann, den zu lieben sie wild entschlossen sind, sofort Ihre Krankheit beichten. Oder würden Sie ihm nicht lieber erst ein, zwei, drei gute Gründe an die Hand geben, Sie bis ans Ende Ihrer Tage zu lieben, zu achten und zu ehren – und erst dann mit der Wahrheit herausrücken?!»

Er lachte ein so verlegenes Lachen, dass sie nicht sicher war, ob sie ihn lieber ohrfeigen oder lieber küssen sollte. Sie entschied sich für ein grimassierendes Kopfschütteln.

«Sehen Sie! Sie wissen nicht, wie Sie reagieren sollen! In der direkten Auseinandersetzung mit dem Gegenüber hat dieses Wissen um die jeweilige Krankengeschichte eine Menge Vorteile. Jeder von uns ist manipulierbar!»

«Wie originell! Was könnte ich denn über Sie herausfinden?», konterte sie. «Chronischer Bettnässer mit einem ausgeprägten Hang zur verbalen Inkontinenz?»

«Gut gebrüllt, Löwin … Aber ich gebe es zu, ich war jahrelang in Therapie. Sie dürfen davon ausgehen, dass mich Klimt gerade deshalb eingestellt hat. Er wusste, dass ich nie zum Königsmörder mutieren werde!»

«Warum das nicht?»

«Weil ich mich viel zu sehr nach dem Vater sehne, denn ich nie hatte! Trivialpsychologisch ausgedrückt.»

Sie verkniff es sich, die komplizierte Variante einzufordern.

«Er hat mich im Griff, glaubt er zumindest. Das Gleiche versucht er mit Ihnen. Sie sehen, ich spiele mit offenen Karten. Da gibt es im Übrigen noch etwas, was den Reiz der Spielsituation beträchtlich erhöht.»

«Das wäre …»

«Auch andere kennen Ihr Blatt … um im Bild des Pokerspiels zu bleiben.»

«Gott und die Welt weiß, dass ich krank bin, meinen Sie?»

«Exakt das meine ich. Ihnen zuliebe zieh ich auch gleich die richtigen Schlussfolgerungen daraus: Seien Sie in der nächsten Zeit sehr vorsichtig im Umgang mit anderen Menschen!»

«Sie denken an Giftmord?» Martina mühte sich um einen scherzhaften Ton, was ihr gründlich misslang.

«Ich denke daran, dass Ihr Sinn für Humor der aktuellen Bedrohungssituation durchaus unangemessen ist.»

«Das heißt», griff sie seinen Gedankengang auf, «jeder weiß Bescheid. Jeder kann Bescheid wissen. Nun verraten Sie mir noch, um wen genau es sich handelt!»

«Nun, wir gehen davon aus, dass sich schon andere sehr intensiv für Ihren Fall interessiert haben», wich er aus.

«Wer sind die anderen? Wie sind Sie ihnen auf die Spur gekommen?»

«Nun ja, jeder Einbrecher hinterlässt Spuren … Das gilt auch im virtuellen Datenraum.»

Wie zur Demonstration tippte er mit dem Zeigefinger auf die Marillenknödel, die hauchdünn mit Puderzucker überzogen waren.

«Aber ich sehe, ich ermüde Sie! Kommen wir zum Ende! Mögen Sie einen Espresso? Nein? Einen Obstbrand vielleicht? Gut, Sie erinnern sich an Ihre Eingangsfrage, die Sie mir in aller Deutlichkeit gar nicht zu stellen wagten: ‹Warum ich?› Nun, zum einen wissen wir, oder besser gesagt, vermuten wir, dass Sie augenblicklich Ihre Arbeit ernster nehmen als je zuvor, für journalistisches Schaulaufen fehlt Ihnen die Zeit, vor allem die Lust.»

«Und zum anderen?» Seine betuliche Sprechweise raubte ihr den letzten Nerv. Nervös trommelte sie auf der Tischdecke.

«Nun, diese Krankheit ist Ihre große Chance, endlich zum Wesentlichen vorzudringen …»
«Diese Krankheit ist keine Chance!», unterbrach sie ihn ruppig. «Diese Krankheit nennt man Krebs und sie kann zum Tode führen. Was für eine Chance ist das denn?!»
«Die Krankheit ist nicht Ihr Gegner, sie ist Teil von Ihnen, sie ist Ihre große Chance», fuhr er unbeirrt fort.
Martina sah ihn böse an.
«Was reden Sie für einen Scheiß! Jeder hat sich an mir bereichert. Die Ärzte verdienen gut an mir, die Pharmaindustrie verdient gut an mir, die Gesunden freuen sich über meine Krankheit, das nennt man Schadenfreude, meine Kollegen lauern auf den Job, die ganzen Klugscheißer decken mich mit schlauen Sprüchen zu, als würde ich intellektuell frösteln. Ich habe keine Freundin, weil ich kein Mitleid mehr ertrage, ich habe keinen Mann, weil ich kein Mitleid mehr erübrigen kann. Was reden Sie von Chance?! Mein persönlicher Fear Index, was ein Rezidiv anbelangt, liegt bei circa siebzehn Billionen. Was wollen Sie mir sagen. Was wollen Sie mir sagen?!»
Er hatte ihren Ausbruch über sich ergehen lassen, ohne auch nur eine Miene zu verziehen. Als sie innehielt, fuhr er mit leiser Stimme fort.
«Wenn Sie Ihrem Leben noch einen Sinn geben wollen, dann biete ich Ihnen diese Chance, hier und heute! Ich weiß, mit der großen Politik kann ich Ihnen nicht kommen. Was interessiert Sie der Weltuntergang, wenn Sie sich nicht wirklich sicher sein können, ihn auch tatsächlich gesund zu erleben! Deshalb habe ich einen sehr präzisen, sehr persönlichen Auftrag für Sie! Retten Sie dieses Kind!»
Er legte drei Fotografien auf den Tisch. Klimts Enkelin Lotta. Alle drei Fotografien zeigten sie frontal. Porträtfotos aus unterschiedlichen Lebensaltern. Das süße kleine Mädchen mit Zahnspange und Pippi-Langstrumpf-Zöpfen. Alice im Wunderland mit Strohhut und frisch aufgemalten Sommersprossen. Und das letzte Bild, von dem Martina den Blick nicht wenden konnte. Ein altkluges Mädchen starrte sie an, starrte durch sie hindurch auf etwas, was kein

anderer vor ihr gesehen hatte. So zumindest wirkte sie. Erschrocken und zugleich stolz, dass sie die Auserwählte war. Sie kannte das Gefühl. Aus dem Tanzkurs. Plötzlich überkam sie eine ganz unsinnige Heiterkeit.

«Hübsch, sehr hübsch!» Sie versuchte sich zusammenzureißen, aber ihr Kichern irritierte Robert Wilson offensichtlich so sehr, dass er sich nervös an der Stirn kratzte, bevor er fortfuhr, die Augen zusammengekniffen, als fürchtete er eine neue Überspanntheit seines Gegenübers.

«Die Mutter haben Sie bereits kennengelernt, wenn auch nur telefonisch. Das Kind noch nicht. Lotta ist ihr Name. Sie befindet sich in großer Gefahr. Die Gegner Klimts werden alles tun, um sie in ihre Hände zu bekommen.

«Warum das?»

«Es sind keine gewöhnlichen Verbrecher, daran müssen Sie immer denken. Worum es denen geht, ist Klimt den größtmöglichen Schaden, soll heißen den größtmöglichen Schmerz zuzufügen. Materiell ist ihm nicht beizukommen. Der Mann hat alles. Ruhm interessiert ihn nicht. Ein Artikel mehr oder weniger – das kitzelt sein Ego nicht mehr …»

«Tochter und Enkelin hingegen stehen unter seinem persönlichen Schutz …»

«Folglich wäre es eine sehr persönliche Beleidigung, wenn ihnen etwas zustoßen würde … Jeder philanthropische Impuls entspringt einem egoistischen!»

«Ich muss nicht alles verstehen, was Sie sagen, oder?»

«Im Gegenteil, es schmeichelt mir, wenn ein Rest Unverständnis bleibt! Ansonsten käme ich mir trivial vor!»

«Ich nehme es als Kompliment!»

«Zu Recht. Denn Ihr Auftrag, so Sie denn einwilligen, ist es, Mutter und Kind in Sicherheit zu bringen!»

«Wieso ich?»

«Weil Sie in bewundernswerter Weise, Unbekümmertheit, Intelligenz und Tatendurst verbinden.»

«Sie meinen, weil ich aufgrund meiner Krankheit nichts zu verlieren habe?!»
«Korrekt!»
«Und weiter?»
«Ich möchte nicht zynisch klingen. Natürlich können Sie sich von dieser Welt verabschieden, ohne etwas Gutes getan zu haben. Aber das wollen Sie nicht! Sie gieren nach Sinngebung ihrer journalistischen Existenz! Die kann es nicht geben. Aber als Mensch können Sie sich durchaus noch beweisen. Sie sind eine liebende Tochter, gewiss. Mehr aus Pflichterfüllung denn aus Liebe. Aber sie wären auch gerne Mutter gewesen. Was kann es Schöneres geben, als einem Kind das Leben zu schenken? Das kann ich Ihnen verraten! Oder besser gesagt, in eine neue Frage kleiden: Was kann erfüllender sein, als das Leben eines Kindes zu retten? Sie schenken ihm sein Leben! Die edelste Form des Mutterseins!»
«Sie sind ein Arschloch!»
«Ich nehme das als Ausdruck einer gewissen emotionalen Überreiztheit, die ich sehr gut nachvollziehen kann!»
Martina fixierte ihn mit einem müden Blick. Sicher kam er sich gerade unglaublich witzig vor. Sein Pech war nur, sie hatte schon Dutzende Männer getroffen, die sich unglaublich witzig vorkamen. Aber das war ihr scheißegal. Denn ein Held war noch nie darunter gewesen. Ihr Held. Und er war es auch nicht.
«Okay, selbst wenn es so wäre! Wieso gerade ich? Klimt konnte mich unmöglich kennen!»
«Auch das ist korrekt. Aber Klimt kennt Ihren Vater und schätzt ihn – im Rahmen seiner emotionalen Möglichkeiten.»
«Die beiden kennen sich?»
«Seit geraumer Zeit! Ich vermute, er hat Ihnen kein Wort davon erzählt …»
Martina hätte sich lieber auf die Zunge gebissen als zuzugeben, dass ihr Vater sie mal wieder nicht eingeweiht hatte. Warum hätte er es auch tun sollen! Sie hatte ihn nie danach gefragt! So oder so ähnlich würde er argumentieren, wenn sie ihn darauf ansprach.

«Was haben die beiden miteinander zu tun?» Sie bemühte sich um einen sehr sachlichen Tonfall. «Oder was hatten sie miteinander zu tun?»
«Der Kreis der Wissenden ist sehr klein …», raunte Wilson und stocherte mit seiner Gabel in dem Marillenknödel. «Sehr, sehr klein. Man kennt sich untereinander sehr gut. Klimt hat damals mit großem Vergnügen das Buch Ihres Vaters über Scharlatane gelesen. Sie erinnern sich? Betrüger damals und heute! Seit der Zeit stehen sie im lockeren Briefverkehr über Gott und die Welt ...»
«Fahren Sie fort!»
«Nun ja, was gibt es mehr zu sagen? Die beiden schätzen sich! Haben erwachsene Töchter, die sich ein wenig bockig anstellen. Beide haben keine Schwiegersöhne, aber viele Feinde. Beide sind von ihren Frauen verlassen worden ... Beide sehnen sich nach ... Ruhe!»
«Beide sind alte Männer.»
«Korrekt! Aber das ist wohl das Letzte, was man ihnen zum Vorwurf machen kann.»
Martina überlegte fieberhaft, was sie an dieser unvermuteten Verbrüderung so seltsam fand. Ihr Gefühl sagte ihr, dass Wilson ihr mehr verschwieg, als er ihr anvertraute. So geheimnistuerisch er auch tat. Sie lächelte ihn aufmunternd an.
«Reden Sie nur weiter!»
«Ich fasse mich kurz, wenn ich darf! Klimt und Ihr Vater haben eine sehr präzise Vorstellung von den Schrecken, die uns in nächster Zeit erwarten.»
«Alte Männer hatten schon immer Angst vor der Zukunft. Nicht ganz zu Unrecht.»
«Sie irren! Diese beiden haben keine Angst vor der Zukunft. Sie wissen, was in der Zukunft geschehen wird …»
«Ich wusste gar nicht, das Nostradamus ein Brüderchen hatte. Oder gar zwei …», unterbrach ihn Martina spöttisch.
«Ihr Humor, oder was Sie dafür halten, hat Ihnen das Zusammenleben mit Männern nicht gerade erleichtert, oder?»

«Mir schon!»
«Wie auch immer, das Gerede alter Männer, wie Sie es nennen, gründet in der Kenntnis von Fakten, die anderen selbstverständlich auch zugänglich sind, nur scheuen sich die meisten, sie in eine stimmige Ordnung zu bringen.»
Martina tippte nervös mit den Fingern auf der Tischplatte.
«Warum fühle ich mich nur dauernd an Waldorf und Statler aus der Muppet Show erinnert, wenn ich an Herrn Klimt und meinen Vater denke?»
«Weil Sie wie alle Menschen unseres Kulturkreises dazu neigen, die wirklich ernsten Dinge ins Lächerliche zu ziehen … Und Kermit ist Ihr Prophet!»
«Geistreich!» Sie nickte anerkennend. «Sehr geistreich!»
«Was zuweilen gern vergessen wird, Mohammed Atta lebte sieben Jahre in Deutschland. Wer war sein Meister? Sie erinnern sich … Celan? Der Tod ist ein Meister aus Deutschland! Deutsche Firmen tun sich seit jeher hervor als Zulieferer der Atomindustrie im Irak. Ihre Waffenindustrie exportiert sehr erfolgreich in alle jene Länder, die Israel am liebsten von der Landkarte radieren würden. Israel ist ein One-Bomb-Country! Soll heißen, der Job lässt sich schnell erledigen. Bliebe noch die finale Demütigung Amerikas … Nine-Eleven war kein schlechter Auftakt. Die Wahl eines Schwarzen zum Präsidenten war für viele nicht weniger demütigend. Und die Finanzkrise gab dem Land, dem einstigen Siegerland des Zweiten Weltkrieges, den Rest. Unter den Verantwortlichen der Finanzkrise sind nicht wenige Juden. Denken Sie an Herrn Madoff, der meine Eltern ruinierte. Rosenberg nannte das zu seiner Zeit den Fluch des Finanzkapitalismus und prophezeite das ökonomische Armageddon. Hatte er Unrecht, nur weil er ein übler Nazi war? Vor nicht allzu langer Zeit verdienten die Topmanager in den USA das Dreißigfache der Angestellten. Inzwischen ist es das Fünfhundertachtundsiebzigfache. Sofern der Angestellte noch nicht gefeuert wurde, versteht sich.»
«Sie glauben diesen Unsinn einer nationalsozialistischen Weltverschwörung?»

Martina verschloss sich mit gespitzten Zeigefingern die Lippen und nickte ihm aufmunternd zu. Robert Wilson atmete tief durch. Sie war auf einem guten Weg, ihm den letzten Nerv zu rauben. Anerkennung dafür! Er straffte sich und sah ihr geradewegs in die Augen. ‹Hübsche Augen›, dachte er. Viel sanfter, als ihr Auftreten vermuten ließ.

«Menschen wie Sie lachen am lautesten, wenn die Angst am größten ist. Mir müssen Sie nichts vormachen. Wie auch immer, es gibt von verschiedenen Seiten die Bemühungen, den Bau einer Arche Noah voranzutreiben. Nehmen Sie es bitte sinnbildlich. Ich will Sie nicht ins letzte Rettungsboot der ‹Titanic› zwingen! Aber jeder, der auch nur ein bisschen Verstand hat, überlegt sich derzeit, wo er sich und seine Liebsten im Katastrophenfall in Sicherheit bringen kann. So auch Klimt. Er glaubt an die ultimative Katastrophe. Den Atomkrieg mit dem Iran, den Kollaps des mittleren Ostens, den ökonomischen Suizid Europas. Er werkelt schon seit geraumer Zeit an einem Rettungsboot für seine Angehörigen. Ihr Glück ist … Sie sind mit an Bord! Wenn Sie wollen! Es ist alles von langer Hand vorbereitet …»

Martina kratzte sich ein wenig verlegen hinter dem Ohr. Sie wusste, das wirkte süß. Wie eine Katze, die sich mit weicher Pfote das Fell glatt strich. Sie strich sich noch einmal über die Stelle. Da war so eine kleine Hautunebenheit, die sie dringend untersuchen lassen musste! Seit Monaten schon. ‹Wie einfach doch unsere Psyche funktioniert›, dachte sie und lächelte mühsam. ‹Ich bin es mir nicht wert, gerettet zu werden ... Vermutlich sieht man mir das sogar an.›

«Auch Totkranke ekeln sich vor Spinnen, das ist ganz normal …?»

«Bitte was?»

«Ein kleiner Pickel kann Sie total verärgern, obwohl Sie im Augenblick ganz andere Sorgen haben. Präziser ausgedrückt: Ihre emotionalen Reflexe sind der sehr komplizierten Situation nicht angemessen, können es wohl auch gar nicht sein … Noch einfacher gesagt: Sie sind verwirrt!»

«Danke! Wäre ich nicht drauf gekommen …»

«Eben!» Er lächelte entgegenkommend. «Warum soll eine Totkranke sich die Mühe der Flucht machen, so oder so ähnlich denken Sie … Oder besser besagt, dergleichen souffliert Ihnen ihr Selbstmitleid …»
Martina unterbrach ihn rüde.
«Können Sie dieses scheiß ‹einfach gesagt, besser gesagt, oder sonst wie verdammt noch mal gesagt› einfach mal weglassen. Das nervt. Ihre ganze betuliche Sprechweise nervt! Wer hat Ihnen eigentlich Deutsch beigebracht, damals in München – Tristan und Isolde?»
«Bitte nicht echauffieren!»
Robert Wilson sah sie still lächelnd an. Alles schien nach Plan zu laufen. Das regte Martina nur noch mehr auf. Aber sie wusste genau, das schmeichelte seiner Eitelkeit. Mühsam riss sie sich zusammen.
«Gegenfrage: Warum ich? Glauben Sie, ich bin für umsonst zu haben, weil ich eh bald draufgehe …»
«Selbstmitleid!» Er hob warnend den Zeigefinger. «Nichts ist destruktiver und sinnverwirrender als Selbstmitleid! Elftes Gebot: Hüte dich vor Selbstmitleid!»
«Ja und!», widersprach sie trotzig. «Sie ahnen gar nicht, wie viel Mitleid ich schon für andere aufbringen musste. Warum also nicht mal für mich selbst?! Sparen Sie sich also alle Belehrungen …»
«Gern.» Er schluckte. Offensichtlich hatte er den Satz mit einer seiner Redensarten fortsetzen wollen. Mit einem kleinen Verlegenheitsräuspern setzte er neu an.
«Haben Sie nach überstandener Krankheit alles in ihrem Leben aussortiert, was nichtig ist?»
Sie nickte.
«Sind Sie sicher?»
Unwillkürlich musste sie an Ralf denken. Er gehörte zweifellos zu den unwichtigen Dingen in ihrem Leben. Dennoch war da noch eine Rechnung offen. Aber den konnte er in diesem Moment nicht gemeint haben. Sie sah ihn misstrauisch an. Andererseits traute sie ihm alles zu.
«Ziemlich sicher.»

«Gut. Dann gehört Mitleid nicht zu Ihren entscheidungsrelevanten Emotionen und Sie können unbesorgt anhören, was ich Ihnen zu bieten habe. Oder auf wen müssen Sie Rücksicht nehmen?»
Martina schüttelte langsam den Kopf. Er hatte recht. Ihre Mutter hatte sich selbstzufrieden im Lebkuchenhäuschen ihrer aufgezehrten Hoffnungen eingerichtet, und ihr Vater fastete sich dem Tod entgegen. So gesehen war sie Vollwaise. Aus dem Blickwinkel hatte sie das noch gar nicht wahrgenommen. Das war ihr unlieb, denn es kränkte ihre Eitelkeit. Das war bislang nur ihrem besserwisserischen Chef gelungen.
«Mein Angebot, unser Angebot: Sie protokollieren die Ermordung Klimts und retten das Leben seiner Angehörigen.»
«Für umsonst, oder wie?»
«Unsinn. Unsere Gegenleistungen sind materieller wie immaterieller Art!»
«Welcher immateriellen Art denn?», äffte sie ihn nach.
«Wir retten Ihr Leben, wie schon erwähnt.»
«Und was ist mit dem Buch?»
«Sie halten sich lieber ans Handgreifliche! Respekt, das imponiert mir!»
Martina schien sein Kompliment gar nicht zur Kenntnis zu nehmen.
«Ist es noch gar nicht geschrieben?»
«Schreiben Sie es! Kein Scherz. Nicht bei dem Honorar, das wir gewillt sind, Ihnen anzubieten. Klimt wird dieses Abenteuer nicht überleben. Ich selbst habe wenig schriftstellerische Neigung, zudem: Mir fehlt die Unbekümmertheit des Stils. Ich wirke sicherlich ein wenig verkrampft auf Sie, zuweilen.»
«Zuweilen.»
«Das kann ich sehr gut nachvollziehen. Ihre frische, unbekümmerte Art hingegen imponiert. Nicht mir persönlich, aber Klimt. Runzeln Sie nicht so böse die Stirn, das war ein Scherz. Jedenfalls, er will, dass Sie dieses Buch schreiben. Er will, dass sie seine Tochter und seine Enkelin in Sicherheit bringen. … Sie wollen diese Stadt schon seit Langem verlassen, denn sie tut Ihnen nicht gut. Berlin ist eine

Stadt für Loser, sie hat sie krank gemacht. Sie können mir widersprechen, aber Sie können nicht die Diagnosen Ihrer Ärzte widerlegen.»

Er sah sie triumphierend an. Wahrscheinlich war er auf der Schule der verhassteste Schüler aller Zeiten gewesen.

«Was ist Ihr Therapievorschlag. Und wo ist eigentlich Ihre Medaille für dreißigjährige ununterbrochene Klugscheißerei?»

«Klimt hat in einer kleinen italienischen Bergstadt ein Haus gekauft. Eigentlich hat er das ganze Dorf gekauft. Seinerzeit war das noch billig», fügte Wilson entschuldigend hinzu.

«Dort kennt Sie niemand, dort behelligt Sie niemand … In der Nachbarschaft leben zwei, drei befreundete Familien, die schon lange nach einem Refugium suchten.»

«Eine Freimaurerkolonie oder was?»

«So in etwa … Monte Verità … Sie erinnern sich Kropotkin, Bakunin, Hesse …»

«Nicht unbedingt meine Zielgruppe … Intellektuell gesehen, mein ich!»

«Eine wunderbare Umgebung, um das Buch zu schreiben.»

«Warum sollte ich ein Buch über die tragikomische Suizidinszenierung Klimts und seiner Inglorious Bastards schreiben, wenn sowieso alles vor die Hunde geht?»

«Prinzip Flaschenpost. Das muss ich Ihnen doch nicht groß erklären. Jeder will, dass etwas von ihm bleibt. Am besten die Wahrheit.»

Martina ging auf sein Argument nicht weiter ein, was ihm ein selbstzufriedenes Lächeln entlockte. Er hatte sie an der richtigen Stelle gepackt.

«Was macht Sie so sicher, dass wir dort nicht von irgendwelchen Wahnsinnigen heimgesucht werden? Das wird ja nicht gerade geheim bleiben, dass ein reicher amerikanischer Spinner ein ganzes toskanisches Dorf aufgekauft hat? Ihr Freidenker-Asyl liegt doch in der Toskana, oder nicht?»

«In der Tat. Aber kommen wir zurück auf die Menschen, die Ihnen gefährlich werden können. Natürlich stellen wir Ihnen eine Art

Leibwache, schon hier vor Ort übrigens. Aber in dieser Gegend ist es einfach viel leichter, Ihren Schutz zu gewährleisten, als in Berlin … Und es scheint die Sonne!»

Träume schenken, heißt Träume lesen. Martina fröstelte. Sie kam sich viel zu durchsichtig vor. Eine nackte Schaufensterpuppe in einem viel zu großen Schaufenster.

«Sie wollen meine Antwort jetzt.»

«Natürlich nicht. Jetzt will ich meinen Nachtisch in Ruhe zu Ende essen. Diese Marillenknödel sind vorzüglich. Darf ich Ihnen jetzt doch noch einen Espresso bringen lassen.»

«Einen doppelten bitte! Einen doppelten Marillenschnaps, mein ich. Oder Williams Christ, oder was auch immer Helenes Spirituosenladen anzubieten hat.»

«Ich könnte mich an Ihren Humor gewöhnen. Er hat so was …»

«Sagen Sie jetzt bloß nicht … Erfrischendes!»

Er beugte sich über den Tisch.

«Apropos! Ein kleines Eis dazu?»

Sie beugte sich über den Tisch, bis sich ihre Nasenspitzen nahezu berührten.

«Nein!»

Sie blies sich eine Haarsträhne aus dem Gesicht.

«Wissen Sie, was ich wirklich mal wieder gern tun würde? Ins Theater gehen! Brecht. Der Mann scheint mir aktueller denn je …»

«Ich fürchte, Sie sind mittendrin in dem Stück.»

Er löffelte eine Weile ungerührt seinen Nachtisch, während sie an ihrem Obstbrand nippte. Beide in Gedanken versunken. Martina mochte es, wenn sich Menschen im Stillschweigen begegnen konnten. Wilson schien darin ein Anfänger, aber er gab sich alle Mühe. Nur seine Füße wippten nervös unter dem Tisch.

«Gut. Ich denke, es wird Zeit, dass wir gehen. Es liegen ein paar anstrengende Tage vor uns …»

«Sie wollen mich doch nicht etwa nach Hause bringen? Ich hab keine Espressomaschine, wenn Sie darauf spekulieren?!»

«Ein warmer Kakao täte es auch.»

Sie sah ihn verwundert an.
«Das war ein Scherz. Riff Raff, wie Sie ihn zu nennen pflegen, wird Ihnen ein Taxi bestellen. Sein neuer Spitzname wird ihm übrigens gefallen. Ich vermute, Sie haben in ihm einen neuen, sehr treuen Verehrer gefunden.»
«Ich brauch kein Taxi für die paar Meter nach Hause!»
«Mir zuliebe! Ich will nur sichergehen, dass Sie unbeschadet nach Hause kommen. Lassen sie sich ein paar Mal um den Block fahren. Das entmutigt eventuelle Verfolger, die zu Fuß unterwegs waren, und freut den Taxifahrer. Die nächsten Tage sind nicht ungefährlich für einige von uns. Da müssen doch nicht alle drunter leiden, oder?!» Er grinste sie schief an. Es war sein Ernst.
«Na gut. Wenn ich Ihnen eine Freude machen kann …!»
Martina legte ihren Kopf schief und sah ihn aufmerksam an. Sie lallte unmerklich, was Robert Wilson mit einem komplizenhaften Lächeln überspielte.
«Sie sind ein sehr kluger Mann! Warum finde ich Sie dennoch nicht attraktiv? Ich vermute, Sie sind zu klug, das kühlt ab … Ergeht Ihnen das häufig so? Dass Frauen Sie wahnsinnig intelligent finden – und wahnsinnig langweilig?»
«Intelligenz ist keine zwingende Voraussetzung für zufriedenstellenden Sex, das ist mir auch schon aufgefallen, in der Tat.»
«Im Gegenteil, um es präziser zu formulieren, ich finde dumme Männer sehr attraktiv! Ihre Hilflosigkeit macht sie so sexy! Finden Sie nicht?!»
«Da stehen sie nicht alleine», wich er der Frage aus.
«Sie werden ja rot!»
«Unsinn!!», erwiderte er in einem Ton halb barsch, halb amüsiert. Er winkte den Kellner heran.
«Das Leben geht weiter», murmelte Martina. Sie wirkte plötzlich sehr betrunken.
Wilson musterte sie misstrauisch. «Könnten wir uns darüber nach Ablauf dieser Woche unterhalten?» Wilson hielt ihr die Lederjacke hin. Sie schlängelte sich umständlich hinein.

«Und verstehen Sie es bitte nicht als Ermahnung! Sie sollten sich in nächster Zeit vor allem und jedem hüten, insbesondere vor sich selbst!»
«Jetzt machen Sie mir aber richtig Angst!»
Sie versuchte es mit einem Augenzwinkern. «Morgen das sind keine Sorgen, Morgen interessiert mich nicht ... Die Ballade von der Höllen-Lili ...»
«Goethes Faust?»
«Nicht ganz ...», lächelte sie. «Hab ich Sie gerade irritiert mit meiner kleinen Schauspielerei. Brauch ich gelegentlich zu meiner emotionalen Entlastung! Nicht übel nehmen, ja! Sie sind ein sehr attraktiver Mann, und wäre da nicht diese bedrohliche Situation! Wer weiß ...» Sie presste kokett den Zeigefinger an ihre Lippen.
«Das Glück der Autisten», bemerkte er nur trocken, «sie können sich schrecklich gut mit sich selbst amüsieren. Insofern war es ja ein gelungener Abend!»
Beim Hinausgehen drückte ihr der Kellner eine Streichholzschachtel in die Hand.
«Falls Sie je wieder an Erlebnisgastronomie interessiert sind ...»
Sein Grinsen war anzüglich, aber nicht unangenehm.
«Vielleicht komme ich darauf zurück», lachte sie. Wilson zog sie nach draußen.
«Vielleicht recht bald!»

Die Vögel zwitscherten. Er öffnete das Fenster. Tatsächlich, die Vögel zwitscherten. Das war nicht nur ein Echo in seinem Kopf aus längst vergangenen Tagen. Das war Gegenwart. Frühling in Berlin. Vorfrühling. Er lehnte sich auf die Fensterbrüstung. So wie es alte Menschen nun mal taten, dachte er. Tagaus, tagein, die Straße hinauf- und hinabsehen. Kein schöner Job.
Wenn er hinabsah, blickte er auf den Friedhof in der Chausseestraße, was kein ermutigender Anblick war. Zum einen, weil sich dort zu viel Prominenz drängelte und er niemals einen der wenigen freien Plätze ergattern würde. Zum anderen, weil er die Graffitischmierereien auf der Mauer hasste. Sein Kreislauf ertrug keine starken Emotionen mehr. Wenn er in die andere Richtung sah, blickte er auf den neuen Apartmentblock, den schwedische Investoren an der Ecke hochgezogen hatten. Vollverglaste Luxuswohnwaben, in denen Start-up-Millionäre mit ihren Teleskopen aus Kindertagen die Gegend nach Angelina Jolie und Brad Pitt absuchten, die einige Straßen weiter ein fußballplatzgroßes Penthouse leer stehen ließen.
Claasen ging rüber zum Bücherschrank, zog sein Portemonnaie aus der Tasche, kramte nach Münzen und warf zwei Euro in ein rosa Stachelschwein. Geschenk seiner Tochter. «Deine ewige Nörgelei macht dich noch reich.» Er warf gleich noch einen Euro hinterher. Wenn er an Martina dachte, bekam er vollends schlechte Laune. Sie war sein einziges Kind, er liebte sie über alles, aber das gab ihr noch lange nicht das Recht, ihn wie einen alten Mann zu behandeln. Wie einen alten, tattrigen Ex-Alki, der allein in seiner Wohnung dahinvegetierte und einfach nichts mehr auf die Reihe brachte. Außer trocken zu bleiben. Aber darauf war schon lange keiner mehr stolz. Noch nicht mal er selbst. Vielleicht war es besser, mit dem Saufen wieder anzufangen. Dann wussten wenigstens alle, woran sie waren. Und er hatte mehr Spaß.
Seine Hände strichen über die Bücher. Alles unnütz, dachte er. Tote Buchstaben. Als er jünger war, hatte er gehofft, seine Bibliothek eines Tages seinem Sohn vererben zu können. Es wurde eine Toch-

ter, nicht weiter schlimm, war ihm sogar lieber. Ein Sohn hätte sich nie so aufopferungsvoll um ihn gekümmert. Und wenn, hätte er nicht so viel Aufhebens darum gemacht.

Vor Jahren hatte er ihr in der alten Wohnung einmal seine Bibliothek erklärt, dreitausend Bände, in ausgeklügelter Ordnung aufgestellt. Kostbare Erstausgaben, Widmungsexemplare, Fehldrucke, Kuriosa – Bücher, die er über vierzig Jahre hinweg zusammengetragen hatte. Der erste Band: Hermann Hesses «Steppenwolf». Wie hatte er das Buch geliebt?! Er liebte es heute noch. Denn es brachte ihm die guten Gefühle zurück. Die Träume der Jugend.

«All diese Bücher gehören eines Tages dir», hatte er Martina stolz erklärt. Damals war er schon nüchtern, sonst wäre er vermutlich nie auf so eine blödsinnige Idee gekommen. «Vergiss es, Paps», hatte sie nur gesagt, «vergiss es. Ich trag die Teile nirgendwo hin, Stadtbücherei, Altersheim, wo die Leute wirklich was mit anfangen können.» Als er versuchte, sie über den Wert dieser Bibliothek aufzuklären, hatte sie nur erwidert: «Okay, okay, schön für dich. Dann spende das Geld fürs Altersheim oder die Stadtbücherei.» Vor dem Umzug hatte er die Bibliothek weit unter Wert verkauft. Er liebte seine Tochter. Er wollte, dass sie das Geld eines Tages bekam und unabhängig war von diesem Job, der ihr beinahe das Leben gekostet hätte. Vielleicht würde sie sich dann schämen dafür, malte er sich aus, dass sie das Geschenk seiner Bibliothek einfach so abgetan hatte, und ihn um Verzeihung bitten wollen. Aber da würde es dann zu spät sein und sie stünde einsam an seinem Grab. Oder er würde es doch noch versaufen. Ab und an überkam ihn eine wilde Lust dazu.

Er hatte nicht viele Bücher behalten. Einige Hundert, an denen sein Herz besonders hing. Einige Schulbücher, in denen er herumgekritzelt hatte. Seine ersten Karl-May-Bände, seine erste Gesamtausgabe, «Erich Kästner für Erwachsene». Bücher, die so zerlesen waren, dass kein Antiquar der Welt sie mehr ankaufen würde. Bücher, die hunderttausendfach gedruckt worden waren und die dennoch für ihn einen ganz einzigartigen Wert hatten. ‹Mist›, dachte er, ‹sie wird sie alle in die Tonne werfen. Eins ausgenommen. Ein Buch wird sie interessieren. Sehr sogar.› Wenn er ihr davon erzählen würde. Dessen war er sich gar nicht so sicher. Ob sie es wert war, die Wahrheit zu erfahren! Er lachte über sein eigenes Pathos. Vierte Reihe von unten. Zwanzigstes Buch. Hitlers Geburtstag. Man musste sich bücken. Ein kleiner Scherz, denn kein Einbrecher verstehen würde. Dieses Buch war ein Vermögen wert. Dieses Buch wollten viele in ihren Besitz bekommen. Auch jene, die noch nichts davon wussten. Einige würden dafür sogar töten. Dessen war er sich sicher. Es gab vielleicht noch zwei, drei Exemplare auf der Welt. Wo genau, wusste niemand. In den russischen Archiven war das Original vermutet worden, «Rosenbergs Testament», doch es tauchte nach den Nürnberger Naziprozessen nie wieder auf. Alle Nachfragen von Historikerseite an den Kreml blieben unbeantwortet. Alle Kaufanfragen und diskreten Bestechungsversuche seitens der Redaktion liefen bei den russischen Archivaren ins Leere. Er hatte seinerzeit Kehrtmann in die Sache eingeweiht, weil er eine gute Story dahinter vermutete. Es war eine gute Story. Eine lebensgefährlich gute Story. Das böse Buch, das Buch des Bösen. Schwarzer Einband, versteht sich. Er hatte es damals aus Amerika zugeschickt bekommen. Ein Scherz, hatte er zunächst gedacht. Wer verschickte denn so was einfach so. «Rosenbergs Testament»?! Irgendein Kleinnazi-Verlag, der sich an Charles Mansons Hinterlassenschaften bedient hatte! Es war eine unauffällige, sorgsam verpackte Buchsendung gewesen. Harter Karton, dann noch drei Lagen Packpapier. Da hatte jemand ganz augenscheinlich Respekt vor dem Buch gehabt. Aber den wirklichen Wert hatte der Absender offensichtlich nicht gekannt. Er hatte unschlüssig vor dem halb ausgepackten Buch gesessen und gegrübelt, ob er nicht doch zur Polizei gehen musste. Objektiv gesehen gab es keinen Grund. Er machte sich nicht strafbar, wenn er Pakete aus Amerika empfing, sofern keine abgeschnittenen Hände darin lagen. Und ein Nazi war der Absender ganz sicher nicht gewesen. Das roch er am Papier. Außerdem war die Schrift viel zu kindlich, viel zu naiv.

Vermutlich war es viel einfacher, als er zunächst gedacht hatte, und das Ganze wirklich ein verrückter Zufall. Nachdem Rosenberg damals hingerichtet worden war, blieb sein politisches Testament im Besitz der amerikanischen Staatsanwaltschaft. Der Chefankläger selbst hatte es noch eingesehen. Topsecret. Es konnte allenfalls durch zwei, drei Hände gegangen sein – und plötzlich war es verschwunden, einfach so! Nazis steckten nicht dahinter, das wäre mit Sicherheit nicht geheim geblieben. Es war viel banaler, ein Trophäenjäger in der Abteilung hatte sich das gute Stück gesichert. Nachforschungen unterblieben, weil keiner sie anstellte – der Dieb arbeitete ja in der zuständigen Behörde! Außerdem gab es Besseres zu tun in jenen Tagen. Ob und wie viele Kopien damals angefertigt worden waren, wusste keiner so genau. Jahre später fragten Historiker an, aber keiner konnte ihnen eine präzise Auskunft geben.

Das Originalmanuskript galt als verschollen. Vielleicht weil der Besitzer sich seines Besitzes schämte oder weil es in den Nachkriegswirren einfach verloren gegangen war. Eins hatte Claasen in vierzig Jahren Journalismus gelernt: Es gab keinen noch so seltsamen Zufall, der nicht eintreten konnte. Dann, Anfang der Fünfzigerjahre, erschien in kleiner Auflage ein schäbig gebundenes Buch: «Rosenberg, Mein Testament». Ein unbekannter Kleinverlag in New York. Ob Nazis oder nicht, konnte er nicht mehr herausfinden. Das Buch wurde sofort verboten, die gesamte Auflage eingestampft, bis auf wenige, bereits versandte Exemplare, so die spärliche Information des Versandantiquariats. Eins dieser Exemplare hatte sich im Restbestand des Antiquariats gefunden. Kein Besitzervermerk. Nur das eingeklebte Bild des gehängten Rosenbergs. Dieses Buch wiederum gelangte in seinen Besitz! Einfach so, er hatte es rechtzeitig bestellt. Auch das ein verdammter Zufall, vermutete er. Einen Tag vor seinem neunundfünfzigsten Geburtstag hatte er sich einige Geschenke im Versandbuchhandel zusammengesucht und war zufällig auf diese Seite gekommen. Eine Geschäftsauflösung, vermutete er, die Enkelin versilbert die Bestände ihres Großvaters, so wie es seine Tochter mit seinen Schätzen tun würde. Nur raus mit dem Ramsch!

Der Verkaufskatalog stand nur einige Tage im Netz. Also konnten auch nur wenige von der Existenz dieses Buches wissen. Einer davon war Klimt.

Der beschäftigte vermutlich eine ganz Horde von Trüffelschweinen, die ihm Lukullisches aus den Fachgebieten Esoterik, Scharlatanerie und Naziwahn zusammensuchten.

Jedenfalls war ihm die Existenz des Buchs gemeldet worden und dass Claasen es in seinen Besitz gebracht hatte. Wie sie an diese Information gekommen waren, blieb Verschlusssache, aber vermutlich hatten sie einfach den Computer der überforderten Enkelin gehackt.

Jedenfalls meldete sich Klimt umgehend bei ihm und seit dieser Zeit standen sie in regelmäßigem Kontakt. Sieben Jahre war das nun schon her, aber das Buch hatte er immer noch nicht rausgerückt, obwohl Klimt ihm einige zehntausend Euro dafür geboten hatte.

Er selbst hatte es seitdem nicht mehr angerührt, er wollte es auch nicht mehr anrühren. Er hatte nie eine Zeile darin gelesen. Musste er auch nicht. Er wusste, was die Nazis wollten, er wusste, was Rosenberg gewollt hatte. Die Kunstschätze der überfallenen Länder, aber das war mehr so sein Privatspaß. Die Zerschlagung der katholischen Kirche und die Enthauptung des Papstes, was er persönlich durchaus nachvollziehen konnte. Die Zerschlagung des Wall-Street-Kapitalismus, was ihn geradezu zum Vordenker der Occupy-Bewegung werden ließ. Er konnte den entrüsteten Schnaufer Martinas geradezu an seinem Ohr spüren. Den Tod aller Juden und den Untergang Amerikas. Rosenberg war ein Widerling gewesen. Jahrelanges Nachdenken über die Nazis und ihre Helfershelfer hatten ihn zu keinem anderen, zu keinem klügeren Fazit geführt: Es waren einfach widerliche Typen. Er konnte schon ihre Physiognomie nicht ertragen.

Der Mann, der das Buch damals in seinen Besitz gebracht hatte, war allerdings kein Nazi gewesen. Er hatte auf die erste Seite

diese abschreckende Fotografie Rosenbergs geklebt. Keine Porträtaufnahme zu Lebzeiten. Kein fotografisches Duett mit dem Führer. Keine Heldenverehrung. Rosenberg am Strick. Ein schäbiger Abgang. Ein kleiner Gauner baumelt am Seil. Nichts Heroisches. Kein Sturz ins Schwert. Ihm war übel geworden damals und er hatte das Buch schnell zugeklappt. Seitdem hatte er es nur noch zwei Mal in der Hand gehalten. Das erste Mal beim Umzug in die kleinere Wohnung. Das zweite Mal, als er die Anfrage von Klimt erhielt. Ein persönliches Schreiben. Handschriftlich. Einige lobende Worte über ihn als Journalisten und Autor und dann die recht unverblümte Kaufanfrage.
Er hätte sich geschmeichelt fühlen müssen damals. Klimt – der große Querulant. Weltberühmtester Religionsphilosoph. Aber er war es nicht, er fühlte sich ganz und gar nicht geschmeichelt. Er wurde misstrauisch. Wenn ihm schon Klimt und seine Handlanger so einfach auf die Spur gekommen waren, dann schafften das auch andere. Dann hatten das auch andere geschafft! Er war in Panik geraten. Er stand garantiert auf irgendeiner schwarzen Liste. Gut, die Antiquariatsanzeige war nur kurz im Netz gewesen, aber das tröstete ihn nicht wirklich. Wer diese anderen waren, keine Ahnung, das wusste er nicht genau. Dass sie sich noch nicht gerührt hatten, so what?! Er stand unter Beobachtung. Und dass sie ihm nichts Gutes wollten, dessen konnte er sich sicher sein. «Du leidest unter Verfolgungswahn», kommentierte Martina damals nur emotionslos, als er wieder einmal ganz allgemein von der neuen Bedrohung durch die Nazis in Nadelstreifen schwadroniert hatte. Schwache Nerven vom Suff! Von wegen! Sie hatte einfach nicht die Fantasie fürs Böse. Sie sah nicht den Plan dahinter! Für sie war alles nur Zufall. Einzeltäter. Spinner. Wirrköpfe. Unsinn! Er war schon immer überzeugt gewesen, dass die Nazis nicht ausgestorben waren. Wie auch?! Nach dem Krieg hatten sie sich in allen wichtigen Ämtern der Bundesrepublik festgesetzt, Verwaltung, Justiz, diplomatischer Dienst. Und dann irgendwann waren sie einfach ausgestorben, ohne Spuren zu hinterlassen?! Schwachsinn! Claasen marschierte nervös am Barfach

seines Regals auf und ab. Er hatte einen Zettel mit seinen Leberwerten dort deponiert. Die Werte kurz vor dem Exitus. Kleiner Scherz. Das hielt ihn vom Trinken ab. Das Schlimme war nur, es erinnerte ihn auch immer wieder ans Trinken.
Claasen ging zum Kühlschrank, riss die Tür auf, sah wehmütig auf seinen Notproviant und schenkte sich eine Cola ein. Das half gegen Aufregung. Er kam sich einfach cool dabei vor, wenn er die Dose aufriss. Die Neue Rechte und die Alte Linke. Darauf einen Whiskey-Cola. Er konnte sich verdammt gut an den Geschmack erinnern. Cola allein kam da nicht so ganz mit.
Er hatte damals darüber recherchieren wollen, über die Neue Rechte, aber dann wurde es ihm zu heiß. Kehrtmann hatte abgeraten. «Eine Menge unsortierten Ärger und wenig Leser bringt uns das. Dieser Nazi-Kram interessiert nicht mehr!» Vielleicht hatte Kehrtmann recht, vielleicht war er aber auch nur ein Doppelagent und schon längst selbst einer von der neuen SS-Kaste, Operation Consul. Claasen musste lauthals lachen. Er traute Kehrtmann einiges zu, aber ein Nazi war er garantiert nicht. Gutbürgerliches katholisches Elternhaus, da tat man so was nicht. Da verbrannte man sich nicht selbst die Finger. Da ließ man andere die Öfen anfeuern! Unfair! Geschmacklos!
‹Immer bist du so verdammt ungerecht! Gerade gegenüber den Menschen, die du angeblich so sehr liebst.› Martina hatte recht. Er war ungerecht gegenüber Kehrtmann. Der hatte sich, was ihn anging, immer fair verhalten. Und Martina gegenüber auch. Für die hatte Kehrtmann ja ein Faible, das hatte er vom ersten Moment an gemerkt, dass Kehrtmann scharf auf seine Tochter war. Allerdings wusste man bei ihm nie genau, ob er nur die talentierte Journalistin in ihr sah oder den heißen Feger. Martina war beides, und wahrscheinlich hätte sie ihn mit bloßen Händen zu Tode gewürgt, wenn sie geahnt hätte, dass er sie Kehrtmann gegenüber als heißen Feger tituliert hatte. Der hatte auch peinlich berührt geschwiegen. Gute Erziehung eben.
Sie hatten beide damals daran gedacht, Martina auf die Sache anzu-

setzen, aber sie verbrannte sich zu gern die Finger. «Nein, Ihre Tochter lassen wir da komplett raus», hatte Kehrtmann entschieden. Was Claasen wiederum misstrauisch gestimmt hatte. Das klang so, als würde Kehrtmann diesen «Totenschädelorden» zur Chefsache erklären. So hatte Kehrtmann diese neue Naziorganisation damals getauft: der Orden der Totenschädel. Das journalistische Talent war ihm nicht abzusprechen. Aber er hatte in den Monaten danach nie wieder ein Wort darüber verloren, also war das Ganze vermutlich vergessen und begraben.

Kurios genug, dass Klimt nun einen ähnlichen Verdacht hegte. Er hatte in seinen Briefen erst ein wenig herumgeeiert, war dann aber doch recht schnell zur Sache gekommen. Alter Verschwörungstheoretiker, der er war, vermutete er ein globales Netz von Nazis und Nazisympathisanten, die in keine feste Struktur eingebunden waren, sondern sich als lockeren Verband von Gesinnungsgenossen verstanden, die weitgehend autonom ihre Ziele verfolgten: Demütigung Amerikas, Vernichtung Israels und des Weltjudentums. Das alte Rosenberg-Programm eben. Herrenmenschen unter sich. Darüber mussten sie sich nicht explizit verständigen, das hatten sie mit der Muttermilch eingesogen.

«Halten Sie mich ruhig für einen Paranoiker», hatte Klimt damals geschrieben, «aber verurteilen Sie nicht vorschnell meine Thesen, prüfen Sie die Fakten. Der Faschismus ist auf dem Vormarsch. Er gibt sich nur sehr modern, deswegen haben die Ideologen von gestern so große Mühe, ihn zu identifizieren. Aber ich kenne all ihre Verständigungsweisen und operativen Ziele, ich glaube es zumindest, größenwahnsinnig, wie ich bin.»

Claasen sah auf die Uhr. Es war höchste Zeit. Klimt hatte ihn für Punkt zwölf Uhr in Clärchens Ballhaus einbestellt, und der Mann legte Wert auf Pünktlichkeit. Highnoon.

Aber zunächst musste er Martina anrufen. Sie hasste diese Kontrollanrufe, hatte sie zumindest behauptet. Eine Zeit lang hatte sie ihm nicht mal ihre private Handynummer gegeben, bis er ihr gedroht

hatte, einen Privatdetektiv einzuschalten. «Leere Drohung», hatte sie geschnauft, und dann doch die Nummer rausgerückt.
«Zwischen sich sorgen und überwachen gibt es einen gewaltigen Unterschied», hatte er sie wiederholt belehrt. «Nicht bei dir, nicht bei dir, deine Liebe ist wie eine viel zu kurze Hundeleine.»
Sie ging nicht an den Apparat. Er legte auf und ließ es nochmals klingeln. Mailbox. Er sprach ihr den üblichen Spruch auf Band und reichte noch ein Bonbon hinterher: «Übrigens hab ich einige interessante Infos über Frau Ayn Goldhouse. Könnte dich vielleicht interessieren.»
Er grinste verlegen, als er sein Handy umständlich in der Innentasche seines Jacketts verstaute. Das war nicht die feine Art. Aber anders konnte er sie nicht für sich begeistern. War das etwa seine Schuld!
Er verriegelte sorgsam die Haustür, die Extraschlösser hatten ein kleines Vermögen gekostet, aber das war ihm sein Ego wert. Als Enthüllungsjournalist hatte man tausend und einen Feind, hatte er auf Partys immer getönt, wenn es galt, Praktikantinnen zu beeindrucken, und diese Schlösser waren der Beweis. Gott sei Dank war er seit Jahren nüchtern, besoffen hätte er sie nie in der richtigen Reihenfolge aufschließen können, abschließen ging grade noch.
Er wohnte im vierten Stock, kein Aufzug. Er hätte damals auch die Wohnung im ersten Stock haben können, aber dann wäre er vermutlich schon längst tot. «Treppensteigen ist die billigste Form der Lebensverlängerung», hatte sein Hausarzt doziert, «drei, vier Mal am Tag hoch und runter, und Ihr Herz bleibt im Takt.» Von Liebe hatte er nichts erwähnt, der Schlauberger. «Liebste – du mein süßes Metronom! Was für ein beschissener Kosename», dachte er, Alina hätte sich bedankt. Er klopfte sich sachte gegen die Stirn. Seine Neigung zu Selbstgesprächen nahm überhand. Auch nicht weiter schlimm, er war ein guter Zuhörer.

Die Oberin hatte ihr gratuliert! Das erste Mal, seit sie im Orden der Rose war, hatte die Oberin ihr gratuliert. Lotta drehte sich mit schnellen Ballerinaschritten in ihrem Stuhl. Wirbelte einmal, zweimal, dreimal im Kreis. Alles hatte eine heilige Zahl, alles hatte einen Zauber.

Die Oberin hatte sie in die Magie der Zahlen eingeweiht. Das war die niedrigste Stufe des Zaubers, der kein Zauber war, sondern die geheime Ordnung der Welt. Ihre Mutter begriff Zahlen überhaupt nicht. Sie konnte nicht rechnen, sie mochte nicht rechnen, weil es ihr immer an Geld fehlte. «Aber wie kann es den Menschen an etwas so Banalem fehlen wie Geld», hatte die Oberin sie gefragt, als Lotta über ihre Mutter berichtet hatte. Wie kann es den Menschen an etwas so Banalem wie Geld mangeln? Das war die richtige Frage! Die dümmsten Menschen haben Geld. Also kann es nicht klüger machen. Böse Menschen haben Geld, also kann es nicht besser machen. Geld ist nichts! Wer es will, bekommt es.

«Ich will viel Geld verdienen», hatte Lotta der Oberin geantwortet, und die hatte nur zurückgeschrieben: «Wenn die Zeit gekommen ist, wirst du mehr verdienen, als du brauchst, und deinen Dienst für alle noch viel besser tun können.»

Heloise hatte schon Geld verdient. Viel Geld. Heloise war so viel entschlossener als sie.

Sie war Heloise von der Oberin selbst zugeführt worden und sie hatten sich sofort verstanden. Anfangs durften sie nur im Gemeinschaftsraum miteinander chatten, aber schnell bekamen sie ihre eigene Kammer. Die Oberin hatte sofort bemerkt, dass sie sich gut verstanden und auf ihrem spirituellen Weg gegenseitig beschützen konnten. Jedem Engel steht ein Schutzengel zu und jedem Schutzengel ein Engel. Heloise war wie ein Engel. Lotta hatte kein Bild von ihr gesehen, und Heloise keins von ihr. «Ihr dürft euch kein Bild machen», hatte die Oberin sie immer ermahnt. «Ihr dürft euch niemals ein Bild von eurem Gegenüber machen, solange ihr kein Bild von seinem inneren Wesen im Herzen tragt. Das äußere Wesen ist nichts.»

Samstag, 10. März, 11 Uhr
Lottas Kinderzimmer

Lotta musste lachen. Wie dumm ihre Mutter sie angesehen hatte, als sie diesen Satz gesagt hatte. Völlig im Ernst. Denn es war schlimm zu sehen, wie eitel sich ihre Mutter vor jedem Spiegel drehte. Sie fand sich noch immer schön und sie hatte schreckliche Angst vor dem Alter, diese Mischung ließ sie so eitel werden.

«Ein wenig altklug, mein Kind!», hatte ihre Mutter geantwortet. Das war ihre einzige Reaktion auf alle Fragen und Ermahnungen, die Lotta vorbrachte. «Ein wenig altklug, schon in so jungen Jahren auf Fleisch zu verzichten, und auf Tanzen, auf schöne Kleider, auf Jungs, auf Liebe ...» Eigentlich hatte sie Sex sagen wollen, aber das Wort wollte ihre Mutter ihr wohl noch nicht zumuten. Ihre Mutter mochte Sex, das sagte sie immer wieder, wenn sie mit ihren Freundinnen redete. Das hörte sie auch, wenn ihre Mutter mal wieder einen Mann zu Besuch hatte, was nicht mehr so oft passierte wie noch vor einigen Jahren, als sie klein gewesen war.

Ihre Mutter dachte immer, sie würde nichts mitbekommen. Sie müsste beschützt werden. Sie wäre ein hilfloses unwissendes Kind. Das hilflose unwissende Kind würde bald die Mutter beschützen müssen. Denn sie machte zu viele Fehler. Sie glaubte immer noch, Lotta alles vorschreiben zu können. Sie aß immer noch Fleisch, sie sah immer noch Fernsehen, sie mochte sich immer noch von Männern anfassen lassen, obwohl ihre Seele längst so schmutzig geworden war.

Die Oberin hatte es vorsichtiger ausgedrückt. «Ich fürchte, deine Mutter beschmutzt ihre Seele aus Unwissenheit.» Oh ja, das tat sie. Sie war so dumm.

«Nein, mein Kind, ich bin nicht dumm. Ich bin erwachsen, hab auch schon einiges gelernt, und seh nicht alles so streng wie du ...!»

Das war doch nicht streng, wenn sie ihr Fleisch verbot. Es ist doch nicht streng, einen Kannibalen zu bitten, keinen Menschen zu essen. Heloise war da anders. Heloise hasste Fleisch. Sie hasste Fleischfresser. «Ich kann die anderen einfach nicht verstehen», hatte sie geschrieben. «Ich versteh es einfach nicht, wie sie Tiere essen können. Tiere sind so viel besser als wir.» Sie hatte ihr einen Clip zugeschickt. Wie ein Schwein geschlachtet wurde, auf einem Bauernhof, und in seinem Blut ertrank. Und wie nach der Schlachtung alle beisammen saßen und die dampfende Suppe, in der Teile des Tieres schwammen, verschlangen.

Sie müssten alle sterben, hatte Heloise dazu geschrieben, zur Strafe. Alle Menschen, die so etwas tun, müssten sterben, dann könnten sie anderen nicht mehr wehtun. Die Wahrheit ist so einfach, dass es fast zum Lachen war.

«Artemis werde ich mich nennen», hatte Heloise dann noch hinzugefügt, «wenn ich mein erstes Tier gerettet habe, werde ich mich Artemis nennen. Das ist ein Ehrenname. Die Göttin der Rache.»

Lotta hatte nachgesehen, wer Artemis war, die Göttin der Jagd, der Klugheit und der Gerechtigkeit, und sie hatte Heloise gedankt dafür, dass sie dem Namen einen neuen, einen besseren Sinn gab. Ohne etwas von der Kraft des Göttlichen zu verlieren. Irgendwann würde sie sich auch einen Kampfnamen geben. Es würde nicht mehr lange dauern.

Ihre Mutter dachte ja, ihr Deckname fürs Netz sei Pippi. Pippi Langstrumpf. Das war eine so alte Zeit. Ihre Mutter hatte ihr das Buch ein Dutzend Mal vorgelesen. Sie dachte wohl, es sei wie Medizin für die Seele. Als ob aus Lotta eine Pippi werden könnte. Eher schon eine Pipilotta Rist. Die fand sie gut. «Die heißt Pipilotti», hatte ihre Mutter sie korrigiert, ganz erstaunt, dass sie den Namen der Künstlerin überhaupt kannte. Aber Pipilotta klang besser.

Ihre Mutter dachte, sie würde Kinderbücher lesen, bis sie groß war. Die Bücher, die ihre Mutter ihr schenkte, verschenkte sie alle weiter. Die Bücher logen. Sie hatte das immer schon geahnt, aber die Oberin hatte ihr den Beweis gegeben. Wenn in den Büchern die Wahrheit stehen würde, dann bräuchte es nicht so viele Bücher, denn es gibt nicht so viele Wahrheiten.

Das waren diese einfachen Sätze, die so schwer zu verstehen waren, aber wenn man sie erst einmal verstanden hatte, dann war alles ganz klar und einfach. «Warum liest du diese Bücher», hatte sie ihre Mutter gefragt. Nur Krimis und Liebesgeschichten. «Die guten

Bücher habe ich alle schon gelesen», als ich so alt war wie du. «Ich will auch einfach mal ausspannen. Mentale Wellness, mein Kind. Das wirst du auch noch lernen. Ein Bogen ist nicht immer gespannt, sonst bricht er eines Tages.»

«Das sind Ausreden», hatte die Oberin nur geschrieben. «Wenn du nicht müde werden willst, wirst du auch nicht müde. Das ist alles im Kopf, nicht im Körper, alles im Kopf.

Versuch es!»

Sie war eine Nacht wach geblieben und noch eine Nacht. Sie hatte alles in ihr Tagebuch geschrieben. Alle Gedanken, die ihr kamen. Sie war müde geworden, aber nicht so müde, wie sie gedacht hatte. Ihr Körper war müde geworden, aber ihr Kopf war wach geblieben. Sie hatte alle Geräusche viel lauter gehört. Das laute Atmen ihrer Mutter im Schlaf. Die umherlaufenden Katzen in der Wohnung von Margot und Klaus direkt unter ihnen. Die umhersummenden Mücken. In der Ferne die Straßenbahn.

Sie mochte es, wach zu bleiben. Sie traute sich nur nicht, den Computer anzuschalten, aus Angst, ihre Mutter würde von den elektrischen Wellen erwachen. Sie hätte so gern allein gewohnt. Oder mit Heloise zusammen. Dann hätten sie jeder ein Zimmer und könnten die Tage und Nächte zusammen wach bleiben. Immer nur wach bleiben, das stellte sie sich am schönsten vor. Nie mehr schlafen müssen.

Manchmal hatte sie Angst, dass sie nicht mehr erwachte. Sie verstand einfach nicht, warum ihre Mutter keine Angst vor dem Einschlafen hatte. Ihre Mutter schlief so gern.

«Wie kannst du nur so viel schlafen?»

«Ich schlaf gern, ich träum gern, was ist daran schon wieder auszusetzen.» – «Schlafen ist wie tot sein», hatte Lotta nur entgegnet. «Nein, Schlafen ist etwas ganz anderes als tot sein, denn selig einzuschlafen heißt zu wissen, ich werde wieder aufwachen, viel frischer und fröhlicher.» – «Und wenn du nicht mehr aufwachst», hatte Lotta nur entgegnet, «dann merkst du es noch nicht mal, dass du nie da warst.» – «Wer sagt dir denn, dass du nicht mehr aufwachst?!

Du wirst immer aufwachen!» – «Und wenn nicht?» Daraufhin hatte ihre Mutter geschwiegen. Ihr war nichts mehr eingefallen.
«Du wirst sehen», hatte die Oberin geschrieben, «die einfachen Fragen stellen sie bloß. Ganz nackt sind sie dann. Komplizierte Wissensfragen können sie beantworten, aber auf die einfachen Fragen haben sie keine Antwort. Warum wir schlafen müssen, warum wir sterben müssen, wo das Universum sein Ende hat, wo seinen Anfang … Darüber denken sie nicht nach.»
Heloise dachte darüber nach. Der Unterschied zu ihr war, dass Heloise viel praktischer dachte als sie, das gefiel ihr.
Sie hatten sich von Anfang an gemocht, aber Lotta hätte nicht genau sagen können warum. Vielleicht weil Heloise so sicher war, dass sie beide zueinander passten. Sie hatte so etwas absolut Zielsicheres. Dass sie sich Artemis nannte, passte gut.
Und sie war noch viel mitleidloser als Lotta. «Das muss ich noch lernen», hatte sie sich eingestanden. Mitleidlosigkeit. Die Oberin hatte nie ein Wort darüber verloren. Sie behandelte sie ein wenig wie ein kleines Kind. Alle Aufgaben sollte sie nacheinander lösen, sie sollte Stufe für Stufe emporsteigen, der Orden war für sie da, sie musste nicht fürchten, keinen Einlass zu finden. Aber sie wollte aktiv werden, sie wollte nicht immer nur lernen, lernen. Das tat sie jetzt schon seit zwei Jahren.
Heloise war anders. Sie war schon seit drei Jahren dabei, und sie würde jetzt handeln. Auch wenn die Oberin noch zögerte, sie mit einer großen Aufgabe zu betrauen. «Wir können unsere Aufgaben auch selbst suchen», hatte sie geschrieben. «Ich hab keine Lust mehr zu warten, ich will frei sein.»
Das schrieb Heloise immer wieder: «Ich will frei sein.»
Sie lebte noch bei ihren Eltern. Eine Villa, so hatte sie es geschrieben, aber eine Villa, in der keiner gern lebte. Sie hatte zwei Geschwister, mit denen sie sich nicht verstand. Eine sportverrückte Schwester und einen computerverrückten Bruder.
Heloise spottete immer über sie. Dennoch war Lotta ein wenig neidisch. Das spürte Heloise.

«Willst du meine Schwester sein», hatte sie nach einem Monat gefragt. Sieben Monate kannten sie sich jetzt. Ein halbes Jahr schon waren sie Schwestern. Blutsschwestern.
«Was wir von unseren Eltern haben, ist nur die Last der Natur», hatte die Oberin geschrieben. «Unsere Wiedergeburt ist im Geiste. Dann befreien wir uns von allem biologischen Ballast. Ihr könnt eure Brüder und Schwestern neu wählen. Ihr müsst sie neu wählen. So entkommt ihr dem Diktat der Gene.»
Lotta hatte das erst nicht verstanden. Oder sie wollte es nicht verstehen, musste sie zugeben, als Heloise sie darauf ansprach. «Was ist daran so schwer zu verstehen? Unsere Eltern sind alt! Sie denken alt! Aber sie leben, als wären sie jung. Das haben sie nicht verdient. Dass sie unseren Atem atmen. Sie sind zu alt.» Sie schämte sich für diesen Satz, wann immer sie ihn dachte, aber es war so richtig.
Ganz schlimm, wie ihre Mutter sich anzog, dachte Lotta. Viel zu jung. Sie selbst zog sich lieber flache Schuhe an, in denen sie gut laufen konnte, in denen sie gut weglaufen konnte. Ihre Mutter konnte nicht weglaufen, das war irgendwie typisch für sie. Ihre Schuhe waren viel zu hoch. Sie stakste durch die Landschaft und musste gerettet werden. Natürlich von einem Mann!
«Mama, damit kannst du unmöglich durch die Gegend laufen», hatte Lotta ihr gesagt. «Doch, kann ich. Manchmal muss man Opfer bringen!» Darüber konnte sie lachen.
Sie ahnte gar nicht, wie groß die Opfer waren, die andere brachten! Es war bestimmt kein Zufall, dass Heloise ihr am nächsten Tag anvertraute, dass sie selbst sehr bald ein Opfer bringen würde. Ein großes Opfer. Heloise hatte immer nur Andeutungen über ihren Vater gemacht. Aber so viel verstand Lotta, Heloise hasste ihn mehr als jeden anderen Menschen auf der Welt. Sie hatte sich nicht getraut nachzufragen, aber so wie Heloise über ihre Familie sprach, musste er der Teufel in Menschengestalt sein.
«Es gibt viele Teufel», sagte die Oberin. «Wie sonst ließe sich erklären, dass die Welt so schlecht ist. Die Teufel haben keine Hörner

und keinen Pferdehuf, sie fallen nicht großartig auf, weil sie so gut wie nie auf sich aufmerksam machen, sie leben oft auf engstem Raum mit uns zusammen, ganz unbeachtet. Wir müssen die Teufel erkennen, nur so können wir das Böse ausrotten.» Das war klar, dachte sich Lotta, aber ehrlich gesagt kannte sie keinen Teufel, sie hatten auch keinen im Verdacht. Selbst Rüdiger aus dem Erdgeschoss, der immer über alles und jeden schimpfte, war viel zu dumm, als dass er ein Teufel hätte sein können.

Heloise kannte einen Teufel. Ihr Vater war ein Teufel, hatte sie geschrieben. «Ich werde ihn töten. Aber ich muss vorsichtig sein, er ist sehr klug.»

Lotta hatte das erst für einen Scherz gehalten. Aber es war nicht Heloises Art, sich wichtig zu machen. In den letzten Tagen war sie schweigsamer gewesen als sonst. Sie hatte nichts von der Schule erzählt, nichts von ihrer Bibellektüre, nichts von ihrer Mutter, die eine sehr schöne Frau sein musste. «Ein Engel ohne Seele», hatte sie geschrieben. «Sie schauspielert den ganzen Tag nur. Sie schauspielert die Mutter, sie schauspielert die Ehefrau, sie schauspielert selbst ihre Traurigkeit. Ich glaube, sie ist genauso böse wie mein Vater. Aber das macht mir Angst! Dann wäre ich das Kind zweier böser Menschen.» Lotta hatte sie beruhigt. «Es ist unsere freie Wahl, ob wir uns auf die Seite der Engel oder der Teufel schlagen.» Sie würde ihr immer beistehen, ganz gleich, was auch immer geschehen werde, hatte sie noch hinzugefügt.

«Ist das auch wirklich wahr?», hatte Heloise gefragt. Drei Mal hatte sie gefragt, wie im Märchen. Jedes Mal hatte Lotta mit Ja geantwortet. In ihrer letzten Nachricht hatte Heloise nur geschrieben: «Dann ist es gut. Wir werden uns bald wiedersehen.»

Heloise glaubte an Wiedergeburt. Sie war sich ganz sicher, dass sie schon einmal auf der Welt gelebt hatte. «Als Tier. Deswegen liebe ich alle Tiere so.» – «Du warst bestimmt ein Fuchs», hatte Lotta vermutet, «oder eine Katze, weil du so klug und unabhängig bist.» – «Und du warst ein Reh, das flüchtigste Reh des Waldes. Kein Jäger bekam dich je zu Gesicht.» Das hatte Lotta gefallen. Sie mochte

Rehe. Sie mochte die Vorstellung, tief im Wald zu leben, wo kein Mensch je störte.

«Wir haben uns bestimmt schon getroffen, der Fuchs und das Reh», schrieb Heloise, «deswegen erkennen wir uns auch sofort, wenn wir uns sehen, weil es eigentlich ein Wiedersehen ist.»

«Wie schön», hatte Lotta angemerkt. «Ich freue mich schon auf den Tag.»

Seitdem hatte sie von Heloise nichts gehört. Drei Tage hatte sie nichts gehört. Das war eine lange Zeit, denn sonst schrieben sie sich jeden Tag mehrmals. Heloise plante etwas Besonderes.

Lotta blieb einfach vor dem Computer sitzen. Ihre Mutter konnte so schnell nicht kommen. Sie war einkaufen. Samstagseinkauf! Schaulaufen in der Markthalle. Zum Einkaufen zog sie sich immer besonders hübsch an. Als ob Prinzen in der Markthalle auf ihre Prinzessin warten würden. «Wer weiß», hatte sie nur entgegnet. «Prinzen warten überall auf ihre Prinzessin, sonst wären sie keine Prinzen.» – «Ha, ha», hatte Lotta gelacht, «der Erfolg gibt dir ja so was von recht!» – «Du bist böse, mein Kind, du musst sehr darauf achten, dass du das Herz auf dem rechten Fleck behältst. Soll ich dir noch was mitbringen außer der Familienpackung Tofu? Nein, dann bin ich mal weg.» Und hinaus war sie gerauscht. Aber ihre Mutter konnte nie lange böse sein. Sie war nicht treu zu ihren Gefühlen.

Lotta starrte auf den Computer, als könnte sie eine Botschaft von Heloise erzwingen.

Ihre Mutter hatte nur gemahnt: «Nicht wieder so lange vor dem Computer!» Sie dachte immer, sie würde spielen. Wohnungen einrichten, Gärten bepflanzen, Top-Modells anziehen. Ihre größte Sorge war, dass sie sich schlimme Filme ansah. Oder auf Männer-Seiten kam. «Das musst du dir nicht ansehen, mein Kind. So sind Männer nicht, nicht alle jedenfalls.»

«Männer sind von minderer Art», hatte die Oberin gesagt. «Das ist ganz und gar nicht ihre Schuld. Sie müssen ihr Leben damit hinbringen, an Geld zu denken. Die meisten denken nur an Geld. Sie sind zu viel in Bewegung, sie finden nie Ruhe. Männer haben keinen Zugang zum Selbst. Deswegen meidet den Umgang mit Männern.»

Das hätte die Oberin ihr nicht sagen müssen. Es gab keinen Jungen in ihrer Klasse, mit dem sie auch nur fünf Minuten hätte sprechen wollen. Die meisten waren einfach nur dumm.

Lotta wechselte ihr Profil und schrieb einige Zeilen an ihre amerikanische Brieffreundin. Die hatte sie erfunden, damit ihre Mutter immer nachlesen konnte, wie normal ihre Tochter eigentlich war. Becky spionierte ihr nicht hinterher, nein, das tat sie nicht. Lotta hatte einfach vergessen, ihren Computer auszuschalten. Ihr zuliebe. Es hatte genau drei Minuten zu lange gedauert, bis ihre Mutter sie darauf aufmerksam gemacht hatte. «Schatz, dein Computer läuft noch.» Ihr Lächeln hatte bewiesen, dass sie die Mail gelesen hatte und sehr glücklich war über die Kindlichkeit ihrer Tochter. Ihre Mutter war so dumm. Wie konnte sie glücklich sein, wenn so viele Menschen so unglücklich waren. Das war furchtbar egoistisch.

Sie wechselte wieder in ihr altes Profil zurück. Plötzlich erschien der Satz, den sie erwartet hatte. Sie hatte gewusst, es würde genau dieser Satz kommen. Heloise war ihre Schwester. Sie kannte jeden ihrer Gedanken. Dieser Satz bewies es. Sie konnten einander lesen.

«Morgen stirbt er!»

Heloise, sie kündigte die Ermordung ihres Vaters an. Sie war so viel entschlossener als sie. Heloise hatte eine so viel gefährlichere Mutprobe zu bestehen als sie.

Sie würde ihn töten.

«Das ist eine tote Generation», das hatte die Oberin oft geschrieben. Sie wusste nicht, ob die Oberin alles so wörtlich nahm, wie sie es sagte, aber sie verstand sofort, was sie damit gemeint hatte.

«Es wird uns viel Zeit und Kraft kosten, die Lebenden von den Toten zu scheiden, bis die Welt wieder lebendig werden kann und das Sterben endet. Ihr könnt mithelfen.»

«Ich kann es nicht begreifen», hatte Heloise oft geschrieben. «Ich kann die Dummheit nicht begreifen.» Lotta stimmte ihr einfach nur zu. Sie konnte es auch nicht begreifen. Immer wenn sie die Bilder sah, sie konnte es einfach nicht begreifen, wie Menschen so dumm sein konnten, diese Bäume zu fällen. Wie konnte man einen Baum fällen, einfach so, der schon Jahrhunderte gewachsen war. Der älter wurde als jeder Mensch. Sie liebte Bäume. Schon als kleines Kind hatte sie immer Bäume umarmt.

«Wie süß», hatte ihre Mutter immer ausgerufen und in die Hände geklatscht. Ganz begeistert von ihrem entzückenden Kind. Jeder sollte sehen, wie süß sie war. Sie hatte nichts begriffen. Die Bäume gaben ihr Kraft. Es war ein so schönes Gefühl, einen Baum umfassen zu können. Er wand sich nicht, er wollte sie nicht so verzweifelt an sich pressen, wie ihre Mutter das immer tat. Er stand einfach da, ließ sich umarmen. Roch nach Erde und Himmel, fühlte sich rau an und zart im Frühling, war da, war einfach immer da. Wie konnte man einen Baum einfach so fällen.

«Du musst die schwierigeren Fragen stellen», hatte Heloise sie ermahnt. «Das sind so Kinderfragen: Warum töten Menschen sich … Warum töten sie Tiere … Warum machen sie unsere Welt kaputt? Kinderfragen. Die bessere Frage ist: Wen muss ich verschwinden lassen, damit es nicht so schlimm weitergeht? Die bessere Frage ist: Wie kann ich diese Menschen verschwinden lassen?»

Heloise benutzte immer das Wort «verschwinden lassen». «Ich mochte Zaubertricks immer so gern», hatte sie Lotta in einem ihrer ersten Begegnungsgespräche gestanden. «Zaubertricks liebe ich. Und Geheimnisse.» Drei Geheimnisse mussten sie sich anvertrauen, das war das erste Bündnisritual.

Drei Mal mussten sie ihren Mut beweisen. Das war die nächste Probe. Und drei Mal würden sie sich aus einer Gefahr retten müssen. «Aber darüber entscheidet nicht ihr, darüber entscheidet das Schicksal, ob es euch in Gefahr bringen will. Wenn ihr euch tapfer zeigt, wird es auch geschehen.»

Jetzt war sie da, die erste Mutprobe. Heloise war so viel entschlossener als sie. Heloise dachte viel männlicher. Lotta lächelte. Sie musste sich keine Sorgen um Heloise machen. Die hatte ihren Plan bestimmt sehr gut durchdacht. Sie hatte auch kein schlech-

tes Gewissen. Heloises Vater war ein böser Mensch. Warum genau er böse war, egal. Heloise log nicht. Heloise würde auch keinen Menschen falsch verdächtigen. Es war nur seltsam. Sie hatte keine Ahnung, wie sie es tun würde. Einen Menschen zu töten ist eine schlimme Vorstellung. Er verschwand ja nicht. Das Bild von ihm konnte ja nicht so einfach ausgelöscht werden. Seine bösen Gedanken waren ja immer noch in der Welt. Nur er selbst, sein Körper war verschwunden. Aber so etwas wollte sie Heloise nicht sagen. Sie hatte gespürt, dass ihre Freundin keine Ablenkung wollte. Sie würde nicht wirklich ihre Freundin sein können, so lange dieser Mann noch lebte. Er stand ihr körperlich im Weg. Nicht geistig.
Sie würde ihn ersticken, hatte Lotta zuerst vermutet. Aber es war bestimmt nicht einfach, einen erwachsenen Mann zu ersticken. Selbst im Schlaf war das wohl schwer. Er war viel stärker als Heloise. Sie hatte nie ein Bild von ihm gesehen, aber sie vermutete, es war ein starker, schwerer Mann, sonst würde er nicht so auf Heloise lasten.
Sie konnte ihn nicht erschießen oder erstechen. Das war wie in einem ganz schlechten Film. Sie würde ihn auch nicht vergiften. Das war lachhaft. Einer Göttin nicht würdig. Eine Göttin! Plötzlich wusste Lotta, wie es geschehen würde. Kein Fluch oder Segen, die Göttin würde gar nicht selbst Hand anlegen. Sie würde ihre Mutter überreden, es zu tun. Sie hatte sie bestimmt schon überredet. Ihre Mutter musste die Schuld auf sich nehmen, denn sie hatte sich ja auch mit diesem Mann verbunden. Das war die Strafe! Heloise war so klug. Lotta war sich sicher, sie würde ihre Mutter für sich töten lassen. Erst dann wäre sie frei.
Heloise war keine Mörderin. Lotta deckte ihr Gesicht mit den Händen. Sie war so froh. Sie hätte es nicht ertragen, wenn ihre Schwester einen Menschen getötet hätte.
«Die Bösen werden wie von selbst verschwinden», hatte die Oberin geschrieben. Sie hatte recht. Die Bösen vernichteten sich selbst. Sie waren nur die heiligen Hebammen der guten Tat. Der Gedanke gefiel Lotta.

Sie würde Heloise erst morgen antworten. Heute war ihre Schwester ganz bei sich selbst und bei der Tat. Das konnte sie gut verstehen. Sie wollte sie nicht ablenken. Sie richtete all ihre guten Gedanken und all ihre guten Wünsche auf Heloise und war sich sicher, dass ihre Schwester es spüren würde.
Was ihnen beiden jetzt fehlte, war nur Geld. Heloise würde sich mutig zeigen, sie musste sich auch mutig zeigen. Lotta lächelte. Heloise ging voran, aber sie würde bald gleichauf mit ihr sein. Sie war nicht wie Heloise, sie dachte anders, aber sie war auch mutig, und sie wusste, wie sie an viel Geld kam. An so viel Geld, wie sie beide brauchen würden, wenn sie irgendwo anders leben wollten, unerkannt, nur für sich.
Die Oberin hatte Andeutungen gemacht. Denn oft kamen Fragen, wie das gute Leben zu leben ist, wenn niemand hilft. Keine der Novizinnen des engeren Zirkels sollte einen Beruf ausüben, «denn damit dient ihr nur den Falschen», hatte die Oberin verfügt. «Keine von euch, die bei uns bleiben will, darf für einen anderen Menschen arbeiten. Ihr seid frei. Das Geld kommt zu euch, ihr geht nicht zum Geld.»
Toll, hatte Lotta gedacht, und einen Moment gezweifelt. Das klang wie bei ihrer Mutter, die immer noch glaubte, sie würde eines Tages eine Million gewinnen.
«Du wirst sehen, eines Tages gewinne ich eine Million, und wir werden gar nicht wissen, wohin mit dem vielen Geld.» Lotta hatte darauf verzichtet, ihr vorzurechnen, wie wahrscheinlich das war, dass sie eine Million gewinnen würde.
«Na und», hatte Becky nur erwidert, «und dennoch passiert es jede Woche, dass Menschen viel Geld gewinnen.» Es war sinnlos, mit ihr zu argumentieren. Sie wollte ihren Kopf einfach nicht benutzen. Das machte sie vermutlich zu traurig.
«Ihr verdient Geld, wenn ihr euch selbst vergesst.» Wie sollte das denn gehen, hatte Lotta gedacht. «Wenn ihr anderen das gebt, was ohnehin nicht von Wert ist.» Aber davon hatte sie nichts in ihrem Besitz. Ihre alten Bücher konnte die Oberin nicht meinen. «Wenn ihr anderen gebt, was nicht von Wert ist.»

Dann hatte sie es begriffen. Es war noch gar nicht so lange her. Sie waren in der U-Bahn gefahren. Lotta fuhr nicht gern U-Bahn, weil es immer so eklig stank. Es stank schon beim Runtergehen, weil alle Stufen schmutzig waren. Es stank auf dem Bahnsteig, es stank im Abteil, es stank überall. Am schlimmsten waren die Körper. Sie rochen alle. Frauen, Männer, ob sie gut angezogen waren oder schlecht angezogen, sie rochen alle. Es war widerlich. Lotta hielt sich oft die Nase zu. Was bestimmt komisch aussah. Deswegen starrte der Mann sie so an, dachte sie zunächst. Es war im Winter gewesen. Sie hatte einen Kunstpelz angehabt, war dick eingemummelt. Er konnte gar nichts sehen von ihr und starrte sie dennoch an. Er wollte etwas von ihr, das war klar. Aber was?

Er starrte ihr in die Augen, und ihr war klar, er wollte nichts Böses. Das glaubte er wirklich. Er wollte ihr in die Augen sehen und sich selbst vergessen. Er wollte sie nicht anfassen. Er wollte in ihrem Kopf zu Hause sein, weil er spürte, dass sie ein gesünderer Mensch war als er. Er wollte an ihrer Stelle sein, er wollte mit ihren Händen greifen, mit ihren Füßen laufen, mit ihren Ohren hören. Er war der böse Wolf im Märchen, aber er glaubte, im Recht zu sein. Er wollte ihr ja nicht zu nahe rücken. Das war das Gemeine. Er machte ihr ein schlechtes Gewissen. Er suchte ihre Nähe, weil er mit sich selbst nicht mehr zurechtkam. Er würde sie ausnutzen, einfach indem er ihren Atem atmete, ihre Seele inhalierte. Das war böse.

Ihre Mutter hatte sie so oft gewarnt vor Männern, die sich mit toten Körpern einließen. Die waren alle krank. Aber das war gut. Es war doch gut, dass Männer sich mit toten Körpern einließen und dafür bezahlten, die wollten nicht ihre Seele.

Ihre Seele würde sie nie hergeben, für nichts und niemand in der Welt.

«Wenn ihr anderen das gebt, was nicht von Wert ist.» Um Gutes zu tun, brauchte sie Geld. Es war ganz einfach, an Geld zu kommen. Christus hatte sich auch verkauft. Für einige Silberlinge.

Sich zu verkaufen war die schnellste Weise, von sich selbst wegzukommen. Den Körper zu verlassen, die Seele in Sicherheit zu bringen. Sie hatte gelesen, wie Sterbende ihren Körper verließen und dann auf ihn hinabsahen, eine leere Hülle, die sie zurückgelassen hatten. Ihre Hülle konnte sie anderen überlassen. Die würden viel dafür bezahlen, obwohl sie wenig davon hatten. Mit der Oberin hatte sie darüber nicht gesprochen, aber mit Heloise. «Dein Körper ist deine Waffe», hatte sie geschrieben. «Du musst sie klug benutzen, diese Waffe, dann wirst du immer siegen.»

Die drei Stufen der Beseeligung. Den Körper vergessen und das Ich aufspüren. Das Ich zurücklassen und im Wir ankommen. Das Bewusstsein verlieren und die Wachheit der Seele gewinnen.

Das war ihre ganz persönliche Mutprobe: Sie sollte ihren alten schlechten Körper verkaufen. Den Fleisch fressenden Körper. Der Kannibale war wie alle anderen. Dann würde sie ein neues Bewusstsein gewinnen. Ein reineres. Das Bewusstsein, dass sie Herrin über sich selbst war. Auf die Herrschaft würde sie verzichten zugunsten ihrer Seele. Dann wäre alles gut. Athame. Ihr Wesen im guten Wesen aller. Die Wachheit der Seele. Der magische Dolch.

Mit dem Geld könnten sie weggehen. Irgendwohin in Europa. Kein Mensch würde nach ihrem Pass fragen, wenn sie Geld hatten.

Sie hatte sich eine Digitalkamera von ihrem Taschengeld gekauft, die kleinste, die es gab. Sie würde alle fotografieren, die bereit waren zu zahlen. Eine Kartei der Käufer. Unter denen würde sie denjenigen auswählen, der am meisten bot. Für das erste Mal sollte es viel Geld sein, sehr viel Geld. Sie hatte Aufnahmen von sich gemacht, einfache Bilder. Wie sie spazieren ging, auf der Brücke stand und frech in die Spree spuckte. Wie sie in die Kamera lächelte und sich mit den Händen durchs Haar fuhr. Wie sie eine Schnute machte. Wie sie die Beine übereinanderschlug, den Ellbogen aufs Kinn gestützt. Bilder, die Männer freuen mussten, die nie Väter waren. Sie konnten sie ansehen auf ihrer Homepage «elisa-allein». Sie hatte eine Mail-Adresse angegeben und sie in einigen Foren gepostet, wo sich Kinder verkauften, die keine Kinder mehr waren, Zauberwald, Sonneninsel. Sie hatte schon über hundert Zuschriften. Die meisten waren dumm und anzüglich. Einige waren seriös. Ein halbes Dutzend mit Bild. Sie hatte zurückgeschrieben und einen Preis für das erste Treffen genannt, der ihr nicht sonderlich hoch schien. Zehntausend Euro. Viele Menschen gaben viel mehr Geld für viele dumme Dinge aus. Sie sagte nicht, wozu sie bereit war, sie bot keine Garantie. Sie wusste, dass viele dahinter eine Falle vermuteten. Sie hoffte darauf, dass einer begriff, um was es ihr ging. Die Summe war so hoch, sie musste dafür büßen, auf die eine oder andere Weise. Wenn ihr Gegenüber schlau war, fand er das schnell heraus. Es war wie beim Schachspielen. Sie hatte einen ungewöhnlichen Eröffnungszug gemacht und wartete auf den ungewöhnlichen Konter.

Heloise wusste von der Auktion. «Wir sind alle Gefesselte», hatte sie geschrieben, «vielleicht ist das keine schlechte Art, sich zu entfesseln. Ich beschütze dich», hatte sie noch hinzugefügt und Lotta wusste, dass es ihr Ernst damit war. Athame. Ihr Körper war der magische Dolch.

«Bei dem ersten Treffen bist du dabei, versprochen», hatte sie ihr geantwortet. Sie hatte drei Männer ausgewählt. Alle drei waren sehr alt. Alle drei behaupteten, sie würden den Kontakt zu ihr nur aufnehmen, weil sie ihr helfen wollten. Weil sie es schade fanden, dass ein junges Mädchen in einem solchen Forum ein derartiges Angebot macht. Wenn sie Geldsorgen hatte, sie würden ihr großzügig helfen. Ohne Gegenleistung.

Alle drei sahen sympathisch aus. Vermutlich hatten sie sich viel Mühe gegeben, nette Porträtbilder anfertigen zu lassen. Nächste Woche würde sie den ersten Mann treffen, in einem Café auf dem Kurfürstendamm. Das war eine Gegend, in die ihre Mutter sich selten verlief. Eigentlich nur, wenn Sommerschlussverkauf war. Dass ihre Tochter sich selbst als Ware anbot, hätte sie in den Selbstmord getrieben. Ihr Mantra war immer gewesen: «Klein beigeben.»

«Mein Körper ist eine mächtige Waffe und die setze ich ein.» Das hatte sie der Oberin geschrieben. Von der Auktion hatte sie nichts erwähnt. Ihre Mutter hatte ihr immer gepredigt, sie dürfte niemals einem Menschen blind vertrauen. Blindes Vertrauen. Es war die

Oberin, die sie sehend gemacht hatte. Es war ihre Mutter, die in Sünde verharrte. Aber alles musste sie der Oberin dennoch nicht verraten.
Es klingelte an der Tür. Ihre Mutter. Sie würde noch viele Jahre an der Tür klingeln. Oder auch nicht. Sie achtete gar nicht darauf, ob Lotta ihr wirklich öffnen wollte. Sie hatte ja ihren Schlüssel. Sie stürmte herein, warf die Tüte auf den Tisch und rief: «Lecker Mittagessen!»
Das war das Letzte, woran Lotta gerade dachte.

Es waren zehn Minuten Fußweg zum Ballhaus. Ein sonniger Tag. Frühlingstemperaturen. Berlin at it's best! Er knöpfte sein Hemd ein wenig weiter auf, streckte sich in die Höhe, straffte den Bauch, reckte das Kinn und warf einen verstohlenen Blick in die Schaufensterscheibe der Princess Cheesecake, wie sich seit Kurzem seine alte Bäckerei in der Tucholskystraße nannte. Sein Spiegelbild grinste zurück.
Attraktiv war was anderes! Nicht mal die Nutten in der Oranienburger zeigten noch Interesse.
«Komm mit deinem Enkel wieder», hatte ihn eine mal abgefertigt, als er sie betrunken zutexten wollte: «Warum tust du, warum machst du, warum willst du nicht dein Leben ändern …» Nüchtern traute er sich nicht mal mehr, überhaupt eine anzusprechen.
«Und vor allem, Paps», hatte sie ihn zurechtgewiesen, «du ziehst dich an wie ein alter Mann! Er hatte sich daraufhin eine Lederjacke im KDW gekauft, bestes Wildleder. «Der Stoff, aus dem man Fenstertücher macht», hatte sie nur gespottet. Seitdem hatte er beschlossen, sich ganz auf seine inneren Werte zu verlassen und solo zu bleiben. Solitary man.
Die freie Wildbahn war für ihn tabu. Frauen waren für ihn tabu. Junge Frauen erst recht. Also tat er auf seinem Weg ins Ballhaus so, als würde er sich wirklich für diese kindische Kunst interessieren, die in dem halben Dutzend Galerien ausgestellt war, die er auf dem Weg dorthin passieren musste. Er blickte interessiert in Joops Wundertütenshop, wo die Kollektion des Vorjahres verkauft wurde und ein riesiger Golden Retriever seine väterlichen Beschützerinstinkte für die Verkäuferin weckte, die mit dem Hund so gar nichts anfangen konnte. Eigentlich hätte er Mitleid mit dem Hund empfinden müssen. Er spazierte raschen Schritts an dem KW-Museum für Moderne vorbei, dem Tempel der avantgardistischsten Avantgarde, und vermied jeden Gafferblick auf die Jeff-Koons-Girlies, die dort ein- und ausströmten. Das reifere Publikum zog es nebenan ins Me-Museum, das ein reicher Mäzen in Angedenken an das Geld seiner Vorfahren vom Betonhimmel hatte fallen lassen.

Samstag, 10. März, 12 Uhr
Clärchens Ballhaus

Er kam sich so sinnlos alt vor in dieser Umgebung und sinnlos arm. Irgendwann würde er sich gar nicht mehr aus der Wohnung trauen. Natürlich hätte er umziehen können. Aber für die Seniorenparks in der Toskana oder am Starnberger See fehlte ihm das Geld, außerdem lohnte der Aufwand nicht mehr. Wenn er so seine Altersgebrechen summierte, konnte er sich ohnehin gleich die Kugel geben.
Claasen grinste. Selbstmitleid war eine feine Sache. Auch wenn Martina und ihre Mutter das anders sahen, er hatte noch nie wirklich den Spaß daran verloren. Ein wenig Masturbation der Seele. Klang abgeschmackt, tat aber gut. Das ganz hohe Pathos war nicht so sein Ding.
«Sie haben sich also doch noch nicht Ihren ganzen Verstand weggesoffen», hatte Klimt am Telefon geraunzt, als ob sie uralte Freunde wären. «Umso besser, ich hab da eine Bitte an Sie.» Das Wort «Bitte» war ungewöhnlich aus dem Munde Klimts. Claasen konnte sich nicht vorstellen, dass dieser Mann jemals um etwas gebeten hatte. Es sei denn den lieben Gott um den Gefallen, ihn eine Woche vertreten zu dürfen. Von wegen: Es liegt da ja einiges im Argen …
Klimt kannte ihn als Schwächling und er kannte Klimt als Wichtigtuer. Er hatte seine Bücher gelesen, und etliche Artikel, aber so brillant er auch sein mochte, sein Verhängnis war sein Ego. Er nahm sich einfach zu wichtig. Das machte ihn angreifbar. Vielleicht drohte er deshalb mit seinem Suizid durch Fremdverschulden. Die Toten sind unantastbar … und ihr Ego unsterblich.
Claasen hatte Martina nicht über die Bekanntschaft mit Klimt informiert. Die Begegnung lag lange zurück und der Briefwechsel war seine Privatsache. Er wusste, dass Martina ihn nur aus Mitleid mit Rechercheaufträgen versorgte. Da schmeichelte so ein kleiner Wissensvorsprung seinem verletzten Stolz. Das galt auch für die Sache mit Ayn Goldhouse. Da würde sie verdammt noch mal staunen.
Vor Clärchens Ballhaus staute sich eine Busladung murrender Touristen. Im Vorgarten waren noch etliche Tische frei, aber alle schie-

nen reserviert. Die Kellner schüttelten bedauernd den Kopf, doch allzu traurig schienen sie nicht, den Trupp der Sandalenträger wieder wegschicken zu müssen.
Das Ballhaus selbst lag etwas zurückgesetzt. Die Fassade war noch immer unverputzt, als diente sie Tag und Nacht als Kulisse für einen der Spaßfilme über die Wendezeit. Aber der Garten war schön, alle möglichen Pflanzen blühten, und Jahr für Jahr nahm sich Claasen vor, ihre Namen zu recherchieren, und vergaß es dann doch wieder. Die Garagen im Hofgarten wirkten, als würde Marlene Dietrich dort für immer ihr Cabrio geparkt haben, und im Ballsaal des ersten Stocks hatte Gustav Gründgens Klaus Mann geküsst oder auch nicht, jedenfalls fühlte er sich wohl hier, ganz gleich, wie viele Touristen inzwischen heranstürmten, um auf den Geschmack der guten alten Zeit zu kommen.
Links im Garten waren alle Tische besetzt. Rechts, nahe dem Haus und der Hofmauer, schien noch viel Platz. Aber auf allen Tischen standen «Reserviert»-Schildchen. Vermutlich Klimts ganz persönlicher VIP-Bereich. Er zögerte noch, ob er sich in einen Disput mit den Kellnern einlassen sollte, da zerrte ihn ein Mann vorwärts.
«Kommen Sie, kommen Sie bitte!»
Es war keine unhöfliche Aufforderung, aber Claasen mochte es nicht, unaufgefordert angefasst zu werden, und ruckte in Boxermanier zur Seite, beide Fäuste zur Abwehr geballt.
«Kleiner Rocky-Opi, wie?!» Der Zweizentnerkoloss grinste ihn freundlich an. «Jetzt tu dir mal nich weh, sondern mach die Fingerchen grade zum Essenfassen! Da geht's lang!» Er schubste ihn beinahe zärtlich Richtung hintersten Tisch.
«So! Brav setzen! Der Chef ist schon unterwegs! Und nichts für ungut!»
Claasen sah ihm verdutzt nach. Er hätte nicht gedacht, dass es solche Typen überhaupt noch gab. Proletenkolosse aus dem Wedding, die mit ihren wurstdicken Patschefingern abends Topfwärmer für Mutti häkelten.
«Das Herz auf dem rechten Fleck! Das hat er. Erwin heißt er. War

früher Rausschmeißer beim Sechstagerennen. Da hab ich ihn auch kennengelernt. Flinker Bursche, trotz seiner hundert Kilo Kampfgewicht.»

«Wie haben Sie sich denn herangeschlichen?»

Claasen wich überrascht zurück. Klimt klopfte ihm belehrend mit dem Knauf seines Spazierstocks auf die Brust.

«Wer muss denn schleichen, wenn die Aufmerksamkeit des Gegenübers einem ganz anderen gilt? Sie blicken rechts, ich komm von links.» Er wies auf den Lieferanteneingang, der sich hinter einem Busch verbarg. «Keine Zauberei!»

Claasen musterte Klimt misstrauisch. Er war nicht so fett, wie er im Fernsehen wirkte. Jedenfalls nicht viel dicker als er selbst. Dennoch traute er ihm nicht allzu viel Behändigkeit zu.

«Setzen wir uns!» Klimt klopfte ihm jovial auf die Schulter und wies auf den Stuhl zur Gartenseite. «Sie entschuldigen, wenn ich mich mit dem Rücken zur Wand setze, aber meine Leibwächter bestehen darauf!»

Klimt setzte sich schnaufend und wies noch einmal einladend auf den Stuhl ihm gegenüber. «Bitte, setzen Sie sich doch! Nur keine Umstände!»

«Danke», entgegnete Claasen knapp.

Die beiden taxierten sich eine Weile, als gelte es, das Kampfgewicht abzuschätzen. Klimt trug wie immer einen viel zu weiten Anzug von der Stange. Das weiße Hemd stand einen Knopf zu weit offen und ließ eine breitflächig behaarte Brust erahnen. Seine kleinen fleischigen Hände hatte er zu Fäusten geballt, die er unruhig auf dem Tisch hin und her wendete. Im Sitzen schien er noch kleiner, noch bissiger. Vermutlich hatte er die Füße wie ein Sumo-Ringer in den Boden gestemmt, Blitzableiter seiner ewig tobenden Wut. Aber so wütend schien er heute gar nicht. Claasen konnte mit dem leicht anzüglichen Lächeln Klimts wenig anfangen. Gute Laune war das Letzte, was er von dem Mann erwartet hätte.

Aber Klimt lächelte, ausdauernd und selbstzufrieden. Von Aufregung keine Spur. Sein Lächeln war breit und genussvoll. Wie ein

Ölfilm überzog es das ganze Gesicht. Öl. Claasen schnaufte verächtlich. Massageöl. Deswegen dieser speckige Eindruck.
«Na, endlich haben Sie es begriffen!»
Klimts Lächeln wurde eine Spur spöttischer.
«Noch nie bei einer Nutte gewesen? Noch nie eine Entspannungsmassage genossen? Tut mir leid, aber das sieht man Ihnen an!»
Claasen ärgerte sich, dass er sich erst so spät einen Reim auf Klimts unnatürliche Gelassenheit hatte machen können. Klar, deswegen hatte er ihn ins Ballhaus einbestellt. In den Seitenstraßen zur Oranienburger waren etliche Massagesalons von Rumänisch-Billig bis Thai-Luxus. Daher dieses babywarme, speckige Lächeln und diese widerlich anmutende Zufriedenheit.
«Ich brauch das zur Entspannung.» Klimt brachte es nicht wie eine Entschuldigung vor, eher schon wie eine pharmazeutische Verlautbarung.
Claasen hatte sich nie Gedanken darüber gemacht, welche Männer eigentlich zu Huren gingen. Klar, abends, auf der Oranienburger sah man die Typen, betrunkene Touristen, Großstadtstreuner, Familienväter, die klammheimlich einen Blick riskierten, aber die hielten das Geschäft nicht im Gange. Das waren Männer wie Klimt. Die kurz mal in der Mittagspause Erleichterung suchten. Und sich dann stolz den Gürtel wieder enger schnallten, damit der Bauch nicht so vorquoll.
«Verziehen Sie nicht so angewidert das Gesicht! In meinem Alter sind Nutten ein Segen! Liebe gibt's für Männer wie mich nur gegen Geld. Von Sex ganz zu schweigen!»
Claasen schüttelte langsam und beharrlich den Kopf.
«Ich kann Freier nicht ausstehen!»
«Ach reden Sie keinen Scheiß. Sagt Ihnen der Name Lemmy etwas? Motörhead? Härteste Heavy-Metal-Band aller Zeiten? Mann, waren Sie nie jung? Immer nur Joan Baez im Duett mit Dylan?! Lesen Sie seine Autobiografie, die von Lemmy mein ich. Männer, die an der Front stehen, können sich Romantik nun mal nicht leisten. Da ist es fairer, cash zu zahlen. Fairer für beide Seiten!»

Klimts Grinsen wurde unerträglich. Claasen wandte sich dem Kellner zu, der einen gewissen Abstand zum Tisch zu halten schien.
«Eine große Apfelsaftschorle ohne Eis, bitte!»
«Extravagant, extravagant! Das ‹ohne Eis› meine ich! Sie entschuldigen, wenn ich mich nicht ganz so enthaltsam aufführe und ein wenig Perlwein nippe?!»
Klimt orderte eine Flasche Chardonnay. Claasen hatte eigentlich noch den Zusatz «vom Feinsten» erwartet, aber der blieb aus.
«Ich hab die Hoffnung nicht aufgegeben, den französischen Tod zu sterben ... in den Armen einer Frau, deren Krokodilstränen meinen trockenen Teint auffrischen. Was kann es Schöneres geben? Blicken Sie nicht so puritanisch! Ich hab Sie ganz anders in Erinnerung! Sind wohl lange nicht mehr hier unterwegs gewesen? Sollten Sie aber! Sie wirken seltsam unentspannt! Kopulieren ist allemal angenehmer als Kollabieren. Ich hab eine Datei», er klopfte sich an die Brusttasche, «mit den schönsten Frauen der Welt. Allesamt käuflich versteht sich. Würd ich Ihnen glatt kostenfrei überlassen! Wenn wir unser Geschäft erfolgreich erledigt haben!»
«Geschäfte? Wir beide?» Claasen verschränkte ablehnend die Arme.
«Ja, ein Geschäft! Ich brauche Ihre Hilfe bei einer kleinen Theateraufführung ... Nennen wir es mal eine morgendliche Matinee, bei der ein wenig Blut fließen wird.»
Klimt wies mit dem Stock auf Claasens Revers.
«Keine Sorge! Ihrem Sakko wird das nicht schaden! Sie werden es wohl nie begreifen, dass Cord-Sakkos Ihnen nicht stehen! Immerhin, der Bart ist gestutzt! Nichts für ungut, war ein Scherz! Sie sehen blendend aus, für Ihr Alter und Ihre Vergangenheit. Viel Sport, wie?! Hält nüchtern! Prost denn mal! Auf das Leben nach dem Koma!» Klimt hob das Glas und prostete Claasen grinsend zu.
«Ich sollte auch Sport machen! Ihr Körper wirkt ein wenig ... na, wie soll ich sagen, durchatmeter als meiner. Ja, das ist ein gutes Wort: durchatmet!»
Er lehnte sich zufrieden zurück, als wäre damit sein geistiges Tagewerk beendet.

«Abgesehen davon, Sie haben meine Statur! Knapp eins siebzig schätze ich. An die neunzig Kilo Kampfgewicht. Die werden wir auch nicht mehr los. Ich jedenfalls nicht. Von daher ist es egal, ob ich sie in Form von Fett oder Muskeln mitschleppe!»
Claasen nahm einen weiteren großen Schluck aus seinem Glas. Aus alter Gewohnheit griff er es mit beiden Händen, obwohl sie schon lange nicht mehr zitterten. Klimt nickte ihm versonnen zu.
«Ich weiß, Sie sind in Eile. Lassen Sie uns etwas zu essen bestellen. Mittagszeit. Ich habe Hunger. Meine Gefühle sind allesamt pünktlich. Das macht den Umgang mit ihnen so leicht.» Er lachte anzüglich. «Ich empfehle die Buletten. Ein italienischer Koch, aber die Buletten sind vom Feinsten. Wie bei Muttern ... So heißt es doch!»
Klimt wirkte vollkommen überdreht. Claasen hatte keinen Plan, er spürte, alles, was er tun musste, war Klimt einfach aus der Deckung kommen lassen.
«Einverstanden!»
Klimt schnippte mit den Fingern. «Junger Mann, zwei Mal Buletten bitte, mit viel Senf!» Claasen schüttelte amüsiert den Kopf.
«Schön, dass ich Sie erheitere! Was ich im Folgenden mitzuteilen habe, wird Sie nicht unbedingt erfreuen! Sehn Sie sich um in der Runde. Ich hab Sie nicht zufällig hierher gebeten.»
Klimt schwenkte seinen Spazierstock im Halbkreis.
«Gut ausgebildete, gesund ernährte, bilingual parlierende Mittdreißiger, die keinen blassen Schimmer haben von dem, was um sie herum passiert. Die Google-Facebook-Krake weiß mehr über uns, als die Gestapo je über Hitlers Untertanen wusste, oder Stalins Tscheka über die Sowjetsklaven, aber niemand fühlt sich bedroht. Das ist Faschismus in Reinkultur ... Wohlfühlen in der Despotie!»
«Sie agieren gewaltfrei und demokratisch.»
«Gewaltfrei? Das ist Definitionssache. Offensichtlich haben Sie keinen Schimmer, welche Energieressourcen die Server der Google-Gangster und der Facebook-Faschisten verbrauchen, oder? Machen Sie sich kundig! Ich bin es leid, den Nachrichtensprecher für Katastrophen zu machen ...»

«Ihre spektakuläre Wortwahl setzt Sie automatisch ins Unrecht. Das ist Ihnen schon klar, oder?! Da mag man in der Sache noch so versucht sein, Ihnen zuzustimmen …»
«Facebook-Faschisten?! Wie würden Sie es sonst nennen wollen, wenn das Leben aller in einem großen Buch verzeichnet ist und keiner weiß, wer es eigentlich in den Händen hält und vor allem wozu?!»
«Na ja, Mark Zuckerberg mag man sympathisch finden oder unsympathisch, aber er ist definitiv kein Faschist …»
«Definitiv, definitiv!», äffte Klimt ihn nach. «Nur weil er Jude ist, oder was? Und wer steht hinter ihm? Wer steht hinter Mark Zuckerberg?»
«Die Weisen von Zion? Oder welche Verschwörungstheorie brüten Sie wieder aus? Soweit ich weiß, steht niemand hinter Mark Zuckerberg …»
«Wie naiv … wie naiv.»
Klimt vierteilte seine Bulette und stopfte sich die großen Stücke grimmig in den Mund.
«Wie naiv seid ihr eigentlich alle! Die Cloud hat euch alle schon geschluckt! Ich kenne keinen unter dreißig, der nicht nach ein paar Minuten auf sein Handy schielt. Nutten ausgenommen. Aber die bezahl ich ja auch für ihre Aufmerksamkeit. Mich wundert, dass Sie noch nicht nach Ihrem Handy geschielt haben!»
«Ich hab es zu Hause gelassen. Wie immer, wenn ich verabredet bin.»
«Sehr lobenswert! Mark Zuckerberg ist Alleinherrscher in seinem Reich, das immerhin von einer Milliarde Menschen bevölkert wird. Wie nennt man so etwas mit Fremdwort, acht Buchstaben, der erste ein D das letzte ein R wie in Arschloch, ganz recht: Diktator! Nur weil dieses Reich ein virtuelles ist, ist seine Alleinherrschaft keine virtuelle. Im Gegenteil, sie ist sehr real. Börsennotiert real! Was starren Sie so auf Ihren Seniorenteller? Schmeckt es Ihnen nicht … Eigentlich wollte ich ja mit Ihnen einen kleinen Kontrollgang durch Mitte machen. Aber das hätte mich deprimiert. Ich bemerke

mit durchaus gemischten Gefühlen, dass die Stadt vor die Hunde geht. Wissen Sie, in einem gewissen Sinn tut es mir durchaus leid. Wer wie ich nur gelegentlich nach Berlin kommt, sieht den Verfall ja geradezu im Zeitraffer. Kommen Sie mir jetzt bitte nicht mit der unerhörten Steigerung des Kreativpotenzials … Diese Galerien hier in der Straße, haben Sie einen Blick hineingeworfen, nein? Ich glaube Ihnen kein Wort. Ich vermute, Sie sind meiner Meinung und wollen es nur nicht zugeben. Das alles ist Kinderkram. Die Enkel verplempern das Erbe der Großeltern. Berlin bezahlt eine furchtbare Strafe für die Verbrechen der Nazis. Was sind das denn für Menschen, die sich freuen, wenn ihre Heimatstraßen arabisch oder türkisch werden …?»

«Die Menschen, die hier leben, sind Berliner. Meines Wissens leben Sie nicht hier, sondern in Boston. Worüber regen Sie sich also auf … Darüber, dass Sie nicht mehr dazugehören?»

«Ich lege keinen Wert darauf, dazuzugehören», entgegnet Klimt kalt. «Diese Stadt ist ein Musterbeispiel für nationalen Selbsthass. Aber die Selbstauslöschung des deutschen Volkes entschädigt nicht für den Holocaust. Es stiehlt sich einfach so davon, das finde ich sehr ärgerlich. Wollen Sie nicht doch einen Schluck …»

Claasen hatte sein Essen nicht angerührt. Er hatte keinen Appetit. Klimts Gerede schlug ihm auf den Magen. Die Abneigung gegen diesen Mann breitete sich in seinem Körper aus wie ein billiger Weinbrand, der alle Geschmacksnerven verätzte.

«Nein, einen Spaziergang durch diese Stadt wollte ich uns beiden ersparen. Ich weiß ja nicht, wie es Ihnen geht, ich ertrag sie schon körperlich nicht mehr, diese verkabelten Marsianer überall … Nur noch gekoppelt an die Cloud. Gänzlich ohne Eigenhirnanteil. Jeder redet vor sich hin, in ein unsichtbares Mikrofon. Sie nennen es Transparency! Alles nur Simulation von Kommunikation! Das nenne ich Faschismus. Gleichschaltung ist Faschismus. Normierung ist Faschismus. Diese Leere ist Faschismus. Simulation von Sinn ist Faschismus! Diese Stadt ist tot, tot, tot.»

Klimt schnappte nach Luft. Claasen goss ihm nach. Besser, als ihm auf den Rücken zu klopfen oder den Defibrillator zu ordern. Klimt atmete sehr beherrscht ein und aus.

«Aber ich muss zugeben», fuhr er betont ruhig fort, jeden Tropfen des Weins einzeln verkostend, «ich habe Berlin schon immer gehasst ... Ich empfinde eine Liebe zu Wien, zu Salzburg, zu den kleinen Universitätsstädten, aber zu Berlin ... nein, durchaus nicht! Ich kann Menschen nicht verzeihen, warum sollte ich Städten verzeihen. Es war kein Zufall, dass diese Stadt die Hauptstadt des Bösen wurde. Die Menschen hier sind keine guten Menschen!»

Er hieb mit seinem Spazierstock auf dem Tisch. Endlich hatte er die Aufmerksamkeit, die er offensichtlich gesucht hatte. Zumindest ließ das Grinsen der Kellner das vermuten. Das Personal des Ballhauses hatte schon einige Skandale überlebt. Sie waren geschult darin, öffentlichkeitswirksame Eklats zu produzieren oder zumindest in ihrem geregelten Ablauf nicht zu behindern. Pöbelnde Schauspieler, betrunkene Politiker, die Bacchanalien der Boheme, alles war im Angebot. Da war ein cholerischer Philosophieprofessor, der gegen Gott und die Welt schäumte, nur eine ganz kleine Nummer. Das Publikum nahm es amüsiert. Man sah herüber, aber die Etikette der Großstadt verlangte es, nicht allzu empört dreinzusehen. «Das ist Berlin», raunten nicht wenige mit unterdrücktem Stolz ihren Wochenendbesuchern zu. «Das gibt's nur hier!»

Klimt war zufrieden mit den Reaktionen auf seinen kleinen Ausbruch. Zu Claasen gewandt senkte er seine Stimme verschwörerisch.

«Ist nun mal mein Markenzeichen ... Ungezogenheit ... Ich könnte mich noch viel ungehöriger aufführen, glauben Sie mir.»

Er drohte mit seinem Stock den wenigen Neugierigen, die noch immer zu ihm herüberstarrten.

«Das lässt die Dummen glauben, ich sei gebrechlich. Ich brauch das Teil nicht zum Gehen ...» Er hob ihn leicht wie einen Taktstock. «Sie werden gleich sehen, wozu ich ihn wirklich brauche!»

Claasen überwand sich und nahm einige Bissen von der Bulette. Ein Bier wäre jetzt nicht schlecht gewesen. Dann hätte er diese

Veranstaltung hier ein wenig gleichmütiger ertragen. Es war eine Show, die Klimt inszenierte. Für ihn ganz persönlich, aber auch für die vielen Zufallsgäste. Einige hatten Klimt ja offensichtlich schon erkannt und schickten die ersten Zeugenfotos Richtung Netzorbit. Fehlte nur noch, dass ein Fernsehteam auftauchte oder eine rasende Reporterin. Klimt auf Promotion-Tour. Er nahm einen kräftigen Schluck Apfelsaftschorle.

«Auf Ihr Wohl!» Er prostete Klimt zu. Der grinste anzüglich zurück und griff nach Claasens Arm.

«Sehen Sie den jungen Mann dort … Mit dem hochroten Kopf. Der die ganze Zeit schon herüberstarrt. Jetzt endlich fasst er den Mut aufzustehen, trotz seiner vollen Hose. Na, na, welchen Weg schlägt er ein?!»

«Er kommt an den Tisch», konstatierte Claasen nervös. «Jetzt sagen Sie mir bitte nicht, dass er uns gefährlich werden kann!»

Er kam sich vor wie in einem schlecht gedrehten Werbespot für Gewalt gegen Ältere. Vermutlich würden gleich zwei, drei von Klimts Bodyguards aus dem Ballhaus stürmen, um sich auf den Angreifer zu stürzen. Denn nach einem Angriff sah es aus. Mit ausgreifenden Schritten stürmte er auf den Tisch zu, der Oberkörper kippte beinah über vor Erregung.

«Er will mir drohen …!», stellte Klimt stolz fest.

«Bewaffnet?»

«Keine Sorge. Das ist der Typus, der nie trifft. Zu blöd zum Nasebohren. Und viel zu aufgeregt. Außerdem kenn ich ihn aus einigen Podiumsdiskussionen …» Er wandte sich freundlich dem jungen Mann zu, der abrupt vor dem Tisch zum Stehen gekommen war.

«Herr Riedel! Wie schön, Sie hier zu sehen …»

«Ganz meinerseits!», fauchte der Mann und sah sich sichernd nach hinten um. Aber der Kellner hielt Abstand und Klimts Sumo-Ringer war nirgendwo zu sehen.

«Ich störe …?»

«Keineswegs! Sofern Sie sich nicht setzen wollen … Sagen Sie, was Sie zu sagen haben, und dann tschüss, arrivederci, servus und auf

Wiedersehen! So heißt es doch in ihren verarmten Akademikerkreisen, oder?!»
«Keine Sorge, ich werde Sie nicht über Gebühr belästigen, Sie dummes Schwein. Ich kann Ihnen gar nicht sagen, wie ich mich freue, dass Sie endlich vor die Hunde gehen …!»
Der junge Mann trat noch einen Schritt näher an den Tisch und stützte die Hände auf, die Augen fest auf Klimt gerichtet. Claasen schien er gar nicht wahrzunehmen, sehr zu dessen Beruhigung.
«Warum sollte ich mir eigentlich das Vergnügen nehmen lassen, Sie persönlich zu töten …», zischte er.
«Weil Sie zu feige sind!», grinste Klimt.
Claasen war sich nicht sicher, ob das die richtige Antwort war. Aber ein Polizeipsychologe war weit und breit nicht in der Nähe. Er kannte diese Art von Spinnern, Berlin hatte viel zu viele davon. Man war sich nie sicher, ob man sie einfach auslachen oder nicht doch besser in die Zwangsjacke stecken sollte.
Aus dem Halbschatten der Eingangstür zum Ballhaus war der Ringer herausgetreten, aber er war noch immer zu weit weg, als dass er hätte eingreifen können, wenn der Irre ein Messer gezückt hätte.
«Kommen Sie, Riedel, beruhigen Sie sich!» Klimt klatschte aufmunternd in die Hände.
Der junge Mann hatte sich wieder aufgerichtet, aber er fixierte Klimt mit einem ausdauernd bösen Blick. ‹Was für ein mageres Kerlchen›, dachte Claasen mitleidig. ‹Was für ein schäbiger Anzug.› Er schimmerte an einigen Stellen ganz matt, so oft war er abgebürstet worden. Der Mann war nicht ungepflegt, konstatierte Claasen, er wirkte auch nicht dumm. Es brannte nur eine viel zu verzehrende Flamme in ihm. Ein Gottsucher, der sich abseitshielt von den Menschen und nur noch für seinen Wahnsinn lebte. Ein gefährlicher Mensch.
«Es wäre eine Erlösung für die Menschheit, wenn ich Sie töten würde.»
«Mag sein. Aber es wird Ihnen nicht gelingen. Den Zeitpunkt meines Todes bestimme immer noch ich selbst …»

Klimt genoss ganz offensichtlich die Situation. Selbst die blasiertesten Gäste des Ballhauses hatten sich nun der Szenerie zugewandt. Niemand wirkte erschrocken. Keiner schien gewillt einzugreifen.
«Sie alter Mann wollen mich hindern! Mit ihrem albernen Pan-Tau-Stöckchen …»
Der junge Mann schlug an seine Brusttasche. Claasen war versucht aufzuspringen. Aber sein Instinkt sagte ihm, da war keine Waffe im Spiel. Die Bewegung war keine aggressive.
«Das Wort Gottes!» Der junge Mann klopfte sich an die Brust, wieder und wieder. «Das Wort Gottes ist in meinem Herzen. Gott ist stärker als all seine Leugner. Gott überlebt all seine Feinde. Gott hat sie verstoßen!»
Jetzt wurde es gefährlich, dachte sich Claasen. Jetzt hatte er seine Predigt gehalten und seine Hände wussten sich nicht mehr zu beschäftigen. Jetzt würde er sie am liebsten Klimt um den Hals legen. Der unbändige Hass straffte die Gesichtszüge des Mannes, verzerrte sie ins Maskenhafte. Wie ferngesteuert trat er wieder näher an den Tisch und hob die Hände. Claasen musterte sein Gesicht. An den Augen konnte man den Grad der Bedrohung ablesen, hatte er irgendwann einmal in einem Deeskalationsseminar gelernt. Aber diese Augen wirkten nur noch tot. Er musste nichts mehr sehen, er wusste, was er tun wollte. Er wollte töten. Er wollte Klimt töten. Das Blut war aus dem Gesicht gewichen. Claasen starrte auf den Mund des Mannes. Ein Herpesgeschwür hatte die Oberlippe blutig verdickt. Immer wieder hatte er offensichtlich die kleinen eitrigen Bläschen aufgekratzt, bis sie nicht mehr verheilen konnten. Eine wandelnde Wunde dieser Kerl. Claasen griff nach Messer und Gabel. Besser als nichts, dachte er. Der Mann stand jetzt ganz dicht vor Klimt. Der musste zu ihm aufsehen, was ihm gar nicht gefiel.
«Keinen Schritt näher!», fauchte Klimt. Ging ja auch gar nicht, dachte sich Claasen besorgt. Klimt hob seinen Spazierstock und drückte ihn dem jungen Mann in den Magen. Der sah belustigt an sich hinunter, als wäre ein Kinderpfeil auf ihn abgeschossen worden.

«Wer garantiert Ihnen, dass diese Stockspitze nicht in Pfeilgift getaucht ist …»
Der Mann wich keinen Zentimeter zurück. Er starrte auf Klimt hinab. Seine Hände krampften sich ineinander. Er wirkte, als wäre sein ganzer Körper von einem Juckreiz befallen.
«Sie sind verrückt!», presste er hervor. «Sie sind der Verrückte. In Ihnen ist das Gift. Sie sind vergiftet. Sie leugnen den Herrn! Gott hat Sie verlassen, weil Sie Gott verlassen haben. Kommen Sie zurück zu uns!»
«Zurück zu Ihnen?!», Klimt lachte lauthals, den Blick Beifall heischend zum Publikum gewendet. «Sie meinen zurück in die Schafherde der Gläubigen?! Ich mag verrückt sein. Aber ich bin nicht dumm. Verschwinden Sie jetzt … sofort, auf der Stelle! Kusch! Sonst bin ich gezwungen, Gewalt anzuwenden! Sehen Sie den kräftigen Mann da im Eingang. Und den Mafiosi daneben, der sich als Kellner tarnt?! Wenn Sie jetzt nicht sofort verschwinden, lass ich Sie vierteilen und verscharren, bei lebendigem Leib, einfach so … Die schneiden Ihnen die Eier ab, stopfen sie Ihnen in den Mund und verfluchen dabei die Jungfrau Maria! Totgeweihte haben mehr Spaß, es wartet keine Strafe mehr auf sie – nur die Langeweile im Jenseits! Capisce? Also verschwinde, du kleiner Drecksack, bevor ich mich vergesse und meine guten Vorsätze …!»
Der junge Mann kämpfte mit sich. Ein Krampf schüttelte seinen ganzen Körper. Klimts Beleidigungen hatten genau das Gegenteil dessen bewirkt, was sie bewirken sollten. Der junge Mann war nicht beleidigt, er schämte sich für ihn, für Klimt und die ganze verstockte Menschheit. Die Gewalt kehrte sich nach innen. Claasen fürchtete einen epileptischen Zusammenbruch, denn der Mund des Mannes öffnete sich zu einem breit gezogenen Schlitz. Aber es trat kein Schaum heraus, nur ein wenig Speichel tropfte herab. Er wischte sich herb den Mund und riss sich dabei die verblutete Oberlippe wieder auf.
«Gott ist bald fertig mit Ihnen! Die Gnade des Herrn ist Ihnen sicher! Beten Sie …»

Er trat zwei, drei Schritte zurück. Dann wandte er sich um und eilte gehetzt aus dem Garten. Claasen hoffte nur, dass die Gaffer an den Tischen seinen Abgang nicht mit Applaus begleiten würden. Das war so die Art Berliner Humor, die er ganz und gar nicht mochte. Irgendwie tat ihm der junge Mann leid. Er erinnerte ihn an Kafka. Ein dünner Mann mit Hut, der so gar nicht begriff, warum er den anderen so viel Anlass zum Spott bot. Oder ein Schauspieler. Ohne festes Engagement. Kurz vorm Verhungern. Er sah Klimt misstrauisch an. Der tat so, als würde er sich noch immer maßlos aufregen.
«Einer dieser Spinner aus den Verliesen des Vatikans», schimpfte Klimt. «Sie glauben gar nicht, wie viele von diesen Typen mich verfolgen. Live and die on this day, live and die on this day … Immer die gleiche Melodie. Sie verwetten ihre ganze Existenz auf einen Gott, wie absurd. Wie selbstzerstörerisch. Na ja, man gewöhnt sich dran. Wo waren wir stehen geblieben?»
«Irgendeiner hat Fotos gemacht, oder?» Claasen schnaufte verächtlich. «Das war doch ein geplanter Eklat hier?!»
Klimt schenkte sich nach, hob das Glas, nickte in die Runde. Dann beugte er verschwörerisch den Kopf zu Claasen.
«Das war es, ganz recht! Eine Inszenierung. Wobei der junge Mann durchaus Talent zu mehr hat. Ein echter Raskolnikow. Und ein fotogener Bursche noch dazu. Carolin wird es gefreut haben!»
Klimt wies auf eine Frau in der gegenüberliegenden Ecke, die ihr riesiges Teleobjektiv auf ihren Tisch gerichtet hatte und nun kurz den Daumen hob, um anzuzeigen, dass die Szene abfotografiert war.
«Alles dokumentiert, ganz recht. Publicity ist nicht nur gut fürs Geschäft, sondern auch für mein Ego. Ich weiß, ich weiß, ich bin Ihnen unangenehm, die Wahrheit ist Ihnen unangenehm. Zu exhibitionistisch das Ganze?! Da mögen Sie recht haben! Wiewohl, als Trinker hatten Sie ja seinerzeit auch einen gewissen Hang zur Selbstdarstellung, oder? Wie oft waren Sie sich selbst peinlich? Oder Ihrer Frau? Oder Ihrer Tochter? Na ja, das ist ja alles vergessen! Ich will Ihre kostbare Zeit auch nicht zu lange an Anspruch nehmen! Wollen wir es kurz machen, ja?! Ein Deal, es geht hier um einen Deal:

Ich biete Ihnen viel Geld und bitte Sie im Gegenzug um einen kleinen Gefallen?!»

Claasen wischte sich müde die Stirn. Klimts Gerede ging ihm auf die Nerven. Es gab eigentlich nur ein Mittel gegen diese Art von Mensch und ausgerechnet dieses Mittel stand auf der Verbotsliste. Manche Menschen waren nur im Suff zu ertragen. An dieser Einsicht hatte sich durch seinen Entzug nichts geändert. Also gab es keinen Grund, ewig nüchtern zu bleiben. Claasen massierte sich mit der Faust die Stirn. Der Teufel gab nie Ruhe, nie!

«Eigentlich hatte ich Sie ja zu einem Spaziergang bitten wollen, ein Spaziergang der alten Männer, das lenkt von der Versuchung ab, sich ein kühles Bierchen zu genehmigen … Danach ist Ihnen ja wohl gerade, wenn ich Ihre nervösen Zuckungen richtig interpretiere …»

«Leck mich!», unterbrach ihn Claasen, «welchen Deal?!»

«Ein Deal! Ja genau, man wird vergesslich im Alter, man schweift ab. Als ob ich nicht wüsste, was ich für eine Zumutung darstelle. Ein alter Mann, der bald sterben will. Aber wem sage ich das: Wir beide sind ja in einer sehr ähnlichen Lage. Wir beide haben Töchter, die uns hassen! Haben Sie mal in letzter Zeit versucht, sich mit Ihrer Tochter vernünftig zu unterhalten?! Sinnlos. Sie wollen immer recht haben, diese jungen Menschen, dabei haben Sie keinen blassen Schimmer, welches Unheil sie erwartet. Was uns erwartet? Eine moralische Sonnenfinsternis ungekannten Ausmaßes. Diese jungen Menschen verstehen nichts mehr! Sich selbst nicht, die Welt nicht, und uns Alte schon gar nicht mehr. Aber wir wollen ja dennoch, dass sie heil aus dieser Sache herauskommen, unsere dummen, dummen Kinder. Es ist ja unser eigen Fleisch und Blut! Andererseits, ich hätte nie gedacht, dass meine Tochter ein so dummer Mensch werden würde! Vielleicht ist es ja nur Trotz gegen ihren Vater. Reiki, Tarot, Rebirthing – sie hat nichts ausgelassen. Sie hat sich als Medium hergegeben, ging zu Wahrsagerinnen, immer strikt gegen den Vernunftglauben des Vaters. Ich vermute sogar, sie liest heimlich Vampirbücher!»

Er tätschelte Claasen die Hand.
«Darf ich Ihnen noch etwas bestellen. Einen doppelten Espresso vielleicht? Sie wirken müde?!»
«Mir wäre lieber, Sie kommen zu einem Ende!»
«Also, mein Ziel war ursprünglich, die letzten Monate meines Lebens mit meiner Enkelin zu verbringen. Oder glauben Sie im Ernst, mir läge etwas an der Rettung der Welt?»
«Und an der Rettung Ihrer Enkelin? Da liegt Ihnen etwas dran?»
«Nun, da meine Tochter offensichtlich nichts von mir geerbt hat, hoffe ich auf meine Enkelin. Das gebe ich zu, so egoistisch bin ich, dass ich meine Gene nicht ganz verloren geben will. Und ihre schulischen Leistungen geben ja einige Hoffnung. Es ist ja nicht so, dass ich die beiden aus den Augen verloren hätte. Leider blieb mir ja keine Möglichkeit, direkt auf die Erziehung einzuwirken. Sie kennen meine Tochter nicht, sie will alles selbst in die Hand nehmen … Die Hoffnung, mit den beiden Zeit verbringen zu können, habe ich aufgegeben, musste ich aufgeben. Aber ich will nicht, dass ihnen etwas zustößt. Deswegen habe ich die beiden zusammengebracht.»
«Sie haben was?»
«Ich habe dafür gesorgt, dass sich Ihre Tochter und meine Tochter kennenlernen. Zwei Steinböcke …»
«Was versprechen Sie sich davon?»
«Ihre Rettung. Beider Rettung.»
Claasen sah Klimt stumm an. Er hätte sich die Mühe machen können, dessen Gedankengänge nachzuvollziehen. Früher hätte er das sicher getan. Aber er war müde. Er war durstig. Er hätte das alles hier am liebsten vergessen.
«Sagen Sie, was Sie von mir wollen! Jetzt!»
Klimt schlug bequem die Beine übereinander und grinste Claasen mit breitem Lächeln an.
«Das Unangenehmste an meinen Zeitgenossen, an all den alten Männern, die jetzt abtreten müssen, um Namenlosen Platz zu machen: Sie können es einfach nicht ertragen. Sie können ihren Abgang nicht ertragen. Ihre Eitelkeit lässt es nicht zu. Warum

nicht? Weil sie ihre Nachfolge nicht geregelt haben! Diese Idioten von der Presse können viel Schlechtes über mich reden, aber eitel war ich nie.»

«Diese Feststellung entbehrt nicht einer gewissen Ironie!»

«Sie Klugscheißer glauben, ich rühme mich meiner Eitelkeit auf dem Umweg der Bescheidenheit? Unsinn.»

«Ihr Tod macht Ihnen keine Angst?» Claasen beugte sich ein wenig vor, als wollte er ganz genau hören, was Klimt ihm jetzt antworten würde.

«Keine Angst? Doch. Er macht mir höllische Angst. Aber was soll ich tun? Vor der Zukunft hab ich noch mehr Angst. Die Freuden der anderen sind mein Schrecken. Übrigens, ist Ihnen aufgefallen, dass uns keiner mehr beobachtet. So schnell wird man der Menge langweilig! Ich glaube, es wäre an der Zeit, dass wir alten Herren jetzt das tun, was uns wirklich Spaß machen würde!»

«Ich höre …»

«Ein Pornokino aufsuchen. Ganz klassisch! Ich habe mir sagen lassen, in der Potsdamer Straße gibt es noch welche! Die Türsteher dort würden auf uns aufpassen. Wir hätten unsere Ruhe. Sie könnten endlich mal ganzkörperlich entspannen!»

Claasen schüttelte angewidert den Kopf.

«War ein Scherz», beruhigte ihn Klimt, «war ein Scherz! Sie sind so leicht zu verunsichern. Vermutlich denken Sie auf irgendeine antiquierte Art immer noch moralisch! Hab ich Sie ertappt?!»

«Mein Gott noch mal! Ihre Art, die Dinge zu formulieren, gibt ihnen immer unrecht. Immer. Ganz gleich, was Sie sagen. Kapieren Sie das nicht! Ihre Selbstgefälligkeit kotzt mich an!»

«Na endlich eine Gefühlsregung! Ich dachte schon, Sie seien ins emotionale Koma gefallen! Die einfache Frage ist doch, wie schützen wir unsere Kinder vor sich selbst? Ihre Tochter ist nicht glücklich. Meine Tochter ist nicht glücklich. Ihre Tochter ist krank. Ich fürchte, meine wird es auch werden.»

«Das ist nicht unsere Verantwortung! Irgendwann sind Kinder keine Kinder mehr und für sich selbst verantwortlich.»

«Ist es *doch*! Es ist unsere Verantwortung.»
Claasen starrte ihn böse an, aber Klimt blickte gar nicht hin. Seine Augen wanderten nervös die Gästereihen ab, als würde er noch eine weitere Überraschung erwarten. Aber niemand sah zu ihnen herüber. Klimt legte den Spazierstock aus der Hand.
«Mag sein, dass ich meine Tochter schon verloren habe. Aber ich will meiner Enkelin die Zukunft retten und ich will, dass sie die Wahrheit über mich erfährt!»
«Ihr Buch soll Ihnen dabei helfen?»
«Ganz recht. Aber das letzte Kapitel steht noch aus ... Ich bitte Sie, mich dabei zu unterstützen. Ich bitte Sie, mitzuhelfen beim großen Showdown! Es gibt da eine Sache, bei der ich auf Sie angewiesen bin!»
Claasen nickte geistesabwesend. Er hörte noch immer zu, aber Klimt war in seiner Wahrnehmung mehr und mehr an den äußersten Rand gewandert, weit, weit weg aus dem Gesichtskreis. Ihm war plötzlich eine Einsicht gekommen, die ihn fast laut auflachen ließ, so banal war sie. Klimt war alt. Er redete wie ein alter Mann. Er machte sich breit mit Worten, aber vieles von dem, was er sagte, ergab keinen Sinn. Der schlechte Witz mit dem Pornokino, dieser ausweichende Blick, die zitternden Hände, das Jammern über den Untergang der Welt. Klimt war ein alter Mann geworden. Ein genauer Blick auf seine Hände hätte ihm das sofort klarmachen müssen. Das waren die fleckigen, greisenhaften Hände eines Mannes, der schon am Rande seines Grabes stand. Deswegen dieses Gerede. Klimt hatte Angst, Angst vor jedem nächsten Schritt.
«Wollen Sie dabei sein beim großen Showdown? Ganz persönlich dabei sein?»
‹Beim großen Showdown›, echote es nur in Claasens Hirn. Er war noch zu sehr mit seiner Entdeckung beschäftigt, die eigentlich keine war. Klimt war ein alter Mann. Und er selbst war es auch.
«Einhunderttausend Euro. Ich zahle Ihnen einhunderttausend Euro ... Wenn Sie bei diesem kleinen Spiel mithelfen.»
«Einhunderttausend?» Claasen sah verdutzt auf. Den Reflex hatte er

sich aus Kneipenzeiten bewahrt. Der Weckruf «Zahlen!» holte ihn aus dem tiefsten Koma zurück.
«Sie sehen mich an, als würden Sie denken, der Mann hat wohl zu viel Geld. Das stimmt, ich hab zu viel Geld … Was ich mir damit kaufen kann, ist ein guter Abgang und eine gute Presse. Nicht zu viel verlangt, oder?»
«Und ich diene Ihrer privaten Euthanasie?»
«Nein. Ihr Auftrag ist viel einfacher. Sie sollen diesen Fall dokumentieren und mir bei einer kleinen Verwechslungskomödie helfen.»
«Statt Applaus droht mir der Tod?»
«Der droht Ihnen ohnehin!» Klimt schnaufte verächtlich. «Sie riechen definitiv nach alter Mann! Sie riechen nach Rückfall, nach Suff! Meine Freundin Ayn Goldhouse würde hämisch lächeln! Sie hat einen Sinn für so etwas. Sie riecht die lebendigen Toten!» Er hob sein Glas. «Aber lassen Sie uns lieber auf die kleine Komödie anstoßen, die wir gemeinsam aufführen wollen …»

Er sah auf dieses Bild. Er sah immer auf dieses Bild, wenn er in seinem Büro saß. Sein ganz persönliches Andachtsbild. Der Höhleneingang ins Jenseits. Er würde es seiner Sekretärin Frau Rückert schenken. Die Vorstellung amüsierte ihn ein wenig. Frau Rückert auf dem Weg ins Jenseits! Sie war längst dort! Er hatte sie vor exakt fünfundzwanzig Jahren eingestellt. Eine Woche nachdem er diese Anwaltsräume angemietet hatte. Ihr Alleinstellungsmerkmal war das schwarze Kostüm gewesen. Er hatte sie verwundert angesehen. «Mein Sohn ist vor Kurzem gestorben», sagte sie entschuldigend. ‹Sehr gut›, dachte er, dann ist sie gedanklich und emotional extern fokussiert, und begreift das, was sie tun muss, nur als Arbeit.› Er hatte sie eingestellt, sie hatte nie Anlass zur Klage gegeben. Auch an das schwarze Kostüm hatte er sich gewöhnt. Offensichtlich gab es keinen anderen Mann in ihrem Leben als ihren toten Sohn. Er hatte nicht weiter nachgefragt. Sie hatte es nicht anders erwartet. Was auch immer an Akten über ihren Tisch ging, welche Gespräche sie auch immer belauschen mochte, er vertraute ihr vollkommen. Aus einem ganz einfachen Grund: Es konnte sie nichts mehr erschrecken. Sie hatte ihr einziges Kind verloren, wie sollte das Leben sich da noch bösartiger zeigen können?

Sie hatte sich um ein Lächeln bemüht, als er am Morgen darauf hingewiesen hatte, dass im Laufe des Tages ein größerer Blumenstrauß für sie eintreffen würde. Auch den Umschlag hatte sie mit einem dankbaren Kopfnicken quittiert. Es war eine nicht unbeträchtliche Summe. Das Geld würde für eine hundertjährige Grabpflege genügen.

In letzter Zeit hatte er sich gelegentlich gefragt, ob er sie mit in den Tod nehmen sollte. Als Schreiberin. Der Gedanke war gar nicht so absurd, viele Pharaonen hatten ihn schon vor ihm gehabt. Vermutlich hätte es ihn nicht einmal sonderlich Überredungskunst gekostet, sie zu diesem letzten Schritt zu animieren. Reanimation ihrer Lebensgeister. Sie würde ihrem Sohn begegnen, so sie denn an den christlichen Himmel glaubte. Was er nicht wusste. Sie hatten nie ein privates Gespräch geführt.

Einmal, ein einziges Mal, hatte sie eine ungehörige Frage gestellt.

Samstag, 10. März, 18 Uhr
von Hausens Büro

Als seine Frau vor etlichen Jahren weinend aus dem Büro gestürmt war, weil er keine Zeit für eine Mittagessen erübrigen wollte. Sie war spontan erschienen damals. Absurd. Frau Rückert hatte sie hinausbegleitet. Ein Taschentuch gezückt. Das unentbehrliche Utensil einer lebenslänglich trauernden Mutter, und hatte sich besorgt bei ihm erkundigt, ob denn zu Hause alles zum Besten stünde. «Ja, keine Todesfälle», hatte er erwidert. Und ein perfides «Gott sei Dank» hinzugefügt.
Ihre Miene war versteinert und blieb es fortan. Sie hatte sofort begriffen, dass er ihre Frage als schamlos empfand und jede Schamlosigkeit dieser Art in Zukunft rigoros abstrafen würde. Das Mittel dazu hatte sie ihm ja selbst an die Hand gegeben. Wen auf dieser weiten Welt interessierte denn schon der Tod ihres Sohnes.

Terry Frost, ein walisischer Maler. Er hatte das Bild vor exakt siebzehn Jahren gekauft. Auf der Hochzeitserinnerungsreise. Seine dümmliche Frau hatte sich eine Cabrio-Rundfahrt durch Südengland gewünscht. Das war so ihre Vorstellung vom Glück. Ein Auto mit offenem Verdeck fahren. Durch eine Landschaft, die sich abgenutzt hatte durch Dutzende kitschige Fernsehfilme, in denen verarmte Barone um die Hand alleinerziehender Börsenmaklerinnen warben. Irgendwann stellte sich dann heraus, dass das Kind ohnehin zur Familie gehörte, weil die Börsenmaklerin vor Zeiten als Stubenmädchen widerstrebend dem wollüstigen Familienoberhaupt zu Willen gewesen war, der bald darauf an seinem schlechten Gewissen und versagenden Bremsen starb. Der Sohn verzieh ihr gern den Tod des Vaters und führte sie rasch zum Altar, dankbar seinen Enkel als Stammhalter akzeptierend.
Elise konnte über solche Ridikülisierungen ihrer Mädchenträume nicht lachen. Er hatte sie damals Elise getauft, weil Rosamunde Pilcher es vermutlich auch getan hätte. Sie war aus einem Roman entsprungen, glaubte nach der Heirat das Glück auf ihrer Seite und staunte sehr verlegen, als sie seine wahre Seite bemerkte. So hätte sie das ausgedrückt, in einer stürmischen Nacht, weinend beim

Durchblättern seines Tagebuchs, in dem er all seine schwärzesten Gedanken notiert hatte. Diarien eines Massenmörders.
In Wirklichkeit war es wie immer viel banaler. Sie hatte sich an seinem kalten Lachen gestört. Anfangs war es nur eine kleine emotionale Erkältung gewesen. Etwas Vorübergehendes, hatte sie wohl gedacht, und sich alle Mühe gegeben, sein Desinteresse durch Leidenschaft zu überspielen.
Das hatte ihn einiges gekostet. Denn sie hielt an jedem besseren Wäscheladen zwischen London und Penzance, in der Hoffnung, ihm ihre Gegenwart zumindest visuell erträglicher zu gestalten. Wie alle dummen Menschen blickte sie mit weit aufgerissenen Augen auf die Welt und verstand nichts. Rein gar nichts.
Sie glaubte tatsächlich, ihn zu lieben. Die Guten lieben immer die Bösen. Sie glauben es zumindest.
Ihr mütterlicher Instinkt riet ihr, seine fehlende Emotionalität durch beharrliches Anfeuern der Nestwärme zu wecken. Ihr Instinkt als eitle Frau empfahl, lodernde Feuer der Leidenschaft zu entfachen, indem sie ihren Körper als Bonbonniere darbot. Beides brachte ihn nur zum Gähnen, das war die einfachste Art, aus ihrer kleinen Erkältung eine ausgewachsene Lungenentzündung werden zu lassen.
Sie wurde tatsächlich krank. Vermutlich in der Hoffnung, so seine Aufmerksamkeit wecken zu können. Sie legten einen längeren Zwischenstopp in Bristol ein. Er brachte sie zu einem sehr teuren Kurarzt, der über ausreichend Erfahrung mit hysterischen Mitgliedern des englischen Hochadels verfügte, und vertat seine Zeit mit kleineren Stadtspaziergängen.
Er mochte überschaubare Städte, sie waren wie eine Bastion gegen den urbanen Wahnsinn. In einer der schmutzigen Seitenstraßen, die von den Touristen gemieden wurden, hatte er die kleine Galerie entdeckt. Eigentlich war es nur eine Parterrewohnung mit sehr großen Fenstern. Im linken Fenster hing ein großes, vergilbtes Plakat mit dem Hinweis auf eine Ausstellung in der städtischen Kunsthalle, die fünfzehn Jahre zurücklag. Im rechten Fenster hing an zwei dünnen metallenen Fäden ein Bild. Sich verjüngende Kreise.

Die Iris eines Wahnsinnigen. Er hatte noch nie die Geduld besessen, einem Menschen lange in die Augen zu sehen. Meist wusste er nach Sekunden, mit wem er es zu tun hatte. Alles andere war kitschiges Kino nach dem Strickmuster «Schau mir in die Augen Kleines». Elise hätte es natürlich gemocht, wenn er ein wenig schmachtender gewesen wäre.
Dieses Bild, das er da sah, war seltsam. Es war ein Einstieg in die Unendlichkeit. Das Auge des Polyphem. Wer auch immer es gemalt hatte, war dem Wahnsinn sehr nah gekommen. Er war in den Laden getreten und von einem kleinen filzhaarigen Köter mit einem hysterischen Kläffen empfangen worden. Es war halbdunkel in dem Raum. Links, hinter einem schmalen Schreibtisch, saß ein junger Mann und blickte ihn erstaunt an.
«Ich interessiere mich für das Bild.» Es war nicht gerade Unruhe, die er mit diesem Satz auslöste. Im Gegenteil. Der junge Mann starrte ihn unverwandt an.
«Lewis, was ist los», kreischte es aus dem Hinterzimmer. Es war schwer zu entscheiden, ob Männer- oder Frauenstimme. «Lewis!!»
«Der Meister!» Der junge Mann wies mit ironischer Geste nach hinten. «Lewis!!» Das Kreischen kam näher. Ein buckliger Gnom in riesengroßen Pantoffeln trat in den kleinen Verkaufsraum und wackelte orientierungslos mit dem Kopf.
Er hatte den alten Maler angesehen und der hatte blöd und blind zurückgestarrt. Debil. Sein Sekretär hatte nur konspirativ geblinzelt und hundert Pfund extra verlangt. Der Preis war auf die Rückseite geschrieben, aber der junge Mann dachte wohl, er könne nicht lesen. Es war dennoch ein günstiger Einkauf gewesen. Die kleine Schwuchtel hatte ihr Taschengeld verdient. Vermutlich hatte er in den Monaten darauf den gesamten Besitz des alten Mannes verramscht und war dann irgendwo in Thailand in den Armen seines Toy Boys verreckt. Ein gerechter Tod.
Der alte Maler, er hatte ihm nicht leidgetan, Mitleid kannte er nicht. Er musste sich das Gefühl gedanklich vergegenwärtigen, um auch nur annähernd nachvollziehen zu können, was andere darunter ver-

standen. Nein, Mitleid war es nicht, Bedauern war es, dass dieser alte Mann so ruhmlos die Welt verließ. Er hatte in seiner Jugend einige Preise eingeheimst und war dann der Kunstwelt einfach so verloren gegangen. Vielleicht hatte er sich auch freiwillig verabschiedet, weil er für das ganz große Geschäft nicht gemacht war.
Er hatte sich hierher zurückgezogen, nach Bristol, in dieses kleine Atelier im Hinterhof, das nicht einmal genügend Licht bot, und hatte begonnen, die Unendlichkeit zu malen.
Dieser alte Mann war nicht schlecht darin, musste von Hausen anerkennen. Auf seinen Reisen hatte er überall nach Bildern gesucht, die ihm ein Gefühl für das Empfinden vermitteln konnten, was Menschen ihm nicht geben konnten, noch nie hatten geben können. Freudiges Staunen über das Glück, anwesend sein zu dürfen. Dergleichen hatte er nie verspürt. Für ihn war Existieren eine Last. Eine Zumutung. Ein Affront des Schicksals. Aber er wusste, dass andere anders empfanden, und er hätte gern geahnt warum. Deshalb war Kunst sein Faible, wie er es in einem der ersten Gespräche mit seiner Frau damals formuliert hatte. «Kunst ist ein Faible von mir. Etwas, das mich schwach werden lässt.» Das ist die eigentliche Wortbedeutung von Faible. Er wusste, das machte ihn interessant, dass er eine Schwäche zugeben konnte. Und dass er sich für etwas begeistern konnte. Denn er verstand einiges von moderner Kunst. Und wenn je Passion in seiner Stimme spürbar war, dann, wenn er über Künstler sprach.
Sie erinnerte ihn gelegentlich an diese glücklichen Tage in England, so hatte sie es empfunden, und an seine Leidenschaft für Kunst, aber welchen Sinn hatte es, mit ihr darüber sprechen zu wollen?!
Was sich Dummköpfen nur schwer vermitteln lässt – und er zählte sie zu den Dummköpfen, wiewohl sie sich anfangs viel Mühe gab, ihn zu begreifen nach Maßgabe ihrer Möglichkeiten –, ist der Hass auf die Unendlichkeit. Die Zumutung einer Ewigkeit, die man ahnen, aber nie begreifen kann. Fragen zu stellen, deren Antworten nie in Reichweite sein werden. Weder in Reichweite der eigenen Vernunft noch in Reichweite der menschlichen Vernunft überhaupt. Nur ein ganz perfides Gehirn konnte sich eine solche Versuchsan-

ordnung ausgedacht haben. Diese offensichtlich bösartige Intelligenz Gott zu nennen, war absurd. Die Unendlichkeit ist eine Demütigung des menschlichen Geistes, das hatte er schon als Kind so empfunden, wenn er in seinen Albträumen Nacht für Nacht ins Bodenlose gefallen war. Nie irgendwo anzukommen, nie zu erfahren, warum die Reise überhaupt begann, das war Folter. Kunst mag gegen diese Albträume ein probates Mittel erscheinen, aber ein sehr ungenügendes, eins mit dem sich homosexuelle Narren über die Eintönigkeit des Alltags und die Ignoranz ihrer Mitmenschen hinwegtrösten mögen. Intellektuelle Dekoration einer unglaublichen Leere. In seiner Jugend hatte er ein wenig Gefallen an Oskar Wilde gefunden. Er hasste sich in späteren Jahren dafür. Nicht der fatalen sexuellen Orientierung wegen. Er konnte Homosexuelle gut verstehen. Nicht ihre Sexualpraktiken, die fand er widerlich. Aber ihren Einspruch gegen den schlechten Kreislauf des Lebens, die ewige Fortpflanzung. Aber Homosexualität konnte unmöglich das Mittel der Wahl sein, diesen Kreislauf zu durchbrechen. Der Suizid war etwas Unanständiges, Halbes, Unausgegorenes. Wenn man sich aus der Welt schaffte, schaffte man das Problem nicht aus der Welt. Sinnvoller war es, die ganze Art zu vernichten. Alle großen Tyrannen der Weltgeschichte hatten dazu geneigt, den eigenen Tod mit dem Untergang der Welt zu rächen. Von den Tagen der Pharaonen bis hin zu den Wahnsinnstaten der Gewaltherrscher im zwanzigsten Jahrhundert war die Neigung offensichtlich, sich mitsamt der ganzen Welt in den Abgrund zu stürzen.

Die irrwitzigen Feldzüge Alexanders, die Grausamkeit eines Dschingis Khan, die Menschenverachtung der großen Moguln, Stalin, Hitler, Mao – sie alle wogen die eigene Existenz mit Millionen von Opfern auf. Er selbst würde sich da bescheidener zeigen.

Von Hausen lachte laut auf. Im Bürozimmer nebenan glaubte er, ein gespanntes Lauschen hören zu können. Die liebe Rückert hörte ihn nicht allzu oft lachen. Das musste ihr unheimlich vorkommen. Noch dazu der lange Arbeitstag heute, er verlangte ja sehr selten Überstunden, schon gar nicht an Wochenenden. Der außerordentliche Urlaub, doppelt vergütet. Unser kleines Firmenjubiläum gilt es doch zu feiern! Sie hatte ihn nur erstaunt angesehen. Sie musste nicht einmal nachrechnen, um zu wissen, dass er log. Die liebe Rückert, ob sie je den lieben Gott für den Tod ihres Kindes verflucht hatte?

Wenn man selbst nie mehr eine Antwort auf die Frage nach dem Sinn des eigenen Lebens erwarten kann, hat sie auch kein anderer verdient. Das war logisch. Was andere als sinnlose Grausamkeit empfanden, war einfach nur gesunder Egoismus.

Mit solchen Überlegungen durfte man den meisten seiner Mitmenschen nicht kommen. Das war im großen Handbuch des Arbeitsrechts nicht vorgesehen, dass die fähigsten Mitarbeiter ihren Chef auf der Jenseitsreise zu begleiten hatten, um den alltäglichen Schriftverkehr aufrechtzuerhalten. Eine wirklich amüsante Vorstellung, dass Frau Rückert ihm auch im Jenseits als Sekretärin zur Verfügung stehen würde. Sehr amüsant. Sie würde vermutlich selbst ein wenig darüber schmunzeln können. So viel Humor war ihr verblieben. Auch wenn sie in der Sache nichts begriff. Der Begriff Unendlichkeit reduzierte sich für sie auf die Größe eines Taschentuchs, in das sie den endlosen Strom ihrer Tränen lenkte. Ein totes Kind hatte ihr Denken lebenslänglich blockiert, aber es starben Tag für Tag Hunderte Millionen Kinder. Einfach so, sinnlos. Sinnlos, darüber nachzudenken.

Er würde sich nie einem Menschen verständlich machen können. Auch das ein Dilemma, das für die Unzulänglichkeit der menschlichen Rasse im Ganzen sprach. Nun ja, es war ohnehin vorbei. Er wusste gar nicht genau, wann ihm dieser Gedanke zum ersten Mal in all seiner Simplizität gekommen war.

Vor einigen Wochen, es war am Schreibtisch gewesen, hatte er plötzlich den Kopf in beide Hände sinken lassen und diese sinnlose Müdigkeit gefühlt. Es war alles umsonst gewesen.

Von Hausen hielt nicht viel davon, sich über die Dummheit der anderen zu amüsieren, wie seine Klienten in der Politik und in den Medien es so gern taten. Sie thronten in den Chefetagen, berauscht von ihrer eigenen Cleverness, die sie dazu verführte, immer düm-

mere Entscheidungen zu treffen, nur weil sie sich beweisen wollten, dass sie alles, aber auch wirklich alles durchsetzen konnten.
Er verachtete sie dafür. Er verachtete kleine Gangster, die immer nur an ihren eigenen Vorteil dachten. Er hasste den Kapitalismus, die Wall Street, Madoff, Goldmann Sachs, J.P.Morgan. Hyänen allesamt. Hyänen, die ihren Weg hierhergefunden hatten. Die Wall Street ging direkt in den Kurfürstendamm über. Nach dem Mauerfall war viel Geld verdient worden, schmutziges Geld. Die Waffenbestände der Volksarmee wurden verkauft, die russischen Hinterlassenschaften versilbert, die Treuhand-Milliarden westwärts verschoben, der Drogenmarkt ostwärts erweitert. Während die Deutschen im Einheitsrausch taumelten, verdienten einige kühle Köpfe viel, viel Geld. Von Hausen hatte alles dokumentiert, seit nunmehr drei Jahrzehnten führte er Buch, und es passte alles auf eine CD. Eine CD, die sie alle den Kopf kosten würde.
Aber was hieß das schon, die Köpfe wuchsen schneller nach als die Häupter der Hydra. Der Skandal wäre ein gigantischer, aber auch dieser Skandal würde irgendwann ausgestanden sein. Nun, es war einfach eine persönliche Genugtuung, die ihm verhassten Gesichter nicht mehr sehen zu müssen. Er würde sie alle auffliegen lassen. Er hatte alles beisammen. Alle würden sie abtreten müssen. Der Bürgermeister, die Senatoren, die Vorstände der großen Medienkonzerne, namhafte Entscheidungsträger aller politischen Parteien, die Chefs beim Verfassungsschutz, bei der Kreditbank für Wiederaufbau. Es war eine endlose Schlange von Delinquenten. Er hatte genug Material beisammen, um der gesamten Republik einen empfindlichen Stoß versetzen zu können.
Dennoch war der Kampf verloren. Es waren Gegner aufgetaucht, mit denen er nie gerechnet hatte. Mit denen keiner in der Organisation je gerechnet hatte. Facebook-Faschisten. Netz-Amöben. Google-Kraken. Die Macht hatte sich neu monopolisiert, und das in einem so unglaublichen Tempo, dass sie nicht mehr Schritt halten konnten. Die Linke hatte immer unterstellt, die Faschisten seien von vorgestern. Die Linke war dumm. Die Faschisten waren schon

immer Avantgarde gewesen. Die Ersten, die vom Automobil begeistert waren, vom Flugzeug, vom Radio, vom Fernsehen, von der Bombe. Faschisten waren immer Modernisten. Weil sie an ein Ziel kommen wollten. Deswegen zählte er sich zur Bewegung. Er hasste Stillstand. Und plötzlich wurde das Tempo der technischen Evolution vorgegeben von Computernerds, die nicht mehr unter Kontrolle zu bringen waren.
Er würde es jedenfalls nicht schaffen, diese Versprengten hinter eine große Idee zu scharen. Es war aus dem Ruder gelaufen. Durch eine Entwicklung, die keiner hatte vorhersehen können. Die Generation Zukunft, von der er gehofft hatte, sie würde den Blick zum Himmel heben, sie starrte nun in Facebook. Es war ein grotesk demütigendes Ende für alles politische Wollen. Die Lemminge hatten sich in Bewegung gesetzt. Da wollte er nicht mehr dabei sein.
Gottesleugner. Was für armselige Gestalten. Er schob die Tageszeitung beiseite. Klimt war in aller Munde. Was für ein Kunststück. Sie hatten ja alles dafür getan. Klimt gut in der Presse zu platzieren, war nicht sonderlich schwer gewesen. Der Umgang mit eitlen Männern war nie sonderlich schwer. «Wir unterstützen ihre Forschungsarbeiten.» Er hatte nie groß nachgefragt warum. Die Legende des sehr reichen, sehr alten Mäzens, der ungenannt bleiben will, hatte ihm genügt.
«Wir kaufen Ihnen Raum in den Medien, Zeitungsartikel, Fernsehsendungen, Podcasts, was Sie wollen ...» Er hatte erfreut zugestimmt. Selten hatte sich ein jüdischer Wissenschaftler in so kurzer Zeit so unbeliebt gemacht, und es fiel ihm nicht einmal unangenehm auf. Nichts war einfacher, als den Antisemitismus zu stärken. Es war peinlich einfach.
Absurd, wie viele Narren dieser Art sie auf ihrer Gehaltsliste hatten. Wie viele Professoren, wie viele Journalisten, wie viele Künstler ließen sich dafür bezahlen, das aufzusagen, was man ihnen aufschrieb. Das Schlimme war nicht, dass sie käuflich waren. Das war jeder. Nein, das Schlimme war, ihr Preis war so beschämend gering. So gering wie ihre Vorstellungskraft. Sie hatten einfach keine Fan-

tasie fürs Politische. Dass man sie nur benutzte, kam ihnen gar nicht in den Sinn, so selbstverliebt waren sie. Sie hielten sich für wichtig. Sie hielten das für wichtig, was sie zum Besten gab. Im Falle Klimts, die ungeheuer originelle Feststellung, dass Religion Opium für das Volk war und der liebe Gott eine Erfindung von Kindern für Kinder. Kindischer Ehrgeiz der Vernunft.
Was sie nicht begriffen: Eine Idee lässt sich am einfachsten dadurch am Leben erhalten, dass man ihr Feinde schafft. Viele Feinde. Feinde, die wutschäumend dafür sorgen, dass die Idee in aller Munde ist. So hatte die katholische Kirche überlebt. Dank ihrer Feinde. Nicht dank ihrer Anhänger. Die waren in der Mehrzahl doch nur kleinmütige Mitläufer. Aber solange die Gegner noch geiferten, gaben sie einen wunderbaren schwarzen Hintergrund für die himmlischen Lichtgestalten, die längst keine mehr waren. Das Gleiche galt für die Idee Lebensborn. Der Adel der Zukunft. Nichts war es damit. Von Hausen schnaufte verächtlich und streckte die Beine unter seinem Schreibtisch aus. Das deutsche Volk hatte sich genetisch erschöpft. Er persönlich war immer ein großer Befürworter des Verbots aller nationalen Parteien gewesen, denn das gab ihnen mehr Renommee. Billige Werbung. Alles war so billig zu haben. Die dezentralen faschistischen Kampfeinheiten zu stärken war ja nur ein Klacks gewesen. Lächerlich. Lächerliche Beträge für lächerliche Aktionen. Dilettantisch. Jahrmarkt fürs Landvolk. Er rieb sich müde die Stirn. Sinnlos, darüber weiter nachzudenken. Immerhin hatten sie ihren Zweck erfüllt. Das hässliche Gesicht des Rechtsextremismus! Dabei war der Krieg längst gewonnen. Der Kommunismus war am Ende, die Demokratien waren am Ende. Diktatorische Systeme waren die Zukunft. Das Problem war nur, dass die Netz-Republik ebenfalls diktatorisch regiert werden wollte. Die Weltintelligenz in tyrannischen Kinderhänden. Das hatten sie zu spät begriffen in der Loge. Dass da eine neue Macht am Entstehen war, die der ihren sehr gefährlich werden konnte, lebensgefährlich geradezu. Es hatte viel zu lange gedauert, bis die Strategie der Loge sich gewandelt hatte.
Von Hausen schob das Dossier hin und her auf dem Tisch. Er war

sich ausnahmsweise ein wenig unschlüssig, was in dem vorliegenden Fall zu tun war. Klimt war ein Dummkopf, das stand außer Frage. Er dachte noch in den alten Strukturen. Claasen ebenfalls. Ein Boheme-Sozialist, wie es nicht mehr viele gab. Ihm hatte man nicht mal Arbeitszuschüsse zahlen müssen, so die schmeichelhafte Ausdrucksweise für Bestechungsgeld. Nur Material, er wurde nur mit Material entlohnt. Über arische Sekten, faschistische Esoteriker, Logen und Eliten. Alles hieb- und stichfeste Beweise dafür, dass längst nicht mehr die Regierungen regierten, sondern die Syndikate. Und was tat er? Er propagierte diese Ideen, indem er sie heftig bekämpfte. Jeder seiner Artikel hatte der Loge mehr Anhänger beschert, als es Werber je vermocht hätten. Jeder wollte aufseiten der Gewinner sein und nicht aufseiten der Verlierer. Das war doch nur logisch.
Klimt und Claasen, Pat und Patachon. Sie hatten Flausen im Kopf. Sie konnten doch nicht wirklich diese Republik der Versager wollen. Das war doch kein Volk mehr. Und diese Ratten waren natürlich die Ersten, die das sinkende Schiff verließen. Er kannte Klimts Italienpläne bezüglich des Monte Verità. Wie kleinlich gedacht, seine Brut in Sicherheit bringen zu wollen. Claasen war da nicht anders. Auch er spielte anscheinend mit dem Gedanken auszuwandern. Als ob noch Platz wäre auf dieser Welt für Menschen wie ihn oder seine Tochter. Dieser Mangel an Logik ekelte von Hausen an. Claasen war so antiquiert. Er konnte nur in Individuen denken und hielt sich das auch noch zugute. Die Sache selbst, die begriff er gar nicht. Dass es galt, die Vertierung ganzer Bevölkerungsgruppen aufzuhalten. Das kümmerte ihn nicht. Er sorgte sich nur um sich und seine kleine Unsterblichkeit. Die Tochter hingegen hatte ihm imponiert. Sie war arisch. Nicht weil sie kluge Fragen gestellt hätte, das hielt sich im Rahmen ihrer intellektuellen Fähigkeiten, aber ihr Wille war spürbar gewesen. Sie hatte die Gefahr gerochen, als sie damals hier im Büro gewesen war und ihn über seine italienischen Geschäftsfreunde ausgefragt hatte. Eine starke Instinktnatur, ein gutes Muttertier. Sie würde viele gesunde Kinder gebären

können, wenn sie ihre Krankheit erst einmal seelisch überstanden hatte. Er musste schmunzeln. Das war seine Frau auch. Ein gutes Muttertier. Gesund waren sie ja seine Kinder. Nur dumm. Unglaublich dumm. Schlechte Gene. Der Fluch der dritten Generation. Was für eine Verschwendung, so oder so. Was für ein sinnloses Leben.
Er würde sie nicht vermissen. Da hatte es Frau Rückert bedeutend einfacher. Ihrem Trauern wohnte ja ein gewisser Sinn inne. Obwohl ihr Sohn vermutlich ein ebenso dumpfer Konsument geworden wäre wie seine Kinder. Immerhin, sie konnte in ihren Träumen leben, das konnte er nicht mehr. Er wurde alt. Er musste seine Träume Wirklichkeit werden lassen. Keine Zeit mehr, sich im Konjunktiv einzurichten.
Gut, Klimt sollte seinen Skandal haben und Claasen darüber schreiben. Das tat er der Tochter zuliebe. Vielleicht ließe sie sich eines Tages anwerben, allein schon aus Hass auf den Vater. Das wäre nicht das erste Mal gewesen, dass eine überzeugte Linke aus enttäuschter Liebe zu ihnen konvertiert war. Männer wie Frauen gaben viel lieber ihre Überzeugungen auf, als dass sie eine emotionale Schuldverschreibung hätten verfallen lassen.
Die Bücher würden geschrieben werden und der Loge noch mehr Anhänger werben.
Aber ein kleiner Warnschuss in Richtung Claasen könnte nicht schaden. Auch der Tochter würde eine kleine Disziplinierung ganz guttun. Sie glaubte, schon wieder die Oberhand zu haben über ihr Schicksal, sonst wäre sie ihm nicht so arrogant begegnet im Foyer des Vortragssaales. Kaum einen Blick hatte sie für ihn erübrigt. Das tat ihm auch als Mann weh, so viel Missachtung.
Das Lachen schüttelte ihn heftig durch. Es kam krampfartig, vermutlich weil er so selten lachte. Die Missachtung als Mann … das war gut, das war wirklich gut! Dergleichen Sprüche gingen vermutlich Klimt durchs Hirn, wenn er sich seine großen Zehen von den Thai-Mädchen lutschen ließ, weil seine erektile Dysfunktion viel mehr nicht mehr zuließ. Er hatte sich die Bilder erspart. Die konnten sich die Interessierten in ein paar Tagen im Netz ansehen,

wenn die etwas andere Nachrufseite auf Herrn Klimt freigeschaltet wurde. «Ich fühle mich als Mann nicht geachtet ...», so einen Satz hätte ihm seine Frau wohl gern souffliert, wenn sie sich in Gedanken mal wieder kitschige Liebesdialoge zusammenreimte. Das zumindest imponierte ihm, sie gab immer noch nicht auf. Aber Liebe war wirklich das Letzte, was er sich in seinen letzten Lebensjahrzehnten vorstellen konnte. «Als Mann missachtet ...»
Er schaltete den Aktenvernichter ein. Eine altmodische Angewohnheit diese Dossiers, er würde sich gänzlich davon verabschieden müssen. Mit Bedauern. Mit großem Bedauern. Es hatte etwas so Purgatives, Blatt für Blatt verschwinden zu lassen.
Er griff zum zweiten Dossier. Das bereitete ihm weit weniger Kopfschmerzen. Ayn Goldhouse. Eine bewundernswerte Frau, ganz ohne Zweifel. Er hatte nie Mühe, die Leistungen anderer anzuerkennen. Wieso auch?! Das war eines der unausgesprochenen Logen-Gebote, dass Elite sich nur über Leistung definierte und über nichts sonst, nicht über Geld, nicht über Abstammung, nicht über Kumpanei.
Ayn Goldhouse hatte sich aus dem Sumpf der eigenen Nichtigkeit gezogen, ihre Vergangenheit vergessen gemacht, die Zukunft schneller begriffen als die meisten anderen Denker und organisatorische Konsequenzen gezogen. Ihr Rosenorden war von vielen seiner Freunde als esoterisches Pfadfinderinnentreffen belächelt worden. Nicht von ihm.
Die Zukunft der westlichen Welt war weiblich, das war ja ihr Verhängnis, so die Loge nicht noch in letzter Sekunde gegensteuern konnte. Das neue Matriarchat, eine Heerschar von hysterischen Lebensverleugnerinnen, die das Kindergebären ausländischen Leiharbeiterinnen überließen, weil sie ihre Väter strafen wollten für was auch immer, vermutlich einfach nur für das Verhängnis ihrer eigenen Geburt. In therapeutischen Kategorien war das Versagen dieses Typus der «neuen Frau» gar nicht mehr zu fassen. Sie entzog sich jeder medizinisch psychologischen Behandlung.
Genau an diesem Punkt, an dieser störrischen Beratungsresistenz

hatte Ayn Goldhouse eingesetzt, indem sie die Schwäche einfach zur Stärke erklärte. Gebärverzicht als avancierteste politische Protestform. New Virgins. Enthaltsamkeit als notwendige Sicherungskühlung des eigenen, allzu warmherzigen Super-Egos. Frigidität schützt Fragilität. Goldhouse bediente diese Superwoman-Sehnsüchte der ausgebluteten urbanen Weiblichkeit besser als alle anderen. Das intellektuelle Verhütungskonzept der New Virginity war ein großartiger Propaganda-Coup gewesen. Versagen ist Stärke! Das weibliche Veto gegen die Evolution: die Fortpflanzungsweigerung. Dass man mit den Männern zugleich die eigenen Töchter ungeboren sein ließ, war kein bedauerlicher Nebeneffekt, sondern geradezu erwünscht. So blieb auch die weibliche Konkurrenz ausgeschaltet, und die Erde war wieder die Wüste wie vor der Schöpfung, vor der männlichen Schöpfung versteht sich, die weibliche stand ja noch aus. Ayn Goldhouse, die Spinne im Netz. Eine sehr langbeinige Spinne. Ganz und gar aufrichtig applaudierte er ihrer perfekten Performance, wie seine Frau es ausgedrückt hatte, «eine perfekte Performance dieser alten Schlampe». Sie war ihr einmal kurz bei einem Empfang begegnet und sehr angetan gewesen von der Konservierungskraft ihrer Kosmetika und ihrer Eiseskälte. Die neue Penthesilea! So hatte seine Frau sich ausgedrückt. Als gewesene Schauspielerin neigte sie immer noch ein wenig zum Pathos, selbst bei der Namensfindung.

Die Königin der Amazonen! Mit wem würde sie wohl am liebsten ihr Kind zeugen? Aller Askese zum Trotz, der Thron durfte ja nicht unbesetzt bleiben! Er selbst wäre durchaus nicht abgeneigt gewesen. Auch wenn sie vermutlich nur ein Mädchen als Nachfolgerin akzeptieren würde. Warum nicht, die Enttäuschung konnte unmöglich größer sein als bei seinen eigenen Söhnen. Zudem, ihre Entschlossenheit ließ ihre Schönheit in einem ungemein attraktiven Licht erscheinen. Schönheit an sich war eine Falle der Natur, in die starke, dumme Männchen gern tapsten. Schönheit, die sich selbst begriffen hatte, war die vollendete Verlockung, und der hätte er gern noch einmal nachgeben. So viel Boheme lebte noch in ihm.

Das hatte auch seine Frau bemerkt und sehr eifersüchtig reagiert. Zu Recht. Ayn Goldhouse war eine begnadete Schöpferin ihrer selbst. Dergleichen konnte er neidlos anerkennen. Er hasste Menschen, die nicht unter ihrer Vernunft litten. Sie litt darunter und machte das Beste daraus: Sie ließ andere leiden.
Sich auf den Schmerz der Abwesenheit von Sinn zu fokussieren, war eine Tortur, würdig eines Sisyphos. Wer dabei so gut aussah wie sie, bewies eine uralte Hypothese von Oscar Wilde: Leidensfähigkeit und Stilempfinden schlossen sich nicht aus, im Gegenteil, sie beförderten gemeinsam das Unglück der anderen.
Nun ja, er geriet ins Schwärmen. Sie wären ein wunderbares Paar geworden. So hatte er sich seinerzeit auch gegenüber seiner Frau geäußert. «Ayn und ich wären sicher ein wunderbares Paar geworden.» Sie fand das nicht sonderlich witzig und betrank sich schrecklich an jenem Abend. Vermutlich weil sie erstmals begriff, dass er keineswegs ohne sexuelles Verlangen war, sofern es sich denn intellektuell stimulieren ließ.
Zumindest dieser Traum war ja noch nicht ausgeträumt. Eine Fusion von Ayns Rosenorden und der Loge war auf mittlere Sicht durchaus eine wünschenswerte Koalition. Das Mongolenheer traf auf die Amazonenschar, welch wütende Kopulationen konnten sich daraus ergeben! Ein wenig albern, aber nicht ohne Reiz diese Vorstellung. Jedenfalls hatte er all seine Freunde gebeten, Ayn Goldhouse in ihren Geschäften nicht zu stören, auch wenn sich hier und da Überschneidungen ergeben sollten. Ihr Callgirl-Ring war extrem erfolgreich. Kein Wunder, sie verfügte über das jüngste Material und motivierte auf ganz andere Weise, als Männer es vermochten. Da musste man einfach zugeben, sie hatte das bessere Geschäftsmodell. Dagegen mit Gewalt vorzugehen, wie einige dumpfköpfige Hafenviertel-Albaner es praktiziert hatten, war dumm. Viel aussichtsreicher war es, sie logistisch zu unterstützen. Ayn Goldhouse tat das alles nicht für Geld. Sie wollte sich rächen. Wer konnte ihr da besser behilflich sein als die Loge, der einzige weltweit existente Selbsthilfeverein der Mächtigen!

Aber das hatte Zeit. Erst einmal galt es, den Rückzug zu sichern und die Truppen neu zu formieren. Das würde in den nächsten Jahren seine strategische Aufgabe sein, auf die er sich schon seit geraumer Zeit freute. Nur noch achtundvierzig Stunden. Dann hatte er diese Welt hinter sich gelassen. Seine Frau, seine Kinder, sein Büro, das alles war bald Vergangenheit. Er hatte einige Bilder vorausschicken lassen, eine kleine Sammlung, nichts Bedeutendes, nichts, was beim Verzollen aufgefallen wäre oder falsche Begehrlichkeiten geweckt hätte. Das Wohnhaus in den Bergen von Jaipur war eingerichtet. Immerhin, das Internet hatte diese Inder wirklich zu perfekten Dienstleistern mutieren lassen. Vor zehn Jahren hatte er das Haus das erste Mal betreten. Schon damals hatte er gewusst, er würde hier alt werden wollen. Seitdem war einiges zu tun gewesen, aber das hatte sich via Netz mühelos arrangieren lassen. Selbst das Gartenhaus war als perfekte Drei-D-Simulation jederzeit als sehr realer Traum verfügbar. Auch das Haupthaus war auf diese Weise bereits komplett eingerichtet. Selbst der Folterkeller, wie er die dunkle Kammer der Lüste getauft hatte, erstrahlte wieder in seinem alten tiefroten Glanz.
Ein ehemaliger britischer Kolonialoffizier mit pädophilen Neigungen hatte sich das Anwesen erbaut, sehr zurückgezogen, in der Stille eines Tals, das nur über eine sehr kurvige Zufahrtstraße verfügte. Nach seinem Tod hatte es sein indischer Lieblingsdiener geerbt und treu erhalten, selbst die Asche der letzten Zigarre war nicht entsorgt worden. Von Hausen hatte das ganze Tal gekauft, nebst dem Kloster auf dem benachbarten Hügelkamm. Die Loge unterhielt ohnehin schon ein Internat vor Ort. Ein Waisenhaus würde noch hinzukommen. Eine großzügige Spende an das örtliche Krankenhaus garantierte ihnen die anonyme Etikettierung der Kinder. Das Selektionsverfahren würde er in Zukunft selbst vornehmen. Bislang waren die Parameter ein wenig, na ja, starr gewesen. Ein Arier definiert sich nicht durch blondes Haar und breite Rudererschultern. Er hatte ein genetisches Scanning entwickeln lassen, das bereits pränatal nicht nur gröbste körperliche und geistige Verunstaltungen aus-

schloss, sondern im positiven Sinne herausragende geistige Talente relativ sicher prognostizieren konnte. Indien hatte gutes Erbgut. Das Indogermanische hatte sich einigermaßen blutrein gehalten dank des Kastenwesens. Es war nicht nötig, dem Personal unentwegt ihre Unberührbarkeit begreiflich zu machen.
Dafür liebte er Indien. Da war noch alles möglich. Es brauchte nur die europäische Auffrischung, und die Loge durfte sich auf intelligenten Nachwuchs freuen. Ein neues Laboratorium des Lebens, genannt Lebensborn. Die Politiker vor Ort waren begeistert gewesen. Kein Wunder bei den finanziellen Argumentationshilfen, die er gegeben hatte. Das Waisenheim war bezugsfertig, die Samenbank bereits stark nachgefragt, selbst aus dem Ausland. Und die Frauen dort rissen sich um die Ehre gegen eine lebenslängliche Rente, Kinder austragen zu dürfen. Es war ihre einzige Möglichkeit der Emanzipation. Ayn Goldhouse hätte das Modell gefallen. Ausgenommen natürlich die Tatsache, dass die Loge großen Wert auf lebenstauglichen männlichen Nachwuchs legte, aber auch das war in Indien selbstverständlich. Tote weibliche Föten waren dort so zahlreich, dass die Heimlabore der Fleischpillenexporteure kaum mit der Verarbeitung nachkamen. Dergleichen Unmenschlichkeiten hatte er sofort unterbinden lassen.
Die neue Kolonie Dignidad sollte von Beginn an stolz sein dürfen auf ihren tadellosen Ruf. Kleingeistige Geschäftemacher duldete er nicht. Die Partisanen des Geistes, die dort heranwachsen würden, kannten nur eine Ehre, die des reinen Wissens. Sie würden dieses Nerd-Ungeziefer einfach austilgen.
Er gab den Kampf so schnell nicht auf. Aber hier in Berlin gab es nichts mehr zu tun. Den Posten konnte er räumen. Er saß in seinem Schreibtischstuhl, die Hände flach auf der Tischplatte. Von Hausen war zufrieden mit sich und seiner Arbeit. Er vermied den Blick in die Kamera, die in der obersten Buchreihe versteckt war. Selbstgefälligkeit empfand er als eines der übelsten Laster. Sein Lachen kam schon wieder so ruckartig, als müsste er aufstoßen.
Er ging in Gedanken die Prominentenliste durch und fand keinen

Einzigen, der nicht durch Selbstgefälligkeit unangenehm aufgefallen wäre. Das Kokain hatte sie alle zu Marionetten ihres hypertrophen Egos gemacht. Er verabscheute Drogen. Diesen Geschäftszweig hätte er am liebsten ganz und gar aufgegeben, aber er war zu profitabel. Von Hausen rührte in seinem kalten Tee. Er freute sich auf die indische Sonne. Selbst im Bergland war es noch unmenschlich heiß zuweilen, aber das Licht durchwärmte Körper und Geist, wie es kein Gefühl, kein Gedanke je vermocht hätte. Es war wie Heimkehren.
Sein Tischsummer leuchtete auf. Die Rückert würde gleich an seine Tür klopfen, was ein wenig ungewöhnlich war, denn sie verabschiedete sich für gewöhnlich nicht. Das war Zeitverschwendung in ihren und in seinen Augen. Besuch erwartete er keinen, eine zweite Tasse Tee trank er nicht um diese Zeit, das hätte nur seine Schlaflosigkeit befördert. Es klopfte an der Tür. Die Rückert würde sich vermutlich mit einem letzten Dankeschön für die außerordentliche Gratifikation bedanken wollen. Geld stimulierte ja selbst das frigideste Gemüt. Noch ehe er den Gedanken zu Ende brachte, ging die Tür auf. Das war ungehörig. Überhaupt hatte die Rückert in den letzten Tagen etwas sehr Aufsässiges in ihrer Art. Sie würde doch hoffentlich nicht von sich aus kündigen wollen.
«Sie haben Besuch!»
Er sah erstaunt auf. Noch mehr als die Mitteilung selbst überraschte ihn der triumphale Ton.
«Sie wissen doch, dass ich um diese Zeit nicht mehr empfange!»
«Ihre Frau und Ihre Tochter Heloise. Die beiden lassen sich nicht abweisen!»
Etwas in ihrem Blick erschreckte ihn. Ein seltsames Gefühl. Als würde sein Körper ganz ohne sein Zutun auf eine Bedrohung reagieren. Kein unangenehmes Gefühl. Es hatte etwas Sportliches an sich. Reiz und Reaktion. Angenehm archaisch.
«Meine Tochter Heloise?! Frau Rückert!!! Was soll der Unsinn! Seit wann nenne ich eine Tochter mit Namen Heloise mein eigen?»
Er blickte sie mahnend an, als hätte sie einen schlechten Scherz gemacht.

«Herr von Hausen, Ihre Frau und Ihre Tochter Heloise möchten Sie zum Abendessen abholen ...»
«Sind Sie zum Automaten mutiert? Bitte, was soll der Unsinn?»
«Ihre Frau und Ihre ...»
«Ich habe Ohren! Ich habe gehört! Sie wissen sehr gut, dass ich keine Tochter mit Namen Heloise habe ... Frau Rückert!»
«Sehen Sie selbst, Herr von Hausen ...»
Sie hatte ihn selten verwirrt gesehen. Das machte ihr augenscheinlich Vergnügen.
«Na, gut ... sollen sie hereinkommen. Ich liebe ja Überraschungen!»
Seine Frau stürmte herein. Sie hatte diesen Überschwang, der sie so völlig ungeeignet für höhere Führungsaufgaben machte. Unvorstellbar, so in das Büro eines Entscheidungsträgers zu rennen, mochte es auch der eigene Mann sein. Sie umkurvte den Schreibtisch, stellte sich hinter ihn und noch ehe er es verhindern konnte, hatte sie einen Kuss in sein Haar gedrückt. Sie wusste nur zu gut, wie er das hasste. Diese emotionalen Stempel einer ungehörigen Besitzergreifung. Er wollte sich umwenden, aber er kam nicht dazu, denn das, was er vor sich sah, ließ ihn verstummen.
«Ich verabschiede mich!» Frau Rückerts Stimme verklang wie ein dünnes Echo. Er hatte sie zurückrufen wollen, aber im gleichen Moment war er sich sicher, dass sie auf seinen Zuruf nicht mehr reagiert hätte.
Seine Frau hielt die Hände noch immer besitzergreifend auf seinen Schultern. Sie drückte ihn nieder. Es war keine gewalttätige Geste, aber sie übte Druck aus. Er kannte diese sanfte Form des Drucks. Er hatte sie selbst zuweilen ausgeübt. Wenn es galt, ein Opfer zu beruhigen.
«Hier, sieh dir das an!»
Sie fächerte ein Dutzend Fotografien auf dem Tisch auf.
«Das ist dein Sohn Helmar. Im Netz besser bekannt unter dem Künstlernamen Heloise!»

Ralf kam immer einige Minuten zu früh. Darauf konnte sie sich verlassen. Er trank gern Veuve Clicquot, und er hielt Sushi keineswegs für eine Bereicherung der europäischen Küche, sondern für ein kaltes Reisgericht ohne Fleisch.

«Der Bursche ist ein wandelndes Klischee», hatte ihr Vater nach dem ersten und letzten gemeinsamen Abendessen gemäkelt. Er begriff gar nicht, dass ein wandelndes Klischee einen wahnsinnigen Vorzug vor allen anderen Charakterdarstellern hat. Es ist berechenbar. Ralf war durch und durch berechenbar. Wenn es zwischen einem Viersterne- und einem Fünfsternehotel zu wählen galt, wählte er das Fünfsternehotel, das war keine Frage des Geschmacks, sondern der Mathematik.

«Du bist ein Markenfetischist», hatte sie ihn anfangs noch zu provozieren versucht. Er hatte sie nur verständnislos angesehen. Marke war Marke, was gab es da zu diskutieren?

Bei Frauen war das nicht anders. Da zählte der Body-Mass-Index. Eine verlässliche Größe. Er hatte das seinerzeit keineswegs scherzhaft gemeint. Der BMI berechnet sich aus dem Körpergewicht in Kilogramm dividiert durch das Quadrat der Körpergröße. Die Einheit des BMI ist demnach Kilogramm pro Quadratmeter.

«Wozu brauchst du das denn», hatte sie wissen wollen. «Ich könnte die Mädels auch nach ihrem IQ fragen», hatte er entgegnet, «aber da würde nie so ein angenehmes Gespräch in Gang kommen wie beim Geplauder über den BMI. BMI, PMS, post mortem sex.» – «Bitte was?»

«Baby», hatte er ihr herablassend erklärt, «du musst dir keine Sorgen um deine Figur machen, glückliches Kind. Die meisten Frauen machen sich aber Sorgen um ihre Figur. Meine vornehmste Pflicht ist es, ihre Sorgen zu teilen, wenn sie nicht allzu groß sind.» Er hatte ihr nie verraten, wo seine ganz persönliche Wahrnehmungsgrenze solcher Sorgen lag, aber sie existierte. Das gab er ohne Weiteres zu.

«Für mich ist Sex wie Autokaufen», tönte er gern. «Ich achte durchaus auf die inneren Werte, wenn mir die Karosserie gefällt!» Solche Sprüche konnte sie ihm nicht übel nehmen. Er war ein ziemlich guter

Samstag, 10. März, 20 Uhr
Martinas Wohnung

Autofahrer. Es wurde einem nie übel auf dem Beifahrersitz. Das Beste dabei: Sie hatte sich nie den Kopf darüber zerbrechen müssen, ob er jetzt seinen Spaß beim Sex hatte, sich gut dabei fühlte, sich auch nicht ausgenutzt vorkam, ihren Körper mochte. Ralf war wie der TÜV. Unbestechlich. «Sex ist auch eine Form der Inspektion. Klar, da ist auch nichts Schlimmes daran, wenn man nicht zu pingelig ist.» Er war einfach wunderbar entspannt bei der Sache. Das liebte sie an ihm.
Es klingelte. Das war kein gutes Zeichen. Kurz nach acht. Er war ein wenig zu spät. Entweder schlechtes Gewissen oder zu hohe Erwartungen an den Job, oder beides. Wenn er auch noch Blumen mitbrachte, sah es ganz schlecht aus.
Martina warf noch einmal einen kritischen Blick auf den kleinen Esstisch, den sie ganz dicht an die Wand gerückt hatte.
Sie aß nicht gern zu Hause. Ralf auch nicht, insofern musste sie kein schlechtes Gewissen haben. Sie hatte sich drei Portionen Sushi von ihrem alten Redaktionscaterer liefern lassen und sich erst gar nicht die Mühe gegeben, sie aus der Plastikpackung herauszuholen und neu umzusortieren. Da musste er durch. Wenn er Hunger hatte, konnte er sich bedienen. Die zwei Champagnergläser waren sauber, und der Crémant gut gekühlt. Wenn er seinen Job gut machen wollte, hatte er den Champagner dabei.
Sie hörte seine Schritte im Treppenhaus. Der Spiegel im Flur soufflierte ihr genau das, was sie selbst nicht besser hätte ausdrücken können: Sie sah blendend aus. Jeans, Herrenhemd, drei Knöpfe offen, barfuß, sündhaft teure Pediküre, ungeschminkt, sanft gebräunt, Sommersprossen abgezählt. Der Blick leicht melancholisch verhangen. Besser ging nicht.
Er klopfte an die Tür. Drei Mal wie im Märchen. Sie atmete noch einmal tief durch.
«Hey!»
«Wow!»
Er riss die Augen auf. Wenn er es geplant hatte, dann hatte er es gut geplant.
«Sexy!»

Er zog sie an sich und drückte ihr einen Kuss auf den Hals. Der Anfang war okay. Hinter seinem Rücken verbarg er die Flasche.
«Lange nicht mehr hier gewesen!»
Er schnaufte verlegen und streckte ihr die Flasche entgegen.
«Entschuldige!» Er zog die Flasche wieder an sich und wickelte sie aus dem Papier.
‹Fehler!›, dachte sie nur. ‹Großer Fehler!› Pommery Rosé Apanage. Mädchensekt. Er hatte vergessen, was sie mochte. Oder noch schlimmer, er glaubte, für den Extra-Euro eine Extra-Behandlung verdient zu haben.
«Ganz vergessen, wie schön du es hier hast!»
Er warf seine Lederjacke über die Stuhllehne und trat an die Balkontür. Sie musterte ihn spöttisch. Sie kannte solche Bewegungsabläufe. Sie war häufig genug von Alphatieren seiner Art heimgesucht worden. Das Erste, was sie immer sondierten, war der Fluchtweg. Ganz gleich in welchem Stockwerk. Der Schritt zum Balkon war immer der erste Schritt weg vom Gastgeber.
«Soll ich ihn noch kalt stellen!»
«Unsinn. Köpf ihn!»
Er drehte sich zu ihr um und versuchte sich an seinem Jungenslachen, was ziemlich danebenging. Das Öffnen der Flasche überließ er gern anderen. Er blickte sich suchend um.
«Du hattest früher ein paar Bilder mehr, oder?!»
Klar hatte sie ein paar Bilder mehr gehabt. Ein paar mehr Bilder, ein paar mehr Träume, ein paar mehr Illusionen. Von den meisten hatte sie sich getrennt. Sie würgte die Champagnerflasche mit ziemlich festem Griff. Ralf wandte sich ab. Er hatte Angst vor knallenden Korken. «Musste als kleiner Junge zu häufig auf den Treibjagden meines Großvaters dabei sein, hat mir ziemlich das Gemüt verwirrt, und das Gehör.» – «Ist das wahr?», hatte sie erstaunt nachgefragt. «Natürlich nicht», hatte er lachend entgegnet. «Mein Großvater war ein kleiner Postbeamter, der sich im letzten Kriegsmonat noch ein Bein hatte wegschießen lassen, was meine Großmutter ihm nie verzieh. Ihren Kindern auch nicht, und ihren Enkeln schon gar nicht. Das

nennt man wohl verflucht bis ins dritte Glied. Jetzt wüsstest du wohl gern, ob ich lüge oder nicht. Tja, nur der Sieger kennt die Wahrheit …» Und schon hatte er die Schlacht der Kissen begonnen. Sie wusste noch genau, wo das gewesen war. Sylt, Pension Aurora, kein Meerblick, dafür Wölkchen auf der Bettdecke. Drei, vier Wochenendtrips, mehr war da nicht an gemeinsamen Erinnerungen.

Sie drückte den Korken heraus und goss ein.

«Auf den Deal!» Sie prostete und trank. Nicht dass er auf die Idee kam, einen schwachsinnigen Trinkspruch auf ihre Gesundheit auszubringen.

«Auf dich!» Er nickte ihr zu.

«Gut siehst du aus!», retournierte sie.

«Danke», bedankte er sich artig. Er war einer der wenigen Männer, die mit Komplimenten gut umgehen konnten. Er nahm sie einfach dankend an.

«Man tut, was man kann. Und von allem ein bisschen mehr!» Männer mochten sein Lachen selbstgefällig finden, sie fand es wunderbar egoistisch. Und sehr gesund.

Er trug eine einfache Jeans, aber sündhaft teure, handgeschusterte Cowboystiefel. Das Hemd war von Seidensticker. Immer noch die gleiche Marke, die Marke ihres Vaters. Die Marke seines Vaters.

«Nenn es sentimental, aber ich mag es, die gleiche Marke wie mein Vater zu tragen.»

Er war frisch rasiert, leicht sonnengebräunt, als hätte er ein herrliches Frühjahr in der Toskana mit Gartenarbeit und Malen zugebracht. ‹Was für ein unverschämt gesunder Mensch›, dachte sie voll Neid.

«Du aber auch! Kompliment! Siehst toll aus! Hatte ich das schon erwähnt?»

Toll war auf der Skala seiner Komplimente irgendwo zwischen fröhlich föhnender Friseuse und sambasicherem Showgirl verortet. Sie wusste genau, was er dachte. Jeder dachte es, wenn er sie sah. Man sieht es ihr gar nicht an! Was sollte man ihr auch schon ansehen. Der Krebs saß nicht auf dem Kopf wie ein hässliches Tier, das vom Himmel gefallen war. Er wuchs nicht aus der Haut heraus wie ein Geschwür, verdickte ihr nicht die Arme, verfettete nicht ihren Hintern. Aber er war da. Immer und überall.

Sie wurde das Gefühl nicht los, dass er in ihrem Blut schwamm. Mikrobengroße Minimikrokrebse, die durch ihr warmes Blut schwammen und sich irgendwann irgendwo in ihrem Körper niederlassen würden, in irgendeinem Organ, und dann ganz langsam anfangen würden, an ihr zu knabbern, bis nichts mehr übrig war außer Haut und Haaren.

«Danke! Du warst schon immer ein Meister des kunstvoll schmeichelnden Wortes!»

«Verarsch mich nicht! Ich weiß genau, was du von mir hältst! Hier», er tippte sich an die Stirn, «hier oben kann er eh nicht mithalten, das denkst du doch. Aber der Popo ist süß! Hast du ja auch recht! Aber was soll's!»

Er ließ sich auf die Couch fallen und schlug die Beine übereinander. Sie musste lachen. Das war genau der Punkt. Das war seine Stärke. Es gab eine Menge Leute, die mehr auf dem Kasten hatten als er. Keiner von denen hatte es so weit gebracht. Sie hatten einfach nicht dieses charmante Talent zur Selbstzufriedenheit plus beinhartem Ehrgeiz, den Talentierteren so richtig eins auf die Fresse zu geben. Er passte gut an den Boxring, und sie war immer gerne mitgegangen zu den Kämpfen. «Ist eine faire Sache, Mann gegen Mann. Hat man in unserem Geschäft nicht so häufig.»

Sie schenkte ihm nach und goss sich selbst noch einmal kräftig ein. Die Flasche stellte sie auf den Boden.

«Willst du dich nicht setzen?» Er klopfte auf den Couchplatz neben sich. Jede seiner Gesten war hollywoodreif, B-Movie.

«Okay, du willst die Bilder von Klimts Abgang. Ich weiß, wann er sich der Meute zum Fraß vorwerfen will …»

«Supi», entgegnete er ironisch. «Schon ist unser Deal perfekt.»

«Willst du Sushi?»

Er schielte auf den kleinen Esstisch, der lieblos in die Ecke geschoben worden war.

«Hat der Caterer wieder ganze Arbeit geleistet? Das letzte Mal hing ich vierundzwanzig Stunden über der Schüssel, weil du das Zeug Tage zu früh hast liefern lassen, oder zu spät, oder wie auch immer … Nein, danke jedenfalls. Heb es für die Katze auf!»

‹Erzähl du mir was über Kotzen›, dachte sie. ‹Ich würde es dir nicht gönnen wollen, dir mal so richtig die Seele aus dem Leib zu kotzen.› Wenn da überhaupt was war! Hübsche Vorstellung. Sie brach ihren Gedankengang ab. Was für ein Totemtier wachte wohl in seinem Inneren?

Sie sah ihn forschend an. Irgendeine hybride Mischung aus Eichhörnchen und Waran. Vermutlich ein Waran, der gerade ein Eichhörnchen geschluckt hatte.

«Was starrst du mich so an?» Er ruckte unruhig hin und her.

«Ach nichts», erwiderte sie. «Musik?»

«Danke, nein! Für Petting reicht ein kleiner Schluck extra!»

Er hielt ihr das Glas hin. Das konnte Einbildung sein, aber ihr Gefühl war, er zitterte leicht. Aber ordentlich gefeilt hatte die Maniküre. Da war nichts Ungepflegtes an diesem Mann. Vermutlich fackelte er sich sogar in schöner Regelmäßigkeit die Nasenhaare ab.

«Der Deal ist ein anderer …» Sie setzte sich neben ihn und tätschelte seinen Oberschenkel. Es war ein wenig wie Fleischbeschau, zumindest stellte sie es sich so vor. Wenn Männer ins Flatrate-Bordell gingen. Gesundes festes Fleisch, ein wenig zu sehnig, aber sie musste es ja nicht kauen.

«Der Deal ist Sex gegen Info!»

Er wandte ihr den Kopf zu. Ralf hatte sie immer an einen liebenswerten Straßenköter erinnert. Ein wenig zerknautscht die Visage, aber wunderbar zum Anfassen und Kneten. Seine großen Augen waren unverwandt auf sie gerichtet. Wenn er eine Frau gewesen wäre, hätte sie ihren gesamten Modeschmuck darauf verwettet, dass da gleich Tränen fließen würden. Aber er sah sie nur stumm an.

«Kam das in deinem Stammhirn an?! Wilder Tausch der Körperteile! Du kriegst das hier!» Sie tippte sich an die Stirn und wies dann in seinen Schoß. «Ich das da … Aber vorher gibt's noch ein Fläschchen!»

Sie ließ die leere Flasche neben der Couch stehen. Früher hatte sie damit hübsche wilde Spiele gemacht. Vielleicht erinnerte er sich ja noch.

Als sie mit der neuen Flasche wiederkam, sah er sie stumm an. Nur seine Kiefer bewegten sich langsam, malmend, als würde er so seine Probleme lösen, ganz animalisch, Biss für Biss. Sie küsste ihn auf die Wange und nahm sein Glas in Empfang. Sie schenkte es voll und nahm einen Schluck aus der Flasche, bevor sie sie abstellte.

«Na, was meinst du?»

Er sah sie an und nickte. Nickte und nickte. Sie drückte ihm nervös das Glas in die Hand. Sie mochte es nicht, wenn er schwieg. Das war nicht seine Art. Meist traf er dann Entscheidungen gegen sie.

«Du bist eine verdammt hübsche Frau. Warst du schon immer.»

Er nahm ihre Hand und zog sie auf die Couch. Sie hielt noch immer ihr eigenes Glas in der Hand. Er nahm es an sich, stellte es neben seins auf den Boden. Fasste ihre andere Hand.

«Zwischen uns beiden ist es aus, Martina. Die Zeit war gut, die Zeit ist vorbei, sie lässt sich nicht zurückholen.»

Ihr schossen die Tränen in die Augen. Das war das Letzte, was sie gewollt hatte. Dumme Machosprüche.

«Ich rede hier nicht von Liebe», schnaubte sie. «Ich spreche von Sex!»

«Umso schlimmer!», lachte er. «Davon hast du erst recht keine Ahnung!»

Aber das war ein müder Scherz, das wusste er selbst.

«Martina, ich liebe dich. Ich hab dich damals geliebt, ich lieb dich heute und in zwanzig Jahren werd ich dich auch noch lieben …»

«Dann schlaf mit mir!»

«Das ist was anderes!»

«Was ist da anders!» Sie sah ihn böse an. «Erzähl mir nicht, dass du dir bei jedem Fick großartig Gedanken über die emotionale Balance zwischen Täter und Opfer gemacht hast!»

«Ich hab mir überhaupt keine Gedanken gemacht!»

«Eben!», zischte sie.

«Eben, das ist der Unterschied!»

«Willst du mir damit sagen, dass du bei mir sofort daran denken

würdest, ob es mir guttut seelisch oder körperlich? Oder ob du dich ansteckst? Ich kann dich beruhigen, das ist nicht ansteckend!»
«Genau das mein ich! Du nervst. Du nervst mit deiner Ego-Show. Und unter den verlässlichsten Erektionshemmern steht Zickigkeit ganz weit oben. Uneinholbar weit oben. Noch vor Pickeln und Knoblauch. Direkt vor Selbstmitleid!»
«Du findest mich nicht mehr attraktiv! Sag es doch einfach!»
«Genau das mein ich nicht! Im Gegenteil, du bist geradezu absurd attraktiv. Aber das macht dich noch nicht sexy!»
«Wow! Das nenn ich mal eine direkte Ansage!»
«Versteh mich nicht falsch. Du bist doch so clever! Viel cleverer als ich. Aber wenn du mir eine Handvoll Eiswürfel in die Hose wirfst, kannst du kein Buschfeuer erwarten.»
«Sehr schönes Bild. Ihr Filmleute habt es einfach nicht so mit den Worten, oder? Ist ja auch egal. Du willst wissen, wann du Klimt abschießen kannst. Ich kann es dir sagen! Viel musst du nicht tun dafür. Eigentlich nur das Übliche!»
Er verschränkte die Arme und sah an die Decke. So musste es bei ihrem Vater zugegangen sein, früher, als ihre Mutter ihm noch Vorwürfe machte. Als es sich noch lohnte, ihm Vorwürfe zu machen. Sehr sexy konnte das allerdings wirklich nicht gewesen sein. Da hatte er recht. Aber was kümmerte sie das?! Hatte er je nachgefragt, wer und was ihr so alles auf die Nerven gegangen war.
«Wenn ich die Augen verdrehe, hältst du das für Ekstase. Wenn du die Augen verdrehst, soll ich den Mund halten …»
«Was bitte?!»
«Ach nichts, hab mit mir selbst gesprochen. Hab ich mir so angewöhnt in der Klinik!»
Sie hasste sich selbst dafür, aber sie konnte nicht anders. Manchmal hatte sie das Gefühl, den Text schrieb ein anderer und sie plapperte einfach nur nach, was ihr aufgetragen wurde. Sie konnte geradezu körperlich spüren, wie er immer stärker verkrampfte.
«Wer garantiert mir eigentlich, dass du mich nicht verarschst?!»
«Wer hat mir damals garantiert, dass du mich nicht verarschst?!»

Sie lehnte sich zurück und warf die Beine über seine Oberschenkel. «Ein wenig Fußmassage täte jetzt gut. Das kannst du doch so perfekt!» Ganz automatisch griff er mit der einen Hand nach ihrem Fußballen. Mit der anderen leerte er sein Glas, stellte es ab und griff nach der Flasche.

«Du machst es uns nicht gerade einfach!»

«Du machst es unnötig kompliziert, Baby!»

Sie sah ihn an. Sah, wie es in seinem Gesicht arbeitete. Da waren widersprechende Emotionen. Viele widersprechende Emotionen. Es war nicht gerade Ekel, aber es war Überdruss. Und Sorge. Selbst so etwas wie Liebe. Mitleid. Und Angst. Aber keine Erregung. Er war kein bisschen hingerissen von ihr, wie er es früher war. Atemlos vor Begehren. Da hatte sie fast gezittert vor Angst, dass er sie einfach wütend gegen die Wand pressen würde. Weil es so etwas Schönes gab wie ihren Körper. Den andere vor ihm besessen hatten und nach ihm besitzen würden. Den er nie für sich haben würde. «Das ist dein teuflisches Lächeln, das dich so sexy macht.» – «Ich gehöre niemand und werde nie jemand gehören.» – «Du Hexe!» Keine Chance, diesen Kosenamen heute zu hören.

«Du musst dich vorsehen …»

«Was meinst du? Willst du mich vergewaltigen?! Fressen, auf der Stelle mit Haut und Haaren. Du Tier du!»

«Hör endlich auf mit dem Scheiß, ja! Das steht dir nicht. Gar nicht!» Sie nahm ihm die Flasche aus der Hand und trank zügig. Setzte ab und nahm noch einen Schluck.

«Keine Sorge. Du musst mich nicht nach Hause bringen?!»

«Diese Sache mit Klimt solltest du schnell hinter dich bringen. Das ist nicht der passende Job für dich. Da hängt zu viel dran!»

«Hört, hört. Mr. Bogart und Mr. Marlowe laden mich zum Drink!»

«Quatsch nicht dumm rum! Du erinnerst mich an deinen Vater! ‹Ich kenne meine Grenzen besser als ihr. Ich versuch den Wellenschlag auf der Oberfläche, das kann ich gut, mehr will ich gar nicht …›»

«Loch Ness is mir nich geheuer, ich kenn nur Urmel vom See!», murmelte sie, aber Ralf ließ sich nicht beirren.

«Ein Ungeheuer muss telegen sein und darf mich nicht fressen wollen. Die Typen, die hinter dieser Klimt-Sache stecken, die wollen nichts Gutes. Die wollen dich fressen. Denen ist ein Mensch gar nichts … weniger als nichts … verstehst du?!»

«Sag mal, Süßer, machst du dir Sorgen um irgendwen? Oder machst du dich grade nur wichtig?» Martina sah ihn amüsiert an. «Ernsthaftigkeit steht dir gut! Wirkt so männlich!»

«Halt doch einfach mal die Klappe, ja!»

Er fasste ihre Hand, bevor sie zur Flasche greifen konnte.

«Ich kenn den Verein, verstehst du. Jeder, der hier in der Stadt Geschäfte macht, kennt sie. Sie nennen sich die Loge, wie diese Freimaurer, aber mit denen haben sie nichts zu tun. Sie glauben, sie seien die Elite. Das sind sie auch, leider. Du triffst sie überall. Du weißt nie wirklich genau, wer dazugehört und wer nicht, das macht es so gefährlich. Sie hassen Juden, sie hassen Amerika und sie halten sich für Arier, für Geistes-Arier, Aristokraten, die Herren der Zukunft. Sie tun alles zur Erhaltung ihrer Art …»

«Du ja nicht gerade», warf sie ein. Sie hielt sich den Mund fest zu und grinste ihn kindisch an. «Erzähl weiter Märchen …»

«Ich galt als Anwärter, aber ich bin zu kindisch dafür, ganz recht, zu naiv. Sie wollten mich anwerben, glaub es mir. Kein Mitgliedsbeitrag, keine Anstecknadel. Du gehörst dazu oder nicht. Etliche meiner Freunde sind dabei. Du tust anderen einen Gefallen. Andere tun dir einen Gefallen. Mehr nicht. Es herrscht ein Schweigegelübde, für das keiner je einen Tropfen Blut lassen musste, weil sich jeder eins und eins zusammenzählen kann. Aber es ist sehr angebracht, kein Wort darüber zu verlieren. Aus gesundheitlichen Gründen, was dir doch sofort einleuchten müsste.»

«Sehr witzig … Du bist ein Idiot! Ein verdammter Idiot, das weißt du, oder?! Jetzt der linke Fuß bitte! Und erzähl ruhig weiter deine Schauermärchen. Da fröstelt es mich so schön.»

«Beispiel: Der Kokshandel der Stadt ist in den Händen der Libanesen. Die Libanesen hassen Juden. Wer das Koks kontrolliert, kontrolliert die öffentliche Meinung. Die öffentliche Meinung speist sich zu zehn Prozent aus der offiziell verlautbarten Freundschaft zum Staat Israel und zu neunzig Prozent aus Ressentiments gegen das jüdische Volk. Keiner hätte etwas gegen die endgültige Lösung des Konflikts. Auch wenn Israel dabei untergeht. So einfach ist das … Aber natürlich würde es jeder leugnen!»

«Worauf willst du hinaus, Ralf?»

Sie kannte all die Strategien, Sex zu vermeiden. Sie hatte sie selbst oft genug anwenden müssen. Es war amüsant, ausnahmsweise einen Mann in dieser Situation zu erleben. Sie musste zugeben, er stellte sich beim Boykottieren gar nicht dumm an.

«Lass uns in Ruhe über die Sache reden!»

«Ralf, da gibt es nichts zu reden. Mir ist noch nicht mal klar, welche Sache du meinst. Diese Logen-Story kannst du meinem Vater auftischen. Der kauft dir so was ab. Mein Deal ist klar. Die Zeit dafür läuft ab. Es gibt nur einen Käufer!»

Ralf rieb sich nervös die Stirn. Die Beine hatte er eng wie ein Schuljunge übereinandergeschlagen. Fehlten nur Zentimeter und sie waren verknotet, dachte sich Martina schadenfroh. Die fehlenden Zentimeter!

«Ich sehe das Witzige an der Sache nicht», begehrte er trotzig auf.

«Ich schon, das sollte doch reichen!»

«Verdammt noch mal, Martina, du machst einen Scherz, oder? Irgendwo hier ist die versteckte Kamera?! Vorsicht, Falle: Filmproduzent prostituiert sich für Suizid-Dreh! Wer hat dir den Auftrag gegeben? An wen verkaufst du so 'ne Scheiße?» Er stand auf, tigerte unruhig im Raum hin und her. «Ich kann das nicht zusammenbringen, Sex und Arbeit. So tick ich nicht!»

«Nicht, wenn es um dich geht, meinst du! Bei deinen Praktikantinnen hattest du geringere bis gar keine Erektionshemmungen, wenn ich nicht irre?»

Ralf kam vor ihr zu stehen. Er sah wütend auf sie hinab. Das mochte sie.

«Was ist das für ein dämliches Spiel?»

«Was stellst du dich so an? Story gegen Sex. Es ist eine gute Story, also darf ich auch guten Sex erwarten! Wenn du mit Erwartungshaltungen nicht umgehen kannst, vielleicht kann es Bronsky?!»

«Du spinnst doch, oder? Du bist doch völlig durchgeknallt! Du würdest mit Bronsky in die Kiste gehen, nur um dir dein beschissenes Krankheitsgefühl aus dem Leib zu vögeln?!»

«Warum vögelst du? Um dabei die Primzahlen neu zu sortieren!»

«Du spinnst, du spinnst, du spinnst ja derart!»

Er griff nach der Champagnerflasche.

«Ich will ja keine schlechte Gastgeberin sein, aber trink bitte nicht so viel! Nicht wieder die Nummer von wegen ‹Kleiner Mann, was nun?›. An der Legende von dem vielen Östrogen im Trinkwasser scheint tatsächlich was dran zu sein …»

Ralf kniete vor ihr nieder und umfasste ihre Knie.

«Martina, ich kann nichts für diese Krankheit. Es tut mir weh, dass es gerade dich getroffen hat, das kannst du mir glauben. Hätte es irgendetwas gegeben, womit ich dir hätte helfen können, ich hätte es getan. Mehr kannst du nicht erwarten?! Das war immer unsere Abmachung: kein Fake, keine Heuchelei!»

‹Eben darum›, dachte sie, ‹eben darum bist du hier.›

Er blieb vor ihr auf den Knien, als erwartete er den erlösenden Ritterschlag oder zumindest ein aufmunterndes: «Na, nun hoch mit dir!» Sie sah ihn ruhig an. Sog tief die Luft ein, denn sie mochte sein Rasierwasser. Dazu ein Tröpfchen Paco Rabanne One Million Eau de Toilette. Sie sah ihn, wie er in seinem Health-Club den Gang zu den Duschen entlangstolzierte. Nackt. Das Handtuch lässig über die Schulter geworfen. Er trainierte fünf Mal die Woche. Bauch, Beine, Po. Jeweils eine gute Stunde. Er war gut in Form. Seit seinem Studium in Amerika ging er regelmäßig ins Gym. Keine Anabolikabeulen oder irrsinnige Waschbrettmuster im Bauchbereich. Aber festes Fleisch an jeder Stelle. Sie mochte es, seine Oberarme zu umfassen, wenn er auf ihr Liegestütz übte. Sie mochte seine Hüfte, die sich so zart anfühlte, weil er jeden Zentimeter seines Luxuskörpers mit Feuchtigkeitscreme versorgte. Sie mochte das Bild, wie er von dem Spiegel stand und die Schwulen neidisch hinter ihm vorbeihuschten und ihm am liebsten einen Klaps auf den Hintern gegeben hätten. Sie fasste gern seine Pobacken an. Seine Schenkel, seine Waden. Er war durchmodelliert wie ein sehr kräftiger Knabe, der das erste Mal für Olympia trainierte. Schwule mussten verrückt nach ihm sein. Nach seiner Unschuld. Er stand gern vor dem Spiegel. Er spürte gern die Blicke von anderen. Und er sah gern andere Körper. Er war derart entspannt und selbstbewusst, dass man ihm ein Wort wie Organminderwertigkeit hätte buchstabieren müssen. Er sah nur sich und andere schöne Menschen. Hässliche Menschen sortierte er aus. Er nahm sie gar nicht wahr. Das war ihm nicht einmal zu verübeln, denn es war kein willentlicher Akt. Für ihn existierte Hässlichkeit einfach nicht. Nach dem Training ein kurzer Saunagang, damit er erst mal richtig ins Schwitzen kam. Ausnahme von der Regel gab es keine. Sport ist Sport und Sex ist Sex. Sollte man nie durcheinanderbringen. Sein Augenzwinkern ließ selbst solche Trivialitäten nicht sonderlich trivial erscheinen. Es gab Zeiten, da kannte sie seinen Stundenplan ziemlich gut, weil sie ein Bestandteil dieses Stundenplans gewesen war. Eine halbe Stunde in seinem Büro, in ihrem Auto, in seinem Auto, im Konferenzraum, in Kehrtmanns Büro, als der in Urlaub gewesen war. Da war er besonders scharf drauf gewesen. Die Konkurrenz der Primaten. Für großartige Ouvertüren hatten sie beide nicht so die rechte Geduld. Fünf Gänge, klassische Musik und langsames Erotisieren der erogenen Zonen war nicht ihr Ding. Seins auch nicht. Zu lehrbuchmäßig.

«Ich würde jetzt gern ficken …»

Sie knöpfte ihr Hemd auf. Er zwinkerte nervös.

Es war nichts zu sehen. Sie hatte es hundert Mal überprüft. Er konnte die Narbe nicht sehen. Auch die tausend Stiche der Bestrahlung hatten keine Male hinterlassen. Da war nichts. Hoffentlich sah er das auch so …

«Na ja, wir können es ja mal versuchen», flüsterte er und ließ den Kopf vornüber in ihren Schoß sinken.

‹Wehe, du schließt dabei die Augen›, dachte sie nur.

«Du bist zu spät. Wie immer.»

«Entschuldige bitte meine Existenz!» Helmar knickste vor seinem Vater.

Von Hausen musterte seinen Sohn mit einem feindseligen Blick. Seine weibische Art widerte ihn an. Es war dieser Habitus, der so unangenehm Servilität und Trotz vermengte. An seiner Aufmachung selbst war nichts auszusetzen. Er hatte seine Söhne seit frühester Kindheit angehalten, stets Anzug zu tragen. Das taten sie auch meist. Zunächst mit einem offensichtlichen Schamgefühl, weil sie stets anders aussahen als die anderen. Aber mit den Jahren wuchs so etwas wie Stolz aufs Anderssein in ihnen. Sie waren tonangebend geworden. Viele ihrer Mitschüler hatten es ihnen nachgetan. Der Anzug stand ihm allerdings nicht sonderlich gut, weil er sich immer ein wenig gebückt hielt. Ein altes Lastenweib. Vergreist war dieses Kind zur Welt gekommen.

«Zu spät, viel zu spät. Aber danke, dass du meiner Einladung überhaupt gefolgt bist!»

Von Hausen bückte sich ein wenig vor, zog die Schreibtischschublade auf und lächelte süffisant, als er einen Blick auf die Fotografien warf, die seine Frau ihm mitgebracht hatte.

«Komm nicht auf die Idee, danach meinen Schreibtisch zu durchwühlen!»

Er lächelte immer noch, als er schon mit der Waffe auf seinen Sohn zielte.

«Ein Schuss ins Herz oder wäre dir ein Kopfschuss lieber?»

Er lachte laut auf, denn der Gesichtsausdruck seines Sohnes gefiel ihm. Die blasierte Arroganz, die er sonst zur Schau stellte, war gewichen. An ihre Stelle war ein Ausdruck kindlichen Schreckens getreten. Wie ein unartiger Junge, der zum ersten Mal vor den Weihnachtsmann tritt.

«Na ja, setz dich erst mal, mein Sohn, dann fällt es nicht so auf, wenn du dir in die Hosen machst! Komm setz dich!»

Er winkte ihn mit der Waffe näher an seinen Schreibtisch.

«Und jetzt Platz! So ist es schön …!»

Sonntag, 9 Uhr
von Hausens Büro

Er spürte förmlich die Wut in Helmar aufsteigen. Aber noch parierte er. Vermutlich würde er niemals aufbegehren. Nicht gegen seinen Vater. Allenfalls hinter seinem Rücken, mit den geballten Fäusten in der Hosentasche.
Von Hausen studierte Helmars Gesichtszüge. Es gab keinen Zweifel. Es waren seine eigenen. Er war ihm wie aus dem Gesicht geschnitten. Seine Mutter hatte ihm wohl nur ihr hysterisches Wesen vererbt, sonst nichts. Keine äußerlichen Ähnlichkeiten. Ausgenommen natürlich dieser Hang zur Eitelkeit und zur Selbstdarstellung.
«Wie geht es dir, mein Sohn ...? Moralisch wohlauf wie immer?»
Von Hausen grimassierte, als hätte er saure Trauben gegessen. Es fiel ihm sichtlich schwer, einen verbindlichen Ton zu finden. Er starrte Helmar böse an. «Mit deiner Schwester und deinem Bruder habe ich gestern Abend schon gesprochen. Sie werden mich nicht vermissen. Ich habe ihnen angedeutet, dass ich längere Zeit auf Reisen gehe. Das scheint sie nicht sonderlich gekümmert zu haben. Ein wenig stumpf die beiden, oder? Wie ist dein Eindruck?»
«Ich würde nichts über meine Geschwister sagen, was ich ihnen nicht selbst ins Gesicht sagen könnte. Insofern kannst du nichts erwarten, was dir in deinem bösen Sinn gefällt. Keine Häme und kein Hass unter Geschwistern!»
«Das elfte Gebot? Du sollst deine Geschwister ehren? Habe ich mich je daran gehalten? An das elfte, das zehnte, das neunte Gebot? Und an all die anderen? Gottes Gebote sind nur für Gottes Kinder, nicht für Erwachsene, mein Junge.»
«Ich brauch deine Belehrungen nicht. Ich weiß, wer du bist!»
«Der Antichrist. Ich weiß, ich weiß. Du schnüffelst hinter mir her, auch das weiß ich! Das solltest du sein lassen. Auch in Zukunft. Eine Frage der Gesundheitsvorsorge! Das alles ist ein wenig zu groß für dich, meine Vergangenheit, unsere Zukunft. Schade eigentlich, ich hätte mir gern einen Nachfolger gewünscht, aber ... ein Schnüffler?! Eine Trüffelsau im Dienste des Vatikans?!» Er zuckte mit den Achseln, was seinen Sohn noch mehr zu empören schien als seine Rede.

«Du bist ein Verbrecher! Wie kannst du glauben, dass ich je dein Erbe antreten wollte», brach es aus ihm heraus.

«Ein Verbrecher! Ein Verbrecher?», echote von Hausen verständnislos. «Ich, ein Verbrecher? Mein Sohn, und dieses Anrede gilt nur hier und jetzt, mein Sohn, wie kannst du nur glauben, ich sei ein Verbrecher. Wie wirr ist die Welt geworden?»

Von Hausen schüttelte bekümmert den Kopf.

«Du verkaufst Drogen, du handelst mit Frauen, mit Waffen, mit Kindern …»

«Ich handle mit allem, was gebraucht wird», unterbrach ihn von Hausen barsch. «Und ich tue es für einen höheren Zweck. Ich tu es nicht für Geld. Wenn unsere rumänischen Waffenbrüder von einst ihre Kinder an die Meistbietenden verkaufen, dann verdienen sie die Kinderlosigkeit. Mehr noch, sie verdienen den Tod. Auge um Auge, Kind um Kind … ist das nicht biblische Rede? Aus der guten alten Zeit, als der Gott noch ein strenger war und nicht ein Jude namens Jesus Christus!»

«Sie verdienen Hilfe …»

«Wenn unsere jungen Frauen sich für wenige Gramm weißen Pulvers prostituieren wollen, dann verdienen sie Strafe! Oder ist ihr Tun etwa gottgefällig? Ihr seid Kinder des Herrn, eures Gottes, ihr sollt euch nicht verkaufen …»

«Du lästerst …»

«Ihr lästert durch euer gedankenloses Tun. Kinder wählen sich oft die falschen Eltern. Ist dir dieser Gedanke nicht häufig durch den Kopf gegangen. Wer haftet dafür? Wem gebührt die Strafe? Den Eltern, die nicht ahnen konnten, welchen Weg ihr Kind einschlagen wird. Oder dem Kind, das trotzig darauf beharrt, sich in seinen Irrtümern verstricken zu dürfen?»

Von Hausen wiegte nachdenklich den Kopf, ohne die Waffe sinken zu lassen.

«Es ist nicht so, dass ich mich nicht um euch gekümmert hätte. Das Problem ist nur, ihr taugt zu nichts. Ihr denkt nicht nach. Ihr revoltiert nicht. Ihr seid Schlachtvieh.»

Helmar schlug gelangweilt die Beine übereinander. Er wusste genau, dass er seinen Vater mit dieser femininen Geste verärgerte. Aber von Hausen gab sich wie zum Trotz sehr väterlich.

«Weißt du, mein Sohn, gelegentlich habe ich mir einen Jungen gewünscht, der etwas aus sich macht. Keinen Helden, ein Herostratos hätte genügt. Einer, der die Welt in Erstaunen versetzt mit seinem Wahnsinn. Da bauen die Menschen den Göttern Tempel und Statuen, und so ein kleiner Junge kommt daher und bringt alles zum Einsturz, weil er will, dass die Menschheit sich seiner ewig erinnert. Das ist groß, das imponiert mir, auch wenn es sinnlos ist. Aber was könnte sinnloser sein als deine Existenz? Was? Überrasche mich mit einer klugen Antwort!»

Helmar legte demonstrativ die Hände an seine Ohren, als spräche er mit einem Taubstummen. Sein Mund malte die Buchstaben.

«Ich hör dir gar nicht zu, Vater! Schon lange nicht mehr!»

«Hände runter!»

Von Hausens Tonfall wurde eisig.

«Sofort.»

Er zielte mit der Waffe auf ihn.

«Du hörst mir jetzt zu. Ihr könnt nicht sagen, ihr hättet von nichts gewusst. Ich warne dich hiermit ausdrücklich vor dem, was kommt. Wir verlieren uns an unsere Erfindungen. Der Fortschritt gehört nicht mehr uns, wir gehören dem Fortschritt. Kapierst du das? Ihr marschiert nicht in den Abgrund, ihr stolpert hinein.»

Sein Sohn nickte in einem fort, wie ein Geisteskranker, der sich immer tiefer in den Wahnsinn schaukelte. Der Wahnsinn war der einzig sichere Ort. Ein Ort, wo ihn sein Vater nie erreichen konnte. Niemals. Von Hausen legte die Waffe beiseite. Diese Person war kein Gegner, kein Feind, den es ehrenvoll zu liquidieren galt, dieses Gegenüber war ein Nichts. Ein Kretin.

«Es bringt keine Ehre mehr, auszuharren. Die Welt, sie ist ohne Zauber, ohne Licht. ‹Und nur so ihr euch verzehrt, seid ihr voll Lichts.› Stattdessen ward Dunkel. Ihr habt es verdorben!»

Von Hausens Stimme brach. Es war so einfach, so widerwärtig primitiv. Er schüttelte sich. Es war das Körperliche seines Sohnes, das ihn so anwiderte. Er sah die Schweißperlen auf seiner Stirn. Es war kein Angstschweiß. Sein Sohn schwitzte vor Erregung. Angst erregte ihn. Wahnsinn erregte ihn. Schon als Kind. Die Sehnsucht nach Erniedrigung erhitzte ihn innerlich. Er begann zu schwitzen, kaum dass er Fremdheit wahrnahm. Das Andere ängstigte ihn bis zur Verzückung. Eine eklige Verzückung. Bei der Einschulung, beim Spaziergang durchs Forum Romanum, bei den Wanderungen in Berchtesgaden, immer schwitzte die Hand seines Sohnes. Ein kalter abweisender Schweiß, der an verdorbene Priester denken ließ, an Schlafräume voll mit Seminaristen, die sich nachts hellwach auf ihrem Geschlecht hin und her wälzten. Er war widerlich in seiner auf sich selbst verworfenen Art.

Von Hausen schüttelte sich. Dieser Sohn war sein schlechtes Selbst. Fleisch gewordenes verdorbenes Ego.

«Ich hatte nicht wirklich erwartet, dass ihr mich würdet überraschen können. Dafür ist eure Mutter zu dumm. Aber ich hatte es auch nicht für möglich gehalten, dass ihr mich so enttäuschen würdet. Ihr seid so sinnlos in eurem Tun, in euren Ambitionen.»

«Du bist von gestern, Vater. Du weißt nichts. Gar nichts von unserem Leben weißt du!»

Helmar hob sich ein wenig aus seinem Stuhl. Sein Gesicht verzerrte sich vor Anstrengung, als wäre ein Lahmer gezwungen, ein Wunder zu vollbringen, obwohl es nicht in seiner Macht lag, aufzustehen.

«Du bist so alt! Du weißt gar nicht, wie alt!»

Von Hausen sah seinen Sohn interessiert an. Kraftanstrengungen als solche imponierten ihm und er spürte deutlich, das war eine unerhörte Kraftanstrengung für seinen Sohn, ihm die Wahrheit ins Gesicht zu sagen.

«Wovor fürchtest du dich eigentlich? Tod oder Leben, es ist doch beides gleichermaßen sinnlos für dich. Warum hast du dann noch Angst vor mir?»

Helmar ließ sich wieder in den Stuhl fallen.

«Ich hab keine Angst vor dir. Ich habe Angst davor, den Respekt vor mir zu verlieren, weil ich dich zu sehr hasse. Ich will mich nicht in diesem Gefühl verlieren. Ich will Zeugnis ablegen von dem neuen Menschen, dem neuen Gott, von dem neuen Gesetz!»
«Der neue Mensch, so, so. Da ist ja viel die Rede von, von dem neuen Menschen. Was theologisch war, wird technologisch ... Oder wie stellt ihr euch das vor? Ihr seid Prothesenmenschen ... Ihr könnte nur Prothesen fabrizieren. Was sonst?»
Helmars Kopf fiel hintenüber. Er konzentrierte sich. Dieser Mann konnte ihm nichts anhaben. Dieser Mann war Staub. Er würde zu Staub werden. Die Wahl der Identitäten, sie war ihm nicht mehr freigestellt. Das war der Tod. Wenn kein anderes Ich mehr zur Wahl stand. Tot war sein Gegenüber. Ihm selbst war die Wahl freigestellt. Er selbst war mächtig. Er selbst war wandelbar. Er würde sich in Moses verwandeln. Aus dem Reigen der Figuren, die vor seinen Augen erschienen waren, um ihm gegen das Böse beizustehen, würde er den Wahrer der Gesetze wählen. Er würde sich in Moses verwandeln. Er war Moses. Sein Kopf wurde ganz klar und kühl. Die Kälte rührte her von der kosmischen Energie. Die Kälte rührte her von der Wolke. Als nun Mose auf den Berg gestiegen war, hüllte die Wolke den Berg ein. Und die Herrlichkeit Jahwes thronte auf dem Berge Sinai. Die Wolke aber hüllte ihn sechs Tage lang ein; am siebenten Tage rief er Mose aus der Wolke zu. Die Herrlichkeit Jahwes aber auf dem Gipfel des Berges stellte sich den Augen der Israeliten dar wie ein verzehrendes Feuer. Da begab sich Mose in die Wolke hinein und stieg auf den Berg. Hierauf blieb Mose vierzig Tage und vierzig Nächte auf dem Berge. Dann kam er zurück und schleuderte die Worte des Herrn wie Blitze in sein unreines Volk. Das Volk ging auf in Flammen. Moses barg sein Angesicht in seinen Händen.
Von Hausen räusperte sich. Es war ihm peinlich, sich so emotional gezeigt zu haben. Peinlicher noch war ihm das wirre Gehabe seines Sohns. Er hatte einen Fanatiker gezeugt. Einen unreinen Geist.
«Du solltest dir deine Fingernägel feilen, mein Junge! Deine Hände

sehen sehr ungepflegt aus. Das macht sich nicht gut, gerade wenn man sie fortwährend vors Gesicht schlägt!»

Von Hausen feilte seine Fingernägel. Er tat es ausdauernd und sehr behutsam, denn er legte Wert auf gepflegte Hände. Erst gestern war er bei der Maniküre gewesen. Die Vorstellung, dass der Tod keineswegs das Wachstum der Nägel sofort unterbrach, war ihm äußerst widerwärtig.

«Deine Mutter tut es nicht ... Sie hat nie Wert auf eine ordentliche Maniküre gelegt. Sie gönnt sich diese Verwahrlosung aus Protest gegen mein diktatorisches Auftreten, dessen bin ich mir sicher, aber es gibt sinnvollere Formen des Protestes ...»

Er war Moses. «Merket auf, ihr Himmel, denn ich will reden, und die Erde höre die Worte meines Mundes! Merket auf, ihr Himmel, denn ich werde töten und der Leichnam des Ungläubigen treibt hinab ins Vergessen. Merket auf ihr Himmel, merket auf! Gebet Ehre unserem Gott!»

Er starrte seinen Vater mit blinden Augen an.

«Du bist schon tot. Tot und vergessen!»

Von Hausen schnaufte verächtlich. Er war ein wenig beunruhigt von dem blassen Gesicht seines Sohnes, der sich körperlich so unnatürlich versteift hatte, als würde ihn gleich ein epileptischer Anfall heimsuchen. Hoffentlich trat ihm kein Schaum vor den Mund oder dergleichen, dachte von Hausen besorgt. Er liebte solche Art von Aufregung ganz und gar nicht. Das war vorgestrig, weibisch, unangenehm emotional. Das Beste war wohl, mit ihm zu reden, als sei er ein ganz vernünftiger Mensch. Vielleicht brachte ihn das wieder zur Räson.

«Entschuldige, das sehe ich anders. Wir haben gesiegt. Die Vernichtung Israels ist nur noch eine Frage der Zeit. Der jüdische Finanzkapitalismus ist weltweit geächtet. Amerika ein Schatten seiner selbst. Wir haben in so vielen Schlachten gesiegt und den Krieg dennoch verloren, da muss ich dir leider Recht geben. Die Idee des Imperiums ist verloren ...»

«Du bist schon tot. Tot und vergessen!»

Von Hausen ertappte sich dabei, wütend zu werden. Diese hysterische Art seines Sohnes, sich selbst in den religiösen Wahnsinn zu monologisieren, regte ihn auf.
Was für eine schmutzige Flut Mensch ergoss sich da über die Welt, es war keine Sintflut, es gab keine Arche Noah, es gab nur das Ertrinken aller im religiösen Wahn. Wir hätten das Volk, das Gott erfand, vollständig ausrotten sollen, bis auf den letzten Zeugen, den allerletzten, den Zeugen Jehovas.
Von Hausen griff zur Waffe. Die Wut packte ihn mit aller Gewalt. Der Hass flutete all seine Adern, es war eine Lebendigkeit, die er seit Jahren nicht mehr gespürte hatte. Der Tod seines Sohnes würde ihn unendlich glücklicher machen als seine Geburt. Er hatte ihn noch vor Augen, den schreienden Säugling, schreiend von der ersten Minute an, jammernd, kreischend, unreif für die Welt. Er würde seinen kleinen Kinderkopf platzen lassen.
Von Hausen starrte in die weit aufgerissenen Augen seines Sohnes. Er sah keine Angst darin. Keine Angst in den Augen seines Sohnes, der immer ängstlich gewesen war und ein Verweigerer des Lebens. Ein Wunder war geschehen. Von Hausen lachte höhnisch. Der Singsang brach nicht ab. Ein Lied an der Klagemauer des Lebens, intoniert von seinem erstgeborenen, unfähigen, gottesdienerischen Sohn.
«Ein Gott der Treue, ohne Falsch, gerecht und redlich ist der Herr, gebrochen haben ihm die Treue seine Kinder, ein verkehrtes und verdrehtes Geschlecht …»
Er schwenkte die Waffe und drückte ab. Das letzte, was er sah, war das triumphale Aufblitzen in den Augen seines Sohnes.

Sie hasste frühes Aufstehen. Luxus war für Ayn Goldhouse nicht Geld, nicht Schmuck, nicht Häuser, nicht Reisen, das alles hatte sie im Überfluss, das alles kannte sie, das alles bot keine Überraschungen. Ausschlafen war für sie Luxus. Nicht bis neun, nicht bis zehn, in den Tag hineinschlafen, schlafen, sich im Bett drehen und wenden um das eigene Ego, unruhig, selig, immer voll Sehnsucht nach Erlösung. Nur im Schlaf war sie glücklich, zuweilen, wenn die Albträume sie verschonten. Nur da warteten noch Überraschungen auf sie, im Schlaf, im Traum, und sie war im Laufe der Jahre eine gute Träumerin geworden. Sie hatte dazugelernt. Sie ließ sich nicht mehr erschrecken von den Gespenstern, sie träumte einfach weiter, weiter und weiter, bis zum glücklichen Ende. Außerdem war es gut für ihren Teint, befand ihre Visagistin.
Auf Ayns Nachttisch lag immer ein russisches Buch, das war sie ihren Vorfahren, das war sie vor allem ihrem Ruf schuldig, die kapriziöse russische Aristokratin aus hochadligem, aber von der zaristischen Geheimpolizei nahezu ausgelöschten Hause. Weiß die Haut wie Porzellan, zart die Glieder, wie Spinnenfäden fein gespannt die Nerven. Was für ein Bullshit. So musste sich Schneewittchens Stiefmutter beim Blick in den Spiegel gefühlt haben. Ayn sah darin sich selbst, als alte Frau, und dann sah sie da auch noch die Frau, die die Welt sehen wollte und sie sah einen jemand, dem sie nur sehr ungern wiederbegegnete, den Ex-Junkie. Drei Menschen, die nur schwer zusammenfanden.
Auf Ayns Nachttisch lag Gontscharows «Oblomow», ein sehr komisches Buch über einen sehr dicken Helden, der sich in der Welt einfach nicht mehr rühren wollte, weil er nicht einsah wozu. Geschäftigkeit brachte ohnehin nur Kummer, Aktivismus war Gift, für das eigene Ego und für das Ego der anderen. Aktivismus gaukelte den Menschen vor, dass sich die Welt verbessern ließe. Aber dazu mangelte es allen Akteuren an Klasse. Selbstzufriedenheit war das höchste aller erreichbaren Ziele.
Oblomow war ihr Held, ihre erste Liebe, ihr steter Ratgeber. Sie liebte Oblomow mit all der Liebe, die sie noch für das andere

Sonntag, 11. März, 10 Uhr
Hotel Four Seasons, Ayn Goldhouses Appartement

Geschlecht erübrigen konnte. Ihr Ideal von einem friedfertigen Mann. Immobil, asexuell und flauschig weich wie ein Kopfkissen, auf dem sie ihren müden Kopf betten konnte, ohne die Angst, gleich einen Schwanz auf ihren Lippen zu spüren.

Früher hatte sie auch Dostojewski, Gorki und all die anderen nervösen Russen gelesen, aber zu Gontscharow war sie immer wieder zurückgekehrt. Die anderen hatte sie vergessen wie alle Leidenschaften der Jugend. Er war der weise lächelnde Buddha ihrer Träume, der geblieben war, ihr zuliebe, und es verging keine Nacht, in der er ihr nicht Ratschläge erteilte. Und es verging kein Tag, an dem sie diese Ratschläge nicht in den Wind schlug. Sie war noch nicht bereit für das stille Leben.

Ayn schlug die Daunendecke beiseite, rollte sich nah an die Kante des Kingsize-Bettes, das Kissen noch immer schützend um den Kopf gewrungen, und ließ erst das eine, dann das andere Bein in die Tiefe schweben. Ihre Füße fanden Halt in den golden Pantoletten, die am Abend zuvor akkurat vor ihr Bett gestellt worden waren, und seufzend richtete sie den Oberkörper auf, das Kissen weit hinter sich werfend. Es gab kein Entkommen mehr vor dem Tagesbeginn. So mussten sich Vampire bei Sonnenaufgang fühlen. Sie griff sich den Telefonhörer, wählte die Servicenummer und befahl mit schneidender Stimme: «Die Ankleidedame bitte!» Noch ehe sie eine Antwort hörte, legte sie wieder auf. Das Schöne am Reichtum war, dass man andere für seine schlechte Laune büßen lassen konnte und ein Lächeln dafür erntete. Mochte es auch noch so falsch sein. In allen Hotels der Welt, in denen sie abstieg, und es waren nicht allzu viele, denn nicht überall war ein gleichbleibender Komfort garantiert, wusste man um ihre Eigenheiten. Capricen, so ihre eigene Formulierung. Sie brauchte allmorgendlich eine «Geburtshelferin», wie sie selbst es einmal scherzhaft, aber durchaus zutreffend genannt hatte, eine Frau also, die ihr die letzten schmerzhaften Minuten des völligen Erwachens erträglich machte und die Handreichung der Kleider übernahm.

Vom Telefonanruf bis zum Erscheinen der ‹Zofe›, wie die Mädchen

im Portiersjargon genannt wurden, vergingen meist nur wenige Minuten, denn sie hielten sich seit den frühen Morgenstunden auf Abruf bereit. Der Job war beliebt, denn ein hohes Trinkgeld war garantiert und nicht selten wechselte eins der Mädchen in die Dienste Madames. Es klopfte an der Tür.
«Herein, herein», befahl Ayn. Die Tür öffnete sich und eine schlanke, knapp zwanzigjährige Frau trat ein wenig zaghaft herein.
«Guten Morgen, Elise, herein, herein, keine Angst, Sie kennen doch mittlerweile meine arglose Art! Helfen Sie mir, helfen Sie mir hoch, ich fühle mich ein wenig schwach heute!»
Das Mädchen trat mit staksigen Schritten heran. Elise fühlte sich sichtlich unwohl in ihrem Kostüm und den hohen Schuhen, es schien, sie trug lieber Hosen. Ihr Pferdeschwanz war ein wenig locker gebunden und die Art, wie sie sich bewegte, ließ darauf schließen, dass sie sich wesentlich lieber auf dem Rücken eines Pferdes aufhielt als in einem Grandhotel.
«Elise, mein Kind, Sie machen mir Kummer. Wissen Sie warum? Sie sind unglücklich! Doch, doch, kein Widerspruch, das sehe ich. Schlimmer noch, das ertrage ich nicht. Ich ertrage keine unglücklichen Menschen um mich herum. Ich will glückliche Menschen um mich sehen. Es gibt schon genug Unglück in der Welt, oder, mein Kind?!»
Elise nickte. Sie wusste ohnehin nicht, was sie erwidern sollte. Madame saß im Rennwagen, sie selbst in der Pferdekutsche. Sie würden nie auf gleicher Höhe im Leben sein.
«Pablo Casals zu Pferd? Das ist Ihr Traum vom Glück, oder? Cellomusik im Galopp!»
«Bitte? Bitte Madame wünschen?», fügte sie geistesgegenwärtig hinzu. Ayn winkte ungeduldig ab.
«Lassen Sie diese ganzen Formalitäten: Bitte, bitte Madame wünschen, was soll das, wir leben in demokratischen Zeiten, einfach nur Madame! Kleiner Scherz!»
Sie freute sich sichtlich über Elises Verwirrtheit.
«Ihr Lieblingscellist: Pablo Casals! Oder etwa nicht!»

«Doch, doch, aber woher wissen Sie …»
«Dass Sie gerne reiten? Das sehe ich an Ihrer Haltung! Sie müssen ein Pferdenarr seit Kindertagen sein, bei ihrem Gang. Nicht sehr weiblich, aber erfrischend juvenil!»
Elise, die eigentlich Else hieß, ein Name den sie schrecklich hasste, rang nach Worten. Zugleich mühte sie sich um eine sehr aufrechte, sehr damenhafte Haltung. Oft genug war sie in der Ausbildung für ihr sportives Auftreten gerügt worden.
«Aber Pablo Casals …» Sie hielt sich die Hand vor den Mund. Das war immer der zweite Kritikpunkt gewesen. Ihre vorlaute Art.
«Kommen Sie her, geben Sie mir Ihre Hand …»
Ayn Goldhouse fasste die Hand des Mädchens mit festem Griff und zog sie vor ihre Augen.
«Wollen wir ein wenig in die Zukunft schauen! Keine Scheu, ich sage Ihnen nur das voraus, was Sie hören wollen …»
Ayn lachte entwaffnend, was ihr ungeschminktes Gesicht sehr jugendlich wirken ließ. Elise starrte sie fasziniert an. Ayn zwinkerte ihr zu, von Internatsschülerin zu Internatsschülerin. Elise brach in Lachen aus.
«Sie haben ein sehr hübsches Lachen, wissen Sie das?»
Ayn fasste ihre Hand noch ein wenig fester und sah sie streng, aber liebevoll an. Die perfekte Lehrerin, dachte sich Elise. Ihre Schülerinnen würden sie vergöttern, ihre Schüler ihr zu Füssen liegen.
«Sehr markante Linien! Da war schon viel Aufregung in Ihrem jungen Leben. Aber bislang wendete sich immer alles zum Besten dank Ihrer außergewöhnlichen Entschlossenheit. Hier, das ist die Kraft-, die Energie-, die Lebenslinie. Sehr markant ausgeprägt. Sie erstaunen mich! In so jungen Jahren so viel durchlitten! ‹Durch diese Anstrengung mit sich selbst bekannt gemacht …› Nein, das ist nicht von mir, Sie Hellhörige. Das ist Kleist. Der Schriftsteller, ein wenig länger tot inzwischen, aber seine ‹Marquise von O›, die lebt. Und wie die lebt! Blicken Sie nicht so verwirrt drein, mein Kind, Sie können nicht alles wissen. Die Marquise von O ist eine literarische Figur, aber die lebendigste, die Sie sich vorstellen können.

Und ihr Schicksal ist für uns Frauen ungemein lehrreich. Zudem ist das Ganze noch spannend erzählt. Sie werden schon noch dazu kommen, es zu lesen. Seien sie nicht so streng zu sich selbst … Das Leben ist kurz, aber es gibt für einen so aufgeschlossenen Menschen wie Sie vielfältige Möglichkeiten, es auszukosten!»
«Das erzählen die Linien?»
«Nein, Sie kleine Spötterin! Das verrät mir die Spannung Ihrer Hand. Aus der Hand lesen heißt nicht mit Zigeunerblick auf zitternde Handteller starren, sondern mit psychologischer Sorgfalt den ganzen Körper lesen oder scannen, wie es modisch heißt. Manche nennen es weibliche Intuition, aber das ist Unsinn. Es ist die Angst des Opfers vor dem Täter. Auf der freien Wildbahn kann jeder zum Fraß des anderen werden. Es ist im ureigenen Interesse des Beutetiers, dem Jagdtier aus dem Weg zu gehen. Deshalb ist es überlebensnotwendig, Spuren lesen zu können. Jeder kann das mit ein wenig Übung. Jeder nicht allzu dumme Mensch kann lernen, in seinem Mitmenschen zu lesen wie in einem offenen Buch. Versuchen Sie es einmal mit Ihrem Vorgesetzten, diesem entsetzlich dummen Herrn Altmaier. Nomen est omen. Ist Ihnen seine starre Körperhaltung aufgefallen? Nein? Sehen Sie genauer hin! Er trägt ein Korsett! Ein sehr enges! Auf Wunsch seiner Herrin. Sehen Sie ihn streng an, sehr streng, und Sie werden feststellen, dass er plötzlich vor Ihnen unmerklich zu zittern beginnt. Seine ganze Strenge ist nur gespielt, wie bei den meisten Tyrannen wider Willen. Würde mich nicht wundern, wenn Sie in seinem Spind einige Wäschestücke finden, die dort ganz und gar nicht hingehören. Also, allein, wie Sie mir die Hand entgegenstrecken, zaghaft, mutig, neugierig, verrät mir mehr über Sie als ein Dutzend Therapiestunden. Abgesehen davon würden Sie vermutlich jede Therapie abbrechen, stur wie Sie sind …»
Elise nickte. Sie war sprachlos, nicht aus Verblüffung. Sie hatte dieser seltsamen Frau einiges zugetraut. Es kursierten ja die wildesten Gerüchte über sie und ihre Organisation. Sie war sprachlos, weil alles plötzlich so einfach schien. Altmaier hatte sie schon immer

neugierig anstarren müssen, weil da irgendetwas war, was sie nicht begriff. Aber sie war nicht den Umweg über den Körper gegangen. Sie hatte immer nur in sein böse verkniffenes Gesicht gestarrt, bis er sie zurechtgewiesen hatte. Sie hätte einfach nur auf seine Füße sehen müssen oder auf seine Hände.

«Alles ganz einfach, meine Kleine! Ganz genau!»

«Sie können auch noch Gedanken lesen?»

«Ein wenig, ein wenig! Was einfach daran liegt, dass die meisten Menschen sehr wenig Gedanken im Kopf haben. Das ist kein Vorwurf. In diesem Moment müssen Sie ja an Ihren Chef denken, schließlich ärgert er sie seit Monaten.»

«Und wie!», bekräftigte Elise. Sie dachte an all die kleinen Schikanen, aber das Schlimmste war sein bösartiges Lächeln. Das verfolgte sie bis in den Traum. Sie verstand einfach nicht, dass da jemand war, der ihr das Leben schwer machen wollte, einfach aus einer bösen Laune heraus.

«Das hat jetzt ein Ende. Sie haben ihn in der Hand.»

«Ich hab ihn in der Hand», wiederholte Elise verträumt. «Ich hab ihn in der Hand?!»

«Aber nutzen sie Ihre Macht sinnvoll. Demütigen Sie nie! Erhöhen Sie stets. Nicht weil Sie die Menschen so sehr lieben, die Menschen verdienen es gar nicht, von Ihnen geliebt zu werden. Aber es ist viel ökonomischer, viele Freunde und wenig Feinde zu haben. Die nützlichsten Wahrheiten sind immer très simple. Sie sehen, ich plaudere meine intimsten Geheimnisse vor Ihnen aus.»

Elise hatte den Kopf ein wenig schräg gelegt und hörte aufmerksam zu. Von Kindesbeinen an war ihr klar, dass das Leben nicht allzu viele Sonnenstunden für sie vorgesehen hatte. Bisher hatte sie ihr Misstrauen selten getäuscht. Immerhin etwas, worauf sie sich verlassen konnte. Sie verschränkte die Arme. Ihr war nicht ganz klar, warum ausgerechnet diese feine Dame ihr weiterhelfen wollte. Sie wischte sich verlegen eine Haarsträhne aus der Stirn.

«Was wollen Sie von mir? Dass ich Geheimnisse hier im Hotel ausspähe? Das tu ich nicht!»

«Sie haben eine sehr arbeitsame Fantasie. Sie scheinen überhaupt sehr fleißig zu sein, wie mir ein Blick in Ihre Arbeitszeugnisse gezeigt hat.»

Ayn wies auf ihren Laptop, der silbern auf dem kleinen Beistelltisch glänzte.

«Alles im schmalen Buch des Lebens. Und natürlich steht alles auch in Ihrer Hand.»

Sie zog Elise mit lässiger Geste wieder zu sich und tat so, als würde sie mühsam die Linien in ihrer Hand entziffern wollen.

«Das habe ich auch gelesen», fuhr sie mit übertrieben ernster Stimme fort, «dass ein großer Liebeskummer hinter Ihnen liegt, Sie aber nun den festen Vorsatz gefasst haben, Ihren neuen Lebensabschnitt mit ganz neuem Elan und viel größerer Vorsicht zu beginnen. Ihr Freund wird Sie vermissen, auch wenn er ein Dummkopf ist … Ein Dummkopf, der Sie hat gehen lassen, ein Dummkopf, wer Sie so gedankenlos gehen lässt. Die Männer kämpfen heutzutage einfach nicht mehr, um nichts und niemand. Es ist tatsächlich zum Weinen!»

«Das ist … das geht zu weit!» Elise zog die Hand zurück und verbarg sie hinter ihrem Rücken.

«Nicht vorlaut werden, mein Kind … Nicht, solange Sie lernen können. Und Sie können noch viel lernen von mir, Croyez-moi. Es steht in Ihrer Hand: Der Tod war viel zu früh schon in Ihrem Leben! Sie wissen, was es heißt, Zeit zu verschwenden. Ihre Mutter hat viel Zeit verschwendet mit fremden Männern und Sie darunter leiden lassen. Das wird Ihnen nicht passieren. Sie werden Ihr Kind ganz anders erziehen! Und Sie werden viele Kinder haben. Ich zähle zwei, drei …»

Ayn brach ab und sah neugierig auf das Mädchen.

Elise hatte sich von ihr abgewandt. Ihr Körper verkrampfte sich, als drohte ein epileptischer Anfall. Kein Mensch wusste von ihrem Leben, kein Mensch hatte sich je wirklich dafür interessiert. Auch nicht Andreas. Nur diese fremde Frau, die schien alles über sie zu wissen. Das war grausam, unheimlich, aber auch irgendwie wohltuend. Sie kramte nach einem Taschentuch, das hielt sie davon ab, in Tränen auszubrechen. Ayn wies auf die Tissue-Packung auf ihrem Nachttisch.

«Bedienen Sie sich, mein Kind! Mit jeder Träne kehrt das wirkliche Leben zurück zu Ihnen ... Sie müssen sich nicht mehr verstecken hinter diesem Kostüm. Sie müssen sich einfach neu sortieren ...»

«Wie meinen Sie», schniefte Elise, deren Neugier, wie Ayn längst registriert hatte, deutlich stärker ausgeprägt war als ihr Hang zum Selbstmitleid.

«Als Ihre Mutter sie damals Else nannte, dachte sie vermutlich an die dumme Else. Sie hasste ihr Kind. Sie hasste Sie. Sie waren der Fleisch gewordene Boykott all ihrer Träume. Sie hat Sie dafür bezahlen lassen. Glauben Sie mir, vielen Kinder ergeht es so. Es ist keine große Kunst, das wahrzunehmen. Ein Name verrät oft mehr als tausend Worte. Klingt kitschig. Ist aber wahr. Else, Elise, ihre ganze Lebensgeschichte liegt in diesen zwei Worten verborgen. Sie haben sich weggeduckt. Seit Sie denken können, haben Sie sich weggeduckt, weil keiner Sie wirklich haben wollte. Ihre Mutter nicht, Ihre Stiefväter nicht, Ihr Freund nicht. Aber damit hat es jetzt ein Ende. Sie werden hier nicht glücklich werden, Elise! Sie können gut mit Menschen umgehen, das ja, aber ... Sie müssen nicht dienen! Dafür sind Sie viel zu intelligent. Kein intelligenter Mensch sollte je einem anderen Menschen dienen müssen. Es sei denn, er will es. Merken Sie sich das für Ihr weiteres Leben: Sie müssen nicht dienen!»

«Es wird mir nicht viel anderes übrig bleiben.»

«Unsinn. Hier, nehmen Sie die Karte. Sie kennen meine Firma? Manche sagen Organisation dazu, manche Sekte. Na, kommen Sie! Eine reiche verwöhnte Schachtel wie ich, die sieben Zimmer für ihre Entourage belegt und alle mit Sonderwünschen nervt, über die sollte kein Profil erstellt worden sein ...?! Und Sie, die sie seit Kindertagen Detektivin werden wollte, und Konzertcellistin und Dressurreiterin, Sie wollen mich glauben machen, Sie hätten sich nicht über mich informiert?!»

Elise wurde tatsächlich ein wenig rot. Aber ihre Hände hatten sich entkrampft. Diese Frau wollte ihr nichts Böses, das spürte sie.
«Sie sind eine Internetunternehmerin … Die erfolgreichste überhaupt. Viel mehr weiß ich nicht …»
«Sehr schön gesagt. Sehr wertneutral. ‹Life Assistance›, eine unserer Firmen. Ein Tutorenprogramm speziell für Frauen, lebenslang. Von der Fitness über die Ernährung, Partnerschaftsberatung, Karriereplanung, alles, all inclusive, tous ensemble, versteht sich. Andromeda, ‹Your best friend ever›. Die Werbung kennen Sie, oder?»
Elise nickte. Sie starrte fasziniert auf die kleine Frau, die sich da im Morgenmantel rekelte und dennoch so beherrscht und zielstrebig schien.
«Wir wollen nach Europa expandieren … Deswegen bin ich hier in Berlin. Wir suchen fähiges Personal. Der Ausbildungsgang ist für alle gleich, ungeachtet der schulischen Voraussetzungen oder der sozialen Herkunft. Bei uns wird niemand bevorzugt. Das ist unser Esprit de corps. Ein Jahr auf unserer Hochschule in Amerika, dann zwei Jahre Praxiseinsatz in einem Land ihrer Wahl, Assistant Tutor. Wir wollen nicht allzu lange nur Abstraktes vermitteln, Sie werden recht früh in der Kundenberatung tätig sein.»
«Das klingt spannend.» Elise stockte. Sie strich sich nervös über ihre Dienstmädchenschürze. «Wieso glauben Sie, dass ich das alles hier aufgeben will? Von einem Tag auf den anderen. So schlecht war mein Leben auch wieder nicht.» Elise schien fast ein wenig trotzig zu werden.
Ayn kannte diesen Punkt gut. Es war exakt der Zeitpunkt für eine Kurzschlusshandlung. Zu viel Input, zu wenig Verarbeitungskapazität. Sofort umschwenken auf etwas ihr Bekanntes. Vertrautheitsmodus. Ayn lächelte ihr nettestes Lächeln, so mütterlich, wie es ihr eben möglich war.
«Ihr Facebook-Profil, mein Kind, nebst einer Kundenwertung auf Amazon, und schon weiß ich, wer Sie sind, oder zumindest zu sein vorgeben! Plus Ihre Bewerbungsschreiben.»
Sie tippte mit ihrem blassrot manikürten Finger auf ihren Laptop.

«Unser Vorsprung ist Wissen. War das nicht mal der Werbespruch einer längst insolventen Company? Na, wie auch immer. Ich weiß alles über Sie, mehr als Sie selbst, die Sie vielleicht den Überblick über all ihre Ego-Fragmente verloren haben. Drücke ich mich zu kompliziert aus? Nein?! Wir kokettieren mit dem Image, dass wir alle Hindernisse aus dem Weg räumen, alle. Für uns gibt es keine Schranken. Viele empfinden das als Drohung, viele Männer vor allem. Es ist keine Drohung. Nehmen wir an, einer Ihrer Vorgesetzten bedrängt sie. Das kommt nicht selten vor in Luxushotels wie diesem hier, hab ich mir sagen lassen. Unter All-inclusive-Service versteht mancher etwas, was er ganz und gar nicht darunter verstehen sollte. Allein haben Sie keine Chance. Hier im Hotel haben Sie keine Chance. Der Gast sitzt am längeren Hebel, Ihr Vorgesetzter wird in der Regel ihm und nicht Ihnen Glauben schenken. Also wenden Sie sich an uns. In sieben von zehn Fällen genügt ein Blick in die Kartei und wir wissen über den Betreffenden Bescheid. Männer, die Frauen belästigen, tun das in der Regel gewohnheitsmäßig. Es findet sich Belastendes, wir informieren den Täter. Eine Therapie in drei Graden: Er entschuldigt sich und zahlt Ihnen eine Entschädigung. Er tut nichts dergleichen und wird sanktioniert. Informationsschreiben an die Familie und den Arbeitgeber genügen in der Regel. In den sehr seltenen Fällen beharrlicher Renitenz reichen wir den Fall an eine der militanten Selbsthilfegruppen weiter. So oder so, Ihnen wird geholfen. Klare Botschaft: Sie sind nicht allein! Wir helfen weiter … Immer und überall. Sie wirken etwas benommen? Zu viele Informationen?»

Elise nickte. Ayn zwinkerte ihr zu.

«Auf der Andromeda-Homepage finden Sie alles erklärt. Kurz zusammengefasst: Wir bauen ein Betreuungssystem auf, das Ihnen lebenslänglich Schutz bietet. Im Gegenzug schützen Sie andere. Very simple. Très simple. Starren Sie mich nicht so an, mein Kind. Sie haben die Wahl, mir jetzt und hier auf der Stelle zu versichern, dass Sie Ihr altes Leben satthaben und etwas Neues wagen wollen. Oder Sie können stumm hinausgehen und ewig bereuen, dass Sie in dem einen entscheidenden Moment den Mut nicht aufbrachten, ein besserer Mensch zu werden.»

Ayn Goldhouse wandte sich ab. Ihre Hände durchwühlten das Bett.

«Ah, hier ist es!»

Sie hielt triumphierend ein abgeschabtes ledernes Zigarettenetui in die Höhe.

«Mein einziges Laster. Aber ich bin ihm mit Leib und Seele verfallen. Erst recht seitdem ich nicht mehr rauche. Also, mein Kind», Ayn zog zierlich mit Daumen und Zeigefinger eine Zigarette aus dem Etui, «wie entscheiden Sie sich?»

Elise griff unwillkürlich in ihre kleine Schürzentasche und kramte ihr Feuerzeug hervor. Ayn schüttelte bedauernd den Kopf und wies auf den Feuermelder, der an eine kleine leistungsstarke Überwachungskamera erinnerte.

«Leider gibt es keine Raucherzimmer mehr! Ich akzeptiere diese Geste im Übrigen als ein Ja?!»

Sie lächelte Elise freundlich an. Die nickte nur, erleichtert, dass ihr das Antworten abgenommen worden war.

«Gut, mein Kind. Meine Assistentin wird Ihnen nachher alles Weitere erklären. Sie haben eine gute Entscheidung getroffen. Und machen Sie sich keine Sorgen … für Ihren Bruder finden wir auch noch einen Job! Allez, allez!», sie winkte sie hinaus, denn das Telefon klingelte.

«Wir sehen uns noch … Wir sehen uns noch sehr oft!», rief sie ihr hinterher.

Ayn wartete einen Moment und drückte dann die Stumm-Taste ihres Telefons. Sie hatte das Handy selbst auf Anruffunktion gestellt. Mehr als zwanzig Minuten nahm sie sich selten Zeit für ein Anwerbungsgespräch. Aus Prinzip. Kein Mensch verdient mehr Aufmerksamkeit, als er verdient. Eine ihrer elementaren Parolen für die Weiterbildung der höheren Führungskräfte. Es hatte lange gedauert, bis diese simple Wahrheit in die Köpfe ihrer Angestellten eingesickert war.

Ihre Finger wischten über das Display. Es war der einzige künstle-

rische Ehrgeiz, den sie besaß. Virtuos tippen. Das war ihr selbst bei ihrer ersten mechanischen Schreibmaschine so gegangen. Anfangs war es ihr ganz gleich, was sie tippte. Es musste nur elegant aussehen, wie sie in die Tasten griff.
«Ilona … Ich erwarte sie in drei Minuten!»
Vermutlich wartete sie ohnehin schon vor der Tür. Ein wenig eifersüchtig auf das kleine Stubenmädchen, dem ihre Chefin so viel Zeit gewidmet hatte. Ilona wusste, dass Ayn eine Nachfolgerin für die Companyführung suchte. Nicht heute, nicht morgen, aber in absehbarer Zeit. Jeder konnte Kronprinzessin werden. Das war ein offenes Geheimnis. Ayn selbst hatte dafür gesorgt, dass dieses Gerücht die Runde machte. Das heizte den Wettbewerb an. Ilona kannte ihre Chefin gut. Sie glaubte zumindest, sie gut zu kennen. In den drei Jahren, die sie bei ihr war, hatte sie allerdings schon einige Überraschungen erlebt, die sie an ihrer Menschenkenntnis hatten zweifeln lassen.
Ilona war zweite Chefadjutantin und ihr Ziel war es, eine Position aufzurücken. Das war schwer genug. Als Nachfolgerin Ayns sah sie sich nicht, noch nicht, aber sie wollte auch keine andere in dieser Rolle sehen.
«Was gibt es Neues?»
Ayn sah sie erwartungsvoll an. Die Zigarette wippte unruhig zwischen ihren Fingern. Ilona trat an sie heran und nahm ihr die Zigarette aus der Hand. Das war so vereinbart. Aber noch immer fiel ihr die Geste schwer. Es hätte sie nicht gewundert, wenn sie dafür geohrfeigt worden wäre, aber Ayn seufzte nur kokett.
«Dieser Entzug bringt mich noch um. Aber jetzt zur Sache, bitte!»
«Da wühlt jemand in Ihrer Vergangenheit …»
Ayn blickte erstaunt auf.
«Wer wagt das denn? Doch keiner von der Presse?»
«Ein Querulant im Ruhestand. Ex-Sachbuchautor. Ex-Journalist. Ex-Ehemann.»
«Kümmern Sie sich darum!»
«Ist bereits geschehen …» Ilona strich sich eine Fluse von ihrer mari-

neblauen Kostümjacke. Sie wusste, dass Ayn ihr paramilitärisches Auftreten mochte. Femininer Kampfanzug, fester Schritt, maskuline Gesten. Es war ein Leichtes für sie. Die Männer in ihrer Familie hatten allesamt in der Armee gedient, auch wenn diese Deutsche Bundeswehr die Bezeichnung Armee gar nicht verdiente, wie ihr Großvater immer wieder betonte.

«Agenda …?»

«Treffen mit Klimts Sekretär … In diesem Fall tut es mir sehr leid, aber wir haben nichts Wissenswertes über ihn erfahren können!»

Ayn sah sie erstaunt an. Selten, dass Ilona ein Versagen eingestehen musste. Sie hatte in der Firma die Research-Abteilung für Europa übernommen und in kurzer Zeit zu einem ungemein leistungsfähigen Geheimdienst ausgebaut. Der Trick war gewesen, die Rasterfahndung aus dem Methoden-Pool des Bundeskriminalamtes zu modifizieren. «Im Grunde betreiben wir ja auch nichts anderes als Terrorbekämpfung», hatte sie Ayn erklärt, das war aber auch schon alles, was Ayn damals verstanden hatte. Ilona hatte bei den Besten ihres Fachs Mathematik studiert, aber ihr Prophet war der ehemalige BKA-Präsidenten Horst Herold, hauptamtlich Jäger der RAF-Terroristen. Nur gut, dass weder das Bundeskriminalamt noch die Armee ihre Arbeitskraft zu schätzen gewusst hatten. Ayn war noch immer ein wenig misstrauisch, was diesen Karriereschwenk Ilonas anbelangte. Eine geniale Mathematikerin, die überall in der Welt an einer Universität ihrer Wahl hätte Karriere machen können, schwenkt um, versucht sich als Cheflogistikerin bei verschiedenen privaten Sicherheitsfirmen, wird enttäuscht und heuert schließlich bei Andromeda an. Für die Firma war es gut, ihr Talent war so immens, dass sie nicht darauf verzichten konnte, aber das war alles ein wenig zu designed. Diese Frau schien einer Männerfantasie entsprungen. Einer Männerfantasie, die darauf zielte, ihre Firma auszuhorchen.

Ayn hatte sie im Verdacht, Doppelagentin zu sein, sie ließ sie wochenlang durchleuchten, aber nichts Auffälliges. Diese Frau war in Zahlen verliebt, das schien das ganze Geheimnis zu sein. Sie

betrachtete das Leben als eine Abfolge von Problemstellungen, die es möglichst elegant zu lösen galt. Je anspruchsvoller die Aufgaben, desto loyaler war sie gegenüber ihrem Auftraggeber.
Ayn hatte eine Menge interessanter Aufgabenstellungen anzubieten. Das Vordringlichste war es gewesen, ein effizientes Anwerbesystem für Novizinnen zu entwickeln. Da hatte Ilona in kurzer Zeit fantastische Arbeit geleistet. «Alice im Wonderland sucht Reiseführerinnen.» Hunderttausende hatten sich auf diese Annonce gemeldet. Die Andromeda-Website war ein Wahnsinnserfolg. Dass dieser Erfolg in seinem Ausmaß nur einem engeren Kreis von Eingeweihten bewusst war, lag an dem labyrinthischen Aufbau des Ganzen und an der Verschwiegenheitspflicht der Adepten.
Die Hierarchisierung der Chatrooms war Ilonas Idee gewesen, das Klostersystem, mit Novizinnen, Oberinnen, Beichtstuben und ritualisierten Aufnahmezeremonien, ihre Idee, die Talentsichtung auf diesem spirituellen Campus, ihre Idee, «Europe's next princess of wonders» und die große Auktion ebenfalls ihre Idee.
Diese Mischung aus Castingshow und Esoterikstudium wirkte unglaublich anziehend auf die Mädchen. Ilona wusste, wie diese Kinder tickten. Auch deshalb kam sie für die Nachfolge infrage, das wusste sie natürlich auch, aber sie ahnte vermutlich, dass Ayn ihre Herangehensweise zu technokratisch fand.
«Ilona, Herzchen», hatte sie ihre Adjutantin schon mehrfach im betont scherzhaften Ton ermahnt, «Ihnen fehlt die Seele!»
Die Antwort war ein devotes Nicken gewesen, so als gäbe es da noch einen gewichtigen Fehler im Computerprogramm der Firma, den es auszumerzen galt.
Sinnlos, dieser Frau das Wort Seele erklären zu wollen. Ayn hatte es auf Umwegen versucht, und ihr einige Bücher geschenkt. Ilona hatte sie dankend angenommen, in rasender Eile durchgelesen, ihre Inhalte präzise rapportiert, als Ayn sie darauf ansprach, aber offensichtlich kein Wort verstanden.
Vermutlich saß bei ihr ein Chip dort, wo bei anderen das Herz pochte.

Dennoch war sie es gewesen, die Andromedas neue Losung formuliert hatte, eine geniale Werbezeile, die als geflüsterte Losung bereits die Runde gemacht hatte. Bald würde sie auf allen Werbebannern Andromedas prangen: «Eine Welt finden, die besser zu uns passt!» Eine Welt neu erfinden, das hatte den Nerv der Klügsten unter den Kundinnen getroffen.

Inzwischen war Ilona nur noch für die Betreuung der VINs zuständig, der Very Important Nerds, jener Männer und Frauen, deren technischer Sachverstand die Welt in den nächsten dreißig Jahren völlig auf den Kopf stellen würde. Sie hatte eine Liste der fünfzig wichtigsten Männer erstellt, vorwiegend Computerspezialisten, aber auch einige Broker, Naturwissenschaftler und Philosophen. Die Mehrzahl von ihnen waren Junggesellen, was die Aufgabe sehr erleichterte. Ilona entwickelte für jeden ein Persönlichkeitsprofil, aus dem sich in der Regel das Betreuungsprofil wie von selbst ergab.

«Diese Typen haben alles», hatte Ilona ihr seinerzeit erklärt, «sie haben Geld, sie haben alle möglichen Spielzeuge, Callgirls inbegriffen. Nur Freunde haben sie nicht. Schon gar keine Freundinnen. Diese Jungs sind unbestechlich, was Geld und Posten angeht. Kleine picklige Monopolisten der Macht. Sie sind gewaltige Egos in ihrem Job und Gartenzwerge im Privaten. Wir geben jedem dieser Key-Programmierer, wie ich sie nenne, eine Betreuerin an seine Seite, einen Guardian Angel, und sind so jederzeit über alles informiert. Besser noch, wir können sie in unserem Sinn beeinflussen.»

«So sei es!», hatte Ayn das Programm ironisch gutgeheißen, denn in die Schadenfreude über den Niedergang des Patriarchats mischte sich durchaus ein wenig Wehmut. Es war die Welt der Väter und Großväter, die sie zum Einsturz brachte. Lautlos, ohne dass irgendjemand da draußen es merkte, entstand das neue Matriarchat.

Ilona musste das auch klar sein, aber sie verlor nie ein Wort darüber. Ayn war sich nicht ganz sicher, was eigentlich Ilonas Motivation war. Das machte sie nervös. Denn dadurch wurde Ilona zu einem Unsicherheitsfaktor. Nur ihr technokratischer Ehrgeiz? Oder steckte doch so etwas wie der Wunsch nach Rache dahinter?

Ilona war eine dieser Drogenmutantinnen aus dem Techno-Genpool, hatten die Ahnenrechercheure herausgefunden. Der Vater war ein bekannter Hardcore-DJ, der seine schizoide Persönlichkeit so häufig durch diverse Drogen fragmentiert hatte, bis kein Teil mehr zum anderen passte. So Ilonas eigener Befund. Die Mutter war auch ohne Drogen mental abgedriftet und derzeit in einem nordindischen Yoga-Camp interniert. Man würde sie erst gehen lassen, wenn ihre Kursgebühren bezahlt waren. Aber Ilona dachte gar nicht daran. Der einzig feste Halt in der Familie war der Großvater. Der General, wie Ilona ihn immer nannte. Ihn besuchte sie häufig, auf ihre Mutter konnte sie verzichten. Es schien für sie eine einfache Kosten-Nutzen-Rechnung. «Meiner Mutter geht es gut dort, und mir geht es besser ohne meine Mutter.»
Ayn hatte in den letzten Jahren nie erlebt, dass Ilona für irgendetwas Überflüssiges Geld ausgegeben hatte. Sie trug ausschließlich Kostüme und Hosenanzüge von Jil Sander. Mehr Luxus gönnte sie sich nicht. Sie war bildschön, auch ohne dass sich eine Heerschar von Visagistinnen um sie kümmerte, aber es war die vollkommene Schönheit einer sehr wertvollen, sehr seltenen Porzellanpuppe. Zuweilen war Ayn einfach versucht, ihr das Gesicht zu zerkratzen. Vielleicht tat sie es noch irgendwann. Schließlich folgte sie immer dem, was ihre Intuition ihr riet. In Ilonas Fall war die Botschaft ganz klar: Sie wird zu mächtig.
«Was meinten Sie, haben wir über diesen Assistenten herausgefunden?»
«Nichts!», bilanzierte Ilona. Ihrem Tonfall war anzuhören, dass sie diese Erfolglosigkeit als persönliche Beleidigung empfand.
Ayn nahm sich noch einmal sein Bild vor.
«Ein hübscher Bursche, ein süßes Grübchen! Wäre das nicht was für Sie?»
Ilona zeigte keine Reaktion. Offensichtlich suchte ihr Computerhirn gerade nach vergleichbaren Anfragen und fand keine.
«Sie meinen, ob ich ihn attraktiv finde?» Ihr Stirnrunzeln verriet, dass sie sich über den Sinn dieser Frage nicht ganz klar war.

«Genau das! Ein Mann für gewisse Stunden ...»
Ilonas Stirnrunzeln vertiefte sich. Sie sah ihre Chefin irritiert an.
«Siebzig Minuten sind vorgesehen für Ihr Treffen morgen Nachmittag. Wenn Sie mehr Zeit brauchen, lässt sich das sicher einrichten. Aber Ihr Zeitplan ist sehr straff. Insofern empfehle ich, es bei siebzig Minuten zu belassen.»
Ayn seufte tief auf.
«Ilona, mein Kind, waren Sie eigentlich nie verliebt?»
Ihre Adjutantin räusperte sich verlegen.
«Da ich glaube, dass diese Frage nichts zur Sache tut, würde ich sie gern übergehen. Im Übrigen, ja, sein Gesicht ist sehr ebenmäßig, und somit wohl auch attraktiv.»
Es ging ihr eigentlich nicht um die Antwort, das war deutlich herauszuhören, sie mochte nur keine offenen Fragen. Eine menschliche Registrierkasse, dachte sich Ayn und unterdrückte den Wunsch, sie in ihre sehr strammen Waden zu kneifen.
«Gut, zurück zu Mr. Charming. Wir können uns also darauf einigen, dass es sich um einen sehr attraktiven Mann handelt?!»
«Ja, aber er lebt wie ein Mönch. Selbst im Netz bewegt er sich nur auf Wegen, wo er keine Spuren hinterlässt. Keine Chatrooms, keine Pornoseiten, kein Facebook-Profil, nichts.»
«Was man von seinem Chef ja nicht gerade sagen kann ...», murmelte Ayn gedankenverloren.
«Gibt es eigentlich ein verdammtes Bordell auf dieser Welt, das er noch nicht aufgesucht hat?»
«Äh, Mr. Wilson? Wie gesagt, er hält sich in diesen Dingen sehr bedeckt. Wir wissen so gut wie nichts über ihn. Selbst der Zahlungsverkehr mittels seiner Kreditkarte ist unauffällig.»
«Ich meinte seinen Chef, den alten Ziegenbock.»
«Oh ja», Ilona nickte wissend und blickte demonstrativ auf ihre Armbanduhr. «Jetzt gerade hält er sich wieder in einem dieser eher gewöhnlichen Massageinstitute auf.»
«Immerhin, er lebt seine Leidenschaften!» Ayn spielte nervös mit dem Zigarettenetui. «Und er bringt mich in null Komma nichts auf

Betriebstemperatur. Hass ist und bleibt das beste Aphrodisiakum … Marquis de Sade hatte doch recht!»

«Wenn Sie mir eine Frage erlauben: Warum haben Sie ihn eigentlich nicht schon längst liquidiert?»

Ilona schien nicht einen Moment im Zweifel gewesen zu sein, ob die Frage ihr zustand oder nicht. Für sie war es kein emotionales, sondern ein logisches Dilemma. Das Problem Klimt hätte längst gelöst werden können, dennoch beanspruchte er noch immer Rechenkapazität. Dass Rache Genuss sein konnte, und Genuss durchaus ein erstrebenswertes Gut ganz eigener Art war, schien nicht in ihr hübsches Köpfchen zu gehen. Ayn sah Ilona nachdenklich an.

«Die Frage ist durchaus logisch, aber keineswegs sinnvoll. Sie ist auch zwangsläufig, aber sie entbehrt einer gewissen …»

«Emotionalität?», fragte Ilona artig nach, denn sie wusste, was ihre Chefin von ihr erwartete.

«Das sicher auch. Aber mehr noch, sie entbehrt einer gewissen Raffinesse!»

Ilona sah sie neugierig an. Sie schien zu denken, dass Emotionalität trainierbar war. Ayn öffnete ihr Zigarettenetui mit nur einer Hand und schloss es wieder. Eine eingeübte Bewegung, die ihr noch immer Freude bereitete.

«Raten Sie … Warum habe ich ihn so lange unbehelligt gelassen?»

«Sie können auf ihren liebsten Feind nicht verzichten?»

«Exakt!»

«Empfinden Sie das als Schwäche …», hakte Ilona nach. Diese offenherzige Neugier gab ihr fast etwas Kindliches.

«In gewisser Weise schon. Ja, sicher, es ist eine Schwäche», bekräftigte Ayn, «es ist eine große Schwäche … Das macht mich so ungemein menschlich … und liebenswert. Trotz meines ungeheuren Erfolgs. Ich hab mir das Menschliche bewahrt. Aber vielleicht ist genau das die Ursache meines Erfolgs! Life is a mystery!» Sie brach in Lachen aus.

Beide lachten sie. Ilonas Lachen höflich und bemüht. Ayns Lachen bitter und aus einer Tiefe herrührend, in der Dämonen hausten.

Vom Sportunterricht hatte Lotta sich befreien lassen. Sport war dumm. Vor allem die Mannschaftssportarten. Der Ehrgeiz der anderen machte sie krank. Es war kein ehrlicher Wettbewerb. Alle wollten sich nur in Szene setzen. Das mochte sie nicht. Sie kapierte nicht, dass Frau Foerster das nicht sah. Diese blöde Eitelkeit. Die Jungs waren am schlimmsten. Die liefen durch die Halle, als wären von überall her Kameras auf sie gerichtet. Mit keinem von denen hätte sie auch nur ein Wort wechseln mögen. Moritz vielleicht ausgenommen. Der war nicht ganz so dumm. Zumindest hatte sie ihn schon mal gesehen, wie er im Junkiepark auf einer Bank saß und einfach so in die Luft starrte. Das taten die anderen nicht. Einfach mal so nichts tun, ohne rumzutexten. Da hätte sie sich einfach dazusetzen können. Aber dann wäre es ja auch nichts mehr Besonderes gewesen, dass er da allein gesessen und einfach so in die Luft gestarrt hatte. Lotta hielt sich die Hand vor den Mund, um ihr glucksendes Lachen untenzuhalten. «Das kann die anderen Menschen verwirren», hatte ihre Mutter sie erst gestern ermahnt. «Was denn?», hatte sie gefragt, obwohl sie genau wusste, was Becky meinte. «Na, wenn du einfach so draufloslachst, ohne dass irgendjemand weiß warum.» – «Das ist doch meine Sache.» – «Nein, ist es nicht. Wer lacht, lacht meist über jemand anderen.» – «Das ist bei dir vielleicht so, weil du so schadenfroh bist, aber nicht bei mir.»
Das war ungerecht, ihre Mutter war gar nicht so schadenfroh, aber in letzter Zeit musste sie sie einfach ärgern, wann immer es ging. Es machte gar keinen wirklichen Spaß, es war einfach mehr so ein Reflex. Ein Reflex auf diese ewige Nähe.
Es war Zeit, dass sie aus dem Nest fiel, dachte sie und lachte. Das Schlimmste, was sie sich vorstellen konnte, war Fliegen. Sie war nur einmal geflogen, als ganz kleines Kind, hatte Becky erzählt, aber sie konnte sich nicht mehr daran erinnern. Fliegen musste schlimm sein. Es erinnerte sie an ihre schlimmsten Albträume. Zu fallen, zu fallen, endlos zu fallen, so lange zu fallen, bis die Angst vor dem Fallen schlimmer wurde als die Angst vor dem Aufprall. Das war schlimm. Lotta wich einem Fahrradfahrer aus, der ihr auf dem Gehweg ent-

Montag, 12. März, 10 Uhr
Café Birds on a Wire

gegenkam. Sie sah ihm böse hinterher. Sie mochte die Menschen in Berlin nicht. Sie waren alle unhöflich diese Menschen. Sie mochte die Menschen in den Büchern und in den Filmen von Jane Austen. Die waren höflicher, auch wenn sie keine besseren Menschen waren. Mr. Darcy natürlich ausgenommen, aber der war so lieb unhöflich, dass sie ihn schon wieder mochte, weil er so unsicher war und deswegen nach außen so unnett auftreten musste.
Es waren gerade mal fünfhundert Meter bis zum Birds-Café, aber die Strecke war jedes Mal Folter. Sie hätte auch mit der Straßenbahn fahren können, aber das wäre feige gewesen. Bis zur Ecke war es ja gut. Da war das Teegeschäft, und der Beerdigungsladen, wo man Beerdigungen zu Wasser, zu Lande und zur See kaufen konnte, was sie reichlich komisch fand, denn wenn man tot war, war man tot und hatte nirgendwo mehr etwas verloren. Sie würde die Welt nicht noch mehr verschmutzen, sondern sich verbrennen lassen, aber bestimmt nicht bei Herr Gerstäcker im Laden, den sie auch schon mal im Unterhemd da drin gesehen hatte. Ein Bestatter im Unterhemd, das ging ja wohl gar nicht. An der Ecke war die Polizei, aber die traute sich schon gar nicht mehr raus, weil der Bürgersteig voll war mit Fahrradfahrern.
Gegenüber im Park lagen schon die Ersten auf der Wiese, obwohl der Rasen bestimmt noch ganz feucht war. «Davon bekommst du Nierenschmerzen», hatte Becky sie ermahnt. Es würde ganz schön lange dauern, bis ihre Mutter begriff, dass sie kein kleines Kind mehr war. Wahrscheinlich würde sie es nie verstehen. Mütter waren so. Janes Mutter war garantiert auch so gewesen.
Auf Mr. Darcys Rasen hätten die Leute bestimmt nicht so rumliegen dürfen. Sie war dafür, alle Trinker und Kiffer einzusperren. Sie würde ihnen ein schönes Gefängnis bauen, weit draußen auf dem Land, wo die Luft gut war, und alle Trinker und Drogis dorthin schaffen lassen. Dazu alle, die ihren Müll fallen ließen, die vor ihr auf den Boden spuckten, alle die, die Wände anmalten, die Bier aus Flaschen tranken und Mädchen wie ihr hinterhersahen, und nicht den großen Frauen. Sie würde ganz höflich alle ansprechen,

die dumm hupten, oder im Auto ihre Frauen anschrien, oder sie böse anstarrten, und sie fragen, ob sie nicht lieber aufs Land ziehen wollten. Wenn sie Nein sagten, würde sie die Leute bitten, doch mal kurz in ihren Tickometer zu pusten, das war ein Gerät, das sie entwickelt hatte, um alle Spinner dieser Stadt ausfindig zu machen. «Einfach nur reinblasen, und schon weißt du, ob du nicht richtig tickst.» – «Super Idee», hatte Becky applaudiert. «So ganz abwegig ist sie eigentlich gar nicht.» Natürlich war sie nicht ganz abwegig! Sie würde ihnen ein großes helles freundliches Gefängnis bauen und keinen von ihnen mehr wiedersehen. Dann würde sie hier von der Straße alle Autos entfernen lassen, mehr Bäume anpflanzen und auf der Verkehrsinsel einen großen Blumentopf aufstellen, in den jeden Morgen ein großer Strauß Blumen von der vietnamesischen Blumenverkäuferin gesteckt wurde. Die würde reich werden und glücklich sein, und alle, die den Blumenstrauß sahen, wären auch glücklich. Sie fand, das Leben in der Stadt würde viel einfacher sein, wenn sie regieren dürfte. «Ein kleiner Tyrann ist an dir verloren gegangen», meinte Becky immer scherzhaft. «Ja und, was ist daran schlimm? Nur, weil alle anderen schlimm sind, heißt das nicht, dass ich auch schlimm sein muss.»

Das hatte die Oberin auch gesagt, dass die anderen gern den Befehl verweigern, «aber nur weil sie nicht begreifen, dass alles zu ihrem Besten ist. Man muss die Leute zu ihrem Glück zwingen. Es ist vernünftig, kein Fleisch zu essen. Dennoch essen viele Fleisch, weil sie nicht nachdenken. Also muss man es ihnen verbieten.» Das war nur logisch.

Lotta kam an dem Hostel vorbei, in dem sie gerne mal übernachtet hätte. Einfach so, um die Leute kennenzulernen. «Stell ich mir lustig vor», hatte sie ihrer Mutter erklärt. Becky hatte nur mit dem Kopf geschüttelt. In der großen Lounge saßen die ersten beim Frühstück, während andere auf einer der vielen Couches ihren Rausch ausschliefen. Es war ein wenig wie die Villa Kunterbunt von Pipi Langstrumpf nur als Hotel.

Im Dönerladen an der Ecke drehte sich der Spieß, ein dicker Klumpen Fleisch, in ganz vielen Lagen zusammengepresst. Der Metzger-Verkäufer schnippelte schon die ersten krossen Reste ab und pfiff dabei. Sie hatte sich schon eine Menge Strafen für ihn ausgedacht. Krossbraun würde sie ihn braten!

«Warum verkaufen Sie keinen vegetarischen Döner», hatte sie ihn mal gefragt, «den gibt es doch schon, der ist doch gut!» – «Weil die Leute hier Fleisch wollen, kleine Dame! Gutes Fleisch! Probieren?!» Er hatte ihr ein Stück hingehalten. Seine Hände waren fettig, aber sauber. Sie würde sie ihm trotzdem abhacken.

Da hatte sie keine Probleme mit. Auf dem Spieß drehte sich ein Kalb, in dünne Fleischlagen zerschnitten. Den Kopf hatten sie weggeschmissen oder zermahlen und Würstchen daraus gemacht. Die Augen hatten sie weggeworfen oder auch zermahlen. Jeden Tag taten sie das.

Die Oberin hatte ihr einen Video-Link zugeschickt, in dem eine Fleischfabrik zu sehen war. Sie hatte den ganzen Tag geweint. Die Tiere wussten von der ersten Sekunde an, was mit ihnen geschah. Das war schlimmer als Mord, weil sie sich nicht wehren konnten und weil keiner die Täter strafte.

Sie würde die Täter strafen. Macht ist dazu da, etwas Gutes zu tun. Etwas Gutes tut man, wenn man die Bösen daran hindert, Böses zu tun.

«Eigentlich ganz einfach», hatte Heloise geschrieben. «Na ja, ich wünschte, es wäre so einfach», hatte sie zurückgeschrieben. «Meine Mutter ist gedankenleer, aber nicht böse. Ich kenne eigentlich keine wirklich bösen Menschen.» – «Ich schon», hatte Heloise zurückgeschrieben.

Sie war neugierig gewesen, ob sie einen anderen als ihren Vater meinte, aber Heloise hatte nicht mehr geantwortet. Nur die ganz kurze Nachricht: «Morgen weißt du mehr.»

Auf der Kreuzung war wieder einmal Stau. Die Straßenbahnen mussten über den Platz, die Busse, die Taxen, die Radfahrer, die Fußgänger, die Mütter mit Kinderwagen, die Hunde, wenn Lotta das alles so zusammenzählte, es ging eigentlich gar nicht.

«Früher gab es Verkehrspolizisten», hatte Becky ihr mal erklärt, «die standen auf einem kleinen Podest oder saßen in einem Turm und regelten den Verkehr.» – «Das war doch viel besser.» – «War es vermutlich auch, aber es war auch viel teurer. Stell dir vor, an jeder Kreuzung ein Polizist auf einem Podest.» – «Cool», hatte sie nur entgegnet, «das find ich gut. Wenn ich König von Deutschland bin, mach ich das genau so.» Becky hatte sie ganz komisch angesehen. «Das meinst du ernst, oder.» – «Klar mein ich das ernst, und Schokopudding gibt's auf Rezept.» Da hatten sie beide lachen müssen. Als ob sie ihre Mutter in all ihre Pläne einweihen würde.
Das hatte die Oberin ihr von Beginn an eingeschärft: «Oberste Geheimhaltungsstufe. Denn jeder kann ein Verräter sein. Die im Chat wurden gescannt. Zumindest alle im inneren Zirkel, da kannst du dich sicher fühlen. Aber alle anderen draußen sind unsichere Kandidaten.» So hatte sie sich ausgedrückt. Unsichere Kandidaten. «Ganz gleich für welches Amt und welche Aufgabe du sie auch immer vorsiehst, die meisten werden dich verraten. Deswegen geht ja nie etwas vorwärts. Wenn du sagst, nur als Beispiel, du willst die Fleischbude an der Ecke anzünden, damit die Grillmeister dort einmal kapieren, was es heißt, geröstet zu werden, wird dich sofort einer an die Polizei verraten. Spätestens, wenn das Feuer gelegt ist. Natürlich wirst du nie ein Feuer legen, aber wenn du es legen würdest, dürftest du niemand einweihen.»
Das hatte Lotta sofort kapiert. Sie war immer schon allein gewesen, sie brauchte keine anderen Menschen, wenn sie etwas entscheiden musste. Das ging immer besser allein.
«Aber wo kriege ich denn das Benzin her, und wie stelle ich es an, dass ich so etwas unerkannt tun kann», hatte sie die Oberin gefragt.
«Falsche Frage», hatte die nur geantwortet, «ganz falsche Frage.» – «Wieso?» – «Denk drüber nach», hatte sie nur zurückgeschrieben.
Lotta hatte lange darüber nachdenken müssen, bis sie darauf kam, dass die Antwort ganz einfach war.
Es gab keine Antwort, weil die Frage dumm war. Es war dumm,

eine Dönerbude abzufackeln, weil man sie ganz sicher erwischen würde. Und selbst wenn sie die Dönerbude abbrannte, würde sofort wieder eine neue entstehen. Lass die Tiere aus dem Zoo frei, und sie fangen sie wieder ein. Schaff die Idee des Zoos ab, und es gibt keine Gefangenen mehr.

Alles spielt sich im Kopf ab. Mit dem Kopf siegen wir.

Die Oberin war stolz auf sie gewesen, dass sie das Problem von allein hatte lösen können. Sie selbst war auch total stolz gewesen.

«Halt, Kindchen!»

Lotta sah auf. Ein dicker bärtiger Mann stand vor ihr.

«Ich bin nicht Ihr Kindchen!»

«Recht hast du, aber bleib trotzdem mal stehen.»

Vor dem Bird-Café gab es einen Fußgängerstau. Das war selten, denn die meisten kamen erst Nachmittags. Lotta reckte sich auf die Zehenspitzen, aber sie konnte immer noch nichts sehen.

«Was ist denn da los?», fragte sie den dicken Mann.

«Da liegt ein Besoffener im Eingang».

«Warum bringt ihn denn keiner weg?»

«Weil sich keiner zuständig fühlt. Berlin, Baby!»

«Gehen Sie mal zur Seite», schimpfte Lotta, «ich hab es eilig!»

Sie drängelte sich an den fünf, sechs Leuten vorbei, die den Eingang versperrten. In der Türecke kauerte ein Mann, in sich versunken, der Kopf hing tief auf der Brust. Das hellbraune Cordjackett war mit Erbrochenem verschmiert, was komisch aussah. Als hätte einer darauf eine Nachricht schreiben wollen, dachte Lotta.

Es stank ganz schlimm nach Gin, ein Geruch, den sie gut kannte, weil Becky sich zu Hause immer gern einen Gin-Tonic mixte.

«Der war doch hier früher Stammgast, oder?», fragte einer der Umstehenden.

«Ich kenn den auch», stellte seine Freundin fest, ohne sich zu rühren.

«Vielleicht sollte man seine Brieftasche oder den Geldbeutel suchen?», schlug ein Dritter vor, dessen Augen gierig glitzerten.

«Oder ihn einfach liegen lassen! Der Mann ist schließlich nicht tot. Er ist nur besoffen …»

«Wahrscheinlich schläft er lieber hier seinen Rausch aus als zu Hause bei seiner Alten …»
«Einer sollte die Polizei rufen …?»
«Na ja, die Bullen sperren ihn nur in die Ausnüchterungszelle. Dann lass ihn lieber hier liegen, nimmt ja nicht weiter Raum weg.»
Lotta holte ihr Handy hervor.
«Hat noch niemand von Ihnen einen Krankenwagen gerufen?»
Sie musterte die Umstehenden streng, aber die wichen ihrem Blick aus.
«Was seid ihr nur für Menschen?»

Irgendeiner bot ihr Gummibärchen an. War es irgendeiner? Einer, vor dem ihre Mutter sie immer gewarnt hatte. Der schwarze Mann! Hielt ihr einfach nur die Tüte hin. «Iss, Kind! Bevor du stirbst! Sind so schöne Farben! Grüne, rote, gelbe, blaue Gummibärchen. Blaue Gummibärchen.» Gab es blaue Gummibärchen? Sie hatte die Hand voll mit Gummibärchen und starrte darauf. Sie musste die Hand ja nur zum Mund führen. Gummibärchen waren lecker. Mochte sie schon immer. Sie hob die Hand und roch daran. Sie rochen stark. Sie schmolzen in der Hand. Ein komischer Geruch. Nach Chemie, sie stanken nach Chemie. Plötzlich fasste sie eine Hand von hinten an der Kehle. Sie schlug um sich. Die Hände zu Fäusten geballt, aber sie traf nicht. Die Hand war zu fest an ihrer Kehle, und hinter ihr war kein Körper zu spüren. Die Hand kam aus dem leeren Raum. Der schwarze Mann war weg. Nur diese verdammte Hand an ihrer Kehle war da. Ihr wurde ein Stuhl untergeschoben.

«Nicht rühren», brummte eine Stimme. «Sonst müssen wir Sie stärker fixieren.» In der einen Hand hatte sie noch immer die Gummibärchen. Sie wurden langsam zu Brei, eine dünnflüssige Soße, die durch ihre Finger rann. Ein ekliges Gefühl. Chemiebrühe tropfte von der linken Hand. Gefärbte Abwässer. Die rechte Hand war schon fixiert. Sie hatte es gar nicht gespürt. Festgebunden an der Lehne des Stuhls. Ein Band um die Kehle, aus Samt. Sie konnte schlucken, aber den Kopf kaum bewegen.

«Bleiben Sie ruhig», die Stimme kam von mehreren Seiten, «bleiben Sie ganz ruhig sitzen.» Ein Gurt fixierte ihren Oberkörper, zwei, drei Seile banden ihre Füße an die Stuhlbeine. «Mund auf, bitte!» Ein Gesicht, breiig, ohne jede Individualität, beugte sich über sie. Ein Niemand. «Mund auf, bitte!» Unwillkürlich öffnete sie den Mund. Im gleichen Moment hatte er das Sperrgestell hineingesetzt. Sie musste den Mund weit offen halten, sie konnte nicht mehr zubeißen. Das Gestell verhinderte es. Dünnes Metall, aber unbiegbar. Ihre Zunge fuhr nervös auf und ab. Ein Ruck ging durch ihren Körper. Sie spürte, dass jemand auf sie zukam, noch ehe sie ihn sah.

Montag, 12. März, 7 Uhr
Martinas Wohnung

Jede Faser ihres Körpers signalisierte Angst. Sie zuckte zusammen, wollte sich ganz und gar kleinmachen, klein wie die Maus, die im Mauseloch verschwand. Aber aus diesem Stuhl war kein Entkommen. Vor ihr drohte ein Schatten. Der Raum war voll mit Schatten. Vor jedem Stuhl ein Schatten, und es waren viele Stühle. Es waren viele andere Menschen im Raum. Überall spürte sie dieses bewegungslose Zucken, diese Angst, die sich in keinem Hilferuf entladen konnte. Es war still im Raum. Der Schatten kam auf sie zu, stand vor ihr. Ein schwarzer Körper mit einem Gefäß, schlank und durchsichtig, ein Reagenzglas, in dem eine Flüssigkeit waberte, leuchtend, giftige Blasen werfend.

‹Er will mir zu trinken geben›, dachte sie, ‹wie nett. Wie dumm nur, dass er mich damit umbringt.›

Das Reagenzglas neigte sich ihr zu. Durst! Das Gefühl spürte sie erst jetzt. Durst, unglaublicher Durst. Die ganze Nacht schon hatte sie Durst empfunden. Brennenden Durst. Ein glühendes Eisen war ihr auf die Zunge gelegt worden. So durstig war sie. Kohlschwarz war ihre Zunge. Ein Glas Wasser. Was würde sie dafür geben … ‹Ja, was würdest du dafür geben?› Die Frage hatte sich in ihren Kopf geschlichen. Da war keine Stimme, da war nur dieses große, hohe Reagenzglas mit den Mengenstrichen, die sie zählen konnte, eins, zwei, drei ... Die Flüssigkeit stand bis zum letzten Strich. Klares, kühles Wasser. Sie spürte, wie das Glas ihre Lippen berührte. Der Schatten hatte eine ruhige Hand. Sie wollte den Kopf heben. Noch kein Tropfen war geflossen. Sie wollte den Kopf heben, aber es ging nicht. Die Schlinge hielt sie fest am Stuhl. «Kein Tropfen darf danebengehen», flüsterte die Stimme. «Kein einziger Tropfen.» ‹So kostbar ist Wasser›, dachte sie und lachte, ohne eine Miene zu verziehen. «Kostbares Wasser. Sehr kostbar», flüsterte die Stimme. «Sehr kostbar ist ihr Leben. Ein Tropfen daneben kann töten.» ‹Wasser kann nicht töten›, dachte sie, ‹wie dumm die Schatten sind.› Ihre Zunge kam weit vor, schlich aus dem verbrannten Mund hervor, streckte sich ins Reagenzglas, sie wollte den ersten Tropfen kosten. Sie hatte Durst!

«Ganz vorsichtig, es wird nicht wehtun, nur ein wenig brennen», beruhigte die Stimme. ‹Warum soll Wasser wehtun›, dachte sie erstaunt. ‹Warum?› Sie riss die Augen weit auf. Vielleicht hatte sie etwas übersehen. Es war kein Wasser. Das hatte sie übersehen. Es war kein Wasser. Die Flüssigkeit perlte toxisch. Die Schlange hatte noch gezischt, als man ihr das Gift abgepresst hatte. Ihr Züngeln hatte sich im Glas gefangen.
«Jetzt ganz ruhig bleiben. Wir flößen es ein», flüsterte der Schlangenmann. Zu dem Schatten vor ihr war ein zweiter Schatten getreten und ein dritter. Die Schatten umringten sie. Ihr wurde schwarz vor Augen. «Was denn», wollte sie schreien, «was flößt ihr ein?» Sie schmeckte es, es war kein Wasser. Es war viel dickflüssiger. Sie riss die Augen noch weiter auf. Plötzlich sah sie die Farben. In dem Glas schwammen Farben. Giftgrün, Giftblau, Giftgelb. Chemische Farben. Fabrikfarben. Autolackfarben. Sie schluckte Farben. Sie konnte gar nicht anders. Der Mund stand ihr offen. Die Speiseröhre. Die Adern. Ihr Körper war offen. In jede Pore floss Gift, verteilte sich mit unglaublicher Geschwindigkeit und leichtem Brennen.
«Nicht bewegen», flüsterte die Stimme, «nur nicht bewegen, es darf nichts danebengehen. Alles muss sich schön verteilen.» Sie wollte nicken, aber sie konnte nicht mehr nicken. Die Brühe verschloss ihr den Mund. Sie erstickte an Gummibärchensuppe. ‹Was für ein seltsamer Tod›, dachte sie beim Sterben.

Sie war noch einmal eingeschlafen. Was dumm war. Sie hatte sich so oft ermahnt. «Steh auf, steh früh auf, am besten um sechs Uhr. Spätestens um sieben. Bevor die Morgenträume kommen.» Die Morgenträume waren die schlimmsten Träume. Da vermischte sich alles. Die Nachtgespenster und die Taggespenster. Die ganze Armee der Ängste marschierte da geschlossen auf sie zu.
Jelly Dream hatte sie ihn getauft, der Gummibärchentraum. Die Tüte mit den Gummibärchen lag auf dem Tisch. «Ein Scheißabwehrzauber», fluchte sie und musste zugleich lachen.
Sie wusste nicht genau, ob sie überhaupt noch in diesem Traum war

oder mitten in der Chemotherapie. Das Gift war noch immer in ihrem Körper. Es würde ewig da bleiben. Sie konnte wählen: Krebs oder Vergiftung. Schwer, manchmal konnte sie sich einfach nicht entscheiden. Das Beste wäre liegen zu bleiben. Aber nicht hier im Bett. Irgendwo am Strand, in der Hängematte, zwischen Palmen und Beachboys.

Sie quälte sich ganz langsam aus dem Bett. Dieser Tag konnte nur beschissen werden.

Zehn Minuten blieben für den Weg, plus fünfzehn Minuten Verspätung, blieben zwanzig Minuten, wenn sie schnell ging. Sie kam schon aus Protest gegen die penible Pünktlichkeit ihres Vaters immer zu spät. «Pünktlichkeit ist die Höflichkeit der Könige.» Es gibt so dumme Sätze, die brennen sich ein ins Gehirn eines Kindes. Wie oft hatte sie diesen dummen Satz gehört. Der Alte war tatsächlich immer pünktlich gewesen, selbst wenn er zu besoffen gewesen war, sich seines eigenen Namens zu erinnern.

Sie selbst kam regelmäßig zu spät, auch wenn sie das selbst bescheuert fand. Sie musste ihr Gegenüber einfach warten lassen, es war eine Art der Selbstbestätigung. Auf Kosten anderer, hatte ihr Vater immer moniert. Klar auf Kosten anderer, auf wessen Kosten sonst.

Sie tapste zur Espressomaschine, als wäre der Boden mit Reiszwecken belegt, und ließ sich einen doppelten Espresso einlaufen. Heute war der Tag der Tage. Heute musste der Brief im Briefkasten sein. Sie hätte in der Praxis anrufen können. Aber der Arzt wäre ohnehin nicht ans Telefon gegangen, und die Helferin hätte ihr mal wieder schnippisch erklärt, dass der Brief mit den Ergebnissen schon auf dem Weg war. Eines nicht allzu fernen Tages würde sie an einem sonnigen Montagnachmittag Amoklaufen und alle schnippischen Arzthelferinnen dieser Stadt über den Haufen schießen. Dienstag die Onkologen, Mittwoch die Radiologen, Donnerstag die vom Labor … Würde eine blutige Woche werden! Die Dusche hob sie sich für den Nachmittag auf. Das Letzte, was sie jetzt sehen wollte, war ihr nackter Körper.

Becky blinzelte in die Sonne und sah noch mal auf die Uhr. Zehn nach zehn. Zwanzig Minuten würde sie warten. Keine Minute länger. Tussen konnte sie nicht ausstehen. Tussen kamen immer zu spät. Weil sie sich für wichtiger hielten als den Rest der Welt. ‹Kein guter Anfang›, dachte sie. Andererseits, noch heute Morgen hatte sie sich geschworen, nicht immer so streng zu sein. Lotta hatte mal wieder vergessen, ihre Sportsachen einzupacken. «Sag mal, Süße, manchmal hab ich den Verdacht, du machst das extra! Nur um mich zu ärgern!»

«Klar, Mom, das ist mein ehrgeizigstes Ziel! Dich nervlich zu zerrütten! Als ob das noch nötig wäre!»

«Frechdachs!», hatte sie geschimpft und ihr einen Klaps angedroht. Lotta hatte sich schnell weggeduckt und ihr die Zunge gezeigt. Sie würde sie vermissen. Becky hatte jetzt schon Angst vor dem Tag, wenn Lotta aus dem Haus gehen würde.

Sie hätte sich ein Stück Kuchen bestellen können. Ganz auf die Schnelle. Bis die Journalistin kam, hätte sie es längst verdrückt. Aber sie mochte keinen Kuchen mehr, seitdem ihre Tochter sie musterte, als wäre sie eine schlachtreife Milchkuh.

Von ihrem Vater hatte sie diese asketische Art nicht. Der war nicht gerade ein Kostverächter, sofern er nicht selber zahlen musste. Sie konnte sich nicht erinnern, dass er sie jemals in ein Restaurant eingeladen hatte. Lecker, lecker Falafel auf die Hand. Wenn man zwanzig war, machte das Spaß, mit vierzig war das ärmlich. Genau so kam sie sich vor, wenn sie die Frauen um sich herum musterte. Ärmlich. Sie war garantiert die Einzige hier, die ihre Klamotten im Secondhandshop kaufen musste. «Immer noch besser als bei H&M», hatte ihre Tochter applaudiert, «weil die beuten die Frauen in der dritten Welt aus.» Ihre Tochter kannte schon mehr Probleme, als sie je würde lösen können. Das hatte sie weder von ihrem Vater noch von ihrer Mutter.

Sie strich sich über die Oberschenkel. Das Kleid war hübsch, aber die Beine zu dick.

Diese Giraffenweiber um sie herum waren kein Vergleich, aber ein

Montag 12. März, 10 Uhr
Café am Meer

bisschen zu dick, kam sie sich schon vor. Trotz drei Mal die Woche Sport, oder zwei Mal, im Augenblick kam sie ja zu nichts, und sie verbrannte einfach zu wenig. Das war das Problem. So viel gab es ja gar nicht zu essen, seitdem Lotta Vegetarierin war. Sie hoffte nur, dass sie nicht auch noch ins Veganerlager wechseln würde. ‹Da wird mir doch ganz grün vor Augen!›

Lotta würde über den Scherz nicht lachen, dabei war er gar nicht so schlecht. Würde nur kein Schwein je mitbekommen, dass das eigentlich ein verdammt guter Scherz unter Vegetariern war. Mir wird grün vor Augen! Sie kicherte und schlug sich verlegen die Hand vor den Mund. ‹O Gott, bald bin ich Autistin!›

«Bringen Sie mir bitte noch ein Stück Käsekuchen!»

«Gern!» Täuschte sie sich, oder lächelte die Bedienung ein wenig verächtlich bei ihrer Bestellung. ‹Aber flott, flott, du magersüchtige Zicke›, hätte sie gern noch hinzugefügt, aber das ließ sie lieber sein. Konfrontation brachte nichts. Nicht bei so flachen Titten. ‹Wir wollen doch nicht gleich wieder ordinär werden›, ermahnte sie sich. ‹Aber wer, wenn nicht ich›, gab sie ihrem mäkelnden Über-Ich zu bedenken.

«Becky … schön Sie zu sehen!»

«Ich hatte schon gar nicht mehr darauf gehofft», antwortete Becky und stand auf, um Martina zu begrüßen. Die erwiderte den festen Händedruck mit einem entschuldigenden Augenzwinkern.

«Männer lass ich gern warten, Frauen nicht so gern. Tut mir leid!»

«Nichts für ungut. Ich futtere mir gerade gute Laune an!» Sie wies auf den Teller mit Käsekuchen, den die Bedienung mit starrem Gesichtsausdruck gerade an den Tisch brachte, als würde sie den vergifteten Apfel der bösen Stiefmutter servieren.

«Prima! Nehm ich auch ein großes Stück bitte!» Sie lächelte übertrieben freundlich, obwohl die Bedienung die Augen entnervt zum Himmel verdrehte. «Und einen großen Latte!»

Sie wandte sich zu Becky. «Die arme Kleine findet wohl seit Jahren kein Engagement beim jungen deutschen ambitionierten Autorenfilm …»

«Schlecht genug gelaunt wär sie eigentlich!», bemerkte Becky trocken.
«Und unter den Regisseur würde sie auch ganz gut passen, flach genug ist sie ja!»
Die beiden prusteten los, bis die erstaunten Blicke der amerikanischen Touristinnen am Nebentisch sie daran erinnerten, dass es für so gute Laune ein wenig zu früh am Tag war.
«Ich kuck hier immer ganz gern den Fußballern zu. Gibt mir das Gefühl, selbst aktiv zu sein!», entschuldigte sich Becky für die Wahl des Lokals.
«Kann ich gut verstehen! Ich lass auch lieber andere schwitzen!»
Die beiden musterten sich gut gelaunt. Sie fanden einfach nichts aneinander auszusetzen. Sie waren viel zu verschieden, als dass sie sich als Bedrohung hätten empfinden können.
Becky war genau der mütterliche Typ, den Martina sich in ihren schlechten Zeiten immer gewünscht hatte. Keine gestählte Karrieristin, wie es ihre Mutter war, die auf alle Fragen drei kluge Antworten hatte und ihren Körper als bloßes Trainingsgerät für die Unzahl noch ausstehender geistiger Herausforderungen betrachtete. Mollige Frauen waren ein tolles Versprechen, fand Martina. Irgendwann würde es mal wieder eine Welt geben, in der es ruhig und nett und sorgenfrei zuging. Mittags gab es warm zu essen, abends kalte Platte und sonntags Kuchen. Das Leben war nicht mehr und nicht weniger als eine wunderbare Menüfolge. Als sie jung war, hatte sie ihre Großeltern deshalb immer für Spießer gehalten. So allmählich begriff sie, wer die wirklichen Spießer waren.
Becky wiederum mochte burschikose Frauen. Für sie selbst war das nichts, viel zu anstrengend, aber es war eine andere Art des Weiblichen, die sie neidlos bewunderte. Martina strahlte das einfach aus, so eine vitale Art, die auch ohne Aufputschmittel und Diätzügler auskam, weil sie auf einem ganz anderen Energielevel operierte. Wäre da nicht diese seltsame Blässe gewesen, die ihre Haut ein wenig zu sehr wie brüchiges Porzellan schimmern ließ.

«Lecker!» Die beiden gabelten den Käsekuchen bis auf den letzten Krümel auf.
«Okay, kommen wir zur Sache!» Martina stellte den Teller beiseite. Becky tat es ihr nach und nahm noch einen großen Schluck aus ihrem Latte-Glas.
«Sie wissen, dass mich Ihr Vater … na ja, gebeten hat, das Gespräch mit Ihnen zu suchen?! Er sorgt sich um Sie und das zu Recht.»
«Sie wollen mir jetzt aber keine Angst machen, oder?»
«Doch, genau das will ich!» Martina blickte sie mit einem Ausdruck kindlichen Bedauerns an, der Becky das Herz schmelzen ließ.
«Sie sind in Gefahr, Ihre Tochter ist in Gefahr! Sie beide sind in ernster Gefahr.» Martina grimassierte verlegen. Ihre Worte wirkten wie eine klatschende Ohrfeige. Becky war es plötzlich gar nicht mehr so nach Kaffeekränzchen zumute.
«Was meinen Sie damit? Warum soll meine Tochter in Gefahr sein?»
«Gegenfrage: Ist Ihnen in letzter Zeit etwas an Lotta aufgefallen? Wirkt sie ernster als sonst, blasser. Beschäftigt sie irgendetwas, schwänzt sie die Schule, erzählt sie von seltsamen Begegnungen?»
Becky schlug sich die Hände vors Gesicht, als wollte sie sich vor allem, was da an schlimmen Überraschungen drohte, verbergen.
«Denken Sie einen Moment ganz in Ruhe nach. Für Panik gibt es ganz und gar keinen Grund.»
Becky ballte die Hände zu Fäusten und rieb sich die Augen. Irgendwie war alles zu viel für sie. Wie immer also. Sie blickte mitleidig auf Martina.
«Keine Panik?! Das können nur Menschen sagen, die kein Kind haben!» Das Wort Frauen hatte sie grade noch vermeiden können.
«Wo ist Ihre Tochter im Augenblick?» Martina ging auf den Vorwurf ganz betont nicht ein.
«In der Schule natürlich. Grade müsste Sport vorbei sein.»
«Rufen Sie sie an!»
«Bitte was?!»
«Sie sollen in der Schule anrufen! Nachfragen, ob Lotta beim Unterricht war! Ob sie in letzter Zeit regelmäßig beim Unterricht war.»

«Wollen Sie mich hier verrückt machen?! Natürlich war sie beim Unterricht, wo sonst sollte sie sein um die Zeit?»

«Im Babes on the wire oder wie das heißt, eine Art Internetcafé für Nerds und alle, die es werden wollen.»

«Das kenn ich doch, das Birds, das ist direkt bei uns ums Eck. Aber was sollte sie da machen?»

«Das weiß ich nicht genau. Jedenfalls hab ich die Info, dass sie sich da regelmäßig aufhält. Also rufen Sie jetzt bitte die Schule an!»

Martina kramte in ihrer Tasche und zog ein Handy heraus.

«Danke», entgegnete Becky und wies auf das altertümliche Modell, das auf dem Tisch lag.

«Funktioniert noch! Aber warum soll ich Gott und die Welt verrückt machen?» Sie blickte zweifelnd ihr Handy an.

«Vertrauen Sie mir! Rufen Sie an! Jetzt!»

Becky seufzte und griff nach dem Telefon. Die Nummer der Aufsicht war einprogrammiert. Guardian Angel. Die Schüler hatten über den Namen abstimmen dürfen. Es sollte nicht nach Aufsicht klingen oder nach Überwachung, was es in Wirklichkeit war. In einer so zentral gelegenen Schule sei es nur im Interesse der Eltern, wenn über die Ankunft der Schüler in der Schule und das Verlassen der Schule Buch geführt würde, hatte der Direktor die Eltern seinerzeit belehrt. Den Overprotectives war das gerade recht, sie hätten am liebsten gleich eine Aufsichts-App kreiert. Sie selbst stand ohnehin allein und hatte auch kein rechtes Argument dagegen gefunden. Natürlich war es gut, wenn die Eltern zu jeder Zeit in Erfahrung bringen konnten, wo sich ihre Kinder aufhielten. Die Dealer waren zwar vom Schulhof verschwunden, aber vermutlich lungerten sie jetzt einfach im Park vor der Schule herum. «Wie gesagt, Sie können jederzeit bei der Vertrauenslehrerin, ihrem ganz persönlichen Guardian Angel anrufen, und sich nach dem Verbleib Ihres Kindes erkundigen.» Toll, hatte sie gedacht, tolles Überwachungssystem. Bislang hatte sie allerdings der Versuchung immer widerstanden, es zu nutzen.

Sie wählte die Nummer und war erstaunt, wie schnell das Telefon abgenommen wurde. «Ja, hier ist Lottas Mutter. Bin ich richtig beim Guardian Angel?» Während sie sprach, blickte sie vorwurfsvoll auf Martina, um ihr zu demonstrieren, wie überflüssig ihr Tun gerade war.

«Kam sie pünktlich in die Schule, wie immer, oder, sehr gut! Wie immer! Prima, ich wollte auch nur … Wie wegen Sport? Sie war nicht bei Sport. Entschuldigt. Ja, ja sicher, die hab ich ausgeschrieben, ausgestellt, die Entschuldigung … Sie war nicht da … Letztes Mal auch schon nicht. Ja, ich weiß, da musste sie zum Arzt. Kinder in der Pubertät, da ist das manchmal schwierig mit Sport. Also alles prima! Dank Ihnen! Danke, Danke!»

«Sie war nicht bei Sport», konstatierte Martina, denn Becky hatte es die Sprache verschlagen. «Lassen Sie mich raten, sie hat sich ihre Entschuldigung selbst geschrieben, was schon zu unserer Zeit keine große Kunst war. Sie ist vermutlich geradewegs ins Wire spaziert. Was sie dort tut … Sie haben keinen blassen Schimmer, oder?! Hat Ihre Tochter eigentlich schon einen Laptop, ein Netbook oder dergleichen? Hat sie, oder?!»

Becky fixierte ein Fahrrad, das wenige Schritte von ihrem Tisch entfernt abgestellt war. Sie musste sich konzentrieren. Sie musste sich sehr stark konzentrieren, um nicht auf der Stelle wahnsinnig zu werden.

«Was soll ich denn machen? Sie vierundzwanzig Stunden überwachen?»

«Nein, das hat schon Ihr Vater für Sie organisiert!», entgegnete Martina trocken. Sie wusste, dass sie jetzt auf keinen Fall Mitleid zeigen durfte. Das würde alles nur noch schlimmer machen.

Becky standen die Tränen in den Augen. Sie nahm sich die Serviette und drückte sie gegen die Augen. Mit einer sehr langsamen Bewegung legte sie sie wieder beiseite.

«Was hat er gemacht? Was hat mein Vater gemacht?»

«Ist Ihnen in letzter Zeit nicht ein großer dicklicher Herr mit Bart aufgefallen? Typus Märchenonkel? Wahlweise ein folkloristischer Penner, Typus Clochard?»

«Nicht dass ich wüsste?!»
«Na, dann macht er seine Arbeit ja gut. Seit etlichen Wochen lässt Ihr Vater Sie und Ihre Tochter beschatten.»
«Aber wieso denn?»
«Wieso denn?» Martina sah sie verwundert an. «Lesen Sie keine Zeitung? Haben Sie seine Mordankündigung nicht zur Kenntnis genommen. Da fragen Sie, warum er Sie beschatten lässt. Zu Ihrer Sicherheit natürlich!»
Beckys Stimme überschlug sich vor Zorn.
«Ich hab mit den Sachen meines Vaters nichts zu tun. Ich lese seine Bücher nicht, ich war nicht bei seinen Auftritten, ich weiß nicht einmal genau, worum es eigentlich geht. Wir haben seit Jahren nicht mehr miteinander gesprochen. Wir sind geschiedene Menschen! Was soll das alles?! Ich hab den lieben Gott nicht umgebracht! Diese Spinner sollen uns in Ruhe lassen, verdammt!»
Martina legte den Finger an den Mund und bedeutete ihr, etwas leiser zu sprechen. Sie selbst flüsterte so leise, dass Becky sich ihr zuneigen musste, um überhaupt ein Wort verstehen zu können.
«Das kümmert die Spinner da draußen einen Scheiß, um es mal konkret zu sagen. Wer Ihrem Vater etwas Übles tun will, tut es am besten Ihnen an. Das schmerzt ihn am meisten! Eine Milchmädchenrechnung, aber wer hat je gesagt, dass Milchmädchenrechnungen nicht aufgehen?!»
«Wer sollte denn so was tun?»
‹Hoffentlich wird sie nicht panisch›, dachte Martina. Das war das Letzte, was sie jetzt noch am Hals haben wollte. Eine hysterische Mutter.
«Da kommt eine ganze Handvoll Psychopathen infrage. Aber keine Sorge, Ihr Vater lässt Sie beide rund um die Uhr observieren …»
«Keine Sorge?!» Beckys Stimme drohte überzuschnappen. Martina blieb nichts anderes übrig, sie nahm sie einfach kurz in den Arm. So rum hatte ich mir das eigentlich nicht gedacht, schoss es ihr durch den Kopf, als sie Beckys stark pochendes Herz fühlte. Was für weiche Brüste!

Becky löste sich aus der Umarmung, hielt aber noch Martinas Hand gefasst.
«Keine Sorge, ich dreh nicht durch. Sie sehen mich so an, als ob ich gleich durchdrehen würde! Lassen Sie das!»
«Alles okay!», beruhigte Martina sie. «Alles so weit okay?»
«Und wer observiert gerade meine Tochter? Der Dicke? Oder steht der hier irgendwo? Oder machen Sie gerade seinen Job?»
Becky blickte sie wütend an. ‹Mit diesem gereizten Muttertier, würd ich mich wirklich ungern anlegen›, dachte sich Martina. ‹Was für eine Liebe›, dachte sie bewundernd. ‹Was für eine Fürsorge.› Diese Frau würde für ihre Tochter durch die Hölle gehen. Hoffentlich musste sie das nicht wirklich tun.
«Ich bin hier, weil ich mit Ihnen noch einmal in Ruhe über das Angebot sprechen soll, das er Ihnen bereits schriftlich gemacht hat.»
«Ein Jahr Italien, freie Kost und Logis, Leibwächter inklusive und die ständige Furcht, dass der Milchmann ein Killer ist?! Meinen Sie das Angebot.»
«Genau das mein ich!»
«Warum sollte ich das annehmen?»
Becky spielte nervös mit ihrem Telefon. Sie war versucht Lotta anzurufen, befahl sich im gleichen Moment aber mehr Gelassenheit und konnte die Finger doch nicht vom Telefon lassen.
Martina sprach betont ruhig. Sie erinnerte sich an ihr Praktikum beim Radio, als sie sich ihren Katastrophensingsang angewöhnt hatte, wann immer von Massenkarambolagen und Kindesentführung die Rede war. Der Chefredakteur hatte sie daraufhin der Emotionslosigkeit angeklagt und ihr eine große Zukunft bei den Printmedien prophezeit.
«Konkret: Ich glaube nicht, dass eine unmittelbare Gefahr besteht. Dazu ist die allgemeine Aufregung zu groß. Jeder überwacht gerade jeden. Im Übrigen, wenn Ihnen einer Böses gewollt hätte, dann wäre es vermutlich längst geschehen. Die bevorzugte Methode der fanatischen Geheimbündler ist es, Angst einzuflößen. Aber fragen Sie Ihre Tochter, wenn Sie mir nicht glauben. Fragen Sie sie, ob

ihr etwas Ungewöhnliches aufgefallen ist?! Sie ist klug, sie würde etwas bemerkt haben ...»

«Wer? Wer steckt dahinter?»

«Ihr Vater behauptet, dass es in der Welt nur so von Werwölfen wimmelt. Jungnazis, die nur an eins denken, an die Auslöschung Israels und die Demütigung Amerikas. Sie sehen sich als arische Elite, sind nicht hierarchisch organisiert, sondern führen einen Partisanenkrieg. Ihr Organisationsforum ist das Internet. Ihre Ideologie die Lehre vom Übermenschen.»

«Was ist dran?»

«Ich kann es Ihnen nicht sagen. Ihr Vater vermutlich auch nicht, deswegen vielleicht dieser absurde Akt der öffentlichen Selbstverbrennung, denn darauf läuft es hinaus. Nur dass die tibetischen Mönche für die gute Sache sterben, während Ihr Vater sich zum Märtyrer seiner eigenen Verschwörungstheorie machen will.»

«Sie glauben ihm nicht?»

«Ihr Vater wurde bekannt als Gottesleugner. Welchen Sinn macht es, Gott zu leugnen? Die, die glauben wollen, glauben. Die, die nicht glauben wollen, glauben nicht. Es hat ihm nur eine Menge Ärger eingebracht. Aber genau das wollte er. Er ist ein Narzisst. Er will im Mittelpunkt stehen, immer und überall. Das schafft er mit diesen beiden Themen wunderbar.»

«Das klingt doch bescheuert. Nicht nur die Nazis sind ihm auf den Fersen, sondern auch noch die religiösen Fanatiker?»

«Sagen wir so, einige von ihnen würden ihn gern gepfählt, gevierteilt und auf dem Scheiterhaufen geröstet sehen. Fundamentale Christen haben ja ein sehr ausgeprägtes Strafbedürfnis.»

«Und was glauben Sie?»

Beckys Stimme erstarb. Sie kippte plötzlich vornüber, riss sich aber wieder hoch. Ihre Augen waren geweitet. Die Panik hatte sie übermannt. Gleich würde ihr ganzer Körper zu zittern beginnen. Lotta in den Händen irgendwelcher Fanatiker. Ihr wurde ganz übel vor Angst.

«Ist Ihnen schlecht? Soll ich Ihnen ein Glas Wasser holen?»

Martina sah sie besorgt an.
«Nein, nein, schon gut!»
Becky atmete tief durch. Wieder und wieder. Sog die Luft ein, stieß sie wieder aus.
«Ich würd nur mal gern kurz telefonieren? Ich glaub, ich halte das sonst nicht aus!»
«Na klar, rufen Sie Ihre Tochter an! Soll ich ein paar Schritte gehen …»
Becky schüttelte den Kopf. Sie hatte das Handy bereits am Ohr. «Lotta???», schrie sie in den Hörer. «Ich versteh dich sehr schlecht! Wo bist du denn? Ah ja … Alles okay? Alles gut, mein Schatz?! Lass dir Zeit, ich bin auch bald zu Hause!»
Becky sah freundlich, aber völlig geistesabwesend auf Martina. Sie lauschte den Worten ihrer Tochter und wurde mit jedem Satz ruhiger. ‹Diese Kleine hat ihre Mutter verdammt gut im Griff›, dachte sich Martina. ‹Genau wie ich damals, ich konnte Mum auch erzählen, was ich wollte, sie hat alles geschluckt, weil es ihr Sorgen erspart hat. Eigentlich eine sehr clevere Art von Selbstschutz.›
Becky seufzte erleichtert, auf sehr demonstrative Art, und legte das Handy beiseite.
«Sie hat Kreislaufprobleme, deswegen hat sie sich die Entschuldigung für Sport geschrieben. Sie diagnostiziert gerne selbst. Leptosomen neigen zu Kreislaufproblemen. Lange, hoch aufgeschossene Jugendliche, und sie ist ja dünn wie eine Bohnenstange», setzte sie erklärend hinzu. «Deswegen ist sie auch immer so blass. Deswegen geht sie auch so ungern zu Sport. Alles gut. Sie ist schon wieder auf dem Weg in die Schule.»
Becky sah Martina triumphierend an, als hätten sich mit einem Schlag alle böswilligen Verleumdungen, die je über ihre Tochter im Umlauf gewesen waren, erledigt. Martina biss sich auf die Lippen. Aber es hatte wenig Sinn, auf Lottas Lügen aufmerksam zu machen. Ihre Mutter wollte ihr genau das glauben, was sie gerade gehört hatte. Ihr Schutzinstinkt war kaum noch von Selbstverleugnung zu unterscheiden.

«Wo waren wir gerade stehen geblieben? Entschuldigung, ich hab Sie unterbrochen!»
«Bringen Sie Ihr Kind in Sicherheit! Sie müssen das Angebot annehmen! Fahren Sie nach Italien, nehmen Sie sich ein Jahr Auszeit. Wenn es Ihnen gefällt, bleiben Sie dort. Wenn nicht, kommen Sie zurück. Was haben Sie schon groß zu verlieren? Sie sind jung genug für ein Abenteuer. Sehen Sie es von der sportlichen Seite.»
Martina mühte sich um einen burschikosen Tonfall, obwohl ihr ganz und gar nicht danach zumute war. Becky wirkte völlig aufgelöst. Die Angst saß noch immer in ihrem Körper, ein Alp, der sie nie mehr loslassen würde. Von nun an würde sie jeden Tag mit der Sorge um ihre Tochter aufwachen und jede Nacht mit der Angst einschlafen, dass am nächsten Tag das Unglück geschehen würde. Sie kannte diese Angst, sie sah sie jeden Tag in ihren eigenen Augen, sie sah sie jetzt in Beckys Augen. Da war kein Entkommen.
«Angenommen … ich finde das alles … plausibel, was Sie da sagen, aber was mache ich, wenn meine Tochter nicht will?»
Martina sah sie verblüfft an. Diese Möglichkeit hatte sie gar nicht in Betracht gezogen. Sie fuhr sich verwirrt durch die Haare, was ein kleines Lächeln auf Beckys Gesicht zauberte.
«Warum sollte Ihre Tochter …»
«Anderer Meinung sein als ihre Mutter? Sie waren doch selbst Tochter? Kommt Ihnen das nicht bekannt vor?»
Becky musste lachen.
«Gott ja, verdammt richtig. Ich war der Geist, der stets verneint! Aber da sind Sie doch gar nicht der Typ für», setzte sie im ernsteren Tonfall hinzu, «Sie sind doch keine tyrannische Mutter, die ständig zum Widerspruch reizt.»
«Eine tyrannische Mutter wäre ein Geschenk für meine Tochter, an der könnte sie sich abarbeiten. Nein, was sie stört, ist meine Schwäche! Dafür hasst sie mich!»
«Gibt es Probleme?», wich Martina ins Unverbindliche aus, denn das Wort «Hass» schien ihr viel zu stark. Sie konnte sich nicht vorstellen, dass irgendjemand diese Frau vor ihr hasste. Sie konnte es

sich absolut nicht vorstellen, dass es irgendwo auf der Welt einen Menschen gab, der eine mollige Frau hassen konnte. Mit einem entschuldigenden Grinsen verdrängte sie diesen albernen Gedanken wieder. Ihre Miene war wieder ganz geschulte Aufmerksamkeit.

«Ob es Probleme mit meiner Tochter gibt? Meine Tochter findet mich hässlich. Zu dick. Ich fürchte, sie magert sich zum Besenstil, weil sie mir nicht ähnlich sehen will. Sie akzeptiert meine Lebensführung nicht. Sie denkt, ich verplempere meine Talente an Asoziale. Sie hätte gern einen Bruder gehabt, oder zumindest noch eine Schwester. Auf alle Fälle aber einen Vater! Ich erkenne nichts wieder in ihr … Nichts, was mich an mich erinnern würde … Also, wenn Sie nach ernsten Problemen fragen … Nein, die sehe ich nicht.»

«Gibt es viel, was Sie in der Stadt hält?», lenkte Martina ab, fieberhaft bemüht, sie nicht weiter in Selbstmitleid versinken zu lassen.

«Sie meinen einen Mann?» Becky schüttelte müde den Kopf und stimmte dann wieder dieses leise Lachen an, das so unglaublich verzweifelt klang.

Martina nickte, obwohl sie spürte, dass sie den falschen Weg eingeschlagen hatte. Sie machte sie nur noch trauriger. Diese Frau war einsam. Aber warum? Plötzlich schien es ihr völlig undenkbar, dass eine so schöne Frau ohne einen Freund auskommen konnte. Ihre Frage war absurd dumm. Mutter Erde. Da musste ein Dutzend Trabanten drum kreisen. Wie konnte ein Mann ohne eine solche Frau auskommen? ‹Ich würde mich sofort seelisch erkälten›, dachte Martina. Ein etwas abstruser Gedanke, aber er brachte es auf den Punkt.

«Nichts wirklich Festes! Ist nicht so einfach mit diesen Männern heutzutage», setzte Becky entschuldigend hinzu. Martina seufzte zustimmend.

«Ist nicht gerade eine Neuigkeit, die Feststellung!»

«Ich weiß, ich weiß. Toll find ich's trotzdem nicht, allein zu sein.»

«Ich auch nicht», bekannte Martina in unfreiwilliger Offenheit.

Becky sah sie mitfühlend an, ging aber nicht näher darauf ein. Sie

spürte, dass Martina das Geständnis ein wenig peinlich war und jede Nachfrage dieses Gefühl verfrühter Intimität nur verstärkt hätte.
«Deswegen ist mir meine Tochter so wichtig. Sie dürfen das nicht falsch verstehen, das ist kein Egoismus .... Oder nur ein wenig. Eigentlich ist es Angst, die Angst, ganz allein zu sein! Mein Kind hält mich am Leben, an diesem Alltagsleben. Das klingt dramatischer, als es gemeint ist, aber ich will einfach Tag für Tag die Gewissheit, dass ich gebraucht werde. Verstehen Sie!»
Martina nickte. Das war nicht schwer zu verstehen.
«Deswegen müssen Sie außer Landes gehen ... Hier in der Stadt haben Sie kein normales Leben mehr.»
Becky zeigte sich kein bisschen erstaunt über den plötzlichen Schwenk in der Gesprächsführung. Sie hatte von Anfang an das Gefühl gehabt, dass Martina auf etwas ganz Bestimmtes hinauswollte, und war froh darüber, dass sie nicht lockerließ. Das machte ihr Anliegen zumindest glaubwürdig. Es ging um ihren Vater. Wie immer, es ging allein um das, was er wollte, dachte sie verbittert.
«Wie genau stellt er sich das vor?»
«Verstehen Sie mich nicht falsch! Ihr Vater ist mir nicht sonderlich sympathisch, wenn ich das hinzufügen darf, aber er ist ein kluger Mann. In diesem Fall sollten Sie auf ihn hören, auch wenn ich mich da wiederhole. Die Situation gerät ein wenig außer Kontrolle. Für Sie und für Ihre Tochter! Er will, dass Sie in Italien einen anderen Namen annehmen. Sie passieren die Grenze und wechseln die Identität. Er hat für alles vorgesorgt, behauptet er. Ein kleines Häuschen, irgendwo im Süden, in einer Aussteigerkolonie, in der jeder auf jeden aufpasst. Es gibt eine Schule, ein kleines, hübsches Städtchen in der Nähe. Sie sind zu nichts verpflichtet. Klingt nicht schlecht, finde ich. So toll ist Berlin auch nicht mehr, wenn man die magische Dreißigergrenze überschritten hat, oder?»
Martina schlug die Beine übereinander und hatte plötzlich das unbändige Bedürfnis, sich eine Zigarette schnorren zu müssen. Sie blickte sich um. Aber in den Gesichtern der Frauen um sie herum

war kein Lächeln, keine Falte, die auf ein Laster schließen ließ. Sie seufzte tief auf, was Becky offensichtlich falsch verstand, denn sie fragte ihrem Helferreflex gehorchend besorgt nach.

«Glauben Sie selbst diesen ganzen Naziquatsch? Werden Sie selbst bedroht?»

«Ganz ehrlich? Mich interessiert das alles einen Scheiß. Ich hab ganz andere Sorgen.» Plötzlich brach es aus ihr heraus. Sie hielt sich die Hand vor den Mund, speiübel war ihr von diesem Bedürfnis, alles erzählen zu wollen. Alles auf einmal. Einfach so vor die Füße kotzen.

«Verdammt! Ist das bei Frauen in unserem Alter so? Immer gleich am Flennen.»

Becky hatte ihr die Hand auf die Schulter gelegt.

«Ein Stückchen gedeckten Apfelkuchen, halbe-halbe, schmeckt lecker und ist gesund.»

«Einverstanden», schniefte Martina. «Aber nur wenn er auf meine Rechnung geht.»

«Versteht sich», stimmte Becky zu und winkte der Bedienung.

Als der Kuchen auf dem Tisch stand und Martina die kleine Gabel nahm, um das Stück feinsäuberlich aufzuteilen, wechselte Becky unversehens in ihren professionellen Tonfall. Sie schien heilfroh, sich von ihren eigenen Problemen ablenken zu können. Das große Geheimnis der Helferberufe, endlich gelüftet. Martina blickte erstaunt auf, aber sie unterbrach sie nicht. Das hätte gar keinen Sinn, ahnte sie, denn Becky mochte naiv wirken, aber wenn sie sich zu etwas entschlossen hatte, ließ sie sich nicht mehr ablenken.

«Sie haben eine schwere Zeit hinter sich … Okay. Hilft auch nicht, wenn man bedenkt, wie viel Kummer andere haben. Was glauben Sie, wie viele meiner Kolleginnen an Brustkrebs erkrankt sind? Man würde es nicht glauben. Keine Ahnung, die Pille, das Rauchen, Trinkwasser, Abgase, die falschen Typen. Wer weiß das schon. Aber ich sag Ihnen eins, die kurzen Haare stehen Ihnen gut. Na ja, Sie haben so auf meine Haare gestarrt, als ob Sie selbst gern wieder lang tragen würden! Aber das ist Quatsch. Kurz steht Ihnen besser,

viel besser, glauben Sie mir, ich wäre mal fast Friseuse geworden.»
Martinas Lachen erschreckte die Mütter am Nachbartisch. Was für ein absurdes Theater. Woher wusste sie von ihrer Krankheit? Das konnte nicht sein. Andererseits war es kein bisschen verrückt. So hätte ihre Mutter reagiert. Wenn sie je eine wirkliche Mutter gewesen wäre. Sie hätte instinktiv gewusst, was los ist. Sie hätte keinen falschen Trost angeboten. Sie wäre einfach nur für sie da gewesen, statt sich zur Maniküre zu verabschieden.
Martina sah Becky nachdenklich an. Keine Ahnung, ob sie heulen oder lachen sollte. Schon lange war ihr ein Mensch auf Anhieb nicht mehr so sympathisch gewesen. Eigentlich hatte sie gar nicht mehr daran geglaubt. Sie hatte sich so sehr einen Mann an ihrer Seite gewünscht. Jetzt war es eine Frau.
«Kommen Sie doch mit …» Als ob Becky ihre Gedanken hätte lesen können. Martina schrak auf.
«Was bitte?»
«Entschuldigen Sie», Becky hielt sich die Hand vor den Mund, um keine weiteren vorwitzigen Worte entkommen zu lassen.
«Diese verdammte Spontaneität wollte ich mir eigentlich abgewöhnen auf Ratschlag meiner Tochter … Aber warum kommen Sie nicht einfach mit? Alleine stehe ich das nicht durch.»
Martina sah sie stumm an. In diesem Moment wusste sie eins sehr klar: Sie wünschte sich nichts sehnlicher als eine Freundin.
«Ihr Handy klingelt!»
«Was bitte?»
«Ihr Handy klingelt. Und es vibriert!» Becky lächelte verzeihend, denn eigentlich hatte sie kein Verständnis für solche Spielzeuge.
Martina griff danach, ohne den Blick von Becky zu lassen. In diesem Lächeln schien ihr die Hoffnung auf ein klein wenig Trost verborgen.
Martina lauschte. Ihre Züge, die gerade ein wenig weicher geworden waren, verhärteten sich von Sekunde zu Sekunde.
«Oh nein, nicht auch das noch!» Sie ließ das Handy mit einem tiefen Seufzer wieder sinken.

«Was ist passiert?»
Becky griff schützend nach ihrer Hand, aber das Zittern ging durch den ganzen Körper.
«Mein Vater wurde gefunden ...»
Martina sah sie mit leerem Blick an. Ihre Stimme klang wie die eines Zeitreisenden, der sich gerade in den Tunnel der Vergangenheit gestürzt hatte.
«Ganz der Alte ... sturzbesoffen.»

«Ich wollte, dass Sie es noch vor Ihren Kollegen erfahren. Mein Mann wurde ermordet. Heute Morgen fand man ihn tot in seinem Büro. Die Polizei geht von einem Selbstmord aus.»
«Ist das so?», entgegnete Kehrtmann verblüfft.
Ein dünnes Lächeln ließ ahnen, dass Frau von Hausen sehr erfreut über das Gelingen ihres Überraschungscoups war. Sie legte dekorativ ihre wenig sorgsam manikürten Hände auf die weiße Serviette und sah ihn mit großen Bambi-Augen an.
«Ja, das ist so. Kopfschuss. Mit einer alten Mauser. Vermutlich aus dem Waffenlager seines Großvaters. Nicht sonderlich originell, finde ich, aber in diesen Dingen hat er sich ja noch nie große Mühe gegeben.» Sie ließ offen, was genau sie damit meinte, und lächelte Kehrtmann strahlend an. Trauer zu schauspielern, gehörte ganz offensichtlich nicht zu ihren Talenten.
«Die Polizei vermutet natürlich einen Suizid. Das spart ihnen wohl eine Menge Arbeit», fügte sie desinteressiert hinzu.
Kehrtmann kannte Frau von Hausen noch unter ihrem Mädchennamen Ramona Pastori. Drittklassige Schauspielerin, It-Girl, Ehefrau des Staranwalts, Society-Lady – eine ganz passable Karriere für ein Showgirl. Ihr Vater war der ungekrönte König des Westberliner Boulevards gewesen. Rüdiger Pastori, alias Renato Rondo, Souverän der leichten Muse. Liebling der Damen, die für sein Lächeln alles gaben. Idol aller Dragqueens, die in ihm den idealen Renato erkannten. Ein Käfig voller Narren, das war Westberlin in jenen Jahren gewesen, und Rüdiger alias Renato gab den Dompteur mit samtweicher Kitty-Peitsche. Ein stattlicher Mann, Format Curd Jürgens, der selbst beim Einkaufen Autogrammkarten in der Sakkotasche mit herumtrug.
Renato! Als kleiner Junge hatten ihn seine Eltern zuweilen in die Komödie am Kurfürstendamm mitgenommen, da hatte er Pastori in einigen Stücken von Neil Simons erlebt. Keine schlechten Stücke eigentlich, aber am falschen Ort aufgeführt. Zwischen Ku'Damm und Broadway lag eben doch mehr als nur ein Ozean. Als dann

Montag, 12. März, 13 Uhr
Bella Ricci

die Mauer fiel und das Reservat Westberlin aufgelöst wurde, verloren die Stars ihre Bühne und fielen aus allen Wolken. Renato landete geradewegs im Plüschsessel häuslicher Gefangenschaft. Auf der Bühne war er jedenfalls nicht mehr zu sehen.

Dennoch waren die Pastoris ihm immer mal wieder begegnet, auf Sportlerbällen, Jahresfesten der Boulevardpresse, Filmpremieren. Frau Pastori war eine überschminkte Registrierkasse, in deren Dekolleté man Eiswürfel kühlen konnte. Ramona hingegen war hinreißend schön als Aschenputtel, eine schüchterne Primadonna, die nie den Weg auf die große Bühne fand, weil sie an der kurzen Leine ihrer karrieresüchtigen Mutter geradewegs Richtung Heiratsmarkt stöckeln musste, was ihr viel von ihrem Charme nahm. Nach ihrer Hochzeit mit von Hausen, die alle überrascht hatte, war sie weitgehend von der Bildfläche verschwunden. Nur beim jährlichen Diner der Freunde der Nationalgalerie war ihr Kehrtmann regelmäßig begegnet, ohne sie je als Tischdame begrüßen zu dürfen. Anscheinend verhinderte ihr Mann durch diskrete Spenden, das seine Frau einem anderen zugelost wurde.

Als die große Enthüllungsstory über die Mafia-Geschäfte in Ostdeutschland im Magazin erschien und die dubiose Rolle von Hausens angesprochen wurde, hielt sie sich völlig im Hintergrund. Dass sie Affären hatte, wusste jeder, aber das schien so selbstverständlich, dass darüber nicht weiter geredet wurde. Die meisten empfanden Mitleid mit ihr.

Kehrtmann war ein wenig erstaunt gewesen, dass sie um ein Treffen gebeten hatte. Insgeheim hatte er einen Anruf von Hausens erwartet. Aber der würde offensichtlich nie wieder telefonieren. Ein wenig überraschend das Ganze. Allerdings nicht für sein Gegenüber.

Kehrtmann taxierte Ramona von Hausen auf Anfang vierzig, eine perfekte Erscheinung, wenn man die Accessoires addierte. Wunderbarer Perlenschmuck, dezentes Parfum, eine Armbanduhr im Gegenwert eines Porsche Speedsters. Ihr Lächeln dem Kellner gegenüber war nicht aufgesetzt. Sie trank Mineralwasser ohne Kohlensäure, ungekühlt, was auf einen nervösen Magen schließen ließ. Sie hatte gelegentlich einen Escort gebucht, aber auch das war wohl mit dem Einverständnis ihres Mannes geschehen, denn es gab nichts in dieser Stadt, was von Hausen verborgen blieb. Sie besaß alles, was sich eine ehrgeizige Frau nur wünschen konnte, aber das war ihr zu wenig, denn warum sonst war sie hier?

Sie schien ein wenig Lampenfieber zu haben. Jetzt, da die ganz große Bühne wieder für sie offenstand. Mit dem Bella Ricci hatte sie eine gute Wahl getroffen. Das Lokal war Kontakt- und Nachrichtenbörse zugleich. Die kleinen Stars der Stadt fühlten sich eher im Borchardt zu Hause, die unterschätzten Komparsen der Macht, die Dealer und Makler, Staatssekretäre, Lobbyisten und anderen stummen Diener des Geldes versammelten sich im Ricci.

An den Tischen wurde leise getuschelt, den aufmerksamen Kellnern gelang es, dass die Gäste nicht auf sich aufmerksam machten mussten, wenn sie bestellen wollten, und die Benutzung eines Handys führte unweigerlich zum Lokalverbot. Kehrtmann mochte das Lokal, obwohl er den meisten Gästen einen ruhigen Lebensabend im Knast wünschte.

Ramona von Hausen mühte sich um ein leicht spöttisches Lächeln, das in einem seltsamen Kontrast zu ihrem leuchtend roten Lippenstift stand. Marilyn Monroe angelt sich Thornton Wilder. Er fühlte sich plötzlich sehr geschmeichelt von ihrer Art, seine Nachdenklichkeit zu imitieren. Aber im nächsten Moment war ihm klar, er war einfach nur in die Venusfalle getappt. Sie sah ihn unverwandt an, aber das tat sie nicht aus Neugier. Sie bot sich selbst als Spiegel dar. Darin war sie perfekt. Ihr Gesicht war beängstigend symmetrisch. Sie hatte alles, um schön zu wirken, ohne es zu sein. Ihr Anblick ließ ihn kälter, als er gedacht hatte.

«Weiß Ihr Mann, äh, entschuldigen Sie, wissen die Vertragspartner Ihres verstorbenen Mannes von unserem Treffen?»

«Vertragspartner? Sehr hübsch gesagt! Sie meinen, ob wir von seinen kriminellen Kompagnons überwacht werden? Vermutlich.» Sie sah sich gelangweilt im Raum um. «Aber in letzter Zeit legte er keinen so großen Wert mehr auf Diskretion. Und ich tue es ja ohnehin nicht. Womit wir beim Thema wären.»

Sie lächelte ihn an. Eine kluge Frau, dachte sich Kehrtmann, denn dieses Lächeln war so natürlich und frei von Koketterie, dass einem gar keine andere Wahl blieb, als sich mit ihr zu verbünden. Ihr Lächeln schien nur eins zu sagen: Ich bin unschuldig und ein wenig hilfsbedürftig.

«Mein Mann wirkte in letzter Zeit ein wenig müde. Ich könnte mir vorstellen, dass er ganz froh darüber war, sich aus dem Berufsleben zurückziehen zu dürfen. Er hat sich ja in den letzten Monaten schon von vielen seiner Geschäfte verabschiedet, nicht zuletzt dank einiger Indiskretionen in der Presse.»

«Immobilienbetrug, Drogenhandel, was eben so angesagt ist in Zusammenarbeit mit der Mafia.»

«Ach wissen Sie, ich kann das nicht ganz so streng sehen wie Sie … Obwohl ich es natürlich sollte.» Sie lächelte entschuldigend und winkte den Kellner heran.

«Noch eine Flasche Wasser bitte, ohne Kohlensäure …»

«Nicht alle Menschen leben so gesund wie wir. Sie spielen doch noch Golf oder? Mein Mann hat ja seinerzeit ein kleines Dossier über Sie anlegen lassen, das ich mit Vergnügen studiert habe. Sehr schöne Landschaftsfotos. Diese Golfplätze sind ja meist wunderbar gelegen! Wo war ich …?», unterbrach sie sich kokett. «Ach ja, das Thema Gesundheit. In dieser Stadt kokst jeder, wie Sie ja selbst wissen, Journalisten, Politiker, Prostituierte, selbst ehemalige Polizisten wurden schon mit dem Zeugs erwischt. Drogen gehören mittlerweile zu unserem Leben dazu. Also gehören auch die Dealer dazu. Scheinheilig, darüber zu jammern.»

Sie erwartete keine Gegenwehr von Kehrtmann, denn sie fuhr ungerührt in ihrem Monolog fort, ohne auch nur einen Moment aufzublicken.

«Richtig ist, dass nur Menschen ohne Gewissen Drogen verkaufen. Insofern will ich mit all den Geschäften meines Mannes auch nichts mehr zu tun haben. Eine sehr kurzfristige Entscheidung, werden

Sie einwenden. Aber Sie dürfen mir glauben, ich habe mir das schon seit Monaten vorgenommen. Er war ja nicht erst seit gestern lebensmüde. Nun ja, augenblicklich ist es natürlich noch nicht so ganz klar, wer sein Erbe antreten wird, aber eins kann ich Ihnen garantieren. Ich werde es nicht sein.»

«Wie schön! Wäre auch schade, Sie im Frauengefängnis zu wissen!»

«Was glauben Sie denn, wie ich meine Zeit dort verbringen würde?», entgegnete sie anzüglich. «Sie werden ja rot! Wie süß! Männer sind doch alberne Wesen, da müssen Sie mir recht geben, oder?»

Kehrtmann wand sich unbehaglich auf seinem Sitz. Am liebsten hätte er zur Serviette gegriffen, um sich dahinter zu verbergen.

«Wie ein kleiner Bub!», konstatierte sie mitfühlend. «Sie haben Ihre Emotionen nicht im Griff, das macht Sie so sympathisch. Sie können sich vorstellen, in welcher Betonung mein Mann diesen Satz über Sie äußerte. Verachtung beschreibt nicht entfernt das Gefühl, das er Ihnen entgegenbrachte. Nun ja, er wird Ihnen nicht mehr schaden.»

Unwillkürlich seufzte Kehrtmann auf. Er scheute Konflikte nicht, aber die permanente Bedrohung, die von dieser Organisation ausgegangen war, hatte ihn nervös gemacht.

«Ich denke, an Ihnen ist niemand mehr sonderlich interessiert. Sicher, man hat es Ihnen verübelt, dass Sie so ausführlich über die Investitionen im Osten des Landes berichtet haben, unnötig der ganze Wirbel, und so sinnlos, aber nichts ist schnelllebiger als Hass. Und nichts ist unrentabler. Zeitverschwendung.»

«Ihr Mann war noch in ganz anderen Netzwerken aktiv!»

«Wie kompliziert Sie sich ausdrücken! Er war ein gottverdammter Nazi. Na und? In diesem Land gab es viele Nazis, auch nach dem großen Krieg, geht es uns deswegen heute schlecht? Oder geht es uns deswegen heute so gut? Heikle Frage. Aber Politik interessiert mich ehrlich gesagt nicht. Diese ganzen Kameradschaftszirkel und Geheimbünde, in denen er aktiv war, ich habe keinen Überblick. Das ist nicht meine Währung. I am a material girl. Geld ist wichtig für mich. Wenn ich unsere Konten recht überblicke, fehlt es mir nicht an Geld. Also wundere ich mich, über mich selbst wundere ich mich. Ich könnte glücklich sein und bin es nicht. Woran könnte es mir noch fehlen? Sie sind ein kluger Mann. Sagen Sie es mir! Meine Therapeuten haben allesamt versagt.»

Kehrtmann legte den Kopf ein wenig schräg. Er hatte keineswegs vor, sich aus der Reserve locken zu lassen, aber er musste sich eingestehen, dass er ihre Vorstellung zunehmend bewunderte. Sie musste diesen Auftritt ein Dutzend Mal in Gedanken durchgespielt haben, um ihn so perfekt, um ihn so gelangweilt in Szene setzen zu können. Jetzt, da ihr Mann tot war, wollte sie die große Bühne für sich, für sich ganz allein. Sie war bestens präpariert für ihr Solo. Was ein wenig störte, war die Ungeduld, mit der sie es vortrug. Ihre Gehetztheit widersprach ihrer Souveränität. Das stimmte Kehrtmann misstrauisch. Er blickte sich diskret um. Ramona von Hausen klopfte aufmerksamkeitsheischend mit den Knöcheln auf den Tisch.

«Nun, ich will Sie nicht auf die Folter spannen. Wissen Sie, was mir fehlt?! Sicher wissen Sie es, denn als ich meinen Mann heiratete, war ja allen Zaungästen klar, woran es mir mangeln würde. Keiner dieser Idioten wäre auf die Idee gekommen, dass es genau dieser Verlust war, auf den ich spekulierte. Es fehlt mir an Liebe. Aber Liebe ist eine ungültige Währung. Ich bin da nicht sentimental. Ich hatte noch nie eine große Sehnsucht danach, treuherzig geliebt zu werden. Das ist doch oft nur die Tarnung für den Egoismus des anderen. Also, geben wir meinem Bedürfnis einen etwas sachlicheren Namen. Die korrekte Formulierung ist: Es fehlt mir an Aufmerksamkeit. Und an Respekt. Einige Menschen in dieser Stadt, insbesondere einige Männer in dieser Stadt, haben es in den letzten Jahren versäumt, mir den nötigen Respekt entgegenzubringen. Meinen eigenen Mann zähle ich übrigens unbedingt dazu. Insofern empfinde ich seinen Tod als gerechte Strafe. Sehen Sie, das Leben an seiner Seite war nicht einfach, wie Sie sich vorstellen können. Ich bin kein moralischer Mensch, das können Sie, glaube ich, entschuldigen, aber ich finde, unmoralisches Verhalten in diesem Ausmaß zu ertragen, hat einen gewissen Applaus verdient …»

Kehrtmann sah sie mitleidig an. Die letzten Jahre hatte sie ausschließlich mit sich selbst gesprochen. Er kannte diese Defekte, die dann auftraten. Gedankensprünge, monologische Tiraden, unnötig komplizierte Formulierungen, die man für absolut einleuchtend hielt, bis man sie laut aussprach.

«Liebe Frau von Hausen, kommen Sie zum Punkt!»

«Ich hasse ihn. Ich hasse meinen Mann. Selbst jetzt, da er tot ist, ich hasse ihn. Das ist keineswegs ein sinnloses Gefühl. Denn eins bewunderte ich an ihm und bewundere es immer noch, die Effizienz. Allen, die ihm schadeten, hat er um ein Mehrfaches geschadet. Mich nicht ausgenommen. Sich selbst nicht ausgenommen. Mir hat er den Stolz genommen. Mit sich selbst wurde er nie gut Freund, obwohl er so viel geleistet hat. Diesen Fehler will ich unbedingt vermeiden. Wenn ich schon kein glücklicher Menschen werden kann, so doch ein zufriedener.»

Der Kellner brachte die Suppe.

«Entschuldigen Sie, aber ich muss eine Kleinigkeit essen.»

«Deswegen sind wir hier.» Sie nickte ihm aufmunternd zu. Er tauchte den Löffel sehr langsam in die Tomatencreme, hob ihn an die Lippen, setzte ihn wieder ab.

«Heiß!»

Ramona von Hausen nickte, als hätte sie es geahnt.

«Darf ich Ihnen eine kleine Geschichte erzählen, um Ihnen verständlich zu machen, was mich antreibt? Vielleicht gewinnen Sie dann auch langsam Ihre Aufmerksamkeit für die wichtigen Dinge wieder. Es würde unserem Gespräch zumindest nicht schaden. Wie Sie sicher wissen, unterhielt mein Mann sehr gute Kontakte zu den konservativen Zirkeln des New America. Thinktanks der ultrarechten Republikaner. John Waynes in Nadelstreifen, aber immer sehr charmant zu den Damen. Bei einer dieser Veranstaltungen hatte ich das Vergnügen, Ayn Goldhouse vorgestellt zu werden.»

Ramona von Hausen bemerkte, dass sie Kehrtmanns Interesse geweckt hatte, und fuhr mit verschwörerischem Ton fort.

«Und wissen Sie, was diese Dame getan hat?» Sie hob theatralisch ihre Serviette und tupfte sich die Lippen. «Sie hat mich ignoriert.»

Kehrtmann pustete behutsam in Richtung des Löffels, den er dezent angehoben hatte.
«Was Sie nicht sagen!» Er schielte verlegen in die Runde. Ihm kam es vor, als hätte er diesen Satz gebrüllt und jeder im Raum würde sich über seine herzlose Ironie entsetzen. Aber selbst Ramona von Hausen war sie nicht aufgefallen. Zumindest tat sie so. Er legte den Löffel wieder ab und griff resigniert in den Brotkorb.
«Hass ist ein sehr belebendes Gefühl, lieber Herr Kehrtmann, aber gekränkte Eitelkeit ist Speed für die Seele.»
«Wollen Sie mir sagen», Kehrtmann suchte mühsam nach Worten, «dass wir hier zusammentreffen, weil Sie sich von Ayn Goldhouse brüskiert fühlen.»
Er schüttelte den Kopf, als wollte er seine Gedanken neu sortieren. Tatsächlich ärgerte er sich nur über das trockene Brot.
«Deswegen haben Sie mich hierher bestellt? Das ist doch nicht wahr oder?!»
Er kaute verdrossen. Griff sich das nächste Stück. Schob den Suppenteller an den Rand des Tischs.
«Geben Sie sich ein wenig Mühe, Herr Kehrtmann! Würde ich Sie einer Lappalie wegen hierher bemühen. Diese sehr intensive Abneigung gegen Frau Goldhouse, die ich empfinde, war geradezu mein Rettungsanker in den letzten Monaten. Und Sie ahnen nicht, wer meine Leidenschaft teilt?!»
«Na, Ihr Mann wird es nicht gewesen sein …!»
«O doch, mein Mann bewunderte diese Frau sehr, er sah in ihr eine Wiedergeburt dieser konservativen Prophetin Mrs. Superhero Ayn Rand. Aber das kümmert uns jetzt ja wohl nicht mehr. Nein, wer diese Frau sehr bewundert, um nicht zu sagen, wer ihr geradezu verfallen ist, das ist mein Sohn.»
«Und?» Kehrtmann fühlte eine Wut in sich aufsteigen, die er kaum würde zügeln können, wenn sie noch einen weiteren überflüssigen Satz äußerte. Diese Frau verstand es, allein durch ihre blasierte Gegenwart ihr Gegenüber in den Wahnsinn zu treiben. Vermutlich war es gar nicht ihre Absicht, es war einfach das lange Zusammen-

sein mit ihrem Mann, das ihrer Präsenz etwas so Unangenehmes verlieh. Wie ein Mottengeruch hing es an ihr.
Ramona von Hausen spürte seinen Widerwillen. Ihr Blick verriet, dass sie diese Reaktion gut kannte. So mussten sich Aussätzige gefühlt haben. Eine seltsame Vermengung von Ohnmacht und Stolz. Eine sehr gefährliche Mischung, dachte sich Kehrtmann. Sein Unwille wich der professionellen Neugier. Diese Frau war offensichtlich wahnsinnig geworden an der Seite ihres Mannes, aber es war eine sehr rationale Form des Wahnsinns. Ramona von Hausen bemerkte seinen Stimmungswechsel und fuhr mit sanfter Stimme fort, als wollte sie ihn nicht verschrecken.
«Ich möchte gar nicht darüber spekulieren, was Sie bei Ihrer Arbeit antreibt. Sie haben keine Frau, keine Kinder, ihre Familie ist, wie ich weiß, sehr glücklich auf Mallorca. Es geht das Gerücht, dass Sie in eine Mitarbeiterin verliebt seien, aber nichts Genaues weiß man nicht. Ihre Geschäftszahlen sind gut, aber keineswegs berauschend. Das obere Ende der Karriereleiter ist in Sicht, wenn nicht gar erreicht. Die Printmedien sind die Dinosaurier des Medienzeitalters und im Online-Journalismus werden nur Peanuts verdient. In der Branche sind Sie bekannt, berühmt sind Sie nicht. Einen Tag nach Ihrem Tod, wann immer er eintreten mag, sind Sie vergessen. Eine unschöne Vorstellung, finden Sie nicht? Sie galten einmal als wahnsinnig talentiert.»
Kehrtmann war wütend auf sich selbst. Er blickte nicht auf. Er sortierte die Brotkrümel vor sich. Er hatte sie unterschätzt. Er hatte sie verdammt noch mal unterschätzt. Die Sache mit Martina konnte kein Menschen ahnen. Es sei denn, sie hatten sich in seine Träume eingelinkt. Oder irgendein Maulwurf in der Redaktion hatte einen verdammt guten Riecher in Liebesdingen.
«Nichts schlimmer als enttäuschte Hoffnungen. Ich kann das beurteilen, ich habe drei Kinder, wie Sie wissen … Aber ich muss zugeben, ich hatte mir das Muttersein bereichernder vorgestellt. Einzig Helmar macht mir ein wenig Hoffnung auf ein Weiterleben nach dem Tod. Denn darauf hoffen wir doch alle insgeheim, wir, die wir

Eltern sind.» Ramona von Hausen lächelte amüsiert, denn sie hatte ihren Wirkungstreffer natürlich registriert. Aber sie war nicht interessiert, ihn auszunutzen.

«Medea … Sagt Ihnen der Name Medea etwas? Natürlich, Sie haben eine gute Schule besucht, im Gegensatz zu mir. Medea tötete ihre Kinder. Nun, das käme mir nie in den Sinn, obwohl sie von meinem Mann stammen. Meine Tochter ist ohnehin etwas, wie soll ich sagen, dumpf. Vielleicht aus Selbstschutz, ich weiß es nicht. Es kümmert mich nicht. Ich kann für Frauen nicht viel erübrigen. Selbst für meine Tochter nicht. Klaus Ferdinand hingegen ist ein lieber Junge. Ich denke, er wird ein guter Arzt. Ich mag ihn, ohne dass meine Liebe zu ihm mich sonderlich beschäftigen würde. Helmar hingegen macht mir Sorgen. Und Sorgenkinder liegen uns ja immer besonders am Herzen. Schlimm genug, dass er homosexuell ist, wie mein Mann es immer auszudrücken pflegte, aber er droht mir abhandenzukommen. Er ist so vernarrt ins Religiöse, Spirituelle, Abseitige. Seit einiger Zeit verfolge ich seinen E-Mail-Verkehr und seine Chat-Aktivitäten, und das mit Sorge.»

Kehrtmann hatte Mühe, sich zu konzentrieren. Er grübelte, wie diese Frau an so intime Informationen über ihn gelangt war. Sie bluffte nicht. Unwillkürlich klopfte er sein Jackett ab, als vermutete er einen GPS-Tracker am Körper. Einen GPS-Tracker für Emotionen. Er musste unwillkürlich lachen.

«Es ist nicht schwer, an Informationen zu gelangen, wenn andere einen beharrlich unterschätzen. Mein Sohn käme nie auf die Idee, dass ich eigens einen Hacker engagierte, um an seine Internet-Zugangsdaten zu gelangen. Ähnlich wie ich das bei meinem Mann tat. Als Hausfrau hat man einige Freizeit, wenn man sich gut organisiert. Mein Sohn also versinkt in diesem esoterischen Sumpf. Der Rosenorden. Nun stellen Sie sich bitte meine Überraschung vor, als ich herausfand, wer diesen Orden führt. Ayn Goldhouse. Ich scheue mich, es intellektuelle Anziehungskraft zu nennen. Diese Frau ist nicht klug. Aber sie zieht die Menschen in ihren Bann. Ich bildete mir ein, immer die Vertraute meines Sohnes zu sein, und nun finde ich ihn in den Fängen dieser Hexe. Ganz recht, nennen Sie es einen Hexenwettstreit.»

Sie lachte sehr natürlich und fuhr sich mit beiden Händen durch ihre Locken. ‹Sie hat wunderschöne Haare›, dachte sich Kehrtmannn. ‹Wunderschön.› Er klammerte sich an diese Empfindung, in der Hoffnung, der ganze Spuk wäre damit beendet.

Ramona von Hausen stützte ihr Kinn in die Hand und sah ihn nachdenklich an.

«Sie sind ein kluger Junge, aber ich weiß nicht, ob Sie den folgenden Gedankengang auf der Stelle begreifen werden. Seit ich klein bin, leide ich unter der Empfindung, dass keiner mich liebt. Warum auch immer. Ich liebe mich selbst, das war ein Ausweg. Mein Sohn liebt mich, das war eine Freude. Und nun kommt diese Frau und raubt mir mein Kind. Das größte Hindernis auf meinem ganz privaten Weg zum Glück ist Ayn Goldhouse. Das nehme ich ihr übel. Das werde ich ihr heimzahlen. Sie dürfen mich ruhig eine Stalkerin nennen. Wäre Ihr Erstgeborener in den Fängen der Scientologen, würden Sie auch alles unternehmen, Ron Hubbard und seine Stellvertreter auf Erden zur Strecke zu bringen. So geht es mir im Falle Ayn Goldhouse. Dieser Hass mag paranoid sein, aber er wärmt mich. Es ist ein lebendiges Gefühl. Derlei kannte ich bislang in meiner Ehe nicht. Kurios, oder?»

Sie nippte an ihrem Wasser. Kehrtmann tat es ihr nach. Etwas anderes hatte er ihrem Redeschwall nicht entgegenzusetzen.

«Mein Steuerberater drängt mich schon seit einiger Zeit, etwas Gemeinnütziges zu tun. Ich dachte an eine Stiftung. Engelwerk, wie finden Sie den Namen. Menschen, die Gutes tun, unterstützen, das war schon immer mein Wunsch. OA, Opus Angelorum, klingt gut, finde ich. Nicht so antiquiert wie Rosenorden. Wir rekrutieren vierhundert Gerechte im Kampf gegen alle Übel der Welt, namentlich gegen Ayn Goldhouse, die unsere Kinder verderben will. Klingt absurd in Ihren Ohren. Umso einfacher wird es sein, der Idee Gehör zu verschaffen. Nun kommen Sie, was halten Sie davon, Ihre ehrliche Meinung?»

Kehrtmann sah sie stumm an. Die Spannung, unter der er stand, zeigte sich nur an seinen Händen, die sich unauflöslich ineinander krampften. Der Kellner hielt die Speisekarte schützend vor sich und wandte sich Hilfe suchend an Ramona von Hausen, als er das leise tierische Knurren vernahm, das Kehrtmanns Körper entfloh.
«Nein danke, für mich nicht ... Und der Herr braucht noch einen Moment, fürchte ich. Männer sind ja immer so unentschieden. Danke Ihnen!»
«Lieber Herr Kehrtmann, Sie fragen sich sicher, wo könnte Ihr Gewinn sein? Sie sind ein sehr ehrgeiziger Journalist, für Geld allein tun Sie sicherlich nichts. Es muss schon ein ideeller Antrieb sein, verstehe ich Sie da richtig?! Also habe ich Ihnen etwas mitgebracht ...»
Kehrtmann war noch immer wie in Trance. Er buchstabierte den Namen ihrer Tasche, als würde ihn das auf die Fährte der Geheimdienstzentrale bringen, in deren Diensten sie offensichtlich stand.
«Kenzo», murmelte er, als wäre es das altjapanisches Wort für danke, denn instinktiv nahm er den Umschlag entgegen, in dem sich offensichtlich eine DVD befand.
«Ich war versucht, ein rotes Kreuz darauf zu malen ... Steuersünder ...», scherzte Ramona von Hausen.
«Sie sollten vorsichtig damit umgehen! Dieses Netzwerk beruht auf einem sehr einfachen Geschäftsprinzip. Bereicherung um jeden Preis. Das Leben eines Journalisten gilt da nicht viel. Dieses Angebot ist im Übrigen nicht exklusiv. Wenn Sie sich nicht für mich entscheiden können, werde ich mich in den nächsten Tagen an einen Ihrer Kollegen wenden. Aber dazu wird es hoffentlich nicht kommen.»
«Haben Sie keine Angst?», fragte Kehrtmann reflexartig nach.
«Angst wovor? Dass mein Mann mir aus dem Grabe heraus Übles wünscht? Das tut er, das kümmert mich nicht. Seine Komplizen? Haben ihn vergessen, in dem Moment, da er verstummte. Ersatz gibt es jederzeit. Diese Leute haben derzeit ganz andere Sorgen. Die Weltwirtschaftskrise bedroht auch die Kriminellen, das wird immer

gern vergessen. Dass diese Menschen Inflationsängste haben wie Sie und ich ...»

«Ayn Goldhouse ...», wandte Kehrtmann ein. Er wollte einfach den Panzer dieser aufdringlichen Selbstsicherheit brechen, der Ramona von Hausen umgab. Aber seine Hiebe waren hilflos, das ahnte er selbst.

«Angst vor Ayn Goldhouse?! Ach, wissen Sie, eins habe ich von meiner Mutter gelernt, das Beste kommt immer zum Schluss. Mich hat sie damit ganz sicher nicht gemeint. Wie auch immer, ich gehe nicht davon aus, dass Sie sich vor dieser Frau fürchten. Ich hingegen freue mich auf diese Konfrontation. Die Freude meiner reifen Jahre. Aber diese Freude müssen Sie natürlich nicht teilen. Ich will Sie nicht zu etwas überreden, dass Sie partout nicht wollen. Wiewohl ich mir vorstellen kann, dass Sie durchaus einen tieferen Sinn darin sehen könnten, mir zu helfen. Es geht ja das Gerücht, dass Ihre Verlobte seinerzeit von der Organisation liquidiert wurde. Es war kein Unfall, wenn ich das so lakonisch sagen darf.»

Ramona von Hausen sah Kehrtmann aufmerksam an. Ihre Hand tätschelte leicht die seine. Sie spürte die Kältewelle, die durch seinen Körper brandete.

«Ich weiß nicht, ob ich Ihnen zu viel verspreche, aber ich denke, wenn wir uns gemeinsam anstrengen, wird es möglich sein, den Fahrer des Fahrzeugs zu identifizieren und seiner gerechten Strafe zuzuführen.»

Kehrtmann schwieg. Sein Blick war völlig ausdruckslos. Ramona lächelte ihn an, als nähme sie seine Versteinerung gar nicht zur Kenntnis.

«Ich denke, wir kommen ins Geschäft, oder?! In unser beider Herzen lodert das gleiche Feuer, n'es pas? Au revoir, Monsieur!»

Liebe Lilith,

es war ganz einfach, himmlisch einfach. Wenn Du diese Mail erhältst, ist mein Vater bereits tot und der nächste Schritt getan. Die Oberin hatte recht, wir müssen nur tun, was wir tun wollen, dann verlässt uns der Mut nie. Jetzt sitze ich hier im Arbeitszimmer meines Vaters, sein Laptop vor mir, und alles gehört uns für immer. Die Bücher in den Regalen wirken viel freundlicher jetzt, und die Luft, die Luft lässt sich plötzlich atmen. Ich habe nicht länger Angst, dass mir der Kopf explodiert. Es muss ein grauenvoller Tod gewesen sein. Alles Pneuma wich aus ihm, als saugte Gott seinen himmlischen Atem heftig wieder ein. Zurück blieb nur der unbeseelte Körper und mein frohes Selbst. Liebe Lilith, ich liebe das Leben so viel heftiger, seit ich weiß, dass er tot ist und die Bürde seiner Vaterschaft nicht mehr auf mir lastet. Ich wollte diesen Teufel nicht mehr durch die Welt tragen. Wir werden alle Teufel von uns abschütteln.
Ich habe ihn gestern in seinem Büro besucht. Seine Sekretärin war noch da und hat mich eingelassen. Er selbst hätte mir gar nicht die Tür geöffnet. Wieso dieser Mann Vater geworden ist, werde ich nie begreifen. Hat er wirklich gehofft, das Böse vererbt sich? Ein Teufel, der so etwas denkt. Wäre nicht der Himmel in mir, Lilith, ich würde an die Hölle glauben.
Ich trat in sein Büro, er saß hinter dem Schreibtisch und starrte mich einfach nur an. Ich trug den langen Ledermantel, den wir gemeinsam ausgesucht haben, und schwarze Schnürstiefel, die er missbilligend musterte.
«Papa», sagte ich, «ich bin hier, um dir etwas Wichtiges mitzuteilen.»
«Nenn mich nicht Papa, du Idiot», schnauzte er mich an. «Schlimm genug, dass ich dein Vater bin.»
Ich nahm meinen ganzen Mut zusammen und entgegnete: «Ich liebe dich trotzdem, auch wenn du so bist. Es ist das oberste Gebot des Herrn Jesus Christus, auch die zu lieben, die des Teufels sind.»
Plötzlich lachte er, als hätte er sich an etwas schwer verschluckt. Ich habe noch nie ein solches Lachen gehört, meine Freundin, und ich möchte es nie wieder hören. Er sah mich an und lachte Tränen. Sie

Montag, 12. März, 13 Uhr
von Hausens Villa im Grunewald

rannen ihm wirklich die Wangen hinunter. Ich hab meinen Vater nie weinen gesehen bis zu diesem Tag.

«Mein Sohn», schnaufte er, weil er kaum Luft bekam, «das ist mein Sohn. Eine Nullnummer.»

Ich verstand ihn nicht. Aber ich konnte auch nicht nachfragen. Mir blieben die Worte im Halse stecken. Ich schluckte schwer und sah ihn traurig an. Ich wusste mir keinen Rat und öffnete meinen Mantel. Ich weiß nicht, was ich erwartet hatte, aber er zeigte keine Reaktion. Er starrte einfach nur auf mein Kleid. Das weiße lange Kleid, das Kleid der Ordensschwestern. Das kleine rote Kreuz hatte ich mir auf Höhe des Herzens hineingestickt.

Er war ganz stumm. Starrte mich nur erstaunt an. Ich gewann langsam meinen Mut zurück und erzählte ihm, dass ich ein neues Zuhause gefunden habe, spirituell und auch körperlich, und bat ihn um seinen Segen, ganz wie es die Oberin mir aufgetragen hatte.

Er sollte mich segnen als Frau und Mitglied des Ordens. Ich bat ihn ausdrücklich: «Segne mich als Frau.»

«Du bist mein Sohn», entgegnete er stumpf. «Du willst mein Sohn sein?»

«Ich bin als dein Sohn geboren, aber mein Körper und meine Seele stimmen nicht überein», erklärte ich ihm ruhig. «Meine Seele ist weiblich.»

«Deine Seele ist weiblich», wiederholte er, als hätte ich ihm einen Satz auf Chinesisch vorgesprochen. «Deine Seele ist weiblich!»

Er verschränkte die Arme und lehnte sich zurück. Plötzlich schien er absolut erleichtert. Als wäre eine große Last von ihm abgefallen. Geradezu freundlich forderte er mich auf, weiterzureden.

Ich erzählte von dem Orden, ich erzählte von meinem neuen Leben im Orden und meiner Zuversicht, ein besseres Leben führen zu können an der Seite meiner neuen Schwester. Ich erzählte ihm von Dir und von unserer Freundschaft, aber ich nannte keine Namen.

Er wollte nicht glauben, dass ich ein Mitglied des Ordens bin. Als er es begriffen hatte, ging ein böses Leuchten über sein Gesicht. Einen Moment hatte ich Angst um mein Leben, aber da musste ich keine Sorge haben. Mein Leben war ihm gleichgültig, selbst in dem Moment, da es ihm endgültig entglitt. Das böse Leuchten in seinem Blick galt dem Leben allgemein. Er fühlte sich vom Schicksal verraten. Er, der letzte Krieger der alten Zeit.

Liebe Schwester, ich konnte ihn verstehen in diesem Moment. Er war so allein, dass er mir fast schon wieder leidtat. So wehrlos. Das war das Letzte, was er sich in seinem Leben gewünscht hatte, wehrlos zu sein. Ganz und gar durchscheinend.

Er wollte mir erst nicht glauben, als ich ihm erzählte, dass ich über all seine Taten informiert bin und dass selbst meine Mutter, seine Frau, alles über sein Leben in der Organisation weiß. Ich erzählte ihm, dass ich eine DVD mit den Namen seiner Helfer und Handlanger gebrannt hatte. Erst als ich ihm sein Passwort nannte, zeigte er eine Reaktion. Stell Dir vor, er pfiff anerkennend. Das hätte er einer Tunte nicht zugetraut. So sagte er wörtlich: «Das hätte ich dir Tunte gar nicht zugetraut.»

Ich hätte ihn darauf aufmerksam machen können, dass Selbstüberhebung das Schlimmste aller Laster ist, aber wozu? Sein Name war bereits getilgt im großen Buch der Lebenden und der Toten, gelöscht für immer.

Ich bat ihn, sein Leben zu überdenken, damit ihm selbst eine einzige gute Erinnerung bleibt, die Erinnerung, bereut zu haben.

Weißt Du was? Er nickte. Er nickte tatsächlich, als ich ihm diese Bitte vortrug.

«Da hast du recht, du kleine Schwuchtel», zischte er. «Ich bereue, dich gezeugt zu haben. Widerlich das alles, widerlich.»

Er zog die oberste Schublade auf, nahm eine Pistole heraus und griff mit der anderen Hand nach dem Glas Wasser, das auf dem Tisch stand. Er sah mich an, während er mit der rechten Hand die Pistole an seine Stirn hielt. Er nickte in meine Richtung. Ich verstand nicht recht, ob ich bleiben sollte oder ob er mich zum Gehen aufforderte. Da fiel auch schon der Schuss und sein Hirn spritzte überall hin.

Nach einem kurzen Moment des Nachdenkens ging ich einfach. Andere brauchen meine Hilfe dringender als er. Der Schwester

Oberin habe ich Mitteilung gemacht. Nur in ganz allgemeinen Worten, versteht sich, denn das Geheimnis des schnellen Todes bleibt unser Geheimnis.
Und jetzt sitze ich hier an seinem Schreibtisch. Ich hätte große Lust, etwas Unanständiges zu tun. «Ich werde auf eure Gräber spucken ...» Erinnerst Du Dich noch an das Gedicht. Ich habe Schlimmeres als Spucken im Sinn. Denn es erregt mich, dass er nicht mehr da ist. Die Welt ist so viel schöner geworden. Das Meer plötzlich ohne Stürme und himmelweit schiffbar, der Horizont offen und ohne Wolken. Order 333. Die Tempelritter können endlich ihre Reise ins Gelobte Land antreten. Deus vult. Gott will es.
Du weißt, Schwester, dass mich diese Gedanken manchmal anwandeln. Ich vertraue auf Dich. Du zähmst den Sünder in mir, der gerade neu erwacht. Dank des Todes meines alten Tyrannen.
Als könnte ich jede Stelle meines Körpers jetzt ganz ohne Schuldbewusstsein berühren ... was für ein gutes Gefühl. Ganz langsam wird das Gift dieses Mannes sich aus dem Organismus ausschleichen. Wir werden alle gesund. Ich bin so froh, dass ich gern mit Dir beten würde. Bald wird es so weit sein. Bis dahin schließe ich Dich in jeden meiner Gedanken ein. Mein Denken ist ein fortwährendes Gespräch mit Dir. Ich bin der Oberin so unendlich dankbar, dass sie uns zusammengeführt hat.
Hier noch der Schluss eines Gedichtes, das ich sehr liebe. Es stammt aus einem wunderschönen Film. Mein absoluter Lieblingsfilm: «Der Club der toten Dichter». Der Dichter heißt Whitman.

Mein Käpt'n gibt nicht Antwort, sein Mund ist bleich und still.
Mein Vater spürt nicht meinen Arm, hat weder Puls noch Will.
Das Schiff, es geht vor Anker. Zu End' ist seine Reis',
zurück gekehrt nach wilder Fahrt - der Sieg, das war der Preis.
Ihr Ufer, jauchzt! Ihr Glocken, klingt!
Ich aber geh in Not
dahin, wo nun mein Käpt'n liegt,
gefallen, kalt und tot.

Ayn Goldhouse drehte das heiße Wasser voll auf. Nicht weil sie fror. Sie mochte es, wenn der Dampf aufstieg und sie ganz und gar einhüllte. Die Göttin im Bade. Sie wollte sich häuten. Wie eine Schlange. Immer und immer wieder. Das war stets die Rettung gewesen. In den schlimmsten Absteigen. Den verdrecktesten Wohnungen. Den schäbigsten Bordellen. Wenn es eine Dusche gab, wenn sie heißes Wasser über ihren Körper laufen lassen konnte, minutenlang, die Augen geschlossen, die Hände verschränkt über die Brust, dann fühlte sie sich rein. Ihr Gesicht hob sich. Sie stand auf den Zehenspitzen, reckte sich dem Wasser entgegen. Sie streichelte ihre Schultern, immer wieder nahm sie sich selbst in den Arm, wiegte ein wenig hin und her. Kein anderer konnte sie so lieben, wie sie sich selbst liebte. Das hatte sie gerettet. Nie, niemals, hatte sie auch nur einen Funken Verachtung für sich empfunden. Selbst als sie ihren Körper für nichts hergab, war sie immer noch stolz auf die wegwerfende Geste gewesen, mit der sie es getan hatte.
In den Händen der Freier verwandelte sie sich in Dreck. Weil sie nichts anderes verdient hatten als Dreck. Dieser Dreck blieb an den Freiern kleben. Niemals an ihr. Wann immer sie von einem dieser Kerle heruntergestiegen war, ging sie unter die Dusche und fühlte sich wieder jungfräulich. Ihr Körper war reines Gold in ihren eigenen Händen. Sie liebte ihn. Sie diente ihm. Sie hatte schon jede Tinktur, jedes Gelee royal dieser Welt für ungeheures Geld gekauft, um diesen seidigen Schimmer auf der Haut zu bewahren, der die größte Mitgift ihrer Mutter gewesen war. Die einzige Mitgift. Alles an Zärtlichkeit, was sie je gespürt hatte, spürte sie lebenslänglich an sich selbst. Wer konnte das von sich sagen? Dass er eingehüllt war in Liebe. Sie lachte bei dem Gedanken. Sie lachte noch lauter, als sie sich vorstellte, wie ihre Assistentinnen staunen würden, wenn sie ihre Chefin lachend unter der Dusche sehen würden. Wie ein kleines Mädchen drehte sie sich im Kreis. Sie wollte nicht heraus, aus diesem Haus, sie wollte nicht hinein, zu diesem Schwein. Das Lied der Straßenkinder. Nie wieder würde sie es sin-

Montag, 12. März, 15 Uhr
Hotel Four Seasons, Ayn Goldhouses Appartement

gen müssen. Sie drehte das Wasser heißer. Noch heißer. Ihre Haut brannte.

«Wir werden alles tun, ihre körperliche Unversehrtheit zu bewahren.» So hatte sich dieser Idiot ausgedrückt. Ihr neuer Laborleiter. Männer waren reichlich dumm, wenn es um das große Geheimnis der Äußerlichkeit ging. Das Außen triumphiert immer über das Innen. Ein wunderbares Mysterium. Das Nachdenken über den Tod hatte ihr nie Angst gemacht. Was andere für etwas Unausweichliches hielten, war für sie nur ein weiteres Hindernis auf ihrem Parcours des Triumphes. Das größte Hindernis, aber kein unüberwindbares. Irgendwann würde sie ihre Biografie schreiben lassen. Eine Form der Unsterblichkeit. Sie würden einigen Hundert Waisenhäusern auf der Welt ihren Namen schenken. Eine Form der Unsterblichkeit. Eine Stiftung würde ihren Namen tragen, ein Museum, ein Krankenhaus und ein Hochhaus in New York. Die Menschen würden ihren Namen erinnern. Aber das genügte ihr nicht. Die Pyramiden waren ein Triumph über den Tod, weil sie das Gewesene tief in ihrem Inneren bargen. Nach außen waren sie schöner Schein. Vollendet schöner Schein. Jetzt und in alle Ewigkeit.

Der Gedanke an die Verwesung ihres Körpers, an diese so stumpfsinnige Rache der Natur an ihrer Einzigartigkeit, ließ sie zuweilen aufstampfen vor Zorn. Ayn Goldhouse würde sich nicht entsorgen lassen von der Natur. Dieser goldene Schimmer auf ihrer Haut hatte sie viel Geld gekostet, ein Vermögen, um genau zu sein. Das würde sie nicht einfach den Würmern zum Fraß vorwerfen.

Wer ist die Schönste im ganzen Land? Falsche Frage. Wer wird die Schönste sein, nach vielen Jahren, wenn andere welken. Von falscher Bescheidenheit hielt sie nichts. Sie liebte Märchen. Sie liebte die Rolle der bösen Schwiegermutter. Sie liebte das Ende: Und wenn sie nicht gestorben sind … Dafür würde sie alles tun. Dafür tat sie schon eine Menge. In den letzten zehn Jahren war die Wissenschaft endlich so weit gekommen, ihr die Hilfe anbieten zu können, die sie erwartete. All ihre Hoffnungen gewannen Gestalt. Warum hatten die Menschen schon immer an Götter geglaubt? Weil sie gelebt

hatten, weil sie wieder leben würden. Sie würde eine der Göttinnen sein, Artemis, die schöne Wehrhafte. Und das alles dank einer kleinen Pille.
Die albtraumhafte Vorstellung, als Eisblock die Jahrhunderte überleben zu müssen, bis die Prometheiden der neuen Zeit sie wieder zum Leben erwecken würden, hatte sie furchtbar geängstigt. Die Idee mikroskopischer Nanoroboter, die in ihrem Körper gegen den Verfall der Zeit arbeiten würden, ebenfalls. Aber das würde nicht mehr notwendig sein.
Die Mappe mit den neuesten Ergebnissen lag noch auf dem Tisch. Es war ungeheuerlich, was plötzlich denkbar schien. Ilona hatte die Mappe gerade vorbeigebracht, die Ergebnisse kurz zusammengefasst, sachlich, unaufgeregt ihren Rapport zum Thema unendliche Zellerneuerung «infinite cell regneration» abgeliefert. Mit zunehmendem Erstaunen hatte Ayn sie während des kurzen Vortrags gemustert.
Sie sprach von diesen Fortschritten, als handelte es sich um die gewöhnlichen Bilanzen ihres Europageschäfts. Glänzende Zahlen, wie zu erwarten, aber nicht weiter aufregend. Während Ayn innerlich zum Vulkan wurde, blieb Ilona ganz unaufgeregt. Sie begriff die Konsequenzen dieser Ergebnisse nicht. Sie wollte sie nicht begreifen. Oder sie konnte sie nicht begreifen. Was diesen Mädchen fehlte, bei all ihrer Intelligenz, war der Instinkt für das Ungewöhnliche. Sie waren wie Rechenmaschinen, seelenlos. Sie hatten keine Wünsche, nur Einkaufszettel.
Dieses unaufgeregte Lächeln hatte sie belehrt, dass Ilona unmöglich ihre Nachfolgerin werden konnte. Sie würde den Orden leiten wie eine Versicherungsgesellschaft. Gute Rendite machen, Mitglieder werben, Verwaltungsarbeit leisten, die Ideale verraten, Tag für Tag. Nicht ein Funken Genie.
Diese Frau hatte die Unsterblichkeit nicht verdient. Wozu? Sie war ersetzbar, heute, morgen, jederzeit. Wie fast alle ihrer Mitarbeiterinnen. Das war ihre große Sorge. Sie war von Angestellten umgeben. Weit und breit keine Nachfolgerin in Sicht. Das empfand sie keineswegs als Genugtuung, sondern als persönliche Beleidigung.

Ausgerechnet sie, die alles für das frühe Erwachsenwerden ihrer Mädchen tat.
‹Es ist wie beim Dalai Lama, ich fürchte, ich muss auf ein Wunder warten. Auf das Gotteskind mit dem Zeichen auf der Stirn. Auf das Mädchen mit den Sterntalern. Der Zauberin von Oz.› Denn ein Zauberer, das verstand sich von selbst, kam nicht infrage.
‹Besser in den Tresor damit›, dachte sich Ayn, ‹denn diese Unterlagen würden in den Händen anderer viel Unheil anrichten.› Wahrscheinlich hatte das Wettrennen der Pharmahyänen um die Beute schon begonnen.
Der Nobelpreis für Gurdon und Yamanaka war ein Fehler gewesen. Seitdem waren sie alle hellhörig geworden. Selbst die Journalisten. Zellregeneration ad infinitum, Zurück auf Los, ein biologisches Perpetuum mobile, die Unsterblichkeit zum Greifen nah. Sie war erstaunt gewesen, dass kein Aufschrei durch die Presse gegangen war. Es war so einfach zu begreifen. Wenn sich eine Zelle immer wieder verjüngen kann, dann müssen wir nicht mehr sterben. Keiner von uns. Keiner, der das Geld hat für dieses neue Medikament, das nicht mehr lange auf sich warten lassen würde. Es sei denn, die Geheimdienste griffen zu.
Die politischen Dimensionen dieser Forschungsergebnisse waren schwer zu ermessen. Es konnte zu schlimmeren Verteilungskämpfen kommen, als es sie jemals in der Menschheitsgeschichte gegeben hatte. Oder es kam zu einem Dementi. Und die Eliten wahrten das Geheimnis.
Ayn war das gleichgültig. Sie hatte noch die Schlussworte von Ilona im Ohr, ungewöhnlich poetische Schlussworte für diese Eismaschine in Menschengestalt: «Bald ist jeder sein eigener Jungbrunnen. Jeder, der es sich leisten kann.» Was sie vor Monaten schon geahnt hatte, bestätigten nach und nach die Girl Scouts vor Ort. Geld für Forschung war in den letzten Jahren in Milliardenhöhe geflossen. Es gab unzählige privat finanzierte Labors. All diese Nerds mit ihren Internetvermögen lauerten nur darauf, der Unsterblichkeit habhaft zu werden. Sollten sie forschen, sie

wünschte ihnen alles Glück der Welt. Ayn prostete ihrem Spiegelbild zu. Keine Frage, dass sie eine der ersten Nutznießerin sein würde. Das Arkanum war gefunden. Noch war er nicht in Flaschen abgefüllt, der Göttertrunk, aber ihre Engel waren bereits zur Stelle.
Jede dieser Laborratten hatte einen Guardian Angel zur Seite, dafür würde Ilona schon gesorgt haben. Was immer diese Frankensteins zusammenbrauten, sie würde in nicht allzu ferner Zeit das Rezept in den Händen halten.
Die Zeit rückte näher, da die Ewigkeit ihren Schrecken verlieren würde. Zumindest für sie ganz persönlich. Sie schenkte sich ein weiteres Glas Champagner ein.

Gleich würde es an der Tür klopfen. Dieser Wilson war garantiert pünktlich. Wer es mit Klimt aushielt, musste pünktlich sein, zuverlässig und hart im Nehmen. Sie war neugierig auf den Sekretär. Sie mochte unbeschriebene Blätter, das gab ihr das Gefühl, noch etwas hinzufügen zu können. In ihrer ganz persönlichen Handschrift. Circes Mission. In jedem Mann das Schwein entdecken. Ayn lachte so unbeschwert wie lange nicht mehr. Vielleicht gewann sie das Schicksal doch noch zum Freund.
Sie nahm das Personendossier zur Hand und blätterte die erste Seite auf. Dieser Wilson war ein gut aussehender Bursche, dachte sie. Gesichter elektrisierten sie normalerweise nicht, aber diese babyblauen Augen, die so unschuldig dreinsahen, rührten an ihre bösartigsten Instinkte.
«Herein!», rief sie nach dem zweiten Klopfen.
Wilson öffnete die Tür, nickte ihr höflich zu und blieb an der Tür stehen, als erwartete er einen sehr frühen Hinauswurf.
«Na kommen Sie schon, ich bin doch kein Ungeheuer. Sie sprechen sehr gut deutsch, ich auch, also auf Deutsch bitte. Ich spreche in der Regel immer die Sprache des Landes, in dem ich mich aufhalte. Sie sehen, ich halte mich nicht in allzu vielen Ländern auf … Aber diese kleine Disziplinierung muss sein.»

Ayn Goldhouse lächelte kokett, was ihr sehr gut stand, wie Wilson fand. Sie wirkte ohnehin viel weicher, als er es sich vorgestellt hatte, geradezu entspannt.

Sie schlug die Beine übereinander, sehr akkurat, faltete die Hände und nickte ihm wohlwollend zu. Sie war eine kleine, aber sehr energische Person. Eine klassische Primadonna, dachte er, die Tausende Stunden an Körperarbeit hinter sich hatte, filigran austrainiert, jede Bewegung ihrem Willen unterworfen und doch alles ausgerichtet auf ein unnennbares Sehnen. Willkommen bei Schwanensee.

Nur an ihren Händen war zu sehen, dass auch sie keine dreißig mehr war. Die Pigmentierung verriet ihr Alter deutlicher als jede feine Falte.

Sehr alte Hände, dachte Wilson erstaunt. Hände, die sehr müde wirkten. Abgegriffen. Ein seltsames Wort dafür, registrierte Wilson mit leichter Belustigung. Abgegriffen. Nicht gerade ein Kompliment für eine Dame.

Sie sah seinen Blick und reagierte sofort.

«Meine Schwachstelle. Ich sollte Handschuhe tragen. Ich fürchte, das rührt her von meinem alten Laster, dem Rauchen. Oder von der kindlichen Neugier, alles in die Finger kriegen zu müssen …»

Wilson lachte pflichtschuldig, was sie mit der Andeutung eines missmutigen Schmollens quittierte.

«Und Sie, wie ich den Dossiers entnehme, pflegen sie keinerlei Laster, es sei denn, ich sollte Ihren Ehrgeiz dazu zählen …»

Wilson zuckte mit den Schultern.

«Ich kann Ihnen mit keiner Indiskretion dienlich sein …»

«Sehr loyal, das schätze ich, in jeder Hinsicht! Die meisten ahnen gar nicht, wie schwer es ist, sich selbst gegenüber loyal zu sein …» Ayn Goldhouse griff nach ihrer Zigarettendose.

«Sie sind zufrieden mit Ihrem Arbeitgeber, vermute ich?»

Wilson nickte.

«Meine Zeit in Berlin war sehr … nennen wir es lehrreich.»

«Sie werden die Stadt nach seinem Tod verlassen?»

«Ich denke schon … Wenn es zum Äußersten kommen sollte, hält mich hier nichts mehr.»
Wilson schlug die Beine übereinander und lächelte sie unbefangen an.
«Es schafft gleich eine gewisse intime Atmosphäre, einen gemeinsamen Gegner zu haben, finden Sie nicht auch …?»
«Arbeitgeber, in meinem Fall, ich würde Klimt niemals als meinen Gegner bezeichnen.»
«Nun, er gilt nicht gerade als der beliebteste Arbeitgeber …»
«Das ist die Herausforderung …»
«Der Sie sich auch bei mir stellen könnten …»
Ayn Goldhouse tippte sich mit den Fingerspitzen an die Stirn, als wäre etwas Unverzeihliches geschehen.
«Ein Getränk? Darf ich Ihnen ein Getränk anbieten? Champagner? Oder etwas Stärkeres? Ein Glas Champagner, wunderbar. Viele Männer halten das Getränk für feminin, aber viele Männer sind ja auch dumm. Ihr Chef ist nicht dumm, nur sehr …»
Sie reichte ihm das Glas. «Nur sehr unangenehm. Einer der unangenehmsten Menschen, denen ich je begegnet bin. Gerade auch körperlich.»
«Nun ich bin nicht hier, denke ich, um mich über die körperlichen Makel meines Arbeitgebers zu unterhalten?!»
Wilson prostete ihr zu. Ein kleines Lächeln in den Augenwinkeln zeigte an, dass er sich durchaus über ihre Gesprächsführung amüsierte.
«Wir nähern uns dem Finale …» Ayn Goldhouse ging nicht weiter auf seinen Einwand ein. Sie stellte ihr Glas ab, versteckte die gefalteten Hände zwischen ihren Knien und lächelte ihn mit einem Kinderlächeln an.
«Schade eigentlich, selten in meinem Leben habe ich die Aufregungen der Zeit so genossen wie im Augenblick … Klio, die Muse der Geschichte, hat Champagnerlaune! Finden Sie nicht?»
«Eine etwas seltsame Formulierung dafür, dass die Welt vor die Hunde geht!», gab Wilson zu bedenken und schlug wieder amüsiert die Beine übereinander.

Ayn Goldhouse winkte ab, so lässig, als wollte sie seine dandyhafte Art kopieren.
«Ach Gott, das war doch schon immer so. Caligulas Seufzer war der Seufzer Neros, als Rom brannte, war der Seufzer Napoleons, als Moskau in Flammen aufging, war der Seufzer Stalins, als Berlin im Feuersturm in Trümmer fiel, war der Seufzer Nixons über Vietnam. Scheinheilig das alles. Nein, die Welt ging seit den Tagen von Adams Sündenfall in schöner Regelmäßigkeit vor die Hunde. Dafür geht es uns ganz gut, finden Sie nicht ... Ich sehe das alles nicht so pessimistisch wie Ihr Arbeitgeber. Aber warum über ihn reden. In achtundvierzig Stunden ist Klimt Geschichte. Die Drohung hat er nicht wahr gemacht ... Der neue luziferische Luther ist uns in ihm nicht auferstanden, der Gotteszertrümmerer ist ziemlich kleinlaut, jetzt da es dem Ende zugeht. Im Vertrauen, das ist alles alte Zeit, was Herr Klimt repräsentiert. Eiferer sind nicht mehr gefragt. Schade eigentlich. In gewisser Weise tut es mir leid, ihn verabschieden zu müssen. Die Bindung an ihn ist enger als zu den meisten anderen Männern, denen ich begegnet bin, denn sie beruht auf einem sehr tiefen und sehr wahren Gefühl ...»
«Auf Hass?!»
«Exakt!»
Ayn stand auf, als könnte sie ihrer Erregung nicht Herr werden, aber Wilson begriff schnell, dass es ihr nur darum ging, dekorativ durch ihre Suite zu stolzieren. Sie blieb vor ihm stehen, stützte die Hände in die Hüfte und wiegte sich so unmerklich, dass nur der Hauch einer Verlockung zu spüren war. ‹Keineswegs unangenehm›, empfand Wilson. ‹Sie kann ihre Attraktivität exakt dosieren, je nach Gegenüber. Das ist das ganze Geheimnis erotischer Anziehungskraft. Was für eine Meisterin des Kokettierens.› Er nickte anerkennend, was sie offenbar als Aufforderung begriff, ihm weitere Avancen zu machen.
«Wechseln Sie die Seite! Ich könnte einen Mann in der obersten Führungsebene gebrauchen, zum einen, weil es die Quote verlangt, und zum anderen hält es die Damen bei Laune.»

Wilson verzog keine Miene. Wann immer er in einer Gesprächssituation war, die ihm nicht ganz geheuer erschien, erinnerte er sich an das Vorbild seiner Jugend. «Mein Name ist Bond, James Bond.» Viel mehr als diesen Satz brauchte es nicht, um ihm jenes Gefühl einer ironischen Entspanntheit zurückzugeben, das ihn so provozierend arrogant wirken ließ. Er ließ seine Fingerspitzen gegeneinander tänzeln.
«Was wäre ... mein ... Aufgabenfeld?»
«‹Der ewige Gärtner› ... kennen Sie den Film?! Ein sehr guter Film. Nun ja, die Blumen des Bösen gedeihen überall, selbst in meiner Organisation. Es bedarf einer gewissen Aufsicht, eines umsichtigen Mannes, der verborgen wucherndes Unkraut erkennt und es frühzeitig jätet. Ein Zensor ... Ein Beschützer, wenn Sie so wollen ... Da bin ich altmodisch und scheue mich keineswegs, die Dienste eines jungen Ritters in Anspruch zu nehmen.»
Wilson nickte geschmeichelt. Fast war er versucht, sein rechtes Knie ein wenig zu beugen. Der Höfling grüßt die Königin.
«Warum wechseln Sie nicht das Lager ...?», insistierte Ayn Goldhouse. «Sie scheinen ein intelligenter junger Mann mit Zukunft! Geben Sie mir Ihre Hand ... Nein, kein Zögern, kommen Sie, Sie sind doch nicht feige!»
Sie nahm Wilsons Hand, streichelte sie glatt wie ein welliges Stück Papier. ‹Was für kleine Hände sie hat›, dachte Wilson erstaunt. ‹Flinke, kleine Hände.›
«Sie sind Chiromantikerin», fragte er bemüht forsch, um seine Verlegenheit zu überspielen.
«Nein, selbstredend nicht, ich muss nur interessiert an Ihnen tun, um Sie auf meine Seite zu ziehen. Wissen Sie, was das Gute daran ist, nicht allzu genial zu sein. Man muss um andere Menschen kämpfen. Und man erkennt das Große in anderen. Neid ist der funktionstüchtigste Radar überhaupt ...»
«Was sehen Sie?»
Ayn Goldhouse ließ seine Hand sinken.
«Nichts, was ich Ihnen jetzt schon verraten könnte.»
Sie wischte sich über die Stirn und sah ihn ernst an.

«Ich wiederhole mein Angebot … Sie bestimmen den Preis. Aber ich vermute, auf Geld kommt es Ihnen gar nicht so sehr an … Sie suchen Ziele, oder? Ein Kreuzritter der Ideale. Leider sind derzeit nicht mehr allzu viele im Angebot!»
Was ihn erstaunte, ihre spöttische Rede verschreckte ihn nicht. Er fühlte sich gar nicht so abgeneigt, ihr Angebot spontan anzunehmen. Sie hatte eine unglaubliche Anziehungskraft. Als wäre man an eine neue Kraftquelle angeschlossen worden. Vermutlich hatte sie deshalb nach seiner Hand gegriffen. Operation gelungen.
«Unser Mastermind hat das alles sehr genau geplant! Ich weiß schon, warum er Sie geschickt hat. Er wollte demonstrieren, dass er den besseren Adjutanten hat. Also, womit könnte ich Sie locken. Nein, die Frage ist nicht an Sie gerichtet. Die Frage sollten Sie sich selbst stellen. Denn sie führt Sie direkt zu Ihrem Ego. Und das wollen wir doch alle. Ohne Umwege zu unserem Ego gelangen …»
Wilson war berührt von ihren Worten, nicht von dem Inhalt, von ihrem Vortrag. Von ihrer Ernsthaftigkeit. Von ihrer kindlich altklugen Art. Jetzt wusste er, an wen sie ihn erinnerte. So seltsam der Gedanke war, sie ähnelte zum Verwechseln der Sixtinischen Madonna. Einer Madonna, die etwas in die Jahre gekommen war, zugegeben, aber der Blick war der gleiche geblieben. Der unzerstörbare Glaube an das Gute, woher auch immer er rührte. Wobei er sich in ihrem Fall nicht sicher war, ob das Gute nicht einfach identisch war mit ihren eigenen Interessen.
Sie wirkte nicht kokett. Sie flirtete nicht wirklich mit ihm. Aber sie war auch nicht kalt. Klimt hatte sie vollkommen falsch geschildert.
«Eigentlich bin ich hier, gnädige Frau, um mit Ihnen die Modalitäten des morgigen Treffens zu besprechen. Zunächst aber soll ich ausrichten, dass sich Herr Klimt sehr auf das gemeinsame Abendessen freut.»
«Ehrlich gesagt, das glaube ich nicht», unterbrach ihn Ayn Goldhouse. «Er fiebert ihm entgegen, wäre wohl der korrektere Ausdruck.»
Wilson hob erstaunt seine Augenbraue.
«Warum sollte er das tun? Fiebern? Das entspricht so gar nicht seinem Temperament?!»

«O doch. In den fettesten Leibern brennt oft die heißeste Flamme. Haben Sie noch nie beleibte Frauen beim Tangotanzen beobachtet. Dagegen ist die vorgetäuschte Glut der akkurat tanzenden Besenstiele ein Streichholzfeuer.»
«Also er fiebert ...»
«Er fiebert, als wäre es sein erstes Date. Sein erstes und sein letztes. Er erhofft sich von mir eine letzte Gnade. Aber Sie dürfen ihm ausrichten: Er hofft vergebens. Ein Händedruck ist alles, was er erwarten darf. Und das ist bei seinen Schweinspfoten schon ein großes Entgegenkommen meinerseits.»
Sie schüttelte sich angewidert. Ein wenig zu theatralisch, schien es Wilson, aber ihren Widerwillen gegen die stets kaltschweißige Hand Klimts konnte er nur zu gut verstehen. Er selbst griff danach immer zu einem Hygienetuch.
«Klimts Tod ist mir gleichgültig, ich bin nicht sonderlich sentimental gestimmt, auch wenn ich ihn als Gegner vermissen werde. Aber er lässt mich ja nicht ganz allein zurück. Da sind ja immer noch seine Verwandten. Reden wir über seine Tochter, über die Enkelin, über den Fluch bis ins siebte Glied, wenn ich den Strafkatalog der Bibel recht erinnere. Ich will nicht, dass sein Erbe weitergegeben wird. Ich will seine genetische Vernichtung. Hass ist für mich eine durchaus ernsthafte Verpflichtung, die sich nicht in der Laune eines Augenblicks erschöpft.»
Ayn Goldhouse stand auf, ging einige Schritte umher und setzte sich im Reitersitz auf die Kante des Chaiselongues.
«Entschuldigen Sie, aber ich vermisse das Rauchen unendlich. Zurück zu Herrn Professor Klimt. Ich denke, er weiß, was für ein schlechter Mensch er ist. Mir liegen Informationen über ihn vor, die ich nicht weitergeben werde, sofern er das tut, was wir alle erhoffen, nämlich für immer von dieser schönen Erde zu verschwinden. Ansonsten ruiniere ich seinen Ruf. Und insoweit ist er doch ein Ehrenmann, er wird nicht das Andenken seiner Tochter und seiner Enkelin beflecken wollen?!»
«Glauben Sie denn», Wilsons Miene verriet ehrlichen Zweifel, «er

tritt Ihnen morgen so … wehrlos entgegen. Er weiß, dass Sie ihn beschatten, er weiß, dass Sie seine Familie beschatten. Er kennt Ihre Vergangenheit vermutlich besser als Sie selbst, denn da sind ja einige Monate in Vergessenheit geraten …»

«Ach was!», würgte ihn Ayn Goldhouse unwirsch ab.

«Ich soll Ihnen mitteilen», fuhr Wilson ungerührt fort, «dass er ein Protokoll jenes Jahres in Berlin in seinem Besitz hat. Jenes Jahres, von dem Ihnen nicht mehr geblieben ist als die unschöne Erinnerung, es im Drogenwahn vertan zu haben. Im Gegenzug verlangt er den absoluten Schutz Ihrer Organisation für seine Familie. Er vertraut Ihnen, im Guten wie im Bösen. Er wollte mit meiner diplomatischen Mission nur verhindern, dass Sie morgen im Affekt reagieren. Sie haben vierundzwanzig Stunden Zeit darüber nachzudenken.»

Ayn Goldhouse straffte sich unmerklich. ‹Die Amazone rüstet sich zum letzten Gefecht›, schoss es Wilson durch den Kopf.

«Im Übrigen …», fuhr er fort, «soll ich Ihnen ausrichten, dass er sich völlig im Klaren darüber war, dass Sie mich abwerben würden. Sie wollen immer das haben, was andere haben. Er gratuliert Ihnen zu Ihrem guten Geschmack. Wortwörtlich seine Rede.»

«Ist er nicht süß!» Ayn Goldhouse verzog ein wenig angewidert den Mund. «Aber mein Wort gilt … Ich werde die Henkersmahlzeit mit ihm einnehmen. Wir schließen die Akte Klimt. Ich werde keine anstößigen Informationen über ihn und seinen Lebenswandel an die Öffentlichkeit dringen lassen. Er übergibt mir morgen sein … nennen wir es Dossier. Pokern mit Essensdreingabe. Warum nicht?! Nun ja, ich will Sie nicht verwirren. Meine Gedanken kommen ein wenig auf Abwege. Er und ich, wir waren wie Wetterfiguren in einem kleinen, feinen Haus, mal war er vorn, mal ich. Nur dass die kein Champagnerglas in der Hand halten! Das wäre doch mal eine Idee … Ein Wetterhäuschen von Pommery. Ich sehe, Sie können meinen Humor nicht nachvollziehen. Er könnte es … Wissen Sie, auch darum werde ich ihn ein ganz klein wenig vermissen! Hatte ich das schon erwähnt?»

«Ihr Vater wurde vor einem Internetcafé gefunden. Er lag im Koma. Na ja, nahezu. Er war volltrunken, um korrekt zu sein. Die Passanten haben ihn einfach liegen lassen. Sie kennen die Ecke Rosenthaler Platz?! Da wäre auch E. T. im Tutu nicht aufgefallen. Kleiner Scherz. Er hat Glück gehabt. In die Klinik wollte er nicht, ist, glaub ich, auch nicht nötig. Er behauptet ohnehin, er hätte nichts getrunken, was bei über zwei Promille Restalkohol eine etwas verwegene Entschuldigung scheint. Unter uns: Er hat Glück gehabt. Hätte auch ein Kreislaufkollaps werden können. Sagen Sie ihm, dass er an seinen Ausreden noch einmal arbeiten soll …»

«Mach ich, Doktor!

«Kaum dass er stehen konnte, hat er sich offenbar ein Taxi gerufen. Ein Engel hat ihm geholfen, so war seine Rede. Ein kleiner tapferer Engel! Na ja, er scheint mir ein wenig … verwirrt, geistesverwirrt. Verängstigt geradezu. Er ahnt wohl schon, was er von Ihnen zu hören bekommt. Lassen Sie es gut sein, alles halb so wild. So ein Rückfall kommt vor. Muss nicht tragisch sein, wenn er sich zusammenreißt. Melden Sie sich, wenn es Probleme gibt!»

‹Probleme? Wer hat hier Probleme?›, wollte sie noch fragen, aber für Scherze dieser Art hatte Gramlich keinen Sinn. Er war ein feiner Kerl. Hausarzt der alten Schule, kannte ihren Vater seit zwanzig Jahren, und auch wenn er ihn nicht mochte, so hatte er sich doch immer gut um ihn gekümmert. Gramlich hasste Menschen, die sorglos mit ihrem Körper umgingen. «Man veruntreut kein Gottesgeschenk», mahnte er sie schon als kleines Kind, wenn sie ab und an mit in die Praxis kam, und er ihr mit wichtiger Miene den Brustkorb abhorchte. «Kerngesund! Ganz und gar nicht der Papa. Ein so liebes Mädchen wird niemals krank!» Ganz schöner Irrtum. Als er von ihrer Krankheit erfuhr, konnte er auch nur ein «Das tut mir furchtbar leid» stottern. Aber sie hätte ihn jederzeit anrufen können, das war schon viel wert.

«Ich hab ihn nach Hause gebracht. Kochen Sie ihm eine Tasse Kamillentee und alles wird gut! Und seien Sie vorgewarnt! Er

Montag, 12. März, 20 Uhr
Claasens Wohnung

riecht schrecklich nach Alkohol. Muss drin gebadet haben. Ein ganzes Fass Gin!»
«Was sagen Sie da, Doktor?» Sie klammerte den Hörer fest ans Ohr.
«Na ja, ihr Vater lag da einige Stunden in einer nicht ganz sauberen Ecke, zugemüllt von einigen Witzbolden, die ihm Essensreste hingekippt haben … Da riecht man nicht gerade nach Eau de Toilette!»
«Nein, wonach roch er sonst? Nach welchem Getränk? Gin???»
«Ganz recht, mein Fräulein!»
Er war der einzige Mann, der sie so anreden durfte. Aber auch nur weil das unter seine ärztliche Schweigepflicht fiel.
«Gin! Mein Vater hasste Gin. Er hätte niemals ein Glas Gin angerührt, auch wenn es der letzte Drink auf Erden gewesen wäre.»
«Wusste gar nicht, dass Ihr Vater Grundsätze hatte», brummelte Gramlich ins Telefon. «Ein Trinker mit Prinzipien. Haben wir selten.»
«Danke für Ihre Mühe. Ich kümmere mich um ihn!»
Sie ignorierte die Ironie, konnte sie gut nachvollziehen, auch ihr war unwohl bei allem, was ihr Vater tat. Aber für dieses Desaster war er ausnahmsweise mal nicht zuständig. Da war sie ganz sicher. Das hatte ihm jemand anders eingebrockt.
«Na, dann viel Glück. Wie gesagt, Sie können sich jederzeit bei mir melden.»
«Danke Ihnen, Doktor, ich weiß, dass Sie es ernst meinen.» Ihre Stimme kippte ins Selbstmitleidige.
Sie griff sich den Ersatzschlüssel für seine Wohnung, warf sich einen Mantel über, eine Tarnkappe wäre ihr noch lieber gewesen, und stürmte das Treppenhaus hinunter. Hoffentlich ließ sich jetzt keiner ihrer Nachbarn blicken. Das Letzte, was sie brauchte, war Small Talk.
Die vierhundert Meter zu dem Haus ihres Vaters lief sie in gebückter Haltung, den Mantelkragen hochgeschlagen, den Kopf tief gesenkt. Geheimagenten unter sich. Aber als sie vor seiner Haustür stand, blickte sie sich tatsächlich mit einem demonstrativ forschenden Blick um. Wenn hier irgendwo einer in seinem Auto saß

und sie beobachtete, sollte er zumindest wissen, dass sie über ihn Bescheid wusste.
«Ihr Mistkerle!», zischte sie in die Runde. «Ihr verdammten Mistkerle!»
Ein Tourist wich erschrocken zur Seite. Sie blickte auf die Bierflasche in seiner Hand und drohte ihm mit dem Zeigefinger. Er grinste verlegen, was sie als Erfolg verbuchte. «Fuck you», lallte er und knallte die Flasche in den Rinnstein.
Martina atmete tief durch. Sie hatte Angst vor dem, was kam. Zu oft hatte sie ihren Vater schon als lebenden Leichnam gesehen, grau, mit toten Augen, einem halb offenen Mund, aus dem Speichel floss. Gezogen und gezerrt hatte sie an ihm, als Kind, weil sie nicht verstand, wie ein Mann von einem Augenblick auf den anderen sich in etwas so Hässliches verwandeln konnte. Sie hatte nie wieder an die gute Fee im Märchen glauben können, seit sie erlebt hatte, wie mächtig die böse Fee war. «Das ist ihr Zaubertrank, der Zaubertrank der bösen Fee.» Ganz so herzlos war ihre Mutter nicht gewesen, immerhin hatte sie eine Erklärung für all das gesucht, die kindgerecht war. Aber Kinder sind nicht blöd. Sie hatte nie an die böse Fee geglaubt. Sie hatte ihrem Vater geglaubt, der ihr mit schwerer Zunge zu erklären versuchte, warum ein Mann immer wieder mal Urlaub vom Leben braucht. Sie hatte geweint und tapfer genickt und war zum Dank an sein verkotztes Hemd gedrückt worden. Wenn es nicht verkotzt war, roch es nach Parfum. Ganz selten nach gutem Rasierwasser.
Sie klingelte einmal kurz, um ihren Vater vorzuwarnen, und schloss die Haustür auf. Im Erdgeschoss wohnte Señor Dobrindt, den kannte sie ganz gut. Er wollte das Señor immer ausgesprochen wissen, wie das italienische Signore. Das war seine harmloseste Macke. «Das Alter zählt mehr als nur die gezählten Tage, meine Liebe!» Er war keifig wie eine Concierge und misstrauisch wie eine reiche Witwe, insofern die perfekte Belegung für die Erdgeschosswohnung. Sie hatte ihn gebeten, ein Auge auf ihren Vater zu werfen, und auf jeden Fremden, der zu ihm wollte, sei es Mann oder

Frau. Aber das tat er ohnehin. Sie war versucht zu klingeln, wollte ihm ein paar Fragen stellen. Er saß bestimmt noch vor dem Fernsehapparat. Quizshows waren seine Leidenschaft. Aber selbst wenn er gewonnen hätte, er wäre niemals aus der Straße weggezogen.

Sie stieg hoch in den vierten Stock, atmete tief durch und klingelte. Klingelte noch mal. Und noch mal.

Die Tür wurde aufgerissen. «Verdammt, du hast doch deinen Schlüssel.»

Er drehte sich abrupt um und schlurfte zurück ins Wohnzimmer. Sie ging langsam hinterher. Die Küchentür stand halb offen, vor der Badezimmertür lag ein Handtuch, als wäre er nackt durch die Wohnung spaziert. Aber es roch nicht nach Alkohol. Es roch nach billigen Duschgel, Tannenzapfenaroma, als hätte er sich stundenlang darin eingelegt. Erinnerungen an einen schrecklichen Schwarzwaldurlaub stiegen in ihr hoch. Endloser Streit der Eltern, Schnäpse auf Holzbrettern serviert, Schinken, der in den Zähnen hängen blieb, und Schwarzwälderkirschtorte, so sahnig und fett, dass sie seitdem nie wieder ein Stück hatte anrühren können. Obwohl die Kirsche darauf immer so verführerisch vergiftet leuchtete.

Ihr Vater hasste den Suff. Er wusste genau, wie hässlich er wurde, wenn er trank. Er sah nie in den Spiegel, schon nach dem ersten Tropfen nicht. Er konnte sich nicht riechen. Lag stundenlang in der Badewanne, schon als sie klein war. Vergeudete Literweise Deodorant. Aber das half nichts, wenn die Haut Alkohol ausschwitzte, das roch immer. Wie ein eingelegtes Tierpräparat. Im Biologieunterricht war sie einmal heftig erschrocken, als sie mit Formaldehyd hantierten. Das war der Geruch, der Geruch der lebendig Toten.

Sie ging ins Wohnzimmer. Er saß auf der Couch, den Kopf zwischen den Händen. Sie setzte sich auf den Sessel daneben. Er sah kurz hoch. Sie legte ihre Hand auf sein Knie. Er trug einen Pyjama und seinen alten Frotteebademantel. Die Reha-Uniform. Das oder wahlweise der Trainingsanzug. Auf dem Couchtisch stand eine Kanne mit Kamillentee. Daneben sein Laptop und die große blecherne Blümchentasse, die sie ihm vor Jahren einmal geschenkt hatte.

«Tut mir leid, ich kann dir nicht sagen, wie es geschah.» Seine Entschuldigung kam ganz und gar nicht stockend. Er schien geradezu stolz darauf, hereingelegt worden zu sein. Wie immer konnte er nichts für all die Schicksalsschläge, die ihn trafen. Er war unschuldig. Ihr mitleidiges Lächeln verzog sich ins Verächtliche. «Ich saß drüben im silbernen Halbmond und hab meine Zeitung gelesen. Irgendwann bemerkte ich eine junge Frau am Nebentisch. Sie lächelte so hübsch. Na ja, Reflex halt, ich hab sie zum Kaffee eingeladen. Ich hatte ein großes Glas Rhabarberschorle vor mir, sonst nichts, ich schwör dir.»

Martina lächelte. Wenn es einen Satz gab, den sie nicht mehr hören konnte, dann den. «Ich schwör dir!»

Ihr Vater achtete gar nicht darauf. Sein Kopf lag schwer zwischen seinen Händen. Er zermarterte sich das Hirn, das wollte er in Szene setzen, und das gelang ihm auch eindrucksvoll, dachte sie verbittert.

«Ich musste nur einmal pinkeln und da hat sie mir wahrscheinlich die Pille ins Glas geworfen …»

«Danach wurdest du in der königlichen Waschanlage mit Gin eingesprüht und von den sieben Zwergen vorm Café gegenüber abgelegt.»

«Ich weiß es nicht, ich weiß nicht, wer mir wann das Zeug eingeflößt hat. Ich kann mich nicht dran erinnern. Ich hatte nichts davon, glaub mir!»

Er schielte aus seiner Deckung zu ihr hoch, in der Hoffnung, ein Lächeln zu entdecken. Sie tat ihm den Gefallen, aber es überzeugte nicht. Sie kannte alle Posen ihres Vaters aus den billigen amerikanischen Detektivfilmen, die er so gerne ansah.

«Du lagst da stundenlang wie ein Penner auf den Stufen.»

«Ich weiß.» Er nickte. «Du musst mir nicht erzählen, wie beschissen ich mich fühle.»

Er nahm die Hände vom Gesicht, hob den Kopf und blickte sie an.

Martina erschrak zu Tode.

Er war in der Hölle als Stammgast begrüßt worden und wusste, dass er dorthin zurückkehren musste, tot oder lebendig. So sah er aus. Die Ehrlichkeit seiner Verzweiflung, die sich in seinem Gesicht malte, strafte seine forschen Worte Lügen. Diesen Ausdruck hatte sie noch nie auf seinem Gesicht gesehen. Abgründige Todesangst. Sie hatte tausend Bilder von ihrem Vater vor Augen, vor und nach dem Suff, es hatte sich in ihr Gedächtnis gebrannt, das ganze Bilderalbum der Sucht, aber noch nie hatte sie ihn so tot, so erloschen gesehen. Er hatte den Kampf verloren. Nicht durch seine eigene Schuld. Ihm war ein Bein gestellt worden, vom Teufel persönlich. Aber egal. Er war gefallen. Das allein zählte. Er hatte geschworen, nie wieder einen Tropfen anzurühren. Nun war er besoffen vor einem Szenecafé gefunden worden. Es würde keine vierundzwanzig Stunden dauern, bis jeder Bescheid wusste. Keiner Zeitung würde das eine Meldung wert sein, aber der Kantinenklatsch hatte sein Tagesgespräch. «Whiskey-Claasen hängt wieder an der Flasche. Die arme Tochter. Hat das Talent von ihrem Vater. Hoffentlich nicht seine Leber. Aber hatte die nicht auch irgendwas … Familienfluch! Da nützt die ganze Kohle nichts!»

Er hatte keinen Freifahrschein mehr. Kein Mensch würde ihm mehr glauben. Dass wusste er selbst nur allzu gut. Er war ein Verlierer. Das stand fest, ein für allemal. Stempel.

Sie hätte schreien können. Ihn schütteln, ihn wiegen, ihn trösten. Aber sie wusste, es war sinnlos. Er hatte verloren.

Sein Gesicht war blass, fast durchscheinend. Die Augen klar, der Mund ganz schmal, als hielte er sich verschlossen. Seine Hände krampften sich ineinander.

«Ich weiß nicht, wie sie das angestellt haben. Aber hier, ich weiß zumindest, warum sie es getan haben!»

Er hob ein kleines Taschentuch, das vor ihm auf dem Tisch gelegen hatte.

«Wusste gar nicht, dass es so etwas noch gibt. Baumwolltaschentücher! Du verlangst nicht, dass ich es jetzt anfasse?»

«Kannst du ruhig, ist unbenutzt!»

Er faltete es auf. Sie schrak unwillkürlich ein wenig zurück. Ein kleiner schwarzer Fleck, im linken unteren Eck.

«Ein Monogramm?»
«Na ja. Kann man so sagen. Schau mal genauer hin.»
Er hielt ihr das Taschentuch direkt vor die Augen.
«Eine kleine schwarze Rose.»
«Ganz recht, eine kleine schwarze Rose!»
Bilder von ihrer Großmutter kamen in ihren Kopf, wie sie vor dem Bügelbrett stand. Großvaters Hemden bügeln. Hunderttausend Jahre war das her. Der Geruch nach Stärke und Dampf. Das Gesumme ihrer Großmutter und die Schimpferei, wenn sie einen Fleck entdeckt hatte, und sie entdeckte immer einen.
«Du denkst auch an Großmutter?»
Er sah sie mit einem liebevollen Blick an.
«Wie hat sie geflucht, wenn sie wieder mal einen Brandfleck auf Opas Hemd entdeckte! Die beiden waren ein ziemlich glückliches Paar, auch wenn sie dauernd miteinander rumgeschimpft haben. Lang, lang ist es her!»
Martina räusperte sich. ‹Nur keine Sentimentalitäten jetzt›, dachte sie.
«Was hat es auf sich mit diesem Tuch?»
«Die Kleine, die mir das Leben gerettet hat, ließ es fallen. Ob Absicht oder nicht, keine Ahnung. Ich denke, eher Zufall.»
«Wieso das Leben gerettet?»
«Sie hat mir ein Taxi gerufen, einen Krankenwagen wollte ich nicht. Sie hat den Taxifahrer überredet, mich mitzunehmen. Sie hat Opi zu mir gesagt, um sein Mitleid zu erwecken. Sie hat mich mit zwei, drei kräftigen Ohrfeigen aufgeweckt. Ziemlich kräftigen Ohrfeigen für so 'ne Kleine. Na ja, und als ich so über den Boden wischte im Halbdämmer, hatte ich plötzlich das in der Hand.»
«Hast du eine Adresse von dem Mädchen?»
«Sehr witzig!»
«Oder vom Taxifahrer? Wie kam der überhaupt an sein Geld?»
«Das Geld haben sie mir komischerweise in der Tasche gelassen.»
Er nahm einen Schluck Wasser und schüttelte den Kopf.
«Jetzt könnte ich tatsächlich einen kräftigen Drink vertragen!»

Er hob abwehrend die Hände, denn Martina hatte ihre Fäuste in Boxermanier geballt.
«War ein Scherz, meine Kleine, war ein Scherz. Ein ganz dummer», gab er zu.
«Also diese schwarze Rose sollte dir bekannt vorkommen!»
«Na, von Opas Hemden. Und von deinen.»
«Denk nach …!»
Martina legte den Kopf zwischen ihre Hände. Plötzlich überkam sie ein Gefühl von großer Müdigkeit. Sie hatte keine Lust, sich den Kopf zu zerbrechen. Für wen? Für all diese Spinner da draußen.
«Komm, reiß dich zusammen!»
Er tätschelte ihr Knie. Sie fuhr auf. Lass das sein, war sie versucht ihn anzubrüllen, lass das verdammt noch mal sein. Aber sein erschrockenes Gesicht besänftigte sie wieder.
«Schon gut, Paps! Bin ein bisschen überarbeitet. Kann mich jetzt nicht erinnern, wo ich die schwarze Rose schon mal gesehen habe. In des Totengräbers Hand? Zwischen den Zähnen von Käpt'n Hook? Sag's mir einfach.»
«Ayn Goldhouse. Ihr Internetauftritt?! Klingelt's?»
Martina rieb sich die Augen, als könnte sie so die Bilder aufrufen, die sie unter dem Stichwort Ayn Goldhouse abgespeichert hatte. Aber da war nichts.
«Auf jeder Seite von ihr findest du als Intro ganz dezent am oberen Rand eine lange schwarze Rose.»
«Kann sein, ich hab nicht drauf geachtet …»
Ihr Vater erhob sich mühsam und schob seine nackten Füße in die Pantoffeln vor ihm. Er schlurfte einige Schritte auf und ab und ließ sich dann wieder in den Sessel fallen. ‹Wenn er ein Pflegefall wird, geb ich mir die Kugel', schoss es Martina durch den Kopf. ‹Das halt ich nicht aus. Nicht einen Tag.›
Ihr Vater nahm einen Schluck Wasser und hielt das Glas prüfend in die Luft. Seine Hand zitterte nicht. Er stellte das Glas ab und sah seine Tochter nachdenklich an.
«Keine Sorge, bevor mich die Gebrüder Alzheimer und Parkinson

in ihre Hände kriegen, werf ich mich lieber vor den Autoscooter!»

«Witzig, witzig, Paps!»

Sie gab sich Mühe und grinste ihn schief an.

«Also?! Der Name der Rose …»

«Ayn Goldhouse. Es war ja kein Zufall, dass mich Klimt angesprochen hat. Und zwar schon vor einiger Zeit. Damals, nach dem Erscheinen seines ‹Gott-ist-tot›-Buches ging die Hetze gegen ihn so richtig los. Ayn Goldhouse war ja quasi die Wortführerin der Lynchmeute.»

«Schon klar, aber was hat das mit dir zu tun? Die Frau ist Amerikanerin.»

Claasen senkte den Kopf und rieb sich die Augen. Er seufzte tief und sah dann seine Tochter mit einem sehr müden Blick an.

«Was mir bei deiner Generation wirklich auf die Nerven geht, ist die Unfähigkeit, auch nur zwei Minuten am Stück zuzuhören!»

Martina grinste ihn an. Den Vorwurf hatte sie schon allzu oft von ihm gehört, als dass sie ihn hätte ernst nehmen können.

«Na, dann mach es nicht so langatmig.»

«Ayn Goldhouse war ein Jahr in Deutschland. Sie sollte die Sprache lernen und raus aus ihrem Umfeld. Wahrscheinlich war sie an ihrer Schule einfach nicht mehr tragbar. Keine drei Wochen nach ihrer Ankunft in München, wo sie ein Internat hätte besuchen sollen, war sie auch schon verschwunden. Ein Jahr Ferien.»

«Wie hat sie das denn angestellt? Eine Minderjährige, ohne Sprachkenntnisse, ohne Kohle, ein Jahr einfach untergetaucht.»

Claasen griff hinter sich.

«Hier», er hob eine Mappe, «hier ist alles drin, was ich über Ayn Goldhouse herausgefunden habe. Alles nicht so weltbewegend, bis … ja, bis ich vor einigen Wochen endlich Zugang zu Ronnys Schatzkammer bekam.»

Martina griff nach der Mappe, aber ihr Vater legte sie mit einer erstaunlich schnellen Reaktion wieder hinter sich.

«Du kriegst sie nachher. Das hier ist ohnehin viel interessanter.» Er hob einen Umschlag, der neben der Mappe gelegen hatte.

«Hat er mir gestern zukommen lassen. Mit einem schönen Gruß an dich übrigens.»
«Danke! Möge sein krankes Hirn auf ewig in den Reagenzgläsern der Pathologie konserviert werden!»
Martina hatte Ronny kennengelernt, da war sie gerade fünfzehn geworden und ganz und gar gefangen im Ärger über das Wachstum ihrer Brüste. Irgendwie fing damit der ganze Stress an, zumindest hatte sie das damals so empfunden. Ellbogenchecks beim Fußball taten plötzlich höllisch weh. Ihre Mutter kaufte unmögliche BHs für sie ein. Die Typen begannen sie ganz anders anzusehen, auf eine Art und Weise, die ihr gar nicht gefiel. Ronny war der Schlimmste. Er war Szenefotograf, ein Trinkkumpel ihres Vaters und eine echte Nummer in der Szene. Keiner, der nicht vor seine Linse wollte. Er hatte ein Studio in Kreuzberg, und Galerien in der ganzen Welt stellten ihn aus. Wenn er von seinen Kumpels David und Mick sprach, dann waren David Bowie und Mick Jagger gemeint. Und wenn er von Fotos sprach, dann waren Nacktfotos gemeint. Das erfuhr sie aber nicht von ihrem Vater, der so was total normal fand, sondern von ihrer besten Freundin, die weinend aus Ronnys Atelier gerannt war. Sie war so blöd gewesen, den Kontakt herzustellen. Er fasste die Mädchen nicht an, das war gar nicht seine Masche. Er ließ sie einfach nur spüren, dass sie nicht mehr als ein Stück Fleisch waren, kaum dass er sie vor der Linse gehabt hatte. Bis dahin war er Prince Charming in Person. Danach Metzgermeister Adolf.
«Man muss ihn nicht mögen. Aber seine Bilder sind Kunst. Vor allem sind sie erstklassige Zeitzeugen. Ich hab ihn gebeten, ein wenig in seinem Archiv zu wühlen. Kam spät die Idee, aber sie kam immerhin.»
«Wieso grade er?»
«Wieso gerade er?! Weil er alle First-Class-Groupies vor seiner Linse hatte!»
«Und alle, die es werden wollten», setzte sie gedankenverloren hinzu.
«Hier», er öffnete den Umschlag. «So kam die kleine Ayn in München an. Stammt noch von ihrer eigenen Homepage das Bild! Souvenirs, Souvenirs …»

«Wow! Holly Golightly als Teenager! Best of Fifth Avenue …»

«Kann man so sagen. Luxus pur, die Klamotte. Wahnsinn, oder?! Was für ein bildhübsches Geschöpf. Und hier …»

Er legte seiner Tochter eine zweite Fotografie vor.

«So kam sie kurz danach in Berlin an!»

«Ist nicht wahr?!»

Martina starrte in das bleich geschminkte Gesicht einer Untoten, die sich komplett in Punk-Klamotten eingekleidet hatte. Nur wer wusste, dass sich Ayn hinter dieser Maske verbarg, hätte sie noch erkannt. Irgendwie war sie auf dem Weg zum Kostümball vom rechten Weg abgewichen. Brave Mädchen kamen in den Himmel, böse Mädchen überall hin. Sie war noch nicht in der Hölle angekommen, aber es war zu sehen, dass sie auf dem besten Weg dorthin war.

«In nur drei Wochen von Papis Liebling zur jüngsten Animierdame der Hells Angels. Heroin. Sie kam anscheinend in München an mit dem festen Willen, ganz schnell erwachsen zu werden. Auf die harte Tour. Ließ sich vom Erstbesten die Spritze setzen. Dachte wohl, das sei die Eintrittskarte in den Star Club. Die Jungs mit den Totenköpfen fanden's super. Die organisierten ihr die Reise in den Untergrund. Ein Rohdiamant, die Kleine.»

«Die Eltern haben sie einfach so vor die Hunde gehen lassen …»

«Die Eltern haben Himmel und Hölle in Bewegung gesetzt, sie wiederzufinden. Aber die Spur verlor sich in Berlin. Es war damals nicht allzu schwer, in Kreuzberg unterzutauchen. Den Bullen gab keiner Auskunft und Philip Marlowe verirrte sich erst gar nicht in die Oranienstraße. Wenn sie anschaffen ging, dann in Kostüm und Maske, diskret in Clubs, wo Richter und Staatsanwälte einen ganz anderen Druck spüren als den zu ermitteln, mit wem sie sich da unter die Decke verziehen. Hart wurde es erst, als sie nicht mehr für die Hells Angels anschaffen wollte.»

«Wow, die Kleine hatte Mut.»

«Die Kleine brauchte die Kohle, weil sie ihren Drogenkonsum nicht mehr im Griff hatte. Sie ging auf eigene Rechnung anschaffen. Das war ihr Glück, denn so erschien sie auf dem Radar der Ermittler

und die Detektive ihrer Eltern konnten sie ausfindig machen, bevor die Jungs sie in die Mangel nehmen konnten.»
«Wieso konnte Ronny sich so gut an sie erinnern?», fragte Martina misstrauisch. Ihr Vater wich ihrem Blick aus.
«Du kennst ihn. Eigentlich ein netter Kerl, aber was Frauen angeht … Da hat er einen Schuss. Er hat sie in einem dieser Clubs getroffen. Bilder mit ihr gemacht. Dauerte dennoch 'ne Weile, bis er sie wiedererkannte.»
Martina stand auf und ging unruhig auf und ab. Am liebsten hätte sie ein Fenster aufgerissen, aber sie wusste, dass ihr Vater Zugluft hasste. Der leicht säuerliche Geruch nach alter Wäsche lag in der Luft. Die Tür zum Schlafzimmer stand offen. Er hatte die alten Klamotten einfach aufs Bett geworfen. Sie würde den Teufel tun und die Sachen in die Waschmaschine stopfen. Das konnte er gefälligst selber machen. Es roch tatsächlich nach Gin, als wäre jede Faser davon durchtränkt.
Sie schloss die Tür.
«Ich hab die Bilder direkt an Klimt weitergemailt, aber er war nicht sonderlich überrascht. Ihre Drogenkarriere hat sie ja schon in eigener Regie vermarktet. Aber die Bilder machen sich dennoch nicht sonderlich gut im Lebenslauf einer fundamentalen Christin. Mrs. Ayn Goldhouse dürfte nicht sonderlich amüsiert darüber sein.»
«Wieso hat sie das ganze Elend überlebt?», fragte Martina gedankenverloren.
«Gute Frage!»
«Ich meine», Martina trommelte mit den Fingern nachdenklich ans Fenster, «kaum sechzehn, voll auf Droge, allein in Berlin, wie hat sie sich da rausgezogen aus dem Sumpf?»
«Die meisten der Typen um sie herum sind am Heroin eingegangen. Sie war ja auch kurz davor. Keine Ahnung, warum sie so zäh ist? Gute Gene? Vielleicht wollte sie Rache, vielleicht wollte sie einfach nur weiterleben. Guck dir ihren Gesichtsausdruck an. Sie war verdammt entschlossen. Verweigert sich total der Kamera. Und hier, siehst du ihren Arm …»

«Sie hat eine schwarze Rose eintätowiert ...»
«Ja, ich würde sagen, sie hat sich damals geschworen, alle anderen zu überleben. Irgendwas in der Art, sonst hätte sie sich nicht tätowiert. In der Reha liefen 'ne Menge mit diesen kämpferischen Glücksbringer-Tatoos rum. Schwerter, Dolche, Rosen mit Dornen. Sie wollte ihre ganz harte Seite zeigen.»
«Das hat sie auch geschafft!»
«Fällt dir noch was auf ...?» Ihr Vater machte eine bedeutungsvolle Pause, dann hielt er ihr das Bild hin. «Schau noch mal genau drauf! Ihr Frauen habt doch angeblich einen Blick für so was!»
Martina rieb sich die Augen. Das konnte nicht sein. Sie hielt sich das Bild dicht vor die Augen. Sie war sich ziemlich sicher, dass sie sich nicht täuschte. Zu oft hatten Bekannte sie in letzter Zeit gebeten, doch mal genau hinzusehen. «Siehst du's auch schon?!» Meist sah man gar nichts! Aber hier war es ziemlich deutlich. Aber das konnte nicht sein! Die Kleine hatte einen Bauch. Einen zierlichen kleinen Schwangerschaftsbauch.
«Sie war schwanger?», fragte Martina entgeistert.
«Hochschwanger!»
«Was wurde aus dem Kind?»
«Keine Ahnung. Die Spur verliert sich für mich, nachdem sie nach Amerika zurückeskortiert wurde. Wahrscheinlich hat sie abgetrieben. Bei all den Drogen wäre das Baby garantiert ein Zombie der Güteklasse ‹Rocky Horror Picture Show› geworden. Aber eine Abtreibung, sofern es denn mehr Beweise gibt als diesen Außenultraschall, würde natürlich ein ganz helles Licht auf ihre Scheinheiligkeit werfen! Was für eine Schlagezeile: Die Madonna der Rechtskonservativen hat abgetrieben!»
«Wieso ist Klimt damit nicht an die Öffentlichkeit gegangen?»
«Tja, das ist das große Rätsel. Keine Ahnung, was der noch in der Hinterhand hat. Vielleicht braucht er sie als Verbündete? Vielleicht will er einfach nur den großen Showdown?»
Als wäre das sein Stichwort gewesen, fiel ihr Vater noch ein wenig mehr in sich zusammen. Die Farbe wich völlig aus seinem Gesicht,

leichenblass kippte sein Kopf auf die Lehne zurück. Er atmete schwer. Martina trat zu ihm.
«Alles gut? Willst du ein nasses Handtuch?» Ganz plötzlich überkam sie eine unmenschliche Wut. Da lag er, wie immer bereit, alles Mitleid der Welt auf sich zu ziehen. Ihm ging es ja besonders schlecht. Er war ja der vom Schicksal Gebeutelte. Von der Frau verlassen, von der Tochter verachtet, vom Chef gefeuert.
Claasen schlug die Augen auf.
«Sieh mich nicht so böse an! Ich kann nichts dafür! Kleine Kreislaufschwäche. Geht gleich wieder besser!»
‹Natürlich kannst du was dafür! Alles Unheil in deinem Leben hast du dir selbst eingebrockt! Nur meine Wenigkeit war ein Teamwork.› Sie grinste ihn spöttisch an. Den Hang zum Selbstmitleid hatte sie garantiert von ihm geerbt.
Seine Gesichtsfarbe wechselte von Leichenblass zu Altersheimgrau. Aber sein Atem ging ruhig und nicht mehr so stoßartig.
«Nimm das Material an dich! Klimt oder sein Collegeknabe werden dich garantiert noch über sie ausquetschen. Stell dich dumm, lass sie erst mal kommen!»
«Danke, Paps! Du weißt, ohne deine Ratschläge wäre ich orientierungslos!»
«Ich weiß, deswegen geb ich sie dir alle für umsonst!»
Er hob sich ein wenig aus dem Sessel und grinste sie frech an.
«Komm, klatsch ab, meine Kleine!»
Sie hieb mit der flachen Hand gegen seine.
«Paps, halt dich ab jetzt raus da. Das ist nichts für alte Männer!»
Er schüttelte nachdenklich den Kopf. Hin und her, hin und her. Sie fühlte sich an die hospitalisierten Elefanten im Zoo erinnert. Ein alter Dickhäuter auf dem Weg zum Friedhof.
«Ich fürchte, du hast recht. Ich fürchte, Klimt und ich begreifen gar nicht mehr, worum es wirklich geht. Wir können die wahren Gegner nicht mehr identifizieren. Wie sollen wir da gegen sie kämpfen?»
Die Frage war mehr an ihn selbst gerichtet als an Martina. Er hatte

die Augen halb geschlossen und schien jeden Moment einzuschlafen. Nur die verkrampften Fäuste verrieten, wie stark es in ihm arbeitete. Er riss die Augen auf und starrte sie böse an. Es war klar, dass er jemand ganz anderen vor sich sah.
«Versprich mir, diese Arschlöcher ausfindig zu machen, die mir diese Gin-Dusche verpasst haben. Versprich es oder du bist enterbt!»
«Jesus, das will ich nicht riskieren. Ein Leben so ganz ohne Schulden, ich wüsste ja nicht ein noch aus vor lauter Sorglosigkeit.»
«Die schlechten Witze hast du eindeutig von mir», grummelte er und griff nach ihrer Hand. Sie stand versteinert neben seinem Sessel und ließ ihre Hand in seiner kalten Faust.
«Also los, versprich es mir!»
«Paps, ich verspreche dir, ich werde alles tun, um die Drahtzieher ausfindig zu machen!»
«Gut, sehr gut!» Er tätschelte ihre Hand, ließ sie aber noch immer nicht los.
«Ich weiß, du bist nicht sonderlich stolz auf deinen alten Vater. Aber ich bin stolz auf dich, vielleicht hilft dir das ja ein wenig. Ich bin sehr stolz auf dich.»
Er zog seine Hand weg von ihrer und hielt sie sich mit theatralischer Geste vor die Augen. Das war schon immer so gewesen. Jede Gefühlsäußerung musste er mit einer dummen Geste oder einem blöden Witz umgehend boykottieren.
«So und jetzt geh dahin mit Vaters Segen auf all deinen Wegen. Und gib ihnen zu verstehen, dass du mehr weißt, als sie ahnen. Halt dich an Klimt und nicht an seinen geschlechtslosen Sekretär. Er stellt den Scheck aus für seine Biografie, nicht seine Angestellten. Und das mit den Nazis, ich denke, das ist ein Werbegag. Ich bin sicher, diese Netzwerke existierten, existieren zum Teil noch. Aber die werden den Teufel tun und auf eine so plumpe Art Aufmerksamkeit erregen. Deren Kapital ist das Schweigen, Omertà, wie wir Pizzabäcker gerne sagen. Da brauchst du keine Angst haben. Die wirkliche Gegnerin ist Ayn Goldhouse und gegen die hab ich dich verdammt gut munitioniert.»

Seine Lippen verzogen sich zu einem selbstzufriedenen Grinsen. Wenn sie einen Moment versucht gewesen war, Mitleid mit ihrem Vater zu empfinden, so war dieser Moment jetzt für immer und drei Tage dahin. «Alles klar, Paps! Du hast mal wieder die Welt gerettet!» Sie griff sich ihren Mantel vom Esstischstuhl, warf ihn über ihre Schulter und legte ihren Kopf ein wenig schräg. Sie wollte einen versöhnlichen Abschied. Dazu musste sie erst die passende Körperhaltung einnehmen. Ihm aufrecht gegenüberzutreten, war für sie immer gleichbedeutend mit einer Kriegserklärung.
«Wenn du was brauchst, ruf mich an! Ja?! Keine Scheu! Auch nicht bei Albträumen oder Schluckauf?»
«Dank dir, Kleines!» Er hatte die Augen bereits geschlossen, war mit seinen Gedanken sonst wo, aber garantiert nicht bei ihr.
«Dank dir, du bist die Beste!», murmelte er pflichtschuldig hinterher. ‹Die Letzte›, meinst du wohl, ‹die Letzte, die dir geblieben ist, von all deinen tollen Frauen.› Sie sah auf sein müdes Gesicht, auf dem sich langsam ein friedlicher Schimmer breitmachte. ‹Entweder er hat heimlich einen Haschischkeks genascht oder er denkt an meine Mutter. Oder beides.›
Martina ging hinaus, zog vorsichtig die Wohnungstür hinter sich zu, um ihn nicht zu wecken aus seinen Träumen, und lehnte sich für eine kleine Ewigkeit erschöpft an die Wand. ‹Warum nicht einfach in sich zusammensinken, und morgen früh wischt die Putzfrau die letzten Brösel weg.›
Sie schniefte und suchte mit ihrer Rechten in der Manteltasche nach einem Tempotaschentuch. Aber da war nur dieses kleine Stofftaschentuch mit der schwarzen Rose. Wie hatte er gesagt, ein kleiner, resoluter Engel sei da gewesen, ihn zu retten. Ausgerechnet an diesem Platz, ausgerechnet um ihn zu retten?
So viele Zufälle zu seinen Gunsten und dann ließ sie auch noch ihr Taschentuch liegen. Verdammt viele Zufälle. Das musste ihm aufgefallen sein. Er wollte nur, dass sie von selbst draufkam. Der alte Besserwisser wollte sie mal wieder auf die dezente Tour auf seine Ermittlungsspur setzen. Wie ihr diese Klugscheißerei auf die

Nerven ging. Ein kalter Schweißausbruch ließ sie tief durchatmen. Und noch mal atmen, und noch mal ruhig atmen. Sie spitzte die Lippen und ließ die Atemluft in einem weichen Strahl entweichen. Ganz ruhig. Sie tupfte den Schweiß mit dem Taschentuch ab und roch daran. Kein Parfum, kein Angstschweiß. ‹Du bist ein wenig erschöpft, das ist alles. Geh nach Hause, zieh dir ’ne Folge Breaking Bad rein, heul in dein Kopfkissen und lass es gut sein für heute!›
Warum die schwarze Rose? Warum hatte sie das Gefühl, diese schwarze Rose schon einmal gesehen zu haben, in einem ganz düsteren Moment ihres Lebens.
Kehrtmann. Jetzt hätte sie gerne Kehrtmann angerufen. Seine sachliche Desinteressiertheit an ihrem Gefühlsleben hätte sie in null Komma nichts beruhigt. Was hätte Kehrtmann ihr in dieser Situation geraten? ‹Campier nicht im Treppenhaus, sondern mach dich endlich auf den Weg nach Hause.› – ‹Guter Ratschlag›, dachte sie, ‹hätte von mir kommen können.›

Er verschloss die Tür, zog die Vorhänge zu und verbat sich telefonisch jede Störung. Auf dem Beistelltisch hatte er sich eine Flasche Cremant entkorken lassen, aber er hatte an dem Glas noch nicht einmal genippt. Sein viel zu weiter Bademantel schlackerte um seine dünnen Waden, als er unruhig das Zimmer durchschritt. Hin und her. Vor dem großen Ankleidespiegel blieb er kurz stehen. Er sah sich abschätzig ins Gesicht. Dann ließ er den Blick hinuntersinken. Er straffte sich ein wenig und schnaufte dann verächtlich. Pimp up my body! Sein Körper war der real existierende Beweis für die Existenz des Teufels. Er war sich selbst zuwider. Ein unförmig fettes Rumpelstilzchen, ein dicker Bauch auf zwei dünnen Streichholzbeinchen. Er hasste sich. Aber dieses Gefühl überraschte ihn nicht mehr. Mit seinem Selbsthass hatte er zu leben gelernt. Die Arroganz, mit der er anderen Menschen begegnete, sein Ehrgeiz, jeden zu übertrumpfen, verdankte er seinem hässlichen Leib. In einem schönen Körper wäre er zur Bedeutungslosigkeit verdammt gewesen. Diese Erkenntnis hatte er nicht sich selbst zu verdanken, sondern einer Nutte aus Notting Hill, die ihm zum Abschied zärtlich die Wangen getätschelt hatte. Als er sie daraufhin erstaunt ansah, meinte sie nur: «Ich liebe hässliche Menschen wie dich. Sie ernähren mich. Und meist sind sie auch dankbarer als andere. Du bist die Ausnahme, Honey!» Sie musste ihn aus dem Zimmer schubsen, so entgeistert hatte er sie angesehen. Klar, Männer wie er gaben Frauen das gute Gefühl, schön zu sein, begehrenswert, unendlich kostbar. Aber es hatte lange gedauert, bis er dieses Gesetz der wechselseitigen Erhöhung und Erniedrigung begriffen hatte. Inzwischen war es ihm gleichgültig. Nein, schlimmer, seine Hässlichkeit amüsierte ihn seit seinem ersten großen Bucherfolg nur noch. Diese Lässigkeit wiederum hatte seinen Marktwert bei Männern wie Frauen unglaublich erhöht. Er galt als cooler Hund. Das hatte er auch stets von sich selbst gedacht. Umso unruhiger machte ihn seine aktuelle Angespanntheit. «Fällt es Ihnen so leicht zu sterben», hatte ihn ein Journalist gefragt. «Ja», hatte er kurz und bündig geantwortet. «Ja, es fällt mir leicht.» Die

Montag 12. März, 21 Uhr
Grandhotel, Klimts Suite

Begründung war er allerdings schuldig geblieben. «Es fällt mir leicht, weil ich meiner selbst so überdrüssig geworden bin. Lange schon. Ich hasse es, in meinem Körper gefangen zu sein. Ich warte auf den Tag der Befreiung. Der Tod ist für mich eine Befreiung.» So hatte er es empfunden, aber so empfand er es nicht mehr. Unmerklich hatte sich in den letzten Tagen sein Puls erhöht. Eine seltsame Erregung hatte sich in ihm breitgemacht.

Diese Nervosität beunruhigte ihn. Eigentlich hatte er sich mit allem abgefunden, alles gedanklich wieder und wieder durchlebt, aber sein Körper rebellierte gegen den nahenden Tod. Er fühlte sich plötzlich lebendiger als in den Wochen und Monaten zuvor. Das war so nicht vorgesehen. Er hatte sich gefreut auf die letzten müden Stunden. Er würde im Sessel sitzen, so hatte er es sich vorgenommen, den Ausblick auf den Gendarmenmarkt genießen, auf das Opernhaus, die unsinnige Betriebsamkeit der Menschen davor bestaunen, so hatte er es sich ausgemalt. Stattdessen fand er keine Ruhe. Er war seinen Plan Dutzende Male durchgegangen, der Ablauf der letzten achtundvierzig Stunden war minutiös organisiert, es blieb kein Spielraum mehr für Unvorhergesehenes, es gab überhaupt keinen Grund mehr, nervös zu sein. Dennoch war er aufgeregt. Das berührte ihn äußerst unangenehm. Er hatte das Gefühl so genussvoll ausgekostet! Und jetzt dieser schale Geschmack, der so gar nicht an das erinnerte, was er sich erhofft hatte.

Viel Zeit blieb ihm nicht, sich darüber Gedanken zu machen. Punkt 21.15 Uhr startete die Internetauktion mit einer umfangreichen Vorbesichtigung. Die Auktion selbst ließ ihn kalt, er wusste, er würde derjenige sein, der am meisten bot. Aber die Vorbesichtigung versetzte ihn in einen Zustand extremer Anspannung. Wie viele neue Gesichter würde er sehen. Und noch spannender – wie viele alte Gesichter würden ihm wiederbegegnen. Wie viele seiner großen Lieben?

In den Tagen, als er noch den zynischen Nervenkitzel gesucht hatte und sich selbst ständig in seiner unanständigen Neugier zu überbieten versuchte, angeblich weil er das Böse im Menschen ausloten

wollte, in diesen Tagen, als er so verzweifelt nach einer Erregung gierte, die durch das dicke Fleisch seiner Ungerührtheit zu dringen vermochte, hatte er gelegentlich Auktionen für Organspenden im Internet besucht. Virtuelle Auktionen. Auch da war nur zugelassen worden, wer per Kreditkarte ein Millionenvermögen nachweisen konnte. Zwischenhändler boten mit Todgeweihten um die Wette, verzweifelte Schuldner verkauften ihre Körper, um die Ehre der Familie zu retten, Väter, Mütter opferten sich in Sorge um ihre Kinder, ein Basar so geschäftig wie blutig. Man tauschte Absichtserklärungen, unverbindlich. Man nahm einander Versprechen ab, gegen Geld, nichts daran war verpflichtend, folglich war auch nichts strafbar. Die Vertreter der hoch spezialisierten Kliniken, strategisch in all den Ländern platziert, die gewinnbringend auf Strafverfolgung verzichteten, blendeten sich in den Auktionspausen mit ihrem strahlenden Lächeln ein und garantierten den problemlosen Ablauf einer jeden Transplantation, so sie denn von beiden Seiten wirklich gewünscht war.
Opfer und Täter waren in diesem Spiel leicht zu verwechseln, dennoch gab es Gewinner. Die wurden in den Werbeeinblendungen in ihrem neuen Leben gezeigt. Gesund, glücklich, im Kreis ihrer Lieben. Von den Verlierern hörte man nichts mehr. Deswegen nannte man sie wohl Verlierer. Klimt verzog sein Gesicht zu einer grinsenden Fratze. Den mitleidlosen Tyrannen hatte er schon häufig genug gegeben, die Gesichtsmaske dazu konnte er in Sekundenschnelle hervorzaubern. Er war der wirkliche Nero, nicht Peter Ustinov. Der war nur ein mittelmäßiger Schauspieler des Größenwahns. Klimt warf sich in Pose, reckte sein Doppelkinn, streckte den Bauch schamlos vor, bis er fast den Spiegel berührte. Er war Nero. Ein Nero, in dessen Reich die Sonne des Irrsinns niemals unterging.
Es gab alles im Internet, alles, was sich ein Nero in den letzten Tagen seines Cäsarenwahns nur hätte ausdenken können, und noch viel mehr, alles gab es im Netz. Ein riesiges Kolosseum. Jede erdenkliche Wette aufs Leben, jedes erdenkliche Spiel mit der Existenz, nur war nicht jeder zu diesen Spielen zugelassen. Er trank einen

Schluck aus der Flasche. Cremant aus der Flasche …! Sein Assistent wäre entsetzt gewesen. Er gestikulierte wild gegen den Spiegel. Sein Assistent würde noch viel entsetzter sein, wenn er in den nächsten Tagen von den beruflichen Veränderungen erfuhr, die ihn erwarteten.

Klimt kicherte schadenfroh. Er hasste das unbedingte Zukunftsvertrauen dieses jungen Mannes. Bei allem Dandytum, das er schauspielerte, unter dieser gelackten Oberfläche war eine ganz und gar unschuldige Lebensfreude zu spüren, die Klimt ärgerlich stimmte. Schlimmer noch, sie machte ihn neidisch. Was für eine naive Lust am Dasein. Widerlich! Klimt amüsierte sich über seine eigene Verdrossenheit. Widerlich! Er wiederholte das Wort in einem so affektiven Ton, dass es jede Bedeutung verlor. «Wiiiiedäääärlich!»

Plötzlich überkam ihn eine unbändige Lust, die Flasche gegen die Wand zu werfen. Das Zimmer in Brand stecken. Jeden in dieser Stadt auf sich aufmerksam zu machen. «Seht her, ich gehe in den Tod! Na, los, seht her, ihr Idioten!»

Er atmete tief durch. So musste sich Dr. Jekyll gefühlt haben, kurz bevor Mr. Hyde die Übermacht gewann. Ein leiser Klingelton war zu hören.

Die Auktion begann. Die Liste der Namen wurde eingeblendet. Die meisten kannte er aus früheren Sitzungen. Akt-Sitzungen, Modellzeichnen im Geiste, die Namen passten dazu. Porchia, Macy, Gitta, Miela, Candy, Elisa … wo hatten die Mädchen bloß diese Namen her. Er konnte sich nicht vorstellen, dass eine von ihnen auch nur ein Buch in ihrem Leben angefasst hatte. Dennoch klangen die Namen so, als hätten sie alle eine zweite Identität in der Kitschliteratur. Klar, sie durften sich die Decknamen selbst wählen, aber wie viel Trost versprach ein Name wie Candy? Er klickte die Profile durch, die ganz privaten Fotoalben der Mädchen, die von Hunderttausenden, wenn nicht von Millionen durchgeblättert worden waren. Überall auf der Welt hatten sie die Augen der Männer auf sich gezogen. Macy, die es so gern allein daheim machte, auf dem Bett, immer im Röckchen, nie ganz nackt, siebzehn Sommersprossen hatte er gezählt, würden es mehr werden? Und dieses hässliche Tattoo auf der Schulter, das sie so billig wirken ließ. «Talk to me», hatte sie ihn aufgefordert, ihn und drei Millionen andere, die sich Tag für Tag auf Macys Geplapper einen runterholten. «Talk to me, sag mir, warum du das Tattoo so hässlich findest? Ich zeig dir ein anderes … ein viel intimeres, ich zeig es nur dir!»

Er hatte niemals vor dem Bildschirm masturbiert. Die Vorstellung hatte ihn schon als jungen Mann zutiefst angeekelt. Wie da überall auf der Welt Männer vor den Bildschirmen hockten, die Hosen eilig runtergezogen, die Hand heimlich im Schritt, den Aktenordner dezent auf den Hosenschlitz gelegt, und sich mit sturem Blick auf den Bildschirm rieben, und rieben, und rieben, und sich dann mit einem kleinen schuldbewussten Seufzer die feuchte Hand an der Hose abwischten, das Tempo zerknüllten, den fleckigen Stoff trocken rubbelten. Dann der Handschlag mit den Kollegen, dem Chef, den Kindern daheim. Wie oft mussten sich die Typen die Hände waschen? Wie viele Spermien klebten an Türgriffen und Kantinenstühlen?

Macy, my love. Jedes dieser Mädchen hatte Millionen Verehrer. Obwohl sie noch immer Jungfrau war. Jedes dieser Mädchen, die für die große Auktion zugelassen worden waren, hatte ein Attest in die Kamera gehalten. Sie alle waren Jungfrauen. Sie alle wussten, was diese Jungfernschaft wert war. Ein Vermögen. Es hatte keinen Sinn zu betrügen. Es war auch nicht angeraten. Männer, die so viel Geld für ein Jungfernhäutchen in die Hand nahmen, ließen sich nicht gern betrügen.

Jedes dieser Mädchen würde heute Abend reich werden, daran bestand kein Zweifel. Es hatten sich schon über dreihunderttausend User eingeklinkt, und das waren keine Spanner mit dauergeilem Grinsen, die nur die Free Pics rubbelten, Bilder für umsonst. Das waren Käufer, solvente Käufer, die mit ihren Kreditkarten für Millionenbeträge gutstanden.

Etwas Derartiges hatte es in so einem großen Rahmen noch nie gegeben. Das Geschäft boomte. Es war wie eine Lawine der Gier, die alles mit sich riss. Catarina Migliorini war die Erste gewesen.

Zwanzig Jahre jung, brasilianische Studentin. Sie hatte ihre Jungfräulichkeit für sechshunderttausend Euro versteigert. Die Auktion war Teil eines Dokumentarfilms, hieß es zumindest auf der Internetseite «Virgins Wanted». Ein Japaner hatte sie ersteigert. Fünfzehn Gebote aus aller Welt waren eingetroffen. Die weltweite Empörung war groß, der Werbeeffekt noch größer. Wer auch immer dahinterstand, es war ein genialer Schachzug gewesen. Die Internetseite brach unter dem Ansturm der jungen Frauen zusammen. Jede wollte sich ersteigern lassen. Aber die Auswahlkriterien waren hart. Die User stimmten ab. Also musste sich jede ausziehen, in Mengen Frischfleisch, gratis! Genial gemacht.
Obszönitäten waren auf der Seite verboten, keine Paarungsakte, keine unzüchtigen Handlungen, keine gegenseitige Masturbation. Einige Mädchen zeigten sich in ihrem Alltag, einige posierten nur in einer Art Atelier, nicht selten war es die Garage im Haus der Freundin, die die Kamera hielt und kicherte. Man sah es an den Bildwacklern. Alle Mädchen mussten das sechzehnte Lebensjahr erreicht haben. Ein Altersnachweis wurde nicht ausdrücklich verlangt, sondern vorausgesetzt.
Jeder wusste, dass er sich irgendwann im Ablauf des Geschehens strafbar machte. Das erhöhte den Reiz.
Nein, er hatte sich noch nie befriedigt dabei. Das wäre ihm schäbig vorgekommen. Aber er fraß sie mit Haut und Haaren. Er verschlang sie mit den Augen, er verdaute sie, Gliedmaß für Gliedmaß, er bewahrte ihren Geschmack auf den Lippen, ihre Phantombilder geisterten durch seine Träume. Er kannte sie alle. Einzeln mit Namen. Hatte ihre Decknamen im Kopf, in alphabetischer Reihe, hatte gelegentlich auch einen Klarnamen ausfindig machen lassen. Unter den Tausenden Mädchen gab es vielleicht ein Dutzend, die ihn wirklich interessierten. Aber nach einigen Versuchen hatte er Abstand von ihnen genommen. Die Biografien, die seine Detektive geliefert hatten, waren so banal, dass sie die Bilder eintrübten, die er von ihnen bewahren wollte. Wer mochte sich die Jungfrau Maria schon als Lehrling in der Parfümerie oder als Friseuse vorstellen.

Es waren ganz gewöhnliche Lebensläufe. So gewöhnlich, dass die Mädchen mit aller Gewalt aus ihrem Kokon ausschlüpfen wollten. Die Stricherinnen und Junkies, die Models und Magersüchtigen hatten Aufregungen genug, den Weg zu diesen Auktionen suchten die ganz normalen, die ganz unauffälligen Mädchen, die stillen Schönheiten, wie er sie nannte.

Er hatte sie alle in seinem Herzen bewahrt, keine je wieder vergessen. Wenn er sie sah, erinnerte er sich an den Moment der ersten Begegnung. Er war sich sicher, einigen von ihnen schon auf der Straße begegnet zu sein. Das Lächeln kannte er doch, dachte er sich dann. Und die Mädchen? Auch sie erkannten ihn wieder. Sie grüßten ihn wie einen alten Bekannten. Unsinn oder?! Völliger Unsinn. Keine hatte ihn je in Wirklichkeit gesehen. Aber wie oft hatten sie seine Augen auf sich gespürt? Zärtlicher war keiner je zu ihnen gewesen. Eine Liebkosung mit den Wimpern war grob gegen das Streicheln seines Blicks, die stumme Anbetung seines Herzens.

Es war nicht ihre Nacktheit, die ihn so in den Bann zog. Nacktheit war Bloßstellung, Entblößen, ein grobes Tun, das er schon immer gehasst hatte. Wie war er gedemütigt worden in der Schulzeit, in den Sportstunden, in der Umkleidekabine davor und danach. Die Lehrer hatten ihn immer geschützt, nie hatte er so deutlich am eigenen Leib begriffen, wie wichtig es war, unter dem Schutz der Mächtigen zu stehen. Sie hätten ihn sonst in den Selbstmord getrieben, seine lieben Mitschüler, einfach nur aus Gedankenlosigkeit, aus Verachtung. Er war fett und unbeholfen gewesen, und er hatte seinen Körper vom ersten Tag an gehasst.

Er sah in den Sportstunden immer hinüber zu den Mädchen. Dieser Blick hinüber hatte ihn gerettet.

Es gab Millionen wichsender Vollidioten, die sich blind starrten, wenn sie aufgeblasene Brüste sahen und prall gespritzte Lippen. Für sie war der Leib nur Gier. Entsprechend irrsinnig waren die Verrichtungen und Verrenkungen. Mädchenkörper waren etwas ganz anderes. Etwas, das nur Psychopathen gierig stimmte. Ihn stimmte es religiös. Diese Mädchen waren Engel. Ihre Körper waren makel-

lose Gefäße, in die sich … nein, nicht sein Samen, noch nicht, in die sich sein Geist ergoss, seine Anbetung.
Er hatte sich einen Idealkörper damals ersonnen, damals. So makellos, dass er ihn, den kleinen fetten Jungen, mit allen Verbrechen der Natur versöhnte. Einen Körper, so jung und voller Anmut, das er nachts im Schlaf vor Sehnsucht weinte.
Und jetzt, als alter Mann, schlenderte er über den Marktplatz im antiken Athen, ein Philosoph unter Händlern, so spazierte er über den Sklavenmarkt und fing die Hilfe suchenden Blicke, die frechen, fordernden Augenwinke Neairas, Phrynes, Aphrodites auf. Er sollte sie reich machen, er wollte sie reich machen.
Er hatte die Auktion bereits eine Weile verfolgt. Drei Vorbesichtigungen hatte es in den letzten Wochen gegeben, die Schar der hundert Bewerberinnen hatte sich auf zehn verringert. Die zehn Schönsten. Die zehn schönsten Jungfrauen des World Wide Web.
Heute Abend kam es zum Zuschlag. Die Interessenten stammten aus allen Ländern der Welt, da war er sich sicher. Unschuld war eine internationale Währung. Der Goldstandard der Moral. Ein teures, sehr teures Gut.
Jeder, der hier steigerte, war bereit zu zahlen und zu reisen. Er würde seine Göttin treffen, wo immer sie wollte. Ein Wochenende in Rom, in Madrid, in Sao Paulo, wo immer sie ihn hinbestellte, wo immer sie lebte, er würde dort sein, wenn sie es nur wollte. So war der Deal. Den Zeitpunkt des Treffens und den Ort bestimmte sie.
Er lächelte bei dem Gedanken, dass seine Begegnung so ganz anders verlaufen würde als die aller anderen. Ihm blieb keine Zeit mehr, sie zu treffen. Was für eine Tragödie. Was für ein Glück.
Niemals in seinem Leben hatte er eines dieser Mädchen wirklich benutzen wollen. Bis auf den heutigen Tag. Er hatte einige Mädchen freigekauft, im Netz, wie in einigen Bordellen, in denen er Stammgast gewesen war. Die meisten waren danach nicht mehr an ihrem Arbeitsplatz erschienen, einige hatten sich erneut angeboten, im Netz wie in der wirklichen Welt. Die wenigsten Menschen wollten wirklich frei sein.

Er empfand das nie als verschwendetes Geld. Er spielte Roulette. Die Chancen standen meist fünfzig zu fünfzig. Keins dieser Mädchen hatte sich je wieder bei ihm gemeldet oder sich bedankt. Sie hassten ihn dafür, dass er sie nie angefasst hatte. Das wäre ein Geschäft gewesen nach ihrem Verstand. Geld gegen Berührung. Er aber wollte ihre Seele, das spürten sie, das machte sie so widerspenstig. Aber da sie keinen Umtauschkurs dafür wussten, Seele gegen Geld, aber unbedingt verkaufen wollten, zogen sie meist den Kürzeren. Mit dem Hass danach konnte er leben.

Diesmal war es etwas anderes. Diesmal ging es um mehr. Diesmal ging es nicht nur um den einen Blick auf die Nacktheit ihres Wesens, diesmal ging es um ein ganzes Leben zu zweit, in nur einem Körper. Porchia war aufgerufen. Er schwankte zwischen ihr und Miela. Er liebte Porchias brünettes Haar, das sie immer sehr lose band, sodass ein, zwei Strähnen in ihr Gesicht fielen. Ihre Brüste waren klein und hart, und er hatte die Sorge, dass sie vor der Zeit austrocknen würden. Ihre Hüfte allerdings war breit und gebärfähig. Miela hingegen war zerfließend, eine fast zu füllige Blondine, die in keiner Pose auf ein kindisches Lächeln verzichten konnte. Sie wollte es sich und allen Recht machen, aber sie würde noch viel lernen müssen, um auch nur zu ahnen, wie schwierig es war, Träume zu erfüllen. Mit einer der beiden würde er sich den Traum der Unsterblichkeit erfüllen. Oder mit einer Dritten. Er klickte auf Elisa. Sie trug eine Perücke. Sehr lange war sie noch nicht dabei, er hatte ihr Gesicht noch nicht allzu oft gesehen. Anscheinend hatte sie sich in letzter Minute zu der Versteigerung angemeldet. Sie war ihm zu jung. Zu stark Maske. Zu geschminkt. Das war sein erster Eindruck gewesen, ein sehr nachhaltiger Eindruck. Selten, dass er mit so einer heftigen Ablehnung reagierte. Denn schön war sie, ohne Zweifel, sie hatte die Anmut einer Klosterschülerin, die nach den ersten durchwachten Nächten des Zweifels sich Gott plötzlich sehr nahe glaubt. Es lag ein seltsames Licht der Gewissheit auf ihrem Gesicht. Aber genau das stieß ihn ab. Nein, er fühlte sich zu Mielas bäuerlicher Gesundheit und zu ihrem einfältigen Lächeln, das nur ihrer

Naivität, aber keineswegs einer Organminderwertigkeit entsprang, am meisten hingezogen. Sie würde treu sein und zuverlässig. Vor allem, sie würde dankbar sein, für die Aufgabe, die er ihr stellte. Er drückte den Dreihunderttausend-Euro-Button. Sie sollte sich wohlfühlen bei seinem Gebot, das die anderen Gebote um glatte Hunderttausend übertrumpfte.

Klimt klatschte in die Hände. Er hatte den Zuschlag. Ein verdammt günstiges Geschäft, vermutlich waren die anderen einfach nur konsterniert über seine Attacke gewesen. Er würde beide nehmen. Warum nicht, das kam preislich aufs Gleiche hinaus. Die Idee gefiel ihm. Warum nicht beide?! Er drückte auf den Bieter-Button.

Elisa war schon versteigert. Das war klar, sie hatte ein sehr hohes Gebot erzielt, aber er zweifelte, ob ihr Bieter wirklich mit ihr glücklich werden würde. Sie erinnerte ihn ein wenig an Ayn Goldhouse, ihre herrschsüchtigen Augen, so voller Selbstgewissheit, stießen ihn ab.

‹Viel Glück, fremder Mann›, dachte er. Im Gegensatz zu allen billigen Formen der Prostitution war das hier ein Wettkampf auf Augenhöhe. Es konnte also durchaus sein, dass der Bieter zu den größten Verlierern des Abends zählte. Die Mädchen waren die Gewinner. Nicht nur was das Geld anbelangte.

‹Wenn mein Vater wüsste, wenn meine Mutter ahnte, was ich da im Internet treibe …› Was für ein Selbstbewusstsein konnten sie aus ihrer Aktion ziehen! Unsterblicher Ruhm, zumindest für eine Nacht, zumindest bis zur nächsten Auktion.

Dass sich die Eltern nicht wunderten, wo ihre Kinder das viele Geld für die Klamotten, die Handys, die Drogen herbekamen …?

Er würde die Liebe seines Lebens freikaufen. Das war anfangs die romantische Idee gewesen. Aber kein Geschäft ohne Sinn und Zweck. Wozu würde er sie freikaufen? Welches Leben würde sie führen mit dem Geld? Sie würde es vertun, sie würde sich verschwenden, sie würde ein Nichts bleiben. Das war kein Freikauf, das war nur eine andere Form der Sklaverei.

Die Galerie der Mädchen, in wie viele kluge Gesichter hatte er

gesehen, in wie viele erlösungsbedürftige?! Zuweilen hatte er sich ertappt, dass er mit ihnen das Gespräch suchte, das wirkliche Gespräch, kein Chatten, kein stummes Gesicht, kein Staunen über den bloßen Leib. Er glaubte inzwischen, die Gesichter lesen zu können, die Familiengeschichten, die Liebesgeschichten, die Träume ohne Worte. Manchmal war eine Hand, ein Fuß im Hintergrund des Bildes zu sehen. Der Typ, der sie dazu zwang, der seinen Kick hatte, sie zu präsentieren. Mit ihrer Einwilligung. Brutaler körperlicher Zwang war selten. Wozu auch? Anwärter gab es unzählige. Jedes zweite Pärchen drehte eigene Pornos, natürlich um sie ins Netz zu stellen. Jedes Mädchen, das sich vor den Spiegel stellte, schielte auf Publikum, auf die Welt hinter dem Spiegel, auf die große Netzgemeinde.
In letzter Zeit hatte sich die Szene verändert. Die Gesichter waren andere geworden. Er konnte nur schwer beschreiben, was genau sich veränderte hatte, aber sein Gefühl war, dass die Mädchen sich immer perfekter den Erwartungen der User anglichen. Die Töchter von nebenan, sie waren Geschöpfe des Netzes, aus dem sie die Bilder zogen, nach denen sie sich modellierten. Nacktheit war nicht mehr gefragt, viel zu viel Nacktheit hatte die Augen übersättigt. Die neue Unschuld war eine künstliche. Eine unberührbare, weil virtuelle. Art-Modells. Raffiniert, schon fast zu raffiniert für seinen Geschmack. Er mochte keine Avatare sehen. Er wollte ihren Puls fühlen. Sein Geschmack war bürgerlicher.
Himmelherrgott, er hatte den Zuschlag auch für Porchia. Eine italienische Affäre. Was für ein Geschenk für seine letzten Stunden! Geld war wirklich der einzig verlässliche Glücksbringer, den er kannte. Er liebte Geld. Er liebte Porchia, sie war ihm vierhunderttausend Euro wert. Ein lächerlicher Betrag für die Mutter seines Kindes.
Schade, dass ihm keine Zeit mehr blieb, sie persönlich zu treffen. Porchia würde sich vor seiner Leiblichkeit garantiert nicht ängstigen. Es gab Frauen, die liebten fette Stammeshäuptlinge wie ihn. Sie würde selbst eines Tages füllig sein. Nicht nur von der Schwan-

gerschaft. Von allem, was sie aß und atmete. Sie war ganz Leib. Eine gute Mutter.

Ein Bild von sich würde er ihr zukommen lassen. Wie er gewesen war, ein kleiner fetter Koloss, rosig, so rosig, dass Fleisch schon wieder anziehend schien, zumindest für Porchia. Ein Kind, das sie gern mit Pelz ummanteln würde. Daran würde es ihr bestimmt nicht mangeln, an Pelzen. Bei der jährlichen Apanage, die ihr als Mutter zustand. Was würde sie für große Augen machen, bei dem Angebot?! Das hätte er nur zu gern gesehen.

Ein aktuelles Bild von ihm? Wie zum Beweis, dass der Mensch unmöglich Gottes Ebenbild sein konnte. Widerlich ... «Ich weiß, Sie finden mich widerlich, aber das ist auch eine Form der Anziehung.» Nein, diesen Dialog würde er allen Beteiligten ersparen. «Glauben Sie mir, selbst in diesem Körper lebt der Hunger nach Liebe und Wärme ... Wie ein Funke in einem erloschenen Scheiterhaufen, die die Fackel ihrer Liebe zum Lodern bringt.» Wahlweise: «Was für eine Genugtuung, ihn wieder anzufachen, Schönste der Schönen.» Wahlweise: «Was hättest du sonst mit deinem Leben anfangen wollen, du Schlampe. Sei ewig dankbar für diesen Moment, da du mich kennenlerntest! Dafür auch noch kassiertest! Viel, viel Geld! Unglaublich viel Geld, wenn du das Kind gesund zur Welt bringst. Mein Kind! Die Jungfrauengeburt! Denn mich, den Vater wird eine böse Krankheit dahinraffen, die Lebensmüdigkeit.»

Porchia verabschiedete sich schon. Es war alles ganz schnell gegangen. Die Kleine musste wohl ins Bett. «Bis bald», hatte sie geflüstert. «Bis bald, meine Kleine», hatte er geantwortet.

Vielleicht verschenkte er sie einfach weiter, an einen, der noch etwas damit anzufangen wusste. Nein, Unsinn. «Gute Nacht, meine Kleine», flüsterte er, «schlaf schön.»

Er löste die Schlaufe seines Bademantels. «Du wirst bald von mir hören. Du und Miela, und noch einige andere, ihr seid ... mein Leben. Wenn ihr wüsstet, wie wahr dieser Satz ist!»

Er hatte lange gegrübelt, wer die Mutter seines neuen Egos werden sollte. Eine anständige Frau, eine dieser reifen, erwachsenen, klugen Mittdreißigerinnen, die jede Chance ergriffen, noch einmal Mutter zu werden. Sie hätte auch ihn zum Vater gemacht. Ohne Ansehen der Person. Aber warum hätte er eine dieser Frauen zur Trägerin seiner Gene machen sollen? Sie waren es nicht wert. Er dachte lange nach, er grübelte. Er besprach sich mit seinem Therapeuten, er besprach sich mit Wildfremden in Bars, mit Freunden, die Väter waren, bis ihm klar wurde: Er wollte keine Söhne. Er wollte keine Nachkommen. Er wollte sich selbst, in jüngerer, in schönerer Gestalt.

Als er die Idee erst einmal klar gefasst hatte, war alles ganz einfach. Es war kein technisches Problem, ihn zu klonen. Eher ein moralisches! Sie mussten beide wie auf Kommando lachen, er und der Agent, der seine Wiedergeburt arrangieren sollte. «No problem. In den geheimen Laboratorien dieser Welt», hatte er geprahlt, «geschehen Dinge, von denen sich die normalen Menschen keine Vorstellung machen.» – «Gott sei Dank», hatte Klimt nur geantwortet.

«Sie nennen uns die Frau, bestimmen den Tag der Insemination, alles Weitere organisieren wir. Basisversion, Luxusversion, welche Betreuung des Kindes auch immer Sie buchen, wir garantieren eine reibungslose Abwicklung. Wieso wir das garantieren können? Weil viel, viel Geld im Spiel ist. Ihr Klon kann bis zu drei Jahre überwintern, wenn Sie das wollen, wir garantieren eine korrekte Einlagerung. Es gibt ein Dutzend hochklassige Labors weltweit, selbst wenn eine der Forschungsstätten schließen müsste, es treten zwei an ihre Stelle. Die Diskretion des Vorgehens liegt in unserem ureigenen Interesse, es kann nichts schiefgehen, das versichere ich Ihnen.» – «Wir freuen uns auf die Wiederbegegnung …!» Was für ein dämlicher Werbespruch, aber irgendwie traf er den Nagel auf den Kopf. Er hatte sich scannen lassen, genetisch, er war sich sicher, eines Tages wieder sich selbst im Spiegel zu sehen, in weitaus schönerer Gestalt. Anfangs war das nur Spinnerei gewesen. Seine körperliche Veredelung. Aber je intensiver er mit den Wissenschaftlern über sein Klonen verhandelt hatte, desto realer war alles geworden. Es gab Designspielräume, im Körperlichen wie im Seelischen.

Er fertigte DVDs an, auf denen er mit sich selbst sprach, über seinen Werdegang, seine Ziele, seine Träume. Sie würden seinem Sohn nach und nach vorgesetzt. Er sollte keinen Überdruss empfinden, er sollte langsam hineinwachsen in seine eigene Person. Er bestimmte Lehrer, die ihn erziehen würden. Er kaufte eine Farm, wo der Kleine seine ersten glücklichen Jahre verbringen durfte. Er suchte ein Internat aus, in dem er aufwachsen würde. Er arbeitete ein lückenloses Erziehungsprogramm aus. Die Chancen, dass dieser Klon ihm zum Verwechseln ähneln würde, waren groß, sehr groß. Schwierig war nur, ihm das richtige Bewusstsein einzuimpfen. Und eine anständige Mutter für ihn zu finden.
Bis er von der Auktion hörte. Simple Lösung. Er ersteigerte seine eigene Mutter. Ganz einfach. Er ersteigerte gleich zwei Mütter, ein halbes Dutzend Mütter. Viele Klone seines Selbst, wenn sie in Wettstreit traten, umso besser. Alles war machbar! Was für eine schöne neue Welt. Er kicherte, bis er sich am Tisch festhalten musste, so erschöpfend wirkte die Komik der Situation auf ihn.
War das schon Blasphemie? Oder nur ein entsetzliches Ärgernis für seine Herzensfreundin Ayn Goldhouse. Die Jungfrauengeburt seines neuen Egos!
In kaum zwanzig Jahren könnte er ihr als junger rebellischer Mann erneut gegenübertreten. Sie würde ihn nicht erkennen und ihm schöne Augen machen. Er würde ihr den Hof machen, sich als Thronprinz empfehlen und ihre Organisation übernehmen. The New Virgins. Er würde ein sehr fürsorglicher Ordensherr sein. Die Damen würden Ayn Goldhouse schwerlich vermissen. Er griff zur Flasche und prostete seinem Spiegelbild zu. Die Fantasie der Menschen hinkte den neuen Möglichkeiten des Menschseins so unglaublich weit hinterher. Beglückend weit.

Unser Transhumanistisches Manifest: Wir werden sein wie die Götter und sie wieder heimholen auf Erden. Dann wählen wir aus unserer Mitte Gott den Allmächtigen, der gekommen ist, zu richten die Lebenden und die Toten … Wir sind die Legionäre Christi. Wir sind die Legionäre aller Götter, die je friedlich den Himmel stürmten. Wir sind die Apostel, in deren Mitte ein neuer Jesus Christus treten wird. Das ewige Leben ist unser. Die Unsterblichkeit nah. Lady Stardust sing a song …

«Was hältst du von meinem Manifest? Ich werde es überall posten!»
Er blickte von der Tastatur auf und heftete den Blick auf das Bild seines Großvaters, das neben der Tür hing.
«Gibt es einen Gott?» Die Frage hatte sich sein Großvater nie gestellt. Für ihn war Adolf Hitler der Gott gewesen. Ihm hatte er gedient. Für ihn war er gestorben. Warum? Weil er ein Opfer bringen wollte. Er mochte das Gesicht seines Großvaters. Er hatte ein so großes, flächiges Gesicht, so offen, für all die Zeichnungen des Schicksals. Doch dann hatte der Teufel zum Pinsel gegriffen und dieses hässliche Bärtchen hineingemalt. Er war von Gott abgekommen und geradewegs in die Hölle gefahren.
«Gibt es einen Gott?» Sein Großvater hatte die falsche Antwort gegeben. Alle bisherigen Antworten waren falsch.
«Gibt es einen Gott?» Wie einfältig, so zu fragen. Wie einfältig, mit einem Ja zu antworten. Kein Mensch konnte ehrlich mit einem Ja antworten. Kein Mensch hatte Gott je gesehen. Die richtige Antwort lautete anders. Die richtige Antwort lautete: «Noch nicht.»
Noch gibt es Gott nicht. Er wollte die Worte dick unterstreichen, aber er wusste, Lilith verstand ihn auch so.
Noch nicht. Aber bald.

Dienstag, 13. März, 11 Uhr
Weblog Heloise

Noch ist Jesus Christus nicht unter uns. Aber bald. In Frauenkleidern. So bleibt er unerkannt.
Er tippte schneller. Die Begeisterung über seine Entdeckung riss ihn immer wieder mit, auch jetzt noch, Wochen danach. Lilith würde sofort verstehen, was er meinte. Es war so offensichtlich. So augenscheinlich.
Die Geschichte wiederholt sich. Zwei Menschen irrten umher in der Welt, fanden nirgends ein Zuhause, wurden von Tür zu Tür geschickt, bis sie Platz in einem Stall fanden. Sie kauerten zusammen, blickten auf zum Himmel und ein Stern erschien. Ein Komet. Ein Mensch aus Sternenstaub, weder Mann noch Frau. Ziggy Stardust sing a song ... Eine Sternengeburt of darkness and disgrace. Ziggy Stardust and the spiders from mars. Gott wird kommen und David Bowie ist sein Prophet.
‹Glaub mir, Lilith, glaub nur mir!›
Wie entgeistert hatte sein Vater ihn angesehen, als er auf das Konzert gegangen war. Dressed like David! Bowie ein letztes Mal in Berlin. Bowie, der schon als tot gegolten hatte, live auf der Bühne. «Diese verdammten Drogen», hatte sein Vater nur gemurmelt und angewidert weggesehen. Crystal Queen.
Gott hatte Propheten. Gott sprach durch seine Propheten, schon immer. Aber es waren nicht die selbst ernannten Propheten. Die Priester, Bischöfe und Päpste. Gott sprach schon immer durch die Wirren und die Verzweifelten, durch die Stammler und die Sänger. What if god is one of us? What if god is one of us? Wie oft hatte er diesen Song gehört, bis er begriffen hatte: Er ist einer von uns. Er ist unter uns! If God had a face what would it look like? And would you want to see? If seeing meant that … Yeah, yeah, god ist great!
Die Lösung war so einfach. Christus war nicht von dieser Welt und doch gegenwärtig. Christus kam, wenn man ihn rief. In Liedern. Wenn man in Not war. Und von Herzen zu ihm schrie. Christus kam in dunkelster Nacht. Er kam vom Himmel, vom Jenseits des Himmels. Ein Komet in unseren Herzen. Er wird wieder kommen,

wenn wir ihn rufen. Gott wird der sein, der ruft! Lass uns rufen! Lass uns Gott rufen!

Lilith würde ihn verstehen.

Wir müssen uns bald sehen, Schwester! Wir müssen zusammen auf die Reise gehen. Wir können jetzt endlich zusammen auf die Reise gehen.

Er sah hinüber zur Bücherwand. Als er ganz klein war, hatte sein Vater ihm den Tresor gezeigt. Damals hatte er wohl noch Hoffnungen auf seinen Sohn gesetzt. Große Hoffnungen.

«Die Zahlenkombination, die ist nicht schwer. Wenn du alt genug bist, kommst du von ganz allein darauf. Du musst nur daran denken, was mir das Wichtigste ist auf der Welt.»

Seltsamerweise hatte sein Vater die Zahlenkombination nie geändert, obwohl sein Sohn so ganz anders geworden war als erhofft.

Er drehte sich im Bürostuhl. Vielleicht wäre sein Vater ja doch ein wenig stolz jetzt, wenn er ihn so sähe. Als Nachfolger des Herrn.

‹Sorry, Paps, sorry. Die Zeit der alten Männer ist abgelaufen.›

Der Tresor hatte ihn nie interessiert. Geld war nie wichtig. Wenn er es brauchte, gab ihm seine Mutter mehr als nötig. Aber jetzt war Geld wichtig. Für die Reise mit Lilith brauchte er Geld, viel Geld.

Die Ziffernkombination war so einfach gewesen. Die Zwei, die Null, die Null, die Vier, eins, acht, acht, neun. Hitlers Geburtstag. Er hatte es gar nicht glauben wollen. Es war alles so einfach. Die Tür öffnete sich. Er nahm das Geld heraus. Und er nahm die Waffe. Eine 08/15. Schwer in der Hand. Er würde sie nicht benutzen. Aber es war gut, sie in der Hand zu halten. Ziggy war nicht schwach.

Eine Waffe hatte etwas Magisches. Er zielte auf das Bild seines Großvaters. Wer die Herrschaft der Mütter wollte, musste die Väter auslöschen. So einfach war das. Peng!

Artemis, wir sehen uns bald. Denn die Zukunft braucht uns. Warum die Zukunft uns braucht? Weil ohne uns keine Menschlichkeit sein wird. Five years, that's all we've got! Die Zukunft ist schon nah!

Lilith, wir sind die letzten Menschen inmitten der Maschinen. Sie werden Jagd auf unsere Seelen machen! Wir werden auf der Flucht sein und kein Esel wird uns begleiten. Es wird kalt um uns werden und wir werden kein Zuhause haben. Wir werden allein sein und uns nur selbst schützen können. Wir werden alle anderen hassen müssen.

Er tippte die letzten Zeilen noch einmal, um sich das Ungeheuerliche selbst begreiflich zu machen.

Wir werden alle hassen. Wir werden die Maschinenmenschen töten müssen! Alle!

Er wusste, dieser Eintrag würde ihm jede Menge dumme Kommentare einbringen. Auch von der Oberin. Die Leute kapierten es nicht. Irgendwann würden sie kapieren. Notfalls musste es ihnen mit Gewalt in ihre stumpfen Hirne gehämmert werden. Die Weltenwende war nah.

Das Gefühl, als Erster und Einziger davon zu wissen, berauschte ihn. So war es den Propheten der alten Tage ergangen. Als die Wahrheit in ihnen aufleuchtete. Als Melodie erklang sie, die Wahrheit, ganz leise, leise, leise, langsam lauter werdend, eine Melodie, die einem nicht aus dem Kopf ging, zu der man Worte finden musste, die von ihr getragen wurden, Worte, die einen hinübertrugen in das neue Leben. Das alte Leben war mit einem kleinen Lied verabschiedet, adieu.

Die Haustür ging auf. Seine Mutter war heimgekehrt. Er stützte sein Kinn in die Fäuste. Er liebte seine Mutter sehr. Aber sie sollte sich ihm besser nicht in den Weg stellen. Er streckte die Beine aus. Das Gefühl der Macht pulsierte in seinem Körper. Jeder Herzschlag machte ihn stärker. So musste es Vampiren ergehen, bei Anbruch der Dunkelheit. Nach dem ersten Schluck Blut.

Die Haustür schlug zu. Seine Mutter würde ihn gleich umarmen wollen. Sie wollte an seiner Macht teilhaben. Aber dafür war sie zu alt. Zu schwach. Es würde ihm leichtfallen, sie zu verlassen. Leichter noch, als seine Geschwister im Stich zu lassen. Und dieses verdammte Elternhaus endlich in Flammen aufgehen zu sehen. Und dann die ganze Stadt.

Er beugte sich über seinen Computer.

Wir müssen uns unbedingt sehen … Wir müssen … Ich werde sonst noch irre vor Einsamkeit. Wir gehören zusammen! Lilith, meine liebste Freundin, meine Göttin, Ariadne, wir gehören zusammen, auf ewig.

«Dort haben die Nazis die Bücher verbrannt! Eine dumme Idee mehr von diesen dummen Menschen! Das verzeihe ich ihnen nie, niemals. Wie konnten die Nachkommen Goethes und Hölderlins nur Bücher verbrennen?! Barbaren!»
Ayn Goldhouse wies mit ihrer kalten Zigarette hinunter auf den Bebelplatz.
«Sollten wir es Ihnen nachtun? Einen Scheiterhaufen mit den Büchern der Leugner des allmächtigen, des zornigen Gottes? Sollten wir das tun, Katja?»
Sie lächelte zufrieden, denn sie kannte die Antwort ihrer Assistentin. Vor allem kannte sie deren große Leidenschaft: Bücher. Katja war verliebt in Bücher. Und sie war verliebt in Katja. Sie hatte sie damals auf der Stelle zur ihrer Adjutantin ernannt.
Sie war Ilonas stärkste Rivalin. Ihr unterstand die Abwehrabteilung des Ordens. Sie war IT-Expertin wie Ilona, aber mehr noch war sie eine Meisterin der Intrige und der Mathematik der Macht. «In seinem ersten Leben war Machiavelli eine Frau und ihr Name war Katja», scherzte Ayn gelegentlich, aber hinter diesem Scherz verbarg sich ein ungeheurer Respekt – und ein wenig Angst. Katja war wie eine seltene, sehr seltene kostbare Schlange, die zu besitzen, einem den Atem raubte vor Stolz, auch wenn der Umgang mit ihr tödlich sein konnte.
Katja, ob es ihr richtiger Name war, wusste niemand, keiner hätte sich getraut nachzufragen, Katja strahlte eine Kälte aus, die seltsamerweise nicht abstieß, sondern magisch anzog. Beim ersten Blick in ihr ernstes Gesicht dachte man an die Filmstars vergangener Tage, an Greta Garbo oder Marlene Dietrich, die blasse Gesichtshaut erinnerte an die Heroinen des Stummfilms, ihre sehr gewählte Ausdrucksweise an die großen Jahre des Theaters, aber mehr noch bannte ihr Körper, dessen perfekte Proportioniertheit Angst einflößte. Denn das Gegenüber ahnte sofort, warum dieser Körper so perfekt in Form gebracht worden war, warum jede Bewegung so ruhig, fast träge ausgeführt wurde, als gelte es, alle Energie für den einen Zweck aufzusparen, für den tödlichen Sprung. Eine Raub-

Dienstag, 13. März, 12 Uhr
Hotel de Rome, Dachterrasse

katze in Menschengestalt. Ihr Körper war eine Waffe, die sie selbst mit Andacht geschmiedet hatte zum Zweck des Tötens.
Andere Mädchen waren zum Ballett gegangen, sie hatte Kampfsport trainiert, kaum da sie laufen konnte. «Das Leben ist ein immerwährender Krieg der Schwachen gegen die Starken», hatte ihr Vater sie immer gewarnt, «du musst gut vorbereitet sein. Tag und Nacht, sonst überwältigen dich die vielen und das Einzigartige in dir stirbt.» Es hatte ihr nichts genutzt. Das Böse lässt sich nicht mit Gewalt aus der Welt schaffen. Wie viele es gewesen waren, wusste sie nicht mehr. Sie hatte keine Erinnerungen mehr an diese Tage, als ihr Vater und ihre Mutter verschwanden, abgeholt von der politischen Polizei. Diese lange Narbe, die ihren Körper zerschnitt, stammte von einer Verletzung, die sie sich selbst zugefügt hatte. Aus Wut über die Unfähigkeit, ihre Eltern zu schützen. Sie hatte sich mit einem Messer an der Wange geritzt und war dann mit der Hand wie ein Blitz ihren Hals hinabgefahren zwischen den Brüsten hindurch bis zum Ansatz der Schamhaare. «Ein Riss geht durch mich hindurch», hatte sie Ayn damals geantwortet, auf deren Frage, was sie zum Orden gebracht hatte. «Manche würden sagen, ein schlimmer Riss, aber für mich ist es der Blitz der Erkenntnis, der mich zerteilt hat. Und der Glaube, der fügte mich wieder zusammen.»
‹Schöner als je zuvor›, dachte sich Ayn, denn die Narbe verlieh Katja etwas Unheimliches, als wäre sie der Rache der Götter entkommen und dadurch selbst unsterblich geworden.
Entgegen ihrer Doktrin, keine Psychopathinnen aufzunehmen, hatte sie Katja den Zutritt zum inneren Kreis des Ordens gewährt. Es war schon immer ein heikles Spiel gewesen, Talent und Wahnsinn bei all den Bewerberinnen im richtigen Verhältnis zu sehen, Tests nutzten da nicht allzu viel, auch jede persönliche Einschätzung blieb risikoreich, aber Katjas Wahnsinn, so schien es Ayn damals, war kein destruktiver, zumindest nicht gegenüber ihrem eigenen Clan, ihrer Familie, und ihr Orden war fortan die Familie.
Katja war ein Wunder an Effizienz. Nach dem Verschwinden ihrer Eltern zog sie fort aus der Ukraine. Ihr Kapital war ihre Schön-

heit, das wusste sie. Sie ging nach Prag, suchte sich einen Job in der Pornoindustrie. Die Männer weigerten sich mit ihr zusammenzuarbeiten, unterstellten ihr Frigidität, bekamen Potenzprobleme, kaum da sie den Raum betrat, aber die Frauen liebten ihren Körper und gaben sich Mühe, sie diese Liebe spüren zu lassen. Sie selbst litt nicht unter ihrer Arbeit, aber sie genoss sie auch nicht sonderlich. Ihre Neugier schützte sie und ein ausgeprägter Sinn für die Komik alles Körperlichen. Die Zärtlichkeiten all der zugekauften Gespielinnen waren ihr eher zuwider. Sie mochte keine schwachen Menschen, aber die Frauen hingen sich wie Kletten an sie. Es war nur logisch, daraus ein Geschäft zu machen. Mit dem schnell verdienten Geld und einigen ihrer treuesten Anhängerinnen gründete sie einen Escortservice. Das Geschäft lief gut, auch ohne ihr Zutun. Also begann sie zu studieren. Sie war eine leidenschaftlicher Verehrerin von Dostojewski, «Schuld und Sühne» war ihre Bibel, die «Brüder Karamasow» waren auch ihre Brüder und die «Dämonen», die sie plagten, hatten auch ihn heimgesucht, Fjodor Michailowitsch Dostojewski, den Mann ihrer Träume. Aljoscha, so hätte sie ihren gemeinsamen Sohn gekauft. Aber es fand sich kein Mann an der Universität, der ihrer würdig gewesen wäre.
Eva hat vom Baum der Erkenntnis gegessen. Was hatte sie erkannt? Der König ist nackt und das Paradies längst kein Paradies mehr. Die Universität war ein schrecklicher Ort. Sie hasste die Menschen dort. Die gelangweilten Studenten mehr noch als die müde geborenen Lehrkräfte. Wer wollte dort beheimatet sein, in den Katakomben des Wissens? Die Langeweile war der Himmel jener, die von Fragen nicht beunruhigt werden wollten, und die Hölle der Suchenden. Ihr pathetisches Sehnen nach Wahrheit löste allenthalben Gelächter aus. Das endete erst, als sie einen ihrer Kommilitonen krankenhausreif schlug und die Universität freiwillig verließ. Sie zog nach Berlin. Eigentlich hatte sie nach Dresden gewollt. In der dortigen russisch-orthodoxen Kirche hatte Dostojewski seine Tochter getauft, aber sie wollte sich seiner erst würdig erweisen, bevor sie den heiligen Ort betrat.

Ihre Eltern waren nie wieder aufgetaucht. Ob sie in einem Gefängnis dahinvegetierten oder längst in einem anonymen Grab verscharrt waren, sie wusste es nicht. Manche Wahrheit ließ sich für kein Geld der Welt kaufen.
Fortan glaubte sie nur noch an sich selbst. Es war nur eine Frage der Zeit gewesen, wann sie auf Ayn Goldhouse und ihren Orden stieß. Als Novizin sah sie sich von Anfang an nicht, eher schon als Wegweiserin. Sie suchte die Augenhöhe mit der Gründerin. Es war offensichtlich, dass der Orden sich programmatisch verjüngen musste. Sie war sich sicher, dass ihr provozierendes Anschreiben Wirkung zeigen würde. Nach Monaten des Wartens erhielt sie tatsächlich einen persönlichen Gesprächstermin mit Ayn im New Yorker Büro.
Die beiden wechselten damals nur kurz die Blicke und sprachen dann über rein Organisatorisches. Ihre Lebensläufe hatten sich ganz ohne ihr Zutun auf ewig verschränkt, das war ihnen beiden im ersten Moment klar geworden. Katja hatte nach kurzer Einarbeitungszeit den Rang einer Oberin erhalten und war als eine der Nachfolgerinnen auserkoren. Das hatte keinen Unmut unter den anderen Führungskräften ausgelöst, denn wer sie sah, wusste, dass sie aus einer anderen Welt stammte.
Ayn musterte sie zärtlich. Ihre Schönheit nahm den Atem. Es war etwas so Strahlendes um sie, als hätten die Götter sie im Wechsel gewiegt, Tag und Nacht, im Schutz der Mächtigsten. Das gab ihr diesen hellen Schimmer, der immer und immer wieder verlockte, sie anzufassen und zu streicheln. Aber das ließ man besser sein.
An ihrem Hals baumelte als einziger Schmuck ihres Körpers ein kleines Amulett der heiligen Jungfrau Maria.
«Von Ihrer Mutter?», hatte Ayn damals gefragt.
«Nein, von Tiffanys. Wenn ich schon einmal in New York bin …»
Es war diese Mischung von inbrünstiger Religiosität, verzehrender Sehnsucht nach Erlösung und erbarmungsloser Kaltschnäuzigkeit, die sie zur perfekten Killerin werden ließ.
Katja war neugierig auf den Tod. Auf den Tod anderer. Sie würde

nicht sterben, bevor sie nicht wusste, was aus ihren Eltern geworden war. Das hatte sie sich geschworen. Sie würde keinen frohen Tag haben, bevor sie nicht die Wahrheit wusste. Der Orden würde ihr helfen. Wer, wenn nicht die Guardian Angels waren in der Lage, die Täter aufzuspüren.
Ihre Vorstellungskraft hatte sich durch den erlittenen Verlust vervielfacht. Sie konnte jeden Kummer zu ihrem eigenen machen. Sie hasste alle Menschen, die das nicht konnten. Hielt sie für Hindernisse auf dem Weg in die Zukunft, Hindernisse auf der Suche nach der Wahrheit. Sie ließ keine Entschuldigungen gelten. «Wir wissen, was gut und schlecht ist. Instinktiv. Wir handeln nur nicht danach. Weil der Verstand uns immer verhöhnt. Würden wir auf unser Herz hören, wären wir niemals im Zweifel. Nur der Verstand lässt uns irren.»
Als sie das erste Mal getötet hatte, schämte sie sich für ihre Ungeschicktheit. Sie konnte kein Blut sehen. Das nahm ihr die Freude am Tun. Fortan erstickte sie ihre Opfer. Meist mit dem Kopfkissen, was naheliegend war, da sie ihre Opfer meist im Bett tötete. Sex war ihre Anästhesie. Tom allerdings hatte sie im Sessel erwürgt, nachdem sie ihm den Tanz der Salome vorgeführt hatte. So hatte er es bezeichnet. Tabledance. Die Jungs kannten nichts anderes mehr. Lady Porno und ihre Gespielinnen hatten die Gehirne dieser Nerds verseucht. Tom war ein besonders schlimmes Exemplar. Sie hielt ihn für schwach. Und so war er auch gestorben. Winselnd. Er konnte ihr dankbar dafür sein, dass in seinem verdrahteten Gehirn kurz vor dem Ende noch einmal so etwas wie ein wahres Gefühl aufgeleuchtet war: Angst.
Katja lächelte versonnen in der Erinnerung an diesen Tod. Im letzten Moment, im allerletzten, hatte er gelächelt, denn ihre Lippen hatten die seinen für immer verschlossen.
«Tagesordnung?», fragte Katja geschäftsmäßig.
Ayn sah bewundernd auf ihren halb offenen Mund. Katja trug immer nur einen Hauch von Lippenstift. Ansonsten verzichtete sie vollkommen auf Schminke. Ayn war oft von Frauen in ihrem Alter

gefragt worden, was denn das Geheimnis weiblicher Anziehungskraft sei. Sie nahm die Frage immer gern zum Anlass für einen längeren Monolog.

«Ganz einfach, meine Liebe, gute Maniküre, gute Pedikür und ein natürliches Auftreten, was uns einige Arbeit kostet, die man nicht sehen darf. Männer trauen sich selten, einer Frau länger in die Augen zu sehen, das ist unsere Chance, denn dann starren sie auf die Hände, häufiger noch betreten auf ihre und unsere Füße. Wenn die gepflegt sind oder durch den Fetisch Schuh in perfekte Form gebracht, ist der Mann verloren. Das glauben Sie nicht? Das können Sie mir glauben. Und wenn nicht mir, dann den Profis. Die einfachste Art, sich über die Wünsche der Männer zu informieren, ist die Seiten zu begutachten, die sie am häufigsten anklicken, ob Müllmann oder Börsenmakler. Eine kleine Rundreise durch das Pornowunderland im Netz und Sie wissen, wie Männer Frauen sehen wollen.»

Mit diesem Bescheid ließ sie die Frauen kühl stehen. Menschen, die sich ihrer Ausstrahlung nicht sicher waren, konnte sie persönlich nicht ausstehen. Solche Menschen waren in ihrem Orden auf Dauer unerwünscht. Entweder sie lernten sehr schnell oder sie lernten niemals.

«Was wir wollen, ist keine Girlie-Kultur», hatte sie Katja damals belehrt, als die sie auf die notwendigen Modernisierungsstrategien ansprach. «Ich beharre auf einem gewissen altmodischen Frauenbild. Zum Schutz unserer Machtansprüche. Das hat mich der Feminismus gelehrt. Die Männer mögen glauben, wir dienen ihnen durch unser Äußeres. Weit gefehlt. Sie dienen uns. Und finden noch Gefallen daran! Betrachten Sie sich selbst. Sie sind schön, überirdisch schön. Ein Blick, und die Hirnleistung eines mitteleuropäischen Mannes reduziert sich um neunzig Prozent, die eines Afrikaners um hundert Prozent, die eines Asiaten um siebzig. Er wird Sie im gleichen Moment auf ihren Marktwert taxieren.»

«Sie sind eine Rassistin», hatte Katja amüsiert festgestellt. «Nein, die Männer sind Rassisten», hatte Ayn energisch widersprochen. «Darauf müssen wir uns einstellen, damit wir den Geschlechterkampf nicht verlieren. Wir können nicht so tun, als würden wir sie je zu besseren Menschen erziehen können. Wir müssen ihre Schwächen gnadenlos ausnutzen.»

Katja hatte begriffen damals und sich zum perfekten Männertraum modelliert. Wie sie so dastand, in ihren leopardenfellfarbigen Pumps, überragte sie Ayn gut um einen Kopf.

«Hier zur Rechten die katholische Kirche, zur Linken die juristische Fakultät …» Ayn lenkte sich ein wenig von der körperlichen Präsenz ihrer Adjutantin ab, indem sie die philosophische Stadtführerin gab.

«Was für eine kuriose Nachbarschaft, n'est-ce pas? Der Tempel des falschen Gottes in unmittelbarer Nähe zum Wohnsitz der Justitia. She – die Göttin ist ihm, dem Götzen, so nah und doch so fern. Denken Sie da nicht auch unweigerlich an Monsieur Klimt. Ich muss zugegeben, ich hatte schon romantischere Begegnungen in dieser Stadt. Sehr viel romantischere. Sie müssen wissen», Ayn fuhr sich kokett durchs Haar, «ich hab diese Stadt geliebt, damals … als ich wie ein Engel über Berlin einschwebte. Doch, doch, wie ein Engel. Ein Engel des Todes. Denn es waren seltsame Gifte, die mich fliegen ließen. Berlin, wir alle hassen diese Stadt, aus ganz unterschiedlichen Gründen, und wir lieben sie, aber ich vermute, inzwischen überwiegt der Hass bei uns allen, ich meine bei allen Veteranen des Utopismus. Sie ahnen gar nicht, was für eine Aufbruchsstimmung damals herrschte. Sie werden denken, das sind sentimentale Verfälschungen einer alten Frau. Nein, süße Katja, damals war hier die Himmelsleiter postiert. Stairway to Heaven. Und jetzt? Wer steckt dahinter, hinter dieser unsäglichen Lethargie? Wer ist John Galt, wer verhindert die Metropole? Diese Stadt ist ein Freizeitpark für Versager geworden. Nein, nein, ich werde nicht lamentieren. Unterbrechen Sie mich, fragen Sie! Nur zu!

Warum ich gerade hierherkam …? David Bowie lebte hier. Er war der Gott meiner Jugend. 1976 war er angekommen, 1978 verließ er die Stadt. Ich war schon früher gegangen, mehr tot als lebendig.

Da, sehn Sie auf diese Zigarren rauchenden Tölpel da drüben am Terrassengeländer? Das Rotlicht ihrer Aufmerksamkeit ist schon geraume Zeit auf uns gerichtet. Wollen wir ihnen zum Dank ein kleines Spektakel bieten.»

Ayn zog Katja näher an sich heran und schlang den rechten Arm fest um ihre Taille.

«Nein, würdigen Sie diese Kerle keines Blicks. Geben Sie sich ganz kalt und unnahbar. So ist es gut.»

Ayn fasste mit ihrer linken Hand Katjas Nacken. Die wich unwillkürlich zurück. Ayn griff fester zu. Lächelte zärtlich. Aber ihre Finger klammerten eisenhart.

«Lächeln, wir werden beobachtet. Noch näher zu mir. So ist es gut. Jetzt beugen Sie ihren Kopf, ja, näher zu meinem Mund, Lippen leicht öffnen, und jetzt die Zunge zwischen meine Lippen, sanft züngeln.»

Ayn ließ den Kopf ein wenig nach hinten sinken, als wäre sie überwältigt von diesem Kuss, aber aus den Augenwinkeln betrachtete sie amüsiert die gierigen Gesichter der anderen Gäste. Keiner konnte sich abwenden von dem Schauspiel, das die beiden Frauen boten. Selbst die Kellner standen still.

Katja hatte beide Arme weit vom Körper abgespreizt, sie wagte es nicht, Ayn zu umfassen, aber ihre Zunge fuhr aufreizend langsam über die kleinen weiß polierten Zähne Ayns, spielte an ihrem Gaumen und blieb dort mit leichtem Nachdruck, zart, ganz zart nur gab sie Druck. Sie wollte nicht ungehorsam erscheinen. Aber Lust bereitete ihr dieser Kuss nicht.

Ayn seufzte vernehmlich auf. Katja zog den Kopf zurück, als wäre dieser Seufzer das Signal des Aufbruchs gewesen.

«Kommen Sie, ziehen wir uns ein wenig zurück.»

Ayn fasste Katja unter und dirigierte sie in eine der hinteren Sitzgruppen.

«Die werden jetzt alle denken, sie hätten uns stundenlang beim Knutschen zugesehen. Kein schlechtes Alibi …»

Ayn ließ offen, wozu dieses Alibi gut sein könnte.

«Blicken Sie noch immer in unsere Richtung?», fragte Katja, die sich mit dem Rücken zu den anderen Gästen gesetzt hatte.
«Nein. Jetzt schämen sie sich alle für ihre Neugier und tun so, als hätten sie viel, viel Wichtigeres zu tun. Aber in ihren Träumen sind wir heute Nacht gegenwärtig, da bin ich mir sicher. Gut.» Ayn wechselte unvermittelt die Tonart. Sie hatte anerkennend registriert, dass Katja nicht weiter auf die Frage nach dem Alibi eingegangen war. Es war erstaunlich, wie abgebrüht diese junge Frau agierte, dachte sich Ayn. ‹Ich möchte sie nicht zur Feindin haben.›
Ayn faltete die Hände und blickte mit freundlicher Neugier auf ihr Gegenüber.
«Wie steht es um das neue System der allgemeinen Informationsabschöpfung, SAI oder wie soll ich das Baby nennen?»
Katja hatte das Vorhaben einer programmatischen Verjüngung des Ordens zurückgestellt und sich dafür ganz und gar der Neuorganisation der Researchabteilung des Abschirmdienstes gewidmet. «Temple Babes – created for greater things …» Mit diesem Slogan war es nicht schwer gewesen, die kreativsten Köpfe in den Informatik-Departments der besten Universitäten in Amerika und Europa für das Vorhaben zu gewinnen. Zumal der Orden gut bezahlte. Drei Gruppen mit je zwei Dutzend Programmiererinnen arbeiteten unabhängig voneinander an den Spionagevirenprogrammen. In dem Fall legte Katja Wert darauf, dass nur Frauen beteiligt waren. Das schürte zusätzlich den Ehrgeiz und sicherte die Geheimhaltung, schließlich befand man sich in direkter Konkurrenz zu den Geheimdiensten der größten Industrienationen. Nach elf Monaten war es so weit gewesen: «Flame» war gestartet. Die meisten Abwehrdienste glaubten, es sei der israelische Geheimdienst Mossad gewesen, der diese hoch komplizierte Spionagesoftware entwickelt hatte. Katja verbuchte das als großes Kompliment.
«Das Programm ist in Luna geschrieben, einer reichlich exotischen Computersprache, die Informatiker an der Katholischen Universität von São Paulo entwickelt hatten, um …»

«Verschonen Sie mich mit Details …», unterbrach Ayn sie mit einem entschuldigenden Lächeln.
Katja gab das Lächeln zurück. Sie war es gewohnt, die einfachsten Sachverhalte ihrer Arbeit wieder und wieder übersetzen zu müssen, bis die Arbeitsschritte so einfach dargestellt wurden, dass sie kaum noch Erklärungswert hatten.
«Wir haben», sie sprach betont langsam, als hätte sie eine Lernbehinderte vor sich, «die sozialen Netzwerke infiltriert, alle. Deren Guard-Programme haben selbstverständlich den Schaden registriert. Aber sie können ihn nicht beheben. Folglich existiert er nicht. Denn erführe die Welt von dieser Aktion, würde kein Mensch mehr über Facebook oder Google Plus kommunizieren. Der Schaden wäre nicht bezifferbar. Ideell nicht, materiell schon gar nicht.»
«Soll heißen?»
«Soll heißen: Die wissen, dass wir drin sind, können nichts dagegen tun und hoffen, dass wir keinen größeren Schaden anrichten. Tun wir ja auch nicht …»
«Niemand ahnt etwas? Ich meine von der Presse …»
«Einige ahnen etwas, aber was nützt es ihnen? Nichts Konkretes weiß niemand. Im Übrigen ist die Materie viel zu kompliziert, als dass sie für eine Sensationsmeldung taugte.»
«Na ja … ein Leck bei Facebook – wäre das keine Meldung, wenn ich naiv fragen darf?»
«Es gab schon so viele Lecks! Den Leuten macht es nichts aus, Dinge von sich preiszugeben. Ob freiwillig oder unfreiwillig …» Katja zuckte mit den Schultern. «Die meisten haben sich von dem Begriff Privatleben ohnehin verabschiedet!»
«Entsetzlich», murmelte Ayn. In solchen Momenten fühlte sie sich einfach nur alt. Und sie empfand ein dringendes Bedürfnis, sich mit Menschen ihren Alters zu unterhalten und nicht mit Robotern. Denn so erschien ihr Katja in diesem Moment. Wie ein perfekter Maschinenmensch, Ilonas identischer Zwilling. Tatsächlich empfanden sich die beiden keineswegs als Konkurrentinnen.
«Was macht Klimt …?»

Katja leitete das kleine Team, das mit der Rund-um-die-Uhr-Überwachung Klimts beauftragt war. Der Job interessierte sie nicht sonderlich. Das war ihrer Miene deutlich anzusehen. Für sie gehörte dieser alte Mann längst der Vergangenheit an.
«Er freut sich auf das Essen mit Ihnen.»
«Sie wissen, was ich meine. Ahnt er etwas von den Infiltrationsprogrammen? Oder erschöpft sich seine Neugier in der Wut über unsere naive Gottgläubigkeit? Ich meine, es kann uns letztlich gleichgültig sein. Aber mich wundert, dass er so wenig spielerischen Ehrgeiz entwickelt und uns kampflos das Feld überlässt! Ist da was faul?»
Das hatte sich Katja in den letzten Stunden auch häufiger gefragt. Es lief alles zu glatt. Klimt verabschiedete sich einfach von der Szene mit dem heroischen Aufruf, alle mafiosen Geheimbünde zu liquidieren, und zahlte dafür mit dem Leben?! Das war ein wenig zu old- fashioned. Sie glaubte nicht an Helden. Aber sie hatten seinen kompletten Datenverkehr seit Wochen überwacht, seine Telefongespräche abgehört, selbst seinen Müll durchwühlt, es gab keinen Hinweis darauf, dass er von seinem Vorhaben abwich.
«Er wird morgen sterben. Davon gehe ich aus. Wir wissen nicht, wer die Killer sind, aber ich denke, sie haben ein berechtigtes Interesse, ihn zur Strecke zu bringen. Er stört beim Geschäftemachen. Er ist ein nerviger Querulant. Und Sie wissen, er würde niemals lockerlassen. Vermutlich hat er auch noch was in petto. Warum sonst sollte er damit prahlen? Ich schätzte ihn nicht als Blender ein …»
«Nein, das ist er nicht. Ein Blender ist er nicht …», stimmte Ayn ihr versonnen zu.
«Wissen wir Neues über dieses Nazi-Netzwerk?»
«Im Großen und Ganzen stimmt, was Klimt behauptet. Diese alten Seilschaften waren sehr effektiv und sind es noch. Das ist zugleich ihr Fluch. Wie jeder erfolgreichen Organisation droht ihnen das vorzeitige Ende durch allzu großen Erfolg. Die neue Generation hat es nicht so mit Hakenkreuz und Lebensborn, das ist alles schon ziemlich fern, das gute Geld hingegen liegt auf der Straße. Sie müs-

sen es nur eintüten. Letztlich handelt es sich um ein gigantisches Drogenkartell mit obskurer ideologischer Vergangenheit und einer gehörigen Portion Antisemitismus. Das macht sie nicht weniger gefährlich. Aber berechenbarer. Die wollen Klimt loswerden und in Ruhe ihre Geschäft machen. Das war's!»

Ayn schwieg. Sie ließ offen, ob sie Katjas Einschätzung teilte oder eine ganz andere Meinung zu der Sache hatte. Das machte Katja ein wenig nervös. Sie war sofortige Zustimmung gewohnt.

«Was haben Sie mit ihm vor … mit Klimt?»

«Wie wäre es», flüsterte Ayn mehr zu sich selbst als zu Katja, «wenn wir ihm einen letzten Höhepunkt verschaffen …? Das wird ihm den Abschied wenn nicht erleichtern, so doch versüßen!»

«Tja, emotional bin ich nicht beteiligt. Aber rein rational gesehen: Dieser Mann ist schwer auszurechnen. Sex ist nicht seine Droge … Er macht bei diesen Versteigerungen mit, aber nicht, weil er sich einen runterholt dabei. Im Gegenteil, zuweilen hab ich den Eindruck, er will die Mädchen nur in Sicherheit bringen. Die Auktionen laufen im Übrigen sensationell! Das Material wird immer umfangreicher und der Nettoertrag kann sich sehen lassen …»

«Geld ist nicht alles», murmelte Ayn. Katja sah sie erstaunt an. Sie kannte die erotische Bindung ihrer Chefin ans Geld. Diese Äußerung passte ganz und gar nicht zu ihr.

«Ich versuche mich nur in Klimt hineinzudenken», fuhr sie lächelnd fort. «Schließlich kennen wir uns schon einige Jahre. Mir blieben seine Auftritte gut im Gedächtnis, viele Mädchen haben über ihn berichtet. In Bordellen führte er sich immer auf, als wäre er der Messias höchstpersönlich, gekommen zu retten die Verworfenen und die Verlorenen. Seine Nächstenliebe ist von Voyeurismus schwer zu unterscheiden.»

«Am meisten würde er sich wohl freuen, wenn Sie ihm aus dem Nolde-Museum nebenan ein Bild akquirieren. Er mag Kitsch.» Katja blickte verlegen auf den Boden. Die Vergangenheit ihrer Chefin war tabu für sie. Von ihren Schwächen zu erfahren, hätte ihren Respekt gemindert.

«Zugegeben. Ich auch. Ich mag Kitsch sogar sehr. Ich hoffe, das legen Sie mir nicht als feminine Unart aus, Katjuscha, Katjuschka! Und seine Enkelin?» Ayn wechselte unvermittelt das Thema.
«Ein sehr aufgeschlossenes Kind. An ihr werden wir noch sehr viel Freude haben. Ihre Oberin ist begeistert. Seine Tochter hingegen ist ein selten dummes Geschöpf. Eine Glucke eben. Unter der Woche. An den Wochenenden streunt sie wie eine läufige Hündin durch die Stadt.»
Katja hasste Frauen wie Becky. Verräterinnen an ihrem Geschlecht, weil sie glaubten, ohne Männer nicht leben zu können.
«Ich fürchte, sie wird seinen Tod nicht überleben.»
«Stop! Stop! Nicht so eilig! Über sie wurde noch nicht entschieden.»
Ayn sah die leichte Enttäuschung in Katjas Blick. Ihr Blutdurst war geradezu körperlich zu spüren. Das konnte noch zum Problem werden.
«Chefin … Eine Bitte.» Katjas Stimme klang sehr devot, als müsste sie sich für ihre ungehörigen Mordgelüste entschuldigen. «Ich finde meinen Job wundervoll, das wissen Sie. Seit ich im Orden arbeite, bin ich ein neuer Mensch. Ich bin so viel ruhiger geworden.» Sie sah Ayn mit einem flehentlichen Blick an, der bühnenreif war. «Ich will ein wenig mehr Verantwortung. Ich möchte … machen Sie mich zur Patin, zur Patin der Kleinen. Das stillt meine östrogenen Sehnsüchte.» Sie lachte bitter.
«Die Oberin hat einen guten Job gemacht … aber dieses Mädchen braucht eine ganze andere Förderung. Sie braucht Schutz, auch vor sich selbst. Sie ist zu begabt … sie ist zu hellsichtig … und sie ist ein wenig altklug. Sie erinnert mich so sehr an mich selbst. Sie könnte meine Tochter sein. Ich wünschte mir, sie wäre meine Tochter!»
Katja ging ein wenig in die Knie, als drückte die Last der Sehnsucht sie nieder. Ayn glaubte ihr kein Wort. Das alles passte nicht zur ihr. Aber es war gut inszeniert.
«Die Enkelin … sie ist ehrgeizig … sie wird eine ganz Große!»
«Gut», willigte Ayn umstandslos ein, «ich nehm sie aus dem all-

gemeinen Tutorenprogramm und unterstelle sie Ihnen persönlich. Mit allen Konsequenzen.»

Katja nickte knapp und sehr militärisch.

«Neues von unserer Pharmaabteilung?»

«Die sich selbst regenerierenden Zellen ... Ich denke, es ist bald so weit für einen Einsatz am Menschen. Wir dürfen uns auf fruchtbare Zeiten freuen!»

«Wenn das kein Köder für unsere Freundin Martina ist ... Ein kleines Reagenzglas Gelee Royal!»

«Diese Martina hat ein interessantes Profil!», stimmte Katja zu. «Wir könnten sie gewinnen für uns, es wird nicht leicht, aber es ist möglich. Ihre Krankheit lässt ihr keine andere Wahl, als sich, wie soll ich sagen, ein wenig neu zu orientieren! Mal sehen, wie sie diesen kleinen Schock verdaut ...»

«Der Charme von Irrtümern übertrumpft den von Wahrheiten bei Weitem ...» Ayn lächelte maliziös. Sie ließ bewusst offen, was genau sie mit diesem seltsamen Satz meinte. Ihr war klar, dass Katja sich darüber ärgerte, so arrogant abgefertigt zu werden. Aber noch war sie die Chefin. Das musste sie ab und an zu spüren bekommen.

«Ich bin sehr zufrieden mit Ihnen. Danke, das war's!»

Tatsächlich, Katja erstarrte, als wäre sie unter eine eiskalte Dusche geraten. Es waren weniger die kühlen Worte Ayns als vielmehr die brüske Bewegung, mit der sie sich abwandte.

«Dieser Journalist wird übrigens nicht länger in ihrer Vergangenheit stöbern ... da bin ich mir sicher.»

Aber Ayn reagierte nicht mehr. Sie sah versonnen auf den Platz der Bücherverbrennung.

Kehrtmann ließ das Telefon klingeln. Aber Martina ging nicht ran. Konnte es sein, dass er die falsche Nummer gewählt hatte?! Unsinn. Er hätte sie vorwärts und rückwärts aufsagen können, er kannte sogar die Quersumme. Kein schlechteres Orakel als alle anderen. Siebzehn – was auch immer die Zahl bedeuten mochte. Siebzehn Jahre gemeinsames Leben?! Siebzehn Kinder waren ihm jedenfalls zu viel, und ihr wohl auch. «Gehen Sie vorsichtig damit um», hatte sie ihn seinerzeit ermahnt, «das ist meine Privatnummer. Die hat nicht mal mein Vater. Der glaubt, ich telefoniere nur noch mit Handy.» Aus dem Speicher seines Telefons hatte er beide Nummern schon seit Längerem gelöscht. Er wollte nichts riskieren. Jeder aus der Redaktion konnte in sein Büro spazieren. Er tippte die Zahlen. Er kannte sie auswendig. Im Schlaf hätte er sie hersagen können. Als sie in der Klinik war, hatte er nachts immer wieder ihre Nummer gewählt, weil er wusste, da war keiner. Es war wie eine magische Anrufung gewesen, dass sie bald wieder nach Hause zurückkehren sollte. «Keine Störung jetzt!»

Die Sekretärin hatte nach kurzem, heftigem Klopfen die Tür geöffnet. Er winkte sie herrisch wieder hinaus. Susi zog erstaunt den Kopf zurück, wie eine Schildkröte, die zu nah ans Feuer geraten war. So kannte sie ihn gar nicht. Das war an sich auch nicht seine Art, dieses herrische Agieren, aber er war nervös heute. Nach dem Gespräch mit von Hausens Witwe war ihm eins klar geworden: Wenn jemand in Gefahr war, dann Martina. Die Organisation Rosenberg, wie er für sich persönlich diesen Verein geschäftstüchtiger Altnazis nannte, wollte nur eins: Stillschweigen. Die brauchten Ruhe, um ihre Geschäfte zu machen. Das war auch der unausgesprochene Deal mit Polizei, Justiz und Politik. Kein Aufsehen, kein Ermittlungsdruck. Aber da draußen liefen so viele arbeitslose Reporter herum, die auf die ganz, ganz große Story wild waren, dass die Einschüchterungsparolen allein nicht mehr viel halfen. Es sollte ein Exempel statuiert werden. Ein Journalistenmord. Die russische Methode. «Haltet euch raus aus unseren Geschäften!» Er hätte nicht einmal genau erklären können warum, aber er war sich sicher, dass Martina dran glauben

Dienstag, 13. März, 12 Uhr
Kehrtmanns Büro

sollte. Es musste eine Frau sein, denn so konnten die Typen zeigen, dass sie vor nichts zurückschreckten. «Seht her, was die mexikanischen Drogenbarone machen, das können wir schon lange. Muttis exekutieren, und den Rest der Familie lassen wir auch gleich dran glauben. An unsere Allmacht. Also mischt euch nicht ein.» Martina konnte nur froh sein, dass sie keine Familie hatte, sonst hätten sie sich vermutlich zuerst ihr Kind gegriffen und dann sie.
Gott sei Dank taugte ihr Vater nicht so recht zur Erpressung. Kehrtmann schnaufte belustigt, aber im gleichen Moment wurde seine Miene wieder todernst.
Er musste sie schützen, aber er hatte keine Ahnung, wie er das anstellen sollte.
Er griff sich sein Handy und wählte zum hundertsten Mal ihre Mobilnummer. Aber auch da ging sie nicht ran. Er ließ es erneut klingeln. Fünf, sechs, sieben Mal. Wieder diese verdammt Mailbox. «Gehen Sie ran, los, kommen Sie! Ich bin es nur, Ihr Chef …», schnauzte er in den Apparat und bereute es im gleichen Moment.
Er lehnte sich in seinem Bürostuhl zurück. War einen Moment versucht, die Füße auf den Schreibtisch zu knallen.
Die Meldung über Toms Tod lag noch auf dem Tisch. Er hatte die Nachricht am frühen Morgen bekommen. Er kannte ihn. Er hatte ihn vor Monaten als Informanten für Martina akquiriert. Anders konnte er es nicht nennen. Diese Typen hatten kein persönliches Verhältnis mehr zu den Informationen, die sie verkauften. «Digitale Nutten», hatte Martinas Vater geschimpft. Peinliche Formulierung, aber ganz unrecht hatte er nicht. Und jetzt …? Die kuriosen Umstände seines Todes irritierten Kehrtmann. Das war nicht der Stil der Rosenberg-Leute. Die liquidierten, damit war es gut. Sadismus kostete Zeit, die erübrigten sie selten für ihre Opfer. Aber Tom war in die Hände eines Sadisten gefallen. Dass man sich selbst im Tode für sein Leben schämen musste, war demütigend. Die Kollegen hatten sich schon das Maul über den schönsten aller Abgänge zerrissen, wie er da vor dem Computer in seinem Bürostuhl hing, die Hosen heruntergelassen, die Zunge schlaff aus dem Mund, die

Augen verdreht. Tom war tot, das würde er Martina verschweigen. Keinen Sinn, sie zusätzlich zu verängstigen, das erfuhr sie noch früh genug. Wahrscheinlich war sein Abgang ohnehin schon in allen einschlägigen Foren gepostet. Mit Trauer-Smiley.
Ein Zettel war bei ihm gefunden worden, mit einigen wirren Zeilen. Die Abschrift lag vor ihm. «Superconducting … supercollider. Real Life superhero an alle Superheroes da draußen … Ich schwenke ins Killerorbit ein. The Dark Knight rises … Hear me … Gezeichnet Commander X. Ps Don't talk about me …»
Sie waren hinter ihm her gewesen. Aber warum hatten sie den Zettel bei ihm liegen lassen. Damit der Zettel gefunden wurde! Klar. Aber als Warnung an wen?
«Don't talk about me!» Die Warnung konnte sich eigentlich nur an Martina richten. Diese Taktik der Einschüchterung kotzte ihn an. Es war genau das, was ihn bei der Stange gehalten hatte, als die meisten anderen sich die sicheren Jobs in den Konzernen und Behörden gesucht hatten. Pressesprecher mit Pensionsanspruch. Worte so lange vorkauen, bis sie jeder verdauen konnte. Unschöne Zahlen hübsch verpacken, widerständige Fakten frisieren, das Smiley-Gesicht machen. Nein, sein Vater hatte recht gehabt, «lass dir Zeit mit deinen Niederlagen». Er hatte diese Drohgebärden schon auf dem Schulhof gehasst. Na ja, die Schülerzeitung war schnell eingegangen. Der Trotz gegen diese widerliche Form der Angstmache war geblieben. ‹Ihr könnt mich mal!› Er hieb mit der Faust auf den Tisch. Er hasste diese Typen. Er hasste sie …
Susi streckte ängstlich den Kopf herein.
«Chef, es ist wirklich wichtig! Ein Anruf für Sie … Dringend. Wirklich! Sie müssen ran …»
Susi wirkte völlig verzweifelt. Es tat ihm schon wieder leid, dass er sie hatte warten lassen.
«Na kommen Sie … stellen Sie mir das Gespräch auf den Apparat …»
Er nickte ihr freundlich zu und wollte noch ein Wort der Entschuldigung sagen, aber sie hatte den Kopf schon wieder zurückgezogen.
«Hertha! Das ist aber eine schöne Überraschung …!»

Kehrtmann drehte sich im Bürostuhl und grinste zum Fenster hinaus, als könnte er so besser in die Ferne blicken.

«Wie ist denn das Wetter so bei euch auf Mallorca? Sonne im Schatten und Fassbrause auf dem Tisch? Hertha, alles gut?»

Sonst brüllte sie immer ins Telefon, weil sie dachte, so die Entfernung besser überwinden zu können. Hertha war schon seit vierzig Jahren Haushälterin bei seinen Eltern. In dieser Zeit hatte sie sich weder ans Hochdeutsch gewöhnen können noch an kalorienarme Küche. «Icke tu alles für ihre Eltern, aber mager koch icke nich!», war ihr Credo in der Küche. Das hatte sie auch durchgehalten, sehr zum Verdruss seiner Mutter, die ihren Mann lieber ohne diese Rettungsringe um die Hüfte gesehen hätte. Jetzt eine doppelte Portion ihrer Königsberger Klopse, das würde ihm den Tag retten.

«Was ist los, Hertha? Sie sind doch sonst nicht so schüchtern?!»

Hertha druckste. Sie suchte nach Worten, was sie sonst nie tat. Ihm wurde plötzlich schlecht.

«Hertha», er sprach in die Stille hinein, die nur noch lastender wurde, je lauter er schrie. «Hertha, jetzt reden Sie doch endlich, verdammt noch mal!»

«Ich kann nicht», heulte sie plötzlich in den Apparat. «Ich kann es Ihnen einfach nicht sagen!» Es war nie ein gutes Zeichen, wenn sie hochdeutsch sprach.

Er hielt den Hörer weg von sich. Dem Hund war was passiert. Klare Sache. Irgendwelche idiotischen Touristen in ihrem Mietjeep hatten den Hund überfahren. Das fehlte grade noch. Seine Eltern hingen so an Burzel. Was für ein idiotischer Name, selbst für einen Dackel.

«Ist was mit Burzel?»

«Ihre Eltern sind …»

«Traurig klar, aber das ist … das ist kein …» Er konnte nicht mehr weitersprechen.

«Ihre Eltern sind verunglückt», brach es aus ihr heraus. «Mit dem Auto, sie sind tot. Burzel war nicht im Auto. Er ist hier bei mir. Ihm geht es gut!»

«Gut», wiederholte Kehrtmann mechanisch. «Dann ist ja gut.»

«Bei mir müssen Pflanzen auch wachsen, wenn ich nicht mit ihnen rede ...» Martina sah mit missbilligendem Blick auf das vertrocknete Gewächs, das leblos über den Rand des Blumentopfes hing. Besser gar nichts tun. Vielleicht kompostierte es sich von selbst. Sie ließ sich Wasser ein. Plan B. Sie würde jetzt ihr Entspannungsbad nehmen und dann war alles gut und zu Ende.

Am Mittag hatte der Brief im Kasten gelegen. Highnoon. Genau, wie sie es erwartet hatte. Hauptdarstellerin in einer verdammten Schmierenkomödie, die sich ein besoffener Sadist ausgedacht hatte. Sie kannte den Adressstempel nur zu gut. Wie immer ein wenig verschmiert, weil die Sprechstundenhilfen so eilig arbeiteten. Kummer in den Kasten im Akkord. «Mein Kummerkasten», so hatte sie ihren Briefkasten getauft. Da war nur Werbung und der Brief.

Endlich das Ergebnis der Nachuntersuchung. Sie hätte auflachen müssen vor Glück. Aber sie sah es dem Brief an, dass er kein Glück brachte. Da stand nichts Gutes drin, das sah sie dem Brief an. «Sei nicht immer so fatalistisch», hätte ihr Vater sie jetzt ermahnt, und ihre Mutter hätte den Brief schon längst an sich gerissen und geöffnet. Dann hätte sie vorgelesen, was der Arzt zu sagen hatte, verständnislos den Kopf geschüttelt, weil sie das Medizinchinesisch nicht verstand, und fragend in die Runde geblickt. Danach hätte ihr Vater den Brief an sich genommen, noch einmal mit den dicken Fingern durch seinen imaginären Bart gekrault und stirnrunzelnd Wort für Wort laut vorgelesen, bis zu dem entscheidenden, dem finalen Schlusswort, das kein Schlusswort sein musste, wie er sich sofort beeilte hinzuzufügen.

Rezidiv. Ihr Blick war sofort auf das Wort gefallen. Das Wort, das sie am meisten gefürchtet hatte und das nun schwarz auf weiß zu lesen war. Rezidiv. Der Verdacht auf ein Rezidiv.

Nicht auszuschließen. Das Rezidiv war nicht auszuschließen. Das Rezidiv war nie auszuschließen. Dafür hatte sie sich in chemische Lauge getunkt und mit Strahlenkanonen beschießen lassen. Nur dafür. Dass dieses verdammte Rezidiv niemals auftrat. Jetzt war es

Dienstag, 13. März, 12 Uhr
Martinas Wohnung

da. Würde sich breitmachen. Würde sie töten. Wenn sie es nicht selbst tat.
Wollte Gott sie strafen? Für was? Für ihren versoffenen Vater und ihre gefühlskalte Mutter? Für die vielen One-Night-Stands, für Ralf, diesen dämlichen Hund, für ihren Ehrgeiz, dafür, dass sie ihren Job liebte, mehr als alles andere. Für was wurde sie eigentlich gestraft?
Sie hielt die Hand unters Wasser. ‹Schön heiß›, dachte sie. Zu heiß. Aber was machte das schon. Daran würde sie nicht sterben.
Ein Rezidiv. Heißes Wasser würde helfen. Sie würde es verbrennen, verbrühen, vertrocknen lassen. Wegfrottieren. Das würde wohl nicht gehen. Das würde Ralf versuchen. «Lass mich dein Rezidiv frottieren.»
Sie würden beide gemeinsam drüber lachen, in der Hölle, dort würden sie sich wiedersehen.
Der Strahl trieb hinab in die halb volle Wanne. Sie hatten so sauber geschnitten damals, hatte der Chirurg geprahlt, als er für eine Minute an ihr Bett getreten war. Er musste das Flehen in ihrem Blick bemerkt haben, denn er hatte sich über sie gebeugt und ihr kurz, begütigend an die Schulter gefasst.
«Alles überstanden», hatte er nur gesagt, alles überstanden, aber er hatte offengelassen, ob er das als Frage oder als Feststellung gemeint hatte. Es war eine Frage gewesen. Jetzt wusste sie es besser. Er hatte sich damals gefragt, ob sie die Heilung überhaupt verdiente, so anmaßend, so fordernd, wie sie im Bett gelegen hatte.
«Ich will gesund werden. Ich hab diese verdammte Krankheit nicht verdient.» Mehr Gedanken hatte sie damals nicht. Mehr Gedanken hatte sie heute nicht. «Ich hab diese Krankheit nicht verdient.» – «Ich will gesund!» Manchmal beneidete sie die Proleten aus den nichtsprachlichen Gebieten. Mehr Worte brauchte es nicht: «Ich will gesund!» Hinausgeschrien.
Wie konnten die anderen immer so still sein. Das hatte sie nie begriffen. Wie konnten die anderen immer so still leiden. So klaglos.
Die Wanne war fast voll. Ein wenig Schaum wäre schön. Aber jetzt war es zu spät. «Der Schaum der Tage.» Sie kicherte blöd. Ihr erstes

geschenktes Buch. Der erste Junge, der ihre Brüste hatte anfassen dürfen. Das erste Mal, dass sie sich gewünscht hatte, sie mögen größer sein, damit er zärtlicher zufassen konnte. Denn irgendwie hatte sie damals seine Enttäuschung gespürt. Oder sie hatte sie sich eingebildet. Wahrscheinlich war damals schon die erste Zelle aus dem Tritt geraten und zur Krebszelle mutiert.

Sie ging hinüber ins Wohnzimmer und sah auf das Regal mit den CDs. Welche Musik wollte sie zum Abschied hören. Nichts Sentimentales, das war klar. Nichts Klassisches, nur damit die Rettungssanitäter eine gute Meinung von ihr haben würden. Nichts Weinerliches. Nichts Fröhliches. Brauchte sie überhaupt Musik zum Abschiednehmen?

Sie ließ den Bademantel fallen und strich sich über den Hals hinab auf ihre Brüste, streichelte kurz die Warzen, kniff leicht hinein und fuhr die Taille hinab, bis ihre Hände mutlos neben dem Körper hingen.

‹Schade›, dachte sie. ‹Ich hätte gern noch einige Jahre gelebt.› Sie hob die Hände wieder zum Gesicht und wärmte ihre Wangen. Noch zwanzig gesunde Jahre, oder auch nur zehn Jahre. Was für ein Geschenk!

«Sie sind gesund», hatte ihr Frauenarzt vor einigen Wochen gesagt. «So gut wie gesund. Ich will mich nicht zu weit aus dem Fenster lehnen, aber Ihre Überlebenschance liegt bei achtzig bis neunzig Prozent. Rechnen Sie, Sie sind deutlich im Vorteil gegenüber dem Tod. Vertrauen Sie auf die Zukunft der Medizin, das müssen Sie in Ihre Heilungschancen mit einrechnen, das ist einfach eine Frage der Logik, dann sieht das alles noch viel besser aus.»

«Prima, dann stellen Sie mir mal den Garantieschein aus», hatte sie damals gescherzt. Ein Scheißwitz. Damals hatte sie nicht drüber lachen können. Heute konnte sie es auch nicht.

«Aber klar doch! Beim nächsten Mal», hatte er höflich gegrinst und sie verabschiedet.

Sie musste ihr Schicksal schon selbst in die Hand nehmen. Sie würde das Gift einfach hinausspülen. Erst wollte sie sich einfach die Adern aufschlitzen und es ausbluten lassen, das Gift mitsamt der ganzen Chemoscheiße, mitsamt allen Mikroben, Parasiten, karzinogenen Ultrascheißstoffen, die sich angesammelt hatten im Lauf der Jahre.

Links und rechts saubere Schnitte vom Handgelenk bis zum Ellbogen. Warum nicht? Sie mochte das Rasiermesser, sie hatte es ihrem Vater geklaut, ohne dass er es gemerkt hatte. «Nicht dass du dir aus Versehen im Suff noch das Gesicht zerschneidest», hatte sie ihn getröstet, als er den Rasierapparat zu Weihnachten bekam. «Was für ein Altherrengeschenk», hatte er nur gemurmelt. «Nächstes Jahr dann die Gichtstrümpfe?»

Es hatte einen wunderbaren Perlmuttgriff, dieses Rasiermesser, Hans Albers hatte so eins gehabt – als ob sich der im Suff hätte rasieren können –, aber ihr Vater verehrte Hans Albers. Wenn er völlig betrunken war und nicht mehr sprechen konnte, dann konnte er immer noch «Auf der Reeperbahn nachts um halb eins …» grölen, oder noch besser: «Flieger, grüß mir die Sonne …»

Genau, warum nicht Hans Albers auflegen. Sie ging unschlüssig zum Regal zurück und machte auf der Stelle wieder kehrt. Das Wasser würde kalt werden, wenn sie hier noch weiter trödelte. Die Tabletten brauchten ihre Zeit.

Es war feige, das hatte sie auch in ihrem Brief geschrieben, es war feige, «aber ich halt das nicht mehr aus. Ich will das alles nicht noch mal durchmachen. Ich will nicht mit der Angst leben. Ich will nicht sterben, aber ich will auch nicht mit der Angst leben. Tut mir leid.» Mehr war ihr nicht eingefallen. Ihr Vater würde nicht sonderlich stolz auf sie sein. Ihre Mutter schon gar nicht. Die würde nur missmutig den Mund verziehen. Das sah ihr ähnlich, würde sie denken, und ihren Freundinnen den ganzen Kummer klagen, den sie schon immer mit ihrer Tochter gehabt hatte. «Sie war nie ein einfaches Kind, nie. Das kann ich alles auch nicht nur auf ihren Vater schieben. Sie war einfach schwierig. Aber es ist ihre eigene Entscheidung gewesen. Nur, wir müssen damit leben, das hätte sie sich vielleicht früher überlegen sollen, wir müssen damit leben. Sie ist fein

raus.» Martina konnte sich lebhaft das Gesicht ihrer Mutter bei diesen Worten vorstellen.
Was konnte sie schon groß wollen, sie war eine saubere Leiche. Alle Giftstoffe hinausgeschwemmt. Ihr Wunsch würde in Erfüllung gehen. Ihre Tochter war kerngesund gestorben. In der Blüte ihrer Jahre.
Sie hörte es nur hämmern. Komisch, sie hatte Glockengeläut erwartet. Hells Bells oder dergleichen. Es klopfte an ihrer Tür. Wieso klopfte es? Wieso klingelte es nicht?
Klopf, klopf. Knock, knock, knockin' on heaven's Door. ‹Das wird Ralf sein! Der alte Romantiker will Abschied nehmen und das Material kassieren.› Sie ging ins Bad. Sie hatte sich diese Portion Glückspillen gerichtet für den Tag. Tom hatte sie damals besorgt. Hoffentlich taugte das Zeug was. Er hatte geschworen, bei allem, was ihm heilig war. Keine Ahnung, was das sein sollte. Aber er war kein Betrüger. Sie wog die Packung in der Hand. Gar nicht so schwer das Sterben …
«Selbstmord ist keine Lösung», hatte ihr Vater immer wieder gepredigt. Er musste es wissen, er war oft genug auf dem Sprung. Nein, eine Lösung war es nicht, ein Trost war es. Sie würde das Gift einfach hinausspülen und den Krebs gleich mit.
Sie wollte nicht als Sondermüll bestattet werden. Oder verbrannt als Chemieabfall.
Die Tränen liefen ihr über die Wange. Sie hatte eigentlich niemals verbrannt werden wollen.
Eine saubere Leiche. Das war ihr größter Wunsch, sauber. Und Glockengeläut. Aber sie hörte es nur hämmern.

Sie las die letzten Zeilen der Mail. Heloise wurde seltsam. Sie musste fliehen. Auch vor Heloise. Sie begann zu klammern. Wie ihre Mutter. Aber Lotta ahnte, wenn sie floh, würde auch Heloise fliehen. Sie würde ihr folgen auf allen Wegen und sich irgendwann zu erkennen geben. Liebende wie Heloise konnten nicht im Verborgenen bleiben, sie wollten immer irgendwann ans Licht treten. Sie hatten nicht die Kraft, mit ihren Gefühlen allein zu bleiben.

Sie blickte auf Viktoria Modesta. Ihr neues Poster. Die Athletin mit der glitzernden Beinprothese. Sie war ganz anders. Wer sagt, dass eine Beinprothese wie ein Bein aussehen muss? Wer sagt, dass ein Mädchen wie ein Mädchen aussehen muss? Wer sagt, dass wir so bleiben müssen, wie wir sind? Sie wäre gern ganz und gar unkörperlich gewesen. Nur Geist. Nur vollkommener Geist.

Neben dem Poster von Viktoria Modesta hing das Bild eines Shaolin-Mönches, der einen Kampfsprung ausführte. Kraft war etwas so Schönes. Macht. Sie liebte die Macht. Macht schützte vor Einsamkeit. Vom Schrecken der Menschheit zu Gottes Kind geworden. Und Gottes Kind wird wieder der Schrecken der Menschheit. Diese Bekehrungsgeschichten mochte sie. Die Oberin hatte mehrfach durchklingen lassen, dass die Menschheit bestraft gehört. Die Frage war nur, wann und wie.

Die Auktion war wunderbar gelaufen. Sie hatte Geld. Viel Geld. Mehr als ihre Mutter je verdienen würde. Der Betrag war bereits auf ihrem Pay-Pal-Konto eingegangen. Der Typ musste es wahnsinnig eilig haben.

Sie dachte gar nicht daran, ihn so schnell zu treffen. Sie hatte vier Wochen Zeit. Wenn es bis dahin zu keinem Kontakt gekommen war, wurde das Geld wieder an den Bieter zurückgezahlt. Aber vier Wochen waren eine lange Zeit. Sie würde sie auskosten. Und wer weiß, vielleicht war sie dann schon irgendwo ganz anders.

Dreihundertfünfzigtausend Euro. So viel Geld, so wenig. Es würde nicht genügen, für das, was sie vorhatte. Aber es war immerhin ein Anfang.

Dienstag, 13. März, 14 Uhr
Lottas Zimmer

Sie überlegte, ob sie noch eine Stunde ins Haus der elektronischen Arbeiter gehen sollte. Ein wenig ihren Triumph genießen, in aller Stille. Der letzte Mensch auf Erden, den sie jetzt sehen wollte, war ihre Mutter. «Kinder wie du brauchen keine Mutter», hatte die Oberin immer wieder betont. «Kinder wie du brauchen eine Führerin, einen Guide, einen Erzengel.» Das klang hart. Aber sie hatte sich schon vor Jahren dafür entschieden, ihr Leben ohne ihre Mutter zu führen. Becky verstand einfach nicht, worum es ging. Sie lebte ohne Sinn. Das war das Schlimmste, was sie sich überhaupt vorstellen konnte. Ohne Sinn zu leben.
Lotta sah auf die Uhr. Spätestens in einer Stunde würde sie hier sein. Besser, sie traf ihre Mutter nicht. Becky war nicht dumm. Sie spürte sofort, wenn etwas geschehen war. Ihr Mutterinstinkt funktionierte gut, viel zu gut. Er war das Einzige, was sie hatte.
Alice im Wonderland. Ab und an ging sie gern ins Haus der elektronischen Arbeiter, so nannte sie das Café direkt am Rosenthaler Platz. Sie mochten alle, sie waren alle irgendwie lustig, aber nur für eine Stunde. Ihnen fehlte die Führung. Sie wäre gerne Direktorin dort gewesen, Chefin des Zukunftsforschungsinstituts.
Sie warf sich ihre Trainingsjacke über die Schultern und packte ihre Laptoptasche. Becky mochte es nicht, wenn sie ohne Jacke aus dem Haus ging. Becky mochte es überhaupt nicht, dass sie aus dem Haus ging. Warum hatte sie überhaupt ein Kind gezeugt, wenn sie nicht erleben wollte, wie es groß wurde. Erwachsen und klüger als sie selbst. Das war doch der Sinn von allem.
Sie stürmte die Stufen hinunter und rannte Richtung Café. Manchmal ging ihr alles zu langsam. Viel zu langsam. Die Menschen taten immer so, als ob sie so viel Zeit hätten. Aber da war gar nicht mehr so viel Zeit für jeden.
Sie riss die Tür zum Café auf, sah nicht links und rechts und setzte sich an einen Fensterplatz, der gerade frei geworden war.
Die Bedienungen hatten meist ein kleines Lächeln für sie übrig, weil sie so jung aussah. ‹Das täuscht›, dachte sie sich dann immer und lächelte besonders freundlich zurück. ‹Ihr täuscht euch in mir.

Ich bin nicht so jung, wie ich aussehe. Reife ist keine Frage des Alters.› Das klang wieder total altklug, aber was konnte sie dafür, dass jeder Satz aus ihrem Mund altklug klang?!
Wie mochte sich eine Bienenkönigin fühlen? Bedrängt von ihren Untertanen? Bedrängt oder geliebt? Verehrt oder gehasst. Oder ganz selbstverständlich als Königin anerkannt. Weil es einfach natürlich so war. Unnatürlich war es, wenn alle durcheinanderredeten und jeder eine eigene Meinung haben wollte. Sie hätte gern einen Abend mit Marie Antoinette verbracht und ihr in Ruhe erklärt, was sie alles falsch gemacht hatte. Diese einfachen Fehler der Menschen regten sie auf. Ihre Mutter hatte schon recht. «Warum bist du immer so …» Sie hatte das passende Wort gesucht, wie immer. «So unduldsam», war sie ihr beigesprungen. «Ja», hatte Becky ihr irritiert recht gegeben. «Unduldsam ist das richtige Wort. Klingt so altmodisch. Aber es passt.»
«Weil ich die Menschen hasse», hatte Lotta mit einem kleinen schiefen Lächeln geantwortet. «Weil ich sie von ganzem Herzen hasse.» Und sie war versucht hinzuzufügen: «Dich auch, Mutter.» Aber das klang dann doch zu theatralisch.
Eine Stadt ohne Schmutz. Eine Stadt, in der jeder gern seinen Dienst tat. Nicht wie hier. Ohne Lächeln bedienten sie. Unvorstellbar, eine Königin ohne Lächeln zu bedienen.
Manchmal fühlte sie sich hier zu Hause. In der Werkstatt der Zukunft. Das glaubten ja alle hier. Aber sie begriffen es mehr als ein Spiel. Das ärgerte Lotta. Sie mochte diese Halberwachsenen nicht, die sich ihre Hauptrollen auf YouTube schrieben. Ihnen fehlte der Ernst. Schon wie sie dasaßen! Wie kleine Jungs, die das erste Mal die Schule geschwänzt hatten. Alle hier schienen irgendwie ein schlechtes Gewissen zu haben.
«Der freie Geist, andere nennen ihn Gott, der freie Geist ist furchtlos», hatte die Oberin immer wieder geschrieben. Die Amazonen, sie hatten sich eine Brust weggeschnitten, damit sie den Bogen besser anlegen konnten. Das war Mut. So mutig wollte sie auch sein. Nicht sich wehtun, das war albern! Aber alles für die Sache opfern.

Das würde keiner hier tun. Wie kindisch sie alle wirkten. Alle taten sie so wichtig. Tippten Messages ans Universum in ihre Laptops und waren doch nur Sillys. So hatte Heloise all die Menschen genannt, die sich mit Spielzeug zufriedengaben, materiell und gedanklich. Dummköpfe, Sillys. Ein gutes Wort. Sie war so froh, dass sie sich eine Gefährtin hatte wählen dürfen. Für sie war Heloise die beste Gefährtin auf der Welt gewesen. Eine Freundin, mit der man alles besprechen konnte. Heloise war ein so schöner Name. Sie hatte ihn sich selbst gewählt. Das hatte Lotta großen Respekt eingeflößt. Denn sie fand es schwierig, sich einen passenden Namen zu wählen. Ninja wirkte zu kindisch inzwischen. Diodema, das war ein schöner Name. Jeder glaubte, ihn schon einmal gehört zu haben. Aber es gab den Namen gar nicht. Göttin Diodema, die unbekannte Göttin. Das gefiel ihr. Dolorosa, Lady Macbeth, Killer Virgin, eine Menge Unsinnsnamen spukten durch ihren Kopf, Decknamen, Namen ohne Magie. Ein guter Name war wichtig, um sich von dem alten Ego zu lösen. Der Dreisatz des Ordens: Sich von der Familie lösen, sich von der Welt lösen, sich von sich selbst lösen, dann war man frei.

«Ich spüre es nicht», hatte Heloise ihr gleich zu Anfang geschrieben, «ich spüre die Freiheit nicht, von der die Oberin spricht. Ist das Unrecht? Ich spüre einen astralen Horror, ich spüre, dass sich Menschen aus dem Jenseits bei mir einhacken, um meine Energie abzusaugen. Die Welten sind nicht getrennt, sie sind alle gleichzeitig, wir leben gleichzeitig in vielen verschiedenen Welten, das macht es so schwer sich zu entscheiden, in welcher man bleiben will.»

Sie hatte auf diese Klage von Heloise nicht reagiert. Heloise neigte sehr schnell zum Klagen. Als die Oberin sie gebeten hatte, ein Profil von Heloise zu erstellen, hatte sie das ganz obenan gestellt. Heloise war sehr klug, aber sie klagte zu viel. Das zeugte nicht von Demut.

«Was spürst du wirklich?», hatte Heloise sie oft im Chat gefragt.

«Was ich wirklich spüre? Sehnsucht!», hatte Lotta ehrlich geantwortet.

«Nach was?»

«Ich weiß es nicht …»
Doch, sie wusste es. Lotta sah sich scheu um, als schämte sie sich dafür, vor Heloise ein Geheimnis gehabt zu haben. «Aber du brauchst selbst bei deiner besten Gefährtin», so hatte es ihr die Oberin eingeschärft, «ein Tabu.» Das hatte ihr sofort eingeleuchtet. «Das Tabu schützt dich. Was immer passiert, du hast den inneren heiligen Bezirk, den niemand je betreten hat, den niemand je betreten darf, den heiligen Bezirk der Seele. Kein Mensch braucht eine Kirche aus Stein, aber jeder Mensch braucht einen Tempel, in dem er bei sich sein kann. Du bist dieser Tempel.»
«Ich will Königin sein», hatte ihr Heloise gleich zu Beginn anvertraut. Aber das war nicht ihr Tabu gewesen. Die Oberin hatte ihr sicher auch eingeschärft, niemals ihr Tabu preiszugeben. Aber Heloise war sehr offenherzig. Das hatte ihr anfangs gefallen. Die frühen Gespräche mit Heloise waren so verliebt gewesen. Unschuldig verliebt. Es schien ihr, als lägen sie schon Jahre zurück, dabei waren es nur einige Wochen. Jetzt war Heloise schon fast zu alt für sie, zu besitzergreifend. Sie klammerte so. Sie hatte keinen natürlichen Respekt.
«Mit meiner Mutter kann ich immer weniger reden», hatte sie Heloise gestanden.
«Ich mit meinem Vater … Ich glaube wirklich, er ist der Teufel.»
«Wieso das?»
«Er riecht!» Sie hatte so kichern müssen, als Heloise das damals schrieb. «Wie riecht der Teufel denn?» – «Nach Geld …», hatte Heloise geantwortet.
Da war ihre Mutter anders. Sie roch nicht nach Geld, ganz und gar nicht. Sie sparte ihr Geld nicht, sie gab es viel zu schnell aus. Anfangs hatte sie ihrer Mutter das Geld nur deshalb weggenommen. Damit sie es nicht ausgab. Wann immer es ging, hatte sie ihre Mutter bestohlen. Dann konnte sie schon kein Fleisch kaufen oder Kosmetik. Stehlen musste sie jetzt nicht mehr, nicht für Geld. Geld war kein Problem. Die Oberin hatte diese wunderbare Idee gehabt, Geld zu verdienen, viel Geld zu verdienen. Es war nicht ihre eigene

Idee gewesen. Leider. Sie selbst wäre nie darauf gekommen, dass etwas so Wertvolles in ihrem Besitz war. Etwas, wofür andere ein Vermögen bezahlen würden. Aber dafür war sie einfach zu jung.
«Denk darüber nach», hatte die Oberin sie angestachelt, «es selbst herauszufinden. Denk darüber nach, was in deinem Besitz ist, ganz allein in deinem Besitz. Etwas so Wertvolles, dass andere ein Vermögen dafür bezahlen würden.»
«Oder zur Gewalt greifen», hatte sie warnend hinzugesetzt. Sie hatte damals den Verdacht gehabt, dass die Oberin sie fast ein wenig erpressen wollte. Entweder verkaufst du es, oder du verlierst es durch die Gewalt anderer. Aber das konnte Täuschung sein, weil sie so wütend auf sich selbst gewesen war. Was befand sich schon groß in ihrem Besitz, was sie hätte verkaufen können?! Nichts!
Die Oberin hatte amüsiert geantwortet: «O doch!»
Dann hatte sie ihr die Auktion vorgeschlagen, die Versteigerung ihrer Jungfräulichkeit.
Irre! Irre viel Geld. Sie war sich noch nicht sicher, was sie mit all dem Geld tun sollte. Femen, New Feminism. Der Körper ist unsere Waffe. Nicht unsere Last, wie bei ihrer Mutter, die sich nie entscheiden konnte, ob sie das Sportstudio mehr hasste oder Yoga. Sie war so weich in allem. Ihre Körper war ein schlechter Diener. Sie war eine schlechte Untertanin ihrer selbst. Sie diente ihrem Körper. Aber der Körper muss dem Geist dienen. Deswegen war es nur logisch, dass sie ihn verkaufen konnte. Er kam ja immer wieder zu ihr zurück. Er arbeitete für sie. Dein Körper arbeitet für dich. Der Körper der Königin.
Woran man eine Führerin erkennt? Am langen Mittelfinger? Quatsch. Man erkennt sie daran, dass sie es weiß, fühlt, lebt. Eine Führerin ist sich ihrer immer sicher. Es gibt eine Wette, eine ganz einfache Königsprobe! Stell dir die Frage: Für wen würdest du sterben wollen? Aber gib dir eine ehrliche Antwort! Keine, die dir eingeredet wurde. Für wen würdest du sterben wollen? Für niemanden! Also muss ein anderer für dich sterben. Erst hatte sie sich geschämt dafür, diese Antwort gegeben zu haben. Aber dann war

sie froh darüber gewesen. Ihre Mutter würde für sie sterben wollen und auch noch stolz darauf sein. Dabei war es nur dumm. Dumm und schwach!
Der Orden lehrte ein anderes Leben. Dummheiten waren nicht erlaubt. Heloise machte nie einen Scherz, erzählte nie eine Dummheit. Ihre Mutter machte dauernd Scherze. Warum? Weil sie sich nicht ernst nahm. Was war daran so komisch, wenn man sich nicht ernst nahm. Wenn man andere nicht ernst nahm. Nichts war komisch auf der Welt.
Lotta musste kichern. Doch, manches war schon komisch. Manche Körper waren komisch. Als stammten sie aus den Versuchswerkstätten der alten Götter und hätten sich eigenmächtig befreit.
‹Du armer dicker Mann›, dachte sie, dabei war er gar nicht so dick, nur alt und kraftlos und sehr, sehr blass. Schnaufend trat er durch die Tür und blickte sich um, als wäre er direkt von einem anderen Universum hier hereingeplumpst.
«Willkommen bei den Digitalen», flüsterte sie und musste kichern. Aber halt, sie kannte ihn. Lotta hielt sich erschrocken die Hand vor den Mund. Das war der Mann von gestern. Der Betrunkene. So nüchtern, gewaschen und fein angezogen war er nur schwer wiederzuerkennen.
Aber er war es. Und er suchte sie. Das wusste Lotta instinktiv.
‹Falstaff, ich taufe dich Falstaff ... Hoffentlich wirst du dich deines Namens würdig erweisen›, dachte sie. Wann immer die Lebensangst sie zu überwältigen drohte, gab sie den Menschen und den Dingen, die sie erschreckten, einen neuen Namen. Falstaff war ein guter Name. Ein Name, der keine Angst machte.
Falstaff setzte sich neben die Tür, musterte ein wenig mitleidig die junge Frau, die neben ihm auf die Tasten eindrosch, als spielte sie Chopin für Wahnsinnige. Sie war so dünn, dass selbst Lotta Mitleid bekam.
Der dicke Mann bestellte sich eine heiße Schokolade. Ein seltsames Getränk für einen Trinker, dachte Lotta und duckte sich, denn sein Blick hatte sie erfasst.

Einen Moment war er unschlüssig, doch dann ging ein großes Grinsen über sein Gesicht. Er hatte sie erkannt. Die Kellnerin kam mit dem heißen Kakao. Er konnte nicht gut sein, so schnell wie er angerührt worden war, dachte Lotta. Sie nehmen sich einfach nicht die Zeit, für nichts und niemand.
Er hob seine Tasse. Prostete ihr mit dem heißen Kakao zu. Sein Lächeln wirkte ein wenig verloren, aber es war ehrlich. Dafür hatte Lotta einen Blick.
Sie nahm ihre Ingwerlimonade und ging hinüber zu ihm.
«Hallo», sagte sie nur.
«Hallo», nickte er ihr freundlich zu, «wir kennen uns.»
Jetzt war es an ihr, zu nicken.
«Ja, wir kennen uns. Freut mich, dass es Ihnen wieder besser geht.»

«Bin gleich wieder da.»

Mehr nicht. Mehr stand da nicht. Ihre Tochter hatte es nicht nötig. Wozu die Mutter informieren, die sich Sorgen machte? Ihr Kind wusste ja, was es tut. Ihr Kind war ja schon erwachsen. Mit fünfzehn brauchte ein Mädchen seine Mutter ja nicht mehr. Mit fünfzehn war ein Mädchen schon groß. Konnte schon selbst seine Wäsche waschen! Tat es aber nicht.

Becky hob Lottas Trainingshose vom Boden, klopfte sie ein wenig aus und warf sie in die Ecke. Eine wahnsinnige Wut stieg in ihr auf.

«Ich halt das nicht mehr aus.» Sie schlug die Hände vor die Augen und ließ sich erschöpft auf einen Küchenstuhl sinken.

«Ich halt das einfach nicht mehr aus.»

Sie stemmte sich hoch, packte die schmutzigen Sportsachen, ging hoch ins Bad und belud die Waschmaschine. Einen Moment war sie versucht, den Temperaturschalter auf Kochwäsche zu stellen. Lotta würde Augen machen! Ganz neue Farben. Ganz neue Größen. Aber ihre Tochter hatte keinen Humor. Sie würde sich anklagend vor ihr aufbauen, sie mit ihren ernsten großen, wunderschönen Augen ansehen und fragen: «Was soll das denn?» Das würde ihre Tochter tun. Sie würde nicht lachen, die kurzen Trainingshosen hochhalten, sich winden vor Heiterkeit, sie würde dastehen und fragen: «Was soll das?» Ihre Tochter hatte keinen Humor, oder wenn, dann hatte sie es noch nicht bemerkt. Lotta war gefühlskalt. Das war sie. Ihre hochbegabte, superschlaue, extrakluge Tochter war ein altkluges, gefühlsarmes, herzloses Wesen, das ein verdammter Alien gezeugt hatte. Vielleicht liebte sie Lotta deswegen nur umso mehr.

Becky stellte die korrekte Temperatur ein, wischte Lottas Haare aus dem Waschbecken und blickte nachdenklich in den Spiegel.

Martina hatte recht. Was hielt sie eigentlich hier? Sie wurde nur älter von Tag zu Tag, und keiner war da, der sich darüber beschwerte. «Du vernachlässigst dich!» Sie hätte eine Menge dafür gegeben, diesen Vorwurf aus einem anderen Mund als dem eigenen zu hören.

«Meine Schöne, du vernachlässigst dich!»

Positive Ansprache, positives Denken. Sie grinste ihr Spiegelbild an.

Dienstag, 13. März, 15 Uhr
Beckys Wohnung

«Ich hab dich lieb! Ich hab dich sehr lieb!» Das Mami verkniff sie sich. Es war schon wahnsinnig genug, was sie hier tat.
Warum nicht ein Jahr Urlaub vom Leben? Von diesem Leben, das sie nur älter und einsamer machte. Die Wohnung konnte sie untervermieten. Lottas Schule würde keinen Ärger machen. Ihre Tochter würde vermutlich Ärger machen. Was für eine wunderbare Gelegenheit, sich als Erziehungsberechtigte zu beweisen.
Becky grinste verlegen in den Spiegel.
Nichts, was sie weniger gern tat. Streng sein.
Wozu das führte, sah sie ja. Ihre Tochter war außer Haus und hatte es nicht nötig, mehr als eine dürre Zeile zu hinterlassen. «Bin gleich wieder da.»
Es war Mittagszeit, Essenszeit, aber Prinzessin Lotta brauchte noch ein wenig Ausgang. Becky musste lachen. Sie konnte sich einfach nicht ernst nehmen, wenn sie wütend wurde. Das war nicht ihre Art.
Sie ging hinunter und blieb unschlüssig vor Lottas Zimmer stehen. Sie hatte es geschworen bei ihrer Ehre als wohlerzogene Supernanny, niemals unaufgefordert dieses Zimmer zu betreten. Aber sie hatte es einem ungezogenen Kind geschworen, dieser Schwur galt nichts.
Sie drückte die Klinke, zögerte einen Moment. Ihrer Tochter traute sie eine Selbstschussanlage oder zumindest eine automatisch anspringende Überwachungskamera zu. Ach Quatsch, ihre Tochter wusste genau, dass sie sich auf das Wort ihrer Mutter verlassen konnte. ‹Aber auch eine superkluge Lotta irrt zuweilen›, dachte Becky schadenfroh.
Sie sah sich ohne großes Erstaunen im Zimmer ihrer Tochter um. Es hat sich gar nicht so viel verändert in den letzten Wochen. Wozu die ganze Geheimniskrämerei? Das Bett war nicht gemacht, wie immer. Schulsachen lagen verstreut auf dem Boden. Im Regal standen die Bücher ungeordnet, einige lagen aufgeschlagen übereinander.
An der Wand hingen immer noch die kleinen Bilder, die sie gemeinsam gemalt hatten, Urlaubsbilder. Meer, Strand, Seeungeheuer, mit

großen freundlichen Augen, die für ihr Leben gern Touristen fraßen. Einen ausgeprägten Hang zur Schadenfreude hatte Lotta. Den hatte sie wohl doch von ihr geerbt.

Auf dem Schreibtisch lag ihre Haarbürste, sonst nichts.

Sie zog die Schublade auf. Nichts Ungewöhnliches. Ganz und gar nichts Ungewöhnliches. Eine Menge Stifte und eine Menge Bilder. Sie hatte gar nicht gewusst, dass Lotta so an ihren Erinnerungen hing. Kindliches Alzheimer? Sie griff sich einen Stapel Fotografien. Ihr erster gemeinsamer Urlaub in Italien. Da war sie schon zwölf. Auf jedem der Bilder sah sie sehr ernst in die Kamera, als wäre Strandleben etwas furchtbar Sinnloses. Warum bewahrte sie gerade diese Bilder auf?

Alles nur Urlaubsbilder. Am Strand, in den Bergen. Lotta mit Wanderstab, Lotta kniend neben einem Hirtenhund. Kein Bild von ihr. Kein Bild von ihrer Mutter. Becky wühlte die Schublade durch. Unter alle diesen Bildern fand sich kein Bild, auf dem sie zu sehen gewesen wäre. Lotta bewahrte kein Bild ihrer Mutter auf.

Becky schloss die Schublade und atmete tief durch.

Das konnte Zufall sein. Das war mit Sicherheit Zufall. Die anderen Bilder waren irgendwo in der supergeheimen Schatztruhe. Da, wo sie ihre Lieblingssachen aufbewahrte. Hier waren nur die Lotta-Bilder. Bilder, die sie daran erinnern sollten, dass das Leben kein Urlaub war.

Becky rieb sich die Augen. Das war es. Das war der Grund. Sie kannte ihre Tochter. Sie kannte ihre Tochter besser als sich selbst. Denn Lotta tat selten etwas ohne Grund. Sie war nicht irrational. Sie hatte all diese Urlaubsbilder in der Schublade ihres Schreibtisches, um sich daran zu erinnern, dass sie kein Recht auf Ferien hatte. Sie musste sich ranhalten, solange alles im Argen lag. Die Rettung der Welt! Darunter tat sie es nicht.

Becky drehte sich mit dem Stuhl und blickte wütend auf den Bildschirm, der sehr ergonomisch auf Augenhöhe ausgerichtet war. Den Computertisch hatte sich Lotta selbst gekauft. Von ihrem Ersparten. Hässlich, aber ungemein praktisch.

Sie tippte wahllos auf die Tastatur, spielte einen imaginären Trauermarsch, ganz genialische Pianistin.
Das konnte nicht wahr sein.
Becky schlug sich die Hand vor den Mund, als müsste sie sich zwingen, ein Geheimnis ganz und gar für sich selbst zu behalten. Dann brach sie doch in Lachen aus. Ein unnatürlich lautes Lachen.
Nein! Das ist nicht wahr. Ihre superschlaue Tochter. Das kann nicht wahr sein!
Becky blickte ängstlich zur Tür, als fürchtete sie eine Falle. Aber das war keine Falle. Lotta hatte einfach vergessen, ihren Computer abzuschalten. Sie hatte sich nicht einmal ausgeloggt. Sie war in einem dieser Chatrooms gelandet, von deren Existenz sie wusste, die sie aber nie hatte betreten dürfen.
«Das geht dich nichts an, Mama, davon verstehst du nichts, Mama, das würde dich nur langweilen.»
Und jetzt?! Lotta hatte einfach vergessen sich auszuloggen. Ihre neunmalkluge Tochter hatte einfach vergessen, die virtuelle Tür hinter sich zu schließen. Aber sie hatte kein Recht einzutreten. Becky schnaufte entrüstet. Und ob sie ein Recht hatte. Jedes Recht der Welt hatte sie, die Aktivitäten ihrer Tochter zu überwachen. Nein, nicht zu überwachen. Davon zu erfahren.
Das erste Mal tat sie das, was sie sich eigentlich für immer und ewig verboten hatte. Sie spionierte. Das war ein Zeichen des Himmels, oder der Hölle, erschrak sie, als sie die ersten Sätze las. Wer war Heloise? Keine Schulkameradin jedenfalls. Davon erzählte sie ja noch, von ihren Klassenkameradinnen. Aber eine Heloise hatte sie nie erwähnt. Sie scrollte ein wenig hoch, das konnte Lotta unmöglich nachvollziehen. Was für ein wahnwitziges Gerede. Becky stützte ihr Kinn auf die Hand. Das konnte doch nicht wahr sein.
Sie checkte den Verlauf .... Sie las die letzten Mails. Plötzlich hatte sie große Lust, sich einen Joint zu drehen. Wer war Heloise ...? Was für eine kleine durchgeknallte New-Age-Schlampe war Heloise?
«Meine Mutter wird es nie herausfinden», prahlte Lotta ihr gegenüber.

«Heute ist der Tag meiner Erweckung!»
Der Tag meiner Erweckung, das war doch wohl der Tag, als sie Vegetarierin geworden war. Becky konnte sich noch gut an den Tag erinnern. ‹Jetzt verdoppeln sich unsere Haushaltskosten›, hatte sie sehr pragmatisch gedacht, als Lotta mit feierlicher Miene eröffnete, nie wieder ein Produkt von lebenden oder toten Tieren anrühren zu wollen, weil das eine Versündigung an der Schöpfung sei. Versündigung an der Schöpfung! Geldgeile Vermieter waren eine Versündigung an der Schöpfung. Aber keine Hühnereier. «Aber Mama, du weißt, wie die Hühner leben müssen!»
Becky hatte keine Ahnung, wie die Hühner in und um Berlin leben mussten, und sie wollte es auch nicht wissen. Manche Dinge musste man einfach nicht wissen, das bewahrte die Seele vor größeren Schäden. Aber dazu war ihre Tochter zu jung. Die wollte natürlich alles wissen.
«Mich kannst du täuschen … aber Gott kannst du nicht täuschen …»
Woher hatte sie nur diese Sätze. Die fielen ihr doch nicht einfach so zu. Und wer war diese Oberin?
Beckys Stirn legte sich in Falten. Sie rieb sich die Augen, unschlüssig, ob sie weiterlesen sollte. Lotta musste jeden Augenblick zurückkommen. Bloß nicht erwischen lassen jetzt.
«Es ist nie zu spät für eine glückliche Kindheit … Ich bin so dankbar für diesen Satz der Oberin … Das macht mir den Umgang mit meiner dummen Mutter leichter …»
‹Ich werde dir den Umgang mit deiner dummen Mutter leichter machen, mein liebes Kind. Oh, du glaubst gar nicht, wie angenehm leicht ich dir den Umgang machen kann.›
Beckys Zeigefinger schwebte über der Löschtaste. Aber das war das Dümmste, was sie jetzt tun konnte. Sie atmete tief durch.
«Ich bin mein eigenes Kind. Die Welt braucht mehr Engel.»
Plötzlich überfiel Becky ein rasendes Mitleid. Wie einsam war ihre Tochter eigentlich, dass sie einem solchen Spuk hinterherlief. Alice im Wonderland, verfolgt von den Dämonen der Erwachsenenwelt, redet sie unentwegt mit sich selbst, wie mit einem veräng-

tigten Kind. Becky traten die Tränen in die Augen. War sie eine so schlechte Mutter? Dass ihr Kind in seiner Not einfach nicht zu ihr kommen wollte. Sie schniefte. Aber war sie damals zu ihrer Mutter gerannt? War sie auch nicht. Das ist nun mal diese verdammte Pubertät. Da schreibt man solche Sätze hin.

«Will kein Gott auf Erden sein, sind wir selber Götter …»

Becky runzelte die Stirn. Das war doch ein Zitat. Sie selbst hatte Lotta darauf hingewiesen.

«Das ist Gotteslästerung», kommentierte ihre altkluge Tochter. «Sie durfte nicht Gott lästern … Ich mag diese Art nicht. Ich mag Beckys Art einfach nicht.»

‹Da kann ich dich sogar verstehen. Doch, da kann ich dich verstehen, mein Kind, auch wenn du es nicht glaubst. Aber du darfst nicht jeden Satz, den wir in unserer Verzweiflung ins Ironische wenden, so ernst nehmen. Oder ich muss mich mehr zusammenreißen.

Das verspreche ich dir, das tu ich, das versuch ich. Ein wenig ernster mit dir umzugehen.› Becky atmete tief durch, als schöpfte sie Hoffnung, so ihre Tochter zurückgewinnen zu können.

Hatte es geklingelt? Lotta klingelte nie, wenn sie zurückkam. Das musste bei den Nachbarn sein.

«Ich bin mein eigenes Kind. Die Welt braucht mehr Engel … All will and all control.» War das ihr Gebet, «all will and all control …» Was für ein Irrsinn, und diese Heloise bestärkte sie auch noch in diesem Tun. Sie musste ihrer Tochter den Umgang mit ihr verbieten. Aber wie sollte sie etwas verbieten, von dessen Existenz sie keine Ahnung haben durfte. Hätte ihr irgendjemand vor Jahren gesagt, wie schwierig es ist, eine pubertierende Tochter großzuziehen, sie hätte sie zur Adoption freigegeben.

Becky lachte. Was für ein Unsinn. Sie spürte ja geradezu körperlich, wie die Sorge um Lotta von ihr Besitz ergriff. Sie hätte ihr Leben für das Wohl ihrer Tochter hingegeben.

Während die sich auf E-Bay amüsierte, oder was sollte das ständige Gerede von einer Auktion. Was sollte ihre Tochter schon groß auf einer Auktion verkaufen wollen. Ihre Mutter?

Schlechter Gag, mahnte sich Becky, ein sehr schlechter Gag. Sie scrollte ein wenig weiter, ein paar Zeilen noch, dann muss ich hier raus. Sie glaubte ja schon Schritte zu hören. Aber da waren keine Schritte. Da war nur ein Hämmern in ihrem Kopf, das plötzlich einsetzte. Ein schreckliches Hämmern. Das Hämmern der Erkenntnis. Die Wahrheit wurde wie ein Nagel in ihr Hirn eingeschlagen.
Diese Auktion, die hatte schon stattgefunden. Diese Auktion war so pervers, dass es wahr sein konnte. Es konnte wahr sein. Sie hatte nie mit Lotta darüber geredet. Die wehrte jedes Gespräch über Sexualität ab. Sie hatte keine Sexualität. ‹Das ist gut so›, hatte Becky immer gedacht. ‹Das ist verdammt gut so, dir bleibt noch genug Zeit. Und es warten noch genug Enttäuschungen›, hatte sie bitter gedacht. Aber Lotta tickte da ganz anders. Für sie war ihr Körper eine Waffe im Krieg gegen die Übel der Welt. Pussy Riot. Das nahm sie wörtlich.
Uff! Sie hatte wirklich verdammt große Lust auf einen Joint.
Becky stand auf, griff nach der Haarbürste und legte sie wieder auf den Tisch. Elf Uhr. So war sie ausgerichtet die Haarbürste. Nach elf Uhr. Kurz vor Highnoon. Nicht dass Lotta etwas merkte.
O doch, sie würde etwas merken. Ihre Tochter würde natürlich etwas merken. Eine ganz gewaltige Veränderung würde sie merken.
Becky hatte größte Lust, das Fenster zu öffnen und den Computer einfach hinauszuwerfen. Stattdessen griff sie zum Hörer und wählte Martinas Nummer. Es war alles ganz einfach, sie musste sich keine Sorgen mehr machen. Sie würden hier verschwinden. Manchmal war Flucht die klügste Form der Verteidigung. Es musste alles so schnell geschehen, dass Lotta überhaupt nicht mehr zum Nachdenken kam. Kein Nachdenken. Kein Protest.
Was war da los? Martina ging nicht ran. Die Mailbox sprang an.
«Hallo, hier Becky. Lottas Mutter. Ich nehme Ihr Angebot an!»

«Es ist nicht meine Art, unaufgefordert eine Wohnung zu betreten …»

Es hämmerte an ihre Tür. Mehr erinnerte sie nicht mehr … Es hatte brutal an ihrer Tür gehämmert. Dann war sie eingetreten worden. Einfach so. Nicht die ganze Tür. Er hatte gegengetreten. Die Tür war aufgegangen. So einfach war das. So einfach konnte das nicht sein. Obwohl, ihre Tür war billig. Was für eine billige Tür, hatte sie hilflos gedacht. Wieso hatte sie nur eine so billige Haustür. Das musste sie im nächsten Leben ändern. Nie wieder eine billige Haustür.

«Zur Stelle … Ihr Lotse … aus allen Fährnissen …»

Dummer Spruch! Aus einem Stummfilm, der nachträglich synchronisiert worden war … Buster Keaton, der den großen Zeiger der Schicksalsuhr wieder zurückdreht. Alles Unglück ungeschehen macht. Ihr Lotse aus allen Fährnissen. Was für ein Komiker! Sie war in ein hysterisches Lachen ausgebrochen.

«Still, still, meine schwarze Braut …»

Hatte er das gesagt, oder hatte sie das geträumt?

«Du bist gesund …»

«Ich gesund?» Sie schrie ihn an, so unmenschlich wütend, dass er ängstlich zurückwich. «Ich gesund? Jeden Tag werde ich müder … jeden Tag werde ich kraftloser. Jeden Tag ...»

«Wirst du älter!», hatte er trocken konstatiert und sie ein wenig zur Besinnung gebracht.

«Fatigue, das ist doch keine Krankheit, sagen die Ärzte. Jeden Monat werde ich ein Jahr älter. Mein Herz wird schwächer. Die Chemie frisst mich auf. Gesund bin ich nur für die Ärzte. Die Statistiker wissen es besser, es ist nur eine Frage der Zeit, bis ich wieder krank werde … Es ist nur eine Frage der Zeit, bis ich sterbe!»

«Ist es das nicht immer?», hatte er entgegnet.

Hatte sie diese Sätze wirklich gesprochen? Hatte er diese Sätze wirklich gesprochen?

«Ich hab minutenlang geklingelt. Warum haben Sie nicht aufgemacht?»

Sie starrte ihn verständnislos an.

Dienstag, 13. März, 15 Uhr
Martinas Wohnung

«Warum haben Sie die Tür nicht geöffnet? Ich trete ungern Türen ein. Das ruiniert meine Schuhe.»
Er wies nach unten.
Sie folgte verständnislos seiner Handbewegung, blickte wieder auf und zeigte dann auf den Brief. Wilson lächelte verbindlich und ging hinüber zum Esstisch. Er nahm den Brief, sehr ruhig, und hielt ihn mit einer theatralischen Gebärde dicht vor seine Augen, als gelte es, ein geheimnisvolles Dokument zu entziffern.
Martina schlang den Bademantel fester um sich. Sie beobachtete, wie sich seine Gesichtszüge verdüsterten. Die Angst kroch wieder in ihr hoch.
Ihr Körper begann zu zittern. Mit beiden Armen, eng um sich geschlungen, brachte sie ihn kaum zur Ruhe. Er war ihr so fremd dieser Körper.
Wilson sah sie mitleidig an.
«Dieser Brief besagt, dass der Krebs nicht gestoppt wurde. Dass ihre Marker-Werte im Keller sind. Dass Sie mit Metastasen rechnen müssen. Dass sie sterben werden.»
Sie nickte.
«Haben Sie den Brief aufmerksam durchgelesen?»
Sie schnaubte verständnislos. Was dachte er denn?
«Ist Ihnen gar nichts aufgefallen?»
Martina schüttelte den Kopf. Hatte er keine besseren Einfälle, als dumme Fragen zu stellen? Warum nahm er sie nicht einfach in den Arm? Wahrscheinlich weil er wusste, dass sie ihm das übel genommen hätte. Aber warum versuchte er es nicht einfach? Ihr war so verdammt nach Heulen zumute.
«Lesen Sie ihn noch einmal durch. Es muss Ihnen etwas auffallen!»
Sie nahm den Brief, widerwillig, überflog ihn, schüttelte den Kopf.
«Die Tippfehler ... Sind Ihnen die Tippfehler nicht aufgefallen? Hier, schon in der Adresszeile!»
Sie sah ihn erstaunt an. War er jetzt völlig durchgeknallt?
«Nein, ich bin nicht wahnsinnig, wenn ich in einem solchen Moment auf Tippfehler achte. Suchen Sie einen anderen Brief die-

ser Praxis heraus! Oder noch besser, denken Sie einfach scharf nach! Es gibt keine Rechtschreibefehler in vorgedruckten Anschreiben! Zumindest nicht in der Adresszeile, schon gar nicht in den Standardformulierungen. Hier: ‹mit freundlichen Grüszen›. Das kann sich keine Praxis erlauben.»
Martina sah ihn verständnislos an. Was wollte er ihr sagen. Dass ein Rechtschreibeprogramm versagt hatte?
«Dieser Brief ist eine verdammte Fälschung … Kapieren Sie das nicht?! Er ist so dreist gefälscht, dass Sie es eigentlich hätten merken müssen. Er ist so dreist gefälscht, damit Sie es merken! Er sollte Sie schocken, aber nicht in den Selbstmord treiben. Die hatten sie für klüger gehalten, für weniger emotional, weniger übersprungshandlungswillig, oder wie heißt es …?»
Martina sah ihn entgeistert an.
«Wieso … eine Fälschung?»
«Na überlegen Sie. Das ist eine Intervention Ihrer neuen Freunde. Auftakt der tatkräftigen Terrorwoche. Kleine Probe ihres sadistischen Könnens. Ganz wie Sie wollen! Sie können es auch als Kompliment nehmen. Sie sind denen so dicht auf den Fersen, dass man Ihnen ein deutliches Stoppsignal geben wollte: Bis hierhin und nicht weiter! Sonst droht Gefahr für Leib und Seele. Ich vermute die Handschrift von Ayn Goldhouse … geniale Perfidie. Also noch mal für Begriffsstutzige: Diese Tippfehler sind Absicht, sie wollten Sie in Verzweiflung stürzen, aber gleichzeitig verhindern, dass Sie in völlige Panik geraten. Was ihnen nicht gelungen ist. Hier», er reichte ihr das Telefon, «jetzt rufen Sie in Ihrer Praxis an. Ich fürchte, auf die Idee sind Sie noch gar nicht gekommen.»
Martina nahm das Telefon in die Hand und sah ihn fragend an.
«Die Nummer, sie müssen mit den Zahlentasten die Nummer wählen. Ich wette, die können Sie im Schlaf!»
«Ich habe keine Angst.»
«Sie müssen keine Angst haben. Versprochen. Und jetzt rufen Sie endlich an, oder wollen Sie, dass ich einen Kopfstand für Sie mache?»

Einen Moment schien sie zu überlegen, ob das eine passable Möglichkeit wäre, sich abzulenken, dann tippte sie mit der Heftigkeit eines ungeheuren Zorns die Ziffern.

«Ich hab keine Angst», wiederholte sie trotzig.

«Nein, Sie haben keine Angst», bestätigte Wilson in ganz ernstem Ton. Er wusste, dass sie kurz vor einem Nervenzusammenbruch stand. Absolut keine Zeit für Scherze, dachte er. Er empfand so überwältigendes Mitleid für sie, so ein mächtiges Gefühl des Beschützenwollens, dass er sich abwenden musste.

«Guten Morgen, Frau Froeser, entschuldigen Sie ..., ja, Sie wissen ... Der Brief geht heute raus ... Das ist gut. Sie ... Ich muss ... Keine Sorgen. Wunderbar. Keine Sorgen. Danke Ihnen.»

Martina legte das Telefon bedächtig auf den Tisch, ging dann in die Knie, versenkte ihr Gesicht in den Händen und schluchzte trocken auf.

Wilson ging zu ihr. Sie hob ihr Gesicht, schniefte trotzig und stellte die Frage, die auch er nicht beantworten konnte. «Warum tun einem Menschen so etwas an?»

«Ich weiß nicht», entgegnete er ehrlich und reichte ihr die Hand. «Ich weiß es nicht!»

Sie schüttelte den Kopf, nahm seine Hand und zog sich schwerfällig hoch.

«Kommen Sie, gehen wir einen Kaffee trinken ... Ich muss Ihnen noch einiges erzählen über Ayn Goldhouse und ihre Organisation. Nicht dass sie sich wieder so kalt erwischen lassen. Von nun an wissen Sie, mit wem Sie es zu tun haben. Kommen Sie, holen Sie ihre Jacke. Nein, Sie gehen jetzt nicht ans Telefon. Das alles hat Zeit ...»

«Das glauben Sie doch selbst nicht», entgegnete Martina trocken und griff nach ihrer Lederjacke. «Aber eins schwöre ich, diesen Schreck zahlen ich denen heim!»

«Oh ja, das glaube ich sofort. Und wenn ich ihnen dabei behilflich sein kann, lassen Sie es mich wissen!» Er reichte ihr den Arm. Martina zeigte ihm den Vogel.

«Sie sind schon wieder im falschen Film ...»

Klimt war ein wenig nervös. Er überprüfte mit einem Blick das Arrangement, und nun, da alles gerichtet war, kam ihm das ganze Interieur schrecklich kitschig vor. Hotelzimmer waren überall auf der Welt gleich. Sie atmeten alle den Kleingeist des Kapitals, ganz egal, wie luxuriös sie eingerichtet waren. Gold war diesen Innendekorateuren nur ein Vorwand, auf die Wahl der richtigen Farbe verzichten zu können. Alles hier war vergoldet. Wie sollte es auch anders sein in einem Pharaonengrab. Er hatte das pompöse Blumenarrangement entfernen lassen und einen großen Strauß nicht allzu roter Rosen bestellt. Der Tisch war ein wenig näher an die großen Fenster gerückt worden, sodass der Blick sofort hinaus auf den Gendarmenmarkt fiel und sich nicht an den barocken Möbelstücken aufhielt, die der Innenausstatter offenbar für den ultimativen Ausdruck von Luxus hielt. Die Beleuchtung war ein wenig herabgedimmt, aber keineswegs schummrig. Die Kerzen brannten, aber er hatte den Leuchter ein wenig abseits aufstellen lassen, damit es nicht allzu romantisch wirkte.
Den kleinen Scherz mit dem Aschenbecher hatte er sich nicht verkneifen können. «Hier herrscht absolutes Rauchverbot, Sir, es könnte sonst die Sprenkleranlage ausgelöst werden», hatte ihn der Butler sehr ernst belehrt. Sein persönlicher Butler, auf dessen Dienste er seit Beginn seines Aufenthaltes ausdrücklich verzichtet hatte und der dennoch um ihn herumschlich wie ein läufiger Kater.
«Ich weiß, ich weiß, junger Mann. Keine Sorgen, wir werden ihre Sprenkleranlage nicht bemühen. Ich kann schon noch selbst für gute Unterhaltung sorgen!»
Der Butler hatte angestrengt gegrinst. Man sah ihm an, dass der Humor Klimts ihm geradezu körperliches Unbehagen bereitete.
Klimt hatte ihn unwirsch hinausgewunken, noch einmal die Temperatur des Champagners überprüft und sich dann mit dem Gesicht zum Gendarmenmarkt ans Fenster gestellt, die rechte Hand lässig in der Jacketttasche. So wollte er sie erwarten. Mit der ganz großen Geste des Lebemanns. Sie mochte solche Inszenierungen, das

Dienstag, 13. März, 20 Uhr
Grandhotel, Klimts Suite

wusste er, insbesondere wenn sie nicht sonderlich ernst gemeint waren. Großes Theater eben.
Heute, da war er sich sicher, würde sie keine Minute zu spät kommen. «Ich kann Ihnen doch nicht noch mehr von Ihrer kostbaren Lebenszeit rauben.» Der Satz hätte zu ihr gepasst. Er war wirklich sehr neugierig, welche Eröffnung sie sich ausgedacht hatte. Es war schließlich ihre letzte Partie. Das Endspiel, König gegen Dame. Da war er chancenlos. Klimt grinste selbstzufrieden bei der Vorstellung, wie sicher sich Ayn Goldhouse ihres Sieges war. Auf die Idee, dass sein kleiner Bauer am Seitenrand sich vielleicht doch noch in eine Dame verwandeln konnte, kam sie gar nicht. Schach war eben nur etwas für Männer, für geduldige Männer.
Er sah auf die Uhr. Punkt acht. Wo blieb sie?
Draußen auf dem Gendarmenmarkt drängelte sich Premierenpublikum vor dem Konzerthaus. Korrekt, er hätte eigentlich für Musik sorgen können. Ganz leiser Bach im Hintergrund, wobei sie wohl eher Vivaldi zuneigte oder Händel, lebensfroher die beiden. Aber darüber hatte er mit ihr noch nie gesprochen. Ob sie Musik liebte? Oder nur ihr Bekenntnis dazu?
«Oh, wie ich Schostakowitsch verehre ...» Er mochte diese Art pathetischer Selbstinszenierung. Sie versprach Gefühl, wo kein wirkliches Gefühl war. Aber er wusste nur zu gut, wie schwierig es war, Emotionalität zu simulieren, wenn letztlich nur noch kalte Verachtung im Herzen regierte.
Es war schade, sehr schade, dass ihm die Neigung zur Herzlichkeit so früh abhandengekommen war. Er wäre gern ein besserer Mensch gewesen. Ganz ehrlich.
Klimt lachte. Er betrog sich gern in seinen inneren Monologen. Immer noch besser als andere zu betrügen, dachte er.
Zehn nach acht. Er hatte sich getäuscht. Sie ließ ihn warten. Wozu das?
Er sah zur Tür, als könnte er ihr Erscheinen herbeizwingen. Ein schwarzes Kleid würde sie tragen, ganz Königin der Nacht. Oder ein blutrotes. Er hatte keine Ahnung. Jedes Kleid stand ihr gut.

Aber was er am faszinierendsten an ihr fand, was ihn geradezu mit einem heftigen Gefühl des Neids erfüllte, waren ihre kleinen weißen Zähne, die sie so gern zeigte, wenn sie sich mit ihrem breiten Lächeln über andere amüsierte.
Das musste sie eine Menge Geld gekostet haben, dachte er. Ein wunderbares Gebiss, so gesund und natürlich. Ganz und gar nicht krank. Denn er hatte andere Bilder von ihr gesehen, aus einer längst vergessenen Zeit. Bilder, die sie vermutlich selbst nicht einmal kannte. Er würde sie ihr nicht zeigen. Er wollte ihr nicht den Abend verderben. Aber vielleicht ihrem Sohn. Vielleicht würde er sie ihrem Sohn zuspielen, aber darüber würden sie noch verhandeln müssen. Was ihr Sohn alles von ihr erfahren durfte und was nicht.
Klimt rieb sich die Hände. Das würde ein großer Spaß werden. Ein sehr großer Spaß.

Es klopfte an der Tür. War sie das etwa? ‹Ayn Goldhouse klopft an meiner Tür.› Aber noch ehe er sich über diesen kleinen Triumph freuen konnte, ging die Tür auf, die weiß behandschuhte Hand des Butlers verschwand und Ayn betrat mit eiligem Schritt den Raum.
«Tut mir leid, dass ich Sie habe warten lassen. Aber Zeit ist ja bald nicht mehr Ihr vordringlichstes Problem.»
Sie stand still. Offensichtlich erwartete sie, dass er ihr die Nerzstola abnahm. Es brauchte schon einiges an Mut, um in Berlin mit so einem pelzigen Tierchen durch die Gegend zu laufen, aber vermutlich trug sie ihren schwarzen Lackledermantel darüber.
Klimt trat eilfertig hinzu.
«Ich freue mich, dass Sie gekommen sind!» Er verneigte sich artig und nahm ihr dann mit spitzen Fingern den Nerz von den Schultern.
«Keine Sorge, er ist echt!» Sie lächelte ihn entwaffnend an. Er legte die Stola sehr sorgfältig über eine Sessellehne und strich verliebt darüber.
«Die Natur kann auch anschmiegsame Geschöpfe hervorbringen …»
«Ja, durch Exekution», entgegnete Ayn trocken.
«Aber nun zu Ihnen, mein Lieber, wie fühlt man sich so im Angesicht

des Todes? Entspannter als sonst? Menschenfreundlich gar? Geneigt, an Gott zu glauben, den Allmächtigen, der Ihnen so viel Zeit zur Reue gegönnt hat, die sie ungenutzt haben verstreichen lassen?!»
Klimt kicherte. Sie war groß in Form. Er ging zu dem kleinen Beistelltisch am Fenster, blickte fragend zu ihr herüber, quittierte ihr Nicken mit einem spöttischen Kräuseln der Lippen und schenkte für beide Champagner ein.
«Ein ganz seltenes Gewächs, habe ich mir sagen lassen. Der Preis lässt zumindest vermuten, dass es nur eine Handvoll Trauben von dieser Sorte gab. Ich hoffe, Sie schmecken es heraus ...»
«Sie hätten mir heute Schaumwein aus dem Supermarkt anbieten können, mein Lieber, und ich wäre dennoch entzückt und im höchsten Grade enthusiasmiert, schließlich ist das unser letzter Abend.»
Sie trat ans Fenster, ganz nah, als wollte sie ein Herz auf die Scheibe hauchen. Er roch einen Hauch von irgendetwas, provenzalische Wiese, toskanische Blumen. Er hätte es nicht einmal Parfum nennen wollen. Es war so wunderbar, er musste näher an sie herantreten. Sie wandte nicht einmal den Kopf, so sicher war sie sich ihrer Wirkung. Ihre nackten Schultern glänzten matt, wie poliert, dachte er, wie von Kinderhänden sanft gestreichelt, und es kostete ihn einige Kraft, der Versuchung zu widerstehen, sie zu berühren.
Ayn spürte seine Nähe, seine Erregung, die wie ein Zittern durch seinen Körper lief. Wann immer sie dieses Zittern spürte, wurde sie ruhig, denn sie wusste, nun hatte sie die Macht über den Körper des anderen und nicht mehr der andere Macht über sie.
Sie wandte sich Klimt mit einem reizenden Lächeln zu.
«Gefällt Ihnen mein Kleid?»
Klimts Kopf fiel eher, als dass er nickte.
«Aus meiner Bewunderung für Ihre Schönheit habe ich noch nie einen Hehl gemacht, es ist Ihr Charakter, der mir zuwider ist.»
«Sehen Sie, da unterscheiden sich Mann und Frau. Ich finden Ihr Äußeres äußerst abstoßend, und kann doch, Ihrer unsterblichen Seele zuliebe, darüber hinwegsehen! Wobei, ich sehe, Sie haben sich Mühe gegeben heute Abend.»

Ayn Goldhouse musterte ihn spöttisch. Klimt hatte sich schon vor Tagen einen Maßanzug anfertigen lassen. «In dem möchte ich auch beerdigt werden», hatte er den Schneider ermahnt, also geben Sie sich Mühe bei dem ersten und letzten Maßanzug meines Lebens.»

«Passgenau», hatte sein Sekretär bei der Anprobe applaudiert. «Steht Ihnen sehr gut!» – «Auf Ihre Meinung kann ich verzichten», hatte Klimt sichtlich zufrieden zurückgeraunzt, denn das erste Mal seit Jahren fühlte er sich wohl in seiner Haut.

«Nur die Krawatte sitzt nicht ganz! Darf ich?» Ungefragt trat Ayn zu ihm hin und ruckte etwas an dem Knoten.

Da gab es nichts zu korrigieren, das wusste er genau, denn er hatte seinen Sekretär gebeten, ihm die Krawatte zu binden. Ayn wollte ihn ein wenig quälen. Das gelang ihr.

Er hatte keine Ahnung, aus welchem Stoff ihr Kleid bestand, aber er fühlte ihren Körper, als wäre da nichts, gar nichts zwischen ihm und ihr.

«So», sie spitzte ihre Lippen, hob sich ein wenig auf die Zehenspitzen, um ihn in die Augen sehen zu können, «das hätten wir. Ein anderer Mann als Sie wäre geradezu attraktiv in dieser Aufmachung.»

«Danke, danke. Das war das Netteste, was Sie mir seit Langem gesagt haben. Aber wie Sie wissen, kann ich mit Nettigkeiten nicht umgehen. Also wollen wir zum ernsten Teil des Abends übergehen. Darf ich zu Tisch bitten?!»

«Aber gern, mein Lieber, sehr gern!»

Sie reichte ihm ihren Arm. Er hakte sich ungelenk unter.

«Ich hab den Zimmerservice gebeten, eine kleine Kleinigkeit zu richten. Sie sind ja nicht so die große Esserin, wie ich weiß …»

Ayn zog ihre Augenbraue hoch und setzte sich kommentarlos.

«Eine kleine Auswahl an kalten vegetarischen Vorspeisen. Algenkram und derartiges. Ungeheuer kostspielig, ungeheuer gesund, und ganz für Sie allein.»

«Sie teilen nicht das Vergnügen …»

«Ich hab mir, Ihre stillschweigende Erlaubnis vorausgesetzt, ein

Schinkenbrot kommen lassen. Bestes Bauernbrot, Schwarzwälder Schinken, ein Hauch Butter von unserem berühmten Butter Lindner, das Ganze mundgerecht geschnitten und mit etwas Petersilie frisch aus der quiekenden Schnauze des just verstorbenen Schweins. So hatten beide ihre Henkersmahlzeit …»

Ayn Goldhouse fühlte eine Hitzewelle durch ihren Körper fluten. Deswegen tat ihr dieser Mann so gut. Sie hasste ihn, wie sie nie einen anderen Menschen zuvor gehasst hatte. Die anderen hatten ihren Körper malträtiert, er tat alles, um ihre Seele zu quälen. Von Zeit zu Zeit gelang es ihm. Nicht weil er Fleisch aß, obwohl er genau wusste, dass sie Vegetarierin war, sondern weil er sich darüber lustig machte. Die Petersilie verzieh sie ihm nicht. Seine Verachtung für die missratene Schöpfung verzieh sie ihm nicht. Dass ein Geschöpf Genuss aus dem Tod eines anderen Geschöpfes zog. Diesen schwer verständlichen Webfehler des Seins hätte sie ihm auflösen können, als Gottes Auftrag an jeden Einzelnen, sich den einfachen Freuden zu entziehen. Aber das begriff dieser Idiot nicht.

Ayn zwang sich zu einem Lächeln.

«Guten Appetit!»

«Wie gefällt Ihnen mein Sekretär. Ich habe gehört, Sie haben ihn mehrfach getroffen. Ein attraktiver junger Mann. Sehr gebildet. Sehr körperlos. Kommt das Ihrem Ideal einer gefahrlosen Begegnung der Geschlechter nicht ungemein entgegen.»

«Er ist ein kluger junger Mann. Es wundert mich, dass er Ihre Gesellschaft gesucht hat.»

«Ach, wissen Sie, Geld entschädigt für vieles. Und selbst die ätherischsten Wesen sehen ihr Dasein gern verzinst.»

«Sie meinen …?»

«Ich meine, noch die kühlste Muschi wärmt sich bei dem Gedanken an die Kohle, die ihr diese Kühle einbringen kann …»

«Ihr vulgärer Humor wird Sie hoffentlich begleiten auf Ihrer kurzen Reise in die Hölle, hier auf Erden ist er nicht vonnöten.»

«Wie wahr, Madame! Wie wahr!»

Klimt kaute verdrossen. Das war etwas, das ihn tatsächlich bekümmerte.
«Wissen Sie», er stützte sein Kinn nachdenklich auf die Faust, ohne mit dem Kauen aufzuhören, «wissen Sie, Sie haben sich zumindest über meine Witze geärgert. Und Gott verdamm mich, es sind wirklich schlechte darunter. Aber die Menschen nach uns werden sich nicht einmal mehr darüber ärgern können. Traurig, oder? Irgendwie traurig.»
«Nun, ich weiß nicht, noch habe ich nicht über die Möglichkeit nachgedacht, dass ich Ihre Art des Humors jemals vermissen werde!»
«O doch, das haben Sie. Das haben Sie sehr wohl. Sie als Frau haben doch ein viel ausgeprägteres Sensorium für die Schrecken des Alters. Damit meine ich keineswegs die körperlichen Verfallserscheinungen, unter denen Sie ja kaum zu leiden scheinen.»
Ayn Goldhouse schwor sich, ihn für dieses «kaum» büßen zu lassen.
«Im Gegenteil, die Aussicht auf mein Ende scheint Sie verjüngt zu haben!»
«Das hat es», gab Ayn zu. «Vielleicht darf ich hinzufügen, natürlich ist da auch ein wenig Schmerz dabei. Aber ein Tropfen Schlangengift vermag ja durchaus eine heilsame Dosierung zu sein …»
«Wie wahr …» Klimt kaute unverdrossen. Er wusste, seine malmenden Kiefer brachten sie an den Rand des Wahnsinns.
«Aber kommen wir zurück zu meinem Sekretär, Vegetarier wie Sie! Zumindest ist das seine Absichtserklärung seit geraumer Zeit. Männer sind da ja nicht immer so willensstark wie Frauen … Vielleicht sind es ja die Gene. Seine leicht verkümmerte linke Hand, ist Ihnen das nicht aufgefallen, das Kainsmal der Dekadenz, die Genschande, wie es früher geheißen hätte? So würden Sie und Ihre kaltherzigen Wissenschaftskollegen es doch auch ausdrücken?! Ein Mängelwesen dieser Mann! Auf den ersten Blick ganz patent, aber dieses kleine, verräterische Symptom deutet auf eine größere Unordnung in seinem Chromosomenhaushalt hin. Denken Sie nicht? Inzest in russischen Adelsfamilien war ja nicht so selten, oder? Diese Hand wirkt wie eine Kralle zuweilen. Er verbirgt es sehr geschickt, ein Meister

des Kaschierens wie all diese jungen Leute, aber Ihnen ist es sicherlich aufgefallen?! Oder haben sie inzwischen ein wenig Abstand gewonnen zur transhumanen Genetik?»

Ayn musterte ihn misstrauisch. Sein Redeschwall machte sie nervös. Ein Mann, der nicht mehr lange zu leben hatte, machte nicht so viele Worte. Er hingegen schien geradezu aufgekratzt, lebensfroh, fast übermütig.

«Worauf wollen Sie hinaus?»

«Auf den zweiten Gang … Worauf sonst?!»

Der Butler schien vor der Tür gewartet zu haben, anders ließ es sich nicht erklären, dass auf das leise Schnippen von Klimt hin die Tür aufschwang und der Servierwagen ins Zimmer geschoben wurde.

«Keine Sorge, ich habe auf Eisbein verzichtet … Sie bekommen irgendeine mir wärmstens empfohlene Kressekreation mit molekularem Hintergrund von dem derzeit berühmtesten Gemüsecoiffeur der Stadt und ich, nein, kein zweites Schinkenbrot, Königsberger Klopse, wenn Sie verzeihen! Etwas Leichtes! Regionale Küche, Kalbsfleisch vom Biobauern …»

Er winkte den Butler hinaus. Der quittierte Klimts barsche Art mit einem übertrieben servilen Diener und einem mitleidigen Blick auf Ayn Goldhouse, den sie betont nicht zur Kenntnis nahm.

«Absurd, oder …? Ein Kälbchen, das eines ökologischen Todes stirbt! Große Augen wird es machen, sehr große Augen, wenn man es zum Schlachter führt. Der wird es mit Namen ansprechen, aber es wird ihm nichts helfen. Ein früher Tod. Zu früh, finden Sie nicht, der Tod kommt immer zu früh! Erst recht für Kälbchen! Guten Appetit übrigens. Erinnert mich irgendwie an die Schöpfmasse aus einem überalterten Aquarium, was Sie da auf dem Teller haben, aber es schmeckt sicherlich gut, oder zumindest gesund?!»

Ayn Goldhouse sortierte die faserigen Bestandteile auf ihrem Teller nach Farben und griff zu einem veganen Krebsfleischcracker.

«Sehr fischig!», monierte sie.

«Soll ich sie nochmals wässern lassen …»

«Sehr witzig. Sie sind ungemein gut gelaunt für einen Todeskan-

didaten. Das macht mich ehrlich gesagt misstrauisch.» Ayn Goldhouse faltete die Hände. Mit einem kurzen Kennerblick bewunderte Klimt ihre Maniküre und sah sie dann mit einem grimmigen Lächeln an.
«Zu Recht. Aber kommen wir zurück auf das Wunder des Lebens und diesen so irreparablen Defekt der Schöpfung. Sie wissen, was ich meine, aber selbstverständlich wissen Sie, was ich meine! Den Tod! Der schlimmste Gendefekt aller denkbaren Defekte. Aber auch er ist kurabel. Aus der Welt zu schaffen. Eine Frage der Zeit … Unsere genetische Optimierung ist nur noch eine Frage der Zeit! Was für eine paradoxe Feststellung! Witzig, oder?!»
«Entschuldigen Sie!» Ayn Goldhouse reckte sich sehr aristokratisch in die Höhe, um ihren gestelzten Worten Nachdruck zu verleihen. «Aber für Fachgespräche auf diesem Themenfeld fehlt Ihnen die Bescheidenheit und mir die Geduld. Ich wüsste nicht, warum ich mich von Ihnen belehren lassen sollte, um das unhöflichere Wort langweilen zu vermeiden!»
«Aber wer denkt denn an Belehrung, liebe gnädige Frau? Oder gar an Langeweile?!»
Klimt schenkte ihr nach.
«Gute Gene, schlechte Gene … Das geht Sie an. Das geht mich an. Eugenik. Rassenlehre, das Wort darf man ja gar nicht in den Mund nehmen. Alle arbeiten an der genetischen Perfektionierung des Menschen, aber sprechen darf man nicht darüber. Und wenn dann nur in einem Jargon, den keiner versteht. Dabei, setzten nicht schon die Spartaner kleine verkrüppelte Kinder vor die Tür, um die Gesundheit ihrer Gemeinschaft zu sichern.»
Ayn Goldhouse war versucht aufzustehen und einfach zu gehen. Klimt spürte das und fixierte sie mit eiskaltem Blick.
«Hatten Sie dergleichen nicht auch in der Familie. Eine leichte Verkümmerung der rechten Hand oder der linken? Liegt in der Familie, wenn ich nicht irre?! Oder?! Ihnen ist ja nichts anzusehen. Vermutlich wird immer eine Generation übersprungen. Hopp, hopp, so geht das mit den Genen. Schwierig, schwierig, aber ich habe

recherchiert, wie Sie wissen, mein Interesse für Sie kennt sozusagen keine Landesgrenzen. Ihre russische Familie ist ja sehr weit verzweigt, aber Sie glauben gar nicht, wie viele arbeitslose Historiker es derzeit in Russland gibt, die hocherfreut sind, wenn sie für ein wenig Ahnenforschung gut honoriert werden.»

Klimt beobachte Ayn Goldhouse mit schamloser Beharrlichkeit. Er starrte ihr geradezu ins Gesicht. Was sie überhaupt nicht wahrzunehmen schien. Sie lächelte unverbindlich ins Leere. Das hatte sie gelernt in den Jahren als Prostituierte, Blicke regungslos zu ertragen. Sie nannte es ihren Circe-Blick, denn insgeheim hoffte sie, die herabwürdigende Intensität der Starrer gegen sie selbst wenden zu können, auf dass sie sich auf der Stelle in Schweine verwandelten. In ihrer Fantasie gelang das in Sekundenschnelle. Sie hatte Klimt nie anders als grunzend im Kopf.

«Ich kann ja verstehen, dass Sie selbst und Ihre Pflegeeltern nichts mehr wissen wollten von der Vergangenheit. Aber sie existiert dennoch. Die Vergangenheit lässt sich nicht löschen. Niemals. Noch entsprechen wir nicht dem Ideal des mehrfach programmierbaren Cyberclons. Sie lässt sich nicht einmal wirklich vergessen, die Vergangenheit. Immer wieder stößt sie uns auf, wie dieser Algenschleim vermutlich. Kurios, oder? Die Metaphysik der Zeit. Ich hätte mich so gern ausführlich mit Ihnen darüber unterhalten.»

Ayn prostete ihm spöttisch zu. Sie wollte sich ihre innere Unruhe nicht anmerken lassen, aber ihre Hand zitterte leicht, als sie das Glas absetzte.

«Ich weiß, ich weiß, was Sie sagen wollen. Mir bleibt ja nicht mehr so viel Zeit, vielleicht rede ich deshalb so viel. Zu viel. Aber ich muss zugeben, ich genieße es. Das liegt selbstredend an Ihnen. Sie sind so eine gute, so eine verständnisvolle Zuhörerin.»

Klimt nippte an seinem Glas. Affektiert setzte er es wieder ab.

«Ehrlich gesagt, ich mag Champagner nicht. Zu viele Erwartungen, die sich an dieses Getränk knüpfen. Ein Bier ist ehrlich, oder ein Whiskey. Aber Sie mögen Männer nicht, die nach Whiskey riechen?! Oder schlimmer noch, nach Bier?! Das kann ich verstehen.

Dicke, biertrinkende Männer, die kleine Mädchen penetrieren wollen. Ein Albtraum, oder?»

Ayn schlug die Beine übereinander und registrierte zufrieden seinen bewundernden Blick. Jetzt befand sie sich auf sicherem Terrain. Wann immer Männer versuchten, sie durch Obszönitäten zu beeindrucken, zogen sie den Kürzeren. Sie trauten ihr einfach nicht zu, schon mehr Schmutz gesehen zu haben, als sie es sich in ihren kleinen ferkeligen Gedankenspielen vorstellen konnten.

Sie strich sich über die Knie, einmal, zweimal, sehr sacht, wie eine verständnisvolle Lehrerin, und sah ihn mit offenen Augen an. Sie nannte es ihren Mogli-Blick, denn im «Dschungelbuch» hatte sie immer am liebsten gelesen, wenn sie auf ihre Freier wartete. Es war eine ganz andere Welt. Im Nu war sie draußen aus dem Bordell und im wirklichen Dschungel, dort wo die Gesetze des Überlebens so viel menschlicher waren. In diesem Blick war nichts Sexuelles, sondern etwas durch und durch Kindliches, das sie anderen wie ein Kleinod zum Schutz anbot. Zuweilen hatte das gewirkt und sie vor dem Schlimmsten bewahrt, zuweilen hatte es genau das Gegenteil bewirkt. Es war erstaunlich, wie viele Menschen so ein dargebotenes Kind einfach fallen ließen. Dieses Kind, das sie in sich großgezogen hatte, nachdem man sie selbst ausgelöscht hatte. Dieses neue Kind war perfekt, zutraulich, mit großen herzigen Augen, still, pflegeleicht, aber leider nicht sie selbst.

Self-made soul. So hatte sie ihr inneres Kind genannt. Ihr Psychotherapeut war begeistert gewesen. Der seltene Fall, dass eine Übertragung in die andere Richtung stattgefunden hatte. Er verfiel ihr auf der Stelle, während sie voller Abscheu seine Inkompetenz bestaunte. Keiner der Seelenklempner hatte ihr je helfen können. Nur der Blick ins «Dschungelbuch».

«Entschuldigen Sie meine Unaufmerksamkeit. Ich habe mich gerade ein wenig in den Lektüren meiner Kindheit verloren, das passiert mir immer, wenn ich mich sehr wohl fühle. Sie kennen es vielleicht, dieses Gefühl der Heimeligkeit ...? Sehr selten, dass ich es empfinde.»

Wie immer, wenn Klimt nicht genau wusste, was er entgegnen sollte, begann er zu schwadronieren. Seine Hände hielten fest Messer und Gabel umklammert, aber seinen Blick konnte er nicht von Ayn Goldhouse Händen lösen, die in sehr langen Abständen, sehr ruhig über ihre Knie strichen.

«Nun ja, Gnädigste, mein Lieblingsbuch ist nach wie vor Nietzsches ‹Zarathustra›! Warum? Des Seiltänzers wegen. Das Bild hat mir schon immer gefallen, wir sind alle Seiltänzer auf diesem schlingernden Strick, den uns die Parzen gespannt haben. Nicht wahr? Selten haben wir eine Ahnung, wie tief der Abgrund unter uns wirklich ist, oder sollte ich sagen, Gott sei Dank haben wir keine Ahnung!»

«Haben Sie schon Abschied von Ihrer Familie genommen?»

Der leichte Konversationston, den Ayn Goldhouse anschlug, versetzte Klimt in höchste Alarmstimmung.

«Nun ja, Sie wissen, wie ich zu meiner Familie stehe.»

Er stocherte lustlos in einem der Klopse, bis Ayn Goldhouse mahnender Blick ihn an die Fortführung des Gesprächs erinnerte.

«Eine Stalkerin von Ihrem Format muss ich ja wohl nicht mit meinen familiären Querelen behelligen ... Gene, schlechte Gene. Die Evolution ist eine Lotterie, höchste Zeit dirigierend einzugreifen.»

Er spießte einen der Klopse auf und verschlang ihn, ohne groß zu kauen. Ayn musterte ihn mit einem Blick, in dem Abscheu und Faszination gleichermaßen aufleuchteten. Was für eine widerliche Leiblichkeit, dachte sie, alles an ihm war Fleisch. Die Verwesung dieses Körpers würde Wochen dauern. Es sei denn, er hatte sich der Pathologie zur Verfügung gestellt, was ihm zuzutrauen war. Sein Größenwahn und die Lust an der Metzgerei würden sich da, auf den Seziertisch der Anatomie, in perfekter Weise paaren. ‹Sollen sie ihre Freude an meinem Leib haben ...› Mit dem Spruch würde er wohl am liebsten in die Hölle fahren. Ayn Goldhouse schüttelte sich. Sie durfte sich nicht zu intensiv in das Denken ihres Gegenübers einklinken, das verschaffte ihr nur körperliches Unbehagen.

«Sehr zufrieden sind Sie mit Ihrer Tochter offensichtlich nicht, obwohl sie doch sehr um Unauffälligkeit bemüht ist?»

«Meine Tochter», Klimt rang mühsam um Fassung und spießte den nächsten Klops, «meine Tochter hat eine grundsätzlich andere Auffassung von der Wirklichkeit, das sei ihr unbenommen. Daran ist nicht zu rütteln. Sie können, wie Sie sehr wohl wissen, andere Menschen nicht zum Denken zwingen, aber das Maß ihrer intellektuellen Selbstverleugnung ist …» Er japste nach Luft, so aufwühlend schien dieses Thema für ihn zu sein. ‹Kein Herzinfarkt jetzt›, dachte Ayn belustigt. Das würde die Dramaturgie doch unnötig verwirren.

«Ihre Enkelin hingegen», sie schlug einen sanfteren Ton an und schenkte ihm einen bewundernden Blick, «scheint ein sehr aufgewecktes Kind zu sein … Ganz der Großvater!»

Ayn Goldhouse schwieg lächelnd. Ein quälend langes Schweigen, das ihm Zeit ließ, sich das Schlimmste auszumalen. Sie hatte seine Enkelin im Visier. Er hatte Derartiges schon geahnt, da war sie sich sicher, aber er konnte unmöglich wissen, wie engmaschig das Netz schon gesponnen war.

Klimt seufzte auf.

«Nun nähern wir uns also endlich dem Eigentlichen. Der Zukunft, wenn Sie so wollen. Meine Enkelin ist, soweit ich das bislang beurteilen kann, ein sehr, sehr kluges Geschöpf. Zu meiner außerordentlichen Freude. Ich möchte nicht, dass diese Freude durch irgendetwas oder irgendwen getrübt wird.» Sein Ton wurde scharf. «Verstehen Sie mich da richtig?»

Ayn Goldhouse ging auf seinen Stimmungswechsel nicht ein. Sie lächelte höflich, als ginge es nur darum, eine angenehme, aber nicht sonderlich tiefgründige Konversation fortzuführen.

«Ein sehr apartes Geschöpf, in der Tat. Äußerlich unversehrt, geradezu hübsch, was bei diesem Erbe ja nicht unbedingt zu erwarten war.» Sie lächelte ihm verbindlich zu, ohne die Spur eines ironischen Vorbehalts erkennen zu lassen. «Aber wer weiß heutzutage schon, welche Schäden die Menschen bereits in ihren jungen Jahren an der Seele genommen haben?!»

«Denn was hülfe es dem Menschen, wenn er die ganze Welt

gewönne und nähme an seiner Seele Schaden? Markusevangelium, wenn ich mich nicht irre?»

«Ganz recht. Für einen Atheisten aus Profession kennen Sie sich erstaunlich gut in der Bibel aus. Aber das ist für Sie wohl selbstverständlich, den Gegner in- und auswendig zu studieren?!»

«Ganz recht», murmelte Klimt mit einem bösartigen Grinsen, «in- und auswendig studiere ich meine Gegner.»

«Was nun Ihre Enkelin anbelangt, so kann ich verstehen, wenn Sie sich große Sorgen um ihre Zukunft machen. Ihre Mutter scheint ja eher eine schwache Natur ... Ihr Vater unauffindbar. Gehe ich übrigens recht in der Annahme, dass Sie maßgeblich an seinem Verschwinden beteiligt waren?»

Klimt nickte grimmig.

«Das kann ich verstehen!» Ayn tätschelte ihm kurz die Hand. «Ein widerlicher Mensch. Unglaublich materialistisch. Er hätte uns die Seele seiner Mutter verkauft, wenn sie nicht schon beim Teufel gewesen wäre. Eine sehr gute Idee, ihm diese Surf-Schule in Mexiko zu finanzieren ... Er wird wohl nie wieder zurückkehren?!»

«Ich sehe, Sie haben sich orientiert.»

«Das haben wir ... Und unsere Organisation ist sehr interessiert an Ihrer Enkelin. Es wäre kein kleiner Triumph, die Nachfahrin des größten Gottesleugners unserer Tage in den Schoß der alleinseligmachenden Kirche zurückführen zu dürfen.»

«Drauf geschissen!»

«Bitte?» Ayn Goldhouse zog amüsiert eine Augenbraue in die Höhe.

«Vergessen Sie es einfach! Meine Enkelin ist tabu für Sie. Soll ich das heidnische Wort buchstabieren. T a b u! Erinnert zu Recht an Voodoo! Grässliche Todesarten bei Nichtbeachtung des Tabus!»

«Sie scheinen zu vergessen, dass Sie auf den Lauf der Entwicklung bald keinen Einfluss mehr nehmen können.»

«Wie kommen Sie denn darauf? Brecht?! Sagt Ihnen der Name etwas?! ‹Schreiben Sie, dass ich unbequem war und es auch nach meinem Tod zu bleiben gedenke. Es gibt auch dann noch gewisse Möglichkeiten.› Witziger Mann. Warum witzig? Weil er ein genialer Rechthaber war. Genau wie ich. Nur weil ich tot bin, soll ich nicht mehr Einfluss nehmen können? Wie lächerlich ist das denn? Wie dumm, glauben Sie, geh ich durchs Leben, oder in den Tod?»

Ayn Goldhouse zuckte mit den Achseln. Sie wirkte ein wenig schuldbewusst, als hätte sie sich darüber tatsächlich noch keine Gedanken gemacht.

Klimt zermatschte seine letzte Kartoffel, rührte ein wenig Soße unter, schob die Kapern beiseite und schaufelte die Portion in den Mund, ohne den Blick von Ayn zu lassen. Er traute ihrer Unschuldsmiene nicht.

«Wissen Sie, wie ich diese Welt für mich ganz persönlich genannt habe? Damageland. Das ist die Zone für fehlerhafte Waren bei den großen Versandkaufhäusern. Damageland, ein sehr passender Ausdruck, finde ich. Ich denke, wir Menschen könnten erheblich effektiver an unserer Optimierung arbeiten, und an der Optimierung der Welt versteht sich ...»

Klimt kaute sehr bedächtig. Tupfte sich den Bart mit seiner Serviette und warf einen vorwurfsvollen Blick auf Ayns halb vollen Teller.

«Wir tun das bereits!», wich Ayn Goldhouse seinem Vorwurf aus. «Wie sie wissen, arbeitet unsere Organisation sehr erfolgreich an einer Verbesserung der Welt ... Im Großen und Ganzen!»

«Ja, aber Sie arbeiten mit Frauen! Amöben, Naturen, die immer nur einverleiben, ohne selbst, abseits des reproduktiven Geschehens, wirklich produktiv sein zu können! Was ich sagen will, Sie und Ihre Organisation sind erbärmlich einfallslos! Oder können Sie mir jenseits von Profitmaximierung und Ego-Stabilisierung ein sinnvolles Geschäftsziel nennen?»

Ayn presste ihre Lippen aufeinander. Es überkam sie die unheimliche Lust auf eine Zigarette. Sie liebte solche Streitgespräche. Erst recht, wenn sie ihrem Gegenüber zum Abschluss die Zigarette auf der fleischigen Hand ausdrücken konnte. Denn dazu hatte sie gerade die größte Lust.

Klimt sah ihr den Widerstreit der Gefühle an. Seltsamerweise löste

es kein Triumphgefühl in ihm aus. Eher Mitleid. Sie war doch sehr menschlich. Viel menschlicher, als er geglaubt hatte.
«Ich hätte Ihnen zu gerne Zigaretten angeboten, aber der Rauchmelder ist so fein eingestellt, dass er selbst bei einem Nonnenfürzchen Alarm schlagen würde. Tut mir leid! Ich weiß, was es heißt, verzichten zu müssen … Aber vielleicht ein Dessert?»
Ayn Goldhouse schüttelte den Kopf. Die Haare fielen ihr dabei ein wenig ins Gesicht. Eine Unordnung in ihrem Äußeren, die sie ganz und gar nicht tolerierte. Streng strich sie die Strähne wieder zurück. Klimt sah sie versonnen an.
«Sie sind eine sehr schöne Frau!» Er räusperte sich verlegen. «Ich hingegen sehe in den Spiegel und was sehe ich? Einen bösen Menschen … Was mag sich Nero gedacht haben, als er in den Spiegel sah? Oder Napoleon? Von den anderen einmal ganz zu schweigen. Haben sich diese Schurken je ein besseres Leben gewünscht oder auch nur ein noch erfolgreicheres? Noch Schurkischeres? Wohin geht der Ehrgeiz, wenn er ins Böse zielt? Über das Böse hinaus wieder ins Gute? Das ganze Melodrama des Egoismus. Er ist der Motor der Evolution und zugleich seine größte Bremse. Insofern haben Sie natürlich recht mit ihrem Hohelied auf das Ego und sein unbedingtes Recht, alles zu wollen. Aber nehmen Sie das eigentlich wirklich ernst? Ich singe euch das Lied vom Übermenschen … Virtue of selfishness, Perfidie des Altruismus, Individualismus als Pflicht, Heroismus als Kür der Existenz, billiger Nietzsche das alles … Aber solange Sie gutes Geld damit verdienen, Respekt!»
Ayn Goldhouse ließ den Wortschwall ungerührt über sich ergehen. Sie hatte schon so vielen Männern zuhören müssen, Männern, die genau wie Klimt glaubten, dass sie einzigartig wären in ihrem Tun und Reden. Und das Seltsame war, all diese Männer sprachen im gleichen Tonfall. Ein Tonfall, der sie einschläferte, der sie an die Besorgungen des nächsten Tages denken ließ, an die Träume ihrer Kindheit, ein Tonfall, der ihr nicht unangenehm war. Ab und an nickte sie, was Klimt tatsächlich als Aufforderung begriff weiterzusprechen.
«Was ich sagen will: Ihre Organisation ist erfolgreich, Sie rekru-

tieren weltweit Girlies für Ihren neoliberalen neofeministischen Neokatholizismus ‹Huldigt der Göttin, die ihr selbst seid›, aber die Geschöpfe, die Sie heranziehen, sind den Aufgaben, die Sie ihnen gern stellen würden, nicht gewachsen. Sie haben ein Nachwuchsproblem, habe ich mir sagen lassen. Die Frauen wollen keine Verantwortung übernehmen. Cyrus, Kyra, wie ich Ihre beiden Kronprinzessinnen getauft habe, fühlen sich dieser Aufgabe nicht gewachsen. Den beiden fehlt der Fanatismus, der Sie, meine Liebste, so zum Glühen bringt. Im Grund wäre es doch das Beste, Sie selbst könnten die Organisation noch eine Weile führen? Unsterblichkeit, ist das keine Option für Sie? Wir treffen uns wieder in der Unendlichkeit … Wie wäre das? Ich weiß nicht, wie es Ihnen geht, Sie sehen blendend aus, im Gegensatz zu mir, aber fühlen Sie sich nicht auch ein wenig zu alt für diese Welt und gleichzeitig zu jung?»
Ayn Goldhouse hatte ihren Blick hinaus auf den Gendarmenmarkt schweifen lassen. Sie liebte das seltsame Licht der Gaslaternen, die den Platz in eine so unmodisch matte Helligkeit tauchten. Unwirklich fast.
«War nicht hier der Märchendichter E. T. A. Hoffmann zu Hause?»
«Na, er soff da drüben mit seinen Kumpels bei Lutter und Wegener, wenn Sie das meinen!» Klimt zog eine kindische Schnute, als verübelte er ihr die Kenntnis von Lebenskünstlern, die vor seiner Zeit gelebt hatten und nicht den Namen Klimt trugen.
«Schön, oder? Das Leben ist schön. Oder sollte ich sagen, es war schön für Menschen unserer Art, die Schönheit noch sehen konnten …! Im Grunde sehen wir noch mit den gleichen Augen, mit denen auch E. T. A. Hoffmann auf die Welt sah. Oder Puschkin …»
«Oder Feuerbach, in meinem Fall. Der Philosoph und Atheist, Feuerbach. Mit den Dichtern hab ich es nicht so.»
«Die Leute glauben immer noch», fuhr Ayn ungerührt fort, «sie lesen Bücher, die von Autoren geschrieben werden. Dabei werden schon achtzig Prozent der Krimiproduktion von Computern hergestellt›»
Sie seufzte, hob ihr Glas und ließ sich nachschenken.
«Eines dieser Unternehmen, das ich nebenbei gegründet habe, ana-

lysiert die Weltvorstellungen unserer Klientinnen auf Basis der Auswertung ihrer SMS und Twitter-Nachrichten. Belanglos. Ihre Träume, ihre Wünsche – ganz und gar belanglos. Die Welt unserer Mütter war bunter. Unsere Fanpost wird inzwischen weitgehend von Computerprogrammen erledigt, die Tonarten der Anschreiben sind selbstverständlich variabel, von soft bis maskulin. Unsere Computer lesen jeden Tweet, den die Teenies so schreiben, so erhalten wir ein ziemlich genaues Stimmungsbild all unserer potenziellen Novizinnen. Wir können perfekte Verhaltenssimulationen aufgrund des aufgespeicherten Kommunikationsgebarens erstellen. Wir wissen, was unsere Ordensmitglieder tun, noch bevor sie es tun. Es ist so einfach … Es macht fast keinen Spaß mehr. Aber deswegen verliere ich mein Ziel nicht aus den Augen.»
Ayn Goldhouse prostete Klimt zu.
«Leute wie Sie zu liquidieren. Männer Ihrer Art ins Museum gewesener Existenzen zu verweisen. Der Papst ist nicht weniger Papst, nur weil er eine Herde Schafe vor sich hertreibt. Wichtig ist nur, dass er Gottes Wege kennt. Und die des Teufels kennenlernt.»
Sie lächelte verbindlich.
«Meine Gefolgschaft muss nicht klüger sein als ich. Im Gegenteil, meine Untertanen sollen gehorchen. Der Fleiß einer Bienenkönigin bemisst sich nach dem Diensteifer ihrer Arbeiterinnen, so einfach ist das.»
«Sie sind verrückt, oder?» Klimt schüttelte ein wenig verlegen den Kopf, denn so viel Wahnsinn schien ihm gar nicht vorgesehen im Schöpfungsplan. «Haben Sie je darüber nachgedacht, dass sie schlicht und einfach verrückt sind? Paranoid? Durchgeknallt?»
«Nur weil ich Männer hasse? War Hitler verrückt, weil er Juden hasste? Vielleicht war er das. Hat ihn das am Herrschen gehindert? Im Gegenteil, mein Lieber. Im Gegenteil. Also, machen Sie sich nicht lächerlich, indem Sie mir Wahnsinn vorwerfen! Ich spiele mit den Mythen der Zeit und die eine oder andere Formulierung mag Ihnen lächerlich erscheinen, aber was zählt, sind die Resultate. Der Umsatz. Der Gewinn vor Steuern. In dieser Hinsicht darf ich Ihnen

versichern: Ich bin nicht verrückt. Mein ganz persönlicher Hass auf Sie, das ist ein Luxus, den ich mir gönne. Eine persönliche Liebhaberei, wenn Sie so wollen. Da ich im Guten Leidenschaft nicht mehr empfinden kann, gönne ich sie mir im Schlechten! Augenblicklich könnte ich sterben für eine Zigarette … hatte ich das erwähnt. Nehmen Sie es einfach als Kompliment, wie wohl ich mich in Ihrer Umgebung fühle. Wie enthusiasmiert!»

«Ihr Hass richtet sich gegen mich, aber zu Unrecht. Das ist falsch! Ich entspreche nicht Ihrem Feindbild. Ich bin keiner dieser Männer!»

«Nein, natürlich nicht. Sie gehen ins Bordell, weil Sie sich gern gut unterhalten …»

«Ich gehe …» Klimt geriet ins Stottern. Er wischte sich über die Stirn. Ayn reichte ihm eine Serviette. Er griff instinktiv zu und drückte sie gegen seine Lippen, als wollte er einen Wortschwall zurückhalten. Mit neuer Konzentration blickte er Ayn direkt in die Augen.

«Was ich mich schon immer gefragt habe, warum diese schwarze Rose? Dieses Symbol ihrer Organisation, was soll es bedeuten?»

Ayn Goldhouse spürte, dass er auf verlorenem Posten stand. Seine Energie reichte einfach nicht mehr. Von einem Moment auf den nächsten entließ er sich aus dem sonst so eisernen Griff der Selbstbeherrschung und fiel in sich zusammen. Klimt war erschöpft. Er war lebensmüde. Leer. Erstaunt blickte sie ihn an.

«Dieses Gespräch bleibt vertraulich?»

«In jedem einzelnen Detail!» Klimt lächelte verbindlich.

«Sie werden sich bestimmt erinnern … Wenn Sie an die gute alte Zeit der Väter zurückdenken! Fast alle Hemden trugen diese schwarze Rose. Nun, ich hatte als junge Frau häufiger Gelegenheit, Männern fortgeschrittenen Alters beim Entkleiden zuzusehen. Da ich mich naturgemäß nicht auf die Männer konzentrieren wollte, konzentrierte ich mich auf die schwarze Rose. Ich nahm sie als ein ganz persönliches Geschenk der dunklen Fee, die sich bei meiner Geburt vorgedrängelt zu haben schien. Bis heute konnte ich mich nicht zu einem Dankeschön durchringen, wenn Sie verstehen, was ich meine.»

«Die Wahrheit ist eine viel zu kurze Decke, bei der man immer kalte Füße bekommt», murmelte Klimt. Er schnaufte kurzatmig und kratzte sich verlegen am Hinterkopf.
«Einen Digestiv? Nein? Sie entschuldigen aber, wenn ich mir einen genehmige?!»
Er stand auf, stapfte zu dem kleinen Beistelltisch neben der Couch, griff sich eine der Flaschen und füllte sein Wasserglas bis zur Hälfte. Dann nahm er einen kleinen Schluck und stellte es wieder ab.
«Die Augen sind größer als der Appetit!», bemerkte er entschuldigend und setzte sich wieder an den Tisch.
«Sie haben geschworen, mich auszulöschen ... bis ins letzte Glied. Ich weiß bis heute nicht genau warum. Aber ich nehme Ihren Schwur ernst. Sehr ernst. Ich möchte ihn verhandeln ... Sie sollen ihn aussetzen, nicht zurücknehmen, das geht nicht, hab ich mir sagen lassen, aber aussetzen. Er mag wie ein Damoklesschwert über meinen Nachfahren hängen, das kümmert keinen, aber Sie sollen seinen Vollzug aussetzen. Lassen Sie meine Enkelin in Ruhe! Haben wir uns verstanden?»
«Warum sollte ich das tun?»
Ayn Goldhouse lächelte spöttisch. Der Mann vor ihr wirkte so unglaublich alt. Alt und grau. Dieser Körper hatte sein Verfallsdatum schon vor langer Zeit überschritten. Klimt wusste das. Er fühlte sich unbehaglich in seiner Haut. Nur seine Augen, die wirkten noch sehr lebendig, jetzt da es um seine Enkelin ging. Er beugte sich über den Tisch, griff nach ihrem Oberarm, ließ aber sofort wieder los, als er Ayns strafenden Blick sah.
«Weil ich Ihnen im Gegenzug etwas zu bieten habe ... etwas sehr Persönliches!»
Sie hob die Augenbraue.
«Was sollte das sein?» Gelangweilt blickte Ayn Goldhouse in sein fleischig gerötetes Gesicht.
Klimt fuhr im Plauderton fort, den Kopf abgewendet, denn er wollte sich nicht von ihrer Reaktion irritieren lassen.
«Name und Aufenthaltsort Ihres Kindes ...»

Sie blickte in den Spiegel und sah seinen Hintern im ruhigen Rhythmus auf und ab pumpen. Pumpschwengel. Was für ein putziges Wort. Ihr Mann hatte es gern benutzt. Er war so stolz auf seinen Brunnen im Garten gewesen. Große, graue Feldsteine. Und dieser antike Pumpschwengel, der ihn ein kleines Vermögen gekostet hatte. Vermutlich stammte er vom Obersalzberg. Hitlers höchsteigener Pumpschwengel. Was für eine elegante Bewegung. Sie genoss den Blick in den Spiegel. Er war ein Könner. Austrainiert. Kein Gramm Fett dieser Bengel. Und er fickte wie ein Profi. Ließ sich Zeit. Versuchte ihr Vergnügen zu verschaffen. Gönnte sich ab und an eine Atempause, in der er den Kopf ein wenig hängen ließ. Dann riss er sich wieder zusammen und ruckte sich mit seinem Körper in den ihren, der so regungslos dalag.

Wie schön und harmonisch. Sie lächelte sich zu. Sie kannte dieses Zimmer, hatte es oft gebucht. Sie mochte den Spiegel über dem Bett. Jedes Hotel schien ein solches Zimmer für böse Spielchen zu besitzen. Extra groß. Sehr modern eingerichtet. Sehr viele Spiegel. Vermutlich eigens schallgedämpft, um die artistischen Schreie der Professionellen nicht an die Ohren der anderen Gäste gelangen zu lassen. Ein perfekter Arbeitsraum für Callgirls. Vermutlich konnte man sich die Bondage-Accessoires direkt aufs Zimmer bestellen.

Es war ein Kingsize-Bett, gut gefedert. Er hatte sich nicht die Zeit genommen, die Tagesdecke herunterzunehmen, sondern sie sofort aufs Bett gedrängt. Sie hatte sich fallen lassen, Arme weit nach hinten gestreckt, und ihn aufmerksam bei seinem Tun beobachtet, ohne ein Wort zu sagen. Er hatte ihr den Rock hochgestreift, sehr langsam seine Gürtelschnalle geöffnet und sie herausfordernd angesehen. Sie hatte einfach nur die Augen geschlossen. Sie trug nie einen Schlüpfer. Er musste sich nicht groß anstrengen.

Jeder andere wäre irritiert gewesen. Aber er war so verliebt in sich, in seinen Körper, sein Können, dass er ihre Passivität vermutlich nur für einen Akt stummer Anbetung hielt.

Er hatte ein Kondom aus der Hosentasche gefingert, es blitzschnell übergezogen und war ohne viel Aufhebens in sie eingedrun-

Dienstag, 13. März, 21.30 Uhr
Hotel Four Seasons

gen. Erst sehr langsam, hin und her, schwer wie ein Rammbock an einem feindlichen Stadttor, dann hatte er das Tempo verschärft, wohl weil er glaubte, sie wäre reif für die Eroberung.
Wenn er jetzt noch in ihr Ohr flüsterte «Komm, komm doch», dann würde sie anfangen zu lachen. Aber er kannte sie besser. Sonst hätte sie sich doch sehr in seinem Lächeln getäuscht. «Was für eine schöne Wiederbegegnung!» Er hatte ihr fest die Hand gegeben, direkt in die Augen gesehen und gefragt: «Gehen wir nach oben?» Genau wie damals.
Er ruckte zunehmend heftiger, als peitschte ihn die Leidenschaft wie ein wütender Feldherr, aber sein Atem war unaufgeregt. Er konnte noch viel mehr. Das hatte ihr schon damals imponiert. Seine sexuelle Kondition war erstaunlich. Seine emotionale Ausstrahlung allerdings war gleich null. Eine Art Personal Trainer in schwerem vaginalen Gelände. Ein Kichern stieg in ihr auf. Aber das wäre unfair gewesen.
Sie tätschelte ihm den Rücken, auf dem nur wenige Schweißtropfen zu spüren waren.
«Los, mach's mir!»
Ihr Ton wirkte ein wenig blasiert. Das war Kalkül. Er mochte es. Und sie mochte es, wenn er seinen Spaß hatte. Sie genoss es durchaus, seinen Körper auf ihrem Körper zu spüren, sein Drängen, seine Gier. Das schmeichelte ihr. Ansonsten ließ er sie kalt. Auch vor zwei Jahren war es nur ein One-Night-Stand gewesen. Aber einer, an den sie sich gut erinnerte. Deswegen hatte sie ihn angerufen. Sex war ein prima Gesprächseinstieg.

«Du warst toll!»
Sie blinzelte ihm zu. Er raffte die Bettdecke hoch, stützte sich schnaufend auf seinen Ellbogen und lachte ihr ins Gesicht.
«Du dumme Schlampe, du machst mich fertig! Frigide wie eh und je! Du bist echt die kälteste Muschi, die mir je begegnet ist!»
Er begriff das offensichtlich als Kompliment, denn er lachte fröhlich wie ein Kind. Dann strich er ihr einmal kurz über den Kopf, als

wollte er sie belobigen für ihren Trotz, und griff sich sein Weinglas.
«Also, warum hast du mich zum Vögeln einbestellt?»
«Na, damit du mir in Ruhe zuhörst! Außerdem liebe ich deinen kräftigen, durchtrainierten Körper und deinen harten Pferdeschwanz! Mr. Stallion!» Sie gab ihm einen Klaps auf den Oberarm und griff selbst nach ihrem Glas. Sie ließ ihre Zunge ein wenig am Rand tänzeln, sehr zu seinem Vergnügen, und trank einen kleinen Schluck.
«Es hat sich einiges getan seit damals …»
«Du bist seit Neustem Witwe, hab ich gehört?! Glückwunsch!» Er prostete ihr zu. Sie nickte huldvoll.
«Danke dir!»
Ralf hatte damals ein Porträt über ihren Mann drehen wollen. Martina hatte ihn darauf gebracht. Eine ihrer typischen Schnapsideen. Er war nicht weiter als bis zum Vorzimmer gekommen. Das kränkte ihn persönlich und so kam er auf die clevere Idee, den Umweg über die Frau zu wählen. «Sehr clever», hatte Martina gehöhnt, «und so selbstlos. Aber du wärst nicht der Erste, der sich bei ihr die Zähne ausbeißt», hatte sie ihn gewarnt. Ralf und Frau von Hausen kannten sich von diversen Events, auf denen man sich unweigerlich von Zeit zu Zeit über den Weg lief. Er fand sie attraktiv, sehr attraktiv, der Charme einer Raubkatze. Wenn sie einen mit ihren grünen Augen fixierte, konnte man nicht mehr an sehr viel anderes denken als an Sex. Aber so fasziniert er gewesen war, es hatte sich nur einmal eine Gelegenheit für ein engeres Zusammentreffen ergeben. Verwunderlich eigentlich bei ihrem Ruf. Sie galt als eiskalte Nymphomanin. Noch dazu als eine, die stets die Initiative ergriff – bei der ersten Begegnung wie bei der Trennung. Die Männer in der Szene warnten sich gegenseitig, aber das stachelte viele nur an, ihr Glück zu versuchen. «Schön, dass wir uns endlich näher kennenlernen», hatte sie damals am Telefon nur bemerkt und kurz angebunden einen Termin bei sich zu Hause vorgeschlagen. Natürlich hatte sie Ralf enttäuschen müssen, eine Reportage über ihren Mann war so ziemlich das Dümmste, was sich ein Journalist einfallen lassen konnte. Zum Trost hatte sie eine Nacht mit ihm im Hotel ver-

bracht. Es war amüsant gewesen. Nach dem Sex hatten sie sich gut unterhalten.
Sie mochte seine jungenhafte, direkte Art, und er hatte sich ein wenig in ihr Sphinxwesen verliebt. Zumindest tat er so.
«Ich gedenke, die Geschäfte meines Mannes zu übernehmen … Ich suche einen Geschäftsführer.»
«Na, da denkst du ja wohl nicht an mich!» Er raffte die Bettdecke noch ein wenig höher als suchte er Schutz.
«Nein, Schatzi. Da denke ich nicht an dich! Dich brauch ich für ganz andere Dinge …»
Sie tippte mit ihrem Zeigefinger auf seine makellose Stirn. Was gab dieser Mann für Kosmetik aus, schoss es ihr durch den Kopf. Oder er war einfach ein kerngesunder Naturbursche.
«Ich möchte das Andenken meines Mannes in einem besseren Licht erscheinen lassen.» Ihr Tonfall verriet keine Ironie. «Es gibt so viele Gerüchte, die über ihn in Umlauf gebracht wurden, unschöne Gerüchte. Das schadet mir und meinen Kindern, und es schadet dem Geschäft.»
«Na ja, er hat mit der Mafia zusammengearbeitet, war der Kopf eines Nazi-Netzwerks, hat nie einen Euro für Aidskranke oder notleidende Kinder in Afrika gespendet … Er war ein Scheusal und eiskalter Psychopath, und ich soll ihm jetzt ein Denkmal als Mahatma setzen?»
«Genau!»
«Das wird teuer!» Ralf nippte an seinem Glas. «Und ehrlich gesagt, weiß ich nicht, ob ich da wirklich Lust zu habe. Der Typ war ein Arschloch. Ich mach nicht alles für Geld. Das weißt du ja …» Sein glucksendes Lachen steckte sogar sie an. Er war einfach kein guter Lügner. Sie klapste ihm belustigt die Wange.
«Du bist süß. Aber in diesem Fall ein wenig zu widerspenstig. Ludwig war ein Philantrop. Er hat viel Geld für humanistische Zwecke in aller Welt gespendet …»
«Die Kolonie Dignidad, oder welche Nazi-Strafanstalt meinst du?»
Sie stülpte die Lippen übereinander.

«Sei nicht so streng mit ihm. Er ist tot.»

«Gott sei Dank!» Ralf kratzte sich am Kopf. «Gott sei Dank!» Er war selbst überrascht, wie ungern er an von Hausen zurückdachte. «Ich hab ihn wirklich nicht gemocht.»

«Das ging nicht nur dir so! Umso wichtiger, dass sein Erbe in gute Hände kommt.»

«Na ja, die Paten werden Schlange stehen, oder?»

Sie verschränkte die Arme hinter dem Kopf und dehnte sich genüsslich. Ralf spürte geradezu körperlich, wie sie ihre neue Freiheit genoss.

«Das operative Geschäft gebe ich ab. Diese ganzen Drogengeschäfte interessieren mich nicht. Das ist mir zu gefährlich. In dieser Stadt werden Tonnen an Kokain konsumiert, aber angeblich ist nie einer der großen Dealer zu fassen, das kann nicht gut gehen auf Dauer. Die Polizei kann nicht ewig stillhalten …»

«Würd ich nicht drauf wetten! Und falls du noch ein kleines Kilo Koks im Nachlass findest? Nicht dass ich selbst dafür Verwendung hätte … aber Abnehmer finden sich immer. Kleine Geschenke erhalten die Freundschaft.» Er kratzte sich versonnen am Hoden, was sie mit einem amüsierten Lächeln quittierte. Jede Form der Erregung ging bei ihm vom Schwanz aus oder führte zum Schwanz. Auch eine Form von Konstanz, dachte sie und klapste ihm anerkennend auf den Hintern, der sich unter der Bettdecke reckte.

«Peanuts. Vergiss es! Wozu kriegst du Taschengeld?! Die zwei anderen Geschäftsfelder sind interessanter. Er hat Dossiers über alle Politiker und Wirtschaftsgrößen angelegt, mit denen er je zu tun hatte …»

«'ne Menge Stoff», grinste Ralf.

«In der Tat. Das hat er nicht mal aus finanziellen Erwägungen getan. Informationsakkumulation war sein Hobby. Der gute Mann litt an Verfolgungswahn, zu Recht, wie ich annehme.»

Ralf rekelte sich unruhig unter der Decke.

«Sag mal, könntest du mir zwischendurch kurz mal einen blasen? Das ist mir alles zu aufregend!»

«Gleich, mein Süßer, gleich. Aber jetzt hörst du mir erst mal zu. Denn das Big Business wartet noch auf uns. Diese Dossiers soll Kehrtmann auswerten. Das ist mir alles zu heikel. Er hat mir einen Pauschalbetrag geboten. Keine gewaltige Summe. Aber darum geht's mir auch nicht. Ich will nur, dass ein paar dieser kleinen Scheißer auffliegen.»

«Du bist keine angenehme Gegnerin!» Ralf tätschelte ihr bewundernd den Oberarm.

«Ich hab ein gutes Gedächtnis. Womit wir bei Punkt drei wären.»

«Pausensex?»

Sie schien seine pubertäre Art völlig zu ignorieren, aber ihre Rechte kniff ihn dort, wo er am unruhigsten schien.

«Mein Mann starb an Langeweile.»

«Der Großinquisitor starb an Langeweile? Dann müsste die Hälfte der fernsehschauenden Nation ja längst im Dämmerschlaf verendet sein.»

«Das klingt seltsam, ich weiß. Aber in diesem einen Punkt kann ich ihn gut verstehen. Der politische Erfolg der Bewegung ruinierte die Ambitionen der Mitglieder.»

«Soll heißen?» Ralf nahm sich eine Praline und zerrieb sie genüsslich zwischen Gaumen und Zunge.

«Amerika blamiert, Israel vor der Auslöschung ...»

«Hört, hört. Ist mir da was entgangen?»

«Kein ernsthafter Kopf in diesen Kreisen glaubt an ein neues Großdeutschland. Das Reich ist in den Köpfen, nicht auf der Landkarte. Das war immer sein Spruch. Nationalsozialismus ist eine Haltungsfrage. Gewinn endlich Haltung, so hat er seinen Sohn immer angeschnauzt.»

«Bei dir hat er das nie gewagt?»

Sie ignorierte seine Zwischenfrage. Ihre Hände strichen sanft über die Bettdecke, als glättete sie sein Leichentuch. Sein Tod bereitete ihr noch immer Genugtuung.

«Der Egoismus der neuen Eliten war ihm zuwider. Der Nachwuchs in den Logen, die smarten Jungmanager in den Entscheidungsgre-

mien der alten Nazifirmen – das war nicht seine Welt. Ihm fehlten die Ziele, die Werte, das politische Programm …»
«Willst du mich verscheißern? Altnazi von Hausen meldet gehorsamst, dass er die humanistischen Werte bei den Nazis vermisst?»
«Schlimmer! Er hat registriert, dass der Kapitalismus jede politische Bewegung des letzten Jahrhunderts korrumpiert hat. Die Kommunisten wie die Faschisten. Auch in China regiert Prada.»
«Kann ich jetzt nichts Verwerfliches dran finden … Luxus ist Spaß. Viel mehr als Spaß soll der Mensch nicht wollen, sagt Nietzsche. Oder war es Marx, Groucho Marx?»
«Alber nicht rum! Es hatte schon was Tragisches. Er konnte den Ruin der Demokratien nicht feiern, weil er die aufkommenden Diktaturen verachtete. Vermutlich hat selbst Kim Jong-un ein I-Phone.»
«Kein Anschluss unter dieser Nummer. Was willst du mir eigentlich mitteilen?»
«Mein Mann war müde. Er sah keine Ziele mehr, nur noch Krisengewinnler. Er schämte sich für den Egoismus der anderen. Die Scham schlug um in Langeweile. Die Langeweile tötete ihn. Sie droht auch mich zu erdrosseln. Dem will ich zuvorkommen.»
«Du und Langeweile? Bei deinem sexuellen Pensum?» Er grinste frech.
«Nymphomanie ist nichts anderes als die körperliche Formulierung eines seelischen Unbehagens», belehrte sie ihn mit gefühlter Strenge. «Die Franzosen würden es vermutlich ein wenig emphatisch Ennui nennen … Nur Jungs, die Sex so wichtig nehmen wie du, finden mich gefühlskalt. Wirkliche Männer ahnen, dass ich mich eigentlich nur nach der einzig wahren, leider nie gekannten Leidenschaft verzehre!»
«Frigide bist du!» Er ging auf ihren scherzenden Ton ein, obwohl ihm ein wenig unbehaglich bei ihrer Abgebrühtheit war. «Eine Gletscherspalte! Regisseurin des Unheils! So hieß doch Leni Riefenstahl, die Gletscherspalte des Führers …»
«Beherrscht. Ich bin beherrscht. Ich mühe mich zumindest darum.» Sie würgte seine Anzüglichkeiten mit einem Wort ab und schlug

unvermittelt einen sehr geschäftlichen, sehr sachlichen Ton an. «Glaub mir, kein Mann macht beim Sex wirklich eine gute Figur. Das ist alles nur Einbildung. Marionetten unserer Hormone sind wir!»

Sie wies hoch zum Spiegel.

«Ein Blick da hinein, und du hast eine Ahnung, wie lächerlich wir Menschen uns beim Liebesspiel aufführen.»

Ihre Stimme wurde ein wenig weicher, obwohl ihr Gesichtsausdruck weiterhin sehr sachlich blieb.

«Sagt dir der Name Lowiha etwas. Nein? Mir bis vor Kurzem auch nicht. Bis mir das Dossier in die Hände fiel, das letzte Dossier, das mein Mann vor seinem Tod sehr aufmerksam gelesen hatte. Lowiha ist eine kleine russische Stadt in Zentralrussland. Dort fand man vor einiger Zeit vier blaue Plastikfässer, sie waren nur notdürftig im Wald versteckt gewesen. In den Plastikfässern waren ungeborene Kinder. Zweihundertachtundvierzig Föten wurden gezählt. Alle nach der zwölften Schwangerschaftswoche abgetrieben, also illegal abgetrieben. An den Föten waren Untersuchungen vorgenommen worden. Anschließend wurden sie ausgeweidet …»

Ralf hatte sich aufgestützt und sah sie stirnrunzelnd an.

«Die Stammzellen-Mafia? In Moskau werden wie wild fetale Stammzellen in alternde Babuschkas gespritzt, sofern sie es sich leisten können ...»

«Schlimmer: Es sind Klonbabys.»

«Klonbabys?» Er zog die Augenbraue in die Höhe, als hätte man ihm die Mitwirkung in einem Frankenstein-Film vorgeschlagen.

«Menschenversuche … Im großen Stil. Überall in der russischen Provinz. Teils auf eigene Rechnung der Politcliquen, teils im Dienste aus- und inländischer Internetmilliardäre.»

Sie spürte seinen Zweifel und mühte sich, sehr langsam und klar zu sprechen, als ließe sich so das Unverständliche leichter verstehen.

«Das Sowjetreich ist kollabiert. Jeder kämpft nur noch um sein eigenes Überleben. Wer viel Geld hat, hat nur noch einen Wunsch: ein langes Leben. Die Unsterblichkeit ist in den Fokus der

Mächtigen gerückt. Die Wissenschaft ist bald so weit. Lebensverlängerungen um dreißig, vierzig Jahre sind schon kein Problem mehr. Material gibt es genug. Eine Million Schwangerschaftsabbrüche allein in Russland. In Indien sind es noch mehr. Ähnliche Zahlen in China. Kinderleichen als organischer Rohstoff zur Wiederaufarbeitung reicher Senioren. Politische Flüchtlinge, die von Menschenhändlerbanden verschleppt und ausgeweidet werden. Ärzte gibt es genug. Labors gibt es genug. Geld gibt es genug. Mehr Geld, als je im Umlauf war. Wenn sie in Kairo eine neue Niere bestellen, wird im Flüchtlingslager Al Arish der Spender gesucht.»

«Schlimm.» Ralf mühte sich um Emotion. Aber er begriff die Dimension dessen, was sie schilderte nicht so ganz.

«Wer steckt dahinter?», fragte er pflichtschuldig.

«Die gleichen Superreichen, die sich Nashörner pulverisieren lassen oder im Herzblut ungeborener Lämmer baden …»

«Is ja eklig!»

«Menschenexperimente. Menschenexperimente im großen Stil. Das Geld ist da, die Labors existieren, der Bedarf wächst. Mein Mann hasste die Amerikaner und er hasste die Juden, er war ein Nazi, aber er hat nie diesen Unsinn vom Übermenschen geglaubt. Er war Anwalt, er kannte die Menschen. Die Vorstellung, all diese Kriegsgewinnler des Kapitals an ihrer eigenen Unsterblichkeit werkeln zu sehen, trieb ihn in die Depression.»

«Langsam, langsam, langsam. So schlau bin ich jetzt auch wieder nicht, auch wenn ich so aussehe. Angenommen, ich glaub dir, und da draußen basteln viele Frankensteins im Dienste der Alzheimers an ihrer Unsterblichkeit, was kümmert's mich? Ich kann mir dieses Anti-Aging-Programm ohnehin nicht leisten? Also, who cares?»

«Hetz die Meute auf sie! Die Story ist größer als alles, was du je gemacht hast.»

«Spinnst du? Die Story glaubt mir keiner. Die ist den Leuten viel zu …», Ralf suchte nach dem richtigen Wort, «viel zu abstrakt!»

«Die Story glaubt dir jeder, wenn du ihr ein Gesicht gibst!»

«Welches denn? Henry Kissinger? Faltenfrei dank Fötenpharma? Oder besser noch Bill Clinton? Kurz vor dem Bad in den ungefilterten Tränen indischer Jungfrauen?»

«Ayn Goldhouse!»

Ralf pfiff anerkennend. «Immerhin ein Gesicht, da hast du recht! Aber was hat die mit den Frankensteins zu tun? Sag nicht …»

«Genau das! Eins dieser Labors arbeitet für ein Subunternehmen des Ordens. Ich bin mir sicher, es sind noch mehr!»

Ralf kratzte sich verlegen am Hinterkopf.

«Ich kann mir vorstellen, dass du Ayn Goldhouse nicht sonderlich schätzt. Erfolgreiche Unternehmerin, religiös, sehr moralisch im Habitus, keusche Jungfrau seit ihrer zweiten Geburt … da können schon mal Neidgefühle aufkommen, oder?»

Sie schien seine Frage gar nicht gehört zu haben. Zumindest tat sie so, als würde sie mehr zu sich selbst als zu ihm sprechen.

«Sex gehört mit zu meinem liebsten Freizeitvergnügungen. Das lasse ich mir nicht verteufeln. Wenn du so willst: Ich begreife ihr Wirken als persönliche Kränkung. Dieses Gerede von kathartischer Keuschheit und lebensverlängernder Jungfräulichkeit, Bullshit! Ayn Goldhouse weckt meinen Ehrgeiz. Mein unbefriedigtes schauspielerisches Talent fühlt sich brüskiert durch ihren Erfolg, verstehst du, was ich meine? Mehr musst du nicht wissen. Es existiert eine gewisse persönliche Rivalität. Von Frau zu Frau!»

Ralf sah sie zweifelnd an. Aber er war sich sicher, dass sie auf Nachfrage nicht viel mehr sagen würde. Irgendetwas verband die beiden Frauen, etwas, das weit über eine persönliche Rivalität in Sachen gekränkter Eitelkeit hinausging. Sie spürte seinen Zweifel und versuchte ihn mit einem sehr lässigen Lächeln zu zerstreuen.

«Warum nicht etwas Gutes tun? Erst recht, wenn es sich mit einer persönlichen Genugtuung verbinden lässt? Also kommen wir zum Finale: Ich biete dir einen Job an. Ich möchte Ayn Goldhouse am öffentlichen Pranger sehen. Das Material liefere ich dir exklusiv, du stellst sie als Lügnerin bloß. Splitterfasernackt möchte ich diese Frau sehen, vor den Augen aller, als die Heuchlerin, die sie schon immer war. Auch ihr Orden ist nur Big Business. Tarnung ganz, ganz mieser Geschäfte!»

«Du steigerst dich da in eine Rolle hinein! Könnte sein, dass das nicht ganz ungefährlich ist … Wenn so viel Emotion im Spiel ist?»

«Emotion? Kommt das so rüber?» Sie lachte kokett. «Nicht die Mutter, nicht die Ehefrau, nicht die Witwe … Nur die rivalisierende Schauspielerin? Spiele ich meine Rolle so gut? Oder nicht gut genug? Wir sind auf der Bühne, mein Lieber! Ayn Goldhouse ist da eine Konkurrentin … Es geht nicht um Moral! Es geht um die beste Performance, wenn du so willst. Bei diesem Spiel würde ich sie gern als Verliererin sehen! Eine sehr weibliche Regung, eine sehr menschliche … oder? Und jetzt schweig stille …»

Während sie das sagte, hatte sie sich langsam an seinem Körper hinabgerobbt. Ihre Hand massierte schon seinen sich versteifenden Schwanz, ihre Lippen folgten langsam der Spur ihrer Finger.

«Ja, genau da», stöhnte er auf, «genau da hab auch ich eine menschliche Regung!»

«Ich habe all deine Freundinnen angerufen», hatte Becky ganz ruhig und sachlich begonnen. Aber da ahnte Lotta schon, dass es Streit geben würde. «Warum hast du dein Handy ausgeschaltet?» – «Ich war bei Chinesisch», hatte Lotta beiläufig entgegnet. «Das geht doch manchmal bis zehn, wenn sie besonders langsam spricht, weißt du doch! So viele komplizierte Zeichen …»
«Wie dumm du lügst!», schrie Becky. «Ich habe bei Frau Lüders angerufen. Ich habe ihr gesagt, ich will dir zum Geburtstag eine Freude machen und dir ein Buch über China schenken, ob sie mir einen Rat geben könnte. Weißt du, was sie mir geantwortet hat: ‹Lotta, ach, ich dachte, die hat schon aufgegeben.› ‹Die hat schon aufgegeben …› Ich hab das erst gar nicht kapiert. ‹Nein, wieso das denn?›, hab ich gefragt, ‹Sie schwärmt von Ihnen …› ‹Seltsame Art zu schwärmen! Sie war die letzten drei Mal nicht da …› Das war ihre Antwort! Ich konnte es nicht glauben und hab wieder nachgefragt. ‹Nein, Lotta war heute nicht beim Freundeskreis Chinesisch.› Dann hat sie aufgelegt. Ich schäme mich so! Ich hab mich so vor ihr blamiert. Meine eigene Tochter belügt mich.»
Ihre Mutter hatte innegehalten und tief durchgeatmet. «Warum belügst du mich?»
Becky hatte Lotta direkt in die Augen gesehen. ‹Sie will sich ihren Auftritt nicht versauen›, hatte Lotta gedacht, ‹den Text hat sie bestimmt gut vorbereitet, große Schauspielerin, die sie ist.› Becky hatte noch einmal tief Luft geholt.
«Ich bin eine gute Mutter. Ich wollte immer eine gute Mutter sein. Ich wusste nicht, dass Kinder es einem so schwer machen können. Spar dir jeden Versuch des Verstehens! Was eine Mutter für ihr Kind fühlt, wirst du nie verstehen! Musst du auch nicht. Ich wollte meinem Kind eine gute Mutter sein. Ich bin nicht sehr moralisch, aber ich bin auch nicht sehr amoralisch … Ich habe aber eins nie gemacht in meinem Leben. Ich hab willentlich nie gelogen! Nicht einmal deinen …»
«Mama, ich hab mich mit Max getroffen. Entschuldige, wenn ich dich angelogen hab. Aber ich wollte es noch für mich behalten!»

Dienstag, 13. März, 23 Uhr
Beckys Wohnung

Lotta war versucht hinzuzusetzen, dass es nicht klug war, ein Kind durch zu viel Emotionalität zu immer neuen Lügen zu zwingen, aber das wäre wohl ein taktischer Fehler gewesen. Und sie war sich auch gar nicht sicher, ob ihre Mutter diesen Hinweis verstanden hätte. Den Hinweis mit Max kapierte sie jedenfalls sofort. Darauf hatte sie ja lange genug gewartet, dass sie sich genauso benahm wie andere Teenies.

Becky sah sie mit freudestrahlenden Augen an. Sie schniefte, verwischte sich mit der Hand den ganzen Rotz im Gesicht, wie Lotta angeekelt bemerkte, seufzte tief und flüsterte mit ersterbender Stimme: «Das ist schön!»

Dann brach sie in Tränen aus. Das war zu erwarten gewesen. Tränen waren ihr einziges Waschmittel gegen Kummer. Was für ein Theater! Lotta hatte schon vor einiger Zeit beschlossen, sich offiziell einen Freund zuzulegen. Das würde alles viel einfacher machen. Denn das erklärte Becky ihre Geheimnistuerei. Sie hatte Max eingeweiht, und er hatte versprochen, ihr ein Alibi zu geben, wann immer sie es brauchte. Max war unsterblich in sie verliebt, wie er immer behauptete. «Dann hat es ja auch noch eine Weile Zeit, bis wir uns küssen!», hatte sie ihn abgewehrt, als er mehr im Scherz seinen «Komplizenlohn» forderte. Lottas Überlegung war einfach: Wenn sie Becky die Hoffnung gab, dass sie sich in Zukunft wie ein ganz normaler Teenager aufführen würde, hätte sie endlich ihre Ruhe. Es schien zu klappen. Becky heulte. Das war immer ein gutes Zeichen bei ihrer Mutter. Nach den Tränen kam das Happy End.

«Alles gut, Mummy, alles gut!» Wenn sie «Mummy» sagte, kam sie sich vor wie in einer amerikanischen Soap, das machte es ihr einfacher, den Arm um ihre Mutter zu legen. Das Drehbuch wollte es schließlich so. Sonst wäre es keine Soap. Schnief, Schnief.

Ihre Mutter hatte noch eine Weile geweint. Lotta mochte es eigentlich nicht, wenn sie so lange weinte, das ermüdete emotional. Aber diesmal war es gut. Es hatte ohnehin keinen Sinn, mit ihr zu argumentieren.

«Geh schlafen, Mama», hatte sie ihr in sehr sanftem Ton befohlen. «Geh schlafen!»

Sie hatte sie in den Arm genommen und ein wenig in die Höhe gehievt, was ihr schwerfiel, denn Becky wirkte noch massiger, wenn sie Kummer hatte.

«Du bist so … anders», hatte Becky geschluchzt und es im gleichen Moment wahrscheinlich wieder bereut. Sie hatte schon antworten wollen: «Das ist doch auch gut so, Mama», aber da schluchzte Becky schon von Neuem auf, weil zum Kummer jetzt auch noch die Selbstvorwürfe kamen, ihrer Tochter die Wahrheit gesagt zu haben. «Aber ich bin so froh, dass du jetzt einen Freund hast!»

‹Ein nasser Tränensack›, dachte Lotta, ‹mehr ist sie nicht, ein großer, wasserreicher Körper›, und ein Gefühl des Mitleids kroch in ihr hoch wie ein widerwärtiges Insekt. Eine Tochter sollte kein Mitleid mit ihrer Mutter empfinden, sondern Liebe. Das war ihr Kind-Mantra. «Kein Mitleid, Liebe.» Aber so oft sie es auch wiederholte, sie fühlte nichts dabei. Selbst schuld, wenn sie sich immer so in die Dinge hineinsteigerte, dachte sie erbost.

«Schlaf gut, Mummy!»

Sie horchte, ob die Schlafzimmertür ihrer Mutter sich schloss, und klappte dann ihren Laptop auf.

Heloise hatte wieder geschrieben. Heloise schrieb sehr viel in letzter Zeit, zu viel, wie sie fand.

«Sie opfern Geistern, die nicht Gott sind, Göttern, die sie nicht gekannt, neuen, die aus der Nähe gekommen, von denen eure Väter nicht gewusst … Verbergen will ich vor ihnen mein Angesicht, will sehen welches ihr Ende sei, denn sie sind ein verkehrtes Geschlecht, Kinder, die keine Treue kennen …»

Was war bloß los mit Heloise? Lotta glaubte nicht, dass Heloise wirklich einen Menschen töten konnte. Das war gegen die Regeln. Aber sie war auch sehr seltsam in letzter Zeit. Lotta rieb sich die Stirn. Sie wollte es nicht der Oberin melden, dafür war es zu früh. Wenn Heloise jetzt auch noch den Orden verlor, dann hatte sie alles verloren. Andererseits war es ihre Pflicht, Fehlverhalten zu melden, und sie empfand diese Art als Fehlverhalten, denn es war auch gegen die Regeln, andere in die Irre zu führen.

«Hast du jemals einem anderen Kind etwas Erfundenes erzählt, um es zu ärgern oder zu erschrecken. Hast du jemals ein anderes Kind tyrannisiert? Hast du jemals ein anderes Kind oder einen Erwachsenen absichtlich in Schwierigkeiten gebracht?»

Das waren die drei Fragen der Oberin bei der ersten großen Eingangsprüfung gewesen. Sicherheitsfragen. «Wenn ihr die Fragen selbst nicht beantworten könnt, lasst einen anderen für euch antworten!»

Lotta war sich sicher, dass auch andere Novizinnen, mit denen sie gechattet hatte, über sie ausgefragt worden waren. Das war auch kein Problem. Der Orden konnte kein Kind, keinen Jugendlichen aufnehmen, der unzuverlässig war. Es gab zu viele Feinde da draußen. Aber was sollte sie jetzt schreiben? Dass Heloise Erfundenes erzählte. Das tat sie, da war sich Lotta sicher. Heloise hatte ihren Vater nicht umgebracht. Sie prahlte nur damit. Was viel schlimmer war als Mord, fand Lotta. Heloise begann sie zu terrorisieren mit ihren Lügen. Sie klammerte. Sie konnte nicht mehr allein sein. Sie wollte jeden Tag, jede Stunde Ansprache. Sie war wie ihre Mutter. Emotional abhängig. Das war ein Fehler. Das machte schwach und erpressbar. Das brachte andere in Schwierigkeiten.

«Wie könnte einer Tausend verfolgen und zweie Zehntausend in die Flucht schlagen … Wie könnte er das?»

Durch die Kraft des Willens. Sie kannte die Antwort in- und auswendig. Sie war sich nur nicht sicher, ob sie diesen Kampf wirklich noch gemeinsam mit Heloise führen wollte.

Lotta überflog, was ihr Heloise in den letzten Minuten als Gutenachtbrief geschrieben hatte. Es war wirr. Das machte ihr langsam richtig Angst. Sie empfand Unbehagen bei so viel Undiszipliniertheit.

«Ich künde dir Neues von den Neurotransmittern … Sie nennen sie Parasiten, aber sie begreifen das parasitäre Leben nicht. Intelligenz ist der größte aller Parasiten. Das weiß Gott am besten …

PS Ich hab meinen Bewusstseinsstatus scannen lassen! Ich hab meinen Kopf auf den Scanner gelegt, nein, … ein Witz. Aber ich weiß, es gibt

diesen digitalen Schnappschuss, wie es den goldenen Schuss gibt. Der goldene Schuss ist der Startschuss. Wir sprinten alle auf die nächste Existenz zu. Wer schneller ist, kommt schneller an. Ich will so nicht weiterleben, aber ich will weiterleben im Absoluten, also wechsle ich das Universum, und wenn ich gewechselt habe, dann lebe ich im dritten Multiversum, weil es unendlich viele Kopien unserer Welt gibt, was auch das Echo erklärt, nein, nicht das Echo im Walde, das in unseren Köpfen, das von anderen Wesen. Ich überlebe … Ich begreif jetzt erst, was der Tod ist … Wir sind schon fast in den Zellen, wir sind klein, unbedeutend … aber wir übernehmen die Kontrolle … Wir schleichen uns ein … Sie werden uns gar nicht bemerken …
PPS Ich bin reich … Ich werde uns retten.»
‹Ich brauche dein Geld nicht›, dachte Lotta. ‹Ich habe genug Geld.› Sie liebte Heloise für ihre Wildheit, sie war wie ein junges Pferd, aber sie mochte es nicht, wenn sie so einen Unsinn redete. Sie war im Fieber. Aber das gab ihr kein Recht, mehr zu wollen, näher zu kommen, als von der Oberin erlaubt. Warum halten die Menschen so selten den natürlichen Abstand ein, gedanklich, körperlich? Warum musste sie etwas so Selbstverständliches wie Abstand ihrer Mutter begreiflich machen. Die Menschen brauchten mehr Abstand zueinander, weil sonst die Reibungsfläche zu groß wurde. Das war doch logisch.
«Ich bin nicht in meinem Ich eingeschlossen. Ich brauche kein anderes Universum. Ich bin das Universum.»
Heloise irrte. Sie war in vielen anderen Ichs eingeschlossen. ‹Ich bin in vielen anderen Ichs eingeschlossen. Da muss ich ausbrechen. Alle wollen etwas von mir, aber ich will nichts von ihnen. Das große Schweigen des Ichs gibt es nicht. Das Ich redet dauernd. Die anderen Ichs reden dauernd lauter, weil sie mich übertönen wollen. Das muss ein Ende haben. Die anderen haben kein Recht, immer lauter zu reden als ich. Denn in ihnen ist es leer. Wenn ich träume, besuche ich die anderen Ichs, ich weiß, wie es in dir aussieht, Heloise. Du bist leer inwendig.›
Sie würde die Oberin über Heloise informieren. Sie würde es gleich

jetzt tun. Sie musste einfach nur den Alarmbutton anklicken. Wann immer ein Novize das Gefühl hatte, dass es einem anderen nicht gut ging, musste er einfach nur das Warndreieck anklicken, dann erschien sofort ein Fragenkatalog.

Sie würde nichts ankreuzen. Sie würde einfach nur in das freie Feld am Ende schreiben: «Ich glaube, sie fühlt sich nicht wohl.» Das würde genügen. Mehr wollte sie gar nicht sagen. Das war gut, das war sehr gut.

Lotta hieb in die Tasten, was sonst nicht ihre Art war. Sie wollte ihren Worten Nachdruck verleihen.

«Du musst zur Ruhe kommen.» Mehr schrieb sie Heloise nicht. Sie wollte sie nicht noch mehr verwirren.

Jetzt nur noch kurz ihre weitere Post checken.

Eine Mail der Oberin!

Lotta stand auf und ging aufgeregt ein paar Schritte auf und ab. Sie hatte so darauf gehofft! Eine innere Stimme hatte sie auf Änderungen hoffen lassen. Bald, bald würde sich eine neue Tür öffnen. Lotta atmete durch und setzte sich wieder vor den Laptop.

Sie klatschte in die Hände. Es war keine sehr lange Mail, aber es war wunderbar, was die Oberin ihr mitzuteilen hatte. Wieder und wieder überflog Lotta die Worte. Sie würde heute Nacht von ihnen träumen. Wie große weiße Wolken würden sie durch den Himmel ihrer Träume ziehen.

«Wir haben Großes mit dir vor ... Nächstes Jahr wirst du ein Urlaubsstipendium gewinnen. Fürs Patrick Henry College ... Wenn du willst, kannst du dort auch nach deinem Abitur studieren. Aber sieh dich erst einmal dort um. Die Menschen dort werden dir gefallen.»

Natürlich würden sie ihr gefallen. Lotta hatte schon viel von «Gottes Harvard» gehört. Sie wusste, das war ihr Platz. Ihre Mutter konnte nicht Nein sagen.

«Du wirst in den dritten Zirkel aufgenommen. Der Umgang mit Heloise ist nicht gut für dich. Wir werden ihn untersagen. Schreib ihr bitte nicht mehr und beantworte keine Anfragen von ihr, falls sie dir noch welche schicken sollte.

Du bist jetzt auf einsamer Mission … Auf einsamer Mission und doch behütet. Und bald wirst du selbst Zöglinge haben.»

Die Oberin hatte es schon geahnt. Dass der Umgang mit Heloise nicht gut war für sie. Lotta schlang die Arme um ihren Körper. Es würde alles wahr werden. Sie war nicht allein. Alles, was sie je gedacht hatte, war nicht vergebens. Jeder ihrer Gedanken würde eine Patin finden. Sie würde Mutter sein. Sie wollte viele Kinder haben. Kinder des Geistes. Mind Children.

Sie würde ohne ihre Mutter leben. Endlich. Sie konnte sich von diesem ertrinkenden Körper lösen. Seit ihren Kindertagen hatte sie eine Vorstellung, ohne die sie nicht einschlafen konnte.

Alle Menschen um sie herum fielen nach unten. Sie allein schwebte nach oben. Es war ein wundervolles Gefühl, ganz langsam emporgehoben zu werden, in Gottes Hand.

«Du siehst ja noch blasser aus als sonst!»

Ihr Vater war kurz vorbeigekommen. Wie immer mit einem charmanten Intro.

«Du siehst ja noch blasser aus als sonst!» Vermutlich hatte er noch «mein Kind» hinzufügen wollen, es aber dann klugerweise unterlassen.

Sie hatte ihn schon hinauskomplimentieren wollen, aber er ließ sich nicht abweisen. Das Letzte, was sie am Abend eines solchen Tages brauchte, war ein Problemgespräch mit ihrem Vater, «ganz unter uns». Aber er hatte etwas anderes auf dem Radar, das verriet seine hyperangespannte Miene. Mister Bombastic, Mister Fantastic hatte einen Scoop gelandet. Das war mit Händen zu greifen.

«Du hast etwas Wichtiges für mich?», hatte sie ihn betont höflich gefragt. Etwas, das dir erlaubt, mich so spät zu stören, wollte sie hinzufügen. Aber natürlich traute sie sich nicht. Wer wirft schon gern seinen Vater hinaus, vor allem, wenn er stolz wie ein von König Artus höchstselbst geadelter Pfadfinder vor einem steht und das Siegerlächeln sich von einem Ohr zum anderen zieht.

«Kann man so sagen!»

Er war fast geplatzt vor unterdrücktem Stolz. Ein wenig zu dick aufgetragen, diese Begeisterung fürs eigene Ego. So hatte sie ihn schon lange nicht mehr erlebt.

«Ich muss dir noch was zeigen. Bilder von damals.»

Bilder von damals. Er dachte wohl, das wäre noch immer die Zauberformel. «Bilder von damals.» Das war immer die Einleitung gewesen. «Ich muss euch noch was zeigen … Bilder von damals.» Wenn er nicht ganz so besoffen war, nicht in Whiskey-, sondern in Weinlaune, wurde er immer gern sentimental. Die Diashow aus uralter Zeit. «Na los, auf die Couch, Mädels!»

Dann hatte er diesen Riesenapparat herausgeholt, der aussah wie eine steinzeitliche Laserkanone, in die man nur drei Bilder stecken konnte, ritsch, ratsch ging es hin und her und er erzählte dazu mit dezent lallender Stimme Geschichten aus der guten alten Zeit. Mit zehn, zwölf, dreizehn sah sie die Bilder gern. Heile Familie, glück-

Dienstag, 13. März, 23.30 Uhr
Martinas Wohnung

liche Welt, sonnige Berge, und sie selbst in ultraschicken kurzen Lederhosen und Seppl-Käppi.
«Mit fünf Jahren bist du durch die Berge gestiefelt wie eine Gämse», lobte ihr Vater. «Du hattest ganz schön Ausdauer», bestätigte ihre Mutter. «Und Willenskraft», fügte sie meist noch hinzu, als wollte sie etwas ganz besonders Nettes sagen.
Vater, Mutter, Kind ... zu wenig für einen gelungenen Familienabend. Im Nachhinein wirkte das Bild kitschig und verlogen. Damals war es Spaß. Damals hatte sie ihren Vater noch vergöttert, weil sie seinen Suff für die gute Laune des Genies hielt.
Ihre Mutter hielt schon damals Abstand. Wenn er sich zufrieden in die Couch zurückfallen ließ, einen großen Schluck aus seinem Weinglas nahm und selbstzufrieden tönte: «Hat sich doch irgendwie gelohnt unser Zusammenkommen! War eine verdammt gut aussehende kleine Lady damals, unsere Kleine, oder?!»
Ihre Mutter war auf solche Scherze nie eingegangen und hatte sich seinen weinseligen Umarmungen immer entzogen. Umso mehr hatte er geprahlt. Als Kind hatte sie seinen Humor großartig gefunden. Er war der lauteste Clown im Zirkus und der lustigste. Und der besoffenste. Sie wusste inzwischen nur zu gut, warum ihre Mutter sich von ihm hatte scheiden lassen, und sie hatte richtig gehandelt. Sie schämte sich für ihren Vater. Mehr als sie sich je für seine Trunksucht geschämt hatte, schämte sie sich für seine Eitelkeit.
«Machst du uns einen Tee?»
Klar hatte sie einen Tee gemacht. Auch wenn der Tonfall der Frage sie ankotzte. «Machst du uns einen Tee?» ‹Bist du auch stolz auf mich, dass ich nichts mehr trinke? Obwohl mich der Rückfall ganz schön Kraft gekostet hat! Würdigst du auch meine Enthaltsamkeit? Hast du auch nur eine Ahnung, was für eine Kraftanstrengung mich das kostet, jetzt nur Tee zu trinken und keinen Champagner?› Das alles lag in seiner Frage. Das alles hörte sie heraus, gehorsame Tochter, die sie noch immer war.
Er hatte sich auf ihre Couch gesetzt. Mittig. Wo immer er sich niederließ, er ließ sich mittig nieder, breitbeinig. Die Welt gehörte

immer noch ihm. Diese Anspruchshaltung würde er nie verlieren. Vielleicht hatte genau diese Haltung ihn ja gerettet. ‹Kein Grund, ihm deswegen Vorwürfe zu machen, sei nicht so streng.›

Sie hatte ihm die Tasse Pfefferminztee hingestellt und sich selbst ein Mineralwasser eingegossen. Er klopfte auf die Couch, die ironische Einladung an das Schoßhündchen, seinen Platz einzunehmen. Sie hatte sich brav hingesetzt, die Beine übereinandergeschlagen und ihn erwartungsvoll angesehen. Schließlich hatte sie nur einen Vater. So sehr sie ihn zuweilen auch hasste, verlieren wollte sie ihn nicht.

«Hier, das Blue Note. Das Bild ist irgendwann aus den frühen Achtzigern. Ich kannte den Laden gut. Aber was der Hammer ist, Klimt kannte ihn auch gut. Wir waren da nämlich gemeinsam. Ist ein paar Jahre her, deswegen hatte ich das verdrängt.»

Sein schiefes Grinsen verriet, dass er wohl noch eine Menge mehr verdrängt hatte.

Auf dem Bild war nicht allzu viel zu sehen. Eine Menge Plüsch, eine Menge Glitter, alles eingequalmt, die wenigen Gesichter, die zu erkennen waren, in Trance. Geschlossene Augen, halb offene Münder, verrenkte Arme, die seltsam verquer zur Musik gestikulierten. Der ganze Laden war wohl unter Drogen gesetzt worden.

«Kuck nich so schräg! Das war kein Bordell. Das war ’ne Kneipe für jedermann. Wie das Kumpelnest. Da konnte rein, wer wollte, vierundzwanzig Stunden lang. Stricher, Nutten, Junkies, Pfadfinder, Schwesterschülerinnen, da war jeder willkommen.»

«Die mit Kohle natürlich besonders.»

«Die mit Geld besonders, klar. Aber die Kiddies wollten die Kohle. Jeder hat sich damals für Kohle irgendwie verrenkt. Der Straßenstrich war nicht das Schlimmste, glaub mir. Sich von den Chefredakteuren der Medienkonzerne das Rückgrat brechen zu lassen, war auch kein Spaß.»

Da war sie wieder, diese selbstgefällige Weinerlichkeit. Diese Generation hatte alles richtig gemacht, war an nichts schuld.

Bilder, Bilder, Bilder von damals. Bilder überdauern.

«Und ihr alten Dackel seid da rein und habt den großen Bello markiert?» Er tat so als bemerkte er ihren verächtlichen Blick nicht.
«Damals war ich dreißig plus und im besten Alter. Da musste ich nichts schauspielern! Und Klimt hatte gerade seinen ersten Bestseller geschrieben. Der musste auch nichts markieren!»
«Und in den Laden seid ihr rein, weil ihr über Literatur reden wolltet. Ganz in Ruhe.»
«In den Laden sind wir rein, weil wir Frauen aufreißen wollten. Was ist daran schlimm? Die Mädels sind da auch nicht nur zum Tanzen hin. Wir waren damals alle ziemlich gut drauf. Das waren die goldenen Jahre in Berlin, die Jahre vor dem Mauerfall.
«Die Frauen waren deutlich jünger.»
«Manche waren jünger, manche waren älter. Manche waren Nutten, manchen waren spröde.» Er zuckte mit den Achseln. Aber die Gleichgültigkeit war gespielt, das spürte sie. Er schämte sich, für was auch immer. Sie war sich gar nicht sicher, ob sie das so genau wissen wollte.
«Ihr habt 'ne Menge Kohle da gelassen?!»
«Worauf willst du hinaus? Ja, wir hatten Sex mit Frauen. Gegen Geld. Die hat dir auf dem Klo einen geblasen und du hast ihr 'nen Zwanziger gegeben und ein Getränk spendiert. Das macht mich nicht zum Freier und sie nicht zur Nutte.
«Wenn das jeden Abend so lief … war es ein Puff.»
«Das waren andere Zeiten. Aber darum geht's jetzt gar nicht, verdammt.» Er würgte ihren Einwand misslaunig ab.
«Hier … Rate, wer noch Stammgast in dem Laden war …»
Er klopfte mit seinem dicken Zeigefinger auf das Foto, dass er wie eine Trumpfkarte aus dem schmalen Stapel gezogen hatte.
«Rate mal …»
«Ich hab einen langen Tag hinter mir, Paps, ich rate nicht …»
Sie hob das Bild dicht vor ihre Augen, konnte aber kein Gesicht entdecken, dass ihr bekannt vorgekommen wäre.
Kleine, viel zu dick geschminkte Girlies drängelten sich an der Bar und lächelten kokett in die Kamera. Wahrscheinlich hatte ihr

Vater oder der Typ, der die Bilder gemacht hatte, die große Paparazzi-Show abzogen. Von wegen ihr seid berühmt in vierundzwanzig Stunden, wenn ihr vor meiner Linse tanzt.
Ihr Vater verfiel in diesen betont ruhigen Oberlehrertonfall, den sie so an ihm hasste.
«Als ich die Bilder durchgegangen bin und mein Protokollbuch parallel dazu gelesen hab, ist mir plötzlich eins klar geworden: Die kannten sich … Die kannten sich gut.»
«Wer denn?», unterbrach ihn Martina genervt.
«Na Klimt und Goldhouse. Erkennst du Sie nicht? Hier, die Kleine mit dem grellen Kussmund!»
Martina starrte auf das Bild. Das Wiedererkennen war wie ein Schock. Sie hätte es sofort sehen müssen. Das war Ayn Goldhouse. Modelliert aus Männerfantasien. Eine kleine perfekte Schlampe, gegen die Lolita wie die Unschuld vom Lande wirkte. Schmal, Ballettfigur, hautenges Kleid, Stilettoabsätze, die sich wie von selbst in das Hirn des Betrachters bohrten, und dieser opiumlüsterne Blick. «Komm, fick mich», nichts anderes versprachen diese drogenverschleierten Augen, «komm, fick mich und ich beam dich ins Himmelreich.»
«Klimt war kein Freier.» Ihr Vater sprach weiter, als hätte er ihr Erstaunen gar nicht bemerkt.
«Kein gewöhnlicher Freier. Der drückte denen nicht hundert, nicht fünfhundert Mark in die Hand, sondern fünftausend. Hau ab, mach dir ein schönes Leben sonst wo …»
«Nachdem sie ihm einen geblasen hatten …»
«Nein. Er hat sie freigekauft …»
Martina sah ihn zweifelnd an. Irgendwas war faul an der Sache. Wahrscheinlich hatte er sich statt seiner einen runterholen lassen. Oder die ganze Geschichte war ein Fake. Welcher Mann machte einfach so für nichts den Wohltäter und zahlte auch noch drauf dabei. Unwillkürlich musste sie an Ralf denken. «Kein Mann auf der Welt lässt sich einfach so einen guten Fick entgehen.» Das war doch seine Rede gewesen. Arschloch! Sie riss sich zusammen und bemühte sich um ein wenig Freundlichkeit in der Stimme.

«Warum hast du mir das nicht früher gesagt?»
«Ich wollte nicht ...» Er verschluckte sich an seinem eigenen Stolz.
«Ihr seid zusammen in den Puff ... Ihr wart auf dem Straßenstrich unterwegs ... Warum hat er gerade dich gefragt. Weil du da Stammgast warst!», setzte sie bissig nach.
«Ich war überall unterwegs. Ich hatte ja kein Zuhause mehr, nachdem deine Mutter gegangen war.»
Martina blickte ihn verständnislos an. Er hielt den Kopf gesenkt. Wie verliebt er in seinen Kummer war! Sie konnte es einfach nicht fassen.
«Wahrscheinlich hatte Klimt deswegen nach mir gefragt. Mein Ruf als Hurenbock eilte mir voraus.» Seine Stimme sollte selbstironisch klingen, aber es war ein weinerlicher Tonfall, in dem er seine Beichte vortrug. Vermutlich hatte er es damals schon ihrer Mutter voll Reue erzählt. Und jeder seiner wöchentlich wechselnden Geliebten. Er beichtete einfach gern. Das gab ihm so ein verworfenes Gefühl.
«Meine Kollegen wussten es, mein Chef wusste es, die Taxifahrer wussten es. Er brauchte einen Vergil für den Gang in die Hölle. Da war kein Besserer zu finden. Aber wir waren nur zwei Abende unterwegs damals. Er hatte seinen ersten großen Bucherfolg und ich war der rasende Reporter ... Aber Typen wie uns gab es viele. Machos. Kleine Arschlöcher mit großem Geldbeutel. Wir waren Konfektion. Die kleine Lady hier war es nicht, war nicht von der Stange, die war was Besonderes. Ich glaube, sie hat ein Gedächtnis für jeden ihrer verdammten Freier. Nicht hier im Kopf, in der Muschi, entschuldige, im Körper. Sie hat ein Körpergedächtnis für all die Typen, mit denen sie je zusammen war. Deswegen dieser irrsinnige Blick. Den hatte sie schon damals, diesen irrsinnigen Blick ... Eine geborene Fanatikerin. Aus der eigenen Not geboren.»
In solchen Momenten hasste sie ihren Vater. Für das, was er tat, aber mehr noch für das, was er sagte. Er hatte vermutlich recht, und genau dafür hasste sie ihn. Dass Typen wie er auch noch recht behielten.

Er drückte ihr einen alten Artikel in die Hand.

«Lies! Bitte!»

«Jetzt?»

«Tu mir den Gefallen …»

Sie überflog die zwei Seiten.

«Über die Stricherszene am Zoo und in der Kurfürstenstraße?! So what? Schon tausendmal gelesen.»

«Den Artikel hab ich damals geschrieben.»

«Hier steht Heribert Franz drunter!»

«Ich hab unter vielen Namen geschrieben. Ich brauchte Geld. Fürs Saufen. Und für den Puff. Damals waren alle auf Drogen. Es hat nicht weiter gestört, wenn die Mädels auf Droge waren … Ich hab da nicht drauf geachtet.»

«Klar. Ihr habt da nicht drauf geachtet. Wenn die Unterarme der Mädchen von den Spritzen punktiert waren, habt ihr nicht drauf geachtet. Wenn die Körper ausgehungert waren von den Drogen, habt ihr nicht drauf geachtet. Wenn ihr eure feisten Bäuche gegen sie gestemmt habt, waren die Augen längst geschlossen. Ihr habt die Augen immer geschlossen! Schweine in Ekstase!»

«Was ich dir nicht erzählt habe … Sie hat sich damals diese schwarze Rose tätowieren lassen. Dafür wollte sie das Geld. Es war so bizarr. Er hat ihr tausend geboten. Sie wollte nur hundert. Hundert DM für die schwarze Rose. Das fiel mir wieder ein, als ich das Bild sah.»

«Er hat sie gar nicht freigekauft?»

«Auf gewisse Weise schon. Er hat sie merken lassen, dass sie eine Nutte war. Warum sonst hätte er sie freikaufen wollen. Das hat sie ihm nicht verziehen. Eigentlich schuldet sie ihm noch was für diese Einsicht. Ich denke, sie ist nicht gern etwas schuldig. Schon gar nicht Klimt.»

«Sie wird es ihm auf die eine oder andere Art heimzahlen.»

«Und mir auch!»

Er wirkte plötzlich sehr kleinlaut. Sie musste einfach auflachen.

«Ach Paps! Dir werden sie bestimmt nichts mehr tun! Du bist …»

«Sag es nicht!» Er drohte ihr unter Tränen.

«Du bist einfach zu alt!»
«Und du? Sie kann sich an dir rächen.»
«Wofür sollte sie sich an mir rächen?» Martina zuckte mir den Achseln. «Ich hab bestimmt keine Sympathien für Freier, auch wenn mein Vater dazugehört.»
Er streichelte über ihren Kopf. Sie war zu schwach für eine Gegenwehr und lehnte einen Moment ihren Kopf an seine Schulter.
«Ich weiß, du hasst meine Art, aber glaub mir, mein Engel, aus den Kleidern kann ich nicht mehr raus. Alles wird gut, mein Schatz. Keine Angst, alles wird gut!»
Sie wusste, nichts war gut. So saß sie da. Den Kopf an seine Schulter gelehnt. Obwohl er nicht verstand, gar nichts. Er redete einfach so vor sich hin.
«Der Tod ist die Krankheit, die uns alle heimsucht. Aber mich zuerst. Mach dir keine Sorgen, du bist noch nicht an der Reihe. Krebs ist die Krankheit der Welt. Das ist nicht nur deine Krankheit. Wir sind alle krank. Die Quasare, die Mitochondrien des Universums, die Kraftzentren, alle krank. Das Universum ist ein großer Körper. Unser Planet eine Zelle, wir haben ihn befallen, wie ein Krebsgeschwür, und wir werden mit ihm zugrunde gehen. Ich finde, wir sollten uns nicht so wichtig nehmen. Wir sind Parasiten. Kranke Parasiten alle.»
Sie hob den Kopf.
«Paps, du faselst!», konstatierte sie müde. «Du faselst Unsinn! Und das nüchtern! Kompliment!», und als hätte sie sich erst jetzt zu diesem Gefühl durchgerungen stellte sie mit leiser Stimme fest: «Ich hasse dich ...»
Sie stand auf, mit Tränen in den Augen, schniefend, raffte ihren Bademantel an sich.
«Raus mit dir ...» Sie hatte es geflüstert. «Raus. Ich kann dich nicht mehr sehen.»
Die Tür ... Nein, die schlug sie nicht zu. Das hatte sie bei ihm immer gehasst, wenn er im Suff die Tür hinter sich zugeschlagen hatte. Sie zog sie hinter sich zu, ohne ihm auch nur einen Blick zuzuwerfen.

Claasen stolperte eilig die Treppen hinunter. Er hatte genug. Draußen verschnaufte er einen Moment an der Hauswand, stützte die Hände in die Hüften. Die Straßenlaternen flackerten. Ein Windstoß trieb Papierfetzen über den Bürgersteig. Wirres Gelächter klang aus der Bar gegenüber. Das Universum stand wieder einmal kurz vor dem Kollaps. Jeder sollte sich so schnell wie möglich in Sicherheit bringen. Classen kicherte vor sich hin. Er hatte eine gute Show geliefert. Das hatte er schon immer gut gekonnt, andere vor den Kopf stoßen. Dass es bei der eigenen Tochter so gut klappte, hätte er gar nicht gedacht. Er schluchzte auf, ein ungekannter Schmerz presste sein Herz zusammen.

Klimt wollte, dass sie aus der Stadt verschwand. Der Boss wollte, dass sie aus der Stadt verschwand. Ihre Mutter wollte es. Er hatte seinen Teil dazu beigetragen. Darauf durfte er sich jetzt einen genehmigen. Einen doppelten Was-auch-Immer. Aber erst musste er dem Boss Bescheid geben.

Zitternd griff er nach seinem Handy und wählte Kehrtmanns Nummer.

«Ich liebe es … Dieses Fernsehprogramm macht einem das Sterben wirklich leicht!»
Er stemmte sich aus dem Sessel und fauchte in Richtung Plasmabildschirm.
«Idioten! Ihr seid dumm, ihr seid so dumm, ihr seid so unerträglich dumm!»
Dann wandte er sich mit wütender Miene zu seinem Sekretär.
«Wie verbringt man die letzten Stunden vor seinem Tod? Mit Essen, mit Saufen, mit …»
«Hier in der Nähe ist das Nolde Museum. Sie könnten ein paar schöne Bilder mitnehmen auf die Reise.»
Klimt sah Wilson an, als hätte er ihm einen Latexanzug als Sterbegewand angetragen.
«Warum sollte ich das tun? Ich werde das Meer so schnell nicht mehr sehen! Warum sollte ich mich daran erinnern?»
Wilson zuckte mit den Schultern. Er wirkte übermüdet und ein wenig gelangweilt. Selbst die sonst so tadellose Bügelfalte in seiner Anzugshose wirkte knittrig, was Klimt mit Schadenfreude zur Kenntnis nahm. Diese Blasiertheit würde sehr bald ein Ende haben.
«Hier, das ist real. Und schmeckt … Und bleibt mir zwischen den Zähnen hängen, obwohl ich es selbst bald schon gar nicht mehr schmecken kann!»
Er hatte sich Roastbeef zum Frühstück kommen lassen, aber keinen sonderlichen Appetit gezeigt. Ein Arbeitsfrühstück hätte es werden sollen, aber bislang hatten sie noch nicht viel gearbeitet. Wilsons einzige Aufgabe schien es zu sein, Klimt bei seinen Wutausbrüchen nicht allein zu lassen.
«Was gibt es sonst noch Neues …» Klimt verbarg die innere Unruhe nur schlecht. Dafür kannte ihn Wilson zu gut. Angst war es nicht. Klimt stolzierte feist durch den Raum, den Bademantel nur nachlässig geschlossen, und verbreitete Unruhe. Der Zeitmangel beunruhigte ihn. Er sorgte sich um seinen Plan, sein Gesamtkunstwerk. Er hatte offensichtlich Sorgen, dass er nicht alles bis ins Kleinste bedachte hatte. Aber das hatte er. Da konnte ihn Wil-

Mittwoch, 14. März, 9 Uhr
Grandhotel, Klimts Suite

son beruhigen. Ob er im Jenseits ein ähnliches Theater würde veranstalten können, das wusste er allerdings nicht. Aber in diesem Moment schien es ihm absurd, dass so viel Lebensenergie einfach verpuffen konnte.

«Erinnern Sie mich daran, Claasen gleich noch mal anzurufen. Irgendwann ist da ja wohl hoffentlich nicht mehr besetzt. Das Arrangement für sein Töchterchen ist getroffen?»

Wilson nickte nur. Er hatte keine Lust, sich näher über Martina Claasen auszulassen. Klimt war ein zu guter Menschenkenner, als dass ihm entgangen wäre, dass Wilson in dieser Angelegenheit mehr Gefühl zeigte als sonst. Den neckischen Zeigefinger konnte er sich sparen.

«Alles erledigt. Ich werde ihr und Ihrer Tochter nachher die Reiseunterlagen persönlich übergeben.»

«Meiner Tochter.» Klimt nickte versonnen.

«Ja, tun Sie das mal. Übergeben Sie ihr die Unterlagen. Und sagen Sie ihr einen schönen Gruß von mir. Es täte mir leid.»

Wilson sah ihn verwundert an. Klimt kicherte böse.

«Es täte mir leid, sie jemals gezeugt zu haben ...»

Offensichtlich erwartete Klimt eine entrüstete Reaktion von Wilson, aber der wusste ganz genau, dass es Klimt nicht bei diesem zynischen Fazit belassen würde.

«Unsinn», murrte Klimt. «Sagen Sie ihr, dass es mir leid tut. Und dass ich sehr stolz auf meine hübsche und intelligente Enkelin bin. Und dass sie Sorge tragen soll, dass es ihr gut geht. Finanziell hat sie ausgesorgt, zumindest bis Lotta volljährig ist. Danach kann sie in eins ihrer Hippie-Camps verschwinden.»

Klimt kicherte gehässig. Er stapfte zum Fenster, sah hinunter auf den Gendarmenmarkt.

«Ich bin froh, endlich aus dieser Stadt verschwinden zu können, so oder so.» Er wandte sich zu Wilson.

«Wissen Sie, was ich an Berlin hasse?»

Wilson schüttelte den Kopf.

Klimt zerkaute augenscheinlich Pfefferkörner im Mund, so angewidert war sein Gesichtsausdruck. «Ich hör den Herzschlag nicht. Diese Stadt hat keinen Herzschlag mehr.»

Wilson nickte nachdenklich. So ganz unrecht hatte der dicke alte Mann vor ihm nicht. Dennoch wäre er ihm sehr dankbar gewesen, wenn er seinen Bademantel ein wenig fester verschnürt hätte. Die dünnen haarigen Beinchen in den kniehoch gezogenen Wollstrümpfen erregten in ihm Übelkeit. Als hätte er eine Hexe beim Umkleiden ertappt.

«Grinsen Sie nicht so blöd, Wilson, dieser Tag heute wird auch für Sie kein Spaß!»

Sein Sekretär sah ihn verständnislos an.

«Ich hatte Ihnen seinerzeit bei der Anstellung versprochen, dass ich mich auch für ihre Familiengeschichte interessieren würde. Meine Kontakte sind ja noch immer ganz gut, und ich hab auch ein wenig Geld in die Hand genommen …» Er lächelte selbstzufrieden, nicht zuletzt, weil Wilson zunehmend nervöser wurde.

«Ich hatte Ihnen versprochen, wenn möglich auszukundschaften, wer ihre Mutter ist … Nun ja, es war gar nicht so schwer! Voilà, wie der Franzose sagt, in dieser Kladde ist alles vermerkt.»

Klimt hielt sie kurz hoch, immerhin lange genug, dass Wilson erkennen konnte, wessen Schriftzüge es waren, die das Deckblatt großflächig bedeckten. Es war die krakelige Handschrift Claasens.

«Und hier.» Klimt hielt eine zweite Kladde hoch. «Das hier dürfte Sie auch interessieren. Geschäft geht vor privat, wie Sie wohl wissen. Wobei das hier …», er hob einen dritten Hefter in die Höhe, «hier ist meine Nachfolge geregelt.»

Wilson zog die Augenbraue in die Höhe. Er hatte sich immer als legitimen Nachlassverwalter der literarischen Arbeiten Klimts gesehen, als sein Erbe also. Es hätte ihn verwundert, wenn Klimt in letzter Stunde seine Meinung geändert hätte. Verwundert und verärgert. Das musste er zugeben. So etwas wie Zorn wallte in ihm auf.

«Meine Geschäftsaktivitäten sind ja etwas weitreichender, als Sie das vielleicht vermuten mögen. Aber keine Sorge, in wenigen

Wochen sind Sie eingearbeitet. Sie übernehmen den operativen und den literarischen Bereich für die Dauer ...»

Klimt hielt den Atem an. Es bereitete ihm sichtlich Freude, das Ganze ein wenig spannender zu machen.

«Für die Dauer von zehn Jahren.»

Wilson war sich nicht sicher, ob er sich freuen oder ärgern sollte. Es siegte die Neugier.

«Und dann?»

«Ja und dann», Klimt lächelte verschlagen, «und dann tritt ein neuer Mann ins Spiel. Gänzlich unerwartet. Sie werden überrascht sein und erfreut, dass darf ich Ihnen versichern.»

Was meinte der Spinner damit? Wilson war ungehalten. Das Triumphale im Gehabe Klimts stieß ihn ab. Wie hatte er neulich posaunt? «Unsterblichkeit ist machbar, Herr Nachbar. Sie ist nicht länger nur das Geschenk der Götter!»

So stand er vor ihm. Ein fetter, eitler Mann, dessen feistes Grinsen verkündete: «Ich habe den Tod überwunden.» Wilson schüttelte sich. Unsinn. Er ließ sich schon von der bizarren Laune Klimts anstecken. Er griff nach einem Glas Wasser. Ruhig bleiben, einfach ruhig bleiben. Die Stunden dieses Mannes waren gezählt.

Wie zum Hohn klingelte das Telefon. Als läutete es seinen Untergang ein. Wilson griff zum Hörer. Er lauscht kurz und hielt ihn dann Klimt hin.

«Claasen am Apparat.»

Klimt schnaufte befriedigt und klemmte sich den Hörer zwischen Schulter und Ohr. Mit der freien Rechten zupfte er an seinen Nasenhaaren. Er musste sehr aufgeregt sein. Wilson beobachte fasziniert, wie Klimt Haar um Haar aus seiner Nase zupfte. Eine Mumie, die sich für ihren letzten großen Auftritt präparierte. Gott, wie er diesen Mann hasste! Was für eine widerliche Portion Fleisch in Menschengestalt. Und doch würde er vor ihm auf die Knie gehen und ihn anbetteln, diese Information herauszurücken. Wenn er es denn verlangte. Und Klimt war zuzutrauen, dass er es verlangte. Wie viele Jahre hatte er nach ihr gesucht? Ausgerechnet Klimt war gelungen, was ihm trotz intensivster Recherchearbeit nicht geglückt war?! Ohne dass er etwas davon bemerkt hatte?! Es war ihm schleierhaft, wie Klimt hinter seinem Rücken diese Recherche hatte bewerkstelligen können. Er überwachte den E-Mail-Verkehr, hatte Einblick in alle Termine, selbst die Telefongespräche hatte er aufzeichnen lassen, und doch war es Klimt gelungen, Geheimnisse vor ihm zu haben. Widerwillig empfand er so etwas wie Respekt.

Klimt lauschte aufmerksam, grunzte gelegentlich zufrieden und schnaufte schließlich tief durch.

«Gut, mein Bester, und denken Sie an den Stock. Das ist nun mal mein Alleinstellungsmerkmal! Die Requisiten sind das, worauf wir alten Tragöden den größten Wert legen sollten. Ich danke Ihnen und adieu! Wer weiß, vielleicht sehen wir uns ja wieder eines Tages. Zwanzig Jahre sollten Sie noch durchstehen können, wenn Sie die Finger vom Gin lassen …»

Lachend reichte er Wilson den Hörer.

«Ein alter Knochen. Weitgehend abgenagt. Vielleicht hat er Glück und das Schicksal vergisst ihn einfach.»

«Wie meinen?», fragte Wilson höflich nach, ohne größeres Interesse zu zeigen. Er wartete auf die große Bescherung. Da interessierte es ihn nicht, was sich andere zu Weihnachten wünschten. Claasen war für ihn abgehakt und vergessen. Es sei denn – er würde ihm als Schwiegervater wiederbegegnen.

«Hiob. Irgendwann war es der liebe Gott leid, ihm immer neue Lasten aufzubürden. Er ließ ihn einfach in Ruhe und Hiob starb alt und zufrieden und von keinem beachtet.»

«Bei dieser Version handelt es sich sicherlich nicht um die Originalfassung?!»

«Da dürften Sie recht haben. Aber wo waren wir stehen geblieben? Ach ja, Sie werden mein Nachfolger. Mein Nachfolger auf Zeit. Warum auf Zeit, werden Sie jetzt fragen?!»

Klimt stolzierte im Zimmer auf und ab, an seinen Füßen die viel zu kleinen Hotelpantoffeln, die seine großen, missgestalteten Zehen ahnen ließen.

Alles an diesem Mann ekelte Wilson an. Er konnte gar nicht zuhören, so überflutete ihn diese Woge der Abneigung. Es rauschte in seinen Ohren, das Blut hämmerte gegen seinen Schädel. Wenn er nicht selbst in den Tod gehen würde …

«Na, ein wenig Konzentration, mein Lieber! Was habe ich Sie gerade gefragt? Worin waren die Nazis innovativ? Raketentechnik, selbstredend, Propaganda, das weiß jedes Kind. Kriegsführung …? Unsterblichkeit … Lebensborn … alles, was die Nazis wollten, kulminiert in der Lehre vom Übermensch. In der Nutztierhaltung ist es gang und gäbe, Sperma einfrieren zu lassen, über Jahre hinweg. In der Humangenetik wird es nicht anders kommen. Der Krieg der Rassen wird heute im Reagenzglas entschieden! Tom Wolfe, mein alter Schriftstellerfreund, der letzte der Dandys, wie heißt sein letzter Roman?! ‹Back to Blood!› Was in unseren Adern strömt, was unser Herz wärmt: Blut! Blutsbande. Dafür braucht es keine Väter! Dafür braucht es nur Samen und Eizellen! Das Einzige, was alle Männer aller Religionen überall auf der Welt im universalen Geiste der Erregtheit tun, ist masturbieren. So viele Proben, so viel ungenutztes menschliches Material! Das neue Matriarchat braucht den Mann als Begatter nicht mehr. Diese Mädchen brauchen später keine Männer, wenn sie Kinder wollen, sie können sich ihre Väter wählen, aus dem bestsortierten Angebot der Welt. Die unbefleckte Empfängnis ist doch jetzt schon an der Tagesordnung. Instant Insemination! Emotional rückstandsfrei. Der Tod wird zum Wunsch derer, denen das Leben zu lange dauert. Alle anderen dürfen sich auf die Unsterblichkeit freuen. Vergessen wird ein teures Vergnügen. Träumen ein Luxus. Die Unsterblichkeit ist ein gigantischer Markt. Jeder kann daran verdienen. Dumm, wer sich da nicht frühzeitig platziert. Die Väter sind tot. Es leben die Mütter. Ich plappere drauflos! Ganz recht. Highnoon, das ist nun mal mein Humor … Es ist bald so weit. Hier, das lege ich wieder in den Tresor. Die Kombination dazu ist auf diesem Zettel. Dieser Zettel wandert gleich in meine Anzugstasche. Punkt elf Uhr holen Sie mich hier ab und geleiten mich hinunter. Ich gedenke, noch einen kleinen Spaziergang zu tun und durch die Hintertür zurückzukehren. Ein kurzer schmerzloser Abschied, ohne Worte. Zum Dank für alle meine Mühe, und natürlich zum Abschied greifen Sie mir in die Tasche … und der Inhalt des Tresors ist der Ihre. Wort gegen Wort. Zwölf Uhr fünfzehn werden Sie wissen, wer Ihre Mutter ist … Früh genug, wenn Sie mich fragen! Herr Dr. Wilson. Es war mir eine Freude. Wenn Sie in dieses Zimmer zurückkehren, werde ich nicht mehr sein. Ihr Abschiedsschmerz wird Sie nicht niederwerfen, ich weiß, ihre Wiedersehensfreude wird umso größer sein. Salut! Ach ja, eins hatte ich noch vergessen. Einen letzten Gruß an meine Tochter. Richten Sie ihr bitte aus: Die Mutter, die mich gebären wird, ist bereits geboren.»

Plötzlich fiel ihr auf, was sie an ihm mochte. Er war ein Mann, dem sie vertraute. Vermutlich hatte sie ihn deshalb immer so langweilig gefunden. Vertrauen war eine langweilige Sache. Zum Lügner wurde jeder Mensch irgendwann einmal, und die Wahrheit, na ja, wer weiß schon, was Wahrheit ist, aber Zutrauen zu sich selbst zu haben … das war selten. Ihr Vater hatte es nicht, sie selbst hatte es verloren durch diese verdammte Krankheit, und sie war sich nicht sicher, ob sie es jemals wiederfinden würde. Kehrtmann hingegen, der kleine Spießer, wirkte wie eine lebenslängliche Garantiezeitverlängerung. Selbst in diesen Tagen, da der Irrsinn durch alle Flure galoppierte, strahlte er die Gelassenheit des Mannes aus, der prahlerisch hätte konstatieren können: «Das hab ich doch schon immer gewusst.» Stattdessen spielte nur ein kleines Lächeln um seine Mundwinkel. Sein Anzug saß wie immer tadellos. Nur seine Frisur, da war etwas in Unordnung geraten. Martina kniff die Augen zusammen. Akkurate Schwiegersohnföhnfrisur mit kleiner anarchischer Einzellocke auf der Stirn, die er hätte beiseitepusten können. Aber das war es nicht, was sie irritierte. Es war die Farbe. Die Locke war grau.

«Soll ich uns ein Frühstück bringen lassen?»

War da so etwas wie Zärtlichkeit in seiner Stimme? Martina sah ihren Chef erstaunt an. Das erste Mal ein Gespräch ohne Auftaktpointe zu ihren Lasten. Die beiden musterten sich wie übermüdete Duellanten im Morgengrauen. Jetzt bitte keine Überraschungen mehr. Überraschung in diesen Tagen bedeutete nur Unheil.

«Gern. Aber eine Tasse Kaffee tut es auch.»

«Setzen Sie sich!»

«Susi, sind Sie so nett und organisieren uns eine Kanne Kaffee und zwei Croissants?» Er blickte fragend zu Martina. «Einmal Natur, einmal Schokolade!»

Er schloss die Tür.

«Leben Sie tatsächlich so langweilig, wie Sie sich anziehen?»

«Fühlen Sie sich wirklich so lässig, wie Sie hier auftreten?»

Mittwoch, 14. März, 10 Uhr
Kehrtmanns Büro

Der letzte Schlagabtausch zweier müder Puncher. Gong zur letzten Runde.
Als Martina heute Morgen in den Spiegel gesehen hatte, musste sie zugeben, dass ihre Nachlässigkeit im Umgang mit sich selbst inzwischen an Verachtung grenzte. Ihre Augen waren verweint, weil sie die Nacht kein Auge zugetan hatte. Ihre Haut war fleckig vom vielen wirren Reiben ihrer Fäuste, die sie immer wieder fest gegen die Augen gedrückt hatte. Aber sie hatte noch nie gerne Make-up benutzt. «Lebende Leichname schminkt man nicht», hatte sie geseufzt und sich selbst an den Ohren gezogen, was immerhin die Andeutung eines Lächelns in ihr Gesicht gezaubert hatte. Ein sehr flüchtiger Zauber. Sie hatte ihre Lederjacke übergeworfen, ihre ältesten Cowboystiefel angezogen und war losmarschiert. Highnoon. Das dachte an diesem Tag wohl jeder.
«Italien wird Ihnen guttun!»
«Ich hasse Männer, die glauben, Frauen wollen immer nur überrascht werden.»
«Affekte aller Art, Selbstmitleid natürlich ausgenommen, stehen Ihnen ungemein gut. Also keine Scheu, schnauzen Sie mich ruhig an!»
«Ach, quatschen Sie doch bitte nicht so ins Ungefähre. Was wollen Sie?»
Sie schlug unruhig die Beine übereinander. Höchste Zeit für den Kaffee. Klar, dass in diesem Moment die Tür aufging und Frau Rössler mit dem Tablett hereinspazierte. Die kleinen Wünsche hatte ihr das Schicksal schon immer prompt erfüllt.
«Danke, Frau Rössler!»
Kehrtmann schenkte ein und sah sie aufmerksam an.
Er war ein attraktiver Mann. Das hatte sie schon immer abgestoßen. Ralf sah auch nicht schlecht aus, aber bei ihm dachte man nur an den Körper. Gut portioniertes Muskelfleisch. Kehrtmann hingegen strahlte sie an, und sie konnte es ihm noch nicht einmal übel nehmen. Ihre intellektuelle Abneigung gegen Schönheit hatte sich nach ihrer Operation in eine sehr körperliche Sehnsucht nach Schönheit

verwandelt, der sie nicht nachgeben wollte. Eine Atheistin ging nicht plötzlich in die Kirche, nur weil sie ein Wunder erhoffte. Und sie würde sich nicht verlieben, nur weil sie jeden Morgen ein schönes Gesicht neben dem ihren sehen wollte. Gemeinsam im Spiegel, er hinter ihr, ups. Sie dachte an Sex! Das in Gegenwart Kehrtmanns! Eine Premiere! Sie fing an zu kichern.
«Na, das scheint ja ein guter Kaffee zu sein!»
Seine altväterliche Bemerkung brachte sie wieder in die Gegenwart zurück. Also doch keine Zukunft mit ihrem Chef. Sie seufzte beruhigt. Kehrtmann sah sie belustigt an. Er konnte ja wohl hoffentlich keine Gedanken lesen.
«Es ist jetzt nicht die Zeit für große Geständnisse, Martina.» Er redete sie selten mit Vornamen an, umso seltsamer klang ihr der eigene Name in den Ohren.
«Aber ich mache mir Sorgen um Sie. Ich möchte, dass Sie aus der Schusslinie verschwinden. Das hier gerät alles etwas außer Kontrolle, gerade weil jeder glaubt, er hätte die Kontrolle.»
«Muss ich verstehen, was Sie sagen?», fragte sie schnippisch.
«Sie sehen mich als Ihren Gegner, das bin ich nicht. Denken Sie bitte daran, Ihr größter Gegner sind Sie vermutlich selbst.»
Warum glaubten alle Männer, ihr gegenüber belehrend auftreten zu dürfen? Weil sie ein Mädchen war, weil sie krank gewesen war, weil die Angst sie auffraß? War das ein Freibrief für uncharmantes Benehmen? Martina war den Tränen nah. Schon wieder. Gestern ihr Vater. Jetzt ihr Chef. Sie ballte die Fäuste. Kehrtmann rückte instinktiv ein wenig von ihr ab.
«Ruhig, ruhig!» Er streckte abwehrend die Hände vor.
«Sie wirken, als wollte ich Sie niedermachen! Geben Sie mir ein wenig mehr Kredit! Sie wissen doch gar nichts von mir! Privat, meine ich.»
«Damit konnte ich bislang ganz gut leben!»
Sie schluckte aufgeregt. Das war frech. Sie wollte ihn ja eigentlich gar nicht verletzen. Kehrtmann wechselte scheinbar unbeeindruckt das Thema.

«Ihr Freund Ralf scheint auch hinter Klimt her zu sein.»
«Ex-Freund …»
«Gut für Sie!»
Seltsamerweise konnte sie ihm diese Bemerkung nicht übel nehmen. Er hatte recht. Natürlich war es besser für sie, dass sie nicht mehr mit Ralf zusammen war. Fakt. Sie erinnerte sich, als die beiden das erste Mal in ihrer Gegenwart aufeinandergetroffen waren. Mr. Movie-Maker und Mr. Print. Die Abneigung war so herzlich und so spontan gewesen, dass sie alle drei hatten lachen müssen. Clever waren sie beide, aber aus unterschiedlichen Universen. Unversöhnliche Universen, die ewig im Krieg miteinander liegen würden. Für Ralf war Kehrtmann ein Überbleibsel aus der Zeit der alten Schriftkultur, für Kehrtmann war Mr. Movie der smarteste Erfüllungsgehilfe der Verblödungsindustrie. Was sich beide neidlos zugestanden, war, dass sie ihr Handwerk gut beherrschten. Kuriose Vorstellung, in beide verliebt sein zu können. Martina zupfte sich am Ohr. Irgendetwas lief heute nicht ganz richtig in ihrem Hormonhaushalt. Wieso sollte sie sich in Kehrtmann verlieben? Eine unmöglichere Unmöglichkeit gab es eigentlich nicht. Sie zupfte sich erneut am Ohr. ‹Konzentrier dich!›
«Ich möchte, dass Sie während der nächsten Stunden bei seiner Tochter sind. So es denn wirklich gleich zum großen Showdown kommen sollte. Ich hab Sie schon angemeldet. Becky freut sich über Ihr Kommen. Sie scheint Sie zu mögen. Das freut mich, denn ich möchte, dass Sie Becky und ihre Tochter nach Italien begleiten …»
«Gegenfrage. Interessiert irgendjemand, was ich möchte?»
«Sie werden Ihre Wünsche korrigieren, wenn Sie das wissen, was ich weiß.»
«Geht's noch komplizierter?»
«Okay, Ich muss Ihnen ein Geständnis machen …»
Sie blinzelte ihn neugierig an.
«Ein berufliches. Ich stehe schon seit geraumer Zeit in Kontakt mit Klimt. Das Vorgehen vom Tag seiner Ankunft bis zu seinem Tod heute war im Detail mit ihm abgesprochen. Ruhig, nicht gleich

aufregen. Hier geht es um mehr als nur um die Werbung für ein Buch. Sie kennen mich, beruflich. Ich deale mit Informationen, ich glaube nicht an ihre Wirkung. Nicht immer jedenfalls. Ein guter Dealer sollte nicht selbst süchtig sein. Klimt ist ein notorischer Besserwisser, das macht ihn nicht sympathisch. Aber er hat in vielem recht. Dieses Nazi-Netzwerk existiert. Die Operation Rosenberg war erfolgreich. Dass deutsche Instrukteure hinter den Anschlägen des elften Septembers stecken, Fakt. Dass deutsche Firmen den Iran zur Atommacht hochrüsteten und damit auf den Untergang Israels spekulierten, Fakt. Menschenexperimente im großen Stil, Organhandel, Züchtungslabors, alles Fakt.»
«Und nur wir wissen davon! Insiderhandel mit Informationen den Weltuntergang betreffend, gilt da auch die ultimative Strafandrohung Lächerlichkeit. Wie für alle Verschwörungstheoretiker?!»
«In Labors weltweit wird am neuen Menschen gebastelt. Ich sage es sehr neutral. Es ist ein Wettlauf der Fanatiker. Ayn Goldhouse verfolgt ihr Medea-Projekt. Die Alt-Arier ihren Rosenberg-Plan, die Nerds basteln an ihrem transhumanistischen Supermann. Wir Normalos sind antiquiert. Auslaufmodelle, humanes Altmaterial. Klimt wollte Aufmerksamkeit dafür …»
«Indem er sich umbringt?»
«Indem er sich umbringt … Und wiederaufersteht.»
Martina kicherte plötzlich. Irgendeine gedopte Elfe hatte ihr im Schlaf ins Ohr geflüstert, dass dieser Tag ein sehr surrealer werden würde. Jetzt war es so weit. Alice blickte hinter die Spiegel.
«Auferstehung am dritten Tage oder wie war das? Und Maria Magdalena, die alte Sünderin, schließt ihm die Tür auf?»
«Sie liegen gar nicht so falsch …! Er wird zurückkommen. Das Wie und Wo muss ich Ihnen hier und heute nicht verraten. Sie werden es früh genug erfahren.»
Kehrtmann hätte ihr erzählen können, dass sie in Italien auf eine Reihe sehr begabter junger Menschen treffen würde, die ihren Vätern und Müttern wie aus dem Gesicht geschnitten waren. Er hätte ihr eine Namensliste der Prominenten vorlegen können, die

sich vor zwanzig Jahren unter dem Gebot absoluter Geheimhaltung zur Gründung dieser Kolonie entschlossen hatten, um das Erbe der Menschheit zu retten. Aber es hatte Zeit. Martina schien ohnehin schon am Rande ihrer Kraft.

Sie rieb sich angestrengt die Nasenwurzel mit beiden Zeigefingern. Er nippte an seinem Kaffee und wünschte sich, sie jeden Morgen so bei sich zu haben. In einer etwas einfacheren Welt. In der sie sich über die Farbe der Vorhänge im neuen Wohnzimmer streiten konnten.

«Warum sollte ich in Italien sicherer leben als hier?»

«Weniger Radfahrer im Straßenverkehr!»

«Sehr witzig.»

«Das da unten ist eine Gemeinde ... Monte Verità, klingelt es da bei Ihnen. Fragen Sie Ihren Vater. Früher hätte man Aussteigerkolonie gesagt. Gesinnungskommune. Gelehrtenrepublik. Ein Dorf von Gleichgesinnten ...»

«Walldorf?»

Sie konnte sich den Kalauer nicht verkneifen. Sein schmerzverzerrtes Gesicht bewies ihr, dass die Pointe gut angekommen war.

«So in etwa. Es gibt auch eine Schule, durchaus in der Walldorf-Tradition. Vor allem kann kein Fremder in dieses Areal eindringen, ohne dass es bemerkt werden würde!»

«Das perfekte Überwachungslager?»

«Eine Ferienkolonie der besonderen Art, sagen wir es so.»

«In der ich eine fünfjährige Freiheitsstrafe wegen vorlauter Meinungsäußerung verbüßen soll oder lebenslänglich Quarantäne wegen Ansteckungsgefahr oder ...»

«Nehmen Sie ein Jahr Auszeit», unterbrach Kehrtmann sie, «schreiben Sie Ihr Buch über die Ereignisse der letzten Wochen. Roman, Reportage, Tagebuch, was auch immer, das ist Ihnen freigestellt. Ob die Leute Ihnen glauben oder nicht, ist egal, aber Ayn Goldhouse wird nicht riskieren, Sie zu liquidieren oder Klimts Familie Schaden zuzufügen, wenn dieses Buch erst einmal erschienen ist und sie im Fokus der Öffentlichkeit stehen ... Im Übrigen ist das Hono-

rar, dass Klimt ihnen dafür zahlen wird, anständig, sehr anständig.»
«Das schützende Licht der Öffentlichkeit … Ein hoffnungsfroher Plan.»
«Der einzige mit Erfolgsaussichten.»
Sie knabberte an ihrem Croissant. Er hatte recht, schon wieder. Prominenz schützte. Geld auch. Einen Moment war sie versucht nachzufragen, wie viel Klimt ihr für dieses Buch zahlen würde. Sie wischte sich die Krümel von der Hose. Er quittierte es mit einem missbilligenden Blick. Wahrscheinlich war dieser eingefärbte Perser ein Designerstück. Sie krümelte noch ein wenig hinterher. Das tat gut. Die Vorstellung, ihn mit einem Handstaubsauger über den Fußboden kriechen zu sehen. Der perfekte Hausmann. Kochen konnte er vermutlich auch.
Kehrtmann stand auf. Er würde doch nicht tatsächlich den Staubsauger aus dem Schrank holen? Martina sah ihn verwundert an.
«Klimt hat eine Menge Informationen zusammengetragen. Informationen, die Sie schützen können. Er hat sie mir gegeben, als er mich bat, Sie auf den Fall anzusetzen. Ich habe mir etwas Zeit damit gelassen, weil ich sichergehen wollte …»
Er räusperte sich und ging an den Schrank, in dem der Tresor verborgen war. Sein Fingerabdruck diente als Schlüssel. Er holte einen Briefumschlag heraus. Das war alles, dachte sie.
«Die Dateien sind auf einem Speicherchip, der auch in Ihr Handy passt. Das werden Sie nicht so leicht verlieren, denke ich …»
Für dieses Grinsen hatte er eine Ohrfeige verdient. Kehrtmann vergaß nie. Sie hatte einmal etwas verloren. Na gut, es war der Generalschlüssel für die Redaktion gewesen und die Diebe hatten sämtliche Computer mitgehen lassen, aber das konnte jedem mal passieren. «Einmal darf es Ihnen passieren», und selbst das eine Mal war zu viel. Das war drei Wochen nach ihrer Festanstellung gewesen. Eine spaßige Zeit damals. Sie schreckte zusammen, denn Kehrtmann hatte sie mit einem ironischen «Hallo, hallo» wieder in die Gegenwart zurückgeholt.
«Auf diesem Chip sind die wichtigsten Geschäftsbeziehungen der

Rosenberg-Leute wie auch der Organisation Medea. Standorte der Labors, Wege des Wissenstransfers, die Zahlung an die jeweiligen Institute und Universitäten, die Namensliste der bestochenen Wissenschaftler. Sie werden eine Weile zu lesen haben.»
Er reichte ihr den Umschlag.
«Setzen Sie den Chip am besten gleich hier in Ihr Handy ein.»
Dieses Grinsen. Sie verdrehte die Augen.
«Es versteht sich, dass Sie darüber zu niemand ein Wort sagen. Auch nicht zu Ihrem Vater. Wir werden in den nächsten Monaten immer mal wieder einige Informationen herausgeben, um den Verdacht ganz auf uns zu lenken. Neonazis in Brandenburg, Doppelagenten im Verfassungsschutz, Pizzabäcker unter Mafiaverdacht, das übliche Blendwerk. Sie werden offiziell zur Rehabilitation im Ausland weilen.»
«Perfekt meine Krankheit, Sie hätten es sich gar nicht besser wünschen können, oder?»
«Wenn ich mir etwas wünschen dürfte? Dann würde ich mir wünschen, dass dieser Albtraum jetzt sofort endet. Aber das wird er leider nicht. Ich will nur hoffen, dass Ihr Erwachen ein besseres sein wird als meins. Ihre Reiseunterlagen müssten übrigens schon in Ihrem Briefkasten sein.»
Martina war bei diesen Worten zusammengezuckt. Was für ein Trottel war sie eigentlich. Das Erste, das Naheliegendste, hatte sie völlig vergessen. Ihm ihr Beileid auszusprechen. Was musste er von ihr denken? Sie stampfte mit den Füßen auf, so zornig war sie auf sich selbst. In einem sehr rauen Ton brach es aus ihr heraus.
«Was ich noch sagen wollte, es tut mir leid, das mit Ihren Eltern. Der Unfall, ich hab erst gestern davon gehört.»
«Danke Ihnen für ihre gefühlvollen Worte.»
Er nickte ihr kurz und freundlich zu. Das Zeichen zum Aufbruch.
Sie sah ihn prüfend an. Er meinte es ernst, mit allem. Das war keine Ironie gewesen, kein Augenzwinkern. Er hatte den Kampf bemerkt, den sie mit sich selbst ausfocht, und sich nicht über sie lustig gemacht. Zum Dank könnte sie sich auf der Stelle in ihn verlie-

ben. Sie könnte es. Einen Moment länger in seine Augen geblickt. Sie wandte den Kopf zur Tür. Er war kein Mann, der einer Frau Glück brachte. Außerdem hatte sie in den nächsten Wochen Besseres zu tun.

Sie wandte sich noch einmal um.

«Viel Glück!»

Ein seltsames Gefühl regte sich in ihr, als sie das Büro verließ. Eine Schnulze ging ihr durch den Kopf. Adriano Celentano. Oder war es Eros Ramazzotti. Sie versuchte die ersten Takte laut zu summen. «Ad un amico.» Es war schön, jemand zu haben, auf den man sich so absolut verlassen konnte.

Kehrtmann blieb noch eine Weile ruhig im Bürostuhl sitzen. Er starrte auf die Tür, die sie gerade hinter sich geschlossen hatte. Es war ihm etwas klar geworden, was sein Leben von Grund auf änderte. Sie liebte ihn nicht! Sie würde ihn niemals lieben …

Er hatte es in ihren Augen gesehen, es war Sympathie, was sie für ihn empfand, das Schlimmste, was einem Liebenden als Trost entgegengebracht werden konnte. Sie mochte ihn, aber sie würde ihn niemals lieben können.

«Einige Männer haben beschlossen, sie könnten über unser Leben entscheiden. Ich bin mir noch nicht sicher, ob ich das einfach so hinnehmen soll.»
«Ich mir auch nicht. Aber mit leerem Magen lassen sich nur schlecht Einwände formulieren!»
«Und wenn die Entscheidungen finanziell gut begründet sind, ist die Frage, ob man überhaupt Einwände vorbringen sollte? Vor dem Zahltag!»
Becky grinste und schob Martina ein drittes Brötchen hin.
«Mozzarella mit einem Hauch Basilikum. Echte Büffelmozzarella.»
Martina verdrehte in gespielter Ekstase die Augen und mühte sich um einen neapolitanischen Akzent.
«Icke liebe es Mozzarella di Bufalah di Campana!»
Sie biss hungrig in ihr Brötchen. Ihr erstes gutes Frühstück seit Jahren, so kam es ihr zumindest vor. Ralf hatte immer einen leckeren Frühstückstisch gerichtet. Als Konditionsfanatiker wusste er, worauf es ankam. Aber er hatte mehr die sportive Variante gewählt. Viel Milch, viel Obst, wenig Zugewicht als Gewinn. Ihr Vater hatte jahrelang nur flüssig gefrühstückt und sie hatte es ihm nachgetan, allerdings nur mit grünem Tee, der Allzweckwaffe gegen alle freien Radikale dieser Welt. Kehrtmann hingegen, als Mann von Welt, aß nur Croissants. Aber was Becky hier aufgetischt hatte, übertraf alles, was Ralf, alias Peter Pan, je herbeigezaubert hatte. So musste Madame Pompadour den Tag begonnen haben.
Sie pickte sich eine der Himbeeren, einfach um den Geschmackskontrast zu genießen. Büffelmozzarella gegen Himbeere, was für ein ungleicher Kampf.
«Obwohl, die ganze Mozzarellaproduktion ja von der Camorra kontrolliert wird», bemerkte sie kauend, «die fälschen Herkunftsetikette, fälschen Atteste der Tierärzte, sorgen dafür, dass reichlich Dioxin im Käse ist, weil die Tiere auf den illegalen Müllkippen weiden. Aber das gilt natürlich nicht für den Mozzarella hier. Der schmeckt kerngesund und lecker! Und sieht gut aus!»
Sie biss kräftig ins Brötchen.

Mittwoch, 14. März, 11 Uhr
Beckys Wohnung

Becky hatte den Frühstückstisch mit einer Liebe gerichtet, die einem die Tränen in die Augen treiben konnte. Stoffservietten in Frühlingsfarben. Frische Tulpen. Obst in Mengen, als würde die Meisterklasse zum Malen von Stillleben erwartet. Käsevariationen in Dur und Moll. Törtchen in kleinen Stofftaschen. Gemüsepralinés für zwischendurch. Es war einfach so appetitlich.

«Und hier», Becky öffnete die Kühlschranktür, zog eine abgedeckte Platte heraus, lupfte kurz die Haube, «nur für die Gemüse- und Tofuverächter unter uns!»

«Frisches Roastbeef!» Martina schnalzte mit der Zunge. «Hatte ich ewig nicht ...»

«Aber das bleibt unter uns! Kein Wort zu Lotta! Ich kenn den Namen des Rinds nämlich nicht ...»

Martina sah sich in der Wohnung um, während Becky eine neue Kanne Kaffee aufstellte. Über der blassblauen Couch hing ein großformatiges Poster aus einer Richter-Ausstellung, «die Kerze». Sie war damals mit Ralf auf der Eröffnung gewesen. Neue Nationalgalerie, im Souterrain. Eine Menge Journalisten, noch mehr dumme Fragen. Die zynischste zweifellos von Ralf. «In ihrem Alter, hat man da noch große Pläne?» Richter hatte höflich, aber sehr leise bestätigt, dass er durchaus weiter arbeiten wollte, allerdings altersgerecht kleinere Bilder. Damit hatte er die Lacher natürlich auf seiner Seite gehabt. Aber sie konnte auch Ralf verstehen. Schon damals hatte sie gedacht, was für ein Kitsch eigentlich. Hier, bei Becky zu Hause, Dreizimmerwohnung, Berlin-Mitte, Biedermeiersofa und Holzofen, da passte es. Ein Andachtsbild für die kleinen Hoffnungen, die sich niemals erfüllten. Italienprospekte lagen auf dem Tisch. Daneben ein Bildband über Südamerika. Beckys Träume gingen in die Ferne, aber nicht unbedingt nur dorthin, wo die Herren des Schicksals sie hinlenken wollten.

Ein paar Frauenzeitschriften, ein Flötenfutteral, einige Liebesromane, alles in einer heimeligen Unordnung, wie sie sich bei einer alleinstehenden Frau unweigerlich einstellt. Nichts deutete darauf hin, dass sie mit einer pubertierenden Tochter zusammenlebte.

Becky brachte den Kaffee an den Tisch und goss beiden ein.
«Früher kam in meinen Träumen immer ein Mann vor. Der große schöne Unbekannte. Er tauchte auf, wohin ich auch reiste. In diesen Tagen gar nicht mehr, ich reise immer allein. Werde ich alt oder nur klug? Oder kommt er einfach nur zu spät?» Es war keine Scherzfrage, auch wenn sie lächelnd vorgebracht wurde. Das spürte Martina.
«Klug, wir werden immer klüger. Glaub mir. Ob wir wollen oder nicht!»
Sie hatten sich spontan auf das Du geeinigt, kaum dass sie sich zum Wiedersehen umarmt hatten. «Schön, dass du gekommen bist», hatte Becky sie willkommen geheißen, und Martina war rot geworden vor Freude über diese herzlichen Worte. Becky konnte jeder Alltagsfloskel ein wahres Gefühl abgewinnen. Das war etwas ganz Besonderes. Aber Martina hatte sich fest vorgenommen, sich nicht wieder so schnell von ihrer Sentimentalität überrumpeln zu lassen.
«Na ja, ob ich wirklich klüger werde oder einfach nur zu unattraktiv für den großen schönen Unbekannten geworden bin, das will ich gar nicht wissen.»
Sie lachte und griff sich eines der kleinen Törtchen.
«Mama!», erscholl da eine strenge Stimme. «Achte ein wenig auf deinen Diätplan!» Lotta kam die Treppe herunter, mahnend mit dem Zeigefinger winkend. «Ich schick dich sonst noch zu den Weight Watchers!»
«Die nehmen keine hoffnungslosen Fälle wie mich!», kommentierte Becky ungerührt und tupfte die Brösel auf dem Tischtuch auf.
«Aber setz dich doch zu uns, meine Süße. Martina kennst du ja!»
«Ich habe gehört, Sie kommen mit auf den Monte Verità?»
Martina sah sie ein wenig erstaunt an und nickte. Die Kleine drückte sich sehr gewählt aus für ihr Alter.
«Find ich cool!»
Lotta griff sich ein belegtes Brötchen und noch eins und eilte wieder in ihr Zimmer.
«Sie haben Gnade vor den Augen der Königin gefunden, edle Dame. Das geschieht sehr selten. Eigentlich geschah es noch nie. Bislang

fand sie keine meiner Freundinnen sonderlich sympathisch. Um ehrlich zu sein, sie verachtet sie alle. Für sie sind wir dumme alte, viel zu dicke Frauen in einer permanenten Midlife-Crisis, die wir selbst verschuldet haben. Das Schlimme ist, sie hat ja nicht mal unrecht.»

Beckys schiefes Grinsen war zum Küssen, dachte Martina.

«Also ich finde, Sie ist eine Nette! Ein bisschen zu klug vielleicht für ihr Alter, aber das sind sie ja alle! Aber wie kommt sie denn auf den Monte Verità? Sie scheint sich ja schon gut informiert zu haben?!»

«Das ist Zufall. Der Monte Verità, das ist schon ewig der Berg unserer Träume. Ich weiß gar nicht warum. Ich glaub, Lotta hat einmal ein Buch darüber gelesen, über die Künstler und Wahnsinnigen, die es dort hinzog. Sie stellt sich genau das in Italien vor ... eine Kolonie der Genies. Das hat mir die Entscheidung leicht gemacht und ihr vermutlich auch.»

«Sie sind sich sicher?»

«Ich bin mir sicher! So was von sicher! Mich hält hier nichts mehr ...»

Beckys Gesicht wirkte plötzlich sehr fahl und sehr alt. Das lange vergebliche Warten auf den Mann ihrer Träume hatte Spuren hinterlassen.

«Mich auch nicht ... Mich hält hier auch nichts mehr. Absurd eigentlich, oder?!»

Martina sah auf die Uhr.

«Wir sollten den Fernsehapparat einschalten?»

«Eine Sekunde, das Teil muss immer noch vorglühen!»

Becky wirkte überhaupt nicht nervös. Sie schien alles schon gedanklich durchgespielt zu haben. Martina konnte sich dennoch nicht vorstellen, dass sie jetzt locker und entspannt den Tod des eigenen Vaters im Fernsehen ansehen wollte. Wenn es denn dazu kam. Entweder ging diese altertümliche Kiste vorher noch zu Bruch oder die ganze Veranstaltung wurde abgesagt.

«So, es werde Licht!»

Becky hieb anerkennend auf den kleinen Fernsehapparat, was der

mit einem nervösen Bildschirmzucken quittierte. Becky drohte ihm mit dem Zeigefinger. Sie wirkte sehr ausgeglichen. Aber vielleicht war das auch alles nur gespielt. Becky war keine schwache Frau, dessen war sich Martina von der ersten Begegnung an bewusst gewesen. Sie wirkte immer ein wenig harmlos, aber das war Selbstschutz. Ein Mensch, der mit sich im Unreinen ist, der bewegt sich nicht so klar und konturiert. Alles, was sie tat, hatte Hand und Fuß. Das zeigte sich gerade an solchen Kleinigkeiten wie dem Päckchen Taschentücher, das sie auf den Tisch legte.
«Für den Notfall.»
Das war nicht als Scherz gemeint. Es war die sehr sachliche Anerkennung des Umstands, dass sie im schlimmsten Fall gleich Zeugen einer Tragödie werden würden.
«Ich wusste gar nicht, dass diese Röhrengeräte noch funktionieren …», scherzte Martina ein wenig angestrengt.
«Tun sie auch nur bei ausgewählten Programmen! Welchen Sender soll ich denn einstellen?» Sie griff nach der Fernbedienung und schüttelte sie ein wenig, als müsste sie auch auf Betriebstemperatur gebracht werden.
«Auf einem der lokalen Privaten werden sie wohl live dabei sein. Ich denke mal TV1-Berlin, oder, noch besser, TV-Real. Ich kann mir nicht vorstellen, dass Ralf sich das entgehen lässt.»
Während Becky mit einem Blick den Suchlauf der Programme im Auge behielt, wandte sie sich mit einem verlegenen Lächeln kurz Martina zu.
«Mir ist das alles sehr fremd. Er war mir schon immer sehr fremd. Ich wünschte, dass alles würde nicht geschehen, was auch immer geschehen mag. Aber», sie zuckte entschuldigend mit den Achseln, «ich kann auch nicht so tun, als würde mich das emotional wahnsinnig tief berühren. Ich hab keine Gefühle für diesen Mann.»
Martina war sich da nicht so sicher. Das leichte Zittern in der Stimme verriet mehr Aufgeregtheit, als Becky zugeben wollte.
«Ich halte das alles für inszeniert, das kommt noch dazu. Ich trau ihm zu, dass hier nur ein gigantisches Schauspiel stattfindet.»

«Ich weiß es nicht, ich bin mir auch unsicher. Dein Vater ist ein gigantischer Egoist. Egoisten sterben nicht so gern, denn mit ihnen stirbt die Welt, glauben sie zumindest, sonst wären sie keine so guten Egoisten. Andererseits, er wirkte sehr müde.»
«Okay, wir haben den Sender.»
Da war auch schon Ralf zu sehen. Ganz seinem Rollenmodell rasender Reporter entsprechend. Lederjacke, Dreitagebart und das Mikrofon fest in der Hand, als wäre das der Master-Joystick fürs Reality-TV.

«Es sind noch zehn Minuten, meine Damen und Herren, bis hinter mir durch diesen Haupteingang des Grandhotels Robert Klimt heraustreten soll. Der weltberühmte Autor, bekannt als Gottesleugner und versierter Verschwörungstheoretiker, ein Mann, der auch hier in Deutschland über eine beachtliche Fangemeinde verfügt, dieser Mann wird nun die wenigen hundert Meter in Angriff nehmen, die zum Kongresshotel gegenüber führen. Diese hundert Meter könnten seine letzten sein. Klimt hat angekündigt, dass eine ominöse faschistische Organisation seine Ermordung plant, um ihn von seinem zweiten Vortrag abzuhalten, der einzig und allein dem Thema des Fortlebens eines nationalsozialistischen Geheimbundes gewidmet ist. Die Polizei hat den Platz nicht absperren lassen, was dafür spricht, dass man diese Ankündigung Klimts wohl eher für einen schlechten PR-Gag hält, wie viele von uns Reportern übrigens auch …»

«Dreh bitte den Ton ab. Ich ertrag den Typen nicht …»
«Smart sieht er ja aus, dein Ralf.»
«Er ist auch smart. Das Schlimme ist nur, er weiß es selbst am besten.»
Die Kamera schwenkte über den Gendarmenmarkt, der nicht belebter schien als sonst an einem kühlen Vorfrühlingstag. Vor dem Hoteleingang drängelten sich einige Kamerateams, aber der Andrang war nicht so gewaltig, wie Klimt sich das erhofft hatte. Demonstranten waren überhaupt nicht zu sehen. Auch keine Fans. In den Seitenstraßen standen verstreut einige Streifenwagen, aber auch das Polizeiaufgebot war nicht überwältigend.

«Du wirst sehn, es wird gar nichts zu sehen sein!»
Beckys Stimme verriet Zweifel an den eigenen Worten. Sie sah nervös die Treppe hoch, aber Lotta schien in ihrem Zimmer bleiben zu wollen, obwohl sie den Fernsehapparat gehört haben musste.
«Weiß sie Bescheid?»
Becky schüttelte den Kopf. «Nur ganz grob.»
Martina schlug die Beine übereinander und sah auf die Uhr. Bei Lotta war sie sich da nicht so sicher. Fünf Minuten blieben noch.
Die Kamera schwenkte noch einmal über den Platz. Auf der Bank gegenüber dem Französischen Dom saß ein Pärchen, das ihr irgendwie bekannt vorkam. Eine sehr elegante Frau mit einem älteren Herrn. Ayn Goldhouse, das musste Ayn Goldhouse sein. Martinas Hand suchte instinktiv nach einer Fernbedienung, als könnte sie das Bild damit näher heranzoomen.
Becky rührte sich nicht, sondern starrte angestrengt auf den Bildschirm. Zwei Minuten vor zwölf. Im Hoteleingang schien sich etwas zu tun. Das Gedränge der Kamerateams nahm zu. Ralfs Gesichtszüge verhärteten sich vor Aufregung. Alles Verbindliche verschwand daraus. Sein Mund ging auf und zu, als müsste er nach Luft schnappen. Becky hätte gern den Ton lauter gestellt, aber Martina zuliebe ließ sie es leise, obwohl das Geschehen dadurch viel unheimlicher wirkte.
Aus der Menschentraube, die den Eingang versperrte, löste sich eine einzelne Gestalt. Ein dicker alter Mann mit Schlapphut und Stock. Klimt.
Ralf wandte sich mit seinem Mikrofon in Richtung des Hoteleingangs. Er wollte doch nicht etwa um ein Interview bitten?!
Martina hielt sich erschrocken die Hand vor den Mund. Eine böse Ahnung überfiel sie. Klimt wirkte sehr beherrscht. Er zögerte einen Moment, bevor er weiterging. Zwei Bodyguards wollten sich ihm anschließen. Er wies sie herrisch an, im Hotel zu bleiben. Sein Spazierstock dirigierte das Geschehen. Selbst die Polizisten schienen sich daran zu halten.
«Komm nicht in seine Nähe», flüsterte Martina. Becky nahm ihre

Hand. Sie schien den Typen immer noch mehr zu mögen, als ihr guttat.
Klimt sah in aller Ruhe nach rechts, dann nach links, dann wieder nach rechts, als suchte er sein Publikum, dabei galt es nur, gefahrfrei die Straße zu überqueren. Er ging direkt auf die Kamera zu. Vielleicht wollte er aus freien Stücken ein Interview geben. Der Kameramann zoomte ihn heran.
Becky ließ verdutzt Martinas Hand los.
«Das ist nicht mein Vater …»
Martina nickte nur. Ihr Gesicht war leichenblass.
Im gleichen Moment brach die Hölle los. Ein Schuss musste gefallen sein. Alle duckten sich. Klimt wankte, fasste mit der Hand nach seiner Brust. Blut quoll hervor. Der Kameramann hielt direkt auf die Wunde. Klimt schwankte hin und her wie in Zeitlupe und sank schließlich zu Boden.
Becky blickte fragend zu Martina. Die nickte nur.
«Paps gibt mal wieder den Helden!»

«Entschuldigen Sie, wenn ich einen Moment Platz nehme?»

Die Antwort ließ ein wenig auf sich warten. Dass schien die Dame in diesem Fall durchaus als Kompliment zu verstehen.

«Ihre Verblüffung schmeichelt mir! Sie gestatten?!»

Umstandslos setzte sich die kleine, sehr elegant gekleidete Frau neben den älteren Herrn, der eine Trachtenkombination trug nebst Tirolerhut, den er sehr tief in sein Gesicht gezogen hatte. Er lupfte ihn ein wenig und zeigte der Dame ein schiefes Grinsen, in dem sich Bewunderung und Ärger zu gleichen Teilen mengten.

«Wie haben Sie mich gefunden?»

«Zum Ersten ist Ihre Verkleidung nicht sonderlich geschmackvoll, aber das passt ja zu Ihnen. Und zum Zweiten wollte und konnte ich nicht davon ausgehen, dass Sie sich einfach so abschießen lassen. Das passt erst recht nicht zu Ihnen, geräuschlos die Bühne zu verlassen.»

«Finden Sie die Verkleidung wirklich so geschmacklos?» Er klatschte auf seine Oberschenkel. «Das ist echt Hirschleder!»

«Und wenn es von Bambi selbst stammte, es steht Ihnen nicht!»

«Schade! War nicht billig. Und ein anderer wird es nicht auftragen wollen.»

Er kratzte sich in seinem Bart, als müsste er über das Kleiderproblem tatsächlich ernsthaft nachdenken.

Ayn Goldhouse schlug ihm mit gespielter Empörung auf den Oberschenkel. Ein leichter Klaps, aber er ließ ihn aufschrecken.

Sie wies in Richtung des Grandhotels.

«Wer wird denn statt Ihrer da heraustreten?»

«Ein guter Freund. Gleiches Alter, gleiche Statur. Er wird eine Minisprengladung unter seinem Mantel zünden, eine Menge Theaterblut wird fließen, viel Tumult im Publikum, viel Applaus von den billigen Rängen, das war's. Immerhin durfte ich Zeuge meines Abgangs sein.»

«Darauf sind Sie ja wohl ganz besonders stolz!»

Ayn Goldhouse zog ein silbernes Zigarettenetui aus ihrer giftgrünen Kenzo-Tasche und verbarg es dann wieder darin.

Mittwoch, 14. März, 11.30 Uhr
Gendarmenmarkt

«Was haben Sie genommen?»
«Keine Ahnung. Ich weiß nur, zehn nach zwölf bin ich tot. Dann ist der ganze Spaß hier vorbei.»
Sie griff erneut in die Tasche, klappte das Etui auf und nahm sich eine Zigarette.
«Für absolute Notfälle …»
Sie kramte hektisch nach Feuer.
Klimt hatte kurz in die Tasche seiner Lodenjacke gefasst und hielt ihr das brennende Feuerzeug hin.
«Hatte auch kurz an eine Selbstverbrennung gedacht.»
Sie legte den Kopf schräg und sah ihn zweifelnd an. Er lachte breit.
«Unsinn. Hatte 'ne Havanna zum Frühstück. Wegen der Verdauung. Wer geht schon gern mit Ballast …»
Ayn inhalierte gierig einige Züge und drückte die Zigarette dann hektisch an der Unterseite der Bank wieder aus.
«Sie sind ein unverbesserlicher Grobian. Ich werde Sie vermissen.»
«Ich Sie auch. Keine trägt so hübsche Schuhe und so ein herablassendes Lächeln.»
Er schien sich einen Moment auf das Geschehen vor dem Grandhotel zu konzentrieren. Ayn sah sich um. Kein Mensch kümmerte sich um sie. Die seltsame Trachtenkostümierung Klimts erregte zwar die Aufmerksamkeit einiger Passanten, aber die wagten nicht mehr als einen verstohlenen Blick und eilten dann weiter.
«Nicht ganz so viele Kamerateams wie erwartet? Oder?»
Ihr spöttisches Lächeln ließ ihn ungerührt.
«Prominenz ist verdammt konjunkturabhängig. Das werden Sie noch am eigenen Leib erleben.»
Er seufzte. Es war kein sehr lautes Geräusch. Aber die Luft schien ganz allmählich aus ihm zu entweichen. Wie ein riesiger undichter Fesselballon, der zu Boden sinkt, dachte sich Ayn und rückte unwillkürlich ein Stückchen von ihm ab.
Er starb. Seine Gesichtszüge fielen auseinander. Er verlor die Herrschaft über seine Mimik. Die Hände, die er ruhig in sich gefaltet

hatte, lösten sich unmerklich. Aber als wollte er den letzten Schlummer noch ein wenig hinauszögern, ruckte er plötzlich auf.

«Wird gleich so weit sein. Mein Freund Claasen ist pünktlich, das schätze ich so an ihm!»

«Sie hatten das Vergnügen, Ihrem eigenen Ableben beizuwohnen … Wozu? Sie sind doch sonst nicht so eitel?»

Ayn wollte ihn mit ihrer Frage noch ein wenig wachrütteln. Der Gedanke, dass sich da ein Mensch in ihrer Gegenwart einfach so aus dem Staub machen konnte, behagte ihr nicht. Das war Fahnenflucht.

«Wie wenig der Tod die Menschen berührt.» Klimt sank noch ein wenig mehr in sich. Er schien Gedanken fortzuspinnen.

«Ich halte meine Tochter für ungewöhnlich dumm, meine Enkelin hingegen für ungewöhnlich intelligent. Vermutlich springt das Intelligenzgen von den Großvätern auf die Enkel, das wäre noch zu untersuchen. Eine Generation wird immer übersprungen. Allerdings sorge ich mich ein wenig um die ungerichtete Intelligenz der Kleinen. Haben Sie schon mit Ihrem Sohn gesprochen …», unterbrach er sich und sah Ayn fragend an.

«Haben Sie mit Ihrer Tochter über dieses Theater hier …»

Er schüttelte den Kopf.

«Mein Tod ist meine Privatsache. Ihr Schmerzensgeld ist hoch genug. Sie wird darüber hinwegkommen.»

Ein Mann trat aus dem Hotel. Er hatte die Figur Klimts, trug einen grauen Hut, tief ins Gesicht gezogen.

«Ein Trenchcoat war nicht vereinbart. Er hat einfach keinen Geschmack, dieser Mann.»

Klimt winkte in Richtung des Hotels. Der Mann winkte kurz zurück. Das fiel nicht weiter auf. Alle hielten es für eine Geste, die den Kameraleuten galt.

«Showdown!»

Klimt seufzte tief. Der Atem schien ihm auszugehen. Ein böses Funkeln trat in Ayns Blick.

«Keine Sorge … Ich habe Ihnen nicht verziehen, aber ich werde Sie vermissen.»

Sie nahm seine Hand.

«Sie fühlen meinen Puls … Sie wollen wohl ganz sichergehen?!»

«Korrekt. Ich bin eine schlechte Siegerin. Ich weiß, wie nahe die Niederlage war. Insofern kann ich meinen Gegnern nicht verzeihen. Auch im Tod nicht. Ihre Tochter, das sollten Sie noch wissen, wird auch bald sterben! Ich bin durchaus gewillt, auch meinen Sohn zu opfern. Das war kein wirklich gutes Tauschgeschäft, was Sie mir da vorgeschlagen haben. Ich bin nun mal eine schlechte Mutter. Daran wird sich nichts mehr ändern.»

«Ich weiß», flüsterte Klimt. «Aber glauben Sie wirklich, ich hätte daran nicht gedacht?»

Er grinste so selig, dass sie versucht war, ihm ins Gesicht zu schlagen.

«Und Ihre Enkelin, für die hab ich mir etwas ganz Besonderes ausgedacht!»

Klimts Augen weiteten sich. Der Tod schien nahe. Ayn Goldhouse passte die Worte genau ab. Sie wollte, dass er jedes einzelne gut verstand. Wie Gift träufelte sie sie in seinen halb offenen Mund.

«Ich nehme Ihnen Ihre Enkelin! Keine Sorge, ich werde sie nicht töten. Viel, viel besser. Sie wird meine Nachfolgerin!»

Klimt stöhnte auf. Er konnte nicht mehr sprechen. Sein Kopf fiel schwer nach hinten. Ayn Goldhouse beugte sich näher zu ihm.

«Den Namen schon mal gehört? Medea.» Sie flüsterte es ihm ins Ohr, rieb zärtlich sein Ohrläppchen.

«Medea … Ihr Losungswort für den Eintritt in die Hölle! Nicht vergessen: Medea!»

***